國家社會科學基金重點項目（編號11AZD062）

湖北省學術著作出版專項資金資助項目

中國語言文學一流學科建設文庫

二十五史藝文經籍志著錄小說資料集

王齊洲 總主編

第三卷
本卷主編 王齊洲

隋書經籍志著錄小說資料集

本册編纂 王齊洲 湯江浩 黑金福

長江出版傳媒
湖北人民出版社

圖書在版編目(CIP)數據

隋書經籍志著錄小説資料集 / 王齊洲主編. —— 武漢:湖北人民出版社, 2022.10
ISBN 978-7-216-10318-3

Ⅰ.①隋… Ⅱ.①王… Ⅲ.①古典小説－研究資料－匯編－中國 Ⅳ.①I207.41

中國版本圖書館CIP數據核字（2021）第216364號

責任編輯：陳　典
　　　　　胡　濤
封面設計：董　昀
責任校對：范承勇
責任印製：肖迎軍

隋書經籍志著録小説資料集
SUISHU JINGJIZHI ZHULUXIAOSHUO ZILIAOJI

出版發行:湖北人民出版社	地址:武漢市雄楚大道268號
印刷:武漢科源印刷設計有限公司	郵編:430070
開本:787毫米×1092毫米　1/16	印張:28.25
字數:570千字	插頁:2
版次:2022年10月第1版	印次:2022年10月第1次印刷
書號:ISBN 978-7-216-10318-3	定價:128.00元

本社網址：http://www.hbpp.com.cn
本社旗艦店：http://hbrmcbs.tmall.com
讀者服務部電話：027-87679656
投訴舉報電話：027-87679757
（圖書如出現印裝質量問題，由本社負責調换）

第三卷前言

《隋書》是唐代官修正史的一部代表作，由魏徵等人編纂而成。

隋文帝時，王劭已撰成《隋書》80卷。唐武德五年（622年），根據史臣令狐德棻建議，高祖李淵詔群臣撰寫北魏、北齊、北周、梁、陳五代史，未果。因已有北齊魏收所撰《魏書》和隋代魏澹所撰《魏書》，北魏史頗爲詳備，故貞觀三年（629年），太宗李世民重新下達編纂梁、陳、齊、周、隋五代史的任務。由李百藥撰寫《北齊書》，姚思廉編纂《梁書》和《陳書》，令狐德棻主編《周書》，魏徵主編《隋書》。《隋書》由魏徵"總知其務"并主修，房玄齡任總監修，另有顏師古、孔穎達、許敬宗等具體負責紀傳的監修。由於唐太宗親歷了滅隋的戰爭，執政後經常談論隋朝滅亡的教訓，明確提出"以古爲鏡，可以見興替"的主張，因此，汲取歷史經驗教訓，以史爲鑒就成了官修《隋書》的指導思想。貞觀十年（636年），《隋書》與其他四史一同修好奏上。

《隋書》包括帝紀5卷，列傳50卷，記載隋文帝開皇元年（581年）至隋恭帝義寧二年（618年）共38年的歷史，它弘揚了秉筆直書的優良史學傳統，品評人物較少阿附隱諱，保存了隋代大量政治、經濟、外交以及科技文化資料，是唐初所修五代（梁、陳、北齊、北周、隋）史中較好的一部。魏徵不僅主編《隋書》并主修了《隋書》紀傳，而且撰寫了《梁書》《陳書》《北齊書》的總論，還負責主編《群書治要》，主持修定《五禮》，親自編注《類禮》，爲初唐史學和文化的繁盛做出了貢獻。

由於當時史館所修梁、陳、齊、周、隋五代史都没有志，唐太宗乃於貞觀十五年（641年）下詔讓于志寧、李淳風、韋安仁、李延壽、敬播等人續撰《五代史志》，由令狐德棻監修。高宗永徽三年（652年），改由長孫無忌監修。顯慶元年（656年），書成奏上。該書30卷，銜接《晉書》書志部分，記載北齊、梁、陳、北周和隋五朝典章制度，有些部分甚至追溯到漢、魏。最初爲單行本，因内容以隋爲主，隋代又居五代之末，故後來被編入《隋書》，稱作《隋書》十志，使《隋書》擴大爲85卷。《隋書》十志包括：《儀禮志》7卷，《音樂志》《律曆志》《天文志》各3卷，《五行志》2卷，《百官志》《地理志》各3卷，《食貨志》《刑法志》各1卷，《經籍志》4卷。《隋志》中李淳風所修《天文志》是"最可觀采"者之一,爲中國天文學研究提供了許多重要思想和資料。《隋志》則是繼《漢書·藝文志》後中國古代重要代表性圖書目録,其所采用的經、史、子、集四部分類法對後世影響甚大,於中國目録學史上有重要意義。

關於《隋書》主撰者,歷來説法不一。《舊唐書》載録爲魏徵等撰,而劉知幾《史通》則説顔師古、孔穎達和于志寧、李淳風等人共撰。也有題爲長孫無忌等撰的。這是因爲當時大部分名流學士都參與過《隋書》撰述,魏徵是最早的主撰官,魏徵死後則改由長孫無忌續任。或者更準確地説,《隋書》紀傳由魏徵主編,顔師古、孔穎達、許敬宗等編撰;《隋書》十志的主編則始於魏徵,完成於長孫無忌,編撰者有于志寧、李淳風、韋安仁、李延壽、敬播等。

《隋志》是繼《漢書·藝文志》之後我國現存最早的史志目録。它以隋柳䛒的《隋大業正御書目》爲底本,并參考阮孝緒的《七録》分類體系而略加調整(主要是顛倒史部和子部次序)編撰而成。《隋大業正御書目》9卷,著録隋代政府圖書館藏書(正御書)37000餘卷。《隋志》删去其中"文義淺俗,無益教理者",補入"辭義可采,有所弘益者",最終録入3127部、36708卷(不含附録的道經、佛經),與《隋大業正御書目》著録書目總量差别不大。同時,《隋志》又將《七録》中可和《隋大業正御書目》互相發明者,"約文緒義,各列本條之下",作爲《隋志》的注文以備參考。中國古代圖書的收藏,梁武帝時達於極盛,其書目主要著録於劉孝標《文德殿正御四部目録》和阮孝緒《七録》,《隋志》編撰者將當時朝廷現存圖書與《七録》等所著録的圖書加以比較,將其佚缺書目隨類注出以資參考,在四部注文内共注明已經散佚圖書1064部、12759卷,形成《隋志》書目著録的重要特點,其實也是它的主要優點之一,賴此保留了隋以前舊目的一些著録,對於讀者瞭解歷代圖書存佚情況極有幫助。因此,《隋志》著録的經、史、子、集四部40類書目,既反映了隋朝一代藏書,又記載了六朝時圖書變動情況,并最終確立了四分法在目録學中的地位,也是現存最古的四分法目録書。《隋志》經部分《易》、《書》、《詩》、《禮》、《樂》、《春秋》、《孝經》、《論語》、緯書、小學10類,史部分正史、古史、雜史、霸史、起居注、舊事、職官、儀注、刑法、雜傳、地理、譜系、簿録13類,子部分儒、道、法、名、墨、縱横、雜、農、小説、兵、天文、曆數、五行、醫方14類,集部分楚辭、别集、總集3類。在總集之後,尚附録有道經1950部、6198卷,佛經2329部、7414卷,但道、佛二録均有類無書,即僅以類别記其總部、卷數而無具體書目,與四部的編製方法有所不同。因此,《隋志》原則上仍是一部四分法目録書。

《隋志》按四部分類,先有總序一篇,記叙目録學演變和編撰《經籍志》的緣由。此後,每部下有大序,類下又有小序。序中簡要説明每類的學術源流及其演變。類下著録書名及卷數,又常常附以簡要注釋,指明撰者、注者,記其時代爵銜，間或注明書的内容真僞及存亡殘缺，如稱"宋有""梁亡""梁有或亡"，并以夾注附入亡佚書目。充分體現了校讎學和目録書"辨章學術，考鏡源流"的優點，具有極高的學術價值。清代以來，考補疏證者有近十家，如章學誠、章宗源、姚振宗、張鵬一等人都有著作傳世，其中以姚振宗《隋書經籍志考證》、張鵬一《隋書經籍志補》及章宗源《隋書經籍志考證》較有影響，然而，子部小説類未見補目。

《隋志》子部小説類序云："小説者，街談巷語之説也，《傳》載輿人之誦，《詩》美詢於芻蕘，古者聖人在上，史爲書，瞽爲詩，工誦箴諫，大夫規誨，士傳言而庶人謗。孟春，徇木鐸以求歌謡，巡省觀人詩以知風俗。過則正之，失則改之，道聽塗説，靡不畢紀。《周官》誦訓'掌道方志以詔觀事，道方慝以詔辟忌，以知地俗'；而訓方氏'掌道四方之政事，與其上下之志，誦四方之傳道而觀衣物'是也。孔子曰：'雖小道，必有可觀者焉，致遠恐泥。'"此説承《漢書·藝文志》而來，將"稗官"指實爲周官誦訓和訓方氏，將"街談巷語"與"士傳言而庶人謗"聯繫起來，是頗有歷史意識和學術眼光的。《隋志》著録《燕丹子》《雜語》《郭子》等小説25部、155卷；另著録有亡佚作品5部、15卷，它們是《青史子》1卷、《宋玉子》1卷、《録》1卷，《群英論》1卷，《語林》10卷，《俗説》1卷。這些作品不僅反映了隋唐人的小説觀念，而且也反映出隋代所存小説的基本面貌。收集這些小説作家作品的相關資料，能夠爲讀者認識隋及以前小説提供幫助，對那些古體小説的研究者也具有參考價值，可以免除他們的翻檢之勞或提供尋找資料的綫索和途徑，這正是我們不畏煩難地去收集整理這些資料的動力。

凡　　例

——本册以《隋書·經籍志》著録小説爲依據，收集小説作者生平事迹、歷代官私書目、序跋、評論、考辨等相關資料，原則上不收小説作品原文或佚文；某些佚文對研究該作家作品確有意義的，則酌情收録。

——所收小説資料，以小説作品爲單元，按《隋書·經籍志》著録小説作品次序排列；《隋書·經籍志》注文所録亡佚作品，《青史子》和《宋玉子》收入本書第一卷，《群英論》和《語林》收入本書第二卷，《俗説》收入本書第六卷，故本册不再收録。

——目録中祇列書名，不列作者。如同代或隔代有相同書名，則在書名前標注作者，以作區别。如該作品有異名，則在目録中括注異名，便於檢索。

——每部小説資料以所録資料的作者生卒年和資料産生年代先後爲序；作者生卒年無考者按其活動年代酌處，資料作者無考者按資料所産生的年代爲據；所有資料均注明所依據的版本，以便讀者查驗；著名叢書多有重印，且出版社、出版時間不一，故祇注叢書名，不注出版社、出版年。

——小説作者生平資料的收録，以作者當時履歷交游和同時代人撰寫的人物傳記爲主，若無相關人物傳記資料的，則以後代正史人物傳記爲主兼及方志；後代方志人物傳記轉抄正史和前代方志人物傳記的，則不重複收録。

——所收資料力求準確、完整、全面、系統。同一資料因版本不同而差異較大，則將不同版本資料分别列出，以資比較；如僅略有差異，則選用内容較爲完備者；後人轉引前人資料，一般不再列出，個别重要者則題録作者和書名，以備參考；研究或評論小説作家和作品的，不計長短一律收録，以備進一步研究參考；資料篇幅過長的，祇選録與作者和作品内容相關部分。

——所收資料一律標點斷句，以便閱讀。如所據版本没有標點斷句，則予以標點斷句。如所據版本祇有斷句没有標點，則加以標點。如所據版本已有標點斷句，一般遵照録入；如原標點斷句有誤，則予改正，不做説明，讀者可查找原書，自行比較甄别。

——所收資料僅限於古文，近人用古文或淺近文言撰寫的研究成果，以1949年底爲斷，此後發表的一律不收；今人研究成果不列入資料，重要者則在相關小説按語中作適當交代。

　　——每部小説資料後均附編輯者按語，對小説作者生平事迹、作品成書年代、作品内容、書目著録、版本流傳及後人研究情況等作簡要評述，形成一篇書目提要，以供讀者參考。

目　　録

燕丹子 …………………………………………………………………… 1

雜語（異同雜語　三國異同評）………………………………………… 73

郭子 ……………………………………………………………………… 81

雜對語 …………………………………………………………………… 87

要用語對 ………………………………………………………………… 88

文對 ……………………………………………………………………… 89

瑣語 ……………………………………………………………………… 90

笑林（邯鄲淳笑林）……………………………………………………… 97

笑苑（魏澹笑苑）………………………………………………………… 154

解頤（談藪　八代談藪）………………………………………………… 181

世説（世説新語）………………………………………………………… 184

劉孝標注世説（續世説）………………………………………………… 263

小説（殷芸小説）………………………………………………………… 338

小説（佚名小説）………………………………………………………… 357

邇説 ……………………………………………………………………… 358

辯林（蕭賁辯林）………………………………………………………… 367

辯林（席希秀辯林）……………………………………………………… 372

瓊林 ……………………………………………………………………… 373

古今藝術 ………………………………………………………………… 375

雜書鈔	378
座右方（坐右方）	379
座右法	387
魯史欹器圖	389
器準圖（器準）	402
水飾	437
後記	443

燕丹子

章樵注《古文苑》卷二宋玉《笛賦》：

宋意將送荆卿於易水之上，得其雌焉。（荆軻爲燕太子丹刺秦王，至易水之上，歌曰："風蕭蕭兮易水寒，壯士一去兮不復還。"宋如意和之，殺心蘊於中，其聲淒切，故得其雌。二者皆托詞。）（《叢書集成初編》本）

劉文典撰，馮逸、喬華點校《淮南鴻烈集解》卷二十《泰族訓》：

趙王遷流於房陵，思故鄉，作爲《山水》之嘔，聞者莫不殞涕。荆軻西刺秦王，高漸離、宋意爲擊筑，而歌於易水之上，（荆軻，燕人，太子丹之客。丹怨秦王，故遣軻刺之。高漸離、宋意，皆太子丹之客。筑曲二十一弦。易水，燕之南水也。）聞者莫不瞋目裂眦，髮植穿冠。因以此聲爲樂而入宗廟，豈古之所謂樂哉！（中華書局，1989年）

司馬遷撰，裴駰集解，司馬貞索隱，張守節正義《史記》卷六《秦始皇本紀》：

二十年，燕太子丹患秦兵至國，恐，使荆軻刺秦王。秦王覺之，體解軻以徇，而使王翦、辛勝攻燕。燕、代發兵擊秦軍，秦軍破燕易水之西。

二十一年，王賁（《正義》：音奔）攻（薊）[荆]。乃益發卒詣王翦軍，遂破燕太子軍，取燕薊城，得太子丹之首。燕王東收遼東而王之。

同上，卷三十四《燕召公世家》：

今王喜……六年，秦滅東周，置三川郡。……二十三年，太子丹質於秦，亡歸燕。二十五年，秦虜滅韓王安，置潁川郡。二十七年，秦虜趙王遷，滅趙。趙公子嘉自立爲代王。燕見秦且滅六國，秦兵臨易水，（《集解》：徐廣曰：出涿郡故安也。）禍且至燕。太子丹陰養壯士二十人，使荆軻獻督亢地圖於秦，（《索隱》：徐廣云："涿有督亢亭。"《地理志》屬廣陽。然督亢之田在燕東，甚良沃，欲獻秦，故畫其圖而獻焉。）因襲刺秦王。秦王覺，殺軻，使將軍王翦擊燕。二十九年，秦攻拔我薊，燕王亡，徙居遼東，斬丹以獻秦。三十年，秦滅魏。三十三年，秦拔遼東，虜燕王喜，卒滅燕。是歲，秦將王賁（《正義》：賁，音奔，王翦子）

亦虜代王嘉。

同上，卷七十一《樗里子甘茂列傳》附甘羅：

秦始皇帝使剛成君蔡澤於燕，三年而燕王喜使太子丹入質於秦。秦使張唐往相燕，欲與燕共伐趙以廣河間之地。張唐謂文信侯曰："臣嘗爲秦昭王伐趙，趙怨臣，曰：'得唐者與百里之地。'今之燕必經趙，臣不可以行。"文信侯不快，未有以强也。甘羅曰："君侯何不快之甚也？"文信侯曰："吾令剛成君蔡澤事燕三年，燕太子丹已入質矣，吾自請張卿相燕而不肯行。"甘羅曰："臣請行之。"文信侯叱曰："去！我身自請之而不肯，女焉能行之？"甘羅曰："大項橐生七歲爲孔子師。今臣生十二歲於茲矣，君其試臣，何遽叱乎？"於是甘羅見張卿曰："卿之功孰與武安君？"卿曰："武安君南挫强楚，北威燕、趙，戰勝攻取，破城墮邑，不知其數，臣之功不如也。"甘羅曰："應侯之用於秦也，孰與文信侯專？"張卿曰："應侯不如文信侯專。"甘羅曰："卿明知其不如文信侯專與？"曰："知之。"甘羅曰："應侯欲攻趙，武安君難之，去咸陽七里而立死於杜郵。今文信侯自請卿相燕而不肯行，臣不知卿所死處矣。"張唐曰："請因孺子行。"令裝治行。

行有日，甘羅謂文信侯曰："借臣車五乘，請爲張唐先報趙。"文信侯乃入言之於始皇曰："昔甘茂之孫甘羅，年少耳，然名家之子孫，諸侯皆聞之。今者張唐欲稱疾不肯行，甘羅説而行之。今願先報趙，請許遣之。"始皇召見，使甘羅於趙。趙襄王郊迎甘羅。甘羅説趙王曰："王聞燕太子丹入質秦歟？"曰："聞之。"曰："聞張唐相燕歟？"曰："聞之。""燕太子丹入秦者，燕不欺秦也。張唐相燕者，秦不欺燕也。燕、秦不相欺者，伐趙，危矣。燕、秦不相欺無異故，欲攻趙而廣河間。王不如賫臣五城以廣河間，請歸燕太子，與强趙攻弱燕。"趙王立自割五城以廣河間。秦歸燕太子。趙攻燕，得上谷三十城，令秦有十一。

同上，卷七十三《白起王翦列傳》：

秦將李信者，年少壯勇，嘗以兵數千逐燕太子丹至於衍水中，卒破得丹，始皇以爲賢勇。

同上，卷七十九《范睢蔡澤列傳》：

蔡澤相秦數月，人或惡之，懼誅，乃謝病歸相印，號爲綱成君。居秦十餘年，事昭王、孝文王、莊襄王。卒事始皇帝，爲秦使於燕，三年而燕使太子丹入質於秦。

同上，卷八十三《魯仲連鄒陽列傳》：

> 昔者荆軻慕燕丹之義，白虹貫日，太子畏之；（《集解》：應劭曰："燕太子丹質於秦，始皇遇之無禮，丹亡去，故厚養荆軻，令西刺秦王。精誠感天，白虹爲之貫日也。"如淳曰："白虹，兵象。日爲君。"《烈士傳》曰："荆軻發後，太子自相氣，見虹貫日不徹，曰：'吾事不成矣。'後聞軻死，事不立，曰：'吾知其然也。'"《索隱》：《烈士傳》曰："荆軻發後，太子自相氣，見虹貫日不徹，曰'吾事不成'。後聞軻死，事不就，曰'吾知其然'。"是畏也。又王劭云"軻將入秦，待其客未發，太子丹疑其畏懼，故曰畏之"，其解不如見虹貫日不徹也。《戰國策》又云聶政刺韓傀，亦曰"白虹貫日"也。）衛先生爲秦畫長平之事，太白蝕昴，而昭王疑之。夫精變天地而信不喻兩主，豈不哀哉！……故昔樊於期逃秦之燕，藉荆軻首以奉丹之事；（《索隱》：藉，音子夜反。韋昭云："謂於期逃秦之燕，以頭與軻，使入秦以示信也。"）王奢去齊之魏，臨城自刎以却齊而存魏。

同上，卷八十六《刺客列傳》：

> 荆軻者，衛人也。（《索隱》：按，贊論稱"公孫季功、董生爲余道之"，則此傳雖約《戰國策》而亦別記異聞。）其先乃齊人，徙於衛，衛人謂之慶卿。（《索隱》：軻先齊人，齊有慶氏，則或本姓慶。春秋慶封，其後改姓賀。此下亦至衛而改姓荆。荆、慶聲相近，故隨在國而異其號耳。卿者，時人尊重之號，猶如相尊美亦稱"子"然也。）而之燕，燕人謂之荆卿。
>
> 荆卿好讀書擊劍，以術説衛元君，衛元君不用。其後秦伐魏，置東郡，徙衛元君之支屬於野王。
>
> 荆軻嘗游過榆次，與蓋聶論劍，蓋聶怒而目之。荆軻出，人或言復召荆卿。蓋聶曰："曩者吾與論劍有不稱者，吾目之；試往，是宜去，不敢留。"使使往之主人，荆卿則已駕而去榆次矣。使者還報，蓋聶曰："固去也，吾曩者目攝之！"
>
> 荆軻游於邯鄲，魯句踐與荆軻博，争道，魯句踐怒而叱之，荆軻嘿而逃去，遂不復會。
>
> 荆軻既至燕，愛燕之狗屠及善擊筑者高漸離。荆軻嗜酒，日與狗屠及高漸離飲於燕市，酒酣以往，高漸離擊筑，荆軻和而歌於市中，相樂也，已而相泣，旁若無人者。荆軻雖游於酒人乎，然其爲人沈深好書；其所游諸侯，盡與其賢豪長者相結。其之燕，燕之處士田光先生亦善待之，知其非庸人也。
>
> 居頃之，會燕太子丹質秦亡歸燕。燕太子丹者，故嘗質於趙，而秦王政生於趙，其少時與丹歡。及政立爲秦王，而丹質於秦。秦王之遇燕太子丹不善，故丹怨而亡歸。歸而求爲報秦王者，國小，力不能。其後秦日出兵山東以伐齊、楚、三

晋，稍蠶食諸侯，且至於燕，燕君臣皆恐禍之至。太子丹患之，問其傅鞠武。武對曰："秦地遍天下，威脅韓、魏、趙氏，北有甘泉、谷口之固，南有涇、渭之沃，擅巴、漢之饒，右隴、蜀之山，左關、崤之險，民衆而士屬，兵革有餘。意有所出，則長城之南，易水以北，未有所定也。奈何以見陵之怨，欲批其逆鱗哉！"丹曰："然則何由？"對曰："請入圖之。"

居有間，秦將樊於期得罪於秦王，亡之燕，太子受而舍之。鞠武諫曰："不可。夫以秦王之暴而積怒於燕，足爲寒心，又況聞樊將軍之所在乎？是謂'委肉當餓虎之蹊'也，禍必不振矣！雖有管、晏，不能爲之謀也。願太子疾遣樊將軍入匈奴以滅口。請西約三晋，南連齊、楚，北購於單于，其後乃可圖也。"太子曰："太傅之計，曠日彌久，心惛然，恐不能須臾。且非獨於此也。夫樊將軍窮困於天下，歸身於丹，丹終不以迫於强秦而棄所哀憐之交，置之匈奴，是固丹命卒之時也。願太傅更慮之。"鞠武曰："夫行危欲求安，造禍而求福，計淺而怨深，連結一人之後交，不顧國家之大害，此所謂'資怨而助禍'矣。夫以鴻毛燎於爐炭之上，必無事矣。且以雕鷙之秦，行怨暴之怒，豈足道哉！燕有田光先生，其爲人智深而勇沈，可與謀。"太子曰："願因太傅而得交於田先生，可乎？"鞠武曰："敬諾。"出見田先生，道："太子願圖國事於先生也。"田光曰："敬奉教。"乃造焉。

太子逢迎，却行爲導，跪而蔽席。田光坐定，左右無人，太子避席而請曰："燕秦不兩立，願先生留意也。"田光曰："臣聞騏驥盛壯之時，一日而馳千里；至其衰老，駑馬先之。今太子聞光盛壯之時，不知臣精已消亡矣。雖然，光不敢以圖國事，所善荊卿可使也。"〔《正義》：《燕丹子》（《四庫》本作《燕太子篇》）云："田光答曰：'竊觀太子客無可用者：夏扶血勇之人，怒而面赤；宋意脉勇之人，怒而面青；武陽骨勇之人，怒而面白。光所知荊軻，神勇之人，怒而色不變。'"〕太子曰："願因先生得結交於荊卿，可乎？"田光曰："敬諾。"即起，趨出。太子送至門，戒曰："丹所報，先生所言者，國之大事也，願先生勿泄也！"田光俛而笑曰："諾。"僂行見荊卿，曰："光與子相善，燕國莫不知。今太子聞光壯盛之時，不知吾形已不逮也，幸而教之曰：'燕秦不兩立，願先生留意也。'光竊不自外，言足下於太子也，願足下過太子於宮。"荊軻曰："謹奉教。"田光曰："吾聞之，長者爲行，不使人疑之。今太子告光曰'所言者，國之大事也，願先生勿泄'，是太子疑光也。夫爲行而使人疑之，非節俠也。"欲自殺以激荊卿，曰："願足下急過太子，言光已死，明不言也。"因遂自刎而死。

荊軻遂見太子，言田光已死，致光之言。太子再拜而跪，膝行流涕，有頃而後言曰："丹所以誡田先生毋言者，欲以成大事之謀也。今田先生以死明不言，豈丹之心哉！"荊軻坐定，太子避席頓首曰："田先生不知丹之不肖，使得至前，敢有所道，此天之所以哀燕而不棄其孤也。（《索隱》：案，無父稱孤。時燕王尚在，而丹稱孤者，或記者失辭，或諸侯嫡子時亦僭稱孤也。又劉向云"丹，燕王喜之太子"。）今秦有貪利之心，而欲不可足也。非盡天下之地，臣海內之王者，其意不厭。今秦已虜韓王，盡納其地。又舉兵南伐楚，北臨趙；王翦將數十萬之衆距漳、鄴，而李信出太原、雲中。趙不能支秦，必入臣，入臣則禍至燕。燕小弱，數困於兵，今計舉國不足以當秦。諸侯服秦，莫敢合從。丹之私計，愚以爲誠得天下之勇士使於秦，窺以重利；秦王貪，其勢必得所願矣。誠得劫秦王，使悉反諸侯侵地，若曹沫之與齊桓公，則大善矣；則不可，因而刺殺之。彼秦大將擅兵於外而內有亂，則君臣相疑，以其間諸侯得合從，其破秦必矣。此丹之上願，而不知所委命，唯荆卿留意焉。"久之，荆軻曰："此國之大事也，臣駑下，恐不足任使。"太子前頓首，固請毋讓，然後許諾。於是尊荆軻爲上卿，舍上舍。太子日造門下，供太牢具，異物間進，車騎美女恣荆軻所欲，以順適其意。〔《索隱》：《燕丹子》（《四庫》本作《燕太子篇》）曰"軻與太子游東宮池，軻拾瓦投蛙，太子捧金丸進之。又共乘千里馬，軻曰'千里馬肝美'，即殺馬進肝。太子與樊將軍置酒於華陽臺，出美人能鼓琴，軻曰'好手也'，斷以玉盤盛之。軻曰'太子遇軻甚厚'"是也。〕

久之，荆軻未有行意。秦將王翦破趙，虜趙王，盡收入其地，進兵北略地至燕南界。太子丹恐懼，乃請荆軻曰："秦兵旦暮渡易水，則雖欲長侍足下，豈可得哉！"荆軻曰："微太子言，臣願謁之。今行而毋信，則秦未可親也。夫樊將軍，秦王購之金千斤，邑萬家。誠得樊將軍首與燕督亢之地圖，（《集解》：徐廣曰："方城縣有督亢亭。"駰案：劉向《別錄》曰："督亢，膏腴之地。"《索隱》：《地理志》廣陽國有薊縣。司馬彪《郡國志》曰："方城有督亢亭。"《正義》：督亢坡在幽州范陽縣東南十里。今固安縣南有督亢陌，幽州南界。）奉獻秦王，秦王必說見臣，臣乃得有以報。"太子曰："樊將軍窮困來歸丹，丹不忍以己之私而傷長者之意，願足下更慮之！"

荆軻知太子不忍，乃遂私見樊於期曰："秦之遇將軍可謂深矣，父母宗族皆爲戮没。今聞購將軍首金千斤，邑萬家，將奈何？"於期仰天太息流涕曰："於期每念之，常痛於骨髓，顧計不知所出耳！"荆軻曰："今有一言可以解燕國之患，報將軍之仇者，何如？"於期乃前曰："爲之奈何？"荆軻曰："願得將軍之首以獻秦王，秦王必喜而見臣，臣左手把其袖，右手揕其匈，然則將軍之仇報而燕見陵之愧除矣。將軍豈有意乎？"樊於期偏袒搤捥而進曰："此臣之日夜切齒腐心也，乃今得聞教！"遂自刎。太子聞之，馳往，伏尸而哭，極哀。既已不可奈何，乃遂盛樊於期首函封之。

於是太子豫求天下之利匕首，得趙人徐夫人匕首，取之百金，使工以藥焠之，以試人，血濡縷，人無不立死者。乃裝爲遣荆卿。燕國有勇士秦舞陽，年十三，殺人，人不敢忤視。乃令秦舞陽爲副。荆軻有所待，欲與俱；其人居遠未來，而爲治行。頃之，未發，太子遲之，疑其改悔，乃復請曰："日已盡矣，荆卿豈有意哉？丹請得先遣秦舞陽。"荆軻怒，叱太子曰："何太子之遣？往而不反者，豎子也！且提一匕首入不測之强秦，僕所以留者，待吾客與俱。今太子遲之，請辭決矣！"遂發。

太子及賓客知其事者，皆白衣冠以送之。至易水之上，既祖，取道，高漸離擊筑，荆軻和而歌，爲變徵之聲，士皆垂泪涕泣。又前而爲歌曰："風蕭蕭兮易水寒，壯士一去兮不復還！"復爲羽聲忼慨，士皆瞋目，髮盡上指冠。於是荆軻就車而去，終已不顧。

遂至秦，持千金之資幣物，厚遺秦王寵臣中庶子蒙嘉。嘉爲先言於秦王曰："燕王誠振怖大王之威，不敢舉兵以逆軍吏，願舉國爲内臣，比諸侯之列，給貢職如郡縣，而得奉守先王之宗廟。恐懼不敢自陳，謹斬樊於期之頭，及獻燕督亢之地圖，函封，燕王拜送於庭，使使以聞大王，唯大王命之。"秦王聞之，大喜，乃朝服，設九賓，見燕使者咸陽宫。荆軻奉樊於期頭函，而秦舞陽奉地圖柙，以次進。至陛，秦舞陽色變振恐，群臣怪之。荆軻顧笑舞陽，前謝曰："北蕃蠻夷之鄙人，未嘗見天子，故振慴。願大王少假借之，使得畢使於前。"秦王謂軻曰："取舞陽所持地圖。"軻既取圖奏之，秦王發圖，圖窮而匕首見。因左手把秦王之袖，而右手持匕首揕之。未至身，秦王驚，自引而起，袖絶。拔劍，劍長，操其室；［《正義》：《燕丹子》（《四庫》本作《燕太子篇》）云："左手揕其胸。秦王曰：'今日之事，從子計耳。乞聽瑟而死。'召姬人鼓琴，琴聲曰'羅縠單衣，可裂而絶；八尺屏風，可超而越；鹿盧之劍，可負而拔'。王於是奮袖超屏風走之。"］時惶急，劍堅，故不可立拔。荆軻逐秦王，秦王環柱而走。群臣皆愕，卒起不意，盡失其度。而秦法，群臣侍殿上者不得持尺寸之兵；諸郎中執兵皆陳殿下，非有詔召不得上。方急時，不及召下兵，以故荆軻乃逐秦王。而卒惶急，無以擊軻，而以手共搏之。是時，侍醫夏無且以其所奉藥囊提荆軻也。秦王方環柱走，卒惶急，不知所爲，左右乃曰："王負劍！"負劍，遂拔以擊荆軻，斷其左股。荆軻廢，乃引其匕首以擿秦王，不中，中桐柱。［《正義》：《燕丹子》（《四庫》本作《燕太子篇》）云："荆軻拔匕首擿秦王，决耳入銅柱，火出。"］秦王復擊軻，軻被八創。軻自知事不就，倚柱而笑，箕踞以罵曰："事所以不成者，以欲生劫之，必得約契以報太子也。"（《集解》：漢《鹽鐵論》曰："荆軻懷數年之謀而事不就者，尺八匕首不足恃也。秦王操於不意，列斷賁、育者，介七尺之利也。"）於是左右既前殺軻，秦王不怡者良久。已而論功，賞群臣及當坐者各有差，而賜夏無且黄金二百溢，曰："無且愛我，乃以藥囊提荆軻也。"

於是秦王大怒，益發兵詣趙，詔王翦軍以伐燕。十月而拔薊城。燕王喜、太子丹等盡率其精兵東保於遼東。秦將李信追擊燕王急，代王嘉乃遺燕王喜書曰："秦所以尤追燕急者，以太子丹故也。今王誠殺丹獻之秦王，秦王必解，而社稷幸得血食。"其後李信追丹，丹匿衍水中，燕王乃使使斬太子丹，欲獻之秦。秦復進兵攻之。後五年，秦卒滅燕，虜燕王喜。

　　其明年，秦并天下，立號為皇帝。於是秦逐太子丹、荊軻之客，皆亡。高漸離變名姓為人庸保，匿作於宋子。久之，作苦，聞其家堂上客擊筑，傍偟不能去。每出言曰："彼有善有不善。"從者以告其主，曰："彼庸乃知音，竊言是非。"家丈人召使前擊筑，一坐稱善，賜酒。而高漸離念久隱畏約無窮時，乃退，出其裝匣中筑與其善衣，更容貌而前。舉坐客皆驚，下與抗禮，以為上客。使擊筑而歌，客無不流涕而去者。宋子傳客之，聞於秦始皇。秦始皇召見，人有識者，乃曰："高漸離也。"秦皇帝惜其善擊筑，重赦之，乃矐其目，使擊筑，未嘗不稱善。稍益近之，高漸離乃以鉛置筑中，復進得近，舉筑朴秦皇帝，不中。於是遂誅高漸離，終身不復近諸侯之人。

　　魯句踐已聞荊軻之刺秦王，私曰："嗟乎，惜哉其不講於刺劍之術也！甚矣吾不知人也！曩者吾叱之，彼乃以我為非人也！"

　　太史公曰：世言荊軻，其稱太子丹之命，"天雨粟，馬生角"也，（《索隱》：《燕丹子》曰："丹求歸，秦王曰'烏頭白，馬生角，乃許耳'。丹乃仰天嘆，烏頭即白，馬亦生角。"《風俗通》及《論衡》皆有此說，仍云"廄門木烏生肉足"。）太過。又言荊軻傷秦王，皆非也。始公孫季功、董生與夏無且游，具知其事，為余道之如是。自曹沫至荊軻五人，此其義或成或不成，然其立意較然，不欺其志，名垂後世，豈妄也哉！（中華書局，1982年）

桑弘羊撰，王利器校注《鹽鐵論校注》卷九《論勇》：

　　大夫（桑弘羊——編者）曰："荊軻懷數年之謀而事不就者，尺八匕首不足恃也。秦王憚於不意，列斷賁、育，介七尺之利也。……"（中華書局，1992年）

何建章《戰國策注釋》卷三十一燕策三《燕太子丹質於秦》：

　　燕太子丹質於秦，亡歸。見秦且滅六國，兵以臨易水，恐其禍至。太子丹患之，謂其太傅鞠武曰："燕秦不兩立，願太傅幸而圖之。"武對曰："秦地遍天下，威脅韓、魏、趙氏，則易水以北，未有所定也。奈何以見陵之怨，欲排其逆鱗哉？"太子曰："然則何由？"太傅曰："請入圖之。"

　　居之有間，樊將軍亡秦之燕，太子容之。太傅鞠武諫曰："不可。夫秦王之暴，而積怨於燕，足為寒心，又況聞樊將軍之在乎！是以委肉當餓虎之蹊，禍必不振矣！雖有管、晏，不能爲謀。願太子急遣樊將軍入匈奴以滅口。請西約三晉，南連齊、楚，北講於單于，然後乃可圖也。"太子丹曰："太傅之計，曠日彌久，心惛然，恐不能須臾。且非獨於此也。夫樊將軍困窮於天下，歸身於丹，丹終不迫於強秦，而棄所哀憐之交置之匈奴，是丹命固卒之時也。願太傅更慮之。"鞠武曰："燕有田光先生者，其智深，其勇沉，可與之謀也。"太子曰："願因太傅交於田先生，可乎？"鞠武曰："敬諾。"出見田光，道："太子曰願圖國事於先生。"田光曰："敬奉教。"乃造焉。

太子跪而逢迎，却行爲道，跪而拂席。田先生坐定，左右無人，太子避席而請曰："燕、秦不兩立，願先生留意也。"田光曰："臣聞騏驥盛壯之時，一日而馳千里；至其衰也，駑馬先之。今太子聞光壯盛之時，不知吾精已消亡矣。雖然，光不敢以乏國事也。所善荊軻，可使也。"太子曰："願因先生得願交於荊軻，可乎？"田光曰："敬諾。"即起，趨出。太子送之至門，曰："丹所報，先生所言者，國大事也，願先生勿泄也。"田光俛而笑曰："諾。"

僂行見荊軻曰："光與子相善，燕國莫不知，今太子聞光壯盛之時，不知吾形已不逮矣，幸而教之曰：'燕、秦不兩立，願先生留意也。'光竊不自外，言足下於太子，願足下過太子於宮。"荊軻曰："謹奉教。"田光曰："光聞長者之行，不使人疑之，今太子約光曰：'所言者國之大事也，願先生勿泄也。'是太子疑光也。夫爲行使人疑之，非節俠士也。"欲自殺以激荊軻，曰："願足下急過太子，言光已死，明不言也。"遂自刎而死。

軻見太子，言田光已死，明不言也。太子再拜而跪，膝行流涕，有頃，而後言曰："丹所請田先生無言者，欲以成大事之謀。今田先生以死明不泄言，豈丹之心哉？"荊軻坐定，太子避席頓首曰："田先生不知丹不肖，使得至前，願有所道，此天所以哀燕不棄其孤也。今秦有貪饕之心，而欲不可足也。非盡天下之地，臣海內之王者，其意不饜。今秦已虜韓王，盡納其地，又舉兵南伐楚，北臨趙。王翦將數十萬之衆臨漳、鄴，而李信出太原、雲中。趙不能支秦，必入臣，入臣則禍至燕。燕小弱，數困於兵，今計舉國不足以當秦。諸侯服秦，莫敢合從，丹之私計，愚以爲誠得天下之勇士，使於秦，窺以重利，秦王貪其贄，必得所願矣。誠得劫秦王，使悉反諸侯之侵地，若曹沫之與齊桓公，則大善矣；則不可，因而刺殺之。彼大將擅兵於外，而內有大亂，則君臣相疑。以其閒諸侯，諸侯得合從，其償破秦必矣。此丹之上願，而不知所以委命，唯荊卿留意焉。"久之，荊軻曰："此國之大事，臣駑下，恐不足任使。"太子前頓首，固請無讓，然後許諾。於是尊荊軻爲上卿，舍上舍，太子日日造問，供太牢，異物間進，車騎、美女恣荊軻所欲，以順適其意。

久之，荊卿未有行意。秦將王翦破趙，虜趙王，盡收其地，進兵北略地，至燕南界。太子丹恐懼，乃請荊卿曰："秦兵旦暮渡易水，則雖欲長侍足下，豈可得哉？"荊卿曰："微太子言，臣願得謁之。今行而無信，則秦未可親也。夫今樊將軍，秦王購之金千斤，邑萬家。誠能得樊將軍首，與燕督亢之地圖獻秦王，秦王必說見臣，臣乃得有以報太子。"太子曰："樊將軍以窮困來歸丹，丹不忍以己之私而傷長者之意，願足下更慮之。"

荊軻知太子不忍，乃遂私見樊於期曰："秦之遇將軍可謂深矣，父母宗族皆爲戮没。今聞購將軍之首，金千斤，邑萬家，將奈何？"樊將軍仰天太息流涕曰："吾每念，常痛於骨髓，顧計不知所出耳。"軻曰："今有一言，可以解燕國之患，而報將軍之仇者，何如？"樊於期乃前曰："爲之奈何？"荊軻曰："願得將軍之首以獻秦，秦王必喜而善見臣。臣左手把其袖，而右手揕（抗）其胸，然則將軍之仇報，而燕國見陵之耻除矣。將軍豈有意乎？"樊於期偏袒扼腕而進曰："此臣日夜切齒拊心也，乃今得聞教。"遂自刎。太子聞之，馳往伏尸而哭，極哀。既已，無可奈何，乃遂收盛樊於期之首，函封之。

於是，太子預求天下之利匕首，得趙人徐夫人之匕首，取之百金，使工以藥淬之，以試人，血濡縷，人無不立死者。乃爲裝，遣荊軻。燕國有勇士秦武陽，年十二殺人，人不敢與忤視。乃令秦武陽爲副。荊軻有所待，欲與俱，其人居遠，未來，而爲留待。頃之，未發。太子遲之，疑其有改悔，乃復請之曰："日以盡矣，荊卿豈無意哉？丹請先遣秦武陽。"荊軻怒，叱太子曰："今日往而不反者，豎子也！今提一匕首，入不測之强秦，僕所以留者，待吾客與俱。今太子遲之，請辭決矣！"遂發。

太子及賓客知其事者，皆白衣冠以送之。至易水上，既祖，取道。高漸離擊筑，荊軻和而歌，爲變徵之聲，士皆垂泪涕泣。又前而爲歌曰："風蕭蕭兮易水寒，壯士一去兮不復還！"復爲忼慨羽聲，士皆瞋目，髮盡上指冠。於是荊軻遂就車而去，終已不顧。

既至秦，持千金之資幣物，厚遺秦王寵臣中庶子蒙嘉。嘉爲先言於秦王曰："燕王誠振畏慕大王之威，不敢興兵以拒大王，願舉國爲内臣，比諸侯之列，給貢職如郡縣，而得奉守先王之宗廟。恐懼不敢自陳，謹斬樊於期頭，及獻燕之督亢之地圖，函封，燕王拜送於庭，使使以聞大王。唯大王命之。"

秦王聞之，大喜。乃朝服，設九賓，見燕使者咸陽宫。荊軻奉樊於期頭函，而秦武陽奉地圖匣，以次進。至陛下，秦武陽色變振恐，群臣怪之。荊軻顧笑武陽，前爲謝曰："北蠻夷之鄙人，未嘗見天子，故振慴。願大王少假借之，使畢使於前。"秦王謂軻曰："起，取武陽所持圖。"軻既取圖奉之，發圖，圖窮而匕首見。因左手把秦王之袖，而右手持匕首揕（抗）之。未至身，秦王驚，自引而起，絶袖。拔劍，劍長，摻其室。時怨急，劍堅，故不可立拔。荊軻逐秦王，秦王還柱而走。群臣驚愕，卒起不意，盡失其度。而秦法：群臣侍殿上者，不得持尺兵；諸郎中執兵皆陳殿下，非有詔不得上。方急時，不及召下兵，以故荆軻逐秦王，而卒惶急，無以擊軻，而乃以手共搏之。是時，侍醫夏無且以其所奉藥囊提軻。秦王之方還柱走，卒惶急，不知所爲，左右乃曰："王負劍！王負劍！"遂拔，以擊荆軻，斷其左股。荆軻廢，乃引其匕首提秦王，不中，中柱。秦王復擊軻，被八創。軻自知事不就，倚柱而笑，箕踞以罵曰："事所以不成者，乃欲以生劫之，必得約契以報太子也。"左右既前斬荆軻，秦王目眩良久。而論功賞群臣及當坐者各有差，而賜夏無且黄金二百溢，曰："無且愛我，乃以藥囊提軻也。"

於是，秦大怒燕，益發兵詣趙，詔王翦軍以伐燕。十月而拔燕薊城。燕王喜、太子丹等皆率其精兵東保於遼東。秦將李信追擊燕王，王急，用代王嘉計，殺太子丹，欲獻之秦。秦復進兵攻之。五歲而卒滅燕國，而虜燕王喜。秦兼天下。

其後荆軻客高漸離以擊筑見秦皇帝，而以筑擊秦皇帝，爲燕報仇，不中而死。
（中華書局，1990年）

汪榮寶撰，陳仲夫點校《法言義疏》卷十六《淵騫篇》：

或問："要離非義者與？不以家辭國。"曰："離也，火妻灰子，以求反於慶忌，實蛛蝥之靡也，焉可謂之義也？""政？""爲嚴氏犯韓，刺相俠累，曼面爲姊，實壯士之靡也，焉可謂之義也？""軻？""爲丹奉於期之首、燕督亢之圖，入不測之秦，實刺客之靡也，焉可謂之義也？"（中華書局，1987年）

黄暉《論衡校釋》卷四《書虛》：

傳書又言：燕太子丹使刺客荆軻刺秦王，不得，誅死。後高漸麗復以擊筑見秦王，秦王説之；知燕太子之客，乃冒其眼，使之擊筑。漸麗乃置鉛於筑中以爲重，當擊筑，秦王膝進，不能自禁，漸麗以筑擊秦王顙。秦王病傷，三月而死。

夫言高漸麗以筑擊秦王，實也；言中秦王病傷三月而死，虚也。

夫秦王者，秦始皇帝也。始皇二十年，燕太子丹使荆軻刺始皇，始皇殺軻，明矣。二十一年，使將軍王翦攻燕，得太子首；二十五年，遂伐燕，而虜燕王嘉。後不審何年，高漸麗以筑擊始皇，不中，誅漸麗。當二（三）十七年，游天下，到會稽，至琅邪，北至勞、盛山，并海，西至平原津而病，到沙丘平臺，始皇崩。夫讖書言始皇還，到沙丘而亡；傳書又言病筑瘡三月而死於秦。一始皇之身，世或言死於沙丘，或言死於秦，其死，言恒病瘡。傳書之言，多失其實，世俗之人，不能定也。

同上，卷五《感虛》：

傳書言："荆軻爲燕太子謀刺秦王，白虹貫日。衛先生爲秦畫長平之事，太白蝕昴。"此言精〔誠〕感天，天爲變動也。

夫言白虹貫日，太白蝕昴，實也。言荆軻之謀，衞先生之畫，感動皇天，故白虹貫日，太白蝕昴者，虛也……

傳書言："燕太子丹朝於秦，不得去，從秦王求歸。秦王執留之，與之誓曰：'使日再中，天雨粟，令烏白頭，馬生角，厨門木象生肉足，乃得歸。'當此之時，天地祐之，日爲再中，天雨粟，烏白頭，馬生角，厨門木象生肉足。秦王以爲聖，乃歸之。"

此言虛也。燕太子丹何人？而能動天？聖人之拘，不能動天；太子丹，賢者也，何能致此？

夫天能祐太子，生諸瑞以免其身，則能和秦王之意，以解其難。見拘一事而易，生瑞五事而難。舍一事之易，爲五事之難，何天之不憚勞也？湯困夏臺，文王拘羑里，孔子厄於陳、蔡。三聖之困，天不能祐，使拘之者睹祐知聖，出而尊厚之。或曰："拘三聖者，不與三〔聖〕誓，三聖心不願，故祐聖之瑞，無因而至。天之祐人，猶借人以物器矣，人不求索，則弗與也。"曰：太子願天下瑞之時，豈有語言乎！心願而已。然湯閉於夏臺，文王拘於羑里時，心亦願出；孔子厄陳、蔡，心願食。天何不令夏臺、羑里關鑰毀敗，湯、文涉出；雨粟陳、蔡，孔子食飽乎？

太史公曰："世稱太子丹之令天雨粟，馬生角，大抵皆虛言也。"太史公書漢世實事之人，而云"虛言"，近非實也。

同上，卷七《語增》：

傳語曰："町町若荆軻之閭。"言荆軻爲燕太子丹刺秦王，後誅軻九族，其後恚恨不已，復夷軻之一里。一里皆滅，故曰町町。此言增之也。

夫秦雖無道，無爲盡誅荆軻之里。始皇幸梁山之宫，從山上望見丞相李斯車騎甚盛，惠，出言非之。其後，左右以告李斯，李斯立損車騎。始皇知左右泄其言，莫知爲誰，盡捕諸在旁者皆殺之。其後墜星下東郡，至地爲石。民或刻其石曰："始皇帝死地分。"始皇〔帝〕聞之，令御史逐問，莫服，盡取石旁人誅之。夫誅從行於梁山宫，及誅石旁人，欲得泄言、刻石者，不能審知，故盡誅之。荆軻之閭，何罪於秦而盡誅之？如刺秦王在閭中，不知爲誰，盡誅之，可也；荆軻已死，刺者有人，一里之民，何爲坐之？始皇二十年，燕使荆軻刺秦王，秦王覺之，體解軻以徇，不言盡誅其閭。

彼或時誅軻九族，九族衆多，同里而處，誅其九族，一里且盡，好增事者，則言町町也。

同上，卷十五《變動》：

　　因類以及，荊軻〔刺〕秦王，白虹貫日；衛先生爲秦畫長平之計，太白食昴，復妄言也。夫豫子謀殺襄子，伏於橋下，襄子至橋心動；貫高欲殺高祖，藏人於壁中，高祖至柏人，亦動心。二子欲刺兩主，兩主心動。實論之，尚謂非二子精神所能感也，而況荊軻欲刺秦王，秦王之心不動，而白虹貫日乎？然則白虹貫日，天變自成，非軻之精爲虹而貫日也。鈎星在房、心間，地且動之占也。地且動，鈎星應房、心。夫太白食昴，猶鈎星在房、心也。謂衛先生長平之議，令太白食昴，疑矣！歲星害鳥尾，周、楚惡之；綝然之氣見，宋、衛、陳、鄭災。案時周、楚未有非，而宋、衛、陳、鄭未有惡也。然而歲星先守尾，灾氣署（著）垂於天，其後周、楚有禍，宋、衛、陳、鄭同時皆然。歲星之害周、楚，天氣灾四國也。何知白虹貫日，不致刺秦王；太白食昴，使長平計起也？

同上，卷十七《是應》：

　　世言燕太子丹使日再中，天雨粟，烏白頭，馬生角，厨門象生肉足。論之既虛，則蓳脯之語，五應之類，恐無其實。

同上，卷二十九《對作》：

　　若太史公之書，據許由不隱，燕太子丹不使日再中，讀見之者，莫不稱善。
（中華書局，1990年）

班固撰，顏師古注《漢書》卷二十八下《地理志第八下》：

　　燕稱王十世，秦欲滅六國，燕王太子丹遣勇士荊軻西刺秦王，不成而誅，秦遂舉兵滅燕。

　　薊，南通齊、趙，勃、碣之間一都會也。初太子丹賓養勇士，不愛後宮美女，民化以爲俗，至今猶然。賓客相過，以婦侍宿，嫁取之夕，男女無別，反以爲榮。後稍頗止，然終未改。其俗愚悍少慮，輕薄無威，亦有所長，敢於急人，燕丹遺風也。

同上，卷三十《藝文志》諸子略法家：

　　《燕十事》十篇。（不知作者。）

同上，雜家：

　　《荊軻論》五篇。（軻爲燕刺秦王，不成而死，司馬相如等論之。）

同上，卷四十八《賈誼傳》：

……予之衆，積之財，此非有子胥、白公報於廣都之中，即疑有剚諸、荊軻起於兩柱之間，（師古曰："剚諸刺吳王，荊軻刺秦皇。事見《春秋傳》及《燕丹子》也。"）所謂假賊兵爲虎翼者也。

同上，卷五十一《賈鄒枚路傳》：

昔荊軻慕燕丹之義，白虹貫日，太子畏之；（應劭曰："燕太子丹質於秦，始皇遇之無禮，丹亡去，厚養荊軻，令西刺秦王。精誠感天，白虹爲之貫日也。"如淳曰："白虹，兵象，日爲君，爲燕丹表可克之兆。"師古曰："精誠若斯，太子尚畏而不信也。太白食昴，義亦如之。"）衛先生爲秦畫長平之事，太白食昴，昭王疑之。……故樊於期逃秦之燕，藉荊軻首以奉丹事；王奢去齊之魏，臨城自剄以却齊而存魏。夫王奢、樊於期非新於齊、秦而故於燕、魏也，所以去二國死兩君者，行合於志，慕義無窮也。

同上，卷五十三《景十三王傳》：

臣聞悲者不可爲累欷，思者不可爲嘆息。故高漸離擊筑易水之上，荊軻爲之低而不食；（應劭曰："燕太子丹遣荊軻刺秦王，賓客祖於易水之上，漸離擊筑，士皆垂泣，荊卿不能復食也。"師古曰："低謂俛首。"）雍門子壹微吟，孟嘗君爲之於邑。（中華書局，1962年）

應劭撰，王利器校注《風俗通義校注》卷二《正失·葉令祠》：

燕太子丹仰嘆，天爲雨粟，烏白頭，馬生角，廚中木象生肉足，井上株木跳度潰。

俗說：燕太子丹爲質於秦，始皇執欲殺之，言能致此瑞者，可得生活；丹有神靈，天爲感應，於是遣使歸國。

謹按《太史記》：燕太子質秦，始皇遇之益不善，丹恐而亡歸；歸求勇士荊軻、秦武陽，函樊於期之首，貢督亢之地圖，秦王大悅，禮而見之，變起兩楹之間，事敗而荊軻立死。始皇大怒，乃益發兵伐燕，燕王走保遼東，使使斬丹以謝秦，燕亦遂滅。丹畏死逃歸耳，自爲其父所戮，手足圮絶，安在其能使雨粟，其餘云云乎？原其所以有兹語者，丹實好士，無所愛悋也，故閭閻小論飾成之耳。

同上，卷六《聲音·筑》：

謹按《太史公記》：燕太子丹遣荊軻欲西刺秦王，與客送之易水，而設祖道，高漸離擊筑，荊軻和歌，爲濮上音，士皆垂髮涕泣，後爲羽聲，慷慨而索，瞋目，髮盡上指冠。荆軻入秦，事敗而死。漸離變名易姓，爲人庸保，匿作於宋子，久之，作苦，聞其家堂上客擊筑，伎癢不能毋出言，曰："彼有善不善。"從者告其主曰："彼庸乃知音，竊言是非。"家丈人作樂，召前使擊筑，一坐稱美，賜酒；而漸離念久畏約，毋窮已時，乃退，出裝匣中筑，與其善衣，更容貌而前，莫不驚愕，下與亢禮，以爲上客，使擊筑歌，無不涕泣而去者。宋子客傳之，聞於秦始皇，始皇召見，人有識者，乃曰漸離；始皇惜其善擊筑，重殺之，乃矐其目，使擊筑，未嘗不稱善，稍益近之。漸離乃以鉛置筑木中，後進得近，舉筑撲始皇，不中，於是遂誅。（中華書局，1981年）

俞紹初《建安七子集》卷三《王粲集·咏史詩二首》其二：

荆軻爲燕使，送者盈水濱。縞素易水上，涕泣不可揮。

同上，卷五《阮瑀集·咏史詩二首》其二：

燕丹養勇士，荆軻爲上賓。圖盡擢匕首，長驅西入秦。素車駕白馬，相送易水津。漸離擊筑歌，悲聲感路人。舉坐同咨嗟，嘆氣若青雲。（中華書局，2005年）

張華撰，范寧校證《博物志校證》卷七《異聞》：

荆軻字次非，渡，鮫夾船，次非不奏，斷其頭，而風波靜除。（周日用曰：余嘗行經荆將軍墓，墓與羊角哀冢鄰，若安伯施云：爲荆將軍所伐，乃在此也。其地在苑陵之源，求見其墓碑，將軍名乃作次飛字也。）

同上，卷八《史補》：

燕太子丹質於秦，秦王遇之無禮，不得意，思欲歸。請於秦王，王不聽，謬言曰："令烏頭白，馬生角，乃可。"丹仰而嘆，烏即頭白；俯而嗟，馬生角。秦王不得已而遣之，爲機發之橋，欲陷丹。丹驅馳過之，而橋不發。遁到關，關門不開，丹爲雞鳴，於是衆雞悉鳴，遂歸。（中華書局，1980年）

逯欽立《陶淵明集》卷四《咏荆軻》：

燕丹善養士，志在報强嬴。招集百夫良，歲暮得荆卿。君子死知己，提劍出燕京。素驥鳴廣陌，慷慨送我行。雄髮指危冠，猛氣衝長纓。飲餞易水上，四座列群英。漸離擊悲筑，宋意唱高聲。蕭蕭哀風逝，淡淡寒波生。商音更流涕，羽奏壯士驚。心知去不歸，且有後世名。登車何時顧，飛蓋入秦庭。凌厲越萬里，逶迤過千城。圖窮事自至，豪主正怔營。惜哉劍術疏，奇功遂不成！其人雖已没，千載有餘情。（中華書局，1979年）

酈道元著，陳橋驛校證《水經注校證》卷四《河水》：
　　又東過河北縣南。（門水又北徑弘農縣故城東，城即故函谷關校尉舊治處也，終軍棄繻於此。燕丹、孟嘗亦義動雞鳴於其下，可謂深心有感，志誠難奪矣。）

同上，卷十一《易水》：
　　易水出涿郡故安縣閻鄉西山。（易水又東歷燕之長城，又東徑漸離城南，蓋太子丹館高漸離處也。）
　　東過范陽縣南，又東過容城縣南。（濡水又東南徑樊於期館西，是其授首於荊軻處也。濡水又東南流徑荊軻館北，昔燕丹納田生之言，尊軻上卿，館之於此。……闞駰稱太子丹遣荊軻刺秦王，與賓客知謀者，祖道於易水上。《燕丹子》稱，荊軻入秦，太子與知謀者，皆素衣冠送之於易水之上，荊軻起為壽，歌曰：風蕭蕭兮易水寒，壯士一去兮不復還。高漸離擊筑，宋如意和之，為壯聲，士髮皆衝冠；為哀聲，士皆流涕。疑於此也。余按遺傳舊迹，多在武陽，似不餞此也。）

同上，卷十二《巨馬水》：
　　又東南過容城縣北。（又東徑督亢澤，澤苞方城縣，縣故屬廣陽，後隸於涿。《郡國志》曰：縣有督亢亭。孫暢之《述畫》有《督亢地圖》，言燕太子丹使荊軻賫入秦，秦王殺軻，圖亦絕滅。）

同上，卷十九《渭水》：
　　又東過長安縣北。（《燕丹子》曰：燕太子丹質於秦，秦王遇之無禮，乃求歸。秦王為機發之橋，欲以陷丹，丹過之橋，不為發。又一說，交龍扶輦而機不發。但言，今不知其故處也。）（中華書局，2007年）

蕭子顯《南齊書》卷四十六《王秀之列傳》：
　　州西曹苟平遺秀之交知書，秀之拒不答。平乃遺書曰："僕聞居《謙》之位，既刊於《易》；憝不可長，《禮》明其文。是以信陵致夷門之義，燕丹收荊卿之節，皆以禮而然矣。"（中華書局，1972年）

蕭統編，李善注《文選》卷十一游覽《景福殿賦》（何平叔）：
　　方四三皇而六五帝，曾何周夏之足言！（《燕丹子》：夏扶謂荊軻曰：何以教太子？軻曰：高欲令四三王，下欲令六五霸，於君何如也。）

同上，卷二十一咏史《咏史詩八首》其六（左太冲）：

　　荆軻飲燕市，酒酣氣益振。哀歌和漸離，謂若傍無人。雖無壯士節，與世亦殊倫。高眄邈四海，豪右何足陳？貴者雖自貴，視之若埃塵。賤者雖自賤，重之若千鈞。

同上，卷三十九上書《獄中上書自明》（鄒陽）：

　　昔者荆軻慕燕丹之義，白虹貫日，太子畏之；（如淳曰：白虹，兵象。日爲君。善曰：畏，畏其不成。《列士傳》曰：荆軻發後，太子相氣，見白虹貫日不徹，曰：吾事不成矣。後聞軻死，太子曰：吾知其然也。）衛先生爲秦畫長平之事，太白蝕昴，昭王疑之。夫精誠變天地，而信不諭兩主，豈不哀哉！……故樊於期逃秦之燕，藉荆軻首以奉丹事；王奢去齊之魏，臨城自剄以却齊而存魏。夫王奢、樊於期，非新於齊、秦，而故於燕、魏也，所以去二國，死兩君者，行合於志，而慕義無窮也。

同上，《詣建平王上書》（江文通）：

　　實佩荆卿黄金之賜，竊感豫讓國士之分矣。（《燕丹子》曰：荆軻之燕太子東宫，臨池而觀。軻拾瓦投蛙，太子令人奉盤金轉用抵，抵盡復進。軻曰：非爲太子愛金，但臂痛耳。）

　　……下官雖乏鄉曲之譽，然嘗聞君子之行矣。（《燕丹子》：夏扶曰：士無鄉曲之譽，則未可以論行。）

　　……若使下官事非其虚，罪得其實，亦當鉗口吞舌，伏匕首以殉身。（《燕丹子》：荆軻曰：田光向軻吞舌而死。）

同上，卷四十一書《報任少卿書》（司馬子長）：

　　僕少負不羈之行，長無鄉曲之譽。（《燕丹子》：夏扶曰：士無鄉曲之譽，未可以論行也。）……人固有一死，或重於太山，或輕於鴻毛，用之所趣異也。（《燕丹子》：荆軻謂太子曰：烈士之節，死有重於太山，有輕於鴻毛者，但問用之所在耳。）（上海古籍出版社，1986年）

魏收《魏書》卷九十一術藝《張淵列傳》：

　　至於精靈所感，迅逾駭嚮。荆軻慕丹，則白虹貫日而不徹；（昔荆軻慕燕太子丹之義，入秦爲刺客，雖至精感上而事竟不捷。）衛生畫策，則太白食昴而摘朗。魯陽指麾，而曜靈爲之回駕；嚴陵來游，而客氣著於乾象。斯皆至感動於神祇，誠應效於既往。（中華書局，1974年）

蕭繹撰，許逸民校箋《金樓子校箋》卷六《雜記篇第十三下》：

　　田光、鞠武俱往候荊軻。燕太子以武陽性好彈，太子爲作金丸。

　　燕田光、鞠武往候荊軻，軻時飲酒醉臥。光等往取之，唾其耳中而去。軻醉覺，問曰："誰唾我耳？"婦曰："燕太子師傅向來，是二人唾之。"軻曰："出口入耳，此必大事。"

　　燕田光、鞠武俱往候荊軻，軻在席擊筑而歌，莫不髮上穿冠。（中華書局，2011年）

庾信撰，倪璠注，許逸民點校《庾子山集注》卷一《小園賦》：

　　荊軻有寒水之悲，蘇武有秋風之別。

同上，卷九《擬連珠》：

　　蓋聞邯鄲已危，徒思馬服；薊城去矣，空用荊卿。是以竹杖扶危，不能正武擔之石；蘆灰縮水，不能救宣房之河。

　　蓋聞遷移白羽，流徙房陵，離家析里，淒恨撫膺。是以吳起之去西河，潸然出涕；荊軻之別燕市，悲不自勝。（中華書局，1980年）

劉晝著，傅亞庶校釋《劉子校釋》卷之二《辯樂章七》：

　　荊軻入秦，宋意擊筑，歌於易水之上。聞者瞋目，髮直穿冠。（袁注：荊軻，衛人也，往秦與太子燕丹報仇，欲殺秦王，去至易水上，太子送之，與其執別，宋如意爲擊筑。荊軻拔劍起舞而歌曰："風蕭蕭兮易水寒，壯士一去兮不復還。"感得白虹爲之貫日，殺秦王不得，荊軻身死於秦宮，遂再不得還也。）趙王遷於房陵，心懷故鄉，作《山木》之謳。聽者嗚咽，泣涕流連。此皆淫泆、悽愴、憤厲、哀思之聲，非理性和情、德音之樂也。（中華書局，1998年）

歐陽詢撰，汪紹楹校《藝文類聚》卷十七人部《耳》：

　　《列士傳》曰：燕丹使田光往候荊軻，值其醉，唾其耳中。軻覺，曰："此出口入耳之言，必大事也。"則往見光。

同上，卷五十五雜文部一《史傳》：

　　［詩］（魏阮瑀）又詩曰：燕丹養勇士，荊軻爲上賓。圖擿盡匕首，長驅西入秦。素車駕白馬，相送易水津。漸離擊筑歌，悲聲感路人。舉坐同咨嗟，嘆氣若青雲。

　　陳周弘直《賦得荊軻詩》曰：荊卿欲報燕，銜恩棄百年。市中傾別酒，水上擊離弦。匕首光陵日，長虹氣燭天。留言與宋意，悲歌非自憐。

陳楊縉《賦得荊軻詩》曰：函關使不通，燕將重深功。長虹貫白日，易水急寒風。壯髮危冠下，匕首地圖中。琴聲不可識，遺恨没秦宫。

同上，卷六十九服飾部上《案》：

《燕太子》曰：太子常與荊軻等案而食。

同上，卷八十五百穀部《粟》：

《風俗通》曰：燕太子丹仰嘆，天爲雨粟。（上海古籍出版社，1982年）

虞世南撰，陳禹謨補注《北堂書鈔》卷一百十樂部《筑》：

擊筑爲壯聲。（《燕太子丹》云：高漸離擊筑，荊軻和之，爲壯聲，髮皆衝冠。）

同上，卷一百二十八衣冠部二《單衣》：

羅縠。（《燕太子丹》云：荊軻左手把秦王袖，右手揕其胸，秦王曰："乞聽琴聲而死。"乃召姬人鼓琴，琴聲曰："羅縠單衣，可掣而絕。"）

同上，卷一百四十五酒食部《肉》：

買爭輕重。（《燕太子丹》云："荊軻過潯陽，買市爭輕重者，惟屠肉也。"）（《文淵閣四庫全書》本）

房玄齡等《晉書》卷三十九《馮紞列傳》：

史臣曰：……是知田光之口，豈燕丹之可絕；豫讓之形，非智氏之能變。動靜之際，有據蒺藜，仁義之方，求之彌遠矣。

同上，卷四十八《段灼列傳》：

臣聞魚懸由於甘餌，勇夫死於重報。故荊軻慕燕丹之義，專諸感闔閭之愛，匕首振於秦庭，吳刀耀於魚腹，視死如歸，豈不有由也哉！（中華書局，1974年）

魏徵、令狐德棻《隋書》卷三十四《經籍志三》子部小説類：

《燕丹子》一卷。（丹，燕王喜太子。梁有《青史子》一卷；又《宋玉子》一卷、《録》一卷，楚大夫宋玉撰；《群英論》一卷，郭頒撰；《語林》十卷，東晉處士裴啓撰。亡。）（中華書局，1973年）

彭定求《全唐詩》卷七十八駱賓王《送鄭少府入遼共賦俠客遠從戎》：

邊烽警榆塞，俠客度桑乾。柳葉開銀鏑，桃花照玉鞍。滿月臨弓影，連星入劍端。不學燕丹客，空歌易水寒。

同上，卷七十九駱賓王《於易水送人》：

此地別燕丹，壯士髮衝冠。昔時人已沒，今日水猶寒。（中華書局，1960年）

佚名《琱玉集》卷十二《感應》：

燕丹，六國時燕太子也，而質於秦。秦王遇之無禮，丹乃求歸。秦王曰："烏頭白，馬生角，當聽子歸。"太子仰天而嘆，烏爲頭白，馬爲生角。秦王大驚，始遣丹歸。丹乃募得荆軻，以刺秦王，不達。秦王大興兵衆，遂滅燕國，竟煞燕丹也。出《燕丹子傳》。（《叢書集成初編》本）

裴孝源《貞觀公私畫史》：

《燕太子丹圖》一卷。

右十一卷，皆甚精奇。隋朝以來，私家搜訪所得。内三卷，近陸探微先無題記可考。（《文淵閣四庫全書》本）

陳子昂著，徐鵬校《陳子昂集》卷二《薊丘覽古贈盧居士藏用·燕太子》：

秦王日無道，太子怨亦深。一聞田光義，匕首贈千金。其事雖不立，千載爲傷心。

同上，《田光先生》：

自古皆有死，狥義良獨稀。奈何燕太子，尚使田生疑。伏劍誠已矣，感我涕沾衣。（中華書局，2013年）

劉知幾撰，浦起龍通釋，王煦華整理《史通通釋》卷五《内篇·采撰》：

況古今路阻，視聽壤隔，而談者或以前爲後，或以有爲無，涇渭一亂，莫之能辨。而後來穿鑿，喜出異同，不憑國史，別訊流俗。及其記事也，則有師曠將軒轅并世，公明與方朔同時。堯有八眉，夔唯一足。烏白馬角，救燕丹而免禍；犬吠雞鳴，逐劉安以高蹈。此之乖濫，往往有餘。

同上，卷七《内篇·品藻》：

又其叙晉文之臣佐也，舟之僑爲上，陽處父次之，士會爲下；其述燕丹之賓客也，高漸離居首，荊軻亞之，秦舞陽居末。斯并是非瞀亂，善惡紛挐，或珍瓴甋而賤璠璵，或策駑駘而舍騏驥。以茲爲監，欲誰欺乎？（上海古籍出版社，2009年）

瞿曇悉達撰，常秉義點校《開元占經》卷九十八《虹蜺占·白虹貫日四》：

《史記》曰：鄒陽上書曰："荊軻慕燕丹之義，白虹貫日，太子畏之。"應劭曰：燕太子丹，秦始皇遇之無禮，丹亡去，故厚養荊軻，令刺秦王。積誠感天，白虹爲之貫日。《列士傳》曰：太子見虹貫日不徹，曰："吾事不成矣。"（中央編譯出版社，2006年）

楊齊賢集注，蕭士贇補注，郭雲鵬校刻《分類補注李太白詩》卷一《擬恨賦》：

至如荊卿入秦，直度易水，長虹貫日，寒風颯起，遠讎始皇，擬報太子，奇謀不成，憤惋而死。（士贇曰：《史·刺客傳》："燕太子質於秦，亡歸，見秦且滅六國，兵已臨易水，恐其禍至，丹患之。因田光以交荊軻，於是尊荊軻爲上卿，令秦武陽爲副，俱入秦刺秦王。臨發，太子及賓客知其事者，皆白衣冠以送之。至易水上，既祖，取道。高漸離擊筑，荊軻和而歌，爲變徵之聲，士皆垂淚涕泣。又前而爲歌曰：'風蕭蕭兮易水寒，壯士一去兮不復還。'復爲羽聲忼慨，士皆瞋目，髮盡上衝冠。於是荊軻遂就車而去，終已不顧。既至秦，秦王聞之大喜，乃朝服，設九賓，見燕使者咸陽宮。荊卿奉樊於期頭函，而秦武陽奉地圖匣，以次進。至陛，軻取圖奉之，秦王發圖，圖窮而匕首見，因左手把秦王之袖，右手持匕首揕之。未至身，秦王驚起，袖絕，環柱而走，群臣以手共搏之。是時侍醫夏無且以其所奉藥囊提荊軻。秦王方環柱走，卒惶急，不知所爲。左右乃曰：'王負劍！王負劍！'遂拔以擊荊軻，斷其左股。荊軻廢，乃引其匕首以擿秦王，不中，中柱。秦王復擊軻，軻被八創。軻自知事不就，倚柱而笑，箕踞以罵曰：'事所不成者，乃欲以生劫之，必得約契以報太子也。'"《史》鄒陽書曰："荊軻慕燕丹之義，欲刺秦王，其精誠上感於天，乃白虹貫日，太子畏之。"）

同上，卷四《結客少年場行》：

紫燕黃金瞳，啾啾搖綠鬃。平明相馳逐，結客洛門東。少年學劍術，凌轢白猿公。珠袍曳錦帶，匕首插吳鴻。由來萬夫勇，挾此生雄風。托交從劇孟，買醉入新豐。笑盡一杯酒，殺人都市中。羞道易水寒，從令日貫虹。燕丹事不立，虛沒秦帝宮。武陽死灰人，安可與成功！（士贇曰：《列士傳》曰："荊軻發後，太子自相氣，見虹貫日不徹，曰：'吾事不成矣。'後聞荊軻死，事不立，曰：'吾知其然也。'"《燕丹子》曰："荊軻與秦武陽入秦，秦王陛戟而見燕使。既鼓鐘并發，武陽大恐，面如死灰色。"荊軻刺秦王事見前卷注，可互觀之。）（《四部叢刊》本）

李筌《神機制敵太白陰經》卷四戰具類《守城具篇》：

　　轉關橋：一梁爲橋，梁端著橫栝拔去栝，橋轉關，人馬不得渡，皆傾水中。秦用此橋以殺燕丹。（《叢書集成初編》本）

李吉甫撰，賀次君點校《元和郡縣圖志》卷十八河北道三易州易縣：

　　易水，一名故安河，出縣西寬中谷。《周官》曰："并州，其浸涞、易。"燕太子丹送荆軻易水之上，即此水也。

　　樊於期故城，縣西十三里。於期授首荆軻處。（中華書局，1983年）

王天海、王韌《意林校釋》卷二：

　　《燕丹子》三卷。

　　丹者，燕王喜之子，身質於秦始皇之世。

　　丈夫恥於受辱，貞女羞於虧節。

　　田光云："血勇，怒而面赤；脉勇，怒而面青；骨勇，怒而面白。光知荆軻者，神勇也，怒而不變。"

　　荆軻之燕，謂太子曰："光揚太子高行厲天，美聲盈耳。軻出衛都，望燕路，歷險不以勤，望遠不以遲。今太子禮之以舊故之恩，接之以新人之敬，所以不復讓者，信知己故也。"

　　軻曰："太子若以燕當秦，猶以羊捕狼。"軻乃請樊於期，曰："將軍得罪於秦，父母妻子皆見焚，軻爲將軍痛之。今願得將軍之首，與燕督亢地圖進之，秦王必喜，喜必見軻。軻因左手把其袖，右手揕其胸，數以負燕之罪，責以將軍之讎。"於期執刀自刎，頭墜背後，兩目不瞑。太子聞之，伏尸而哭。函盛於期首與燕督亢地圖以獻秦。武陽爲副，軻不擇日而發。太子、賓客皆素衣冠送之易水之上。軻起爲壽，歌曰："風蕭蕭兮易水寒，壯士一去兮不復還。"高漸離擊筑，宋意和之，爲壯聲，則髮怒衝冠；作哀歌，則士皆流涕。二人皆升車，終已不顧也。

　　軻至咸陽，秦王大喜，陛戟見荆軻。軻捧樊於期首柙并地圖，以次進。群臣皆呼萬歲，秦武陽大恐，荆軻顧笑武陽，前謝曰："北蕃蠻夷之鄙人，未見天子，願陛下少假借之，使得畢事於前。"秦王曰："軻起，督亢圖進之。"荆軻發圖，圖窮而匕首見。因左手把秦王袖，右手揕其胸，數之曰："從我計則生，不從則死。"秦王曰："乞聽琴聲而死。"召姬人鼓琴。琴聲曰："羅縠單衣，可掣而絶；八尺屏風，可超而越；轆轤之劍，可負而拔。"軻不解音，秦王從琴聲，負劍拔之。秦王斷軻兩手，軻因倚柱而笑，箕踞而罵，曰："吾爲豎子所欺，事不濟也。"（中華書局，2014年）

李翱《李文公集》卷五《題〈燕太子丹傳〉後》：

　　荆軻感燕丹之義，函匕首入秦劫始皇，將以存燕霸諸侯，事雖不成，然亦壯士也。惜其智謀不足以知變識機。始皇之道，異於齊桓，曹沫功成，荆軻殺身，其所遭者然也。及欲促檻車，駕秦王以如燕，童子婦人且明其不能，而軻行之，其弗就也非不幸。燕丹之心，苟可以報秦，雖舉燕國而不顧，況美人哉！軻不曉而當之，陋矣！（《四部叢刊》本）

柳宗元撰，尹占華、韓文奇校注《柳宗元集校注》卷四十三古今詩《咏荆軻》：

　　燕秦不兩立，太子已爲虞。千金奉短計，匕首荆卿趨。窮年徇所欲，兵勢且見屠。微言激幽憤，怒目辭燕都。朔風動易水，揮爵前長驅。函首致宿怨，獻田開版圖。炯然耀電光，掌握罔正夫。造端何其銳，臨事竟趑趄。長虹吐白日，蒼卒反受誅。按劍赫憑怒，風雷助號呼。慈父斷子首，狂走無容軀。夷城芟七族，臺觀皆焚污。始期憂患弭，卒動災禍樞。秦皇本詐力，事與桓公殊。奈何效曹子，實謂勇且愚。世傳故多謬，太史徵無且。（中華書局，2013年）

曹學佺《石倉歷代詩選》卷八十二晚唐九《讀〈田光傳〉》：

　　秦滅燕丹怨正深，古來豪客盡沾襟。荆卿不了真閑事，辜負田光一片心。（《文淵閣四庫全書》本）

胡曾撰，陳蓋注《新雕注胡曾咏史詩》卷一《易水》：

　　一旦秦皇馬角生，燕丹歸此送荆卿。行人欲識無窮恨，聽取東流易水聲。（《後語》云："昔燕太子名丹，入質於秦，秦皇不禮，太子怨。後燕王病，太子請歸侍養，秦王不聽，乃謂曰：'馬生角，乃放子還。'太子志感馬生角，秦王乃放太子還燕。太子由是怨秦王，謀欲挾客之。謂壯士田光，光曰：'聞騏驥少壯，日行千里，乃其老矣，駑馬先之。光今年老，慮不濟事。衛人荆軻志勇，願爲太子結之。'太子乃贈千金，詔軻，軻喜而行。光謂軻曰：'願速報太子囑勿泄，光致死以不泄。'乃枳輪而死。軻至燕，燕太子甚敬重之，乃言入秦之事。軻云：'欲要燕地圖進之。'又要秦將樊於期首進。太子曰：'地圖可，於期首不可。但於期事窮投寡人，寡人不忍殺之。'軻乃私謂於期曰：'將軍得罪於秦人，家族盡被秦誅滅，今秦構千金、邑萬户，求將軍頭。今願得將軍首，并燕地圖而進秦王，秦王必喜，軻得近而刺殺之，以報將軍之仇，答燕太子之耻。'於期乃自刎。太子聞之奔往，乃見於期已死矣。太子乃伏尸而哭，悲不勝忍，遂乃以函盛之。詔士十人，以秦武陽爲使。太子與賓餞送至易水之上，置酒大宴。高漸離擊筑，宗［宋］意知爲壯之聲，感悲歌，衆皆涕泣，或慷愾髮上衝冠。"《文選》云："荆軻擊劍而歌曰：'風蕭蕭兮易水寒，壯士一去兮不復還。'士皆泪。荆軻至秦，乃進地圖，王乃以御掌接之。武陽捧於期首盛，戰懼不敢進。軻乃復進之，秦王又以御掌接之。軻乃擒秦王袖，秦王大驚。軻謂曰：'欲作秦地鬼？欲作燕國之囚？'秦王懼死，答之：'願爲燕國囚。'軻乃不煞。秦王謂軻曰：'請與別後宮。'軻許，遂置酒與軻飲。秦宮女乃鼓琴送酒，琴曲中歌云軻醉，教王掣御袖越屏走。軻不會琴音，而秦王會之，遂掣袖而走。軻以匕首擊之，不中，中銀柱，火出。軻大笑，秦王左右遂煞荆軻。秦王大怒，後兵伐燕，燕王與太子東保遼東，秦將李斯攻之。宗［宋］意燕王乃煞太子，送首於秦。秦王怒，不解圍，遂發大軍并滅六國矣。"此謂燕太子恨於秦王無窮，猶如易水之聲也。夫勇士者，懷須其智，先立其功。荆軻雖決烈之心，臨事因循，豈不勞而無功者哉！）（《四部叢刊》本）

［日］藤原佐世《日本國見在書目錄》小説家：

《笑論》一卷，《燕丹子》一卷。（晉處士裴啓撰。）（中華書局，1991年）

劉昫等《舊唐書》卷四十七《經籍下》丙部子錄小説家類：

《燕丹子》三卷。（燕太子撰。）（中華書局，1975年）

彭定求《全唐詩》卷七百二十八周曇《春秋戰國門·荆軻》：

反刃相酬是匹夫，安知突騎駕群胡。有心爲報懷權略，可在於期與地圖。
幾尺如霜利不群，恩仇未報反亡身。誠哉利器全由用，可惜吹毛不得人。（中華書局，1960年）

李昉等《太平御覽》卷首《經史圖書綱目》：

《燕丹子》。

同上，卷十四天部十四《虹霓》：

《烈士傳》曰：荆軻發後，太子見虹貫日不徹，曰："吾事不成矣。"後聞軻死，事不立，曰："吾知之矣。"

同上，卷一百六十二郡部八河北道中《易州》：

《九州記》曰：易縣西南三十里有送荆陘，即荆軻入秦之路也。

同上，《歸順州》：

《方輿志》曰：歸順州，其地乃燕之北境，燕太子丹使荆軻獻地圖，即謂此也，即元順州之北境。唐天寶初以置歸化、順義二郡，同領懷柔一縣，復又立歸順州以理焉。

同上，卷三百三十七兵部六十八《攻具下》：

（《通典·衛公兵法·守城篇》）又曰：轉關橋：一梁爲橋，梁端著橫栝，去，其橋轉，人馬不得渡，皆傾水中。秦用此橋而殺燕丹。

同上，卷三百六十六人事部七《耳》：

《列士傳》曰：燕丹師田光，往候荆軻，値軻醉，唾其耳中。軻覺曰："此出口入耳之言，必大事也。"即往見光。

同上，卷三百七十五人事部一十六《血》：

《燕丹子》曰：竊觀太子客無可用者。夏扶血勇之人，怒而面赤。

《春秋後語》曰：燕太子丹豫求天下名利匕首，得趙人徐夫人匕首，取之百金，使工以藥淬之，以試人，血濡縷，無不立死者。（裴駰曰：言以匕首傷人，血出沾濡絲縷，便立死。濡，讀如儒也。）

同上，卷六百九十九服用部一《帳》：

《燕丹太子》曰：秦始皇置高漸離於帳中擊筑。

同上，卷七百四十二疾病部五《瘡》：

《論衡》曰：儒書言，燕太子丹使客荆軻刺秦王不得，誅死。後高漸離復以擊筑見秦王，王知燕之客，乃膠其眼，使之擊筑。漸離置鉛於筑中以爲重，而擊秦王。秦王病瘡，三月而死。夫言高漸離以筑擊秦王，實也；言中秦王，病瘡三月而死，虛也。

同上，卷七百六十二器物部七《杵臼》：

《風俗通》曰：秦留燕太子丹，天爲雨粟，厨中杵生肉，是不然也。

同上，卷八百四十百穀部四《粟》：

《風俗通》曰：燕太子丹仰嘆，天爲雨粟。

同上，卷八百七十七咎徵部四《雨穀》：

京房曰：雨五穀，人相食。

又曰：燕丹囚於秦，天雨粟於燕。後，秦滅之。

同上，卷九百三十鱗介部二《蛟》：

（《博物志》）又曰：荆俶飛度江，兩蛟夾其船。俶飛下劍盡斷其頭，而風波靜。

又曰：燕太子丹質於秦，見遣，而爲機橋於渭，將殺之。蛟龍夾舉，機不得發。（中華書局，1960年）

樂史撰，王文楚點校《太平寰宇記》卷六十七河北道十六易州易縣：

送荆陘。《九州記》云："易縣西南三十里，即荆軻入秦之路也。"

中易水。《水經注》云："出故安閻安鄉谷中，東徑五大夫城。又東徑易京城，與北易水合流，入巨馬河。"《史記》云："燕太子丹遣荆軻刺秦王，祖送易水上。"即此處也。

荆卿城，在縣西九里，周回二里。《九州要記》云："荆軻城北臨濡水，即軻以金圓投黿處。軻入秦，樊於期刎頭付軻於此城。"

高漸離城，在縣南十六里。《史記》云："荆軻死，秦始皇得高漸離，惜其善擊筑，重赦之。漸離復進得近，乃以鉛置筑中，舉筑撲秦皇，不中。"此即漸離所居。

同上，滿城縣：

鬥雞臺，在縣東南八十里。《水經注》云："五回山南七里有鬥雞臺，傳曰燕太子丹鬥雞於此。"

同上，卷七十河北道十九涿州范陽縣：

督亢陂，在縣東南十里。劉向《別錄》："督亢，燕膏腴之地。"孫暢之《述畫》曰："燕太子丹使荆軻齎督亢地圖入秦，謀刺秦王，尋爲秦滅也。"《郡國志》云："陂見有海龍王神祠在焉。"

同上，卷七十一河北道二十歸順州：

歸順州（今理懷柔縣），其地乃燕之北境，燕太子丹使荆軻獻地圖，蓋謂此地，即元順州之北境。（中華書局，2007年）

王堯臣等編次，錢東垣等輯釋《崇文總目》卷三小說類上：

《燕丹子》三卷。燕太子丹撰。

侗按，舊本丹訛作山，今校改。《唐志》，一卷。（《宋元明清書目題跋叢刊》本，中華書局，2006年）

歐陽修、宋祁《新唐書》卷五十九《藝文志三》丙部子錄小說家類：

《燕丹子》一卷。（燕太子。）（中華書局，1975年）

佚名《歷代名賢確論》卷三十諸王王喜《燕丹荊軻》（温公）：

温公曰：燕丹不勝一朝之忿，以犯虎狼之秦，輕慮淺謀，挑怨速禍，使召公之廟不祀忽諸，罪孰大焉。而論者或謂之賢，豈不過哉！夫爲國家者，任官以才，立政以禮，懷民以仁，交鄰以信，是以官得其人，政得其節，百姓懷其德，四鄰親其義。夫如是，則國家安如磐石，熾如焱火，觸之者碎，犯之者焦，雖有强暴之國，尚何足畏哉！丹釋此不爲，顧以萬乘之國，決匹夫之怒，逞盜賊之謀，功墮身戮，社稷爲墟，不亦悲哉！夫膝行蒲伏，非恭也；復言重諾，非信也；糜金散玉，非惠也；刎首決腹，非勇也。要之，謀不遠而動不義，其楚勝白公之流乎？荆軻懷其豢養之私，不顧赤族欲以尺八匕首强燕而弱秦，不亦愚乎？故揚子論之以"要離爲蛛蝥之靡，聶政爲壯士之靡，荆軻爲刺客之靡"，皆不可謂之義。又曰："荆軻，君子盜諸。"（《文淵閣四庫全書》本）

王安石著，唐武標校《王文公文集》卷三十三雜著《書〈刺客傳〉後》：

曹沫將而亡人之城，又劫天下盟主，管仲因勿背以市信一時可也。予獨怪智伯國士豫讓，豈顧不用其策耶？讓誠國士也，曾不能逆策三晉，救智伯之亡，一死區區，尚足校哉？其亦不欺其意者也！聶政售於嚴仲子，荆軻豢於燕太子丹，此兩人者，污隱困約之時，自貴其身，不妄願知，亦曰有待焉。彼挾道德以待世者，何如哉？（上海人民出版社，1974年）

王存撰，王文楚、魏嵩山點校《元豐九域志》附錄《新定九域志·古迹》卷二：

安肅軍　易水，酈善長《水經》云：代州廣昌縣東南，至古易縣城，燕太子丹送荆軻至此。（中華書局，1984年）

王文誥輯注，孔凡禮點校《蘇軾詩集》卷四十《和陶咏荆軻》：

秦如馬後牛，呂氏非復嬴。天欲厚其毒，假手李客卿。功成志自滿，積惡如陵京。滅身會有時，徐觀可安行。沙丘一狼狽，笑落冠與纓。太子不少忍，顧非萬人英。魏韓裂智伯，肘足本無聲。胡爲棄成謀，托國此狂生。荆軻不足説，田子老可驚。燕趙多奇士，惜哉亦虛名。殺父囚其母，此豈容天庭。亡秦祇三户，況我數十

城。漸離雖不傷，陛戟加周營。至今天下人，愍燕欲其成。廢書一太息，可見千古情。（中華書局，1982年）

張耒撰，李逸安、孫通海、傅信點校《張耒集》卷二十六《荆軻》：
燕丹計盡問田生，易水悲歌壯士行。嗟爾有心雖苦拙，區區兩死一無成。（中華書局，1990年）

歐陽忞著，李勇先、王小紅校注《輿地廣記》卷十二河北路化外州涿州新城縣：
新城縣，本漢涿縣地。唐大和六年析范陽置。有督亢陂溉田，號爲膏腴。燕太子丹使荆軻以督亢地圖獻秦王，即此。

同上，易州易縣：
易縣，本漢故安縣，屬涿郡。魏、晉、元魏屬范陽郡。北齊省故安縣。隋立易州及易縣，又上谷郡。唐因之。漢安故縣故城，在今縣南，易水所出。燕太子丹送荆軻入秦，祖道於水上，軻起爲壽，歌曰："風蕭蕭兮易水寒，壯士一去兮不復還。"即此。（四川大學出版社，2003年）

鄭樵《通志》卷六十八《藝文略第六》小説：
《燕丹子》一卷。（丹，燕王喜太子。）（中華書局，1987年）

林之奇《拙齋文集》卷十三史論《燕太子丹報秦》：
嘻笑之怒，甚於裂眦；長歌之哀，過於慟哭。古之人將欲報夫不共戴天之仇者，不可使敵人知吾有疾之之意，而後其仇者可得而報。越王勾踐之栖會稽，其怨吳也至深入骨髓矣，然而稱臣妾於吳，盡夫所以事之之禮者二十有五年。寢薪嘗膽，吊死問孤，以維持其國家，而徐爲之計，然後得志於吳，卒栖吳王於姑蘇，以刷前日會稽之恥。善報怨者，固如此也！鷙鳥之擊，必匿其形。燕丹怨秦欲報之，使荆軻持匕首以劫秦王，使悉反諸侯侵地，若曹沫之與桓公，不可因而刺殺之，此二謀者卒皆不成，遂遭秦王赫然之怒，而爲秦所滅。夫越王勾踐之報吳，謀於二十五年之間，而後得行其志。燕丹之報秦王，乃欲劫之於一日之際，亦可謂淺慮無謀之甚矣。秦王既不可殺，又不可劫，而燕遂以亡，其亡也，固其所也。然向使荆軻得劫秦王，以反所侵之地，則燕亦不免於亡。何則？秦王肆虎狼之威，不復以信義接於諸侯，又安可以桓公待之？使軻能劫之於一日之間，則軻之反也，秦亦發兵而伐滅之。是劫之亦亡也。夫以燕之小國，而殺大國之君，則秦人舉國而仇之，又獨無始皇者乎？以是知不可劫亦亡，可劫亦亡；不可殺亦亡，可殺亦亡。是荆軻之行有以取亡者二，而丹乃以爲自全之計，是所謂不忍一朝之忿，亡其身以及其國家者也。

同上，《荆軻刺秦王》：

忠信爲周，蓋惟忠信以防身，爲能周而無缺。苟不以忠信爲周身之具，縱使慮患之密，未有無缺之可乘。秦人之慮患可謂深矣，其宮衛之嚴，蓋數倍於諸侯也，然而荆軻進督亢之圖，圖窮而匕首見，把秦王之袖而揕其胸，幾不免於荆軻之所斃者。蓋秦之法：群臣侍殿上者，不得持尺寸之兵；執兵侍殿下者，非有詔召不得上。故荆軻之劫秦王，侍左右者欲救而無兵，侍殿下者雖有兵非有召詔不得上，可謂善慮患之密者矣，而卒以此之故，幾爲荆軻之所殺。縱使無忠信以爲周身之防，徒區區於宮衛之嚴，是雖慮患之密，然必有出於其所不慮者。秦人之慮患不獨此者也，破滅諸侯，不封功臣子弟，殺豪杰，銷鋒鏑，以爲天下之人無足信，然而卒爲亂者，乃其左右所親信之趙高。焚《詩》《書》，滅禮樂，以愚黔首，使天下之人皆不讀書，以是爲得計，然而起於隴畝之中習亂以亡秦者，乃不知書之陳勝、吳廣。以是知秦之慮患雖密，而患害之生常起於其所不慮者，是不知以忠信爲周身之具故也。漢光武見馬援於宣德廡下，岸幘迎笑，謂曰："卿遨游二帝間，今見卿，使人大慚。"援曰："當今之世，非獨君擇臣，臣亦擇君。臣與公孫述同縣，少相善，臣前至蜀，述陛戟而後進臣，臣今遠來，陛下何知非刺客奸人，而簡易若是？"帝笑曰："卿非刺客，顧說客耳。"夫岸幘迎笑，可謂簡易而無防患之具，然莫敢犯之者，蓋惟忠信以爲周身之具，無缺之可乘故也。（《文淵閣四庫全書》本）

尤袤《遂初堂書目》雜家類：

《燕丹子》。（《叢書集成初編》本）

朱熹《楚辭集注》附《楚辭後語》卷一《易水歌》：

《易水歌》者，燕刺客荆軻之所作也。燕太子丹患秦攻伐諸侯無已時，使荆軻奉督亢之圖、樊於期之首，入秦刺秦王。將發，太子及賓客知其事者，皆白衣冠以送之。至易水之上，既祖，取道，高漸離擊筑，荆軻和而歌，爲變徵之聲，士皆垂泪涕泣。又前而歌，復爲羽聲忼慨，士皆瞋目，髮盡上指冠。於是荆軻就車而去。夫軻匹夫之勇，其事無足言，然於此可以見秦政之無道，燕丹之淺謀，而天下之勢已至於此，雖使聖賢復生，亦未知其何以安之也！且余於此又特以其詞之悲壯激烈，非楚而楚，有足觀者，於是錄之，它固不遑深論云。

風蕭蕭兮易水寒，壯士一去兮不復還。（上海古籍出版社，1979年）

王楙撰，王文錦點校《野客叢書》卷四《荆軻》：

　　鄒陽曰："荆軻湛七族，要離燔妻子。"應劭云："荆軻爲燕刺秦始皇，不遂，其族坐之湛没也。"師古云："此説謂湛七族，無'荆'字也。尋諸史籍，荆軻無湛族之事，不知陽所言者何人也。"僕謂"湛"之爲義，言隱没也，謂軻以得罪於秦，故凡荆軻親屬，皆竄迹隱遁，不見於世，非謂秦滅没其七族也。《史記》曰："秦逐太子丹，荆軻之客皆亡，高漸離變姓名匿於宋子。"正此意也。

同上，卷二十六《烏頭白》：

　　今人喻事之難濟，有"老鴉頭白"之説。僕觀燕太子丹質於秦，欲求歸，秦王曰："烏頭白，馬生角，乃可。"事見《風俗通》《論衡》。是以曹子建詩曰："子丹西質秦，烏白馬角生。"鮑照詩曰："潔誠洗志朝暮年，烏白馬角寧足言！"太史公但云"天雨粟，馬生角"。（中華書局，1987年）

劉過《龍洲集》卷三《懷古四首·爲知己魏倅元長賦兼呈王永叔宗丞戴少望》其二：

　　高高黄金臺，燕趙争趨風。後來得荆卿，恩禮盡鞠躬。丈夫易感激，况在窮厄中。縞衣登素車，函谷照已空。吕政當野死，燕丹無奇功。俠骨化爲鐵，血變海水紅。英憤氣不磨，今爲亘天虹。（《叢書集成初編》本）

高似孫《緯略》卷一《雞鳴度關》：

　　雞鳴度關，皆曰孟嘗君出秦關中，雞未鳴，關未開，下客爲雞聲，群雞和之，乃得出。然燕太子丹質於秦，逃歸到關，丹爲雞聲遂逃。前乎此已有之矣。（《叢書集成初編》本）

高似孫《子略》子鈔：

　　《燕丹子》三卷。（上海涵芬樓，1925年）

周南《山房集》卷三《與廟堂議論和書》：

　　若夫因敵人之命，函用事之首以求成，則自古未之有也。惟燕太子丹封樊於期之首以獻於秦，趙孝成王取魏齊之首以贖其弟，本朝徽宗皇帝令王安中函張覺之首以送金人。其事今可復襲耶？矧燕丹雅意欲使荆軻刺始皇，非稟秦之號令也。（《文淵閣四庫全書》本）

潘自牧《記纂淵海》卷二十二郡縣部燕山府路《涿州》：

　　〔縣沿革〕淇溝，在州西南督亢陂。燕太子使荆軻賷督亢圖，即此。今有督亢亭。

華陽臺，在州境。燕太子丹與樊將軍置酒華陽館，出美人、奇馬，即此。

同上，《易州》：

［人物］田光，郡人，不慕仕進，爲人智深而勇，太子丹聞其賢，願與之交，與圖國事。光曰："臣聞騏驥盛壯之時，一日而馳千里；及其衰老，駑馬先之。今太子聞光盛壯之時，不知臣精已消亡矣。"因薦荊軻，太子曰："願先生勿泄也。"光出而嘆曰："夫爲行而使人疑之，非節俠也。"遂自刎，以明不言。（《紀勝》。）

同上，卷四十九性行部《乘虛接響》：

［傳記］師曠、軒轅并世，公明、方朔同時；堯有八眉，夔惟一足；烏白馬角，救燕丹而免禍，犬吠雞鳴，逐劉安以高蹈。故道聽塗説之違理，街談巷議之損實。

同上，卷五十九論議部《事出望外》：

［傳記］燕太子丹質於秦，秦王遇之無禮，欲求歸。秦王曰："烏頭白，馬生角，乃許爾歸。"丹仰天而嘆，烏頭生白，馬即生角，秦王乃放歸。（《吕氏春秋》。）（中華書局，1988年）

祝穆《古今事文類聚》別集卷二十五人事部《馬生角》：

燕太子丹爲質於秦，秦不禮，乃求歸。秦曰："待烏頭白，馬生角，當放子歸。"太子仰天哭，感得烏頭白，馬生角。秦王大驚，乃遣丹歸。（《游歷記聞》。）（《四庫類書叢刊》本，上海古籍出版社，1992年）

高斯得《恥堂存稿》卷六《讀荊軻傳》：

夜讀荊軻傳，掩卷喟然嘆。結交天下士，賢哉太子丹。報秦一片心，秋蓮孤劍寒。介紹田先生，得結荊卿歡。太子一語疑，先生甘自殘。荊卿欲藉手，臨事敢開口。走見樊於期，願借將軍首。將軍搋摰言，念此固已久。得復平生仇，性命何足有。四雄英烈風，精神凌白虹。函關初未入，氣已吞祖龍。其事雖不就，簡牘光無窮。奈何今之人，蹙縮如寒蟲。（《叢書集成初編》本）

林坤《誠齋雜記》卷上：

燕太子丹質於秦，秦王遇之無禮，乃求歸。秦王爲機，置之橋，欲以陷丹。丹過之，蛟龍捧轝而機不發。

荆軻之燕太子東宫，臨池而觀。軻拾瓦投蛙，太子令奉盤金。軻用抵，抵盡復進。軻曰："非爲太子愛金，但臂痛耳。"（中華書局，1991年）

方回《桐江續集》卷二十《贈筆工馮應科》：

燕丹匕首付荆卿，血不濡縷笑空摘。（《文淵閣四庫全書》本）

劉因《静修先生文集》卷三《和陶詩·和詠荆軻》：

兩兒戲邯鄲，六國朝秦嬴。秦王鷙鳥姿，得飽肯顧卿。燕丹一何淺，結客報咸京。當時勢已危，奇謀不及行。政使無此舉，寧免繫頸纓。如丹不足論，世豈無豪英。天方事除掃，孰禦狂飇聲。我欲論成敗，高歌呼賈生。乾坤有大義，迅若雷霆驚。堂堂九國師，誰定討罪名。一戰固未晚，何爲割邊庭。區區六屠王，山東但空城。孟荀豈無術，乘時失經營。今雖聖者作，不救亂已成。酒酣發羽奏，亂我懷古情。（《四部叢刊》本）

馬端臨《文獻通考》卷二百十五《經籍考四十二》子部小説家：

《燕丹子》三卷。

《中興藝文志》："丹，燕王喜太子。此書載太子丹與荆軻事。"

周氏《涉筆》曰："燕丹、荆軻事既卓佹，傳記所載亦甚崛奇。今觀《燕丹子》三篇，與《史記》所載皆相合，似是《史記》事本也。然烏頭白，馬生角，機橋不發，《史記》則以怪誕削之，進金擲蛙，膾千里馬肝，截美人手，《史記》則以過當削之；聽琴姬，得隱語，《史記》則以徵所聞削之。司馬遷不獨文字雄深，至於識見高明，超出戰國以後。其書芟削百家誣謬，亦豈可勝計哉！今世祇謂太史公好奇，亦未然也。又如許由、伊尹、范蠡，亦多疑辭。惟信孔氏門人傳録太過，如《五帝本紀》《孔子世家》，其間秕妄居多，是亦未能充其類也。"

晁氏曰："不題撰人。"（中華書局，1986年）

楊鐮《全元詩》張憲《荆卿嘆》：

白虹貫赤日，易水生凄風。燕人盡悲憤，相送冀城中。筑聲何慘慽，歌意哀無窮。豈不念即往，立揕嬴政胸。徘徊有所待，匪畏秦帝雄。自恨劍術疏，未易了君事。秣馬膏吾車，我客久不至。奈何遽相促，苦未知人意。丈夫重然諾，斷臂死不辭。但憐樊將軍，九泉終見疑。咄彼死灰兒，曷足同等夷。

同上，王旭《讀荊軻傳》：

燕弱秦强可奈何，區區徒倚一荊軻。雄心不了咸陽事，餘恨空留易水歌。立志本將賢自許，書名翻與盜同科。可憐豪杰千年下，猶撫遺編感慨多。

欲報燕丹豢養恩，直將匕首入强秦。君王有變親環柱，壯士無功謾殺身。嫌此武陽非我客，愛他屠狗是何人。千年易水悲歌在，長使英雄恨若新。

同上，葉顒《讀荊軻傳》：

壯士西游遂不還，英雄千古笑燕丹。至今幽薊秋風道，依舊蕭蕭易水寒。

同上，張憲《讀戰國策》：

鷄連六國嘆從人，蠶食諸侯笑暴秦。上黨禍階朝作厲，長平戰血夜生磷。苟全田建松間命，寧恤燕丹劍下身。抖盡祖龍囊底智，咸陽回首亦成塵。

同上，李裕《陽臺引》：

陽臺張宴日將夕，長風吹秋欲無色。燕丹奉酒荊卿歌，於期感激動毛髮。酒闌拂劍憑凌起，當筵直立相睥睨。髑髏青血凝冷光，西入咸陽五千里。白虹貫日日不死，祖龍猶是秦天子。人間遺恨獨荒凉，嫋嫋哀聲流易水。

同上，李鵬《三尺水劍歌》：

龍侯手提三尺水，清晨訪我古獄裏。直愁雲氣感星辰，滿目寒光素濤起。玄冰凝結搖空青，芙蓉白日生精熒。爲君拂拭開寶匣，炯若積雪涵疏星。起看天地雲冥冥，誰其麾叱走六丁。爲擊風雨驅雷霆，蕩滌氛祲萬國寧。上頭銘字侯所作，辭嚴義正發炳靈。憐君少年負才氣，每能仗義討不庭，側身北望空馳情。君不見燕丹夙昔得荊軻，尊前擊筑揚悲歌。咸陽西入萬狼虎，白虹貫日橫秋河。英雄事去一朝異，奈此古來憂憤多。憂憤多，向誰語，我有高懷亘千古。黃金不用買功名，失勢因之虎爲鼠。嗚呼，腰間寶玦棄如土，爲爾更歌公莫舞。

同上，張崇《古行路難》：

君不見古來行路難，祇有荊卿報燕丹。感君恩厚爲君死，自知故國一去無生還。秋風易水無今古，中有恩情別時語。武陽飲酒荊卿歌，壯士相看面如土。泰山嵲嶪秦關高，奮身西上騰驚猱。盡傾肝膽許知己，性命不啻輕鴻毛。秦圖再拜王心喜，圖窮匕首明秋水。劫王復地計全非，何處秦雲哭燕鬼。當時一語思匡國，精神動天虹貫日。狂謀肇禍鬼不祀，大業帝嬴天與力。虎鬚堪編尾堪履，倒捲天河恨難洗。臣身塗炭君莫論，萬死報君期世世。行路難，君當聞，丈夫莫忘沾人恩。殺身徇名信絶倫，可憐孤負樊將軍。

同上，胡天游《擬賦荆軻館》：

　　咸陽宫中頭白烏，燕丹掩面聲呱呱。函關得免豈天意，禍福倚伏如樗蒲。含羞忍恥丈夫事，一朝之忿非良圖。黄金未肯求郭隗，白刃顧乃希鱄諸。爾軻見之真不恨，樊也授首尤無辜。悲歌易水竪毛髮，胸次似欲無西都。男兒臨事貴敏速，胡乃把袖終踟躕。鴻毛性命效一擲，造物不肯成梟盧。悲哉秦人信狼虎，事勢固與齊桓殊。赤刀應有或僥幸，矧可生致編其鬚。武陽乳臭不足懼，旁觀駭汗一計無。長虹萬丈空貫日，恨血竟日灑他裾。全燕席捲果誰過，古今罪狀何紛如。子雲弄筆不少借，嗟子要亦非庸夫。悲風蕭蕭寒日孤，空山廢館荒平蕪。雄姿勁氣不可見，仰天拊缶呼鳴鳴。

同上，王逢《書無題後凡三首偶感燕太子丹事》：

　　火流南斗紫垣虚，芳草王孫思愴如。淮潦浸天魚有帛，塞庭連雪雁無書。不同趙朔藏文褓，終異秦嬰袒素車。漆女中心漫於邑，杞民西望幾踟蹰。

　　塞空霜木抱猿雌，草暗江南罷射麋。秦地舊歸燕質子，瀛封曾畀宋孤兒。愁邊返照窺墙榻，夢裏驚塵喪鞸韉。莫識白翎終曲語，蛟龍雲雨發無時。

　　幾年薪膽泣孤嬰，一夕南風馬角生。似見流星離斗分，謬傳靈武直咸京。九苞雛鳳衝霄翼，三匝慈烏落月情。縱少當時趙雲將，卧龍終始漢臣名。

同上，劉紹《易水渡》：

　　朝發良鄉城，驅車經易水。沙鳴風飛揚，日晏雲四起。登臨吊荆卿，惻愴悼前軌。尚想擊筑情，捐軀報知己。畏天小事大，爲國資道揆。曷展匹夫雄，居焉圖寸匕。燕丹事不成，秦帝當世恥。至今河流聲，鳴憤猶未已。我行慕英俠，悲嘯哭山鬼。死者不可生，嗟哉田光子。（中華書局，2013年）

脱脱等《宋史》卷二百六《藝文志五》子類小説家類：

　　《燕丹子》三卷。（中華書局，1985年）

陶宗儀等《説郛》卷五下《春秋後語》（孔衍）：

　　荆軻謂樊於期曰："願得將軍之首以獻秦王，秦王必喜而見臣，臣左手把其袖，右手揕其胸。"

　　燕太子丹豫求天下名利匕首，得趙人徐夫人匕首，取之百金，使工以藥淬之，以試人，血濡縷，無不立死者。

同上,卷三十一上《誠齋雜記》(周達觀):

燕太子丹質於秦,秦王遇之無禮,乃求歸。秦王爲機置之橋,欲以陷丹,丹過之,蛟龍捧轝而機不發。(《説郛三種》本,上海古籍出版社,1988年)

宋濂著,顧頡剛標點《諸子辯·燕丹子》:

《燕丹子》三卷。丹,燕王喜太子,此書載其事甚詳。其辭氣頗類《吳越春秋》《越絕書》,決爲秦漢間人所作無疑。考其事與司馬遷《史記》往往皆合,獨烏頭白、馬生角、機橋不發、進金擲蛙、膾千里馬肝、截美人手、聽琴姬得隱語等事,皆不之載。周氏謂遷削而去之,理或然也。夫丹不量力而輕撩虎鬚,荆軻恃一劍之勇而許人以死,卒致身滅國破,爲天下萬世笑,其事本不足議;獨其書序事有法,而文采爛然,亦學文者之所不廢哉!(樸社,1928年三版)

高啓著,徐庸編《高太史大全集》卷四《咏荆軻》:

劫盟非義舉,曹沫已可羞。燕丹一何愚,區區祖遺謀。千金養荆卿,誓將報強仇。奉圖使入關,心知絕回輈。賓客盡白衣,相送易水頭。酒酣涕難落,筑聲和悲謳。猛氣激蒼旻,長虹爲西流。行行造秦庭,陛戟衛甚周。臨機失始圖,利鋒竟虛投。豪主一按劍,社稷倏已丘。先王禮樂生,破齊震諸侯。苟能得此賢,伯業猶可修。胡爲任輕易,自趣亡滅憂。徒令後世人,嘆惋餘千秋。(《四部叢刊》本)

王恭《白雲樵唱集》卷一《賦易水送人使燕》:

燕山北起高峨峨,東流易水無停波。北風蕭蕭筑聲切,昔人於此送荆軻。圖中匕首非良計,堪嘆燕丹無遠器。髑髏空死樊將軍,日莫秦兵滿燕市。往事空餘易水寒,白翎飛下地椒乾。經過此地對流水,知爾踟蹰馬上看。(中華書局,2007年)

楊士奇等《文淵閣書目》卷七洪字型大小第一廚書目子書:

《燕丹子》,一部一册,闕。(《叢書集成初編》本)

李賢等《大明一統志》卷一順天府《山川》:

清河。(源自昌平縣西南一畝泉,經燕丹村,東南合榆河。)

督亢陂。(在涿州東南,其地沃美,秦求之燕,燕太子丹使荆軻齎督亢地圖以進,即此。又爲督亢亭。)

同上,《宮室》:

華陽臺。(在涿州城。《索隱》:燕太子丹與樊將軍置酒華陽館,出美人、奇馬，即此。）

同上，卷二保定府《山川》：
易水。（在安州城北，自府境曹河、徐河、石橋河、一畝泉河、滋河、沙河、雅兒河、唐河諸水，至此合流爲易水。又至雄縣南爲瓦濟河，過直沽入於海。《史記》：燕太子丹使荆軻刺秦王，送至易水，歌曰："風蕭蕭兮易水寒，壯士一去兮不復還。"宋馮戴詩："荆軻一去不復返，易水東流無盡期。"）

同上，《古迹》：
荆軻城。（在易州城西七里。軻，列國燕刺客，其入秦時，説樊於期自到於此。晋陶潛詩："燕丹善養士，志在報強嬴。招集百夫良，歲暮得荆卿。君子死知己，提劍出燕京。素驥鳴廣陌，慷慨送我行。雄髮指危冠，猛氣衝長纓。飲餞易水上，四座列群英。漸離擊悲筑，宋意唱高聲。蕭蕭哀風逝，淡淡寒波生。商音更流涕，羽奏壯士驚。心知去不回，且有後世名。登車何時顧，飛蓋入秦庭。凌厲越萬里，逶迤過千城。圖窮事自至，豪主正怔營。惜哉劍術疏，奇功遂不成。其人雖已殁，千載有餘情。"）

同上，《人物》：
〔周〕田光。（燕人，不慕仕進，爲人智深而勇沈。太子丹聞其賢，願與之交，以圖國事。光曰："臣聞騏驥盛壯之時，一日而馳千里；至其衰老，駑馬先之。今太子聞光盛壯之時，不知臣精已消亡矣。"因薦荆軻。太子曰："願先生勿泄也。"光曰："諾。"出而嘆曰："夫爲行而使人疑之，非節俠也。"遂自刎，以明不言。）

同上，卷三真定府《宫室》：
聞鷄臺。（《十道志》曰："中山郡南有此臺，即燕太子丹聞鷄處。"中山今定州。）（三秦出版社，1990年）

葉盛《菉竹堂書目》卷二子書：
《燕丹子》一册。（商務印書館，1935年）

文洪《文氏五家集》卷一《淶水詩集·過易水》：
馬頭沙草入秋枯，易水蕭蕭恨有餘。烈士聲名在天地，伯圖消歇有丘墟。千年吕政辜難逭，當日燕丹計亦疏。不盡書生懷古意，西風斜日倍唏嘘。（《文淵閣四庫

全書》本）

孫緒《沙溪集》卷十六雜著《無用閑談》：
樊於期以窮投燕，燕丹不能庇，函其首以爲見秦之媒，是燕仇未報而先爲秦報仇。荆軻入秦，殺身辱國，不足惜，而燕遂以亡，是求永燕祚而乃以速其滅。然則軻無負於丹，而丹之負於樊將軍也多矣。（《文淵閣四庫全書》本）

韓邦奇《苑洛集》卷十二《西江月·易水》：
西望遠山落日，南來暮柳繁烟。鳥啼花發自年年，成敗興亡幾變。　　白水河邊壯士，黃金臺下英賢。到頭惟有斬燕丹，千古令人哀嘆。（《四庫明人文集叢刊》本，上海古籍出版社，1993年）

袁褧《楓窗小牘》卷下：
余家所藏《燕丹子》一序甚奇，附載於此："目無秦，技無人，然後可學《燕丹子》。有言不信，有劍不神，不可不讀《燕丹子》。從太虛置恩怨，以名教衡意氣，便可焚却《燕丹子》。此荆軻事也，有燕丹而後有荆軻也。秦威太赫，燕怨太激，威怨相軋，所謂白虹貫日，和歌變徵。我固知其事之不成，倚柱一笑，所謂報太子而成其爲荆卿者乎？余本屠夫，不能學，亦不須讀，第不忍付之宵燭，而錄之以副子（《宋類稗鈔》作"予"）家卷軸。"惜無作者姓名耳。（《叢書集成初編》本）

朱彝尊《明詩綜》卷三十何景明《易水行》：
寒風夕吹易水波，漸離擊筑荆卿歌。白衣灑淚當祖路，日落登車去不顧。秦王殿上開地圖，舞陽色沮那敢呼。手持匕首摘銅柱，事已不成空罵倨。噫嗟嗟，燕丹寡謀當滅身，光也自刎何足云，惜哉枉殺樊將軍。

同上，卷六十七陸寶《周斗文自易水歸，縱談燕太子及荆高遺事，慨然賦此》：
每讀燕丹傳，長悲易水遥。聽君談往事，風起復蕭蕭。（中華書局，2007年）

張元凱《伐檀齋集》卷一《覽古詩十首》其五：
九月旅燕京，清霜飛馬鞍。偶與酒人游，因思太子丹。屢避田生席，日奉荆卿餐。縞衣送將遠，變徵聲無歡。委肉餓虎蹊，燎毛洪爐端。吁嗟徐夫人，不落秦王冠。遂令易水上，千古悲風寒。先朝欲報仇，臨災終見殘。今日圖雪耻，智慮亦已殫。強暴適天幸，壯士摧心肝。（《四庫明人文集叢刊》本，上海古籍出版社，1993年）

陳士元《名疑》卷二"荆軻本齊人"條：

荆軻本齊人，徙於衛，衛人謂之慶卿。又游燕，燕人謂之荆卿。荆、慶音相近，卿字也，名軻。古有勇士成慶，見《淮南子》及《漢書·廣川王傳》。晉灼以成慶即荆軻，非也。成慶，一作成荆，一作成羌。

同上，"荆軻傳"條：

《荆軻傳》蓋聶、鞠武、夏無且，蓋、鞠、夏俱姓，聶、武、無且名。鞠，一作曲。無且，一作亡趄。

同上，"燕太子丹客"條：

燕太子丹客夏扶、宋意、武陽，皆勇士。扶，一作拱。意，一作章。

同上，卷三"客爲鷄鳴"條：

客爲鷄鳴渡秦關，有孟嘗君，而又有燕太子丹。(《文淵閣四庫全書》本)

余寅《同姓名録》卷五《荆軻二》：

《博物志》云："荆軻，字伙非。渡河，蛟夾船。伙非不奏，斷其頭，而風波靜除。"《淮南子》云："荆伙非得寶劍，渡江，中流兩蛟繞船，伙非赴江刺蛟。荆爵爲執圭，孔子聞之曰：'夫善除腐肉，朽骨棄劍者，伙非之謂乎？'"觀此二書，則荆伙非與孔子同時，且係楚人，而燕太子丹所使刺秦王者是衛人，考其時，前後距二百五十餘年，其爲兩荆軻奚疑？(《四庫類書叢刊》本，上海古籍出版社，1992年)

陳耀文《天中記》卷十六《關塞》：

孟嘗君夜出秦關，鷄未鳴而關不闓，下坐賤客鼓臂爲鷄鳴，而鷄皆和之，關即闓，而孟嘗得出。(《論衡·定賢》。)燕丹去秦，夜到關，關門未開。丹爲鷄鳴，衆鷄皆鳴，遂得逃歸。(《燕丹子》。)燕丹、孟嘗君義動鷄鳴於其下，可謂深心有感，至誠難奪矣。昔老子西入關，尹喜望氣於此也。故趙至與嵆茂齊書曰："李叟入秦，及關而嘆。"(《水經》。)

同上，卷二十三《血》：

燕太子丹豫求天下之名利匕首，得趙人徐夫人匕首，取之百金；使工以藥淬之，以試人，血濡縷，無不立死者。(《春秋後語》。)

同上，卷二十七《勇敢》：

田光曰："竊觀太子客無可用者：夏扶血勇之人，怒而面赤；宋意脉勇之人，怒而面青；武陽骨勇之人，怒而面白。光所知荊軻，神勇之人，怒而色不變。"（《燕丹子》。）秦舞陽者，燕國人也，年十二，以勇氣聞。人犯，必殺之，莫有敢忤視。（劉昭《幼童傳》。）

同上，卷四十五《粟》：

燕太子丹仰天嘆，天爲雨粟。（《風俗通》。）

同上，卷四十八《帳》：

《燕丹太子》曰："秦始皇置漸離於帳中擊筑年。"（廣陵書社，2007年）

王世貞《弇州四部稿》卷十六詩部《俠客篇》：

七國養士何紛紛，誰其雄者信陵君。擊柝雍容據上座，鼓刀慷慨却秦軍。其外碌碌諸公子，借日回春互爭綺。列鼎常食三千人，俱簪珊瑚躙珠履。就中脱穎君不見，一片雄心爲誰死。燕丹恨秦貫白日，易水東流羽聲疾。倚柱倨駡大事去，惜哉不講刺劍術。金丸馬肝亦何益，田光先生太倉卒。咸陽擊筑變清調，碧血殷霜染秋草。明月還輝博浪沙，滄波豈没齊王島。五陵射獵倚醉歸，眶眦殺人無是非。髡奴赫奕拜卿相，天子威權下布衣。黄金塢，當中路，走馬過之不肯顧。五花驪，狐白裘，輕薄少年非我儔。四座酒莫傾，請聽俠客行，海内萬事何言平袖中。吴鈎霜雪明，出門一笑失所向，十日大索長安城。

同上，卷一百六十説部《宛委餘編五》：

長安厨門，其内有厨官，故城門曰厨門。如淳曰："今名廣門也。秦王與燕太子丹誓，所謂厨門木象生肉足謂此，蓋門置木象以爲觀美耳。"（《四庫明人文集叢刊》本，上海古籍出版社，1993年）

佘翔《薜荔園詩集》卷一《咏史·荆軻》：

秦皇吞六國，蠶食下山東。燕丹求壯士，易水歌悲風。慷慨入咸陽，積誠貫白虹。千金懷匕首，督亢圖易窮。報秦計不就，倚柱氣何雄。智哉張子房，潛擊秦沙中。十日索不得，翊漢成大功。（《四庫明人文集叢刊》本，上海古籍出版社，1993年）

焦竑《國史經籍志》卷四下子類小説家：

《燕丹子》一卷。（商務印書館，1939年）

陳第《世善堂藏書目錄》卷上諸子百家類諸子：
　　《燕丹子》三卷。（商務印書館，1937年）

梅鼎祚《皇霸文紀》卷十一《秦始皇帝〈與燕太子丹誓書〉》：
　　（燕太子丹朝於秦不得去，從秦王求歸，秦王執留之，與之誓云云，乃得歸。當此之時，天地祐之，日爲再中，天雨粟，烏頭白，馬生角，廚門木象生肉足，秦王以爲聖，乃歸之。）
　　使日再中，天雨粟，令烏頭白，馬生角，廚門木象生肉足。（《燕丹子》。一云厥門肉烏生肉足。按《風俗通》云："燕太子丹，天爲雨粟，烏頭白，馬生角，廚人生肉足，井上株木跳度瀆。俗説：燕太子丹爲質於秦，始皇執欲殺之，言欲致此瑞者可得生活，丹有神靈，天爲感應，於是遣使歸國。"事與語稍不同。按《史記·刺客傳》：太史公曰："世稱太子丹之令天雨粟，馬生角也，太過。"《論衡》載《感虛篇》，《風俗通》載在《正失》，并辨以爲非然，亦并不言爲書。）
　　（《文淵閣四庫全書》本）

胡應麟《少室山房筆叢》卷二甲部《經籍會通二》：
　　凡經籍緣起，皆至簡也，而其卒歸於至繁。……小説昉自燕丹，東方朔、郭憲浸盛，至洪邁《夷堅志》四百二十多卷極矣。

同上，卷三十二丁部《四部正訛下》：
　　《燕丹子》三卷，當是古今小説雜傳之祖，然《漢·藝文志》無之。《周氏涉筆》謂太史《荆軻傳》本此，宋承旨亦以決秦漢人所作。余讀之，其文彩誠有足觀，而詞氣頗與東京類，蓋漢末文士因太史《慶卿傳》，增益怪誕爲此書，正如《越絶》等編掇拾前人遺軼而托於子胥、子貢云耳。周氏謂烏頭白、馬生角、膾千里馬肝、截美人手，皆太史削之，非也。惟首二事出遷贊語，自餘雖應劭、王充嘗言，悉不可信。吾景濂亦似未深考。且書果太史事本，《漢·藝文志》乃遺之乎？《漢志》有《荆軻論》五篇，《燕丹》必據此增損成書者。

同上：
　　《隋志》有《宋玉子》一卷，亦列小説家，并《燕丹子》皆《漢志》所無。二書必一時同出，僞無疑也。唐尚存，今不傳。

同上：
　　大率秦漢以還，書若三《易》（《連山》《歸藏》《子夏》）、三墳、《六韜》、七緯、《關尹》、《子華》、《素書》、《洞極》、《李靖問答》、《麻衣心法》、武侯諸策、王氏諸經,全僞者也。《列禦寇》《司馬法》《通玄經》,真錯以僞者也。《黃石公》《鶡冠子》《燕丹子》,僞錯以真者也。《管仲》《晏嬰》《文中》,真僞錯者也。《元包》《孔叢》《潛虛》,真僞疑者也。《鷪熊》,殘也。《亢倉》,補也。《繁露》,訛也。皆不得言僞也。《素問》《握奇》《陰符》《山海》,其名訛也,其書非僞也。《穆天子傳》《周書》《紀年》,其出晚也,其書非僞也。即以僞乎,非戰國後也。餘亡足辯矣。(《黃石》《鶡冠》《燕丹》,蓋後人雜取戰國他書之文,易其名號爲此,非謂真三子作也。)(中華書局,1958年)

徐應秋《玉芝堂談薈》卷三十《世說注》:

劉孝標注《世說》,自漢、魏、吳諸史、子、傳、地理之外,如晉氏一朝諸史及諸公列傳、譜牒、文章,凡一百六十六家,皆出正史之外,此又齊、梁以上書也。譜牒、別傳姑不暇及,餘書亦疏其目,已見《史通》者不載。……酈道元《水經注》亦多引異書,聊備疏之,如《山海經》《春秋說題辭》《釋名》《春秋考異郵》《春秋元命苞》……《穆天子傳》……《燕丹子》……(《四庫筆記小說叢刊》本,上海古籍出版社,1993年)

顧起元《說略》卷一《象緯》:

燕丹留秦,天雨粟。

同上,卷十三《典述中》:

諸子儒家則有《晏子春秋》(齊晏嬰)……小說家則有《伊尹說》、《鷪子說》、《周考》、《師曠》、《務成子》、《宋子》、《黃帝說》、《虞初周說》、《燕丹子》、《青史子》、《宋玉子》、《郭子》(晉中郎澄)、《猗狂子》(元結)、《乾饌子》(溫庭筠)……

同上:

又裴松之注《三國志》,亦旁引諸書,史稱與孝標之注《世說》可爲後法。今觀其所載,如……以上皆正史之外采擇入注。酈道元《水經注》亦多引異書聊備疏之,如……《燕丹子》……(《四庫類書叢刊》本,上海古籍出版社,1992年)

李日華《六研齋筆記》卷三:

今世以白衣冠爲諱。考古:惟戰國燕丹送荊卿入秦,渡易水,送者皆白衣冠。

蓋白者，金色，所以助兵氣，非爲哀喪而然也。（鳳凰出版社，2010年）

徐熥《幔亭集》卷二《咏荊軻》：

荊卿一劍客，擊筑游燕都。許身太子丹，生死誓不渝。丈夫報知己，何惜此微軀。悲歌度易水，慷慨自驅車。匕首中銅柱，非由劍術疏。報秦雖不濟，千載仰雄圖。

同上，卷三《賦得易水寒送人游燕》：

燕山嵯峨易水流，北風吹水聲颼颼。荊卿驅車不顧返，仗劍欲報燕丹仇。可憐燕恥猶未雪，壯士衷腸空激烈。千年往事水猶寒，蕭蕭壯髮能衝冠。憐君故是荊卿比，翩翩俠氣橫燕市。擊筑還過易水濱，一聲長嘯悲風起。（《四庫明人文集叢刊》本，上海古籍出版社，1993年）

賀復徵《文章辨體彙選》卷四百二論十一《燕太子丹論》（鍾惺）：

燕太子丹欲報秦仇，秦亦日出兵山東，禍且及燕，丹患之。問其太傅鞠武，其意固不獨自快其私仇，亦以存燕也。武告以西約三晉，南連齊、楚，北購於單于，自是合從舊局。而太子曰："太傅之計，曠日持久，心憖然恐不能須臾。"武已默會其意在得一士入秦，以行其劫與刺矣，故進田光，光轉進荊軻，其血脉針綫，固皆歸劫與刺之一路矣。光謂太子曰："今太子聞光盛壯之時，不知臣精已消亡矣。"語荊卿曰："今太子聞光盛壯之時，不知吾形已不逮也。"看光此語，其少年爲一刺客無疑，而太子之所求於光者可知矣。光自知力不能爲，而進荊卿自代，償以一死，明己之所以辭太子者，非惜其死，而慮事之不成也。及太子之告荊卿，則曰："諸侯服秦，莫敢合從。誠得勇士劫秦王，得反侵地，不可，因而刺殺之。彼秦大將擅兵於外，而內有亂，則君臣相疑以其間，諸侯得合從，其破秦必矣。"是太子遣荊卿之意，不專重在劫與刺，而仍歸於合從，不過借劫與刺以爲合從地耳。其節次布置，皆以合從始終，中間更添遣荊軻刺秦王一段過脉，較之鞠武之計，曲折反多，而謂武計曠日持久，心憖然恐不能須臾，非其質矣。此一片苦心密計，即對鞠武時有難言者。特其所遭燕、秦時勢，非復信陵輩之世，而才亦稍遜之，然其一念存燕之心未可没也。（《文淵閣四庫全書》本）

曹學佺《蜀中廣記》卷二十二《名勝記第二十二》下川東道夔州府二巫山縣：

（巫山縣城）西北五十步有陽雲臺，高一百二十丈，南枕長江。楚宋玉賦云："游陽雲之臺，望高唐之觀。"晉孟康注曰：言其高出雲之陽也。本志云：陽臺山下有土主廟，其神即唐張巡將雷萬春。（廣陵書社，2007年）

武漢地方志辦公室《明萬曆漢陽府志校注》卷二《疆域志》漢川縣·山：

　　陽臺山，在縣治南一里，上有神女祠。宋玉《高唐賦》即此。唐人裴敬作記，碑毀無考。劉禹錫、范致虛皆有詩。巫、漢川皆古楚地，或謂神女會於巫山者，以賦有"妾在巫之陽"之語。李白《南遷過巫山》詩有云："我到巫山者，尋古登陽臺。""荒淫竟淪没，樵牧徒悲哀。"自雖以荒淫責王，而意實以巫山爲是。然則賦所游於雲夢之臺者，似爲不通矣。竊據范致虛詩有"極目草深雲夢澤，連天水闊漢陽城"一聯，則陽臺之在漢川何疑焉？一説巫山亦有雲夢臺。地名之訛，在在有之，然李、范相去不甚遠，范詩豈無據耶？雖神女空幻莫測，實有定處。竊據范詩，則陽臺爲漢川者近是。（武漢出版社，2007年）

袁行霈《陶淵明集箋注》附録二黄淳耀《和陶詩·和詠荆軻》：

　　六國本蚩蚩，弱姬而爲嬴。前鋒指督亢，太子呼荆卿。雪泣視日影，戴頭入咸京。金注豈再擲，不待彼客行。秦强資盗馬，楚霸用絶纓。取士以度外，能屈四海英。憶昨燕市上，劍歌有雄聲。狗屠與漸離，皆足托死生。拮掇苦不廣，自致七鬯驚。丹誠昧大計，軻亦負虛名。客中有此奇，寄在何門庭。早進黄金臺，當值數十城。在燕非一昔，臨發乃經營。豈唯劍術疏，好謀不好成。千秋博浪椎，一擊非凡情。（中華書局，2003年）

吴景旭《歷代詩話》卷六十四壬前集下《金詩·烏白頭》：

　　元遺山詩："行役魚頳尾，歸期烏白頭。"

　　吴旦生曰：《史記》但言天雨粟，馬生角。《博物志》云："燕太子丹質秦欲歸，秦王謬言曰：'烏頭白，馬生角，乃可。'丹仰而嘆，烏即頭白，俯而嗟，馬生角。秦王不得已而遣之。"曹子建詩："子丹西質秦，烏白馬角生。"鮑明遠詩："潔誠洗志朝暮年，烏白馬角寧足言。"白樂天詩："我歸應待烏頭白。"高季迪詩："妾今能使烏頭白。"（中華書局，1958年）

董説《七國考》卷四《秦宫室·秦殿》：

　　《荆軻傳》："秦法：羣臣侍殿上者，不得持尺寸之兵。"又《燕丹子》云："荆軻至秦殿上，展圖。荆軻拔七首擿秦王，決耳入銅柱，火出。"余又按各國宫室，魏有丹衣柱，趙晉陽宫銅柱，秦殿銅柱：并見本國《宫室考》。楚有鐵柱，見《列異傳》。

同上，卷七《秦音樂·超屏琴》：

　　《燕丹子》："荆軻見秦王，將刺之。王曰：'寡人好琴，願一曲而就死。'

軻許之，因命琴女文馨奏曲。曲曰：'羅縠單衫，可掣而絕。三尺屏風，可超而越。鹿盧之劍，可負而拔。'王從其言，遂得脫，後名其琴曰'超屏'。"

同上，卷八《秦器服·屏風》：

《燕丹子》云："荊軻把秦王，王乞聽琴聲而死。召姬人鼓琴，琴曰：'羅縠單衣，可掣而絕。八尺屏風，可超而越。'"按此秦殿上屏風，蓋斧扆之遺制也。

同上，卷十三《秦灾異·雨粟》：

《燕丹子》云："燕太子丹質於秦，欲歸，秦王曰：'使日再中，天雨粟，乃得歸。'太子仰天嘆之，日為再中，天為雨粟。秦王不得已，遣之。"《春秋潛潭巴》曰："天雨粟，無德者興，有德者不祿。"

同上，《馬生角》：

《燕丹子》云："燕太子丹質於秦，秦王遇之無禮。不得意，欲歸，秦王不聽，謬言曰：'令烏白頭，馬生角，乃可。'丹仰天嘆，烏即白頭，馬即生角。"《呂氏春秋》云："人君失道，馬有生角。"京房云："臣易上，政不順，厥妖馬生角。"（中華書局，1956年）

馬驌撰，王利器整理《繹史·徵言》：

若乃全書闕軼，其名僅見。（如《黃帝內傳》、《出軍訣》、《泰壹雜子》、《軒轅本記》、《大禹嶽瀆經》、《師曠占》、《歸藏》、《尚書大傳》、《太公金匱》、《太公陰謀》、《周春秋》、《汲冢瑣語》、《師春》、《春秋少陽篇》、《韓詩內傳》、《元中記》、《列士傳》、《丹壺書》、《衝波傳》、《子思子》、《公孫尼子》、《申子》、《尸子》、《范子計然》、《纏子》、《隨巢子》、《胡非子》、《田俅子》、《魯連子》、《燕丹子》、《王孫子》、《闕子》、《金樓子》、《正部》、《孝子傳》、《三將錄》、劉向《別錄》、《氾勝之書》、《喪服要記》、《琴操》、《琴清英》、《古今樂錄》，此等或真或偽，今皆亡矣。）（中華書局，2002年）

陳維崧《陳檢討四六》卷十《〈觀槿堂詞集〉序》：

悲歌慷慨之士，感激何窮；烏頭馬角之言，沉吟奚極！（《燕丹傳》：燕太子丹質於秦，欲歸，秦王不聽，謬言曰："令烏頭白，馬生角，乃可。"丹仰天嘆息，烏即頭白，馬即生角。秦王不得已，乃遣之。曹植《精微論》：子丹曲質秦，烏白馬角生。）（《文淵閣四庫全書》本）

曹貞吉《珂雪詞》卷上《百字令·咏史》：

田光老矣，笑燕丹、賓客都無人物。馬角烏頭千載恨，匕首匣中如雪。落日蒼凉，羽聲慷慨，壯士衝冠髮。咄哉孺子，武陽色怒而白。　試問擊筑漸離，此時安在，何不同車發。負劍祖龍驚掣袖，六尺屏風堪越。貫日長虹，繞身銅柱，天意留秦劫。蕭蕭易水，至今猶爲嗚咽。（《文淵閣四庫全書》本）

潘永因《宋稗類鈔》卷十八《文苑第三十一》：

百歲寓翁家所藏《燕丹子》，一序甚奇，附載於此："目無秦，技無人，然後可學《燕丹子》。有言不信，有劍不神，不可不讀《燕丹子》。從太虛置恩怨，以名教衡意氣，便可焚却《燕丹子》。此荊軻事也，有燕丹而後有荊軻也。秦威太赫，燕怨太激，威怨相軋，所爲白虹貫日，和歌變徵。我固知其事之不成，倚柱一笑，所謂報太子而成其爲荊卿者乎？余本屠夫，不能學，亦不須讀，第不忍付之宵燭，而錄之以副予家卷軸。"惜無作者姓名耳。（書目文獻出版社，1985年）

王士禛《居易錄》卷二十八"唐人宮怨詩云"條：

唐人宮怨詩云："事與年俱往，恩無日再中。"按秦王執留太子丹，與誓曰："使日再中，天雨粟，烏頭白，馬生角，厨門木象生肉足，乃得歸。"如此用事，可謂脱化。

同上，卷三十三"博物志太子丹"條：

《博物志》："太子丹遁到關，關門不開，丹爲雞鳴，於是衆雞悉鳴。"是雞鳴出關，不止一孟嘗矣。紀載傅會失實，可笑往往如此。（《叢書集成初編》本）

王士禛著，張宗柟纂集，戴鴻森校點《帶經堂詩話》卷十三遺迹類：

巫山縣在江北，緣山爲埠，正面巫山，吳之建平郡也，山形絶肖"巫"字。泊舟即騎登高唐觀，觀在城西土山三里許，荒凉特甚，朝雲之廟，略無仿佛。其東即陽雲臺，在縣治西北五十步，高一百二十丈，二山皆土阜，殊乏秀色，而古今艷稱之，詎不以楚大夫詞賦重耶！溪東一山，枕江岸之北。與巫山隔水相望，曰箜篌山。山前復有小山，其巔即神女廟，舊毀於兵，近始構茅屋三楹，西向，冠帔伊然，頗得姱嬿幽静之恣。有嘉靖中范守己碑，極辨神女是王母第二十三女，力雲華上宫夫人，嘗命其侍奉大翳、庚辰、童律、虞余等佐禹治水，有大功德於人，不應緣宋玉微詞，以兒女子褻之。按六朝、唐人詩，多言入夢之事。白樂天刺忠州，溯峽未至，驀知一先題詩店中云："忠州刺史今才子，行到巫山必有詩。爲報高唐神女道，早排雲雨候清詞。"時人傳爲佳話。至二蘇乃作詩正之，子瞻云："上帝降瑤姬,來妊荊巫間。神容豈在猛,玉座幽且閑。"子由云:"堯使大禹導九川,石隕山墜幾折股。丹書玉笈世莫窺,指示文字相爾汝。"騷賦之詞,不必深辯也。(人民文學出版社,1963年)

田雯《古歡堂集》卷十四《易水》:
　　燕丹孟浪欲圖秦,誤事田光自禍身。此老何嘗一錢值,樊將軍首送他人。舉朝送客歌聲苦,塞破蕭蕭易水濱。可笑燕丹謀大事,遍招屠狗賣漿人。(《文淵閣四庫全書》本)

張英、王士禛等《淵鑒類函》卷二百八十四人部四十三《壯二》:
　　《風俗通》曰:燕太子丹遣荊軻西刺秦王,與客送之易水,而設祖道。高漸離擊筑,荊軻和歌,爲濮上音,士皆垂髮涕泣,後爲羽聲慷慨,而索瞋目,髮盡上指冠。

同上,卷三百七十一服飾部二《單衣三》:
　　有餘、可絕。(《燕太子丹傳》曰:荊軻左手把秦王袖,右手礎其胸,秦王謂曰:"乞聽琴聲而死。"乃召姬人鼓琴,琴聲曰:"羅縠單衣,可掣而絕。")

同上,卷三百七十六服飾部七《帳二》:
　　《三輔舊事》曰:《燕太子丹》云:"秦始皇置高漸離於帳中擊筑。"(上海古籍出版社,2008年)

張玉書等《佩文韻府》卷二十一之六下平聲六麻韻六《蛙》:
　　[韵藻]投蛙。(《燕丹外傳》:丹得荊軻,與之臨池而觀,軻拾磚投蛙,太子令人奉金丸進之。)

同上,卷三十四之七上聲四紙韵七《耳》:
　　[韵藻]唾耳。(《烈士傳》:燕丹使田光往候荊軻,值其醉,唾其耳中。軻覺,曰:"此出口入耳之言,必大事也。"往見光。)(上海古籍出版社,1983年)

蘇軾撰,查慎行補注,范道濟點校《蘇詩補注》卷首《采輯書目》:
　　《燕丹子》。(中華書局,2019年)

趙執信《因園集》卷一《并門集·督亢懷古》：

燕丹昔逃秦，身免怨未雪。千金求死士，快意期一決。徒逞匹夫憤，焉知霸王烈。我聞燕先王，築臺市駿骨。晚得昌國君，雄心一朝豁。全齊七十城，紛如槁葉脫。但隆郭隗里，不灑田光血。豈有熊羆臣，輕試虎狼穴。可憐易水上，壯士衝冠髮。事敗國旋亡，寂寞名未滅。（《文淵閣四庫全書》本）

王士俊等《河南通志》卷五十七《人物一》：

〔戰國〕荊軻，衛人。其先齊人，徙於衛，衛人謂之慶卿。好讀書擊劍，入燕爲燕太子賓客，太子丹重禮之。時秦并吞六國，至燕丹使軻入秦刺秦王，不中，被八創死。（《文淵閣四庫全書》本）

覺羅石麟等《山西通志》卷二十三《山川七》澤州府沁水縣：

元天洞，在縣東一百三十里燕丹寨上。

同上，卷五十九《古迹三》寧武府沁水縣：

燕丹寨東一百三十里故縣村西，世傳燕太子丹駐此。

同上，卷一百七十三《陵墓二》朔平府右玉縣：

周燕丹墓，相傳在榆林城。（《文淵閣四庫全書》本）

李衛等《畿輔通志》卷二十山《易州》：

送荊陘，易州西南。

易水，又東徑西故安城南，接閻鄉城也，歷徑荊陘北。耆舊云：燕丹餞荊軻於此，因而名焉。（《水經注》。）

同上，卷四十關津關隘《順天府》：

燕丹村，大興縣北二十五里。

同上，卷五十三古迹《順天府》：

華陽臺，在涿州城內西北隅。客話舊傳，燕丹與樊將軍置酒華陽館，即此。

同上，《保定府》：

秋風臺，在安州城北，燕丹送荊軻處。

同上，卷五十四古迹《易州》：
    荆軻城，在易州西，燕丹館荆軻，築城於岡阜之上，上邪而下方。
    漸離城，在易州西南十六里，燕丹館漸離處。
    荆軻館，在易州，燕丹館荆軻處。

同上，卷七十七忠節義烈附·周：
    ［周］荆軻。（其先本齊人，徙於衛，衛人謂之慶卿，之燕，燕人謂之荆卿。軻爲人深沉，好讀書擊劍，其所游諸侯，盡與其賢豪長者相結，後田光薦於太子丹，使秦刺始皇，不中，死。）
    田光。（燕人，太子丹質秦逃歸，患秦蠶食，其傅鞠武薦光可與謀。太子進迎，避席而請，光薦所善荆軻。太子送至門，戒曰："所言國之大事，願勿泄也。"光往見荆軻曰："我聞長者爲行，不使人疑。今太子疑光，願足下急過太子，言光已死，明不言也。"遂自刎死。）
    高漸離。（燕人，善擊筑，與荆軻交善。秦滅燕，逐太子丹，荆軻之客漸離變姓名，爲人傭保匿作於宋子。宋子人知其善筑也，傳客之。聞於始皇，始皇召見，矐其目，使擊筑，稍益近。漸離乃以鉛置筑中，撲始皇不中，遂誅。）

同上，卷一百十七詩歌行《渡易水歌》（王衡）：
    易水春激激，白沙郁相濛。我馬踟躕慘不進，腰間劍吼雙雌雄。憶昔荆軻從此去，送客如烟不回顧。大風立浪吹向人，人面稜稜髮爲怒。當時漸離擊筑聲正悲，燕丹跪捧金屈卮。手提將軍髑髏去，血飲匕首紅絲絲。可憐秦庭輕一擲，探鉛更笑盲而癡。市中酒徒但醉死，枉我歌泣空相持。

同上，卷一百二十詩五言排律《易水詩》（馬戴）：
    荆軻西去不復返，易水東流無盡期。落日蕭條薊城北，黃沙白草任風吹。（《文淵閣四庫全書》本）

李鍇《尚史》卷六十五列傳四十三《燕諸臣傳·荆軻、高漸離》：
    論曰：予讀《荆卿傳》，嘗恨其不與所待客俱。客爲誰，不可知也。顧其時高漸離在，其不與俱，而待所待客何邪？漸離副軻，事其濟乎？雖然，政死而扶蘇立，墨衰絰，趣信、翦奮以擊燕，燕不立碎乎？濟不濟，皆所以速亡。燕軻豈僅以劍術疏哉？軻之匕首固不逮漸離之筑也，而狗屠其人者爲誰，又不可知也。（《文淵閣四庫全書》本）

乾隆《御製詩初集》卷三十五《荊軻山》：
　　白雲紅葉遮橫巒，策騎忽過荊軻山。燕南自古多義俠，至今遺迹猶班班。嬴秦久矣失其鹿，何須怒臂誇燕丹。吁嗟世多耳食流，傳聞傅會葬衣冠。持短入長空有術，投鼠忌器垂大閑。由來尺八不足恃，衍水匿迹餘悲嘆。秋風九月拂征鞍，想像蕭蕭易水寒。當時壯士不復返，安得若斧留山巔。徒令千秋弔古人，恨不終從鞠武言。（《文淵閣四庫全書》本）

乾隆《御製詩二集》卷三十三《燕丹詩》：
　　燕丹怨秦政，亡歸思報仇。鞠武言不用，納亡速禍尤。田光薦荊卿，造門供具周。玉盤姬手進，金丸池龜投。既具督亢圖，亦函於期頭。徐夫人匕首，藥焠利吳鈎。荊卿顧有待，徘徊且遲留。太子慮改悔，舞陽先遣不。荊卿怒叱言，豎子安足謀。遂發易水上，白日爲凛秋。入秦獻所奉，願得比列侯。秦王乃大喜，九賓列旌旒。舞陽早變色，荊卿神優優。圖窮匕首見，持揕瞋雙眸。袖絕環銅柱，笑罵甘死休。尺八不足恃，七尺介利收。衍水命難全，寧臺爲荒邱。用人而復疑，僨事徒貽羞。

同上，卷六十一《過荊軻山隱括其事題辭》：
　　慶卿本齊人，擊劍兼好書。蓋聶及勾踐，避去如懦夫。至燕人不識，所愛惟狗屠。游酒遇漸離，酣歌旁若無。田先生善之，謂非庸人徒。燕丹怨秦陵，鞠武謀嫌迂。武乃進田光，襥席跪導途。知壯未知耄，國事難任謀。因緣進荊卿，不言死明諸。尊禮舍上舍，順適惟所需。激樊得其首，兼具督亢圖。治裝將啓程，有待欲與俱。辭決不復顧，忼慨遂就車。蒙嘉爲先言，九賓觀帝居。舞陽果色變，顧笑爲揶揄。圖窮匕首見，揕之未至軀。手搏衆惶急，囊提夏無且。拔劍擊荊軻，倚柱罵自如。丹謀終無成，國喪身亦誅。行險致奇禍，孰謂傅言疏。史遷羨名垂，寧識仲尼譽。

同上，《涿郡覽古》其二：
　　華陽置酒名猶在，督亢成圖計已空。衍水遁逃仍致敗，燕丹終未識英雄。（《文淵閣四庫全書》本）

乾隆《御製詩四集》卷十七《彙輯四庫全書聯句有序》：
　　……燕丹名殆妄庸托。（《大典》內《燕丹子》三篇，蒙指出後人湊集，不必鈔存。）（《文淵閣四庫全書》本）

乾隆《御製詩五集》卷二十一《易州道中覽古》：

樊館荊山迤邐過，（易州南二里許，有樊館山，以樊於期得名；又有荊軻山，相傳爲軻葬衣冠處，世人耳食傅會，不足爲據。丙寅有長歌詠其事。）燕丹好客信如何。深謀適作亡燕計，笑盡東流易水波。

同上，卷七十一《漸離城》：

漸離知己報荊軻，無救亡燕豈足多。太史好奇饒囈語，不如鞠武守中和。

史遷好奇，於荊軻傳尤甚。燕丹以太子日造軻門，下求匕首，招舞揚，白衣祖道，路人皆知之，秦豈一無聞見，安望成事？且軻事雖成，焉能救燕亡國之禍？不如鞠武之言，行危求安，造禍爲福，爲中正之論也。（《文淵閣四庫全書》本）

穆彰阿、潘錫恩等《大清一統志》卷五順天府二《山川》：

督亢陂。（在涿州東南，即燕太子丹使荊軻以獻秦者。劉向《別錄》："督亢，膏腴之地。"《水經注》："督亢溝上承淶水於淶谷，引之則長潭委注，遏之則微川輟流，水德含和，變通在我。東南流徑逎縣北，又東徑樓桑里南，又東徑督亢澤苞方城縣。《風俗通》曰：'沆，漭也，言乎淫淫漭漭無涯際也。'其水自澤枝分。東徑涿縣故城南，又東徑盧植墓南，又東散爲澤渚，北屈注於桃水。"《括地志》："督亢陂，在范陽縣東南十里，徑五十餘里。舊志陂池廣衍，跨連新城、固安二境。"）

同上，卷六順天府三《古迹》：

華陽臺。（在涿州城內西北隅，相傳燕丹與樊於期置酒華陽館，即此。）

同上，卷三十易州《山川》：

送荊陘。（在州西南。《水經注》：雹水又東歷送荊陘北，舊者云：燕丹餞荊軻於此，故名。《太平寰宇記》：在州西南三十里。）

同上，《古迹》：

荊軻城。（在州西。《水經注》：濡水東南徑樊於期館西，是其授首於荊軻處也。又東南流徑荊軻館北，昔燕丹尊軻上卿，館之於此。二館之城，澗出泉清，山高林茂，風烟披薄，觸目怡情，方外之士，尚憑依舊居，取暢林木。《元和郡縣志》：樊於期城在易縣西十三里。《太平寰宇記》：荊軻城在縣西九里，周回二里。）

漸離城。（在州西南。《水經注》：易水歷長城，又東徑漸離城南，蓋太子丹館高漸離處也。《太平寰宇記》：在易州西南六十里，即漸離所居。舊志又有高麓店，在州東南二十五里。）

同上，卷一百七澤州府《關隘》：
　　燕丹寨。（在沁水縣西故縣村西，世傳燕太子丹會屯兵於此。）（上海古籍出版社，2008年）

阮元等《廣東通志》卷六十四《雜事志》：
　　志有雜事，即說部之遺意也。《西京賦》云："小說九百，起自虞初。"嗣是而中壘之《說苑》，臨川之《世說》，沿及元、明，簡繁帙瑣，未盡鏊於道而碎於辭也，故志有取乎爾。顧司馬遷之傳燕太子丹也，本《燕太子丹》三篇，而削去烏頭白、馬生角二語，後人以爲擇焉而精。況粵說最多誇誕，亦或寓言什九，今概不錄。錄其有裨史乘，廣聞見，資懲勸者，志雜事。（《文淵閣四庫全書》本）

永瑢等《四庫全書總目》卷一百四十三子部五十三小說家類存目一《燕丹子》提要：
　　《燕丹子》三卷。（《永樂大典》本。）不著撰人名氏。所載皆燕太子丹事。《漢志》法家有《燕十事》十篇，注曰"不知作者"，雜家有《荆軻論》五篇，注曰"司馬相如等論荆軻事"，無"燕丹子"之名。至《隋書·經籍志》始著錄於小說家，唐李善注《文選》始援引其文，是其書在唐以前。又《史記·刺客列傳》曰："世言荆軻，其稱太子丹之命，天雨粟、馬生角也，太過。"其文見此書中。而裴駰《集解》不引此書。司馬貞《索隱》曰："《風俗通》及《論衡》皆有此說，仍云厭門木烏生肉足也。"亦不引此書。注家引書，以在前者爲據，知此書在應劭、王充後矣。《史記正義》引田光論夏扶、宋意、秦舞陽事，又引秦王乞聽琴事，均作《燕太子》，《索隱》引進金丸、膾馬肝等事，亦作《燕太子》，殆傳寫異文歟？《宋志》尚著於錄，至明遂佚。故馬驌作《繹史》稱："《魯連子》《燕丹子》之類，或真或僞，今皆亡。"其所輯秦事，引《燕丹子》凡十條，大抵本之《文選注》《太平御覽》諸書，字句亦頗多舛異。今檢《永樂大典》載有全本，蓋明初尚存。然其文實割裂諸書燕丹、荆軻事雜綴而成，其可信者，已見《史記》，其他多鄙誕不可信，殊無足采。謹仰遵聖訓，附存其目。《隋志》作一卷，《唐志》《宋志》及《文獻通考》并作三卷，《永樂大典》所載并爲一卷，而實作三篇。故今仍以三卷著錄焉。（中華書局，1965年）

佚名《燕丹子》卷首《〈燕丹子〉叙》（孫星衍）：

　　《燕丹子》三篇，世無傳本，惟見《永樂大典》。紀相國昀既錄入《四庫》書子部小説家類存目中，乃以抄本見付。閱十數年，揀授家郎中馮翼刊入《問經堂叢書》。及官安德，乃采唐宋傳注所引此書之文，因故章孝廉舊稿，與洪明經頤煊校訂訛舛，以篇爲卷，復唐、宋《志》三卷之舊，重加刊刻云。《燕丹子》之著錄，始自《隋·經籍志》，蓋本阮氏《七錄》。然裴駰注《史記》引劉向《別錄》云"督亢，膏腴之地"，司馬貞《索隱》引劉向云"丹，燕王憙之太子"，則劉向《七略》有此書，不可以《藝文志》不載而疑其後出。《藝文志》法家有《燕十事》十篇，雜家有《荆軻論》五篇，據注言"司馬相如等論荆軻事"，則俱非《燕丹子》也。古之愛士者，率有傳書。由身没之後，賓客紀錄遺事，報其知遇，如《管》《晏》《吕氏春秋》皆不必其人自著。則此書題燕太子丹撰者，《舊唐書》之誣，亦不得以此疑其僞也。其書長於叙事，嫻於詞令，審是先秦古書，亦略與《左氏》《國策》相似，學在縱横、小説兩家之間。且多古字古義，云"太子劍袂"，以"劍"爲"斂"也。"畢事於前"，《國策》作"畢使"，"叓"古文"使"，亦"事"字，見《説文》《汗簡》也。"右手椹其胸"，蓋借"椹"爲"戡"，《説文》"戡，刺也。"《史記索隱》引徐廣云："一作抗。""抗"又"扰"字之誤，《説文》"深擊也"。《史記》及《玉篇》"椹"從手，誤矣。"拔匕首擿之"，《説文》以"擿"爲"投"，《玉篇》"擲"同"擿"，又作"摕"，古假借字也。《國策》《史記》取此爲文，削其烏白頭、馬生角及乞聽琴聲之事，而增徐夫人匕首、夏無且藥囊，足證此書作在史遷、劉向之前。或以爲後人割裂諸書，雜綴成之，未必然也。章孝廉所輯，未及馬總《意林》，又爲補證數條。此書宋時多有其本，考《楓窗小牘》云："余家所藏《燕丹子》一序甚奇。"按其序亦空無故實，不知誰作，不復錄入此卷。自明中葉後，遂以亡逸。故吳琯、程榮、胡文焕諸人刊叢書，俱未及此。

　　嘉慶十一年正月望後四日，陽湖孫星衍撰於安德使署之平津館。（《叢書集成初編》本）

周中孚《鄭堂讀書記》卷五十九子部十之八雜家類八：

　　《問經堂叢書》十八種。（承德孫氏刊本。）國朝孫馮翼校刊。（馮翼仕履見別史類。）鳳卿雖寄籍瀋陽，而自少隨宦江左，於陽湖孫淵如師爲從子，親承淵如師指授，善讀古書，尤精讎校，輯錄諸子最夥，皆極謹嚴，不涉於濫。嘉慶四年，先有《佚子書三種》之刻，謂《新論》《典論》《皇覽》也。歙縣程讓堂（瑤田）、宣城張悒齋（炯）俱爲之序。久之，合其所校刊諸書編爲《問經堂叢書》。余既按部分記，而存其目於左……《燕丹子》一卷。（孫馮翼輯，見子部小説家類。)

同上，卷六十三子部十二之一小說家類一：

《燕丹子》一卷。(《問經堂叢書》本。) 不著撰人名氏。《四庫全書存目》《隋志》《舊唐志》《崇文目》《通考》《宋志》俱作三卷，惟《新唐志》《通志》俱作一卷。其書久亡，今館臣從《永樂大典》錄出，雖分爲三卷，而實未盈十葉，故是仍并爲一卷焉。其書皆記燕太子丹及荊軻軼事，核之《史記索隱》、唐宋類書所載，其詞略同，審非偽本，當由六國游士哀太子之志，綜其事迹，加之緣飾，故有"仰天嘆息，烏白頭，馬生角"，及"秦王乞聽琴聲而死"之語。太史公作《燕世家》《刺客傳》，俱削之不載焉。是本孫淵如師得自河間紀曉嵐，以授孫鳳卿，刊入叢書，并爲之序。《楓窗小牘》所載小序，則補錄於後云。(《清人書目題跋叢刊》本，中華書局，1993年)

俞正燮《癸巳存稿》卷十二《〈燕丹子〉〈金樓子〉》：

《水經注・函谷關》云："燕丹、孟嘗亦義動雞鳴於其下。"《燕丹子》云："秦王不聽丹歸，謬言曰：'烏白頭、馬生角，乃可。'丹仰天嘆，果烏白頭、馬生角。秦王不得已而遣之。爲機發之橋，欲陷丹。丹過之，橋爲不發。夜到關，關門未開，丹爲雞鳴，衆雞皆鳴，遂得逃歸。"烏頭白，見《風俗通》《論衡》。古人正名之曰《燕丹太子》，蓋小說家之一種。後人乃題之曰《燕丹子》。近《燕丹子》自《永樂大典》中錄出。(《清人書目題跋叢刊》本，中華書局，1993年)

邵懿辰撰，邵章續錄《增訂四庫簡明目錄標注》卷十四子部十二小說家類異聞之屬：

《燕丹子》三卷，不著撰人名氏。

《永樂大典》本。《提要》謂無足采，入存目。平津館、《問經堂叢書》，均有刊本。

[續錄]《子書百種》本。《岱南閣叢書》本。(上海古籍出版社，1979年)

李慈銘撰《越縵堂讀書記》八文學(5) 小說《燕丹子》：

閱《燕丹子》，此書《四庫》退入小說存目，以爲僞作。孫淵如與洪筠軒更爲校訂，凡三篇分爲三卷，以複《唐志》之舊。其末篇記荊軻刺秦王事，自圖窮而匕首出下云：軻左手把秦王袖，右手揕其胸。(孫氏曰：此借"揕"爲"戡"，《說文》："戡，刺也。"《史記索隱》引徐廣云："一作抗。"抗"又"抌"字之誤。《說文》："抌，突擊也。"《史記》作"揕"，誤。) 數之曰：足下負燕日久，貪暴海內，不知厭足。於期無罪而夷其族，軻將（孫曰：此下疑脫爲字）海內報仇。今燕王母病，與軻促期，從吾計則生，不從則死。秦王曰：'今日之事，從子計耳，乞聽琴聲而死。'召姬人鼓琴，琴聲曰："羅縠單衣，可掣而絕。八尺屏風，可超而越。鹿盧之劍，可負而拔。"軻不解音，秦王從琴聲，負劍拔之，於是奮袖超屏風而走。軻拔匕首擿之，決秦王耳，入銅柱，火出然。秦王還斷軻兩手，軻因倚柱而笑，箕踞而罵曰："吾坐輕易，爲豎子所欺，燕國之不報，我事之不立哉！"所言與《國策》《史記》大異，以情理度之，皆非事實。然文甚古雅，孫氏謂審是先秦古書，誠未必然。要出於宋、齊以前高手所爲，故至《隋志》始著錄。而唐人如虞世南《北堂書鈔》、張守節《史記正義》、李善《文選注》、馬總《意林》諸書皆得引之，存此以廣異聞可也。（中華書局，2006年）

張之洞撰，范希曾補正《書目答問補正》卷三子部周秦諸子：
　　《燕丹子》三卷。（章宗源輯。《岱南閣》本，又《平津館》本，《問經堂》本一卷。雜。）［補］湖北書局《百子全書》重刻《平津館》本。
　　右周秦諸子。（《鬻子》《子華子》皆僞書，《尉繚子》尤謬，不錄。《六韜》《關尹》《鄧析》《燕丹》，僞而近古。）（上海古籍出版社，2010年）

姚振宗《隋書經籍志考證》卷三十二子部九小説家：
　　《燕丹子》一卷。丹，燕王喜太子。
　　《史記·刺客·荊卿列傳》：燕太子丹者，故嘗質於趙，而秦王政生於趙，其少時與丹歡。及政立爲秦王，而丹質於秦。秦王之遇太子丹不善，故丹怨而亡歸，歸而求爲報秦王者。
　　《史記·燕召公世家》：今王喜二十三年，太子丹質於秦，亡歸燕。燕見秦且滅六國，秦兵臨易水，禍且至。太子丹陰養壯士二十人，使荊軻獻督亢地圖於秦，因襲刺秦王。秦王覺，殺軻，使將軍王翦擊燕。二十九年，秦攻拔我薊，燕王亡，徙居遼東，斬丹以獻秦。三十三年，秦拔遼東，虜燕王喜，卒滅燕。
　　《唐書·經籍志》：《燕丹子》三卷，燕太子撰。
　　《唐書·藝文志》：《燕丹子》一卷，燕太子。
　　《宋史·藝文志》：《燕丹子》三卷。
　　《文獻·經籍考》：《中興藝文志》："《燕丹子》三卷。丹，燕王喜太子，此書載太子丹與荊軻事。"
　　《周氏涉筆》曰：燕丹、荊軻事既卓佹，傳記所載亦甚崛奇。今觀《燕丹子》三篇，與《史記》所載皆相合，似是《史記》事本也。然烏頭白、馬生角、機橋不發，《史記》則以怪誕削之；進金擲蛙、膾千里馬肝、截美人手，《史記》則以過當削之；聽琴姬得隱語，《史記》則以徵所聞削之。司馬遷不獨文字雄深，至於識見高明，超出戰國以後。其書芟削百家誣謬，亦豈可勝計哉！今世祇謂太史公好奇，亦未然也。

明宋濂《諸子辯》曰：《燕丹子》三卷。丹，燕王喜太子。此書載其事爲詳。其辭氣頗類《吳越春秋》《越絕書》，決爲秦漢間人所作無疑。考其事，與司馬遷《史記》往往皆合，獨烏頭白、馬生角等事皆不之載。周氏謂遷削去之，理或然也。夫丹不量力而輕撩虎鬚，荊軻恃一劍之勇而許人以死，卒致身滅國破，爲天下萬世笑，其事本不足議，獨其書叙事有法而文采爛然，亦學文者之所以不廢哉！

《四庫存目提要》曰：《燕丹子》三卷，不著撰人名氏。所載皆燕太子丹事。《漢志》法家有《燕十事》十篇，注云不知作者。雜家有《荊軻論》五篇，注云司馬相如等論荊軻事，無"燕丹子"之名。至《隋書·經籍志》始著錄於小說家。唐李善注《文選》始援引其文，《宋志》尚著於錄，至明遂佚。今檢《永樂大典》載有全本，蓋明初尚存。然其文實割裂諸書燕丹、荊軻事雜綴而成。其可信者，已見《史記》，其他多鄙誕不可信，殊無足采。謹仰遵聖訓，附存其目。《隋志》作一卷，《唐志》《宋志》及《文獻通考》并作三卷，《永樂大典》所載并爲一卷，而實作三篇。故今仍以三卷著錄。

孫氏《平津館》《岱南閣》兩本校刊序曰：《燕丹子》三篇，世無傳本，惟見《永樂大典》。紀相國昀既錄入《四庫》子部小說類存目中，乃以抄本見付。《燕丹子》之著錄，始自《隋·經籍志》。然裴駰注《史記》引劉向《別錄》云"督亢，膏腴之地"，司馬貞《索隱》引劉向云"丹，燕王熹之太子"，則劉向《七略》有此書，不可以《藝文志》不載而疑其後出。《藝文志》法家有《燕十事》十篇，雜家有《荊軻論》五篇，據注言司馬相如等論荊軻事，則俱非《燕丹子》也。古之愛士者，率有傳書，由身沒之後，賓客紀錄遺事，報其知遇，如《管》《晏》《呂氏春秋》，皆不必其人自著。此書題燕太子丹撰者，《舊唐書》之誣，亦不得以此疑其僞也。其書長於叙事，嫻於詞令，審是先秦古書，亦略與《左氏》《國策》相似，且多古字古義。《國策》《史記》取此爲文，削其烏白頭、馬生角及聽琴聲之事，而增徐夫人匕首、夏無且藥囊，足證此書作在史遷、劉向之前。或以爲後人割裂諸書雜綴成之，未必然也。

案《漢志》雜家《荊軻論》五篇，注云"軻爲燕刺秦王，不成而死。司馬相如等論之"，疑此其前三篇也。《史記集解》《索隱》引劉向《別錄》二語，似亦《荊軻論》叙錄中文，然皆無確證，姑識其疑。孫序云云，似紀文達初意欲文淵閣著錄，嗣以奉詔列入存目，故付外別傳之也。唐《日本國書目》："《燕丹子》一卷，晋處士裴啓撰。"《日本書目》大致依據本志，以本志此一段注文校之，則因裴啓《語林》相涉而誤，晋處士之前敚去《語林》書題目一條也。不知者將誤認

《燕丹子》爲裴啓所撰矣，因并附志於此。（《二十五史藝文經籍志考補萃編》本，清華大學出版社，2011年）

姚振宗《漢書藝文志拾補》卷二《諸子略第二》小説家者流：

《燕丹子》一卷。

《史記·燕召公世家》：今王喜二十三年，太子丹質於秦，亡歸燕。燕見秦且滅六國，秦兵臨易水，禍且至。太子丹陰養壯士二十人，使荆軻獻督亢地圖於秦，因襲刺秦王。秦王覺，殺軻，使將軍王翦擊燕。二十九年，秦攻拔我薊，燕王亡，徙居遼東，斬丹以獻秦。三十三年，秦拔遼東，虜燕王喜，卒滅燕。

又《荆卿列傳》：燕太子丹者，故嘗質於趙，而秦王政生於趙，其少時與丹歡。及政立爲秦王，而丹質於秦。秦王之遇太子丹不善，故丹怨而亡歸。歸而求爲報秦王者。

《隋志》子部小説家：《燕丹子》一卷。丹，燕王喜太子。《唐·經籍志》：《燕丹子》三卷，燕太子撰。《藝文志》：《燕丹子》一卷，燕丹子。《宋史·志》：《燕丹子》三卷。

孫氏《平津館》《岱南閣》兩本校刊序曰：“《燕丹子》三卷，世無傳本，惟見《永樂大典》。紀相國昀既録入《四庫書》子部小説類存目中，乃以抄本見付。《燕丹子》之著録，始自《隋·經籍志》。然裴駰注《史記》引劉向《別録》云‘督亢，膏腴之地’，司馬貞《索隱》引劉向云‘丹，燕王熹之太子’，則劉向《七略》有此書，不可以《藝文志》不載而疑其後出。《藝文志》法家有《燕十事》十篇，雜家有《荆軻論》五篇，據注言司馬相如等論荆軻事，則俱非《燕丹子》也。古之愛士者，率有傳書，由身没之後，賓客紀録遺事，報其知遇。如《管》《晏》《吕氏春秋》，皆不必其人自著，則此書題燕太子丹撰者，《舊唐書》之誣，亦不得以此疑其僞也。其書長於叙事，嫻於辭令，審是先秦古書，亦略與《左氏》《國策》相似，學在從橫、小説兩家之間，且多古字古義。《國策》《史記》取此爲文，削其烏白頭、馬生角及聽秦聲之事，而增徐夫人匕首，夏無且藥囊，足證此書作在史遷、劉向之前，或以爲後人割裂諸書雜綴成之，未必然矣。”（《二十五史藝文經籍志考補萃編》本，清華大學出版社，2011年）

孫德謙《漢志藝文略·拾遺略》：

《燕丹子》一卷。

見《隋志》、兩《唐志》。（《舊唐》作三卷。）（《二十五史藝文經籍志考補萃編》本，清華大學出版社，2012年）

羅焌《諸子學述》上編《諸子書之真偽及存佚表》：

諸子名稱		《漢書·藝文志》	《隋書·經籍志》	《唐書·經籍志》	現時存佚	考證
小説家	燕丹子	無。孫星衍云："裴駰注《史記·燕世家》引劉向《別錄》云：'都亢膏腴之地。'《史記·刺客傳》司馬貞《索隱》引劉向云：'丹，燕王喜之太子。'則劉氏《七略》有此書，不可以《藝文志》不載而疑其後出。"	一卷。注云："丹，燕王喜太子。"案，此注即用劉向《叙錄》之語。	三卷。注云："燕太子撰。"案"撰"字非是，説見下。《新唐志》但注"燕太子"三字，是矣。	存三卷凡三篇，孫星衍校集本。	孫《序》略云："古之愛士者，率有傳書。由身没之後，賓客紀錄遺事，報其知遇。如《管子》《晏子》《吕氏春秋》皆不必其人自著。則此書題燕太子丹撰者，《舊唐書》之誣，亦不得以此疑其偽也。其書長於叙事，嫻於詞令，審是先秦古書。亦略與《左氏》《國策》相似，學在縱横、小説之間。"

（華東師範大學出版社，2008年）

丁中立《八千卷樓書目》卷一四子部小説家類：

《燕丹子》三卷，不著撰人名氏。《問經堂逸子》本、《平津館》本、《子書百種》本。（國家圖書館出版社，2009年）

魯迅《中國小説史略》第一篇《史家對於小説之著錄及論述》：

唐貞觀中，長孫無忌等修《隋書》，《經籍志》撰自魏徵，祖述晋荀勖《中經簿》而稍改變，爲經史子集四部，小説故隸於子。其所著錄，《燕丹子》而外，無晋以前書，別益以記談笑應對，叙藝術器物游樂者，而所論列則仍襲《漢書·藝文志》。

同上，第二篇《神話與傳説》：

他如漢前之《燕丹子》，漢揚雄之《蜀王本紀》，趙曄之《吴越春秋》，袁康、吴平之《越絕書》等，雖本史實，并含異聞。（上海古籍出版社，1998年）

余嘉錫《四庫提要辨證》卷十九子部十小説家存目一：

《燕丹子》三卷。（不著撰人。）

《漢志》無《燕丹子》之名，《隋書·經籍志》始著録於小説家，至明遂佚。今檢《永樂大典》載有全文，然其文實割裂諸燕丹、荆軻事雜綴而成。其可信者，已見《史記》。其他多鄙誕不可信，殊無足采。謹仰遵聖訓，附存其目。

嘉錫案：此書著録於明陳第《世善堂書目》卷上，則當明之中葉，猶未佚也。唐以前書傳於今者蓋寡，就其存者，雖或無關經訓，然其片詞隻字，皆可爲詞章考據之用。《文心雕龍·正緯篇》所謂事豐奇偉，辭富膏腴，無益經典，而有助文章者也。固宜存録，以爲考古之資。况此書實出自六朝以前，惡可削而不録乎？孫星衍曾就《大典》本更加校訂，刻入《平津館叢書》。其序云："《燕丹子》三卷，世無傳本，惟見《永樂大典》。紀相國昀既録入《四庫書》子部小説類存目中，乃以抄本見付。"夫紀曉嵐於修《四庫書》時既斥其書不録，而乃私自抄存，復以其本授人，則知其於此書亦所甚愛。蓋雖職爲總纂，而於去取群書之際，有爲高宗御題詩文所壓，不能盡行其志者矣。孫序又據《史記集解》《索隱》所引劉向《別録》之文，謂劉向《七略》實有此書，因謂《國策》《史記》取此書爲文，當在史遷、劉向以前。然《集解》《索隱》所引《別録》，未著其爲《燕丹子》，敘則亦未爲確證。《漢書·藝文志》既不著録，仍當闕疑。孫氏之言，似失之好古過篤。惟其言古之愛士者，率有傳書，由身没之後，賓客紀録遺事，如《管》《晏》《吕氏春秋》，皆不必其人自著，則實通人之論也。唐李遠詩集（在席氏《唐百名家集》内。）有《讀〈田光傳〉詩》云："秦滅燕丹怨正深，古來豪客盡霑襟。荆卿不了真閑事，辜負田光一片心。"然則此書亦名《田光傳》矣。李慈銘《孟學齋日記》甲集上云："《燕丹子》末篇記荆軻刺秦王事，所言與《國策》《史記》大異。以情理度之，皆非事實。然文甚古雅，孫氏謂審是先秦古書，誠未必然。要出於宋、齊以前高手所爲，故至《隋志》始著録，而唐人如《北堂書鈔》《史記正義》《文選注》《意林》皆引之，存此以廣異聞可也。"（中華書局，1980年）

羅根澤《諸子考索》之《"燕丹子"真僞年代之舊説與新考》：

一、舊説

《燕丹子》三卷，《周氏涉筆》謂爲《史記·刺客傳》記荆軻事本：

馬端臨《文獻通考·經籍考》子部小説家《燕丹子》下引《周氏涉筆》曰："燕丹、荆軻事既卓佹，傳記所載亦甚崛奇。今觀《燕丹子》三篇，與《史記》所載皆相合，似是《史記》事本也。然烏頭白，馬生角，機橋不發，《史記》則以怪誕削之；進金擲蛙，膾千里馬肝，截美人手，《史記》則以過當削之；聽琴姬得隱語，《史記》則以徵所聞削之，司馬遷不獨文字雄深，至於識見高明，超出戰國以後。其書芟削百家誣謬，亦豈可勝計哉！"

宋濂謂作於秦漢間人：

《宋學士集・雜著・諸子辨》："《燕丹子》三卷。丹，燕王喜太子；此書載其事爲最詳。其辭氣頗類《吳越春秋》《越絕書》，決爲秦漢間人所作無疑。考其事與司馬遷《史記》往往皆合；獨烏頭白、馬生角、機橋不發、進金擲蛙、膾千里馬肝、截美人手、聽姬琴得隱語等事，皆不之載。周氏謂遷削而去之，理或然也。"

馬驌謂爲僞作：

《繹史》卷一四八注："《燕丹子書》僞作也，尤多訛脫。"

《四庫提要》謂爲割裂雜綴而成：

《子部・小說家類・存目一》："《燕丹子》三卷，不著撰人名氏，所載皆燕太子丹事。《漢志・法家》有《燕十事》十篇，注曰'不知作者'。《荊軻論》五篇，注曰'司馬相如等論荊軻事'。無《燕丹子》之名。至《隋書・經籍志》始著錄於《小說家》，唐李善注《文選》始援引其文，是其書在唐以前。又《史記・刺客列傳》曰：'世言荊軻其稱太子之命，天雨粟，馬生角也，太過。'其文見此書中，而裴駰《集解》不引此書。司馬貞《索隱》曰：'《風俗通》及《論衡》皆有此說，仍云厩門木烏生肉足也。'亦不引此書。注家引書以在前者爲據，知此書在應劭、王充後矣。《史記正義》引田光論夏扶、宋意、秦舞陽事，又引秦王乞聽琴事，均作《燕太子》；《索隱》引進金丸，膾馬肝事，亦作《燕太子》，殆傳寫異文歟？……其文實割裂諸書燕丹、荊軻事雜綴而成，其可信者已見《史記》，其他多鄙誕不可信，殊無足采。"

孫星衍則謂出六國游士（周中孚《鄭堂讀書記》剿同此說）：

《問經堂叢書》本《燕丹子》孫星衍《叙》："《燕丹子》三卷，世無傳本；余初入詞館，紀大宗伯昀以此相授，云錄自《永樂大典》，核之《史記索隱》宋人類書所載，其詞略同，審非僞本。當由六國游士哀太子之志，綜其事迹，加之緣飾，故有仰天嘆、果烏白頭、馬生角、秦王乞聽琴語而死之語，實不近情，史遷爲文削之，甚當。然是先秦古書，嫻於辭令，其學在縱橫、小說之間，較之《子華》《尹文》蹈襲舊文，《三墳》《陰符》濫觴僞作，又不侔矣。此書本有劉向《叙錄》，一見《史記注》裴駰引劉向《別錄》云'督亢，膏腴之地'；一見《索隱》引劉向云'丹，燕王熹之太子'。"

又謂丹沒後，賓客記錄遺事：

《平津館叢書》本《燕丹子》孫星衍《叙》："……《燕丹子》之著錄，始自《隋書・經籍志》，蓋本阮氏《七錄》。然裴駰注《史記》，引劉向《別錄》云'督亢，膏腴之地'，司馬貞《索隱》引劉向云'丹，燕王熹之太子'，則劉向

《七略》有此書，不可以《藝文志》不載而疑其後出。《藝文志·法家》有《燕十事》十篇，《雜家》有《荆軻論》五篇，據注言"司馬相如等論荆軻事"，則俱非《燕丹子》也。古之愛士者，率有傳書，由身没之後，賓客記録遺事，報其知遇，如《管》《晏》《吕氏春秋》，皆不必其人自著，則此書題燕太子丹撰者，《舊唐書》之誤，亦不得以此疑其僞也。其書長於叙事，嫺於詞令，審是先秦古書，亦略與《左氏》《國策》相似，學在縱横、小説兩家之間。且多古字古義：云'太子劍袂'，以劍爲斂也。'畢事於前'，《國策》作'畢使'。'叓'古文使，亦事字，見《説文》《汗簡》也。'右手椹其胸'，蓋借'椹'爲'戡'，《説文》：'戡，刺也。'《史記索隱》引徐廣云：'一作抗。''抗'又'扰'字之誤，《説文》'深擊也'。《史記》及《玉篇》'椹'從手，誤矣。'拔匕首擿之'，《説文》以'擿'爲'投'，《玉篇》'擿'同'擲'，又作'撛'，古假借字也。《國策》《史記》取此爲文，削其烏頭白，馬生角，及乞聽琴聲之事，而增徐夫人匕首，夏無且藥囊，足證此書作在史遷、劉向之前；或以爲後人割裂諸書雜綴成之，未必然也。"

譚獻更謂非僞造：

《半厰叢書·復堂日記五》："閲《燕丹子》，文古而麗密，非由僞造。"

二、新考

以根澤考之，則確爲晚出，其時代在蕭齊，《四庫》謂割裂雜綴而成，不誤也。今先即尊信此書者，一一指其紕謬：

1. 以所載與《史記》皆合，謂爲《史記》事本（周氏，宋濂）。案作僞者依據《史記》，參之他書，加以附益，所載自與《史記》相合，不得以此謂爲《史記》事本、先秦古書。且與《史記》亦不盡合：烏白頭，馬生角，橋機不發，進金投蛙，膾千里馬肝，截美人好手，聽姬琴得隱語，此有而《史》無也；徐夫人匕首，夏無且藥囊，此無而《史》有也。考《史記》傳荆軻事，自言"始公孫季功、董生與夏無且游，具知其事，爲余道之如是"（《史記·刺客傳贊》），不言本之《燕丹子》。其闢"天雨粟，馬生角"謂"世言荆軻"云云，亦不言《燕丹子》。則史公必未見此書，安得據爲事本？再考《論衡·感虛篇》謂："傳書言燕太子丹朝於秦不得去，從秦王求歸，秦王執留之，與之誓曰：'使日再中，天雨粟，令烏白頭，馬生角，廚門木象生肉足，乃得歸。'"《風俗通義·正失篇》謂："燕太子丹天爲雨粟，烏白頭，馬生角，廚人生害足，井上桃木跳度潰。"亦皆不言《燕丹子》。且三書所言亦與《燕丹子》不合，知史遷、應劭、王充皆未見此書。然則此書與《史記》合者，本之《史記》也，非《史記》本此也。

2. 以其嫺於辭令，氣息頗古，多古字古義，謂爲先秦之書（宋濂，孫星衍，譚獻）。案此書采之《史記》，參之《國策》，詞氣自然甚古。至於所用古字古義，孫氏舉"劍""使""椹""擿"四字爲證。考"畢使於前"之"使"字，今本《燕丹子》作"辭"，《意林》所引作"事"，作"使"者，《燕策》《史記》也。孫氏謂"叓，古文使，亦事字"，則《燕策》《史記》所用爲古字古義，《燕丹子》所用爲今字今義，益見作僞者不明古義，故改"使"爲"事"也。"拔匕首擿之"之"擿"，《史記》亦作"擿"。《史記》非本此書，已以史公自述語證明，以爲鐵案，則此書愈同《史記》，愈見其采之《史記》也。"太子劍袂"，孫氏謂以"劍"爲"斂"，古無所見，當爲形誤。"有首椹其胸"，"椹"《國策》《史記》《玉篇》俱作"揕"，孫氏謂作"揕"誤，"椹"爲"戡"之借。考"椹"古無通"戡"者，而《集韻·寢韻》"揕，刺也，或從手"。案戡動詞，從手甚合造字之義，則作"揕"爲是，此書作"椹"者，亦形誤。不得據此臆定爲先秦古書也。

3. 以《史記》裴駰《集解》引劉向《別録》云，"都亢，膏腴之地"，司馬貞《索隱》引劉向云，"丹，燕王熹之太子"，謂《燕丹子》雖不載於《漢志》，而《七略》則確有此書（孫星衍）。案《漢志》法家有《燕十事》十篇，雜家有《荆軻論》五篇。荆軻與燕丹有連帶關係，敘荆軻必及燕丹，《史記·刺客傳》是其例。《燕十事》敘及燕丹，更意中事。孫氏謂二書俱非《燕丹子》，是也；然不能謂中無燕丹事。劉向《別録》非如《漢志》之衹列書目，班固稱其"每一書已，向輒條其篇目，撮其指意，録而奏之"（《藝文志》）。就今所存者視之，略與《四庫提要》相仿。（今所存《戰國策叙録》《荀卿新叙録》等篇，皆《別録》遺文，詳《圖書館學季刊》第三卷第三期拙撰《別録闡微》。）則裴駰、司馬貞所引，當爲奏上《燕十事》或《荆軻論》中語。考《漢志》據《七略》爲書，雖自謂"刪其要以備篇籍"，然凡與《七略》有出入者，必加注明。如《六藝略·書類》注云："入劉向《稽疑》一篇。"顏師古曰："凡言此入者，謂《七略》之外，班氏新入之也；其云出者與此同。"云出者如《樂類》注曰："出淮南、劉向等《琴頌》七篇。"檢《諸子略》各家均未注"出《燕丹子》"，則《七略》無此書無疑。

尊信者之説既不能成立，則其晚出已無疑；抑余籀繹《燕丹子》，又得内證二事：

1.《史記·刺客傳》載荆軻初見燕丹，丹語曰："今秦已虜韓王，盡納其地，又舉兵南伐楚，北臨趙，王翦將數十萬之衆距漳鄴。"（《國策》同。）考《史記·秦始皇本紀》，虜韓王在始皇十七年（《六國表》同），王翦伐趙在始皇十八年，則丹、軻之遇在始皇十八年，韓王已虜，王翦方伐趙時也。荆軻刺秦在始皇二十年，《秦始皇本紀》及《六國表》皆同，則軻見丹二年即刺秦死矣。今《燕丹子》卷下曰："軻從容曰：'軻侍太子三年於斯矣。'"又謂"居五月，太子恐軻悔"。前後相加，至少三年又五月，時間豈能容也？且卷中謂丹舍田光上館，三月即怪其無説，則太子之急於報秦可知矣，何以於荆軻則遲三年之久，尚不怪其無説？前後情事，若出兩人，寧有此理？至於謂金丸擲蛙，膾千里馬肝，截美人好手，更非荆軻所宜出。此所謂欲益反損，而適暴其僞也。最奇者，秦皇在危機存亡之際，尚乞聽琴而死；荆軻於可得而甘心之後，竟能慨與寬假；何物琴姬，又能示以隱語？其爲僞者欲護荆軻之失敗，而故爲枝節明矣。

2.齊太公殺華士，子産殺鄧析，孔子誅少正卯，題目，罪名，手段，大致全同，爲理所未有，後人已據之而疑子虚（見崔述《洙泗考信録》卷二、梁任公《古書真僞及其年代》卷一）。今《燕丹子》卷上載燕丹之逃秦也，謂"夜到關，關門未開，丹爲鷄鳴，衆鷄皆鳴，遂得逃歸"。與《國策》所叙孟嘗君逃秦全同；何秦上自君臣，下至守關之吏不知懲前毖後至於斯也？顯係作僞者欲爲燕丹增技增色，故奪孟嘗君事使燕丹重演也。

據此，知爲晚出僞作無疑。而因何而僞？僞於何時？尚俟考索。宋裴駰爲《史記集解》，從未徵引，知宋時尚無此書。梁庾仲容《子抄》載有《燕丹子》三卷。《子抄》雖亡，然高似孫《子略目》謂馬總《意林》一遵庾目。考《意林》所采與今本同，則梁時已有矣。然則其時代上不過宋，下不過梁，蓋在蕭齊之世。《四庫提要》謂在漢後唐前，雖不誤，抑太泛矣。考《隋志》不著作者，宋人《楓窗小録》亦謂"惜無作者姓名"（《問經堂》本《燕丹子》附録）。意作者蓋哀燕丹之志，慟荆軻之勇，而技不得售，信史昭載，於是采爲本事，加以緣飾以回護丹、軻之失，而寓惋惜之意，本非有意僞托古人；祇以稗官小説，不欲署名，或署名而旋失，後人以其述燕丹事，遂謂丹賓客或戰國游士作，躋於先秦著作之林。至《舊唐書》題燕丹子撰，更爲誣妄，前人已能言之，無庸鄙人曉曉矣。

（一九二八年十月二十日撰，曾載一九二九年《中山大學語言歷史學研究所周刊》第七集第七十八期，原題《燕丹子真僞年代考》，《諸子續考》改此題。）

（人民出版社，1958年）

郭維新《〈燕丹子〉考略》：

傳世《燕丹子》三卷，宋景濂謂其"序事有法，文采爛然，頗類《吳越春秋》《越絶書》"。（《諸子辯》。）胡應麟謂其"文采有足觀，而詞氣與東京類"。（《四部正訛》。）孫星衍謂其"長於叙事，嫻於詞令，略與《左氏》《國語》相似。"（《平津館》本《序》。）丙子仲夏，予誦而愛之，意其記事佹卓，文詞茂謐，蓋即歐西所謂Historical Novel也。爰爲《燕丹子》考釋約三萬餘言，兹并述其崖略：事迹與年代第一，著録與篇籍第二，真僞與時代第三，刊本與研治第四。小説雜傳，雖屬後人依附，然街談巷語，班志弗譭，閭里小知，遺聞堪資，擷其殘膏剩馥，而廣爲綜輯，豈亦學文者之所不廢歟！

（一）事迹與年代

燕丹子者，燕王喜之太子，《漢書·古今人表》列第五等中中。初質於趙，後質於秦。《史記·刺客列傳》："燕太子丹者，故嘗質於趙，而秦王政生於趙，其少時與丹歡，及政立爲王，而丹質於秦，秦王之遇燕太子丹不善，故丹怨而亡歸。"質趙以前，年短事晦，與本書無關。質趙以後，年代約略可考，而事迹則甚叢脞，茲依次爲之考定如左：

（1）質趙

《史記·秦始皇本紀》曰："秦始皇帝者，莊襄王子也。以秦昭王四十八年正月，生於邯鄲。年十三歲，莊襄王死，政代立，是爲秦王。"又《呂不韋列傳》曰："秦昭王五十六年薨，趙亦奉子楚婦人及子政歸秦。"按《六國表》，昭王五十六年當燕王喜四年，始皇離趙，時方九歲。《刺客列傳》謂其"少時與丹歡"矣；揆諸列國"太子出質"之義，則丹之質趙，蓋在王喜元年至四年間，始皇六歲至九歲之頃，更前，雖皇孫出質，史有其例；然始皇以五齡以下之幼童，襁褓之中，烏識相歡？

復次，丹之年齡，與始皇當亦相差無幾。蓋過長，則無與數齡幼童相歡之理，過少，不識相歡，亦無出質取重之資格也。

（2）質秦

質秦凡二次。《國策·秦策》曰："子楚立，以不韋爲相，號曰文信侯。文信侯欲攻趙以廣河間，使剛成君蔡澤事燕，三年而燕太子質於秦。甘羅謂趙王曰：'聞燕太子丹之入秦與？'曰：'聞之。''聞張唐之相燕與？'曰：'聞之。''燕太子入秦者，燕不欺秦也；張唐相燕者，秦不欺燕也。秦、燕不相欺，則伐趙危矣。燕、秦所以不相欺者無異故，欲攻趙而廣河間也。今王齎五城以廣河間，請歸燕太子，與强趙攻弱燕。'趙王立割五城以廣河間，歸燕太子。趙攻燕，得上谷三十六縣，與秦什一。"按《六國表》，莊襄王楚在位共三年，此云"使剛成君蔡澤事燕三年而燕太子質於秦"，當在莊襄王三年、燕王喜八年之際。蓋丹之首次質秦，旋質亦旋歸也。

末次質秦，《史記·蔡澤列傳》梁玉繩《志疑》曰："蔡澤代相，在昭王五十二年，至始皇五年燕太子入質時，凡二十四年。"按《六國表》，始皇五年，燕王喜之十三年也。

（3）逃秦

《史記·燕召公世家》曰："二十三年，太子丹質於秦亡歸燕。"按《六國表》，燕王喜二十三年，始皇之十五年也。丹之末次於秦，前後蓋十有一年。

（4）致書

考《史記·六國表》載魏景湣王十二年"獻城秦"，韓王安八年"秦來受地"，始皇十七年"內史勝擊得韓王安，盡取其地，置潁川郡"。本書載丹與其傅鞠武書而武復之曰："臣願合從於楚，幷勢於趙，連衡於韓、魏，然後圖秦，秦可破也。且韓、魏與秦，外親內疏，若有倡兵，楚乃來應，韓、魏必從，其勢可見。"既韓、魏連言，復云與秦"外親內疏"，則致書應在始皇十五年，魏景湣王之十一年，韓王安之七年，燕王喜之二十三年，丹逃秦之同年也。

（5）得軻

丹得荊軻，羅根澤先生考定在始皇十八年，說具本篇"真僞與時代第三"所引羅氏《燕丹子真僞年代考》中，按《六國表》，始皇十八年，燕王喜之二十六年也。

（6）遣軻

丹以燕王喜二十八年，始皇之二十年，遣軻刺秦，史無異說，與本書卷下所載"軻從容曰'軻侍太子三年於斯矣'"之記事亦符。顧其季節，則爲一極饒有興味之事。荊軻《易水歌》曰"風蕭蕭兮易水寒"，是在深秋也；姬人鼓琴曰"羅縠單衣，可掣而絕"，又是在炎夏矣。二證所示，一秋一夏，季節迥異。然後先夏後秋，一爲發燕之季，一爲至秦之季，夏發秋至，當可無說。此則，一年之中，先秋後夏，時序倒錯。如欲强爲之說，必以軻秋發於燕，經冬歷春，翌夏至秦，方可無違時序。然考《史記·六國表》，燕王喜二十八年，"太子丹使荊軻刺秦王，秦伐我"，明載發燕抵秦，與失敗被伐爲同年事也。更以事實衡之，燕秦縱道里迢遙，亦不過匝月程耳，無須期年也。且獻首於秦，所以示信，如時及期年，首早潰腐，骷髏一具，何資識驗？

考之《史》《策》既如彼，衡之事實又如此，二證殆有一僞，決難并存。竊意姬人琴曲，《策》《史》匪惟不引其文，抑且不言鼓琴，辛氏《三秦記》所記，又與本書有異，必爲後人僞撰。易水之歌，《策》《史》均有稱引，實較可信。復以當時情勢度之，軻函於期之首，自燕至秦，非匝月不辦，而尚能奉之於朝廷之上，必其不甚腐臭也，亦以深秋爲近。

（7）匿衍

《史記·刺客列傳》曰："秦王大怒，益發兵詣趙，詔王翦軍以伐燕，十月而拔薊城。燕王喜太子等，盡率其精兵，東保於遼東。秦將李信追擊燕王急，代王嘉乃遺燕王書曰：'秦所以尤追燕急者，以太子丹故也。今王誠殺丹，獻之秦王，秦王必解，而社稷幸得血食。'其後李信追丹，丹匿衍水中。燕王乃使使斬太子丹，欲獻之秦，秦復進兵攻之。"按《六國表》，事在王喜二十九年，始皇之二十一年，荊軻刺秦之明年也。

丹之事迹，犖犖大者，此七而已。至烏白頭、馬生角、橋機不發、雞鳴度關、進金投蛙，膾千里馬肝、截美人好手、聽琴超屏，本書有而《策》《史》無也；徐夫人匕首、夏無且樂囊，《策》《史》有而本書無也。

惟天雨粟、厩人生害足、井上株木跳度瀆。《風俗通義·正失篇》："燕太子丹，天爲雨粟，烏白頭，馬生角，厩人生害足，井上株木跳度瀆。俗説燕太子丹爲質於秦，始皇執欲殺之。言能致此瑞者，可得生活。丹有神靈，天爲感應，於是遣使歸國。謹按太史記燕太子丹與秦始皇之交不善，丹恐而亡歸。歸求勇士荆軻，秦武陽，函樊於期之首，貢督亢之地圖，秦王大悦，禮而見之。變起兩楹之間，事敗而荆軻立死。始皇大怒，乃益發兵伐燕，燕王走保遼東，使使斬丹以謝秦，燕亦遂滅。丹畏死逃歸耳，自爲其父所戮，手足圮絶，安在其能使雨粟？其餘云云乎！原其所以有兹語者，丹實好士，無所愛怪也，故閭閻小論飭成之耳。"《論衡·感虚篇》："太史公曰：'世稱太子丹之令天雨粟，馬生角，大抵皆虚言也。'太史公書漢世實事之人，而云虚言者，近非實也。"

日再中，厨門木象生肉足。《論衡·感虚篇》："傳書言燕太子丹朝於秦不得去，從秦王求歸，秦王執留之與之誓曰：'使日再中天雨粟，令烏白頭，馬生角，厩門木象生肉足，乃得歸。'當此時，天地祐之，日爲中天，天雨粟，烏白頭，馬生角，厩門木象生肉足。秦王以爲聖，乃歸之。此言虚也。燕太子丹何人，而能動天！聖人之拘，不能動天，太子丹賢者也，何能致此？夫天祐太子，生諸瑞以免其身，則能和秦王之意，以解其難。見拘一事而易，生瑞五事而難，舍一事之易，爲五事之難，何天下之不憚勞也！"又《是應篇》："世言燕太子丹使日再中，天雨粟，烏白頭，馬生角，厨門象生肉足，論之既虚。則萐脯之語，五應之類，恐無其實。"

厩門木烏生肉足。《史記·刺客列傳》索隱："燕丹求歸，秦王曰：'烏頭白，馬生角乃許耳。'丹乃仰天嘆，烏頭即白，馬亦生角。《風俗通》及《論衡》皆有此説，仍云厩門木烏生肉足也。"

交龍扶轝。《水經·渭水注》："……又一説，交龍扶轝而機不發。"《太平御覽·鱗介部》九三零引《博物志》："燕太子丹質於秦見遣，而爲機橋於渭，將殺之，蛟龍扶轝，機不得發。"

值醉唾耳。《藝文類聚·人部》引《列士傳》："燕丹使田光往候荆軻，值其醉，唾其耳中，軻覺曰：'此出口入耳之言，必大事也。'則往見光。"

虹貫日。《史記·魯仲連鄒陽列傳》集解轉引如淳《史記注》引《列士傳》："荆軻發後，太子自相氣，見虹貫日不徹，曰：'吾事不成矣。'後聞軻死，事不立，曰：'吾知其然也。'"《論衡·感虚篇》："傳書言荆軻爲燕太子謀刺秦王，白虹貫日，衛先生爲秦畫長平之事，太白蝕昴，此言精感天，天爲變動也。夫言白虹貫日，太白蝕昴實也，言荆軻之謀，衛先生之畫，感動皇天，故白虹貫日，太白蝕昴者虚也。"又《變動篇》："杞梁之妻哭而崩城，復虚言也。因類以及荆軻刺秦王，白虹貫日，衛先生爲秦畫長平之計，太白蝕昴，復妄言也。夫豫子謀殺襄子，伏於橋下，襄子至橋心動，貫高欲殺高祖，藏人於壁中，高祖至柏人亦動心。二子欲刺兩主，兩主心動，實論之，尚謂非二子精神所能感也。而況荆軻欲刺秦王，秦王之心不動，而白虹貫日乎？然則白虹貫日，天變自成，非軻之精爲虹而貫日也。"

文馨奏曲。《廣博物志》三十四引《古琴錄》："荆軻劫秦王，將刺之，王曰：'寡人好琴，願聽一曲而就死。'軻許之，因命琴女文馨奏曲云云。王從其言，遂得脫。後名其琴曰超屏。"自注："文馨或作漏月。"

美人彈琴。《太平御覽·服用部》七○一引《辛氏三秦記》："荆軻入秦，爲燕太子報仇，把秦王衣袂曰：'寧爲秦地鬼，不爲燕地囚。'王美人彈琴作語曰：'三尺羅衣何不掣？四面屏風何不越？'王因掣衣而走得免。"

閭里町町。《論衡·語增篇》："傳語曰町町若荆軻之閭，言荆軻爲燕太子丹刺秦王後，誅軻九族，其後恚恨不已，復夷軻之一里，一里皆滅，故曰町町，此言增之也。夫秦雖無道，無爲盡誅荆軻之里。荆軻之閭，何罪於秦，而盡誅之？如刺秦王在閭中，不知爲誰，盡誅之可也。荆軻已死，刺者有人，一里之民，何爲坐之？始皇二十年，燕使荆軻刺秦王，秦王覺之，體解軻以徇，不言盡誅其閭。或彼時誅軻九族，九族衆多同里而處，誅其九族，一里且盡，好增事者則言町町也。"

諸說《策》《史》不載，本書亦遺。殆丹之義，軻之勇，流俗眩耀，遂爲傳說附著之的，與烏白頭、馬生角、雞鳴度關、聽琴超屏同類，不必實有其事也。

（二）著錄與篇帙

《燕丹子》，各史《藝文志》俱入子部小說家。其始見於徵引也，蓋惟酈道元《水經注》與庾仲容《子鈔》。《子鈔》雖亡，《子略》謂"《意林》一遵庾目"。考《意林》目，《燕丹子》三卷，所採與今本同，即本諸《子鈔》也。《舊唐志》《崇文目》《通考》《宋志》《四庫》均作三卷，周（《周氏涉筆》）、宋（《諸子辯》）、胡（《四部正訛》）所見，亦是三卷，《楓窗小錄》所載之宋本，或即爲三卷也。今《平津館叢書》本三卷，孫星衍序曰："以篇爲卷，複《唐》《宋志》三卷之舊。"蓋粗似矣。《隋志》《新唐志》《通志》作一卷者，或係字誤，或竟別本遞傳。古者卷軸轉書，異卷取便，是書今本二千餘言，并脫簡窺之，亦不出四千，事理聊貫，無庸分篇，合書一卷，本無不便也。

又是書《史記正義》引稱《燕太子》及《燕太子篇》，《琱玉集》引稱《燕太子傳》，而詞恉與今本無異，以意度之，殆其別署也。

（三）真僞與時代

丹書真僞，宋、明迄今，略成定讞。羅根澤先生《燕丹子真僞年代考》一文，述之綦詳，茲爲節迻於此，以實吾篇，并附陳鄙見。

《燕丹子》三卷……以根澤考之，則確爲晚出，其時代蓋在蕭齊。《四庫》謂割裂雜綴而成，不誤也。今先即尊信此書者，一一指其紕謬：

（1）以所載與《史記》皆合，謂爲史記事本。（周密、宋濂）案作僞者依據《史記》，參之他書，加以附益，所載自與《史記》相合，不得以此謂爲《史記》事本。先秦古書，且與《史記》亦不盡合，烏白頭、馬生角、橋機不發、進金擲蛙、膾千里馬肝、截美人好手、聽姬琴得隱語，此有而史無也；徐夫人匕首、夏無且藥囊，此無而史有也。考《史記》傳荊軻事本，自言"始公孫季公，董生與夏無且游，具知其事，爲餘道之如是"（《史記·刺客列傳贊》），不言本之《燕丹子》。其闕"天雨粟，馬生角"，謂"世言荊軻"云云，亦不言《燕丹子》。則史公必未見此書，安得據爲事本？再考《論衡·感虛篇》謂："傳書言燕太子丹朝於秦不得去，從秦王求歸，秦王執留之，與之誓曰：'使日再中，天雨粟，令烏白頭，馬生角，厨門木象生肉足乃得歸。'"《風俗通義·正失篇》謂："燕太子丹天爲雨粟，烏白頭，馬生角，厨人生害足，井上株木跳度瀆。"亦皆不言《燕丹子》。且三書所言，亦與《燕丹子》不合，知史遷、應劭、王充皆未見此書。然則此書與史記合者，本之《史記》也，非《史記》本此也。

（2）以其嫺於詞令，氣息頗古，多古字古意，謂爲先秦之書。（宋濂、孫星衍、譚獻）案此書采之《史記》，參之《國策》，詞氣自然甚古，至所用古字古義，孫氏舉"劍""使""椹""擿"四字爲證。考"畢使於前"之"使"字，今本《燕丹子》作"辭"，《意林》引作"事"，作"使"者《燕策》《史記》也。孫氏謂："叓，古文使，亦事字。"則《燕策》《史記》所用爲古字古義，《燕丹子》所用，爲今字今義，益見作僞者不明古義，故改"使"爲"事"也。"拔匕首擿之"之"擿"，《史記》亦作"擿"，《史記》非本此書，已以史公自述語證明，成定鐵案，則此書愈同《史記》，愈見其采之《史記》也。"太子劍袂"，孫氏謂以"劍"爲"斂"，古無所見，當爲形誤。"右手椹其胸"，"椹"，《國策》《史記》《玉篇》俱作"揕"，孫氏謂作"揕"誤，"椹"爲"戡"之借。考"椹"古無通"戡"者，而《集韵·寑韵》："戡，刺也，或從手。"案戡刺動詞，從手甚合造字之義。則作"揕"爲是，此書作"椹"者亦形誤，不得據此臆定爲先秦古書也。

（3）以《史記》裴駰《集解》引劉向《別錄》云"督亢，膏腴之地"，司馬貞《索隱》引劉向云"丹，燕王喜之子"，謂《燕丹子》雖不載於《漢志》，而《七略》則確有此書。（孫星衍。）案《漢志》法家有《燕十事》十篇，雜家有《荊軻論》五篇。荊軻與燕丹有連帶關係。叙荊軻必及燕丹，《史記·刺客傳》是其例。《燕十事》叙及燕丹，更意中事。孫氏謂二書俱非《燕丹子》是也；然不能謂中無燕丹事。劉向《別錄》非如《漢志》之祇列書目，班固稱其每一書已，向輒條其篇目，撮其指意，録而奏之。（《藝文志》。）就今所存者視之，略與《四庫書提要》相仿。則裴駰、司馬貞所引，當爲奏上《燕十事》或《荆軻論》中語。考《漢志》據《七略》爲書，雖自謂删其要以備篇籍（《藝文志》），然凡與《七略》有出入者，必須注明。如《六藝略》書類注云："入劉向《稽疑》一篇。"顔師古曰："此凡言入者，謂《七略》之外，班氏新入之也。其云出者，與此同。"云出者，如樂類注云："出淮南，劉向等《琴頌》七篇。"檢諸子略，各家均未注出《燕丹子》，則《七略》無此書無疑。

尊信者之説，既不成立，則其晩出已必；抑余籀繹《燕丹子》，又得内證二事：

（1）《史記·刺客傳》載荆軻初見燕丹，丹語曰："今秦王虜韓王，盡納其地，又舉兵南伐楚，北臨趙，王翦將數十萬之衆距漳、鄴。"（《國策》同。）考《史記·秦始皇本紀》，虜韓王，在始皇十七年，（《六國表》同。）王翦伐趙，在始皇十八年，則丹、軻之遇，在始皇十八年，韓王已虜，王翦放伐趙時也。荆軻刺秦，在始皇二十年，《秦始皇本紀》及《六國表》皆同，則軻見丹後二年即刺秦死矣。今《燕丹子》卷下曰："軻從容曰：'軻侍太子三年於斯矣。'"又謂："居五月，太子恐軻悔。"時間豈能容也？且卷中謂丹舍田光上館，三月即怪其無説，則太子之急於報秦可知，何以於荆軻則三年之久，尚不怪其無説？前後情事，若出兩人，寧有此理？至於謂金瓦擲蛙、膾千里馬肝、截美人好手，更非荆軻所宜出，此所謂欲益反損，而適暴其僞也。最奇者，始皇在危急存亡之際，尚乞聽琴而死，荆軻於可得而甘心之後，竟能慨與寬假，又物琴姬，又能示以隱語，其爲僞者欲護荆軻之敗，而故爲枝節明矣。

（2）齊太公殺華士，子産殺鄧析，孔子誅少正卯，題目、罪名、手段大致全同，爲理所未有，後人遂據之而疑爲子虚。（見崔述《洙泗考信録》卷二、梁任公先生《古書真僞及其年代》卷一。）今《燕丹子》卷上載燕丹之逃秦也，謂："夜到關，關門未開，丹爲雞鳴，衆雞皆鳴，遂得逃歸。"與《國策》所叙孟嘗君逃秦全同。何秦上自君臣，下至守關之吏，不知懲前毖後至於斯也。顯係作僞者欲爲燕丹增伎增色，故奪孟嘗君事，使燕丹重演也。

據此，晩出僞作無疑。而因何而僞？僞於何時？上竢考索。宋裴駰爲《史記集解》從未徵引，知宋時尚無此書。梁庾仲容《子鈔》載有《燕丹子》三卷。《子鈔》雖亡，然高似孫《子略目》謂馬總《意林》"一遵庾目"。考《意林》所采與今本同，則梁時已有矣。然則其時代上不過宋，下不過梁，蓋在蕭齊之世。《四庫提要》謂在漢後唐前，雖不誤，亦太泛矣。考《隋志》不著作者，宋人《楓窗小録》亦謂"惜無作者姓名"（《問經堂》本《燕丹子》附録）。意作者蓋哀燕丹之志，慟荆軻之勇，而技不得售，信史昭載，於是采爲本事，加以緣飾，以回護丹、軻之失，而寓惋惜之意，本非有意僞托古人；祇以稗官小説，不欲署名，或署名而旋失，後人以其述燕丹事，遂謂爲丹賓客，或爲戰國游士作，躋於先秦著作之林。至《舊唐書》題燕丹子撰，更爲誣妄。

羅先生以治子名家，廣徵博引，推考至爲確當，惟所舉內證，意者尚有未盡：

（1）卷上載丹與其傅鞠武報書，《策》《史》不具，他籍亦未見稱引，竊意太傅日侍太子，有所咨詢，何煩作書？以丹之急又何遑作書？殆作者摭拾《策》《史》所載丹、武問對之語，緣飾以成文也，與琴曲同屬僞撰。（琴曲僞撰，說已具事迹與年代遣軻條，兹不復述。）

（2）卷中曰："軻遂之燕。"卷下曰："荆軻之燕。"又曰："軻出衛都，望燕路，歷險不以爲勤，望遠不以爲遐。"又曰："今軻君遠至，將何以教太子？"直以軻介田光，方自衛之燕矣。考《史記·刺客列傳》曰："荆軻者，衛人也……。荆軻既至燕，愛燕之狗屠及善擊筑者高漸離。荆軻嗜酒，日與狗屠及高漸離飲於燕市。……其之燕，燕之處士田光先生亦善待之，知其非庸人也。居頃之，會燕太子丹質秦亡歸燕。"明謂軻於丹亡歸前，即已之燕也。又本書卷上載田光於太子前介軻曰："嘗家於衛，脱賢士大夫之急，十有餘人。"既言"嘗家於衛"，明此時不復在衛也。前後自相矛盾，蓋亦羅先生之所謂"故爲枝節"，愈見其爲"割裂雜綴"也。設軻誠介田光方自衛之燕，則軻入燕即爲太子上賓，何由識市井高漸離？田光自刎，得非於軻之衛舍歟？

（3）卷下曰："暨樊將軍得罪於秦，秦求之急，乃來歸太子，太子爲置酒華陽之臺。酒中，太子出美人能琴者，軻曰：'好手，琴者。'太子即進之。"考《戰國策·燕策》及《史記·刺客列傳》均載樊將軍歸太子，鞠武勸太子遣之入匈奴，太子不忍，然後武乃介田光，田光以欲爲太子良謀而太子不能；欲奪筋力而己不能，始轉介荆軻，本書云云，直以軻先樊將軍之燕矣。史實舛訛，割裂奚疑！

（4）卷下又曰："太子曰：'丹之憂計久，不知安出。'軻曰：'樊於期得罪於秦，秦求之急，又督亢之地，秦所貪也，今得樊於期首、督亢地圖，則事可成也。'太子曰：'若事可成，舉燕國而獻之，丹甘心焉。樊將軍以窮歸我，而丹賣之，心不忍也。'軻默然不應，居五月，太子恐軻悔，見軻曰：'今秦已破趙國，兵臨燕，事已迫急，雖欲足下，計安施之？今欲先遣武陽如何？'軻怒曰：'何太子所遣，往而不反者豎子也。軻所以未行者待吾客耳。'於是軻潛見樊於期。"按軻欲得樊於期首，而太子不忍，行否未定，在丹不在軻也，軻何悔之有？《史記·刺客列傳》曰："乃遂盛樊於期首函封之。……令秦武陽爲副。荆軻有所待欲與俱，其人居遠未來，而爲治行，留待頃之未發，太子遲之，疑其改悔，乃復請曰：'日已盡也，荆卿豈有意哉？丹請得先遣秦武陽。'荆軻怒叱太子曰：'……僕所以未行者，待吾客與俱，今太子遲之，請辭決矣。'遂發。"以於期授首後，而軻留待不發，"太子遲之，疑其改悔"，於情較本書爲近，然謂軻先得於期首，而後待客，則與本書恰反，荆軻似不至如此魯莽。設軻未行，而授首之事已轟傳秦廷，軻又將何以報太子哉？史公博采異聞，所載亦未必盡信也。

（5）本書及《策》《史》所載荆軻待客之時間雖異，而其同爲待客則一。顧《史記·刺客列傳》曰："荆軻既至燕，愛燕之狗屠及善擊筑者高漸離。荆軻嗜酒，日與狗屠及高漸離飲於燕市，酒酣以往，高漸離擊筑，荆軻和而歌於市中相樂也，已而相泣，旁若無人者。"又曰："秦逐太子丹，荆軻之客，皆亡。高漸離變名姓，爲人庸保，匿作於宋子。"《國策·燕策》曰："其後荆軻客高漸離以擊筑見秦皇帝，而以筑擊秦皇帝，爲燕報仇，不中而死。"《水經·易水》注曰："易水又東徑漸離城南，蓋太子丹館高漸離處也。"則荆軻之客似惟高漸離，漸離於軻被尊爲上卿後，亦隨受太子之奉養也。故易水祖道，得與擊筑。本書及《策》《史》所云待客，未詳何指，若爲漸離，近在咫尺，無有於待也。蓋亦遞傳歧增，稗官之故爲穿插也。

（6）本書及《策》《史》均載荆軻見秦王之時，軻奉樊於期頭函，武陽奉地圖匣，至陛，武陽振懾色變，秦王乃令軻取圖進，發圖，圖窮而匕首見。按太子所使，荆軻爲主，武陽其副，燕國所獻，地圖爲實，首匣其名，圖中匕首所謂"以一劍之任以當百萬之師"者也，軻豈有令武陽奉藏匕地圖，而自奉無用首匣之理！且軻亦非預知武陽之必振懾也，設使當日者武陽而不振懾，或秦王而不令軻進圖，軻將奈何？

上列六事，均羅先生所不及，其涉及《史記》者，亦出梁玉繩《志疑》之外，而於羅先生考定，以是書宋裴駰爲《史記集解》未曾徵引，《意林目》載有三卷，《子略》謂《意林》"一遵庾目"，斷其梁時已有，其時代上不過宋，下不過梁，蓋在蕭齊之世，復爲獲一直捷而有力之佐證。考酈道元《水經注》十一、十九兩引是書，酈注與《子鈔》成書年代，雖未遑細檢，然按《歷代名人生卒年表》，庾仲容卒於梁太清三年（西元五四九），而《魏書·蕭寶夤傳》記道元卒於孝昌三年（西元五二七）十月，要早於仲容二十餘年也。

復次，羅先生所舉內證第二，以齊太公殺華士，子產殺鄧析，孔子誅少正卯，例丹之鷄鳴度關，全同孟嘗，證其爲僞，竊意以僞證僞，雖不誤，似不必。何者？鷄鳴戒旦，黎庶取便，關門啓閉，吏有專司，當准槳漏，決不按諸鷄鳴也。況鷄縱早鳴，天色可驗，關吏焉得如此顢頇！既《國策》所述孟嘗君事，亦未必可信也。

（四）刊本與研治

宋人《楓窗小錄》曰："予家所藏《燕丹子》，一序甚奇。"則是書宋時曾有刊本也。《崇文目》《通考》俱作三卷，宋本三卷或即淵源庾仲容所據本也。宋景濂、胡應麟所見，俱係三卷，葉氏籙竹堂所藏，亦是三卷，明刊殆本諸宋。厥後流傳漸鮮，惟具《永樂大典》，清修《四庫》始錄入子部小説類存目，而以抄本付孫星衍轉付孫馮翼，刊入《問經堂逸子》，傳本復見，蓋自兹始。嘉慶丙寅星衍因章宗源舊稿，復采唐宋傳注所引，與洪頤煊校訂訛舛，重加刊刻，即予考釋原文所據之《平津館》本是也。逐句勘校，逐段對比，一視《逸子》，勝一籌矣。後嗣《岱南閣》《百子全書》《四部備要》諸本，俱由此出，惟孫校不及《水經注》，所據亦多非善本，疏陋孔多，説詳卷内，無煩例述。

至是書研治之過程，六朝以迄唐、宋，雖《水經注》《珩玉集》《意林》《六帖》《書鈔》《學記》《類聚》《御覽》及《文選》李注、《史記索隱》、《正義》諸書，均有稱引，總無論述。明、清以還，宋景濂、胡應麟、管異之（《因寄軒文初集》有《讀〈燕丹子〉》）輩，始稍稍讀之。紀昀、章宗源、孫星衍踵爲輯校。及於近年，羅根澤先生即撰《真僞年代考》矣（《中山大學語言歷史研究所周刊》七集七十八期），復爲《探源》（《古史辯》第六册），并予此文及《考釋》三卷，竊意丹書厓略，蓋備於是矣。其有補正，請俟異日！

二十六年五月三十一日於河南大學。（《學藝雜志》，1947年第11期）

案：《隋書》卷三十四《經籍志三》子部小説類著錄"《燕丹子》一卷"，注云："丹，燕王喜太子。"

《漢書·藝文志》諸子略法家有《燕十事》十篇，注云"不知作者"；雜家有《荆軻論》五篇，注云"司馬相如等論荆軻事"，無《燕丹子》之名。至《隋書·經籍志》始著錄於小説家，僅注云："丹，燕王喜太子。"唐李善注《文選》始援引其文。《舊唐書·經籍志》小説類題"燕太子撰"。王堯臣《崇文總目》小説類亦題爲"燕太子丹撰"。今人程毅中《燕丹子》點校本《點校説明》稱："題燕太子丹撰，大概是望文生義，并没有見過原書，以爲《燕丹子》也和《老子》一樣，是一家之言。"《日本國見在書目錄》《新唐書·藝文志》《通志·藝文略》均著錄，作一卷。而《意林》《舊唐書·經籍志》《崇文總目》《文獻通考》《宋史·藝文志》則作三卷。明初《文淵閣書目》作"一部一册，闕"，未明幾卷。宋濂所見爲三卷本。明永樂時收入《永樂大典》。葉盛籙竹堂所藏、胡應麟等所見亦是三卷本。其後流傳漸鮮，遂至淹没。清時修《四庫全書》，紀昀從《永樂大典》錄出，列入小説家存目，仍作三卷。

該書作者不詳，其成書年代亦衆説不一。或以爲成書於秦漢間。如元馬端臨《文獻通考》所引《周氏涉筆》以爲此書是"《史記》事本"，則以其成書於司馬遷之前；明宋濂《諸子辨》云"決爲秦漢間人所作無疑"；清孫星衍《燕丹子·叙》稱"其書長於序事，嫻於詞令，審是先秦古書"；周中孚

《鄭堂讀書記》曰"當由六國游士哀太子之志，綜其事迹，加之緣飾"；魯迅《中國小說史略》稱"漢前《燕丹子》"；今人程毅中《燕丹子點校説明》稱"《燕丹子》産生於漢代甚至更早，是完全可能的"；霍松林則更明確説"它應該是秦并天下以後至覆亡前十餘年間的産物"。或以爲成於漢末。如明胡應麟《少室山房筆叢》云"其文采誠有足觀，而詞氣頗與東京類，蓋漢末文士因太史《慶卿傳》，增益怪誕爲此書"；今人侯忠義《中國文言小説史稿》據晉張華《博物志》所録《燕丹子》與今本同，謂"魏晉時期此書已經流行，并已成熟"，故將其成書年代定爲東漢末年。或以爲成書於南朝宋、齊間。如李慈銘《越縵堂讀書記》云其"要出於宋、齊以前高手所爲"；羅根澤《諸子考索》據"梁庾仲容《子鈔》載有《燕丹子》《莊子》《韓非子》三卷。《子鈔》雖亡，然高似孫《子略目》謂馬總《意林》一遵庾目。考《意林》所采與今本同，則梁時已有矣。然則其時代上不過宋，下不過梁"，將其成書時期定於"蕭齊之世"。或以爲成書於漢唐間。如《四庫全書總目》據"唐李善注《文選》，始援引其文"，而《史記》裴駰《集解》、司馬貞《索隱》均未引，推測其成書當在東漢應劭、王充之後，唐以前。余嘉錫《四庫提要辨證》亦以爲"此書實出自六朝以前"。此外，王天海以爲："我們可以肯定地説，《燕丹子》成書時代必在西晋之前，劉向校訂《戰國策》之後。"近來張海明撰文，以爲此書爲南朝江淹假托史事諷喻建平王景素之擬作，寫作時間在宋後廢帝元徽二年（474年）江淹被黜吳興之前；今本《戰國策·燕策·燕太子丹質於秦》章乃後人據孔衍《春秋後傳·燕語》之荆軻刺秦部分補入，時間當在隋唐之際。

《燕丹子》載燕太子丹使荆軻刺秦王事。今存涉及荆軻刺秦王故事之早期文獻，主要有《戰國策》《淮南子》《鹽鐵論》《史記》《法言》《論衡》《風俗通義》《三輔舊事》《博物志》《水經注》《金樓子》《劉子》等，《漢書·藝文志》諸子略則著録有法家《燕十事》、雜家《荆軻論》。其傳説則有白虹貫日，天雨粟，烏白頭，馬生角，厨中木象生肉足，井上株木跳度漬，日再中，蛟龍舉橋使不陷，田光嗽耳，荆軻刺秦始皇，秦滅軻九族，始皇爲高漸離筑擊傷生癕死等。據《史記》可知，司馬遷前止有烏白頭、馬生角、高漸離擊傷始皇諸説，其餘則史遷後又增益之傳聞；又今本《燕丹子》夏扶"鄉曲"之言，荆軻"士節"之論，全仿司馬遷《報任少卿書》語，則其成書必在史遷之後，而非"《史記》事本"。又《藝文類聚》卷十七引《列士傳》語，《金樓子》卷六亦引之，其内容較《燕丹子》爲詳盡，而叙事如出一轍；又《北堂書鈔》卷一百十、卷一百二十八、卷一百四十五引"燕太子丹云"，與今本《燕丹子》同；而《琱玉集》卷十二引《燕丹子傳》言及秦滅燕國、殺燕丹，《太平御覽》卷六百九十九引"燕丹太子曰"則云高漸離擊筑秦王帳中事。凡此稱"燕太子丹云""燕丹太子曰""燕丹子傳"者當爲一書。晋張華《博物志》卷八所引燕丹事與今本《燕丹子》大同，則晋前已有定本之《燕丹子》當無疑問。因此，可推知其成書大致年代當在西晋以前、劉向之後。

該書明永樂後亡佚，清人紀昀於乾隆時從《永樂大典》輯出，授孫星衍，經星衍重加校訂，先後刻入《岱南閣叢書》《平津館叢書》；嘉慶時孫星衍、孫馮翼又刻入《問經堂叢書》。光緒時收入《百子全書》。民國時收入掃葉山房石印《三十六子全書》。各叢書均爲三卷本。清姚振宗《漢書藝文志拾補》小說類著錄爲一卷，不知何故，大約以始錄該書的《隋書·經籍志》爲準。《岱南閣叢書》《平津館叢書》本有孫氏題叙，并有精審之校勘，爲後世通行本。民國中華書局《四部備要》本、商務印書館《叢書集成初編》本《燕丹子傳》均據《平津館叢書》本排印。新編《續修四庫全書》乃據清乾隆刻孫氏《岱南閣叢書》本影印，由上海古籍出版社出版。今人的標點本有：1985年中華書局版程毅中點校本《燕丹子》，1997年貴州人民出版社版王天海《燕丹子全譯》本，1999年上海古籍出版社版《漢魏六朝筆記小說大觀》本。

雜語（異同雜語　三國異同評）

陳壽撰，裴松之注《三國志》卷一《魏書·武帝紀》：

孫盛《異同雜語》云："太祖嘗私入中常侍張讓室，讓覺之；乃舞手戟於庭，逾垣而出。才武絶人，莫之能害。博覽群書，特好兵法，抄集諸家兵法，名曰《接要》，又注《孫武》十三篇，皆傳於世。嘗問許子將：'我何如人？'子將不答。固問之，子將曰：'子治世之能臣，亂世之奸雄。'太祖大笑。"

孫盛《雜記》曰："太祖聞其食器聲，以爲圖己，遂夜殺之。既而悽愴曰：'寧我負人，毋人負我！'遂行。"

同上，卷九《魏書·夏侯尚子玄傳》：

孫盛《雜語》曰："玄在囹圄，會因欲狎而友玄，玄正色曰：'鍾君何相逼如此也！'"

同上，卷十八《魏書·吕虔傳》：

孫盛《雜語》曰："祥字休徵。性至孝，後母苛虐，每欲危害祥，祥色養無怠。盛寒之月，後母曰：'吾思食生魚。'祥脫衣，將剖冰求之，少頃，堅冰解，下有魚躍出，因奉以供，時人以爲孝感之所致也。供養三十餘年，母終乃仕，以淳誠貞粹見重於時。"

同上，卷三十五《蜀書·諸葛亮傳》：

孫盛《異同記》曰："瞻、厥等以維好戰無功，國內疲弊，宜表後主，召還爲益州刺史，奪其兵權；蜀長老猶有瞻表以閻宇代維故事。晉永和三年，蜀史常璩說蜀長老云：'陳壽嘗爲瞻吏，爲瞻所辱，故因此事歸惡黃皓，而云瞻不能匡矯也。'"

同上，卷四十六《吳書·孫破虜討逆傳》：

孫盛《異同評》曰："凡此數書，各有所失。孫策雖威行江外，略有六郡，然黃祖乘其上流，陳登間其心腹，且深險強宗，未盡歸復，曹、袁虎爭，勢傾山海，策豈暇遠師汝、潁，而遷帝於吳、越哉？斯蓋庸人之所鑒見，況策達於事勢者乎？又案袁紹以建安五年至黎陽，而策以四月遇害，而《志》云策聞曹公與紹相拒於官渡，謬矣。伐登之言，爲有證也。"（中華書局，1982年）

徐震堮《世説新語校箋》卷中《識鑒》：
孫盛《雜語》曰："太祖嘗問許子將：'我何如人？'固問，然後子將答曰：'治世之能臣，亂世之奸雄。'太祖大笑。"《世説》所言謬矣。

同上，卷下《假譎》：
孫盛《雜語》云："武王少好俠，放蕩不修行業。嘗私入常侍張讓宅中，讓乃手戟於庭，逾垣而出，有絶人力，故莫之能害也。"（中華書局，1984年）

歐陽詢撰，汪紹楹校《藝文類聚》卷九水部下《冰》：
孫盛《雜語》曰："王祥字休徵，性至孝，後母苟虐，欲危害祥，祥色養無怠。盛寒之月，後母曰：'吾思生魚。'祥脱衣，將剖冰求之，有少處冰解，下有魚出，因以奉養。"（上海古籍出版社，1982年）

房玄齡等《晉書》卷八十二《孫盛列傳》：
孫盛字安國，太原中都人。祖楚，馮翊太守。父恂，潁川太守。恂在郡遇賊，被害。盛年十歲，避難渡江。及長，博學，善言名理。於時殷浩擅名一時，與抗論者，惟盛而已。盛嘗詣浩談論，對食，奮擲麈尾，毛悉落飯中，食冷而復暖者數四，至暮忘餐，理竟不定。盛又著醫卜及《易象妙於見形論》，浩等竟無以難之，由是遂知名。

起家佐著作郎，以家貧親老，求爲小邑，出補瀏陽令。太守陶侃請爲參軍。庾亮代侃，引爲征西主簿，轉參軍。時丞相王導執政，亮以元舅居外，南蠻校尉陶稱讒構其間，導、亮頗懷疑貳。盛密諫亮曰："王公神情朗達，常有世外之懷，豈肯爲凡人事邪！此必佞邪之徒欲間内外耳。"亮納之。庾翼代亮，以盛爲安西咨議參軍，尋遷廷尉正。會桓溫代翼，留盛爲參軍，與俱伐蜀。軍次彭模，溫自以輕兵入蜀。盛領羸老輜重在後，賊數千忽至，衆皆遑遽。盛部分諸將，并力距之，應時敗走。蜀平，賜爵安懷縣侯，累遷溫從事中郎。從入關平洛，以功進封吳昌縣侯，出補長沙太守。以家貧，頗營資貨，部從事至郡察知之，服其高名而不劾之。盛與溫箋，而辭旨放蕩，稱州遣從事觀采風聲，進無威鳳來儀之美，退無鷹鸇搏擊之用，徘徊湘川，將爲怪鳥。溫得盛箋，復遣從事重案之，贓私狼籍，檻車收盛到州，捨而不罪。累遷秘書監，加給事中。年七十二卒。

盛篤學不倦，自少至老，手不釋卷。著《魏氏春秋》《晉陽秋》，并造詩賦論難復數十篇。《晉陽秋》詞直而理正，咸稱良史焉。既而桓溫見之，怒謂盛子曰："枋頭誠爲失利，何至乃如尊君所説！若此史遂行，自是關君門户事。"其子遽拜謝，謂請刪改之。時盛年老還家，性方嚴有軌憲，雖子孫班白，而庭訓愈峻。至此，諸子乃共號泣稽顙，請爲百口切計。盛大怒。諸子遂爾改之。盛寫兩定本，寄於慕容儁。太元中，孝武帝博求異聞，始於遼東得之，以相考校，多有不同，書遂兩存。子潛、放。

潛字齊由，爲豫章太守。殷仲堪之討王國寶也，潛時在郡，仲堪逼以爲咨議參軍，固辭不就，以憂卒。

放字齊莊，幼稱令慧。年七八歲，在荆州，與父俱從庾亮獵，亮謂曰："君亦來邪？"應聲答曰："無小無大，從公於邁。"亮又問："欲齊何莊邪？"放曰："欲齊莊周。"亮曰："不慕仲尼邪？"答曰："仲尼生而知之，非希企所及。"亮大奇之，曰："王輔嗣弗過也。"庾翼子爰客嘗候盛，見放而問曰："安國何在？"放答曰："庾稚恭家。"爰客大笑曰："諸孫太盛，有兒如此也！"放又曰："未若諸庾翼翼。"既而語人曰："我故得重呼奴父也。"終於長沙相。（中華書局，1974年）

魏徵、令狐德棻《隋書》卷三十四《經籍志三》子部雜家類：

《雜語》三卷。

同上，子部小説類：

《雜語》五卷。

同上，卷三十五《經籍志四》集部別集類：

晉秘書監《孫盛集》五卷。（殘缺。梁十卷，録一卷。）（中華書局，1973年）

李昉等《太平御覽》卷二百三十三職官部三十一《秘書監》：

何法盛《晉中興書》曰：孫盛字安國，爲秘書監，篤尚好學。自少及長，常手不釋卷。既居史官，乃著《三國陽秋》。（中華書局，1960年）

樂史撰，王文楚點校《太平寰宇記》卷五十七河北道六澶州頓丘縣：

五孝城。孫盛《雜語》云："五郡孝子，中山、魏郡、鉅鹿、趙國人也，并少去鄉里，孤無父母所托，相遇於衛國，因結爲兄弟，朝夕相事，財積數萬，乃於空城見一老母以掃糞爲事，兄弟并拜爲母。"（中華書局，2007年）

歐陽修、宋祁《新唐書》卷五十九《藝文志三》丙部子録小説家類：

《雜語》五卷。（中華書局，1975年）

晁載之《續談助》卷四《殷芸小説》：

晉成帝時，庾后臨朝，南頓王宗，爲禁旅官，典管鑰，諸庾數密表疏宗，宗罵言云，是汝家門閤邪。諸庾甚忿之，托黨蘇峻誅之，後帝問左右，見宗室有白頭老翁何在？答同蘇峻已誅，帝聞之流涕，後頗知其事，每見諸庾道枉死，帝嘗在后前，乃曰，阿舅何爲云人作賊輒殺之，人忽言阿舅作賊，當復云何，庾后以牙尺打帝，云鼠何以作爾形語，帝無言，唯大張目，熟視諸庾甚懼。（原注：出《雜語》。）（商務印書館，1939年）

鄭樵《通志》卷六十八《藝文略第六》雜家：

《雜語》三卷。

同上，卷一百二十九下《列傳第四十二下・孫盛》：

孫盛字安國，太原中都人。祖楚，馮翊太守。父恂，潁川太守。恂在郡遇賊，被害。盛年十歲，避難渡江。及長，博學，善言名理。於時殷浩擅名一時，所與抗論者，惟盛而已。盛嘗詣浩談論，對食，奮擲麈尾，毛悉落飯中，食冷而復暖者數四，至暮忘餐，理竟不定。盛又著醫卜及《易象妙於見形論》，浩等竟無以難之，由是遂知名。起家佐著作郎，以家貧親老，求爲小邑，出補瀏陽令。太守陶侃請爲參軍。庾亮代侃，引爲征西主簿，轉參軍。時丞相王導執政，亮以元舅居外，南蠻校尉陶稱讒構其間，導、亮頗懷疑貳。盛密諫亮曰："王公神情朗達，常有世外之懷，豈肯爲凡人事邪！此必邪佞之徒欲間内外耳。"亮納之。庾翼代亮，以盛爲安西咨議參軍，尋遷廷尉正。會桓溫代翼，留盛爲參軍，與俱伐蜀。軍次彭模，溫自以輕兵入蜀。盛領羸老輜重在後，賊數千忽至，衆皆遑遽。盛部分諸將，并力距之，應時敗走。蜀平，賜爵安懷縣侯，累遷溫從事中郎。從入關平洛，以功進封吳昌縣侯，出補長沙太守。以家貧，頗營資貨，部從事至郡察知之，服其高名而不劾之。盛乃與溫箋，而辭旨放蕩，稱州遣從事觀采風聲，進無威鳳來儀之美，退無鷹鸇搏擊之用，徘徊湘川，將爲怪鳥。溫得箋，復遣從事重按之，贓私狼籍，檻車收盛到州，捨而不罪。累遷秘書監，加給事中。年七十二卒。盛篤學不倦，自少至老，手不釋卷。著《魏氏春秋》《晉陽秋》，并造詩賦論難復數十篇。《晉陽秋》詞直而理正，咸稱良史焉。既而桓溫見之，怒謂盛子曰："枋頭誠爲失利，何至乃如尊君所説！若此史遂行，自是關君門户事。"其子遽拜謝，因請刪改之。盛時年老還家，性方嚴有軌憲，雖子孫班白，而庭訓愈峻。至此，諸子乃共號泣稽顙，請爲百口切計。盛大怒。諸子遂爾改之。盛寫兩定本，寄於慕容俊。太元中，孝武帝博求異聞，始於遼東得之，以相考校，多有不同，書遂兩存。子潛、放。（中華書局，1987年）

洪邁撰，孔凡禮點校《容齋隨筆》四筆卷九《藍尾酒》：
白樂天《元日對酒》詩云……予謂不然，白公三杯之句，祇爲酒之巡數耳，安有連飲者哉！侯白滑稽之語，見於《啓顏錄》。《唐·藝文志》，白有《啓顏錄》十卷，《雜語》五卷，不聞有酒律之書也。蘇鶚《演義》亦引其說。（中華書局，2015年）

焦竑《國史經籍志》卷五集類別集：
《孫盛集》五卷。（商務印書館，1939年）

徐應秋《玉芝堂談薈》卷三十《世說注》：
裴松之注《三國志》，亦旁引諸書，史稱與孝標之注《世說》可爲後法。今觀其所載，如孫盛《異同雜語》，孫盛《雜記》，袁曄（一名煜）《獻帝春秋》……以上皆正史之外，采擇入注。（《四庫筆記小說叢書》本，上海古籍出版社，1993年）

顧起元《說略》卷十三《典述中》：
又裴松之注《三國志》亦旁引諸書，史稱與孝標之注《世說》可爲後法。今觀其所載，如孫盛《異同雜語》、《孫盛雜記》、袁曄（一名曄）《獻帝春秋》、《魏武故事》、《獻帝起居注》、李氏《海內先賢行狀》、衛恒《四體書勢》、《序傳子》、魚豢《典略》、劉艾《靈獻二帝紀》、張華《博物志》、魏文帝《典論》、顧愷之《啓蒙注》……（《四庫類書叢刊》本，上海古籍出版社，1992年）

秦榮光《補晉書藝文志》卷二史部傳記類雜錄：
《三國異同評》。（據《國志·魏武紀》注。）
《異同記》。（據《國志》注引。與上別出，疑實一書。）
《異同雜語》。（據《國志·魏武紀》注。）案《御覽》兵部引稱"三國異同傳"，《唐志》有《晉陽秋異同》八卷，孫壽撰，"壽"係"盛"之訛。《國志》注又別引孫盛《雜語》，無"異同"字，疑屬一書。
《雜記》。（據《國志·魏武紀》注引。）案與上疑亦一書二名，或"記"即"語"之訛。上五種并孫盛撰。（《二十五史補編》本，中華書局，1955年）

姚振宗《隋書經籍志考證》卷十二史部二古史類：

《魏氏春秋》二十卷，孫盛撰。

《晉書》本傳：盛字安國，太原中都人。避難渡江，起家佐著作郎。歷爲陶侃、庾亮、庾翼、桓溫參軍，與溫平蜀，賜爵安懷縣侯。又從入關平洛，以功進封吳昌縣侯，累遷秘書監、給事中。年七十二卒。盛篤學不倦，自少至老，手不釋卷，著《魏氏春秋》。

《史通·題目篇》曰："孫盛有《魏氏春秋》，孔衍有《漢魏尚書》，此皆好奇厭俗，習舊捐新，雖得稽古之宜，未達從時之義。"

《唐書·經籍志》：《魏武春秋》二十卷，孫盛撰。

《唐書·藝文志》：孫盛《魏武春秋》二十卷。（章宗源曰："武字誤。"）

錢大昕《三國志考異》曰："裴松之注所引書有孫盛《異同評》，或作《異同雜語》，又作《異同記》，又作《雜記》，其實一書也。"

嚴可均《全晉文編》曰："孫盛有《魏氏春秋》，《三國志》注引《魏氏春秋評》凡四十三條。又引《魏氏春秋異同評》十條。"

章氏《考證》："《唐志》有《魏陽秋異同》八卷，孫壽撰，《隋志》不著錄。按諸書所引或題孫盛《異同雜語》，孫盛《異同評》，孫盛《評》，或稱孫盛《雜語》，省異同二字。《唐志》'孫壽'，當時'孫盛'之誤。"

沈濤《銅熨斗齋隨筆》曰："《孫盛傳》'著《魏氏春秋》《晉陽秋》'。濤案盛避晉鄭太后諱，改'春秋'爲'陽秋'，則《魏氏春秋》亦當改爲'陽秋'。今《隋志》仍作'春秋'，當是後人追改。"

同上，卷三十子部七雜家：

《雜語》三卷。不著撰人。案《南齊書·劉善明傳》："太祖踐阼，以善明爲淮南、宣城二郡太守。善明至郡，上表陳事十一條。又撰《聖賢雜語》奏之，托以諷諫。上答曰：'省所獻《雜語》，并列聖之明規，衆智之深軌。卿能憲章先範，纂縷情識，忠款既昭，淵誠肅著，當以周旋，無忘聽覽也。'"或即此《雜語》三卷歟？

同上，卷三十二子部九小說家：

《雜語》五卷。不著撰人。《唐書·藝文志》：《雜語》五卷。案《唐志》云："侯白《啓顏錄》十卷，《雜語》五卷。"《北史·文苑·李文博附傳》："開皇中，又有魏郡侯白，字君素，性滑稽，尤辯俊，好爲俳諧雜説。人多愛狎之。"《唐志》次侯白《啓顏錄》之後，則亦侯白所撰爲多，本志不知作者，故列於晉人中。侯白別有《旌異記》，見史部雜傳家。（原注：晁氏《續談助》抄殷芸

《小説》引《雜語》一條。）（清華大學出版社，2014年）

丁國鈞《補晉書藝文志》卷三丙部子錄雜家類：

《雜記》。（孫盛。）謹按見裴氏《三國志注》。

同上，附錄一子部小説家類：

《雜語》（原注：孫盛），謹按見裴氏《三國志注》，亦稱《異同雜語》（原注：《魏志·武帝紀》注），疑即盛所著之《三國異同評》也。（清華大學出版社，2012年）

黄逢元《補晉書藝文志》卷三丙部子錄小説家類：

《雜語》五卷。《隋志》小説類有是書，不著撰人。《世説》各篇注引孫盛《雜語》，疑即盛撰。（清華大學出版社，2012年）

案：《隋書》卷三十四《經籍志三》子部小説類著錄"《雜語》五卷"，未題撰者。其子部雜家類另著錄"《雜語》三卷"，亦未題撰人。《通志·藝文略》雜家類著錄三卷，亦不題撰人。《新唐書·藝文志》子部小説類著錄"《雜語》五卷"，列在侯白《啓顔錄》之後。宋洪邁《容齋隨筆》以爲："白有《啓顔錄》十卷，《雜語》五卷。"清姚振宗《隋書經籍志考證》也説："《唐志》次侯白《啓顔錄》之後，則亦侯白所撰爲多。本志不知作者，故列於晉人中。"宋晁載之《續談助》抄殷芸《小説》引《雜語》佚文，早在侯白之前，故洪、姚之説不可信。清丁國鈞《補晉書藝文志》附錄云："《雜語》（孫盛），謹按見裴氏《三國志注》，亦稱《異同雜語》，疑即盛所著之《三國異同評》也。"黄逢元《補晉書藝文志》丙部子類小説家著錄"《雜語》五卷"，亦云："《隋志》小説類有是書，不著撰人。《世説》各篇注引孫盛《雜語》，疑即盛撰。"他們均以爲《雜語》爲孫盛撰，且《異同雜語》《三國異同評》與《雜語》《雜記》實爲一書。今采其説。

孫盛（302—373年），字安國，太原中都（今山西榆次縣東）人。父恂，潁川太守，在郡遇賊被害。孫盛時年十歲，避難渡江。及長，博學善言名理。時殷浩擅名一時，能與抗論者惟盛而已。又著醫卜及《易象妙於見形論》，浩等竟無以難之，由是遂知名。起家佐著作郎，以家貧親老，求爲小邑，出補瀏陽令。太守陶侃請爲參軍。庾亮代侃，引爲征西主簿，轉參軍。庾翼代亮，以盛爲安西咨議參軍，尋遷廷尉正。會桓温代翼，留盛爲參軍，與俱伐蜀。蜀平，賜爵安懷縣侯，累遷從事中郎。從入關平洛，以功進封吴昌縣侯，出補長沙太守。累遷秘書監，加給事中。年七十二卒。盛篤學不倦，自少至老，手不釋卷。著《魏氏春秋》《晉陽秋》，并造詩賦論難復數十篇。《晉陽秋》詞直而理正，咸稱良史。其事迹見《晉書》本傳。

《雜語》一書，考諸書所引，多題孫盛：《三國志》裴松之注引孫盛《雜語》五條（或題《異同雜語》《雜記》），《世說新語》劉孝標注引孫盛《雜語》二條、《藝文類聚》引孫盛《雜語》一條，《太平寰宇記》引孫盛《雜語》一條。宋晁載之《續談助》本《殷芸小說》所引《雜語》為晉成帝事，在孫盛之前，疑孫盛即五卷本《雜語》小說作者。又《隋志》雜家類亦著錄《雜語》三卷，未題撰人。另《南齊書》及《南史》劉善明本傳均云劉善明撰《賢聖雜語》一書，姚振宗以為此即《隋志》所著三卷本《雜語》，所記當非小說家言。清錢大昕《三國志考異》云："裴松之注所引書有《孫盛異同評》，或作《異同雜語》，又作《異同記》，又作《雜記》，其實一書也。"因書中多記三國事，時有評論，故又名《三國異同評》。章宗源《隋書經籍志考證》云："《唐志》有《魏陽秋異同》八卷，孫壽撰。《隋志》不著錄。按諸書所引或題孫盛《異同雜語》、孫盛《異同評》、孫盛《評》，或稱孫盛《雜語》，省'異同'二字。《唐志》孫壽當是孫盛之誤。"其說可從。

《隋志》小說類著錄《雜語》五卷，《新唐志》小說類亦著錄五卷，宋以後不見記載。其書已佚，佚文散見於《三國志注》《藝文類聚》《世說新語》《太平寰宇記》等，諸書皆題孫盛《雜語》。而所謂孫盛《雜記》《異同評》《異同雜語》《異同記》等，也可能是《雜語》異名。

《雜語》世無傳本，也無後人輯本。裴松之注《三國志·魏書·武帝紀》引孫盛《異同雜語》云："太祖嘗私入中常侍張讓室，讓覺之；乃舞手戟於庭，逾垣而出。才武絕人，莫之能害。博覽群書，特好兵法，抄集諸家兵法，名曰《接要》，又注《孫武》十三篇，皆傳於世。嘗問許子將：'我何如人？'子將不答。固問之，子將曰：'子治世之能臣，亂世之奸雄。'太祖大笑。"《三國志·魏書·呂虔傳》注引孫盛《雜語》曰："祥字休徵。性至孝，後母苛虐，每欲危害祥，祥色養無怠。盛寒之月，後母曰：'吾思食生魚。'祥脫衣，將剖冰求之，少頃，堅冰解，下有魚躍出，因奉以供，時人以為孝感之所致也。供養三十餘年，母終乃仕，以淳誠貞粹見重於時。"他皆類此。

郭　子

劉敬叔撰，范寧校點《異苑》卷七：

晋太原郭澄之，字仲靖。義熙初，諸葛長民欲取爲輔國咨議，澄之不樂，後爲南康太守。盧循之反自廣州，長民以其無先告，因騁私惡，收澄之以付廷尉，將致大辟。夜夢見一神人以烏角如意與之，雖是寐中，殊自指的。既覺，便在其頭側，可長尺餘，形制甚陋。澄之遂得無恙。後從入關，齎以自隨，忽失所在。（中華書局，1996年）

房玄齡等《晋書》卷八十五《諸葛長民列傳》：

諸葛長民，琅邪陽郡人也。有文武幹用，然不持行檢，無鄉曲之譽。桓玄引爲參軍、平西軍事，尋以貪刻免。及劉裕建義，與之定謀，爲揚武將軍。從裕討桓玄，以功拜輔國將軍、宣城內史。……及何無忌爲徐道覆所害，賊乘勝逼京師，朝廷震駭。長民率衆入衛京都，因表曰："妖賊集船伐木，而南康相郭澄之隱蔽經年，又深相保明，屢欺無忌，罪合斬刑。"詔原澄之。

同上，卷九十二《文苑·郭澄之列傳》：

郭澄之，字仲靜，太原陽曲人也。少有才思，機敏兼人。調補尚書郎，出爲南康相。值盧循作逆，流離僅得還都。劉裕引爲相國參軍。從裕北伐，既克長安，裕意更欲西伐，集僚屬議之，多不同。次問澄之，澄之不答，西向誦王粲詩曰："南登霸陵岸，回首望長安。"裕便意定，謂澄之曰："當與卿共登霸陵岸耳。"因還。

澄之位至裕相國從事中郎，封南豐侯，卒於官。所著文集行於世。（中華書局，1974年）

魏徵、令狐德棻《隋書》卷三十四《經籍志三》子部小説類：

《雜語》五卷，《郭子》三卷。（東晋中郎郭澄之撰。）

同上，卷三十五《經籍志四》集部別集類：

晋《宗欽集》二卷。（梁有晋中軍功曹《殷曠之集》五卷；太學博士《魏説集》十三卷；征西主簿《丘道護集》五卷，録一卷；柴桑令《劉遺民集》五卷，録一卷；《郭澄之集》十卷；徵士《周續之集》一卷；《孔瞻集》九卷。亡。）（中華書局，1973年）

劉昫等《舊唐書》卷四十七《經籍志下》丙部子録小説家類：

《郭子》三卷。（郭澄之撰。賈泉注。）（中華書局，1975年）

李昉等《太平御覽》卷七百三服用部五《如意》：

《異苑》曰："太原郭澄之，義熙初，諸葛長民欲取爲輔國咨議，澄之不樂，後爲南康太守。盧循反自廣州，長民以其謀先告，因騁私惡，收澄之以付廷尉。將致大辟，夜夢見一神人，以烏角如意與之，既覺，便在其頭側，可長尺餘，形制甚陋，澄之遂得無他。後從入關，賫以自隨，忽失所在。"（中華書局，1960年）

歐陽修、宋祁《新唐書》卷五十九《藝文志三》丙部子録小説家類：

賈泉注《郭子》三卷。（郭澄之。）（中華書局，1975年）

鄭樵《通志》卷六十八《藝文略第六》小説：

《郭子》三卷。（東晉中郎郭澄之撰，賈泉注。）

同上，卷六十九《藝文略第十二》別集二：

《郭澄之集》十卷。

同上，卷一百七十五《文苑傳第一·晉郭澄之》：

郭澄之，字仲靜，太原陽曲人也。少有才思，機敏兼人。調補尚書郎，出爲南康相。值盧循作逆，流離僅得還都。劉裕引爲相國參軍。從裕北伐，既克長安，裕意更欲西伐，集寮屬議之，多不同。次問澄之，澄之不答，西向誦王粲詩曰："南登霸陵岸，回首望長安。"裕意便定，謂澄之曰："當與卿共登霸陵岸耳。"因還。澄之位至裕相國從事中郎，封南豐侯，卒於官。所著文集行於世。（中華書局，1987年）

章定《名賢氏族言行類稿》卷五十一"文苑"條：

《文苑》："郭澄之，字仲靜，陽曲人。少有才思，機敏兼人。位至相國從事

中郎，封南豐侯。"（《文淵閣四庫全書》本）

潘自牧《記纂淵海》卷二十三郡縣部河東路《太原府》：
　　晉郭澄之，陽曲人。少有才思，相劉裕，封南豐侯。（中華書局，1988年）

張鉉《至大金陵新志》卷十三上之上《人物志一·晉游宦》：
　　郭澄之。（《文淵閣四庫全書》本）

凌迪知《萬姓統譜》卷一百十九入聲十藥·郭：
　　郭澄之（字仲静，少有才思，機敏兼人。仕晉，調補尚書郎。出爲南康相，劉裕引爲右相參軍，從裕北伐）。（《文淵閣四庫全書》本）

焦竑《國史經籍志》卷四下子類小説家：
　　《郭子》三卷。（晉郭澄之。）

同上，卷五集類別集：
　　《郭澄之集》十卷。（商務印書館，1939年）

胡應麟《少室山房筆叢》卷三甲部《經籍會通三》：
　　今《意林》六十家，洪所列外尚有一二僻者。《化清經》七卷蔡洪撰，《篤論》四卷杜恕撰，《物理論》十六卷楊泉撰，并隋世已亡，附見諸子注中。又《體論》四卷亦杜恕撰，《傅子》百二十卷傅玄撰，并隋世尚存者。此外有湘東王《鴻烈》十卷，楊偉《桑丘先生書》二卷，陸澄《缺文》十三卷，張顯《古今訓》十一卷，盧辯《稱謂》五卷，《桓子》一卷，《何子》五卷，《郭子》三卷，隋世或存或亡，今率湮没無考。大抵唐以前子書，僻者略盡此矣。（中華書局，1958年）

謝旻等《江西通志》卷四十六《秩官一》晉都督揚豫諸州軍事：
　　郭澄之（字仲静，太原陽曲人）。……俱江州刺史。（《文淵閣四庫全書》本）

覺羅石麟等《山西通志》卷一百三十六《人物三十六》文苑一太原府（晉）：
　　郭澄之，字仲静，太原陽曲人。少有才思，機敏兼人。調補尚書郎，出爲南康相。宋高祖引爲相國參軍，從北伐，克長安。更欲西伐，集寮屬議，多不同。次問澄之，澄之不答，西向誦王粲詩曰："南登霸陵岸，回首望長安。"高祖意遂定，曰："當與卿共登霸陵岸耳。"因還，澄之位至相國從事中郎，封南豐侯。卒於官。所著文集行於世。

同上，卷一百七十五《經籍》子類：

郭登（澄）之《郭子》三卷。（賈泉注。）

同上，集類：

《郭澄之集》十卷。（《文淵閣四庫全書》本）

馬國翰《玉函山房輯佚書》卷七十六子編小說家類《〈郭子〉序》：

《郭子》一卷，晉郭澄之撰。澄之字仲靜，太原陽曲人。官至相國從事中郎，封南豐侯，《晉書·文苑》有傳。隋、唐《志》小說家并載《郭子》三卷，今佚。茲從諸書所引采輯成帙。本傳稱"少有才思，機敏兼人"。又載其"從劉裕北伐，既克長安，裕意更欲西伐，集寮屬議之，多不同。次問澄之，澄之不答，西向誦王粲詩曰：'南登霸陵岸，回首望長安。'裕意便定"。史臣贊西伐之計，取定於微旨，書中吐屬清雋，多此類。其注，《唐志》題賈泉，未知何人也。歷城馬國翰竹吾甫。（丁錫根《中國歷代小說序跋集》，人民文學出版社，1996年）

秦榮光《補晉書藝文志》卷三子部小說家類：

《郭子》三卷。（東晉中郎郭澄之撰，賈泉注。據《通志略》。）（《二十五史補編》本，中華書局，1955年）

趙爾巽等《清史稿》卷一百四十七《藝文志三》子部小說類：

晉郭澄之《郭子》一卷，郭氏《玄中記》一卷。（中華書局，1998年）

姚振宗《隋書經籍志考證》卷三十二子部九小說家：

《郭子》三卷，東晉中郎郭澄之撰。

《晉書·文苑傳》："郭澄之，字仲靜，太原陽曲人也。少有才思，機敏兼人。調補尚書郎，出爲南康相。劉裕引爲相國參軍，至從事中郎，封南豐侯。卒於官。"

《南齊書·文學·賈淵傳》："淵世傳譜學，宋孝武世見遇，敕淵注《郭子》。"（賈淵詳見史部譜系類。）

《唐書·經籍志》："《郭子》三卷，郭澄之撰，賈泉注。"《唐書·藝文志》："賈泉注《郭子》三卷，注云郭澄之。"

馬氏《玉函山房輯本》序曰："郭澄之，《晉書·文苑》有傳。隋、唐《志》

小説家并載《郭子》三卷，今佚。從諸書所引采輯成帙，書中吐屬清雋。其注，《唐志》題賈泉，未知何人也。"

案晁氏《續談助》抄殷芸《小説》引《郭子》二條。（《二十五史補編》本，中華書局，1955年）

丁國鈞《補晉書藝文志》卷三丙部子録小説類：

《郭子》三卷。（東晉從事中郎郭澄之。）

謹按：見《隋志》。舊脱中郎字，家大人據本書《澄之傳》補，此書有賈泉注，見《通志·藝文略》。（清華大學出版社，2012年）

文廷式《補晉書藝文志》卷五子部小説家類：

郭澄之《郭子》三卷。（中郎。）

《齊書·文學·賈淵傳》："宋孝武敕淵注《郭子》。"

《世説·任誕門》注引《郭子》，記桓温挎蒲失，求救袁耽事。又《惑溺門》注引《郭子》，謂"與韓壽通者乃是陳騫女"。餘各書所引尚多，大半瑣言碎事而已。（清華大學出版社，2012年）

吴士鑒《補晉書經籍志》卷三丙部子録小説家類：

郭澄之《郭子》三卷。

《隋志》："東晉中郎郭澄之撰。"《唐志》云："賈泉注。"（《二十五史補編》本，中華書局，1955年）

魯迅《中國小説史略》第七篇《〈世説新語〉與其前後》：

《隋志》又有《郭子》三卷，東晉中郎郭澄之撰，《唐志》云"賈泉注"，今亡。審其遺文，亦與《語林》相類。（上海古籍出版社，1998年）

　　案：《隋書》卷三十四《經籍志三》子部小説類著録"《郭子》三卷"，注云："東晉中郎郭澄之撰。"

　　郭澄之（生卒年不詳），字仲静（一作靖），東晉太原陽曲（今山西太原北）人。東晉著名文學家。晉末歷任尚書郎、南康相，官至相國從事中郎，封南豐侯。《晉書·文苑傳》有傳，稱其"少有才思，機敏兼人。調補尚書郎，出爲南康相。值盧循作逆，流離僅得還都。劉裕引爲相國參軍。從裕北伐，既克長安，裕意更欲西伐，集僚屬議之，多不同。次問澄之，澄之不答，西向誦王粲詩曰：'南登霸陵岸，回首望長安。'裕便意定，謂澄之曰：'當與卿共登霸陵岸耳。'因還。澄之位至裕相國從事中郎，封南豐侯，卒於官。所著文集行於世"。史臣贊其西伐之計，取定於微旨，書中吐屬清雋多此類。《隋書·經籍志》集部別集類著錄"《郭澄之集》十卷"，《通志·藝文略》別集類載同。

《郭子》，《隋書·經籍志》子部小說類著錄三卷，題"郭澄之撰，賈泉注"。"賈泉"當爲"賈淵"，因避唐高祖李淵諱改。據《南齊書》載，宋武帝敕賈淵注《郭子》。賈淵（440—501年），字希鏡，南朝齊梁間文人，譜牒學家，平陽襄陵（今屬山西襄汾東北）人。《南史·文學傳》稱其"家傳譜學"，精悉十八州士族譜，王儉抄次《百家譜》，使其參定。歷任丹陽主簿、奉朝請、太學博士、安成王撫軍參軍。宋孝武時爲太學博士。齊武帝時爲大司馬司徒府參軍，蕭子良使撰《見客譜》。明帝時遷長水校尉，以爲人買襲琅邪譜免官。《南齊書》《南史》均有傳。淵所撰《氏族要狀》及《人名書》，《隋書·經籍志》未見著錄。

《舊唐書·經籍志》丙部子錄小說家類著錄"《郭子》三卷"，注云："郭澄之撰，賈泉注。"《新唐書·藝文志》丙部子錄小說家類著錄"《賈泉注郭子》三卷"。《通志·藝文略》著錄《郭子》三卷，題"郭澄之撰，賈泉注"。然《宋史·藝文志》不著錄，疑自宋以後已闕佚。明焦竑《國史經籍志》小說家著錄"《郭子》三卷"，題"晉郭澄之"。清秦榮光《補晉書藝文志》子部小說家類著錄"《郭子》三卷"，題"東晉中郎郭澄之撰"。姚振宗《隋書經籍志考證》、丁國鈞《補晉書藝文志》、文廷式《補晉書藝文志》、吳士鑒《補晉書經籍志》著錄同，應是據宋以前書目轉錄，并非當時有三卷本《郭子》流傳。馬國翰《玉函山房輯佚書》卷七十六子編小說家類輯得《郭子》一卷，《清史稿·藝文志》子部小說類著錄《郭子》一卷。

《郭子》載晉士大夫言行軼事，與裴啓《語林》相似。如"王含爲盧江"條寫主簿何充當衆人面反駁王敦欲回護其兄王含貪贓事，"桓公年少至貧"條寫袁耽在艱中替桓溫贏回賭資事，"謝萬嘗詣王恬"條寫王恬故意怠慢謝安來訪事，都生動傳神。尤其記叙當時女性睿智數條，頗見特色。如"許允婦是阮德如妹"條寫醜女阮德如妹言折許允事，"許允爲吏部郎"條寫許允婦戒允理奪明帝以免禍事，其言語、胸襟、識見爲當時衆多男子所不及。

原本《郭子》已佚。今所見《郭子》均爲輯本，僅一卷。有《無一是齋叢鈔》本、《玉函山房輯佚》本。魯迅《古小說鉤沉》共輯八十四條，最爲完備。

雜對語

魏徵、令狐德棻《隋書》卷三十四《經籍志三》子部小説類：

《雜對語》三卷。（中華書局，1973年）

姚振宗《隋書經籍志考證》卷三十二子部九小説家：

《雜對語》三卷。

《要用語對》四卷。

《文對》三卷。

并不著撰人。

案：雜家有《對林》十卷，亦不著撰人。此三書計其卷數，疑即《對林》之篇目而分析著録者，如沈約《邇言》本志雜家，分著爲四種是也。（《二十五史補編》本，中華書局，1955年）

案：《隋書》卷三十四《經籍志三》子部小説類著録"《雜對語》三卷"，未題撰人。唐後書目未見記載，此書唐以後當佚。

清姚振宗《隋書經籍志考證》子部小説家據《隋志》載録《雜對語》三卷，同時載録《要用語對》四卷、《文對》三卷，不著撰人。其案語云："雜家有《對林》十卷，亦不著撰人。此三書（指《雜對語》《要用語對》和《文對》）計其卷數，疑即《對林》之篇目而分析著録者，如沈約《邇言》本志雜家，分著爲四種是也。"所論頗爲有理。是書既爲《隋志》所録，當成書於唐以前，撰人不詳。

要用語對

魏徵、令狐德棻《隋書》卷三十四《經籍志三》子部小説類：

《要用語對》四卷。（中華書局，1973年）

姚振宗《隋書經籍志考證》卷三十二子部九小説家：

《雜對語》三卷。

《要用語對》四卷。

《文對》三卷。

并不著撰人。

案：雜家有《對林》十卷，亦不著撰人。此三書計其卷數，疑即《對林》之篇目而分析著録者，如沈約《邇言》本志雜家，分著爲四種是也。（《二十五史補編》本，中華書局，1955年）

案：《隋書》卷三十四《經籍志三》子部小説類著録"《要用語對》四卷"，未題撰人。唐後書目未見記載，此書唐以後當佚。

清姚振宗《隋書經籍志考證》子部小説家據《隋志》載録《要用語對》四卷，同時載録《雜對語》三卷、《文對》三卷，不著撰人。其案語云："雜家有《對林》十卷，亦不著撰人。此三書（指《雜對語》《要用語對》和《文對》）計其卷數，疑即《對林》之篇目而分析著録者，如沈約《邇言》本志雜家，分著爲四種是也。"所論頗爲有理。是書既爲《隋志》所録，當成書於唐以前，撰人不詳。

文　　對

魏徵、令狐德棻《隋書》卷三十四《經籍志三》子部小説類：
　　《文對》三卷。（中華書局，1973年）

姚振宗《隋書經籍志考證》卷三十二子部九小説家：
　　《雜對語》三卷。
　　《要用語對》四卷。
　　《文對》三卷。
　　并不著撰人。
　　案：雜家有《對林》十卷，亦不著撰人。此三書計其卷數，疑即《對林》之篇目而分析著録者，如沈約《邇言》本志雜家，分著爲四種是也。（《二十五史補編》本，中華書局，1955年）

　　案：《隋書》卷三十四《經籍志三》子部小説類著録"《文對》三卷"，未題撰人。唐後書目未見記載，此書唐以後當佚。
　　清姚振宗《隋書經籍志考證》子部小説家據《隋志》載録《文對》三卷，同時載録《雜對語》三卷、《要用語對》三卷，不著撰人。其案語云："雜家有《對林》十卷，亦不著撰人。此三書（指《雜對語》《要用語對》和《文對》）計其卷數，疑即《對林》之篇目而分析著録者，如沈約《邇言》本志雜家，分著爲四種是也。"所論頗爲有理。是書既爲《隋志》所録，當成書於唐以前，撰人不詳。

瑣　　語

姚思廉《梁書》卷三十《顧協列傳》：

顧協字正禮，吴郡吴人也。晋司空和七世孫。協幼孤，隨母養於外氏。外從祖宋右光禄張永嘗携内外孫侄游虎丘山，協年數歲，永撫之曰："兒欲何戲？"協對曰："兒正欲枕石漱流。"永嘆息曰："顧氏興於此子。"既長，好學，以精力稱。外氏諸張多賢達有識鑒，從内弟率尤推重焉。

起家揚州議曹從事史，兼太學博士。舉秀才，尚書令沈約覽其策而嘆曰："江左以來，未有此作。"遷安成王國左常侍，兼廷尉正。太尉臨川王聞其名，召掌書記，仍侍西豐侯正德讀。正德爲巴西、梓潼郡，協除所部安都令，未至縣，遭母憂。服闋，出補西陽郡丞。還除北中郎行參軍，復兼廷尉正。久之，出爲廬陵郡丞，未拜，會西豐侯正德爲吴郡，除中軍參軍，領郡五官，遷輕車湘東王參軍事，兼記室。普通六年，正德受詔北討，引爲府録事參軍，掌書記。

軍還，會有詔舉士，湘東王表薦協曰："臣聞貢玉之士，歸之潤山；論珠之人，出於枯岸。是以芻蕘之言，擇於廊廟者也。臣府兼記室參軍吴郡顧協，行稱鄉閭，學兼文武，服膺道素，雅量邃遠，安貧守静，奉公抗直，傍闕知己，志不自營，年方六十，室無妻子。臣欲言於官人，申其屈滯，協必苦執貞退，立志難奪，可謂東南之遺寶矣。伏惟陛下未明求衣，思賢如渴，爰發明詔，各舉所知。臣識非許、郭，雖無知人之鑒，若守固無言，懼貽蔽賢之咎。昔孔愉表韓績之才，庾亮薦翟湯之德，臣雖未齒二臣，協實無慚兩士。"即召拜通直散騎侍郎，兼中書通事舍人，累遷步兵校尉，守鴻臚卿，員外散騎常侍，卿、舍人并如故。大同八年，卒，時年七十三。高祖悼惜之，手詔曰："員外散騎常侍、鴻臚卿、兼中書通事舍人顧協，廉潔自居，白首不衰，久在省闥，内外稱善。奄然殞喪，惻怛之懷，不能已已。傍無近親，彌足哀者。大殮既畢，即送其喪柩還鄉，并營冢槨，并皆資給，悉使周辦。可贈散騎常侍，令便舉哀，謚曰温子。"

協少清介有志操。初爲廷尉正，冬服單薄，寺卿蔡法度謂人曰："我願解身上襦與顧郎，恐顧郎難衣食者。"竟不敢以遺之。及爲舍人，同官者皆潤屋，協在省十六載，器服飲食，不改於常。有門生始來事協，知其廉潔，不敢厚餉，止送錢二千，協發怒，杖二十，因此事者絶於餽遺。自丁艱憂，遂終身布衣蔬食。少時將娉舅息女，未成婚而協母亡，免喪後不復娶。至六十餘，此女猶未他適，協義而迎之。晚雖判合，卒無胤嗣。
　　協博極群書，於文字及禽獸草木尤稱精詳。撰《異姓苑》五卷，《瑣語》十卷，并行於世。

同上，卷五十文學下《顔協列傳》：
　　時吳郡顧協亦在蕃邸，與協同名，才學相亞，府中稱爲"二協"。（中華書局，1973年）

姚思廉《陳書》卷十九《虞荔列傳》：
　　仍用荔爲士林學士。尋爲司文郎，遷通直散騎侍郎，兼中書舍人。時左右之任，多參權軸，内外機務，互有帶掌，唯荔與顧協淡然靖退，居於西省，但以文史見知，當時號爲清白。尋領大著作。（中華書局，1972年）

魏徵、令狐德棻《隋書》卷七《禮儀志二》：
　　揚州主簿顧協又云："《禮》'仲夏大雩'，《春秋》'龍見而雩'，則雩常祭也，水旱且又禱之，謂宜式備斯典。"太常博士亦從協議。

同上，卷三十四《經籍志三》子部小説類：
　　《瑣語》一卷。（梁金紫光禄大夫顧協撰。）（中華書局，1973年）

李延壽《南史》卷三十三《裴松之列傳》：
　　子野與沛國劉顯、南陽劉之遴、陳郡殷芸、陳留阮孝緒、吳郡顧協、京兆韋棱皆博學，深相賞好，顯尤推重之。

同上，卷四十九《劉杳列傳》：
　　後詹事徐勉舉杳及顧協等五人入華林撰《遍略》，書成，以晋安王府參軍兼廷尉正，以足疾解。

同上，卷六十二《顧協列傳》：
　　顧協字正禮，吳郡吳人，晋司空和六世孫也。幼孤，隨母養於外氏。外從祖右光禄大夫張永嘗携内外孫侄游虎丘山，協年數歲，永撫之曰："兒欲何戲？"協曰："兒政欲枕石漱流。"永嘆息曰："顧氏興於此子。"及長好學，以精力稱。外氏諸張多賢達，有識鑒，内弟率尤推重焉。

初爲揚州議曹從事，舉秀才。尚書令沈約覽其策而嘆曰："江左以來，未有斯作。"爲兼廷尉正。太尉臨川王聞其名，召掌書記，仍侍西豐侯正德讀。正德爲巴西、梓潼郡，協除所部新安令。未至縣遭母憂，刺史始興王厚資遣之，送喪還。於峽江遇風，同旅皆漂溺，唯協一舫觸石得泊焉。咸謂精誠所致。

張率嘗薦之於帝，問協年，率言三十有五。帝曰："北方高涼，四十強仕，南方卑濕，三十已衰。如協便爲已老，但其事親孝，與友信，亦不可遺於草澤。卿便稱敕喚出。"於是以協爲兼太學博士。累遷湘東王參軍，兼記室。

普通中，有詔舉士，湘東王表薦之，即召拜通直散騎侍郎，兼中書通事舍人。大通三年，霆擊大航華表然盡。建康縣馳啓，協以爲非吉祥，未即呈聞。後帝知之，曰："霆之所擊，一本罰惡龍，二彰朕之有過。協掩惡揚善，非曰忠公。"由是見免。後守鴻臚卿，員外散騎常侍，卿、舍人并如故。

自爲近臣，便繁幾密，每有述制，敕前示協，時輩榮之。卒官無衾以斂，爲士子所嗟嘆。武帝悼惜之，爲舉哀。贈散騎常侍，謚曰溫子。

協少清介，有志操，初爲廷尉正，冬服單薄，寺卿蔡法度欲解襦與之，憚其清嚴，不敢發口，謂人曰："我願解身上襦與顧郎，顧郎難衣食者。"竟不敢以遺之。及爲舍人，同官者皆潤屋，協在省十六載，器服飲食不改於常。有門生始來事協，知其廉潔，不敢厚餉，止送錢二千，協發怒，杖二十，因此事者絕於餽遺。自丁艱憂，遂終身布衣蔬食。少時將娉舅息女，未成昏而協母亡，免喪後不復娶。年六十餘，此女猶未他適，協義而迎之。晚雖判合，卒無胤嗣。

協博極群書，於文字及禽獸草木尤稱精詳，撰《異姓苑》五卷，《瑣語》十卷，《文集》十卷，并行於世。

同上，卷六十九《虞荔列傳》：

時左右之任，多參權軸，內外機務，互有帶掌，唯荔與顧協泊然靜退，居於西省，但以文史見知。尋領大著作。

同上，卷七十二文學《顏協列傳》：

協家雖貧素，而修飾邊幅，非車馬未嘗出游。湘東王出鎮荊州，以爲記室。時吳郡顧協亦在蕃邸，與協同名，才學相亞，府中稱爲二協。（中華書局，1975年）

劉知幾著，浦起龍通釋，王煦華整理《史通通釋》卷十《內篇·雜述》：

國史之任，記事記言，視聽不該，必有遺逸。於是好奇之士，補其所亡，若和嶠《汲冢紀年》、葛洪《西京雜記》、顧協《瑣語》、謝綽《拾遺》。此之謂逸事者也。（釋：此謂掇拾之書，各補史遺，用資參考。）（上海古籍出版社，2009年）

王欽若等《册府元龜》卷四百五十八臺省部《德望》：

刘顯爲中書侍郎，與裴子野、劉之遴、顧協連職禁中，遞相師友，時人莫不美之。

同上，卷四百八十一臺省部《譴責》：

顧協爲通直散騎侍郎，兼中書通事舍人。大通三年，霆擊大船，華表然盡，建康縣馳啓協，以爲非吉祥，未即呈聞。後高祖知之，曰："霆之所擊，一本罰惡龍，二彰朕之有過，協掩惡揚善，非曰忠公。"由是免。

同上，卷五百五十五國史部《采撰》：

顧協爲荊州記室，撰《晉仙傳》五篇，《瑣語》十卷。

同上，卷七百五十七總録部《孝感》：

顧協除新安令，未至縣，遭母憂。刺史始興王厚資遣之，協送喪還於峽江，過遇風，同旅皆漂溺，唯協一舫觸石得泊焉，咸謂精誠所致。

同上，卷八百二十八總録部《論薦》：

張率爲黄門侍郎，嘗薦顧協於帝，問協年，率言三十有五，帝曰："北方高源，四十強仕，南方卑濕，三十已衰。如協便爲已老，但其事親孝與友信，亦不可遺於草澤，卿便稱敕喚出。"於是以協爲太學博士。（中華書局，1960年）

鄭樵《通志》卷八十三下《宗室傳第六下·梁武帝八男》：

七年十一月，貴嬪有疾，太子還永福省，朝夕侍疾，衣不解帶。及薨，步從喪還宫，至殯，漿水不入口，每哭輒慟絶。武帝敕中書舍人顧協宣旨曰："毀不滅性，聖人之制，不勝喪，比於不孝，有我在，那得自毀？"如此可即強進飲粥。

同上，卷一百七十六《文苑傳第二·梁何思澄》：

天監十五年，敕太子詹事徐勉舉學士入華林撰《遍略》，勉遂舉思澄、顧協、劉杳、王子雲、鍾嶼等五人以應選。八年乃書成，合七百卷。

同上，《梁顔協》：

協家雖貧素而修飾邊幅，非車馬未嘗出遊。湘東王出鎮荊州以爲記室時，吳郡顧協亦在蕃邸，與協同名，才學相亞，府中稱爲二協。

同上，卷一百七十八《隱逸傳第二·梁阮孝緒》：

　　簡文在東宫，隆恩厚贈子恕等，述先志不受，顧協以爲恩異常，均議令恭受。門徒追論德行，謚曰文貞。處士所著《七錄削繁》等一百八十一卷，并行於世。（中華書局，1987年）

員興宗《九華集》卷八《策問二道》：

　　顧協之《瑣語》，謝綽之《拾遺》，和嶠之《紀年》，葛洪之《雜記》，此所以寔夫逸事而勿敢逸者也。（《文淵閣四庫全書》本）

章如愚《群書考索》卷三十四士門《博洽上》：

　　梁之顧協遍覽經史，人主問以大義及歷代史商較，縱橫應答如響者。（書目文獻出版社，1992年）

王應麟《玉海》卷四十七藝文雜文《史氏流別》：

　　顧協《瑣語》一卷。（江蘇古籍出版社、上海書店，1987年）

陸深《儼山外集》卷二十四《史通會要上·品流第三》：

　　乃有好奇之士樂爲補亡，和嶠《汲冢記年》，葛洪《西京雜記》，顧協《瑣語》，謝綽《拾遺》，此之謂逸事。（《四庫筆記小説叢書》本，上海古籍出版社，1993年）

焦竑《國史經籍志》卷四下子類小説家：

　　《瑣語》一卷，梁顧協。（商務印書館，1939年）

梅鼎祚《梁文紀》卷一武帝《贈顧協詔》：

　　員外散騎常侍、鴻臚卿兼中書通事舍人顧協，廉潔自居，白首不衰，久在省闥，内外稱善。奄然殞喪，惻怛之懷，不能已已，傍無近親，彌足哀者。大殮既畢，即送其喪柩還鄉，并營冢槨，并皆資給，悉使周辦。可贈散騎常侍。（《文淵閣四庫全書》本）

曹學佺《石倉歷代詩選》卷三百六十一明詩初集八十一《行路難》（顧協）：

　　鳥道狹且危，羊腸細而曲。長安大道如掌平，紛紛冠蓋相馳逐。一朝豺虎恣縱橫，秋風滿道無人行。驅車我欲向西去，落日曠野無州城。行路難，一何苦，前有豹兮後有虎。人間大道不可行，鳥道羊腸寧足數。（《文淵閣四庫全書》本）

張溥《漢魏六朝百三家集》卷八十《〈梁武帝集〉題詞·贈顧協詔》：

員外散騎常侍、鴻臚卿兼中書通事舍人顧協，廉潔自居，白首不衰，久在省闥，內外稱善。奄然殞喪，惻怛之懷，不能已已，傍無近親，彌足哀者。大殮既畢，即送其喪柩還鄉，并營冢槨，并皆資給，悉使周辦。可贈散騎常侍，令便舉哀，諡曰溫子。（《文淵閣四庫全書》本）

趙宏恩等《江南通志》卷一百六十五《人物志》文苑一蘇州府：

顧協，字正禮，吳人，和六世孫。舉秀才，尚書沈約覽其策，嘆曰："江左以來未有斯作。"爲廷尉正，冬服單薄，蔡法度欲解襦與之，不敢發口，謂人曰："我欲解身上襦衣顧郎，恐顧郎難衣食者。"歷鴻臚卿。卒官，無斂以殮。協博極群書，撰《異姓苑》五卷，《瑣語》《文集》若干卷。

同上，卷一百九十二《藝文志》子部雜說：

《瑣語》十卷。（《文淵閣四庫全書》本）

穆彰阿、潘錫恩等《大清一統志》卷五十六蘇州府三《人物》：

顧協（字正禮，吳人司空和六世孫，舉秀才，沈約覽其策嘆曰："江左以來未有斯作。"普通中有詔舉士，湘東王表薦之，召拜通直散騎侍郎。協清介有志操，初爲廷尉正，冬服單薄，寺卿蔡法度爲人曰："我願解身上褥與顧郎，顧郎難衣食者。"竟不敢以遺之。在省十六載，器服飲食不改其常。協博極群書，於文字及禽獸草木尤稱精詳，撰《異姓苑》五卷，《瑣語》十卷）。（上海古籍出版社，2008年）

姚振宗《隋書經籍志考證》卷三十二子部九小說家：

《瑣語》一卷，梁金紫光禄大夫顧協撰。

《南史》本傳：協，字正禮，吳郡吳人，晉司空和六世孫也。初爲揚州議曹從事，舉秀才，累遷湘東王參軍兼記室，普通中有詔舉士，湘東王表薦之，即召拜通直散騎侍郎兼中書通事舍人，在省十六載，卒官。武帝悼惜之，贈散騎常侍，諡曰溫子。協博極群書，於文字及禽獸草木尤稱精詳，撰《異姓苑》五卷，《瑣語》十卷，《文集》十卷并行於世。（案：晉嵇含《南方草木狀》引東方朔《瑣語》，疑彙入此十卷中。）

又《文學·何思澄傳》：天監十五年，敕太子詹事徐勉舉學士入華林撰《遍略》，勉遂舉思澄、顧協等五人以應選。

又《顏協傳》：湘東王出鎮荊州，以協爲記室，時吳郡顧協亦在藩邸，與協同名，才學相亞，府中稱爲二協。

《史通·雜述篇》曰：國史之任，記事記言，視聽不該，必有遺逸。於是好奇之士，補其所亡，若和嶠《汲冢紀年》、葛洪《西京雜記》、顧協《瑣語》、謝綽《拾遺》。此之謂逸事者也。（《二十五史補編》本）

案：《隋書》卷三十四《經籍志三》子部小説類著録"《瑣語》一卷"，注云："梁金紫光禄大夫顧協撰。"

顧協（470—542年），字正禮，吴郡吴（今江蘇蘇州市）人。初爲揚州議曹從事，舉秀才。尚書沈約覽其策，嘆曰："江左以來未有斯作。"遷安成王國左常侍，兼廷尉正。太尉臨川王聞其名，召掌書記，仍侍西豐侯正德讀。正德爲巴西、梓潼郡，協除所部安都令，未至縣，遭母憂。服闋，出補西陽郡丞。還，除北中郎行參軍，復兼廷尉正。天監十五年（516年），徐勉薦顧協等五人撰《遍略》，兼太學博士。出爲廬陵郡丞，未拜，會西豐侯正德爲吴郡，除中軍參軍，領郡五官。湘東王出鎮荆州，以協爲參軍兼記室。普通三年（522年）有詔舉士，湘東王表薦之，召拜通直散騎侍郎兼中書通事舍人。普通六年（525年），正德受詔北討，引爲府録事參軍，掌書記。大通三年（529年）因事免。後守鴻臚卿，員外散騎常侍，卿、舍人并如故。自爲近臣，便繁幾密，每有述制，敕前示協，時輩榮之。卒官無斂以殮，爲士子所嗟嘆。武帝悼惜之，爲舉哀。贈散騎常侍，謚曰温子。協少清介有志操，自丁艱憂，遂終身布衣蔬食。及爲舍人，同官者皆潤屋，協在省十六載，器服飲食，不改於常。博極群書，於文字及禽獸草木尤稱精詳，撰《異姓苑》五卷，《瑣語》十卷，《文集》十卷，并行於世。事迹具《梁書》《南史》本傳。

《瑣語》，《隋書·經籍志》小説類著録一卷，題顧協撰。《通志·藝文略》著録與《隋志》同。《史通·雜述》載："國史之任，記事記言，視聽不該，必有遺逸。於是好奇之士，補其所亡，若和嶠《汲冢紀年》、葛洪《西京雜記》、顧協《瑣語》、謝綽《拾遺》。此之謂逸事者也。"據此，是書似是記載奇聞逸事之書，唐時仍在流行。兩《唐志》未見記載，宋後不見著録，當佚於唐代。佚文亦未見。

笑林（邯鄲淳笑林）

賀復徵《文章辨體彙選》卷六百四十八碑七古賢《孫叔敖碑》（魏邯鄲淳）：

楚相孫君諱饒，字叔敖，本是縣人也。六國時，期思屬楚，楚都南郢，南郢即南郡江陵縣也。君受純靈之精，懷絕世之才，有大賢次聖之質。少見枝首蛇，對其母泣："吾將死。"母問其故，曰："吾聞見枝首蛇者死，今日見之。"母曰："若奈之何？""吾殺，行數十步，念獨吾死可，恐復令他人見之死，爲因埋掩其荊。"母曰："若無憂焉。其陰德玄善。"遂爲父母九族所異。及其爲相，布政以道，考天象之度，敬授民時，聚藏於山，殖物於藪，宣導川谷，波障源潦，溉灌沃澤，堤防湖浦，以爲池沼。鍾天地之美，收九睪（一作澤）之利，以殷潤國家。家富人喜，優贍樂業，拭（一作式）序在朝，野無螟螣，豐年蕃庶，人有曾、閔貞孝之行，四民美好，從容中節，高相改幣，一朝而化。其憂國忘私，乘馬三季，不別牝牡，繼高陽、重黎、伍舉、子文之統。其忠信廉勇、禮樂文章、軌儀同制，其富國充民，明天時，盡地力，庭堅、禹稷不能逾也。專國權寵，而不榮華，一旦可得百金，至於沒齒而無分銖之蓄。破玉玦不以寶財，遺子孫終始若矢。去不善如絕弦，辟患害於無刑。徹節高義，敦良奇介，自曹臧、孤竹、吳札、子罕之倫不能驂也。生於季末，仕於靈王，立濁溷而澄清，處幽瞻而照明。其遺武餘典，恨不與戲皇（一作羲黃）帝代同世。世爲列姬，國在朝廷，其意常墨墨，若冠章甫而坐塗炭也。病甚臨卒，將無棺槨，令其子曰："優孟曾許千金貸吾。"孟，故楚之樂長，與相君相善，雖言千金，實不貸也。卒後，數幸莊王，置酒以爲樂，優孟乃言孫君相楚之功，即忼慨高歌。曲曰："貪吏而不可爲而可爲，廉吏而可爲而不可爲。貪吏而不可爲者，當時有污名；而可爲者，子孫以家成。廉吏而可爲者，當時有清名；而不可爲者，子孫困窮，披褐而賣薪。貪吏常苦富，廉吏常苦貧。獨不見楚相孫叔敖，廉潔不受錢。"涕泣數行，若投首王，王心感動覺悟，問孟，孟具列對，即求其子而加封焉。子辭："父有命，如楚不忘亡臣，社稷圖而欲有賞，必於潘國下濕墝埆，人所不貪。"遂封潘鄉，即固始也。三九無嗣，國絕祀廢，固始令段君夢見孫君，則存其後，就其故祠爲架廟屋，立石銘碑，春秋烝嘗。明神報祚，即歲還長俊（還長俊或作遷張掖）太守。及期思縣宰段君，諱光，字世賢，魏郡鄴人，庶慕先賢，體德允恭，篤古遵舊，奉履憲章，欽翼天道，五典興通，考籍祭祠，祗肅神明，臨縣一載，志在惠廉，葬枯粟乏，愛育藜蒸，討掃醜類，鰥寡是矜，杜僞養善，是忠表仁，感想孫君，延發嘉訓，興祀立壇，勤勤愛敬，念意自然，刻石銘碑，千載表績，萬古標記，福祐期思，縣興士熾，孫氏蒙恩。漢延熹三年五月廿八日立。

同上，卷六百六十五墓碑一《鴻臚陳君碑文》（魏邯鄲淳）：

君諱紀，字元方，太丘君之元子也。始祖有虞，受禪陶唐，亦以命禹。其後嬀滿當周，武王時祚土於陳，君其世也。君生應乾坤之純質，受嵩岳之粹精，內包九德，外兼百行，淵深淪於不測，贍智應於無方，弘裕足以容衆，矜嚴足以正世，然後研幾道奧，涉覽文學，凡前言往行，竹帛所載，靡不坐該其善也，亹亹焉其誘人也，是以令聞廣譽，塞於天淵，儀形嘉誨，範乎人倫，存乎本傳，故略舉其著於人事者焉。顯考以茂行崇冠，先儒季弟亦以英才知名當世。孝靈之初，并遭黨錮，俱處於家，號曰三君。故得奉常供養以循子道，親執饋食，朝夕竭觀。及太丘君疾病終亡，喪過乎哀，崩傷嘔血，如此者數焉。服禮既除，戚容彌甚，聞名心矍，言及隕涕，雖大舜之終慕，曾參之自盡，無以逾也。豫州刺史嘉懿至德，命救百城，圖畫形像，於今遺稱，越在民口。既處隱約，潛躬味道，足不逾閾，乃覃思著書三十餘萬言。言不務華，事不虛設。其所交釋合贊規聖哲，而後建旨明歸焉。今所謂陳子者也，初平之元，禁網蠲除，四府并辟，弓旌交至，雖崇其禮命，莫敢屈用。大將軍何進表選明儒，君爲舉首，公車特徵。起家拜五官中郎將，到遷侍中，旬有八日。出相平原，會孝靈晏駕，賊臣秉政，肆其凶虐，剝亂宇內，州郡幅裂，戎興并戒。君冒犯鋒矢，勤恤民隱，馴之以禮教，示之以知恥，視事未朞，士女向方。會刺史敗於黃巾，幽冀二州爭利其土，君料敵知難，不忍其民爲己致死，乃辭而去之。於是老弱隨慕，扳轅持轂，輪不得轉。遂晨夜間行，寓於邳郊之野。袁術恣睢，僭號江淮，圖覆社稷，結婚呂布，斯事成重，必不測救。君誚布不從，遂與成婚，送女在塗。君爲國深憂，乃奮策出奇，以奪其心，卒使絕好，追女而還，離逖奸謀，使不得成，國用乂安，君之力也。唯帝念功命，作尚書令，會車駕幸許，拜大鴻臚，實掌九儀，四門穆穆。遂登補袞闕，以熙帝載，不幸寢疾，年七十有一，建安四年六月卒。惜乎懷道處否，登庸日寡，實使大業不究，元勛靡建，茲海內所爲，嗟悼凡百，所以失望也。天子慜焉，使者弔祭，群卿以下臨喪。會有子曰群，追惟蓼莪，罔極之恩，乃與邦彦碩老，咨所以計功稱伐，銘贊之義。遂樹斯石，用監於後。其辭曰：

於穆上德，時惟我君。固天縱之，天鍾厥純。命世作則，實紹斯文。遭險龍潛，抗志浮雲。所貴在己，樂於事親。雖處畎畝，天子屢聞。乃階郎將，陪帝作鄰。平原寇深，遂辭其民。思齊古公，邠土是因。不忘諗國，惠我無垠。復命喉舌，秉國之鈞。爰登卿士，媚茲一人。如何穹蒼，不授遐年。鮮厥在位，每懷不申。股肱或虧，朝誰與詢。煢煢小子，號泣於旻。勒銘表德，久而彌新。

同上，卷六百八十墓碑十六別體《曹娥碑文》（魏邯鄲淳）：

孝女曹娥者，上虞曹盱之女也。其先與周同祖，末胄荒遙，爰茲適居。盱能撫節按歌，婆娑樂神，以漢安二年五月，時迎五君，逆濤而上，爲水所淹，不得其尸。時娥年十四，號慕思盱，哀吟澤畔，旬有七日，遂自投江死，經五日，抱父尸出。以漢安迄於元嘉元年，青龍在辛卯，莫之有表。度尚設祭誄之，辭曰：鬱伊孝女，曄曄之姿，偏其反而，令色孔儀。窈窕淑女，巧笑倩兮，宜其家室，在洽之陽，大禮未施，嗟喪慈父，彼蒼伊何，無父孰怙，訴伸告哀，赴江永號，視死如歸。是以眇然輕絕，投入沙泥，翩翩孝女，載沈載浮，或泊州渚，或在中流，或趨湍瀨，或逐波濤。千夫失聲，悼痛萬餘，觀者填道，雲集路衢，泣淚掩涕，驚動國都。是以哀姜哭市，杞崩城隅，或有克面引鏡，剺耳用刀，坐臺待水，抱樹而燒。於戲！孝女德茂，此儔何者？大國防禮自修，豈況庶賤露屋？草茅不扶自直，不鏤自雕，越梁過宋，比之有殊。哀此貞厲，千載不渝。嗚呼哀哉！辭曰：

名勒金石，質之乾坤。歲數曆祀，立廟起墳。光於后土，顯昭天人。生賤死貴，列之義門。何悵華落，飄零早分。葩艷窈窕，永世配神。若堯二女，爲湘夫人。時效仿佛，以昭後昆。（《文淵閣四庫全書》本）

陳壽撰，裴松之注《三國志》卷十一《魏書·胡昭傳》：

初，昭善史書，與鍾繇、邯鄲淳、衛覬、韋誕并有名，尺牘之迹，動見模楷焉。

同上，卷十三《魏書·王肅傳》：

初，肅善賈、馬之學，而不好鄭氏，采會同異，爲《尚書》、《詩》、《論語》、三禮、《左氏》解，及撰定父朗所作《易傳》，皆列於學官。其所論駁朝廷典制、郊祀、宗廟、喪紀、輕重，凡百餘篇。時樂安孫叔然，受學鄭玄之門，人稱東州大儒。徵爲秘書監，不就。肅集《聖證論》以譏短玄，叔然駁而釋之，及作《周易》《春秋例》《毛詩》《禮記》《春秋三傳》《國語》《爾雅》諸注，又著書十餘篇。自魏初徵士燉煌周生烈，明帝時大司農弘農董遇等，亦歷注經傳，頗傳於世。［……《魏略》以（董）遇及賈洪、邯鄲淳、薛夏、隗禧、蘇林、樂詳等七人爲儒宗，其序曰："從初平之元，至建安之末，天下分崩，人懷苟且，綱紀既衰，儒道尤甚。至黃初元年之後，新主乃復，始掃除太學之灰炭，補舊石碑之缺壞，備博士之員錄，依漢甲乙以考課。申告州郡，有欲學者，皆遣詣太學。太學始開,有弟子數百人。至太和、青龍中,中外多事,人懷避就。雖性非解學,多求詣太學。太學諸生有千數,而諸博士率皆麤疏,無以教弟子。弟子本亦避役,竟無能習學,冬來春去,歲歲如是。又雖有精者,而臺閣舉格太高,加不念統其大義,而問字指墨法點注之間,百人同試,度者未十。是以志學之士,遂復陵遲,而末求浮虛者各競逐也。正始中,有詔議圜丘,普延學士。是時郎官及司徒領吏二萬餘人,雖復分布,見在京師者尚且萬人,而應書與議者略無幾人。又是時朝堂公卿以下四百餘人,其能操筆者未有十人,多皆相從飽食而退。嗟夫!學業沉隕,乃至於此。是以私心常區區貴乎數公者,各處荒亂之際,而能守志彌敦者也。"……其邯鄲淳事在《王粲傳》,蘇林事在《劉邵》《高堂隆傳》,樂詳事在《杜畿傳》。]

同上,卷二十一《魏書‧王粲傳》:

　　自潁川邯鄲淳、(《魏略》曰:淳一名竺,字子叔。博學有才章,又善《蒼》、《雅》、蟲、篆、許氏字指。初平時,從三輔客荊州。荊州內附,太祖素聞其名,召與相見,甚敬異之。時五官將博延英儒,亦宿聞淳名,因啓淳欲使在文學官屬中。會臨菑侯植亦求淳,太祖遣淳詣植。植初得淳甚喜,延入坐,不先與談。時天暑熱,植因呼常從取水自澡訖,傅粉。遂科頭拍袒,胡舞五椎鍛,跳丸擊劍,誦俳優小說數千言訖,謂淳曰:"邯鄲生何如邪?"於是乃更著衣幘,整儀容,與淳評說混元造化之端,品物區別之意,然後論羲皇以來賢聖名臣烈士優劣之差,次頌古今文章賦誄及當官政事宜所先後,又論用武行兵倚伏之勢。乃命厨宰,酒炙交至,坐席默然,無與伉者。及暮,淳歸,對其所知嘆植之材,謂之"天人"。而於時世子未立。太祖俄有意於植,而淳屢稱植材。由是五官將頗不悅。及黃初初,以淳爲博士給事中。淳作《投壺賦》千餘言奏之,文帝以爲工,賜帛千匹。)繁欽、陳留路粹、沛國丁儀、丁廙、弘農楊修、河內荀緯等,亦有文采,而不在此七人之例。

同上,《劉劭傳》:

　　散騎常侍陳留蘇林、光祿大夫京兆韋誕、(《文章叙錄》曰:誕字仲將,太僕端之子。有文才,善屬辭章。建安中,爲郡上計吏,特拜郎中,稍遷侍中中書監,以光祿大夫遜位,年七十五卒於家。初,邯鄲淳、衛覬及誕并善書,有名。覬孫恒撰《四體書勢》,其序古文曰:"自秦用篆書,焚燒先典,而古文絕矣。漢武帝時,魯恭王壞孔子宅,得《尚書》《春秋》《論語》《孝經》,時人已不復知有古文,謂之科斗書,漢世秘藏,希得見之。魏初傳古文者,出於邯鄲淳。敬侯寫淳《尚書》,後以示淳,而淳不別。至正始中,立三字石經,轉失淳法。因科斗之名,遂效其法。太康元年,汲縣民盜發魏襄王冢,得策書十餘萬言。案敬侯所書,猶有仿佛。"敬侯謂覬也。其序篆書曰："秦時李斯號爲工篆，諸山及銅人銘皆斯書也。漢建初中，扶風曹喜少異於斯而亦稱善。邯鄲淳師焉，略究其妙。韋誕師淳而不及也。太和中，誕爲武都太守，以能書留補侍中，魏氏寶器銘題皆誕書云。漢末又有蔡邕采斯、喜之法，爲古今雜形，然精密簡理不如淳也。"其序錄隸書，已略見《武紀》。又曰："師宜官爲大字，邯鄲淳爲小字。梁鵠謂淳得次仲法，然鵠之用筆盡其勢矣。"其序草書曰："漢興而有草書，不知作者姓名。至章帝時，齊相杜度號善作篇，後有崔瑗、崔寔亦皆稱工。杜氏結字甚安而書體微瘦，崔氏甚得筆勢而結字小疏。弘農張伯英者因而轉精其巧。凡家之衣帛，必書而後練之，臨池學書，池水盡黑。下筆必爲楷則，號'忽忽不暇草'，寸紙不見遺，至今世人尤寶之，韋仲將謂之草聖。伯英弟文舒者，次伯英。又有姜孟穎、梁孔達、田彥和及韋仲將之徒，皆伯英弟子，有名於世，然殊不及文舒也。"）樂安太守譙國夏侯惠、陳郡太守任城孫該、郎中令河東杜摯等亦著文賦，頗傳於世。（中華書局，1982年）

范曄撰，李賢等注《後漢書》卷八十上文苑《葛龔列傳》：

葛龔字元甫，梁國寧陵人也。和帝時，以善文記知名。（龔善爲文奏。或有請龔奏以干人者，龔爲作之，其人寫之，忘自載其名，因并寫龔名以進之。故時人爲之語曰："作奏雖工，宜去葛龔。"事見《笑林》。）

同上，卷八十四列女《孝女曹娥傳》：

孝女曹娥者，會稽上虞人也。父盱，能弦歌，爲巫祝。漢安二年五月五日，於縣江溯濤婆娑迎神，溺死，不得尸骸。娥年十四，乃沿江號哭，晝夜不絕聲，旬有七日，遂投江而死。（娥投衣於水，祝曰："父尸所在衣當沈。"衣隨流至一處而沈，娥遂隨衣而沒。"衣"字或作"瓜"。見項原《列女傳》也。）至元嘉元年，縣長度尚改葬娥於江南道傍，爲立碑焉。（《會稽典錄》曰："上虞長度尚弟子邯鄲淳，字子禮。時甫弱冠，而有異才。尚先使魏朗作《曹娥碑》，文成未出，會朗見尚，尚與之飲宴，而子禮方至督酒。尚問朗碑文成未？朗辭不才，因試使子禮爲之，操筆而成，無所點定。朗嗟嘆不暇，遂毀其草。其後蔡邕又題八字曰：'黃絹幼婦，外孫齏臼。'"）（中華書局，1965年）

劉義慶撰，劉孝標注，余嘉錫箋疏《世説新語箋疏》卷中之下《捷悟》：

魏武嘗過曹娥碑下，楊修從，碑背上見題作"黃絹幼婦，外孫齏臼"八字。魏武謂修曰："解不？"答曰："解。"魏武曰："卿未可言，待我思之。"行三十里，魏武乃曰："吾已得。"令修別記所知。修曰："黃絹，色絲也，於字爲絕。幼婦，少女也，於字爲妙。外孫，女子也，於字爲好。齏臼，受辛也，於字爲辭。

所謂'絕妙好辭'也。"魏武亦記之，與修同，乃嘆曰："我才不及卿，乃覺三十里。"（《會稽典錄》曰："孝女曹娥者，上虞人。父盱，能撫節按歌，婆娑樂神。漢安二年，迎伍君神，溯濤而上，爲水所淹，不得其尸。娥年十四，號慕思盱，乃投瓜於江，存其父尸曰：'父在此，瓜當沈。'旬有七日，瓜偶沈，遂自投於江而死。縣長度尚悲憐其義，爲之改葬，命其弟子邯鄲子禮爲之作碑。"按曹娥碑在會稽中。而魏武、楊修未嘗過江也。《異苑》曰："陳留蔡邕避難過吳，讀碑文，以爲詩人之作，無詭妄也。因刻石旁作八字。魏武見而不能了，以問群寮，莫有解者。有婦人浣於汾渚，曰：'第四車解。'既而，禰正平也。衡即以離合義解之。或謂此婦人即娥靈也。"）（中華書局，2007年）

劉勰著，范文瀾注《文心雕龍注》卷五《封禪》：

至於邯鄲《受命》，（《藝文類聚》十載邯鄲淳《受命述》，文冗不錄。）攀響前聲，風末力寡，輯韵成頌，雖文理順序，而不能奮飛。

同上，卷十《才略》：

路粹楊修，頗懷筆記之工；丁儀邯鄲，亦含論述之美，有足算焉。（……《王粲傳》注引《魏略》云："邯鄲淳，字子叔，博學有才章。"《藝文類聚》十載淳《受命述》。）（人民文學出版社，1958年）

酈道元著，陳橋驛等譯注《水經注全譯》卷十六《谷水》：

又東過河南縣北，東南入於洛。

魏正始中，又立古、篆、隸《三字石經》。……魏初，傳古文出邯鄲淳，石經古文，轉失淳法。樹之於堂西，石長八尺，廣四尺，列石於其下，碑石四十八枚，廣三十丈。

同上，卷四十《漸江水》：

北過餘杭，東入於海。

江之道南，有《曹娥碑》，娥父盱，迎濤溺死，娥時年十四，哀父尸不得，乃號踴江介，因解衣投水，祝曰："若值父尸，衣當沈；若不值，衣當浮。"裁落便沈，娥遂於沈處赴水而死。縣令度尚，使外甥邯鄲子禮爲碑文，以彰孝烈。（貴州人民出版社，2008年）

歐陽詢撰，汪紹楹校《藝文類聚》卷十符命部《符命》：

［述］魏邯鄲淳上《受命述》曰：伊上天闡載，自民主肇建。歷聽風聲，陶唐

爲盛。虞夏受終，殷周革命。有禪而帝，有代而王，禪代雖殊，大小繇同。於是以漢曆在魏，赤運歸黃也。是故大魏之業，皇耀震霆，肅清宇內，萬邦有截，師義翼漢，奉禮不越，飭躬戮力，茂亮弘烈。樹深根以厚基，播醇澤以釀味。含光而弗耀，戢翼而弗發；將俟聖嗣，是遂是達。聖嗣承統，爰宣重光，陳錫裕下，民悅無強，三神宜釐，四靈順方，元龜介玉，應龍粹黃，若云魏德，據茲以昌。爾乃鳴玉陟壇，三摺以俟，既受休命，龍旋鳳峙，煌煌厥暉，穆穆容止，臨下有赫，允也天子。既踐帝位，納璽要綏，太常司燎，升炮告類，珪璋峨峨，髦士棣棣，蹌蹌聖躬，御策以莅。巍巍乎崇功，顯顯乎德容，信帝者之壯業，天休之所鍾也。於時天地交和，日月光精，氛祲不作，風塵弭清。凡在壇場之位，舉目乎廣庭，莫不君臣和德，咸玉色而金聲。屢省萬機，訪謀老成，治詠儒墨，納策公卿，昧旦孜孜，夕惕乾乾。務在諧萬國，敘彝倫，而折不若，懷遠人，混六合之風，納於仁壽之門，刑錯靡試，偃伯靡軍。然後乃勒功岱嶽，升中上玄，斯固我皇之大摹，思心之所存也。

　　[表]魏邯鄲淳上《受命述表》曰：臣聞雅頌作於盛德，典謨興於茂功。德盛功茂，傳序弗忘。是故竹帛以載之，金石以聲之，垂諸來世，萬載彌光。陛下以聖德應期，龍飛在位，其有天下也，恭己以受天子之籍，無爲而四海順風；若乃天地顯應，休徵祥瑞，以表聖德者，不可勝載。鑠乎煥顯，真神明之所以祚，命世之令主也。凡自能言之類，莫不謳嘆於野，執筆之徒，咸竭文思，獻詩上頌。臣抱疾伏蓐，作書一篇。欲謂之頌，則不能雍容盛懿，列伸玄妙；欲謂之賦，又不能敷演洪烈，光揚緝熙，故思竭愚，稱受命述。

同上，卷十九人部三《笑》：

　　[賦]晉孫楚《笑賦》曰：有度俗之公子，總萬物之細故，心仿佛乎巢由，以得意爲至樂，不拘戀乎凡流，會親戚於高宇，結宗盟於綢繆。所以交頸偃仰，推胸指掌；亢洪聲於通谷，順長風以流響；氣參譚以相屬，若將頹而復往。或嚬蹙俛首，狀似悲愁，怫鬱唯轉，呻吟郁伊；或携手悲嘯，噓天長叫，遲重則如陸沉，輕疾則如水漂，徐疾任其口頰，員合得乎機要；或中路背叛，更相毀賤，傾倚巨我，雕聲迄乎日晏。信天下之笑林，調謔之巨觀也。

同上，卷三十一人部十五《贈答》：

　　[詩]魏邯鄲淳答贈詩曰：我受上命，來隨臨菑。與君子處，曾未盈期。見召本朝，駕言趣期。群子重離，首命於時。饑我路隅，贈我嘉辭。既受德音，敢不答之。余惟薄德，既局且鄙。見養賢侯，於今四祀。既庇西伯，永誓沒齒。今也被命，我在不俟。瞻戀我侯，又慕君子。行道遲遲，體逝情止。豈無好爵，懼不我

與。聖主受命，千載一遇。攀龍附鳳，必在初舉。行矣去矣，別易會難。自強不息，人誰獲安。原子大夫，勉匱成山。天休方至，萬福爾臻。

同上，卷四十八職官部四《給事中》：

《魏略》曰：邯鄲淳，字子淑，黃初初，爲博士，給事中。

同上，卷四十九職官部五《鴻臚》：

［箋］漢邯鄲淳《鴻臚鍾紀碑銘》曰：內苞九德，外兼百行。川深淪於不測，膽智應於無方。弘裕足以容衆，矜嚴足以正世。然後研機道藝，涉覽文學，凡前言往行，竹帛所載，靡不悉該。於穆上德，時惟我君。固天縱之，允鍾厥純。命世作則，實紹斯文。遭險龍潛，抗志浮雲。所貴在己，樂存事親。雖處畎畝，天子屢聞。

同上，卷五十六雜文部二《賦》：

（《魏略》）又曰：邯鄲淳作《投壺賦》千餘言，奏之，文帝以爲工，賜帛十匹。

同上，卷七十二食物部《酪蘇》：

《笑林》曰：吳人至京，爲設食者，有酪蘇，來（《太平御覽》八百五十八作"未"）知是何物也，強而食之。歸吐，遂至困頓，謂其子曰："與傖人同死亦無所恨，然汝故宜慎之。"

同上，卷七十三雜器物部《鎗》：

《笑林》曰：太原人夜失火，出物，欲出銅鎗，誤出熨斗，便大驚惋，語其兒曰："異事，火未至，鎗已被燒失腳。"

同上，卷七十四巧藝部《投壺》：

《魏略》曰：邯鄲淳，字淑（《魏志·王粲傳》注作"子叔"，《太平御覽》七百五十三作"元淑"）。作《投壺賦》千餘言，奏之，文帝以爲工，賜帛十匹。

［賦］魏邯鄲淳《投壺賦》曰：古者諸侯間於天子之事，則相朝也，以正班爵，講禮獻功。於是乃崇其威儀，恪其容貌，繁登降之節，盛揖拜之數，機設而弗倚，酒澄而弗舉，肅肅濟濟，其惟敬焉。敬不可久，禮成於飫，乃設大射，否則投壺。植茲華壺，鳧氏所鑄，厥高二尺，盤腹修頸，飾以金銀，文以雕鏤，象物必具，距筵七尺，杰焉植駐。矢維二四，或柘或棘，豐本纖末，調勁且直。執竿奉

中，司射是職，曾孫侯氏，與之乎皆得。然後觀夫投者，閑習察妙，巧之所極，駱驛聯翩，爰爰兔發，翻翻隼集，不盈不縮，應壺順入，何其善也！每投不空，四矢退效。既入躍出，茬苒偃仰，俛偭趨下，餘勢振掉，又足樂也。擬議於此，命中於彼，動之如志，靡有違也。譬諸爲政，群職罔弛，左右畢投，效奇數鈞，列置功笡，稱善告賢，三載考績，幽明始分也。比投不釋，增是自遂，雖往有功，義所不貴，春秋貶罿，亦猶是類也。若乃撮矢作驕，累掇聯取，一往之納二，巧無與耦，斯乃絕倫之才，尤異之首也。柯列葩布，匪罕匪綢，雖就置猶弗然，矧迴絕之所投！惟茲巧之妙麗，亦希世之寡儔，調心術於混冥，適容體於便安，紛縱奇於施捨，顯必中以微觀。悅與坐之耳目，樂衆心而不倦，瓌瑋百變，惡可窮贊？

同上，卷八十火部《火》：

《笑林》曰：某甲夜暴疾，命門人鑽火。其夜陰暝，未得火，催之急，門人忿然曰：“君責之亦大無道理，今暗如漆，何以不把火照我，我當得覓鑽火具。”

同上，卷八十五百穀部《豆》：

《笑林》曰：有人吊喪，并欲賷物助之，問人，可與何等物，人答曰：“錢布穀帛，任卿所有耳。”困（《太平廣記》二百六十二作"因"）賷大豆一斛相與。孝子哭喚奈何，己以爲問豆，答曰：“可作飯。”孝子哭復喚窮，己曰：“適得便窮，自當更送一斛。”

同上，布帛部《布》：

《笑林》曰：沈珩弟峻，字叔山，有名譽，而性儉吝。張溫使蜀，峻入內良久，出語溫曰：“向擇一端布，欲以送卿，而無粗者。”溫嘉其能顯非。（上海古籍出版社，1982年）

虞世南撰，陳禹謨補注《北堂書鈔》卷一百三十六儀飾部七《屩》：

嚼屩。[《笑林》曰：南方人至京師者，人戒之曰："汝得物唯食，慎勿問其名也。"後詣主人，入門內，見馬矢便食，惡臭。乃步進，見敗屩棄於路，因復嚼，殊不可咽。顧伴曰："且止，人言不可皆信。"後詣貴官，爲設饌，因相視曰："故是首物，且當勿食。"（續補）]

同上，卷一百四十五酒食部《肉》：

銜肉著口。（《笑林》云：甲買肉過入都厠，挂肉著外。乙偷之，未得去，甲出覓肉，因詐使口銜肉去：“挂著外門，可得不失？若如我銜肉著口，豈有失理？"）

同上，卷一百四十七酒食部《酥》：

食酥歸吐。（《笑林》云：吳人至京，爲設食，有酪酥，未知是何物也。强而食之，歸吐，遂至困，顧謂其子曰："與傖人同死亦無所恨，汝故宜慎之。"）

同上，《飿》：

貴官設飿。（《笑林》曰：南方人至京師者，人戒之曰："汝得物唯食，慎勿問主人。"入門内，見馬屎，便食之，覺□乃止。後詣貴官，爲設飿，因視曰："想故昔，且勿食。"）（《文淵閣四庫全書》本）

房玄齡等《晉書》卷三十六《衛瓘列傳》：

恒善草隸書，爲《四體書勢》曰：

……漢武時，魯恭王壞孔子宅，得《尚書》《春秋》《論語》《孝經》。時人以不復知有古文，謂之科斗書。漢世秘藏，希得見之。魏初傳古文者，出於邯鄲淳。恒祖敬侯寫淳《尚書》，後以示淳，而淳不别。至正始中，立三字石經，轉失淳法，因科斗之名，遂效其形。太康元年，汲縣人盜發魏襄王冢，得策書十餘萬言。案敬侯所書，猶有仿佛。古書亦有數種，其一卷論楚事者最爲工妙。恒竊悦之，故竭愚思，以贊其美，愧不足厠前賢之作，冀以存古人之象焉。古無别名，謂之字勢云。……

漢建初中，扶風曹喜少異於斯，而亦稱善。邯鄲淳師焉，略究其妙，韋誕師淳而不及也。太和中，誕爲武都太守，以能書，留補侍中，魏氏寶器銘題皆誕書也。漢末又有蔡邕，采斯、喜之法，爲古今雜形，然精密閑理不如淳也。……

秦既用篆，奏事繁多，篆字難成，即令隸人佐書，曰隸字。漢因行之，獨符、印璽、幡信、題署用篆。隸書者，篆之捷也。上谷王次仲始作楷法。至靈帝好書，時多能者，而師宜官爲最，大則一字徑丈，小則方寸千言，甚矜其能。或時不持錢詣酒家飲，因書其壁，顧觀者以酬酒，討錢足而滅之。每書輒削而焚其柎。梁鵠乃益爲版而飲之酒，候其醉而竊其柎。鵠卒以書至選部尚書。宜官後爲袁術將，今鉅鹿宋子有《耿球碑》，是術所立，其書甚工，云是宜官也。梁鵠奔劉表，魏武帝破荆州，募求鵠。鵠之爲選部也，魏武欲爲洛陽令，而以爲北部尉，故懼而自縛詣門，署軍假司馬；在秘書以勤書自效，是以今者多有鵠手迹。魏武帝懸著帳中，及以釘壁玩之，以爲勝宜官。今宫殿題署多是鵠篆。鵠宜爲大字，邯鄲淳宜爲小字。鵠謂淳得次仲法，然鵠之用筆盡其勢矣。鵠弟子毛弘教於秘書，今八分皆弘法也。漢末有左子邑，小與淳、鵠不同，然亦有名。（中華書局，2012年）

魏徵、令狐德棻《隋書》卷三十四《經籍志三》子部小説類：
　　《笑林》三卷。（後漢給事中邯鄲淳撰。）

同上，卷三十五《經籍志四》集部別集類：
　　魏給事中《邯鄲淳集》二卷，梁有《録》一卷。（中華書局，1973年）

李延壽《北史》卷三十四《江式列傳》：
　　魏初，博士清河張揖著《埤倉》《廣雅》《古今字詁》。究諸《埤》《廣》，綴拾遺漏，增長事類，抑亦於文爲益者。然其《字詁》方之許篇，古今體用，或得或失。陳留邯鄲淳亦與揖同，博開古藝，特善《倉》《雅》。許氏字指、八體、六書，精究閑理，有名於揖。以書教諸皇子。又建《三字石經》於漢碑西，具文蔚煥，三體復宣。校之《説文》，篆、隸大同，而古字少異。（中華書局，1974年）

劉知幾撰，浦起龍通釋，王煦華整理《史通通釋》卷五《内篇·因習》：
　　昔漢代有修奏記於其府者，遂盜葛龔所作而進之，既具録他文，不知改易名姓，時人謂之曰："作奏雖工，宜去葛龔。"及邯鄲氏撰《笑林》，載之以爲口實。嗟乎！歷觀自古，此類尤多，其有宜去而不去者，豈直葛龔而已！何事於斯，獨致解頤之誚也。凡爲史者，苟能識事詳審，措辭精密，舉一隅以三隅反，告諸往而知諸來，斯庶幾可以無大過矣。
　　《笑林》。（《隋·經籍志》：《笑林》三卷，後漢給事中邯鄲淳撰。）

同上，卷八《内篇·書事》：
　　又自魏、晉已降，著述多門，《語林》《笑林》《世説》《俗説》，皆喜載調謔小辯，嗤鄙異聞，雖爲有識所譏，頗爲無知所説。而斯風一扇，國史多同。至如王思狂躁，起驅蠅而踐筆，畢卓沈湎，左持螯而右杯，劉邕榜吏以膳痂，齡石戲舅而傷贅，其事蕪穢，其辭猥雜。而歷代正史，持爲雅言。苟使讀之者爲之解頤，聞之者爲之撫掌，固異乎記功書過，彰善癉惡者也。（上海古籍出版社，2009年）

韋續《墨藪》卷一《論篆第七》（李陽冰）：
　　至靈帝好書，時多能者，而師宜官甚矜其能，每書輒削其柎。梁鵠乃益板飲之酒，候其醉而竊其柎。鵠亦工書，至選部尚書。曹操平荆州，假司馬，使在秘書以勤書自效。曹公常懸帳中，及以釘壁玩之，謂勝宜官。鵠字孟皇，魏宮題額皆鵠書。秦燒先典，而古文絶矣。漢武帝時，人已不復知有古文，謂之科斗《尚書》，漢朝秘藏，不得見。魏初傳古文者，出於邯鄲淳。敬侯寫《尚書》後以示淳，而淳不別。敬侯謂顗。書其序篆書曰："秦時李斯號爲工篆，諸山及銅人銘皆李斯書也。漢建初年曹喜少異於斯，亦善書。邯鄲淳師焉，略究其妙。韋誕師淳，而不及。誕以能書遷補侍中，魏氏寶器題名，皆誕書。末又有蔡邕，采斯、喜之法，爲古今雜形，然精密理閑不如淳也。"

同上，《用筆法并口訣第八》：

魏鍾繇少師劉勝，入抱犢山學書三年。還，與太祖、邯鄲淳、韋誕、孫子荆、關枇杷等議用筆法。繇見蔡伯喈筆法於韋誕坐上，自搥胸三日，其胸盡青，因嘔血。大祖以五靈丹救之，得活。繇苦求之，不得。及誕死，繇令人盜掘其墓，遂得之。故知多力豐筋者勝，無力無筋者病，一一從其消息而用之，由是更妙。

同上，卷二《勸學第十七》：

曹喜、邯鄲淳、羅暉、趙襲、崔寔、劉德升、師宜官、梁鵠、胡昭、荀爽、張彭祖、張弘、傅玄、魏武帝、曹植、孫權、孫皓、應璩、徐幹、張超、嵇康、何曾、衛覬、杜預、楊肇、樂廣、劉恢、司馬收、衛恒、衛夫人、衛玠、李式、王敦、郗鑒、郗愔、韋誕、桓玄、王翼、王導、王儉、王珉、謝安、庾翼。

或奇材見拔，或絕世難求，并庶幾右軍草書之價。以上四十三人第三。（《叢書集成初編》本）

張懷瓘著，石連坤評注《書斷》卷中《妙品》：

古文四：杜林、衛密、邯鄲淳、衛恒。

大篆四：李斯、趙高、蔡邕、邯鄲淳。

小篆五：曹喜、蔡邕、邯鄲淳、崔瑗、衛瓘。

隸書二十五：張芝、鍾會、蔡邕、邯鄲淳、衛瓘、韋誕、荀輿、謝安、羊欣、王洽、王珉、薄紹之、蕭子雲、宋文帝、衛夫人、胡昭、曹喜、謝靈運、王僧虔、孔琳之、陸柬之、褚遂良、虞世南、釋智永、歐陽詢。

曹喜，字仲則，扶風平陵人。明帝建初中爲秘書郎，篆隸之工，收名天下。蔡邕云："扶風曹喜，建初稱善。"衛恒云："喜善篆，小異於李斯。邯鄲淳師焉，略究其妙。韋誕師淳，而不及也。"善懸針垂露之法，後世行之。仲則小篆、隸書入妙，雖賀彥先沉潛，乃青雲之士也。

梁鵠，字孟星，安定烏氏人。少好書，受法於師宜官，以善八分知名，舉孝廉爲郎，靈帝重之，亦在鴻都門下。遷幽州刺史，魏武甚愛其書，常懸帳中，又以釘壁，以爲勝宜官也。時邯鄲淳亦得次仲法，淳宜爲小字，鵠宜爲大字，不如鵠之用筆盡勢也。

邯鄲淳，字子淑，潁川人。志行清潔，才學通敏。初爲臨淄王傅，累遷給事中。書則八體悉工，師於曹喜，尤精古文、大篆、八分、隸書。自杜林、衛密以來，古文泯絕，由淳復著。衛恒云："魏初傳古文者，出於邯鄲淳。蔡邕采斯、喜之法，爲古今雜形，然精密閑理不如淳也。"梁鵠云："淳得次仲法，韋誕師淳，而不及也。"袁昂云："應規入矩，方圓乃成。"張華云："邯鄲淳善隸書。子淑古文、小篆、八分、隸書并入妙。"（浙江人民美術出版社，2012年）

白居易原本，孔傳續撰《白孔六帖》卷十七《美人十一》：
　　霧中花。（有鄰夫自外歸，見婦吹火，贈詩曰："吹火朱唇動，添薪玉腕斜。遙看烟裏面，一似霧中花。"出《笑林》。）（《文淵閣四庫全書》本）

張彥遠輯錄，范祥雍點校《法書要錄》卷一《宋羊欣〈采古來能書人名〉》（齊王僧虔錄）：
　　陳留邯鄲淳，爲魏臨淄侯文學，得次仲法，名在鵠後。毛弘，鵠弟子，今秘書八分，皆傳弘法。又有左子邑，與淳小異，亦有名。

同上，《宋王愔〈文字志〉三卷》中卷目《秦吳六十人》：
　　邯鄲淳。

同上，卷二《袁昂〈古今書評〉》：
　　邯鄲淳書：應規入矩，方圓乃成。（上海古籍出版社，2013年）

范攄撰，唐雯校箋《雲溪友議校箋》卷首《〈雲溪友議〉序》：
　　近代何自然續《笑林》，劉夢得撰《嘉話錄》，或偶爲編次，論者稱美。……五雲溪人范攄纂。（《唐宋史料筆記叢刊》本，中華書局，2017年）

［日］藤原佐世《日本國見在書目錄》小説家：
　　《笑林》三卷。（後漢給事中邯鄲淳撰。）（中華書局，1991年）

釋贊寧《筍譜》四之事《陸雲》：
　　陸雲字士龍，爲性喜笑，作《笑林》，云："漢人有適吳，吳人設筍，問是何物，語曰：'竹也。'歸煮其床簀而不熟，乃謂其妻曰：'吳人轣轆，欺我如此！'"（《文淵閣四庫全書》本）

劉昫等《舊唐書》卷四十七《經籍志下》丙部子錄小説家類：

《笑林》三卷。（邯鄲淳撰。）（中華書局，1975年）

李昉等《太平御覽》卷首《經史圖書綱目》：

邯鄲氏《笑林》。

同上，卷三百七十一人事部十二《臍》：

《笑林》曰：趙伯翁肥大，夏日醉臥，孫兒緣其肚上戲，因以李八九枚內臍中。至後日，李大爛，汁出，乃泣謂家人曰："我腸爛，將死。"明日李核出，乃知孫兒所內李子也。

同上，卷四百九十六人事部一百三十七《諺下》：

邯鄲氏《笑林》曰：桓帝時，有人辟公府掾者，倩人作奏記文，人不能爲作，因語曰："梁國葛龔者，先善爲記文，自可寫用，不煩更作。"遂從人言。寫記文，不去龔名姓，府公大驚，不答而罷歸。故時人語曰："作奏雖工，宜去葛龔。"

同上，卷四百九十九人事部一百四十《真愚》：

《笑林》曰：漢司徒崔烈辟上黨鮑堅爲掾，將謁見，自慮不過，問先到者儀，適有答曰："隨典儀口唱。"既謁，贊曰："可拜。"堅亦曰："可拜。"贊者曰："就位。"堅亦曰："就位。"因復著履上座，將離席，不知履所在，贊者曰："履著脚。"堅亦曰："履著脚也。"

又曰：平原陶丘氏，取渤海墨台氏女，女色甚美，才甚令，復相敬，已生一男而歸。母丁氏，年老，進見女壻，女壻既歸而遣婦。婦臨去請罪，夫曰："曩見夫人年德已衰，非昔日比，亦恐新婦老後必復如此，是以遣，實無他故。"

同上，卷五百六十八樂部六《女樂部》：

《笑林》曰：某甲者爲霸府佐，爲人都不解，每至集會有聲樂之事，己輒豫焉，而恥不解。妓人奏，贊之，己亦學人仰贊和同。時人士令己作主人，并使喚妓客。妓客未集，召妓具問曲吹，一一疏着手巾。箱下先有藥方。客既集，因問命曲，先取所疏者，誤得藥方，便言是疏，方有附子三分，當歸四分。己云且作附子、當歸以送客舍，滿座絶倒。

同上，卷六百九十八服章部十五《屩》：

《笑林》曰：南方人至京師者，人戒之曰："汝得物唯食，慎勿問其名也。"

後詣主人，入門內，見馬矢便食，惡臭。乃步進，見敗屨棄於路，因復嚼，殊不可咽。顧伴曰："且止，人言不可皆信。"後詣貴官，爲設饌，因相視曰："故是首物，且當勿食。"

同上，卷七百五十七器物部二《鐺》：
《笑林》曰：太原人夜失火，欲出銅鐺，誤得熨斗，便大驚怪曰："異事！火未至，已被燒失腳！"

同上，卷八百二十布帛部七《布》：
《笑林》曰：沈珩弟峻，字叔山，有譽而性儉。張溫使蜀，辭峻，峻入內，良久出，語溫曰："向擇一端布，欲以送卿，而無粗者。"溫嘉其能顯非。

同上，卷八百五十一飲食部九《餪》：
《笑林》曰：南方人至京師者，人戒之曰："汝得物唯食，慎勿問主人。"入門內見馬屎，便食之，覺臭乃止。後詣貴官，爲設餪，因視曰："戒故昔，且當勿食。"

同上，卷八百五十八飲食部十六《酪酥》：
《笑林》曰：吳人至京師，爲設食者，有酪酥，未知是何物也，強而食之。歸吐，遂至困，顧謂其子曰："與傖人同死亦無所恨，汝故宜慎之。"

同上，卷八百六十一飲食部十九《羹》：
《笑林》曰：人有和羹者，以杓嘗之，少鹽，便益之。後復嘗之向杓中者，故云鹽不足。如此數益升許鹽，故不鹹，因以爲怪。

同上，卷八百六十三飲食部二十一《肉》：
《笑林》曰：甲買肉，過入都廁，挂肉著外。乙偷之，未得去。甲出覓肉。因詐便口銜肉曰："挂著外門，何得不失？若如我銜肉著口，豈有失理？"

同上，卷八百六十五飲食部二十三《鹽》：
《笑林》曰：姚彪至武昌，遇風，與沈浙江渚守風。糧用盡，遣人從彪貸鹽百斛。彪得書不答，敕左右倒鹽百斛著江水中，曰："明吾不惜，惜所與耳！"

同上，卷八百六十九火部二《火下》：

《笑林》曰：某甲夜暴疾，門人鑽火，其夜陰暗，未得火。催之急，門人忿然曰："君責人亦大無道理。今暗如漆，何以不把火照我，當得覓鑽火具。"

同上，卷九百四十六蟲豸部三《螳螂》：

邯鄲氏《笑林》曰：楚人居貧，讀《淮南方》"得螳螂伺蟬自鄣葉，可以隱形"，遂於樹下仰取葉。螳螂執葉伺蟬，以摘之，葉落樹下，樹下先有落葉，不能復分別，掃取數斗歸。一一以葉自鄣，問其妻曰："汝見我不？"妻始時恆答言見，經日乃厭倦不堪，紹云不見。嘿然大喜，齎葉入市，對面取人物，吏遂縛詣縣。縣官受辭，自說本末，官大笑，放而不治。

同上，卷九百六十八果部五《李》：

《笑林》曰：趙伯翁醉眠，數歲孫兒緣其腹戲，因以李子內其胐（音毗）臍中，累七八枚。既醒，了不覺。數日後乃知痛，李爛汁出，以為臍穴，懼死，乃命妻子處分家事。李核出，尋問，乃知是孫兒所為。（中華書局，1960年）

李昉等《太平廣記》卷首《引用書目》：

《笑林》。

同上，卷一百六十五吝嗇《漢世老人》：

漢世有人，年老無子，家富，性儉嗇。惡衣蔬食，侵晨而起，侵夜而息，營理產業，聚斂無厭，而不敢自用。或人從之求丐者，不得已而入內，取錢十，自堂而出，隨步輒減，比至於外，纔餘半在，閉目以授乞者。尋復囑云："我傾家贍君，慎勿他說，復相效而來。"老人俄死，田宅沒官，貨財充於內帑矣。（出《笑林》。）

同上，《沈峻》：

吳沈峻，字叔山，有名譽而性儉吝。張溫使蜀，與峻別。峻入內良久，出語溫曰："向擇一端布，欲以送卿，而無粗者。"溫嘉其無隱。又嘗經太湖岸上，使從者取鹽水。已而恨多，敕令還減之。尋亦自愧曰："此吾天性也。"又說曰：姚彪與張溫俱至武昌，遇吳興沈珩。守風糧盡，遣人從彪貸鹽一百斛。彪性峻直，得書不答，方與溫談論。良久，呼左右，倒百斛鹽著江中，謂溫曰："明吾不惜，惜所與耳。"沈珩弟峻，有名譽，而性儉吝。（出《笑林》。）

同上，卷二百九雜編《邯鄲淳已下》：

　　陳留邯鄲淳爲魏臨淄侯文學，得次仲法（"法"字原闕，據《法書要錄》補），名在鵠後。毛弘，鵠弟子，秘書八分，皆傳弘法。又有左子邑，與淳小異，亦有名。京兆杜度爲魏齊相，始有草名。安平崔瑗，後漢濟北相，亦善草書。平符（苻）堅，得摹崔瑗書，王子敬去，極似張伯英。瑗子湜官至尚書，亦能草。弘農張芝高尚不仕，善草書，精勁絕倫。家之衣帛，必先書而後練。臨池學書，池水盡墨。每書云："匆匆不暇草。"時人謂爲"草聖"。芝弟昶，漢黃門侍郎，亦能草。今世人所云芝書者，多是昶也。（出王僧虔《名書錄》。）

同上，卷二百五十八嗤鄙一《魏人鑽火》：

　　魏人夜暴疾，命門人鑽火。是夕陰瞑，督迫頗急，門人忿然曰："君責人亦大無理。今暗如漆，何以不把火照我，當得覓鑽火具，然後易得耳。"孔文舉聞之曰："責人當以其方也。"（出《笑林》。）

同上，卷二百六十嗤鄙三《公羊傳》：

　　有甲欲謁見邑宰，問左右曰："令何所好？"或語曰："好《公羊傳》。"後入見，令問："君讀何書？"答曰："唯業《公羊傳》。""試問誰殺陳他者？"甲良久對曰："平生實不殺陳他。"令察謬誤，因復戲之曰："君不殺陳他，請是誰殺？"於是大怖，徒跣走出，人問其故，乃大語曰："見明府，便以死事見訪，後直不敢復來，遇赦當出耳。"（出《笑林》。）

同上，卷二百六十二嗤鄙五《嚙鼻》：

　　甲與乙鬥爭，甲嚙下乙鼻，官吏欲斷之，甲稱乙自嚙落。吏曰："夫人鼻高耳口低，豈能就嚙之乎？"甲曰："他踏床子就嚙之。"（出《笑林》。）

同上，《助喪禮》：

　　有人吊喪，并欲賚物助之，問人："可與何等物？"答曰："錢布帛，任君所有爾。"因賚大豆一斛，置孝子前，謂曰："無可有，以大豆一斛相助。"孝子哭孤窮奈何，曰："造𧇾。"（"𧇾"原作"鼓"，據黃本改。）孝子又哭孤窮，曰："適得便窮，更送一石。"（出《笑林》。）

同上，《外學歸》：

　　甲父母在，出學三年而歸，舅氏問其學何得，并序別父久。乃答曰："渭陽之思，過於秦康。"既而父數之："爾學奚益？"答曰："少失過庭之訓，故學無同上，《行吊》：

伧人欲相共吊喪，各不知儀，一人言粗習，謂同伴曰："汝隨我舉止。"既至喪所，舊習者在前，伏席上，餘者一一相髡於背。而爲首者，以足觸詈曰："癡物！"諸人亦爲儀當爾，各以足相踏曰："癡物！"最後者近孝子，亦踏孝子而曰："癡物！"（出《笑林》。）

同上，《癡婿》：

有癡婿，婦翁死，婦教以行吊禮。於路值水，乃脫襪而渡，惟（"惟"字原空缺，據黃本補）遺一襪，又睹林中鳩鳴云："鵲鵖鵲鵖。"而私誦之，都忘吊禮。及至，乃以有襪一足立，而縮其跣者，但云："鵲鵖鵲鵖。"孝子皆笑。又曰："莫笑莫笑，如拾得襪，即還我。"（出《笑林》。）

同上，《魯人執竿》：

魯有執長竿入城門者，初豎執之，不可入，橫執之，亦不可入，計無所出。俄有老父至曰："吾非聖人，但見事多矣。何不以鋸中截而入？"遂依而截之。（出《笑林》。）

同上，《齊人學瑟》：

齊人就趙人學瑟，因之先調，膠柱而歸，三年不成一曲。齊人怪之，有從趙來者，問其意，方知向人之愚。（出《笑林》。）

同上，卷三百八十九冢墓一《胡邕》：

吳國胡邕，爲人好色，娶妻張氏，憐之不捨。後卒，邕亦亡。家人便殯於後園中，三年取葬，見冢上化作二人，常見抱如臥時。人競笑之。（出《笑林》。）

同上，卷四百六十一禽鳥二《楚雞》：

楚人有擔山雞者，路人問曰："何鳥也？"擔者欺之曰："鳳皇也。"路人曰："我聞有鳳皇久矣，今真見之。汝賣之乎？"曰："然。"乃酬千金，弗與；請加倍，乃與之。方將獻楚王，經宿而鳥死。路人不遑惜其金，惟恨不得以獻耳。國人傳之，咸以爲真鳳而貴，宜欲獻之。遂聞於楚王，王感其欲獻己也，召而厚賜之，過買鳳之直十倍矣。（出《笑林》。）（中華書局，1961年）

樂史撰，王文楚點校《太平寰宇記》卷九十六江南東道八越州上虞縣：

曹娥碑，按夏侯曾先《地志》云："餘姚縣有孝女曹娥，父溯濤溺死，娥年十四，號痛入水，因抱父尸出而死。縣令度尚使外生邯鄲子禮爲碑文。後蔡邕過碑讀之，乃題八字曰：'黃絹幼婦，外孫虀臼。'"此碑今在上虞縣水濱。（中華書局，2007年）

王欽若等《册府元龜》卷五百九十七學校部《選任》：

魏邯鄲淳，一名竺，字子叔，博學有文章。文帝初爲五官將，博延英儒，亦宿聞淳名，因啓淳欲使在文學官屬中，會臨淄侯植亦求淳，太祖遣詣植。及文帝即位，以淳爲博士。

同上，卷六百八學校部《小學》：

邯鄲淳，一名竺，字子叔。爲博士給事中，善《倉》、《雅》、蟲、篆、許氏字指。

同上，卷七百六十七總錄部《儒學》：

董遇及賈洪、邯鄲淳、薛夏、隗禧、蘇林、樂詳等七人爲儒宗。

同上，卷八百三十七總錄部《文章》：

邯鄲淳，一名竺，字子叔，潁川人，博學有文章。黃初中，爲博士給事中，作《投壺》千餘言奏之，文帝以爲工，賜帛千匹。（中華書局，1960年）

王堯臣等編次，錢東垣等輯釋《崇文總目》卷三小說類上：

《笑林》三卷，何自然撰。（見《天一閣鈔本》。）

《笑林》三卷，路氏撰。（見《天一閣鈔本》。）

侗按：《宋志》路氏亦不著名。（《宋元明清書目題跋叢刊》本，中華書局，2006年）

歐陽修、宋祁《新唐書》卷五十九《藝文志三》丙部子錄小說家類：

邯鄲淳《笑林》三卷。

何自然《笑林》三卷。

同上，卷六十《藝文志四》丁部集錄別集類：

《邯鄲淳集》二卷。（中華書局，1975年）

孔延之《會稽掇英總集》卷十六《曹娥碑》（邯鄲淳）：

　　孝女曹娥者，上虞曹盱之女也。其先與周同祖，末胄荒沈，爰兹適居。盱能撫節按歌，婆娑樂神，漢安二年五月時迎伍君，逆濤而上，爲水所淹，不得其尸。娥時年十四，號慕思盱，哀吟澤畔，旬有七日，遂自投江死，經五日抱父尸出。以漢安迄於永嘉青龍辛卯，莫之有表。度尚設祭誄之，辭曰：

　　伊惟孝女，曄曄之姿。偏其反而，令色孔儀。窈窕淑女，巧笑倩兮。宜其家人，在洽之陽。大禮未施，嗟喪慈父。彼蒼伊何，無父孰怙？訴神告哀，赴江永號。視死如歸，是以眇然。輕絕投入，沙泥翩翩。孝女載沈載浮，或泊洲嶼，或在中流，或趨湍瀨，或逐波濤。千夫失聲，悼痛萬餘，觀者填道，雲集路衢，泣淚掩涕，驚動國都。是以哀姜哭市，杞崩城隅。或有刻面引鏡，劓耳用刀，坐臺待水，抱柱而燒。嗚呼孝女，德茂此儔，何者大國，防禮自修。豈沈庶賤，露屋草茅，不扶自直，不斫自雕。越梁過宋，比之有殊，哀此貞勵，千載不渝。嗚呼哀哉！銘曰：

　　名勒金石，質之乾坤。歲數曆祀，立廟起墳。光於后土，顯昭天人。生賤死貴，利之義門。何悵花落，飄零乃分。葩艷窈窕，永世配神。若堯二女，爲湘夫人。時效仿佛，以昭後昆。

　　後漢蔡邕題其碑陰云："黃絹幼婦，外孫齏臼。"（《文淵閣四庫全書》本）

陳暘《樂書》卷一百八十七樂圖論《俗部雜樂·俳倡下》：

　　優倡之伎，自古有之，若齊奏宮中之樂，倡優侏儒戲於前，漢惠帝世安陵啁之類。武帝時幸倡郭舍人，滑稽不窮。魏武好倡優，每至歡笑，頭沒杯案中。梁三朝樂有俳伎小兒，讀俳寺子，子遵安息，孔雀鳳凰，文鹿胡舞，登連上雲，樂歌舞伎。魏邯鄲淳詣曹植，必傅粉科頭，拍袒胡舞，誦俳優小說。則傅粉塗墨，更衣易貌，以資戲笑，蓋優倡常態也。故唐時謂優人辭捷者爲斫撥，今謂之雜劇。也有所敷敘，曰作語。有誦辭篇，曰口號。凡皆巧爲言笑，令人主和悅者也。苟好而幸之，未有不敗政傷俗者矣，可不戒哉！（《中華禮藏·禮樂卷·樂典之屬》，浙江大學出版社，2016年）

朱勝非《紺珠集》卷十一《煮簀》：

　　陸雲《笑林》云：漢人適吳，吳人設筍，問："何物也？"曰："竹也。"歸煮其簀，不熟，曰："吳人欺我哉！"

同上，卷十三《羊踏菜園》：

　　陸雲《笑林》：有人嘗食蔬茹，忽食羊肉，夢五臟神曰："羊踏破菜園。"

（《文淵閣四庫全書》本）

葉廷珪《海録碎事》卷二十武部弓矢門《左的》：
  控弦破左的，右發摧月支，左的射的也，月支射括也。邯鄲淳《藝經》云：馬射左邊爲月支，三枚馬蹄二枚。（曹子建。）（中華書局，2002年）

鄭樵《通志》卷六十八《藝文略第六》小說：
  《笑林》三卷。（後漢給事中邯鄲淳撰。）

同上，卷六十九《藝文略第七》別集一：
  給事中《邯鄲淳集》二卷。

同上，卷一百二十一下《衛瓘列傳》：
  魏初傳古文者出於邯鄲淳，恒祖敬侯寫淳尚書後以示淳，而淳不別。至正始中立三字石經，轉失淳法，因科斗之名，遂效其形，太康元年汲縣人盜發，魏襄王冢得策書十餘萬言，案敬侯所書猶有仿佛，古書亦有數種，其一卷論楚事者，最爲工妙，恒竊悦之故，竭愚思以贊其美。（中華書局，1987年）

晁公武撰，孫猛校證《郡齋讀書志校證》卷十三小說類：
  《説神集》二卷。右不題撰人。記滑稽之説。唐有邯鄲淳《笑林》，此其類也。（上海古籍出版社，1990年）

吴曾《能改齋漫録》卷七事實《笑林》：
  秘閣有《古笑林》十卷。晋孫楚《笑賦》曰："信天下之笑林，調謔之具觀。"《笑林》本此。（上海古籍出版社，1979年）

范成大《吴郡志》卷二十三《人物》：
  沈峻字敬山，有名譽，而性儉吝。張温使蜀，與峻別，峻入内良久，出語温曰："向擇一端布，欲以送卿，而無粗者。"温嘉其無隱。又常經太湖岸上，使從者取鹽米，已而恨多，敕令還減之。尋亦自愧曰："此吾天性也！"（《笑林》。）（江蘇古籍出版社，1999年）

程大昌《演繁露》卷九《棋道》：
  今棋方十九道，合枰爲棋子三百六十一。案李善注：韋昭《博奕論》枯棋三百引邯鄲淳《藝經》曰：棋局縱橫各十七道，白黑棋子各一百五十枚。

同上，卷十《槍》：

《御覽·鐺門》：《笑林》云："太原人夜失火，欲出銅槍，誤出熨斗，曰：'異事！火未至，已燒失腳。'"（中華書局，1991年）

葉適《習學記言》卷二十七《三國志》：

《魏略》叙董遇、邯鄲淳、蘇林、樂詳等言："太學生千數，冬來春去，博士粗疏，弟子避役，無復學者，圜丘議下郎官諸吏，見在萬人，應書無幾，朝士四百餘人，能操筆者無十人。及劉靖亦言，高門弟子耻非其倫，故無學者。"此論魏世儒學興替，大概可知也。（中華書局，1977年）

高似孫《緯略》卷四《古鐺》：

《笑林》曰："太原人夜失火，欲出銅鐺，乃得熨斗，便大驚怪曰：'異事！火未至，已被燒失腳。'"亦言有足也。（《叢書集成初編》本）

潘自牧《記纂淵海》卷六十二問學部《不學》：

[傳記]桓帝時有辟公府掾者，倩人作奏記。（邯鄲氏《笑林》。互見《代筆》。）

同上，《蹈襲》：

[傳記]葛龔善爲文奏，或有請龔奏以干人者，龔爲作之，因并寫龔名以進之。時人爲之語曰："作奏雖工，宜去葛龔。"（裴策《笑林》，又見《史通》。）

漢桓帝時，有人辟公府，請人作奏記。（邯鄲《笑林》。互入《不學》。）（中華書局，1988年）

祝穆《古今事文類聚》後集卷二十四竹筍部《歸煮》：

漢人有適吳，吳人設筍，問是何物，曰："竹也。"歸煮其床簀而不熟，乃謂其妻曰："吳人轆轆，欺我如此！"（《笑林》。）（《四庫類書叢刊》本，上海古籍出版社，1992年）

陳振孫撰，徐小蠻、顧美華點校《直齋書錄解題》卷十一小說家類：

《開顏集》三卷。校書郎周文規撰。未知何時人。以《古笑林》多猥俗，乃於

書史中鈔出可資談笑者，爲此編。（上海古籍出版社，1987年）

陳景沂《全芳備祖》後集卷二十三蔬部《筍》：

［紀要］漢人有適吳，吳人設筍，問是何物，曰："竹也。"歸煮其床簀而不熟，乃謂其妻曰："吳人轣轆，欺我如此！"（《笑林》）（《中國農學珍本叢刊》本，農業出版社，1982年）

謝維新《古今合璧事類備要別集》卷六十一蔬門《筍》：

［事類］問是何物。（漢人有適吳，吳人設筍，問是何物，曰："竹也。"歸煮其床簀而不熟，乃謂其妻曰："吳人轣轆，欺我如此！"——《笑林》。）（《文淵閣四庫全書》本）

郝經《續後漢書》卷六十六下上《文藝列傳第六十三下上·魏吳質附邯鄲淳》：

黃初二年，召質入朝，丕與質及曹休歡燕，命郭后出見質。丕曰："卿諦視之。"其親愛如此。五年，質復入朝，詔上將軍及特進以下皆會質所，大官供具。酒酣，質復欲盡歡，時上將軍曹真肥，而中領軍朱鑠瘦，質召優使説肥瘦。真負貴，恥見戲，怒謂質曰："卿欲以部曲將遇我邪？"驃騎將軍曹洪輕車將軍王忠言："將軍必欲使上將軍服肥，自宜爲瘦。"真愈恚，拔刀瞋目言："俳敢輕脱，吾斬爾！"遂罵坐。質按劍曰："曹子丹，汝屠机上肉爾！吾吞爾不轉喉，咀爾不搖牙，何恃而敢爾邪？！"鑠因起曰："陛下使吾等來樂卿，爾乃至此乎？！"質顧叱之曰："朱鑠敢壞坐！"諸將軍皆還坐。鑠性急，忿恚拔劍斬地，遂皆罷去。其恃勢驕豪如此。……自質及穎川邯鄲淳、繁欽（原注：繁音婆），沛國丁儀、丁廙，弘農楊修，河內荀緯、王象，下邳桓威，天水薛夏等，皆有文采，而不在七子之列。應瑒弟璩，璩子貞，阮瑀子籍，譙郡嵇康，咸以文章顯。儀、廙、修、籍康皆自有傳。邯鄲淳，一名竺，字子叔。博學有才章，又善《蒼》、《雅》、蟲篆、許氏字指。初平時，從三輔客荊州。曹操入荊州，素聞其名，召與相見，甚敬異之。時五官將丕博延英賢，亦宿聞淳名，因啟淳欲使在文學官屬中。會臨淄侯植亦求淳，操遣淳詣植，植具酒炙，論文談兵，及當世之務，縱橫無窮。淳出，嘆植之才謂爲天人。（原注：《魏略》：太祖遣淳詣植，植初得淳甚喜，延入坐，不先與談。時天暑熱，植因呼常從取水自澡訖，傅粉，遂科頭拍袒，胡舞五椎鍛，跳丸擊劍，誦俳優小説數千言訖，謂淳曰："邯鄲生何如邪？"於是乃更著衣幘，整儀容，與淳評說混元造化之端，品物區別之意，然後論羲皇以來賢聖名臣烈士優劣之差，次頌古今文章賦誄及當官政事宜所先後，又論用武行兵倚伏之勢。乃命尉宰，酒炙交至，坐席默然，無與伉者。及暮，淳歸，對其所知嘆植之材，謂之"天人"。）於時世子未立，操俄有意於植，而淳屢稱植材。由是丕頗不悅。及篡代，以淳爲博士給事中。淳作《投壺賦》千餘言奏之，丕以爲工，賜帛千匹。尋卒。

同上，《衛覬列傳》：

秦時李斯號爲二篆，《諸山》及《銅人銘》皆斯書也。漢建初中，扶風曹喜少異於斯，而亦稱善。邯鄲淳師焉，略究其妙。韋誕師淳而不及也。太和中，誕爲武都太守，以能書留補侍中，魏代寶器銘題皆誕書也。漢末，又有蔡邕采斯喜之法爲古今雜形，然精密閒理不如淳也。……梁鵠奔劉表，魏武帝破荊州，募求鵠，鵠之爲選部也，魏武欲爲雒陽令，而以爲比部尉，故懼而自縛詣門，署軍假司馬，在秘書以勤書自效。是以今者多有鵠手迹，魏武帝懸著帳中，及以釘壁玩之，以爲勝宜官。今宮殿題署多是鵠書。鵠宜爲大字，邯鄲淳宜爲小字。鵠謂淳得次仲法，然鵠之用筆盡其勢矣。（《叢書集成初編》本）

馬端臨《文獻通考》卷二百十六《經籍考四十三》子部小說家：

《開顏集》三卷。

陳氏曰：校書郎周文規撰，未知何時人，以《古笑林》多猥俗，乃於書史中鈔出可資談笑者，爲此篇。

《悅神集》一卷。

晁氏曰：不題撰人，記滑稽之說。唐有邯鄲淳《笑林》，此其類也。（中華書局，1986年）

貢師泰《玩齋集》卷六《送謝元功東歸序》：

今元功之歸其鄉也，於山則有兩眺、四明、百樓、五癸、蘿岩、金罍，於水則有曹江、玉帶、夏蓋、白馬，其於人也，政事則朱雋、孟嘗，文學則王充、魏朗、邯鄲淳、蔡邕、諸虞，德望則謝安、王羲之，忠義則李光、劉漢弼，孝行則曹娥、朱娥，仙人則魏伯陽、劉綱。其他才知行能之士，固不可以一二數也。（《文淵閣四庫全書》本）

脫脫等《宋史》卷二百六《藝文志五》子類小說家類：

何自然《笑林》三卷。

路氏《笑林》三卷。（中華書局，1985年）

盛熙明《法書考》卷一《集評·上品·邯鄲淳》：

衛恒曰："得次仲法，善隸書小書。師曹喜篆，韋誕師淳，不及也。"袁云：

"應規入矩，方圓乃成。"張云："大、小篆、隸書俱妙品。"

同上，卷八附録印章《邯鄲淳》：
  邯鄲淳子叔。銅印兩面，文曰"子叔"。史云淳字子淑，當以印爲正。（《四部叢刊》本）

郭翼《雪履齋筆記》"漢末之文"條：
  漢末之文，惟《出師》二表忠義憤盈，洵足以繼《伊訓》，配《說命》。此外，如魏武《自叙》，雖云言不由衷，然筆勢自是倜儻高柔，《取鹿疏》簡勁滑稽，尤不易得。若邯鄲淳作《孫叔敖碑》，以兩頭蛇爲枝首蛇，又"遺武餘典，恨不與羲皇帝代同世"等句，蹇澀都不成語，祇優孟一歌，較《史記》似勝。（《文淵閣四庫全書》本）

陶宗儀等《說郛》卷十七上《笑林》（吴曾）：
  秘閣有古《笑林》十卷。晉孫楚《笑賦》曰："信天下之人，笑林調謔之具觀。"《笑林》本此。（《說郛三種》本，上海古籍出版社，1988年）

陶宗儀《書史會要》卷二《魏》：
  邯鄲淳字子叔，陳留人，爲臨淄侯文學。師曹喜作篆、隸，略究其妙。秦焚先典，古文絕矣。魏初傳古文者，出於淳。恒祖敬侯寫《尚書》，後以示淳，而淳不別。至正始中，立三字石經，轉失淳法。太康間，汲縣人盜發魏襄王冢，得策書十餘萬言。按敬侯所書，猶有仿佛，恒竊悦之，故竭愚思以贊其美。梁袁昂評淳書謂："應規入矩，方圓乃成。"（上海書店出版社，1984年）

黄淮、楊士奇《歷代名臣奏議》卷二百七十五《經籍》：
  陳留邯鄲淳亦與揖同時博古開藝，特善《倉》、《雅》、許氏字指、八體六書，精究閑理，有名於揖，以書教諸皇子，又建三字石經於漢碑之西，其文蔚炳三體，復宣校之《說文》，篆隸大同，而古字少異。又有京兆韋誕、河東衛覬二家并號能篆，當時臺觀榜題寶器之銘，悉是誕書，咸傳之子孫，世稱其妙。（上海古籍出版社，2012年）

錢子義《三華集》卷七種菊菴集一《續咏史詩上·曹娥江》：
  曹娥江（曹娥上虞人，父盱爲巫祝，溺死。娥年十四，號哭旬有七日，投江而死，抱父尸而出。邯鄲淳作碑。蔡邕題其後曰："黄絹幼婦，外孫虀臼。"楊修見之，曰："此乃絕妙好辭也。"）

腸斷春江欲暮時，青山如鬢柳如眉。寂寥往事無人問，絕妙空傳八字碑。（《文淵閣四庫全書》本）

沐昂《滄海遺珠》卷一朱經《題讀碑圖》：

孝娥碑在曹江濱，誰其作者邯鄲淳。中郎八字因贊美，後來索隱寧無人。老瞞久欲窺神器，既見此碑心若愧。較三十里乃遁辭，奸雄寔憚楊修智。修乎修乎智有餘，用之治世將無如。露才揚己古所忌，況復漢賊基黃初。今我憮然觀繪墨，懷賢爲爾傷雞肋。研磨銅雀臺上瓦，點染霜毫動秋色。絕妙好辭天下無，異代讀碑傳作圖。長歌落日西風起，酒酣擊缶聲嗚嗚。（《文淵閣四庫全書》本）

何良俊撰，陳洪注《何氏語林注》卷七《文學第四上》：

邯鄲子淑，初詣臨菑侯，（魚豢《魏略》曰：邯鄲淳一名竺，字子淑，博學有文章，又善《蒼》、《雅》、蟲、篆、許氏字指。初平時，從三輔客荊州，荊州內附，太祖召與相見，甚敬異之。時五官將博延英儒，宿聞淳名，因啓淳欲使在文學官屬。會臨菑侯植亦求淳，太祖遣淳詣植。）臨菑大喜，延入坐，不先與談。時天正熱，因呼常從取水自澡訖，傅粉，遂科頭拍袒，胡舞五椎鍛，跳丸擊劍，誦俳優小說數千言。謂子淑曰："邯鄲生，何如耶？"乃更著衣幘，整容儀，與子淑評說混元造化之端，品物區別之意，然從論羲皇以來賢聖、名臣、烈士優劣之差，次頌古今文章賦誄，及當官政事宜所先後，又論用武行兵倚伏之勢。乃命廚宰，酒炙交至，坐席默然，莫敢與抗。及暮，子淑歸，對其所知嘆臨菑之才，謂之"天人"。（天津教育出版社，2008年）

馮惟訥《古詩紀》卷十九漢第九無名氏《諺語》附《作奏》：

邯鄲氏《笑林》曰："桓帝時，有人辟公府掾者，倩人作奏記文，人不能爲作，因語曰：'梁國葛龔者，先善爲記文，自可爲用，不煩更作。'遂從人言，寫記文，不去龔名姓。府公大驚，不答而罷歸。故時人語曰：'作奏雖工，宜去葛龔。'"

同上，卷二十七魏第七《答贈詩》：

邯鄲淳（一名竺，字子淑，博學有才。初平時，從三輔客荊州。荊州內附，太祖素聞其名，召見，甚敬異之。時五官將博延英儒，因啓淳欲使在文學。會臨菑侯植亦求淳，太祖遣淳詣植。黃初初，以淳爲博士給事中）。

我受上命，來隨臨菑。與君子處，曾未盈期。見召本朝，駕言趣期。群子重離，首命於時。餞我路隅，贈我嘉辭。既受德音，敢不答之。余惟薄德，既局且鄙。見養賢侯，於今四祀。既庇西伯，永誓沒齒。今也被命，義在不俟。瞻戀我侯，又慕君子。行道遲遲，體逝情止。豈無好爵，懼不我與。聖主受命，千載一遇。攀龍附鳳，必在初舉。行矣去矣，別易會難。自強不息，人誰獲安。願子大夫，勉簣成山。天休方至，萬福爾臻。（《文淵閣四庫全書》本）

陳耀文《天中記》卷十八《夫妻》：
　　有睹鄰夫婦相諧和者，夫自外歸，見婦吹火，乃贈詩曰："吹火朱唇動，添薪玉腕斜。遙看烟裏面，太似霧中花。"其妻候夫歸，告之曰："每見鄰人夫婦極甚多情，適來夫見婦吹火，作詩咏之，君豈不能學也？"夫曰："彼詩道何語？"妻乃誦之，夫曰："卿當吹火，為別製之。"妻亦效吹，夫乃爲詩曰："吹火青唇動，添薪黑腕斜，遙看烟裏面，恰似鳩盤荼。"（《笑林》。）

同上，卷二十一《肥》：
　　趙伯翁肥大，夏日醉臥，孫兒緣其肚上戲，因以李八九枚內臍中。至後日，李大爛，汁出，乃泣謂家人曰："我腸將死。"明日李核出，乃知孫兒所納李子也。（《笑林》。）

同上，卷二十八《吝嗇》：
　　漢世有人，年老無子，家富，性儉嗇。侵晨而起，侵夜而息，管理產業，聚斂無厭，而不敢自用。或從之求濟者，不得已入內，取錢十，自堂而出，隨步輒減，比至於外，纔餘半在，閉目以授乞者。尋復囑云："我傾家贍君，慎勿他說，復相效而求。"老人俄死，田資沒入内帑。（《笑林》。）

同上：
　　吳沈峻字叔山，性儉吝。張溫使蜀，時詣沈，別，沈入內良久，出語溫曰："向擇一端布，欲以送卿，而絕無粗者。"溫佳其無隱。又嘗經太湖岸上，使從者取鹽水，已而恨多，敕令還減之，尋亦自愧曰："此吾天性也！"（《笑林》。）

同上，卷二十九《嗤鄙》：
　　漢司徒崔烈辟上黨鮑堅為掾，將謁見，自憂不過，問先到者儀，適有答者曰："隨典儀口唱。"既謁見，曰："可拜。"堅亦曰："可拜。"贊者曰："就位。"堅亦曰："就位。"因復著履上坐，將離席，不知履所在。贊者曰："著腳。"堅亦曰："履著腳也。"（《笑林》。）

同上：

　　魏人夜暴疾，命門人鑽火。是夕陰瞑，督迫頗急，門人忿然曰："君責人亦大無理！今暗如漆，何以不把火照我，當得覓鑽火具，然後易得耳！"孔文舉聞之曰："責人當以其方也。"（《笑林》。）

同上，卷四十一《圍棋》：

　　縱橫各十七道，合二百八十九道，白黑棋子各一百五十枚。（邯鄲淳《藝經》。）

同上，卷四十六《鹽》：

　　姚彪至武昌遇風，與沈浙渚守風，糧盡，用江遣人從彪貸鹽百斛，彪得書不答，敕左右倒鹽百斛着江水中，曰："明吾不惜，〔惜〕所與耳！"（《笑林》。）

同上，《酥酪》：

　　陸玩詣王導王公，食以酪。陸還，遂病。明日與王箋云："昨食酪小過，通夜委頓，民雖吳人，幾為傖鬼。"（《晉書》。）

同上：

　　吳人至京，為設食者，有酪蘇，未知是何於也，強而食。歸吐，遂至困頓，謂其子曰："與傖人同死亦無所恨，然汝故宜慎之。"（《笑林》。）

同上，卷四十八《屬》：

　　南方人至京師者，人戒之曰："汝得物唯食，慎勿問其名也。"後詣主人，入門內，見馬矢便食，惡臭。乃步進，見敗屬棄於路，因復嚼，殊不可咽。顧伴曰："且止，人言不可皆信。"後詣貴官，為設饌，因相視曰："故是首物，且當勿食。"（《笑林》。）

同上，卷五十《布》：

　　沈珩弟峻字枚山，有譽而性儉。張溫使蜀，辭峻，峻入內良久，出語溫曰："向擇一端布，欲以送卿，而無粗者。"溫嘉其能顯非。（《笑林》。）

同上，卷五十三《筍》：

　　漢人有適吳，吳人設筍，問是何物，曰："竹也。"歸煮其床簀而不熟，乃謂其妻曰："吳人轆轆，欺我如此！"（《笑林》。）

同上，卷五十七《螳螂》：
　　楚人貧，讀《淮南方》"得螳蜋伺蟬自鄣葉，可以隱形"，遂於樹下仰取葉。螳蜋執葉伺蟬，以摘之。葉落樹下，樹下先有落葉，不能復分別，掃取數斗歸。一一以葉自鄣，問其妻曰："汝見我不？"妻始時恒答言："見。"經日乃厭倦不堪，紿云："不見。"嘿然大喜，齎葉入市，對面取人物，吏遂縛詣縣，官受辭，自說本末，官大笑，放而不治。（邯鄲《笑林》。）（廣陵書社，2007年）

陳耀文《經典稽疑》卷上《大學》：
　　魏政和中，詔諸儒虞松等考正五經，衛覬、邯鄲淳、鍾會等以古文、小篆、八分刻之於石，始行《禮記》，而《大學》《中庸》傳焉。松表述賈逵之言曰："孔伋窮居於洙，懼先聖之學不明，而帝王之道墜，故作《大學》以經之，《中庸》以緯之。"則《學》《庸》皆子思所作，經緯之說，亦不爲無見，蓋必有所受矣。戴、鄭、賈不分經傳，經傳分於宋儒。（《古言》。）
　　邯鄲淳，初平時從三輔客荊州，荊州內附，曹公聞其名，召與相見，甚敬異之。黃初初，爲博士給事中。（《魏略》。）
　　魏初傳古文者，出於邯鄲淳。衛覬寫《尚書》，後以示淳，而淳不別。至正始中，立三字石經，轉失淳法。因科斗之名，遂效其形。（晉衛恒《四書體勢》。）
（《文淵閣四庫全書》本）

焦竑《國史經籍志》卷四下子類小說家：
　　《笑林》三卷。（漢邯鄲淳。）

同上，卷五集類別集：
　　《邯鄲淳集》二卷。（商務印書館，1939年）

胡應麟《少室山房筆叢》卷四十辛部《莊嶽委談上》：
　　今之戲具與古同而盛行於世者，圍棋、象戲、握槊而已。彈棋、摴蒲、打馬、打彄、采選、葉子等，俱不傳。今圍棋十九行，三百六十一路，子亦如之。宋世同此。然漢製十七道，唐局或十八道，不可不知也。按程氏《演繁露》云："今棋方十九道，合枰爲棋子三百六十一。案李善注韋昭《博奕論》'枯棋三百'引邯鄲淳《藝經》曰：'棋局縱橫各十七道，合二百八十九道，白黑棋子各一百五十枚。'則漢棋製可知。"唐柳子厚《記石棋局》"自然成紋十有八道可奕"，然唐詩咏棋有"十九條平路"之句，則唐製固應十九道，其十八道者，或棋局稍異，間爲之耳。又胡宿詩又有"三百枯棋"之句，則自引用漢人語，不足據也。（中華書局，1958年）

徐應秋《玉芝堂談薈》卷三十《古今偏正史》：

劉子玄《史通》所載古今正偏史，今多不存。澹園先生《筆乘》常載之，中如……顧協《瑣語》、謝綽《拾遺》、劉義慶《世說新書》、裴榮期《語林》、吳思尚《語錄》、楊松珍《談藪》、郭子章《洞冥記》、王子年《拾遺記》、劉劭《人物志》、祖鴻勛《晋詞記》、陸景《典語》、劉勰《文心雕龍》、李充《翰林論》、摯虞《文章流別集》、阮孝緒《七錄》、祖台之《志怪》、干寶《搜神記》、劉義慶《幽明錄》、劉敬叔《異苑》、邯鄲淳《笑林》、劉芳《周官音》《禮記音》。（《四庫筆記小說叢書》本，上海古籍出版社，1993年）

張萱《疑耀》卷一《石經》：

魏陳留邯鄲淳，嘗書三字石經於漢碑之西，亦即漢之三體也。然亦未詳其爲何經。正始中，又有一字石經。江式曰："魏嘗立二字石經，其迹已亡。"亦皆未詳經爲何經，筆爲何人，一字、二字之爲何體也。（《叢書集成初編》本）

祁承爜《澹生堂藏書目》子部一小說家：

《笑林》一卷。（上海古籍出版社，2015年）

顧起元《說略》卷十三《典述中》：

劉子玄《史通》所載古今正偏史，今多不存。澹園先生《筆乘》常載之，中如……顧協《瑣語》、謝綽《拾遺》、劉義慶《世說新書》、裴榮期《語林》、孔思尚《語錄》、楊松珍《談藪》、郭子橫《洞冥記》、王子年《拾遺記》、劉劭《人物志》、祖鴻勛《晋詞記》、陸景《典語》、劉勰《文心雕龍》、李充《翰林論》、摯虞《文章流別集》、阮孝緒《七錄》、祖台之《志怪》、干寶《搜神記》、劉義慶《幽明錄》、劉敬叔《異苑》、邯鄲淳《笑林》、劉芳《周官音》《禮記音》。（《四庫類書叢刊》本，上海古籍出版社，1992年）

徐𤊹《徐氏筆精》卷六文字《笑林》：

晉孫楚《笑賦》曰："信天下之笑林，調謔之巨觀。"宋秘閣中有《古笑林》十篇。（臺灣學生書局，1971年）

彭大翼《山堂肆考》卷一百十六性行《隨步減錢》：

《笑林》載："漢世老人家富，性儉嗇，惡衣蔬食，侵晨而起，侵夜而息，營理產業，聚斂無厭，而不忍輕用。或有人從之求乞者，不得已入內取錢十，自堂而出，隨步輒減，比至於外，纔餘半在，閉目以授乞者，尋復屬云：'我傾囊贍君，慎勿他說，相效而來。'後老人餓死，田宅沒官。"（《四庫類書叢刊》本，上海古籍出版社，1992年）

曹學佺《蜀中廣記》卷一百四《詩話記第四》：

韓駒字子蒼，蜀仙井人，今井研縣也。其中秋《念奴嬌》"海天向晚"一詩亞於東坡之作，草堂已選。詠雪作《昭君怨》云："昨日樵村漁浦，今日瓊川銀渚。山色捲簾看，老峰戀。錦帳美人貪睡，不覺天花剪水。驚問是楊花，是蘆花。"《笑林》云："一達官肅客，其日偶然雪下，問曰：'是楊花？'客對曰：'楊花。'又曰：'是蘆花？'亦對曰：'是蘆花。'"言不敢拂之也。子蒼用事，蓋有所本云。（上海古籍出版社，2020年）

周嬰《卮林》卷七《洗梅·答贈詩》：

梅鼎祚《詩乘》載邯鄲淳《答贈》曰："我受上命，來隨臨淄。與君子處，曾未盈期。見召本朝，駕言趣期。群子重離，首命於時。餞我路隅，贈我嘉辭。既受德音，敢不答之。余惟薄德，既局且鄙。見養賢侯，於今四祀。既庇西伯，永誓沒齒。今也被命，義在不俟。瞻戀我侯，又慕君子。行道遲遲，體逝情止。豈無好爵，懼不我與。聖主受命，千載一遇。攀龍附鳳，必在初舉。行矣去矣，別易會難。自強不息，人誰獲安。願子大夫，勉簀成山。天休方至，萬福爾臻。"注曰："此淳應召，別臨淄侯詩也。"

洗之曰：按《文選·三山詩》注引"行矣去矣，別易會難"兩句，以爲邯鄲湛贈伍處玄詩。尋詩中稱西伯聖主者，蓋主曹瞞，而賢侯、我侯謂子建也。君子、群子、子大夫之稱，皆呼同僚。則選注所云答伍處玄爲得，梅氏蓋臆說之謬。然以《會略》考之，是時曹瞞爲漢丞相，子桓五官中郎將耳，門生下吏便已擁戴推崇，至云"聖主受命"，曰"附鳳攀龍"，而明目張膽，曾不有所顧忌，當塗之臣吏皆如此，則漢祚安得久長？（《叢書集成初編》本）

董斯張《廣博物志》卷二十《人倫三》：

魏人夜暴疾，命門人鑽火。是夕陰暝，督迫頗急，門人忿然曰："君責人亦大無理，今暗如漆，何以不把火照我，當得覓鑽火具，然後易得耳！"孔文舉聞之曰："責人當以其方也。"（《笑林》。）

同上，卷二十六《藝苑一》：

有甲欲謁見邑宰，問左右令何所好，或語曰："好《公羊傳》。"後入見，令問："君讀何書？"答曰："唯業《公羊傳》。""試問誰殺陳佗者？"此人良久對曰："平生實不殺陳佗。"令察謬誤，因復戲之曰："君不殺陳佗，請是誰殺？"於是大怖，徒跣走出。人問其故，乃大語曰："見明府，便以死事見訪。後直不敢復來，遇赦當出耳。"（《笑林》。）

同上，卷三十七《珍寶》：

漢世有人年老無子，家富，性儉嗇；惡衣蔬食，侵晨而起，侵夜而息，管理產業，聚斂無厭，而不敢自用。或人從之求丐者，不得已而入內取錢十，自堂而出，隨步輒減，比至於外，纔餘半在，閉目以授乞者。尋復囑云："我傾家贍君，慎勿他說，復相效而來。"老人俄死，田宅沒官，貨財充於內帑矣。（《笑林》。）

沈珩弟峻字叔山，有名譽，而性儉恡。張溫使蜀，入內良久，出語溫曰："向擇一端布欲以送卿，而無粗者。"溫嘉其能顯非。（《笑林》。）

同上，卷四十三《草木下》：

漢人有適吳，吳人設筍，問是何物，曰："竹也。"歸煮其床簀而不熟，乃謂其妻曰："吳人轣轆，欺我如此！"（《笑林》。）（《四庫類書叢刊》本，上海古籍出版社，1992年）

胡煥《拾遺錄》經說"石經有七"條：

石經有七，漢熹平則蔡邕，魏正始則邯鄲淳，晉裴頠，唐開成中唐元度，後蜀孫逢吉等，宋嘉祐中楊南仲等，南渡高宗御書，後蜀石經於高祖、太宗諱皆缺畫，唐之澤深矣。（《文淵閣四庫全書》本）

陳邦彥《歷代題畫詩》卷三十六故實類《讀碑圖》（鄭元祐）：

摩挲漢鼎朵饞頤，臣道為忠孝可移。枉使南來五千里，越江漫讀孝娥碑。

同上，《曹娥江讀碑圖》（僧大訢）：

海門五月潮如山，龍伯贔屭蒼蛟頑。越俗輕生好巫鬼，婆娑踏舞洪濤間。群巫姣服盱覛好，歌聲忽絕紅旗倒。孝娥死抱父尸出，天地無情日杲杲。雄詞不愧邯鄲兒，萬金莫購中郎題。碑陰八字非隱語，德祖有智如滑稽。豈是阿瞞不解此，感愧上馬歸路迷。女德猶能奮其節，壯夫氣吐萬丈霓。奸雄復欲欺後世，白頭猶愛漢征西。丹青似是董狐筆，千年要與竹帛齊。娥江新廟照江水，可憐銅雀草萋萋。（人

民美術出版社，1995年）

馮班《鈍吟雜錄》卷六《日記》：
　　邯鄲淳書，唐人已無。今却有二印，同鈕，小篆工絶，非漢人不能作也。（《歷代史料筆記叢刊·清代史料筆記》，中華書局，2013年）

倪濤《六藝之一録》卷二十三金器款識二十三集古印譜《下平私印》：
　　邯鄲淳、子叔（兩面印）。

同上，卷三十九石刻文字十五《上虞縣曹娥碑》：
　　縣東有龍頭山，南帶長江，東連上陂江之道，南有曹娥碑。娥父盱，迎濤溺死。娥時年十四，哀父尸不得，乃號湧江介，因解衣投水，祝曰："若值父尸，衣當沈；若不值，衣當浮。"裁落便沈，娥於沈處赴水而死。縣令度尚使外甥邯鄲子禮爲碑文，以彰孝烈。（《水經注》。）
　　曹娥父盱溺死，娥遂投江死。元嘉元年，縣長度尚改葬娥於江南道傍，爲立碑焉。（《後漢書·列女傳》。）
　　漢度尚所立，邯鄲淳文。（《諸道石刻録》。）
　　漢孝女曹娥碑，在會稽縣東南七十二里。按《後漢書》云："元嘉元年，縣長度尚改葬娥，爲立碑。"《會稽典録》云："尚弟子邯鄲淳字子禮，時甫弱冠，而有異才。尚先使魏朗作曹娥碑，文成未出。會朗見尚，尚與之飲宴，而子禮方下督酒，尚問朗文成未，朗辭不才，因試使子禮爲之。操筆而成，無所點定。朗嗟嘆不暇，遂毀其草。其後蔡邕題八字云：'黃絹幼婦，外孫虀臼。'"其碑歲久，字多訛缺，至景德中重立。（《寶刻叢編》。）

同上，卷二百九十一《歷朝書論》宋釋適之金壺記卷上《規矩》：
　　魏邯鄲淳字子淑，善書。梁袁昂《書評》云："應規入矩，方圓乃成。"

同上，卷三百十五《歷朝書譜五》後漢《曹喜》：
　　扶風曹喜，後漢人，不知其官。善篆、隸，篆小異李斯，見師一時。（羊欣《采古來能書人名》。）
　　曹喜字仲則，扶風平林人，明帝建初中爲秘書郎。篆、隸之工，收名天下。蔡邕云："扶風曹喜，建初稱善。"衛恒云："喜善篆，小異於李斯。邯鄲淳師焉，略究其妙。韋誕師淳，而不及也。善懸針垂露之法，後世行之，仲則小篆、隸書入妙。"（《書斷》。）

喜見李斯筆勢，悲嘆不已，作《筆論》一卷。（王羲之《筆勢傳》。）

扶風曹喜，少異於斯，而亦稱善。（衛恒《四體書勢》。）

喜善懸針法，後世行之，以此書題五經篇目。（唐玄度《十體書》。）

垂露篆，喜之所作，以書章表、奏事謂其點綴如輕露。（夢英《十八體書》。）

喜小篆法垂枝，濃直若薤葉。（《金壺記》。）

同上，《梁鵠》：

梁鵠字孟皇，安定烏氏人。少好書受法，於師宜官，以善八分知名，舉孝廉爲郎，靈帝重之，亦在鴻都門下，遷幽州刺史。魏武甚愛其書，常懸帳中，又以釘壁，以爲勝宜官也。時邯鄲淳亦得次仲法，淳宜小字，鵠宜大字，不如鵠之用筆盡勢也。（《書斷》。）

同上，《左伯》：

左子邑與邯鄲淳小異，亦有名。（羊欣撰錄。）

同上，《孫子荊、關枇杷》：

鍾繇與太祖、邯鄲淳、韋誕、孫子荊、關枇杷議用筆法。（虞喜《志林》。）

同上，《胡昭》：

胡昭字孔明，潁川人。養志不仕，避地冀州，辭袁紹之命。太祖頻加禮辟，既至求去，居陸渾山中，以經籍自娛。昭善史書，與鍾繇、邯鄲淳、韋覬、韋誕并有名，尺牘之迹，動見模楷焉。（《魏·管寧傳》。）

同上，《邯鄲淳》：

邯鄲淳，一名竺，字子叔，潁川人。博學有才章，又善《蒼》、《雅》、蟲、篆、許氏字指。初平時，從三輔客荊州，太祖甚敬異之。黃初初，以淳爲博士給事中。（《魏志·王粲傳》注。）

陳留邯鄲淳爲魏臨淄侯文學，得次仲法，名在鵠後。（羊欣撰錄。）

邯鄲淳字子淑，潁川人，志行清潔，才學通敏。初爲臨淄王傅，累遷給事中。書則八體悉工，師於曹喜，尤精古文、大篆、八分、隸書。自杜林、衛宏以來，古文泯絕，由淳復著。衛恒云："魏初傳古文者，出於邯鄲淳。蔡邕采斯、喜之法，爲古今雜形，然精密閑理不如淳也。"梁鵠云："淳得次仲法，韋誕師淳而不及也。"張華云："邯鄲淳善隸書，子淑古文、小篆、八分、隸書并入妙。"（《書斷》。）

　　邯鄲淳書，應規入矩，方圓乃成。（袁昂《書評》。）

　　淳以書教諸王子，又建三字石經於漢碑之西，其文蔚焕，三體復宣，校之《説文》，篆、隸大同，而古字小異。（江式《論書表》。）

同上，《衛覬》：

　　魏衛覬字伯儒，河南安邑人，官至侍中。尤工古文、篆、隸，草體傷瘦，筆迹精絶。魏初傳曰古文者篆，出於邯鄲淳。伯儒嘗寫淳古文《尚書》，還以示淳，淳不能别。年六十二卒。伯儒古文、小篆、隸書、章草并入能，子孫皆妙於書。"（《書斷》。）

同上，《韋誕》：

　　韋誕字仲將，太僕端子，有文才，善屬辭章。建安中，拜郎中，稍遷侍中中書監，以光禄大夫遜位。邯鄲淳、衛覬及誕并善書，有名。（《文章叙録》。）

　　誕師邯鄲淳，太和中誕爲武都太守，以能書留補侍中，魏氏寶器銘題皆誕書云。（衛恒《四體書勢》。）

　　韋誕字仲將，京兆人，太僕端之子，官至侍中，伏膺於張芝，兼邯鄲淳之法，諸法并善，尤精題署。……（《書斷》。）（浙江人民美術出版社，2015年）

毛奇齡《古今通韻》卷二：

　　邯鄲淳《曹娥碑》，在洽之陽，大禮未施，嗟喪慈父，彼蒼伊何。（《文淵閣四庫全書》本）

朱彝尊撰，林慶彰等主編《經義考新校》卷二百八十八《刊石二》：

　　《魏三字石經》，古篆十二卷。佚。

　　《晉書・衛恒傳》："漢武時，魯恭王壞孔子宅，得《尚書》《春秋》《論語》《孝經》，時人以不復知有古文，謂之科斗書。漢世秘藏，希得見之。魏初傳古文者，出於邯鄲淳。恒祖敬侯（覬）寫淳《尚書》，後以示淳，而淳不别。至正始中，立三字石經，轉失淳法，因科斗之名，遂效其形。"

　　江式曰："魏陳留邯鄲淳，特善《倉》、《雅》、許氏字指，八體六書，精究閑理。以書教諸皇子，又建三字石經於漢碑之西，其文蔚炳，三體復宣。較之《説文》，篆、隸大同，而古字少異。"

　　按魏石經本屬三字，惟《典論》一卷乃一字爾。世傳經爲邯鄲淳所書，而《晉書・衛恒傳》謂"正始中立三字石經，轉失淳法"，其非淳書明矣。《趙至傳》

云：“年十四，詣洛陽，游太學，遇嵇康於學寫石經，徘徊視之，不能去。嵇紹亦曰：'至入太學，睹先君在學寫石經古文。'”然則正始石經實康等所書也。（上海古籍出版社，2010年）

王士禛《居易錄》卷二十五"郎瑛七修類稿"條：

郎瑛《七修類稿》"言魏有邯鄲淳所書三體石經，恐訛。淳乃漢順帝時人，作《曹娥碑》，至魏文時已百數十年矣，或鍾繇、梁鵠等書耳"云云。予按陳壽《魏志》邯鄲淳與王粲同傳，云："淳一名竺，字子叔，潁川人，博學有文章，又善《蒼》、《雅》、蟲、篆、許氏字指。黃初初，爲博士給事中。"張懷瓘《書斷》云："梁鵠書受法於師宜官，時邯鄲淳亦得次仲法，淳宜小字，鵠宜大字。"又云："八體悉工，尤精古文、大篆、八分、隸書。淳師曹喜，韋誕師淳而不及。"羊欣采《能書人名》云："陳留邯鄲淳，爲魏臨淄侯文學，得次仲法，名在鵠後。"其爲魏人，昭昭如此。瑛素號精核，而有此誤，亦可見著書考古之難也。（《叢書集成初編》本）

馮武《書法正傳》卷八《書家小傳》：

曹喜字仲則，扶風平陵人，工篆書，小異於斯，邯鄲淳師焉。

邯鄲淳字子淑，潁川人，八體悉工，尤精古文、大篆、八分。

梁鵠字孟皇，善八分，邯鄲人亦得次仲法，淳宜爲大字，鵠宜爲小字。（《萬有文庫》本，商務印書館，1933年）

汪灝等《廣群芳譜》卷八十六竹譜附錄《筍》：

［彙考］《笑林》：漢人有適吳，吳人設筍，問是何物，語曰："竹也。"歸煮其床簀而不熟，乃謂其妻曰："吳人轣轆，欺我如此！"（《國學基本叢書》本，上海書店，1985年）

張英、王士禛等《淵鑑類函》卷八十六設官部二十六《給事中二》：

原《魏略》曰："邯鄲淳，字子淑，黃初初爲博士給事中。"

同上，卷二百八十八人部四十七《乞假二》：

《天中記》曰：漢有人家富，性儉嗇。或從之求濟者，不得已入內取錢十，自堂而出，隨步輒減，比至於外，纔餘半在，閉目以授乞者，尋復囑云："我傾家贍君，慎勿他說！"

同上，卷三百三人部六十二《贈答五》：

邯鄲淳《答贈詩》曰：我受上命，來隨臨菑。與君子處，曾未盈期。見召本朝，駕言趨期。群子重離，首命於時。餞我路隅，贈我嘉辭。既受德音，敢不答之。余惟薄德，既局且鄙。見養賢侯，於今四祀。既庇西伯，永誓没齒。今也被命，義在不俟。瞻戀我侯，又慕君子。行道遲遲，體逝情止。豈無好爵，懼不我與。聖主受命，千載一遇。攀龍附鳳，必在初舉。行矣去矣，別易會難。自強不息，人誰獲安。願子大夫，勉簣成山。天休方至，萬福爾臻。

同上，卷三百十四人部七十三《愚一》：

陶丘遣婦。（《笑林》曰：平原陶丘氏娶渤海墨台氏女，色甚美，才甚令，復相敬，已生一男而歸。母丁氏年老，進見女聟，女聟既歸而遣婦。婦臨去，請罪，夫曰："囊見夫人年德已衰，非昔日比，亦恐新婦老後必復如是，是以遣也，實無他故。"）

同上，卷三百六十六布帛部二《布二》：

［原］《笑林》曰：沈珩弟峻，字叔山，有名譽而性儉恠。張溫使蜀，入內良久，出語溫曰："向擇一端布，欲以送卿，而無粗者。"溫嘉其能顯非。

同上，卷三百七十五服飾部六《屨四》：

敗屨棄路。（《笑林》曰：南方人至京師者，人戒之曰："汝得物惟食，慎勿問其名也。"後詣主人，入門內，見馬矢便食，惡臭。乃步進，見敗屨棄於路，因復嚼，殊不可咽。顧伴曰："且止，人言不可皆信。"後詣貴官，為設饌，因相視曰："故是首物，且當勿食。"）

同上，卷三百八十服飾部十一《熨斗二》：

［增］《笑林》曰：太原人夜失火出物，欲出銅鎗，誤出熨斗，便大驚愰，語其兒曰："異事，火未至，鎗已被燒失腳。"

同上，卷三百八十九食物部二《肉四》：

銜肉著口。（《笑林》云：甲買肉過都入廁，挂肉著外。乙偷之，未得去，甲出覓肉，因詐使口銜肉，云："挂著門外，何得不失？若如我銜肉著口，豈有失理？"）

同上，卷三百九十一食物部四《酪酥一》：

[原]《笑林》曰：吳人至京，爲設食者有酪酥，未知是何物也，强而食之。歸吐，遂至困頓，謂其子曰："與傖人同死亦無所恨，然汝故宜慎之！"

同上，卷四百十七木部六《竹二（筍附）》：

《笑林》曰：漢人適吳，吳人饋筍，問何物，曰："竹也。"歸煮其床簀而不熟，曰："吳人欺我哉！"（上海古籍出版社，2008年）

孫岳頒等《佩文齋書畫譜》卷二十二書家傳一《孫子荆、關枇杷》：

[魏]孫子荆、關枇杷。（與鍾繇同時。）繇與太祖、邯鄲淳、韋誕、孫子荆、關枇杷議用筆法。（虞喜《志林》。）

同上，《胡昭》：

胡昭字孔明，潁川人。養志不仕，避地冀州，辭袁紹之命。太祖頻加禮辟，既至求去，居陸渾山中，以經籍自娛。昭善史書，與鍾繇、邯鄲淳、衛覬、韋誕并有名，尺牘之迹，動見模楷焉。（《魏志·管寧傳》。）

同上，《邯鄲淳》：

邯鄲淳一名竺，字子叔（一作子淑，一作子禮），潁川人（一作陳留人。）博學有才章，又善《蒼》、《雅》、蟲、篆、許氏字指。初平時，從三輔客荆州，太祖甚敬異之。黃初初，以淳爲博士給事中。（《魏志·王粲傳》注。）

淳，八體悉工，師於曹喜，尤精古文、大篆、八分、隸書。自杜林。衛密（當作宏）以來，古文泯絕，由淳復著。（《書斷》。）

淳以書教諸皇子，又建三字石經於漢碑之西，其文蔚焕，三體復宣，校之《説文》，篆、隸大同，而古字小異。（江式《論書表》。）

同上，《衛覬》：

古文者傳出於邯鄲淳，伯儒嘗寫淳古文《尚書》，還以示淳，淳不能別。（《書斷》。）

同上，《韋誕》：

韋誕字仲將，（京兆人。）太僕端子。有文才，善屬辭章。建安中，拜郎中，稍遷侍中中書監，以光禄大夫遜位。邯鄲淳、衛覬及誕并善書，有名。（《文章叙録》。）誕師邯鄲淳，太和中誕爲武都太守以能書留補侍中，魏氏寶器銘題皆誕書云。(衛恒《四體書勢》。)

同上,卷八十八書辨證上《漢石經》:
　　靈帝熹平四年所立,其字則蔡邕小字八分書也。《後漢書·儒林傳序》云爲古文、篆、隸三體者,非也。蓋邕所書乃八分,而三體石經乃魏時所建也。(《金石錄》。)(《廣川書跋》云:"蔡邕鐫刻七經,著於石碑,號洪都三字。魏正始中,又立一字石經相承。"以爲七經正字,且曰"魏一字,漢三字"。按衛恒云"正始中立三字石經",江式《論書表》云"魏邯鄲淳建三字石經於漢碑西",皆與《水經注》合,《廣川畫跋》云云,乃襲《隋志》之訛耳。)(浙江人民美術出版社,2014年)

張玉書等《佩文韻府》卷四之一上平聲四支韻一《支》:
　　[韻藻]素支。(邯鄲淳《藝經》:馬射,左邊爲月支二枚,馬蹄三枚也。)

同上,卷四之五上平聲四支韻五《棋》:
　　[韻藻]列棋。(《後漢書》注:《藝經》曰:"彈棋,兩人對局,白黑棋各六枚,先列棋相對,更先彈也。其局以石爲之。")

同上,卷二十六之八下平聲十一尤韻八《溝》:
　　[韻藻]城溝。(邯鄲淳《城門校尉箴》:國有城溝,家有柝櫃。)

同上,卷四十九之三上聲十九晧韻三《道》:
　　[韻藻]十七道。(《藝經》:棋局縱橫各十七道,合二百八十九道,白黑棋子各一百五十枚。宋彭城王《讀曲歌》:方局十七道,期會在何處。)(上海古籍出版社,1983年)

陳元龍《格致鏡原》卷六十三蔬類二《筍》:
　　[總論]《笑林》:漢人有適吳,吳人設筍,問是何物,曰:"竹也。"歸煮其床簀而不熟,乃謂其妻曰:"吳人轣轆,欺我如此!"(《四庫類書叢刊》本,上海古籍出版社,1992年)

陳元龍《歷代賦彙》卷一百三巧藝《投壺賦》(魏邯鄲淳):
　　古者諸侯間於天子之事則相朝也,以正班爵,講禮獻功,於是乃崇其威儀,恪其容貌,繁登降之節,盛揖拜之數。几設而弗倚,酒澄而弗舉,肅肅濟濟,其惟敬焉。敬不可久，禮成於飫，乃設大射，否則投壺。植兹華壺，鳧氏所鑄，厥高二尺，盤腹修頸，飾以金銀，文以雕鏤，象物必具，距筵七尺。杰焉植駐，矢維二四，或柘或棘，豐本纖末，調勁且直，執竿奉中。司射是職，曾孫侯氏，與之皆得。然後觀夫投者之閑習，察妙巧之所極，絡繹聯翩，爰爰兔發，翩翩隼集，不盈不縮，應壺順入，何其善也。每投不空，四矢退效，既入躍出，茬苒偃仰，俾俛趨下，餘勢振掉，又足樂也。擬議於此，命中於彼，動之如志，靡有違也。譬諸爲政，群職罔弛，左右畢投，效奇數鈞，列置功竿，稱善告賢，三載考績，幽明始分也。比投不釋，增是自遂，雖往有功，義所不貴，春秋貶罾，亦猶是類也。若乃撮矢作驕，累掇聯取，一往之納，二巧無與耦，斯乃絕倫之才，尤異之技者也。柯列葩布，匪罕匪稠，雖就置猶，弗然矧迥，絕之所投，惟茲巧之妙麗，亦希世之寡儔，調心術於混冥，適客體於便安，紛縱奇於施捨，顯必中以微觀，悦舉坐之耳目，樂衆心而不倦。瑰瑋百變，惡可窮贊！（江蘇古籍出版社，1987年）

萬經《分隸偶存》卷下《古今分隸人姓氏》：

邯鄲淳字子叔，潁川人，善《蒼》、《雅》、蟲、篆、許氏字指。初平時，從三輔客荆州，太祖甚敬異之。黃初初，以淳爲博士給事中。（《魏志·王粲傳注》。）淳八體悉工，師於曹喜，尤精古文、大篆、八分、隸書，自杜林、衛密（當作宏）以來，古文泯絕，由淳復著。（《書斷》。）淳以書教諸皇子，又建三字石經於漢碑之西，其文蔚煥，三體復宣，較之《説文》，篆、隸大同，而古字小異。（江式《論書表》。）陳留邯鄲淳爲魏臨淄侯文學，得次仲法，名爲鵠後。（羊欣采《能書人名》。）邯鄲淳書，應規入矩，方圓乃成。（袁昂《書評》。）妙品八分九人，邯鄲淳。（《書斷》。）

韋誕字仲將，京兆人，建安中拜郎中，稍遷侍中中書監，以光禄大夫遜位。邯鄲淳、衛覬及誕并善書，有名。（《文章叙録》。）誕師邯鄲淳，太和中誕爲武都太守，以能書留補侍中，魏氏寶器銘題皆誕書云。（《四體書勢》。）（《文淵閣四庫全書》本）

何焯《義門讀書記》卷二十六《三國志·魏志》：

注采《魏略》："初平時，從三輔客荆州。"按世傳，魏正始中所立一字石經，乃邯鄲淳書。自漢獻帝初平元年庚子，至曹魏邵陵厲公正始元年庚申，已五十一年，使子叔以弱冠避難荆土，已應七十餘，安得精力猶辦書七經於石也？（中華書局，1987年）

吴士玉等《子史精华》卷一百三十一言语部七《詼諧上》：

作奏雖工，宜去葛龔。（《後漢書·葛龔傳》注："龔善爲文奏，或有請龔奏以干人者，龔爲作之，其人寫之，忘自載其名，因并寫龔名以進之。故時人爲之語曰：'作奏雖工，宜去葛龔。'事見《笑林》。"）（《文淵閣四庫全書》本）

顧藹吉《隸辨》卷七碑考上《石經〈論語〉殘碑》（熹平四年）：

《晉書·衛恒傳》云："魏初傳古文者出於邯鄲淳，正始中立三字石經，轉失淳法，因科斗之名，遂效其形。"《魏書·江式傳》云："邯鄲淳特善《倉》《雅》，以書教諸皇子，又建三字石經於漢碑之西，則魏石經爲三字矣。"

同上，卷八碑考下《魏三體石經〈左傳〉遺字》（正始三年）：

按《晉書·衛恒傳》云："魏初傳古文者出於邯鄲淳，至正始中，立三字石經，轉失淳法，因科斗之名，遂效其形。"《魏書·江式傳》云："魏陳留邯鄲淳，特善《倉》、《雅》、許氏字指，八體六書，精究閑理。以書教諸皇子，又建三字石經於漢碑之西，其文蔚炳，三體復宣。"《石經考》云："據《衛恒傳》所言，三字石經非邯鄲淳書。"《金石文字記》云："《江式傳》則不考衛恒之言而失之者也。"胡三省《通鑑注》："魏碑以正始年中立，《漢書》言元嘉元年度尚命邯鄲淳作曹娥碑，時淳已弱冠，自元嘉至正始九十餘年，謂淳所書，非也。"

同上，《曹娥碑》（元嘉元年）：

《水經注》云："上虞縣有曹娥碑，縣令度尚使甥邯鄲子禮爲碑文，以彰孝烈。"（《古代字書輯刊》本，中華書局，1986年）

嵇曾筠等《浙江通志》卷二百五十七《碑碣三》紹興府：

曹娥碑。（《水經注》：上虞縣有曹娥碑，縣令度尚使甥邯鄲淳於禮爲碑文，以彰孝烈。《碑藪》：曹娥碑二通，王羲之小楷已亡矣，江陰翻大字者蔡本行下書。）

同上，卷二百七十九《雜記上》：

《嘉泰會稽志》：漢元嘉元年，上虞長度尚爲石碑，屬魏朗作碑文，久之未就。時尚弟子邯鄲淳年二十，聰明才贍，而未知名，乃令作之。揮筆輒就，朗至，尚以示之，朗大嘆服。蔡邕聞之來觀，值夜，以手摸其文而讀之，題曰："黃絹幼婦，外孫虀臼。"後魏武帝見之，謂楊修曰："解否？"曰："已解。"曰："卿未可言，試我思之。"行三十里而喻，乃令修解之。修曰："黃絹，色絲也。幼婦，少女也。外孫，女之子也。韲曰，受辛也。蓋曰絕妙好辭。"曰："吾亦意此。但有智無智，較三十里。"（上海古籍出版社，1991年）

王士俊等《河南通志》卷六十五《文苑》許州：

邯鄲淳字子叔，潁川人，弱冠有異才。嘗爲度尚作曹娥碑文，操筆立成，無所點定，所謂"黃絹幼婦，外孫韲臼"者也。書則八體悉工，師於曹喜，尤精古文、大篆、八分、隸書。自杜林、衛密以來，古文泯絕，由淳復著。（《文淵閣四庫全書》本）

杭世駿《石經考異》卷首《〈石經考異〉序》：

竊嘗考熹平石經始於蔡邕諸公，而邯鄲淳修之，正始石經亦出於淳，而嵇康等祖之。魚豢《魏儒宗傳序》曰："黃初元年之後，新王乃始掃除太學灰炭，補舊石碑之缺壞。"時淳方以博士給事中，是補正熹平隸字舊刻者淳也。衛恒《四體書勢》謂："魏初傳古文者，皆出於淳。正始所立，轉失淳法。"則淳於補正熹平隸字之外，別用壁中書寫一本，爲正始之祖。《晉書·趙至傳》曰："詣洛陽，游太學，遇嵇康寫石經。"嵇紹亦曰："先君在太學寫石經古文。"是即正始間事。然則邯鄲石經之上接熹平者，是《隋志》以一字爲魏刻之誤所自也。其下開正始者，是范《書》以三字爲漢刻之誤所自也。楊衒之、江式所言，大抵皆因此而誤。況黃初所補，非僅舊碑之缺壞，尚有增多於熹平之外者，《隋書》、《五代史志》、《一字石經周易》一卷、《尚書》六卷、《魯詩》六卷、《儀禮》九卷、《春秋》一卷、《公羊傳》九卷、《論語》一卷，又引梁有一字鄭氏《尚書》八卷、《毛詩》六卷，以較熹平五經之目不合。其增多者，更出誰人之手？然則邯鄲氏石經之功亦誇矣。……雍正十三年四月既望甬勾東全祖望序。

同上，卷上《延熹五經》：

鄞縣全祖望云："孔氏《春秋正義》謂漢初爲傳訓者，皆與經別行。故石經書《公羊傳》并無經文。按《隋志》別有一字《春秋》一卷，在《公羊傳》九卷之外，當是黃初時邯鄲淳書以補之也。"

同上，《正始石經非邯鄲淳書》：

《魏書·江式傳》及《北史》皆言魏陳留邯鄲淳特善《倉》、《雅》、許氏字指，八體六書，精究閑理，以書教諸皇子，又建三字石經於漢碑之西。而衛恒《四體書勢》云："魏初傳古文者，出於邯鄲淳。恒祖敬侯爲寫《尚書》，後以示淳，而淳不別。至正始中，立三字石經，轉失淳法，因蝌蚪之名，遂效其形。"《水經注》以迄《晉書》撰《恒傳》皆同此説。胡三省并爲計其年歲，云："按此碑以正始年中立，《漢書》云元嘉元年度尚命邯鄲淳作曹娥碑，時淳已弱冠，自元嘉至正始亦九十餘年，或以三字爲魏碑則是，謂之邯鄲淳所書非也。"按魚豢《魏略》以董遇、賈洪、邯鄲淳、薛夏、隗禧、蘇林、樂祥等七人爲《儒宗傳》，其序曰："黃初元年之後，新主乃復始掃除太學灰炭，補舊石碑之缺壞。"又邯鄲淳傳云："黃初初，以淳爲博士給事中，淳作《投壺賦》千餘言奏之，文帝以爲工，賜帛千匹。"度淳在當時未必甚老，或寫於黃初而刻於正始，亦未可定。不然，熹平立石，蔡邕、馬日磾之名昭灼若此，而魏世重刊竟不言書者姓氏，是一闕也。

同上，《〈唐·藝文志〉所載石經與〈隋志〉不同》：

仁和趙信云："《公羊》《穀梁》皆無正經，故邯鄲淳書《春秋》正經一卷以補之。《唐志》所云"今字石經《左傳經》十卷"即此，以其專寫正經而不連《左傳》，故稱爲《左傳經》，實則無《左傳》也。其十卷則一卷之訛，正經不應有十卷也。石經《毛詩》梁時已亡，安得至唐復出，恐是《魯詩》之訛也。"（《文淵閣四庫全書》本）

杭世駿《三國志補注》卷三《魏書》：

衛恒《四體書勢》曰："梁鵠宜爲大字，邯鄲淳宜爲小字，鵠謂淳得次仲法。"又云："魏初傳古文者，出於邯鄲淳，恒祖敬侯爲寫《尚書》，後以示淳，而淳不別，至正始中立三字石經，轉失淳法。"王僧虔《能書錄》曰："淳得次仲法，名在鵠後。"

同上，《吳書》：

張溫以輔義中郎將使蜀。（《笑林》曰：沈珩弟峻，字叔山，有譽而性儉。張溫使蜀，辭峻，峻入内良久，出語溫曰："向擇一端布，欲以送卿，而無粗者。"溫嘉其能顯非。）（《叢書集成初編》本）

穆彰阿、潘錫恩等《大清一統志》卷一百五十一開封府三《人物》：

[三國魏]邯鄲淳（一名竺，字子叔，潁川人。博學有才，又善《蒼》、《雅》、蟲、篆、許氏字指。魏武素聞其名，召與相見，甚敬異之。黃初中，爲博士給事中，作《投壺賦》千餘言奏之，文帝以爲工，賜帛千匹）。（上海古籍出版社，2008年）

永瑢等《四庫全書總目》卷一百四十四子部五十四小說家類存目二《談諧》提要：

《談諧》一卷。（兩淮鹽政采進本。）……所記皆俳優嘲弄之語，視日華所作詩話，尤爲猥雜。然古有《笑林》諸書，今雖不盡傳。而《太平廣記》所引數條，體亦如此，蓋小說家有此一格也。（中華書局，1965年）

嚴可均《全三國文》卷二十六《邯鄲淳》：

淳字子叔，一名竺，穎川人。初平中客荆州，後歸曹公。黃初初爲博士給事中，有《集》二卷。（商務印書館，1999年）

顧櫰三《補後漢書藝文志》卷八小說家類：

邯鄲淳《笑林》三卷。

《能改齋漫錄》：秘閣有《古笑林》十卷，孫楚《笑賦》"笑林調謔之具觀"本此。有南方人至京師食者，人戒之曰："汝得物惟食，慎勿問其名也。"後詣主人，入門，見馬矢便食，惡臭。乃步進，見敗屨棄於路。因復嚼，不可咽。顧伴者曰："人言皆不可信。"後詣貴官，爲設餪，因相視曰："故是首物，且當勿食。"（《北堂書鈔·屨》引。）吳人至京師，爲設食者有酪酥，未知是何物，強而食之，歸吐，遂至困頓。謂其子曰："與傖人同死，亦無所恨。然汝故宜慎之！"（《酪》引"遂至困頓"五句據《藝文類聚·酪酥》引補。）有人吊喪，并欲賫物助其子，問人："可與何等物？"答曰："錢布穀帛，任卿所有耳。"因賫大豆一斛相與。孝子哭唤奈何，以爲問豆，答曰："可作飯。"孝子哭復唤孤窮已，曰："適得便窮，自當更送一斛。"（《藝文類聚·布》引。）太原人夜失火，出物，欲出銅鎗，誤出熨斗，便大驚惋。語其子曰："異事！火未至，鎗已被燒失脚！"（《鎗》引。）某甲夜暴疾，門人鑽火。其夜陰暝，不得火，督迫頗急，門人忿然曰："君責之亦太無道理，今暗如柒，何以不把火照我？我出當得鑽火具，然彼易得耳。"（《火》引。）孔文舉聞之曰："責人當以其方也。"（三句據《御覽》補入。）沈峿弟峻，字叔山，有名譽，而性儉吝。張溫使蜀，峻入內良久，出語溫曰："向擇一端布，欲以遺卿，而無粗者。"溫嘉其能顯非。（《布》引。）趙伯公肥大，夏日醉卧，孫男緣其肚戲，因以李八九枚內臍中。至後日，李大爛，汁出，乃泣謂家人："我腸爛將死。"明日，李核出，乃知孫兒所納李子也。（《御覽·李》引。）

楚人居貧，得《淮南》方"螳螂伺蟬自障葉，可以隱形"，遂於樹下仰取螳螂伺蟬葉以摘之。葉落樹下，樹下先有落葉，不能復分別，掃取數斗歸，一一以葉自障，問其妻曰："汝見我否？"妻始時恒答言"見"。經日，乃厭倦不堪，紿云"不見"。默然大喜，賫葉入市，對面取人財。吏縛至縣官受辭，具說本末，官大笑，放而不治。（《螳螂》引。）有人作羹者，以杓嘗之，少鹽，便益之。後復嘗之，問杓中者，故云不足。如此益升許鹽，故不鹹，因以爲怪。（《羹》引。）

姚斌至武昌遇風，與沈彪於江渚守風。糧用盡，遣人從彪貸鹽。彪得書不答，敕左右倒鹽著江水中，曰："明吾不惜，惜所與耳。"（同上。）

司徒崔烈辟上黨鮑堅爲掾。將謁見，自慮不過。問先到者儀，適有答曰："隨典儀口唱。"既謁，贊曰"可拜"，堅亦曰"可拜"；贊者曰"就位"，堅亦曰"就位"，因復著上坐。將離席，不知屨所在。贊者曰"屨著脚"，堅亦曰"屨著脚"也。（《愚》引。）平原陶丘氏，娶渤海墨台氏。女色甚美，才甚令，復相敬。已生一男，而歸。母丁氏年老，進見女聱，女聱既歸，而遣婦。婦臨去，請罪。夫曰："曩見夫人年德已衰，非昔日比。亦恐新婦老後必復如是，是以遣，無他故。"（同上。）漢人有適吳，吳人設筍。問是何物，曰："竹也。"歸煮其床簀而不熟，乃謂其妻曰："吳人轣轆，欺我如此！"（《廣博物志·竹》引。）

桓帝時，有人辟公府掾，倩人作奏記文。人不能爲，因語曰："梁國葛龔者，先善爲記文，自可寫用，不煩更作。"遂從人言。寫記文，不去龔名姓。府公大驚，不答而罷歸。時人語曰："作奏雖工，宜去葛龔。"（《後漢書·葛龔傳》注引出《笑林》。）漢室有人年老無子，家富饒，性儉嗇，惡衣蔬食，侵晨而起，侵夜而息，營理產業，聚斂無厭，而不敢自用。或人從之求丐者，不得已入內，取錢十，自堂而出，隨步輒減，比至於外，纔餘半在，閉目以授乞者，尋復屬曰："我傾家贍君，慎勿他說。"復相效而來。老人俄死，田宅没官，貨財充於内帑矣。（《天中記》引。）（清華大學出版社，2012年）

馬國翰《玉函山房輯佚書》卷七十六子編小説家類《笑林》（魏邯鄲淳）：

《笑林》一卷，魏邯鄲淳撰。淳，一名竺，字子叔，潁川人。官至博士給事中。《魏志》附見《王粲傳》。此書皆記古今可笑事。隋、唐《志》并三卷，均題邯鄲淳。宋僧贊寧《筍譜》引"吳人煮簀"一條，《笑林上》云："陸雲字士龍，爲性喜笑。"似以《笑林》出士龍所著。蓋因笑事而誤，當以史志爲據也。歷城馬國翰竹吾甫。

吳人至京師（《御覽》引有"師"字），爲設食者有酪蘇（《御覽》作"酥"），未知是何物也，強而食之，歸吐遂至困頓（《御覽》作"顧"）。謂其子曰："與鎗人同死，亦無所恨；然（《御覽》無"然"字）汝故宜慎之。"（歐陽詢《藝文類聚》卷七十二、《太平御覽》卷八百五十八。）

太原人夜失火，出物（《御覽》無"出物"二字），欲出銅鎗，誤出熨斗（《御覽》作"設得熨斗"。設，"誤"字之訛），便大驚愴（《御覽》作"怪"）。謂其兒曰（《御覽》無"謂其兒"三字）："異事！火水至，鎗（《御覽》無"鎗"字）已被燒失脚。"（《藝文類聚》卷七十三、《太平御覽》卷七百五十七。）

某甲（《太平廣記》引作"魏人"）夜暴疾，命（《御覽》無"命"字）門人鑽火。其夜（《廣記》作"是夕"）陰暝（《御覽》作"暗"），不得火，催之急，（《御覽》"不"作"未"。《廣記》無"不得火"句，下作"督迫頗急"。）門人忿然曰："君責人（《藝文類聚》作"之"）亦大無道理！今暗如漆，何以不把火照我？我（《御覽》《廣記》并無上"我"字）當得覓鑽火具，然後易得耳。"孔文舉聞之曰："責人當以其方也。"（《藝文類聚》卷八十、《太平御覽》卷八百六十九并引至"鑽火具"，《太平廣記》卷二百五十八引有下二句。）

有人吊喪，并欲賚（《廣記》作"賫"，下同）物助之。問人可與何等物，人（《廣記》無"人"字）人"錢、布、穀、帛，任卿所有爾！"（《廣記》無"穀"字，"卿"作"君"。）因賚一斛豆置孝子前，謂曰："無可有，以大豆一斛相助。"（《藝文類聚》作"相與"，無"置孝子"十四字。）孝子哭喚奈何，己以爲問豆，答曰："可作飯。"（《廣記》作"孝子哭孤窮奈何，曰造豉"。）孝子復哭窮，己曰：（《廣記》作"孝子又哭孤窮"，無"己"字。）"適得便窮，自當更送一斛！"（《廣記》無"自當"二字，"斛"作"石"。）（《藝文類聚》卷八十五、《太平御覽》卷二百六十二。）

吳沈珩弟峻，字叔山，有名譽，而性儉吝。（《廣記》引作"吳沈峻"，"吳"字據補。）張溫使蜀，與峻別，（《藝文類聚》無"與峻別"句。）峻入內良久，出語溫曰："向擇一端布，欲以送卿，而無粗者。"溫嘉其能顯非。（《廣記》作"無隱"。《藝文類聚》卷八十五、《太平御覽》卷八百二十、《太平廣記》卷一百六十五。）又嘗經太湖岸上，使從者取鹽水；已而恨多，敕令還減之。尋亦自愧曰："此吾天性也！"（《太平廣記》卷一百六十五。）

趙伯公肥大，夏日醉臥，（一無"肥大"四字，"臥"作"眠"。）孫兒緣其肚（一作"腹"）上戲，因以李子（一無"子"字）內其臍中。（一無"其"字，一作"肚內"。）累七八枚，（一引"八九枚"在"內臍中"上。）既醉，了不覺，數日後乃知痛。（一無此三句，作"至日後"。）李大爛，汁出。以爲臍穴，懼死，乃命妻子處分家事。（一無"以爲"下十四字。）乃泣謂家人曰："我腸爛，將死！"明日，（一引無"乃泣"下十三字。）李核出，乃知孫兒所內李子也。（一作"兒子所爲"。《太平御覽》卷三百七十，又卷八百六十八，兩引互有詳略，今參合訂補。）

桓帝時，有人辟公府掾者，倩人作奏記文，人不能爲作，因語曰："梁國葛龔，先善爲記文，自可寫用，不煩更作。"遂從人言，寫記文，不去葛龔名姓。府公大驚，不答而罷歸。故時人語曰："作奏雖工，宜去葛龔。"（《太平御覽》卷四百九十六。《後漢書·葛龔傳》章懷太子注引云"葛龔善爲文奏，或有請龔奏以干人者，龔爲作之，其人寫之，忘自載其名，因并寫龔以進之。故時人語"，下同。）

漢司徒崔烈辟上黨鮑堅爲掾，將謁見，自慮不過，問先到者儀，適有答曰："隨典儀口倡。"既謁，贊曰："可拜。"堅亦曰："可拜。"贊者曰："就位。"堅亦曰："就位。"因復著履上座，將離席，不知履所在，贊者曰："履著腳。"堅亦曰："履著腳也。"（《太平御覽》卷四百九十九。）

平原陶邱氏，取渤海墨台氏女，女色甚美，才甚令，復相敬。已生一男而歸，母丁氏，年老，進見女聟。女聟既歸而遣婦。婦臨去，請罪。夫曰："曩見夫人，年德以衰，非昔日比。亦恐新婦老後，必復如此！是以遣，實無他故。"（同上。）

某甲爲霸府佐，爲人都不解。每至集會，有聲樂之事，己輒豫焉，而恥不解；妓人奏曲，贊之，己亦學人仰贊和。同時人士令已作主人，并使喚妓客。妓客未集，召妓具問曲吹，一一疏著手巾箱，下先有藥方；客既集，因問命曲，先取所疏者，誤得藥方，便言是疏。方有附子三分，當歸四分，己云："且作附子、當歸以送客。"合座絕倒。（《太平御覽》卷五百六十八。）

南方人至京師者，人戒之曰："汝得物唯食，慎勿問其名也！"後詣主人，（一引無"其名"五字。）入門內，（一無"內"字。）見馬屎，便食之；覺臭，（一作"便食惡臭"。）乃步（一作"上"）進見敗屩棄於路，因復嚼，殊不可咽。顧伴曰："且止！人言不可皆信。"（一引無"進見"已下。）後詣貴官，爲設餕（一作"饌"），因見視曰："汝是首物，（一無此句。）戒故昔，（一無此句。）且當勿食。"（《太平御覽》卷六百九十八，又卷八百五十一。）

人有斫羹者，以杓嘗之，少鹽，便益之。後復嘗之向杓中者，故云："鹽不足。"如此數益升許鹽，故不鹹，因以爲怪。（《太平御覽》卷八百六十一。）

甲賣肉，過入都厠，挂肉著外。乙偷之，未得去，甲出覓肉，因詐便口銜肉云："挂著外門，何得不失？若如我銜肉著口，豈有失理。"（《太平御覽》卷八百六十二、《北堂書鈔》卷一百四十五陳禹謨補注。）

姚彪與張溫俱至武昌，遇吳興沈珩於江渚，守風，（《御覽》引作"姚彪至武昌，遇風，與沈珩於江渚守風"，"與張溫"三字據《廣記》補，"風與"二字據《廣記》刪。）糧用盡，（《廣記》無"用"字。）遣人從彪貸鹽一（《御覽》無"一"字）百斛。彪性峻直，（《御覽》無"性峻"三字。）得書不答，方與溫談論。良久，（《御覽》無"方與"七字。）敕左右倒鹽百斛著江水中。（《廣記》"敕"作"呼"，無"水"字。）謂溫（《御覽》無此二字）曰："明吾不惜，惜所與耳！"（《太平御覽》卷八百六十五、《太平廣記》卷一百六十五。）

楚人貧居，讀《淮南方》"得螳螂伺蟬自鄣葉，可以隱形"。遂於樹下仰取葉。螳螂執葉伺蟬，以摘之，葉落樹下；樹下先有落葉，不能復分別，掃取數斗歸。一一以葉自鄣，問其妻曰："汝見我不？"妻始時恒答言"見"，經日乃厭倦不堪，紿云："不見。"嘿然大喜，賫葉入市，對面取人物，吏遂縛詣縣。縣官受辭，自說本末，官大笑，放而不治。（《太平御覽》卷九百四十六。）

漢世有老人無子，家富，性儉嗇，惡衣蔬食；侵晨而起，侵夜而息；營理產業，聚斂無厭，而不敢自用。或人從之求丐者，不得已而入內取錢十，自堂而出，隨步輒減，比至於外，纔餘半在，閉目以授乞者。尋復囑云："我傾家贍君，慎勿他說，復相效而來！"老人俄死，田宅沒官，貨財充於內帑矣。（《太平廣記》卷一百六十五。）

有甲欲謁見邑宰，問左右曰："令何所好？"或語曰："好《公羊傳》。"後入見，令問："君讀何書？"答曰："惟業《公羊傳》。"試問："誰殺陳他者？"甲良久對曰："平生實不殺陳他。"令察謬誤，因復戲之曰："君不殺陳他，請是誰殺？"於是大怖，徒跣走出。人問其故，乃大語曰："見明府，便以死事見訪，後直不敢復來，遇赦當出耳。"（《太平廣記》卷二百六十。）

甲與乙鬥爭，甲嚙下乙鼻。官吏欲斷之，甲稱乙自嚙落。吏曰："夫人鼻高耳，口低，豈能就嚙之乎？"甲曰："他踏床子就嚙之。"（《太平廣記》卷二百六十二。）

甲父母在，出學三年而歸。舅氏問其學何得，并序別父久，乃答曰："渭陽之思，過於秦康。"既而父數之："爾學奚益？"答曰："少失過庭之訓，故學無益。"

傖人欲相共吊喪，各不知儀。一人言粗習，謂同伴曰："汝隨我舉止。"既至喪所，舊習者在前伏席上，餘者一一相髡於背，而為首者以足觸，詈曰："癡物！"諸人亦為儀當爾，各以足相踏曰："癡物！"最後者近孝子，亦踏孝子而曰："癡物！"

有癡婿，婦翁死，婦教以行吊禮。於路值水，乃脫襪而渡，惟遺一襪。又覩林中鳩鳴云："鵲鴣鵲鴣！"而私誦之，都忘吊禮。及至，乃以有襪一足立，而縮其跣者，但云："鵲鴣鵲鴣！"孝子皆笑。又曰："莫笑莫笑！如拾得襪，即還我。"

魯有執長竿入城門者，初豎執之不可入，橫執之亦不可入，計無所出。俄有老父至，曰："吾非聖人，但見事多矣。何不以鋸中截而入。"遂依而截之。

齊人就趙人學瑟，因之先調，膠柱而歸，三年不成一曲，齊人怪之。有從趙來者，問其意，乃知向人之愚。（并同上。）

吳國胡邕爲人好色，娶妻張氏，憐之不舍。後卒，邕亦亡，家人便殯於後園中。三年取葬，見冢土化作二人，常見抱如臥時，人競笑之。（《太平御覽》卷三百八十九。）

　　楚人有擔山雞者，路人問曰："何鳥也？"擔者欺之曰："鳳皇也！"路人曰："我聞有鳳皇久矣，今真見之，汝賣之乎？"曰："然！"乃酬千金，弗與；請加倍，乃與之。方將獻楚王，經宿而鳥死。路人不遑惜其金，惟恨不得以獻耳。國人傳之，咸以爲真鳳而貴，宜欲獻之，遂聞於楚王。王感其欲獻己也，召而厚賜之，過買鳳之直十倍矣。（《太平廣記》卷四百六十一。）

　　漢人有適吳，吳人設筍，問是何物，語曰："竹也！"歸煮其床簀而不熟，乃謂其妻曰："吳人轆轆，欺我如此！"（釋贊寧《筍譜》卷下。）（長沙娜嬛館補校本）

侯康《補三國藝文志》卷四小說類：

　　邯鄲淳《笑林》三卷。（一名竺，字子叔，潁川人，魏給事中。）

　　淳事見《王粲傳》注引《魏略》。章懷《後漢書·文苑傳》注引《笑林》云："葛龔善爲文奏，或有請龔奏以干人者，龔爲作之，其人寫之，忘自載其名，并寫龔名以進之。故時人爲之語曰：'作奏雖工，宜去葛龔。'"歐陽詢《藝文類聚》卷八十五引《笑林》曰："沈珩弟峻，字叔山，有名譽，而性儉恠。張溫使蜀，入內良久，出語溫曰：'向擇一端布，欲以送卿，而無粗者。'溫嘉其能顯非。"二人皆唐初人，所引當出淳書。若他書所引，容有出何自然《笑林》者也。（何自然《笑林》三卷，見《唐志》，當是唐人。）（清華大學出版社，2012年）

姚振宗《三國藝文志》卷三子部小說家：

　　邯鄲淳《笑林》三卷。

　　《魏志·王粲傳》注：《魏略》曰："淳一名竺，字子叔。（按《藝文類聚》七十四引《魏略》"邯鄲淳，字淑"，似敚一"子"字。《法書要錄》作"子淑"。似"子叔"爲"子淑"之誤。）潁川人，博學有才章，善《蒼》、《雅》、蟲篆、許氏字指。初平時，從三輔客荆州。荆州內附，爲臨菑侯植官屬。黃初初，爲博士給事中。"

　　《北史·江式傳》："式上論書表曰：'陳留邯鄲淳與張揖同時，博聞古藝，特善《倉》、《雅》、許氏字指、八體、六書。精究閑理，有名於揖。以書教諸皇子，又建三字石經於漢碑西。"

　　《隋書·經籍志》："《笑林》三卷，後漢給事中邯鄲淳撰。"《日本國見在書目》同。《唐·經籍志》："《笑林》三卷，邯鄲淳撰。"《藝文志》："邯鄲淳《笑林》三卷。"

　　馬國翰輯本序曰："此書皆記可笑之事。隋、唐《志》并三卷。今從《類聚》、《御覽》、《太平廣記》、贊寧《筍譜》諸書輯錄爲卷，凡二十六條。"

　　按《文心雕龍·諧讔篇》："至魏文因俳説以著《笑書》。"《笑書》疑即是編，淳奉詔所撰，或淳因《笑書》別爲《笑林》，亦未可知。（清華大學出版社，2012年）

姚振宗《隋書經籍志考證》卷三十二子部九小説家：

　　《笑林》三卷。後漢給事中邯鄲淳撰。

　　《魏志·王粲傳》注：《魏略》曰："淳一名竺，字子叔（《法書要錄》作"子淑"）。潁川人。博學太祖素聞其名有才章，又善《蒼》、《雅》、蟲、篆、許氏字指。初平時，從三輔客荆州。荆州内附，召與相見，甚敬異之。時五官將博延英儒，亦宿聞淳名，因啓淳欲使在文學官屬中。會臨菑侯植亦求淳，太祖遣淳詣植。及黄初初，以淳爲博士給事中。"

　　《北史·江式傳》：式上《論書表》有曰："陳留邯鄲淳與張揖同時，博聞古藝，特善《倉》、《雅》、許氏字指、八體、六書，精究閑理，有名於揖。以書教諸皇子。又建三字石經於漢碑西。"

　　《唐書·經籍志》：《笑林》三卷，邯鄲淳撰。

　　《唐書·藝文志》：邯鄲淳《笑林》三卷。

　　馬氏玉函山房輯本序曰："此書皆記可笑之事，隋、唐《志》并三卷。今從《藝文類聚》《太平御覽》及《廣記》諸書輯錄爲卷，凡二十六條。"

　　侯氏《補三國藝文志》曰："《後漢書·文苑傳》注引《笑林》，《藝文類聚》八十五引《笑林》，皆唐初人所引，當出淳書。若他書所引，容有出何自然《笑林》者也。何自然《笑林》三卷，見《唐志》，當是唐人。"

　　案：《文心雕龍·諧隱篇》曰："至魏文因俳説以著《笑書》。"《笑書》或即是書。淳奉詔所撰者，或淳因《笑書》別爲《笑林》亦未可知。晁氏《續談助》抄殷芸《小説》引《笑林》二事，則確爲是書。

同上，卷三十九之三集部二之三別集類三：

　　魏給事中《邯鄲淳集》二卷。梁有《錄》一卷。

　　邯鄲淳有《笑林》，見子部小説家。

　　《魏志·王粲附傳》："潁川邯鄲淳等亦有文采。"注引《魏略》曰："黄初初，以淳爲博士、給事中。淳作《投壺賦》千餘言，奏之，文帝以爲工，賜帛千匹。"（案：千匹似非實事。）

　　《後漢·列女·曹娥傳》注：《會稽典錄》曰："上虞長度尚弟子邯鄲淳，字子禮。時甫弱冠，（時，謂漢桓帝元嘉元年也。）而有異才。尚先使魏朗作《曹娥碑》，文成未出，會朗見尚，尚與之飲宴，而子禮方至督酒。尚問朗碑文成未，朗辭不才。因試使子禮爲之，操筆而成，無所點定。朗嗟嘆不暇，遂毀其草。其後蔡邕又題八字曰：'黃絹幼婦，外孫虀臼。'"

《文心雕龍·才略篇》曰："丁儀、邯鄲，亦合論述之美。"又《封禪篇》曰："至於邯鄲《受命》，攀響前聲，風末力寡，輯韵成頌，雖文理順序，而不能奮飛。"

《唐書·經籍志》《藝文志》：《邯鄲淳集》二卷。

馮氏《詩紀》輯存《答贈臨淄侯詩》一篇。

嚴氏《全三國文編》輯存《投壺賦》《受命述》及《上表》《漢鴻臚陳紀碑》《孝女曹娥碑》，凡五篇。（清華大學出版社，2014年）

趙爾巽等《清史稿》卷一百四十七《藝文志三》子部小説類：

魏邯鄲淳《笑林》一卷。（馬國翰輯。）（中華書局，1998年）

魯迅《魯迅全集》第八卷《古小説鉤沉·笑林》：

魯有執長竿入城門者，初豎執之，不可入，橫執之，亦不可入，計無所出。俄有老父至，曰："吾非聖人，但見事多矣。何不以鋸中截而入。"遂依而截之。（《廣記》二百六十二。）

齊人就趙人學瑟，因之先調，膠柱而歸，三年不成一曲。齊人怪之，有從趙來者，問其意，乃知向人之愚。（《廣記》二百六十二。）

楚人有擔山雞者，路人問曰："何鳥也？"擔者欺之曰："鳳皇也！"路人曰："我聞有鳳皇久矣，今真見之，汝賣之乎？"曰："然！"乃酬千金，弗與；請加倍，乃與之。方將獻楚王，經宿而鳥死。路人不遑惜其金，惟恨不得以獻耳。國人傳之，咸以爲真鳳而貴，宜欲獻之，遂聞於楚王。王感其欲獻己也，召而厚賜之，過買鳳之值十倍矣。（《廣記》四百六十一。）

楚人居貧，讀《淮南方》"得螳螂伺蟬自鄣葉，可以隱形"，遂於樹下仰取葉。螳螂執葉伺蟬，以摘之，葉落樹下；樹下先有落葉，不能復分別，掃取數斗歸。一一以葉自鄣，問其妻曰："汝見我不？"妻始時恒答言"見"，經日乃厭倦不堪，紿云："不見。"嘿然大喜，齎葉入市，對面取人物，吏遂縛詣縣。縣官受辭，自說本末。官大笑，放而不治。（《御覽》九百四十六。）

漢司徒崔烈辟上黨鮑堅爲掾，將謁見，自慮不過，問先到者儀，適有答曰："隨典儀口倡。"既謁，贊曰："可拜。"堅亦曰："可拜。"贊者曰："就位。"堅亦曰："就位。"因復著履上座，將離席，不知履所在，贊者曰："履著脚。"堅亦曰"履著脚"也。（《御覽》四百九十九。）

桓帝時，有人辟公府掾者，倩人作奏記文；人不能爲作，因語曰："梁國葛龔先善爲記文，自可寫用，不煩更作。"遂從人言寫記文，不去葛龔名姓。府君大驚，不答而罷。故時人語曰："作奏雖工，宜去葛龔。"（《御覽》四百九十六。案《後漢書·葛龔傳》注云：龔善爲文奏，或有請龔奏以干人者，龔爲作之，其人寫之，忘自載其名，因并寫龔名以進之。故時人爲之語曰："作奏雖工，宜去葛龔。"見《笑林》。與《御覽》引異。）

某甲（《廣記》引作"魏人"）夜暴疾，命門人鑽火。其夜陰瞑，不得火，催之急，（《廣記》引作"督迫頗急"。）門人忿然曰："君責之亦大無道理！今暗如漆，何以不把火照我？我當得覓鑽火具，（《類聚》八十、《御覽》八百六十九。）然後易得耳。"孔文舉聞之曰："責人當以其方也。"（《廣記》二百五十八。）

趙伯公（《類林》作"翁"）爲人肥大，夏日醉臥，有數歲孫兒緣其肚上戲，因以李子八九枚内肶臍中。既醒，了不覺；數日後，乃知痛。李大爛，汁出，以爲臍穴（《雕玉集》引作"膿"），懼死，乃命妻子，處分家事，泣謂家人曰："我腸爛將死。"明日，李核出，尋問，乃知是孫兒所内李子也。（《御覽》三百七十一又九百六十六、《雕玉集》十四、《類林雜説》十。）

伯翁妹肥於兄，嫁於王氏，嫌其太肥，遂誣云無女身，乃遣之。後更嫁李氏，乃得女身。方驗前誣也。（《類林雜説》十。）

漢世有人年老無子，家富，性儉嗇，惡衣蔬食；侵晨而起，侵夜而息；營理產業，聚斂無厭，而不敢自用。或人從之求丐者，不得已而入内取錢十，自堂而出，隨步輒減，比至於外，纔餘半在，閉目以授乞者。尋復囑云："我傾家贍君，慎勿他說，復相效而來！"老人俄死，田宅没官，貨財充於内帑矣。（《廣記》一百六十五。）

姚彪與張溫俱至武昌，遇吳興沈珩於江渚，守風，糧用盡，遣人從彪貸鹽一百斛。彪性峻直，得書不答，方與溫談論。良久，敕左右倒鹽百斛著江水中。謂溫曰："明吾不惜，惜所與耳！"（《廣記》一百六十五、《御覽》八百六十五。）

沈珩弟峻，字叔山，有名譽，而性儉恡。張溫使蜀，與峻别，峻入内良久，出語溫曰："向擇一端布，欲以送卿，而無粗者。"溫嘉其能顯非。（已上亦見《類聚》八十五、《御覽》八百二十、《續談助》四。）又嘗經太湖岸上，使從者取鹽水；已而恨多，敕令還減之。尋亦自愧曰："此吾天性也！"（《廣記》一百十五六。）

吳國胡邕爲人好色，娶妻張氏，憐之不捨。後卒，邕亦亡，家人便殯於後園中。三年取葬，見冢土化作二人，常見抱如臥時。人競笑之。（《廣記》

三百八十九。）

平原陶丘氏，取勃海墨台氏女，女色甚美，才甚令，復相敬。已生一男而歸，母丁氏年老，進見女婿。女婿既歸而遣婦。婦臨去請罪，夫曰："曩見夫人年德以衰，非昔日比。亦恐新婦老後必復如此，是以遣，實無他故。"（《御覽》四百九十九。）

漢人有適吳，吳人設筍，問是何物，語曰："竹也！"歸煮其床簀而不熟，乃謂其妻曰："吳人轣轆，欺我如此！"（《筍譜下》、《紺珠集》十一。）

吳人至京師，爲設食者有酪酥，未知是何物也，強而食之，歸吐遂至困頓。謂其子曰："與傖人同死，亦無所恨；然汝故宜慎之。"（《類聚》七十二、《御覽》八百五十八。）

南方人至京師者，人戒之曰："汝得物唯食，慎勿問其名也！"往詣主人，入門內，見馬矢，便食之；覺惡臭，乃止。步進，見敗屩棄於路，因復嚼，殊不可咽。顧伴曰："且止！人言不可皆信。"後詣貴官，爲設鮭（一引作"饌"），因相視曰："汝是首物，（一引作"戒故昔物"。）且當勿食。"（《御覽》六百九十八，又八百五十一。）

太原人夜失火，出物，欲出銅鎗，誤出熨斗，便大驚怪。語其兒（三字《類聚》引有）曰："異事！（二字《類聚》引有。）火未至，鎗已被燒失腳。"（《書鈔》一百三十五、《類聚》七十二、《御覽》七百五十七。）

平原人有善治傴者，自云："不善，人百一人耳。"有人曲度八尺，直度六尺，乃厚貨求治。曰："君且□。"欲上背踏之。傴者曰："將殺我！"曰："趣令君直，焉知死事。"（《續談助》四。）

某甲爲霸府佐，爲人都不解。每至集會，有聲樂之事，己輒豫焉；而恥不解，妓人奏曲，贊之，己亦學人仰贊和。同時人士令己作主人，并使喚妓客。妓客未集，召妓具問曲吹，一一疏著手巾箱，下先有藥方；客既集，因問命曲，先取所疏者，誤得藥方，便言是疏，方有附子三分，當歸四分。己云："且作附子當歸以送客。"合座絕倒。（《御覽》五百六十八。）

有人吊喪，并欲齎物助之，問人："可與何等物？"人答曰："錢布穀帛，任卿所有爾！"因齎一斛豆置孝子前，謂曰："無可有，以一斛大豆（已上十四字據《廣記》引補）相助。"孝子哭喚"奈何"，己以爲問豆，答曰："可作飯！"孝子復哭喚"窮"，己曰：（《廣記》引作"孝子哭：'孤窮奈何？'曰：'造豉。'孝子更哭'孤窮'"。）"適有便窮，自當更送一斛。"（《類聚》八十五、《廣記》二百六十二。）

人有和羹者，以杓嘗之，少鹽，便益之。後復嘗之向杓中者，故云："鹽不足。"如此數益升許鹽，故不鹹，因以爲怪。（《御覽》八百六十一。）

甲買肉，過入都厠，挂肉著外。乙偷之，未得去，甲出覓肉，因詐便口銜肉云："挂著門外，何得不失？若如我銜肉著口，豈有失理。"（《御覽》八百六十二、《書鈔》一百四十五。）

有甲欲謁見邑宰，問左右曰："令何所好？"或語曰："好《公羊傳》。"後入見，令問："君讀何書？"答曰："惟業《公羊傳》。"試問："誰殺陳他者？"甲良久對曰："平生實不殺陳他。"令察謬誤，因復戲之曰："君不殺陳他，請是誰殺？"於是大怖，徒跣走出。人問其故，乃大語曰："見明府，便以死事見訪，後直不敢復來，遇赦當出耳。"（《廣記》二百六十。）

甲父母在，出學三年而歸，舅氏問其學何得，并序別父久。乃答曰："渭陽之思，過於秦康。"既而父敎之："爾學奚益？"答曰："少失過庭之訓，故學無益。"（《廣記》二百六十二。）

甲與乙鬥爭，甲齧下乙鼻。官吏欲斷之，甲稱乙自齧落。吏曰："夫人鼻高耳，口低，豈能就齧之乎？"甲曰："他踏床子就齧之。"（《廣記》二百六十二。）

儉人欲相共吊喪，各不知儀。一人言粗習，謂同伴曰："汝隨我舉止。"既至喪所，舊習者在前，伏席上，餘者一一相髦於背；而爲首者以足觸罟曰："癡物！"諸人亦爲儀當爾，各以足相踏曰："癡物！"最後者近孝子。亦踏孝子而曰："癡物！"（《廣記》二百六十二。）

有癡婿，婦翁死，婦教以行吊禮。於路值水，乃脫襪而渡，惟遺一襪。又睹林中鳩鳴云："鷓鴣鷓鴣！"而私誦之，都忘吊禮。及至，乃以有一襪一足立，而縮其跣者，但云："鷓鴣鷓鴣！"孝子皆笑。又曰："莫笑莫笑！如拾得襪，即還我。"（《廣記》二百六十二。）

有人常食蔬茹，忽食羊肉，夢五藏神曰："羊踏破菜園！"（《紺珠集》十三。）（人民文學出版社，1973年）

魯迅《中國小說史略》第七篇《〈世說新語〉與其前後》：

《隋志》又有《笑林》三卷，後漢給事中邯鄲淳撰。淳一名竺，字子禮，潁川人，弱冠有異才，元嘉元年（一五一），上虞長度尚爲曹娥立碑，淳者尚之弟子，於席間作碑文，操筆而成，無所點定，遂知名。黃初初（約二二一），爲魏博士給事中，見《後漢書·曹娥傳》及《三國·魏志·王粲傳》等注。《笑林》今佚，遺文存二十餘事，舉非違，顯紕繆，實《世說》之一體，亦後來誹諧文字之權輿也。

魯有執長竿入城門者，初，豎執之不可入，橫執之亦不可入，計無所出。俄有老父至曰："吾非聖人，但見事多矣，何不以鋸中截而入！"遂依而截之。（《太平廣記》二百六十二。）

平原陶丘氏，取渤海墨台氏女，女色甚美，才甚令，復相敬，已生一男而歸。母丁氏，年老，進見女婿。女婿既歸而遣婦。婦臨去請罪，夫曰："曩見夫人年德已衰，非昔日比。亦恐新婦老後必復如此，是以遣，實無他故。"（《太平御覽》四百九十九。）

甲父母在，出學三年而歸。舅氏問其學何所得，并序別父久。乃答曰："渭陽之思，過於秦康。"既而父數之："爾學奚益！"答曰："少失過庭之訓，故學無益。"（《廣記》二百六十二。）

甲與乙爭鬥，甲齧下乙鼻，官吏欲斷之，甲稱乙自齧落。吏曰："夫人鼻高而口低，豈能就齧之乎？"甲曰："他踏床子就齧之。"（同上。）（上海古籍出版社，2011年）

余嘉錫《余嘉錫文史論集》之《釋傖楚》：

《笑林》，隋、唐《志》皆題"邯鄲淳撰"，淳在漢末事曹操，魏黃初中，官至給事中，（見《魏書·王粲傳》注。）未嘗入吳，而《類聚》卷八十五引有張溫使蜀與沈峻相別事，似非淳所能知。宋釋贊寧以爲陸雲所著，（贊寧《筍譜》卷下云："陸雲，字士龍，爲性喜笑，著《笑林論》。"其說當有所本。宋人《五色綫》卷下亦引作陸雲《笑林》。）士龍嘗著《笑林》，故此書名《笑林》，《類聚》所引吳人條蓋記於入洛之後。觀其所言，知吳人之厭惡北俗深矣！《世說·排調篇》云："陸太尉詣王丞相，王公食以酪，陸還遂病，明日，與王箋云：'昨食酪小過，通夜委頓，民雖吳人，幾爲傖鬼！'"（亦見《晉書·陸玩傳》。）其事竟與《笑林》所載不謀而合。（嶽麓書社，1997年）

案：《隋書》卷三十四《經籍志三》子部小説類著錄"《笑林》三卷"，注云："後漢給事中邯鄲淳撰。"

邯鄲淳（132年—？），一名竺，字子叔（一作淑），一字子禮，潁川（今河南禹州）人，一說陳留（今河南開封）人。博學有才章，爲漢末魏初著名書法家、文學家、游藝家。與董遇、賈洪、薛夏、隗禧、蘇林、樂詳同爲魏初儒宗。又善《蒼》、《雅》、蟲、篆、許氏字指，八體悉工，尤善古文、篆、隸，魏初古文出其所傳。元嘉元年（151年），時在上虞，年甫弱冠，作《曹娥碑》。延熹三年（160年）爲固始令段君作《孫叔敖碑》。建安四年（199年）爲陳紀作《鴻臚陳君碑》。漢獻帝初平年間（190—193年），自三輔流寓荊州（今湖北襄陽一帶），建安十三年（208年），曹操進兵荊州，劉琮投降，淳獲曹操召見，被延爲幕僚。赤壁之戰曹操戰敗北還，淳也隨之北上。建安十六年（211年）曹操以次子曹玉（187—226年）爲五官中郎將，置屬官，曹玉"因啓淳欲使在文學官屬中"，會臨菑侯曹植亦求淳，曹操遣淳詣植。淳與曹植關係甚好，對曹植多所揄揚，令曹丕"頗不悅"。建安二十二年（217年），曹操最終立曹丕爲太子，曹植失寵。延康元年（220年）正月，曹操死，曹丕襲魏王爵，醞釀以魏代漢，淳在曹丕的高壓下離開曹植，到曹丕帳下效命，爲曹丕撰寫禪代受命述表。曹丕稱帝後，以淳爲博士給事中，淳作《投壺賦》千餘言奏上，受到曹丕獎賞。其卒年無可考。有云正始（240—248年）石經爲其所書，若然，則其壽達110歲矣。一説淳書石經乃補熹平（172—177年）石經之缺壞，其書寫則在黄初（220—226年）年間，若然，則其壽亦在90歲以上。有《集》二卷，見《隋書·經籍志》，《舊唐書·經籍志》《新唐書·藝文志》《通志·藝文略》并同。鄭樵以後，則皆不見著録，蓋已亡佚。

《笑林》記古今可笑事。《隋書·經籍志》以下，《日本國見在書目》《舊唐書·經籍志》《新唐書·藝文志》《通志·藝文略》均著録邯鄲淳撰《笑林》三卷。《宋史·藝文志》未見著録，恐已佚。今人唐長孺檢現存類書所見《笑林》佚文，有幾事在邯鄲淳後，因以爲此書爲晋滅吴後北人所寫。《崇文總目》又有何自然《笑林》、路氏《笑林》各三卷，《通志·藝文略》《宋史·藝文志》并同。《十國春秋》提及優人楊名高"著《笑林》頗行於時"，可見歷來撰著題名《笑林》者甚夥，極易混淆。諸書所引《笑林》，《藝文類聚》五條，《北堂書鈔》四條，《後漢書·葛龔傳注》一條，《太平御覽》十六條，《太平廣記》十三條，《演繁露》、《吴郡志》、《緯略》、《記纂淵海》、《古今事文類聚》後集、《全芳備祖》後集、《古今合璧事類備要》、《古詩紀》各一條，《山堂肆考》一條，《廣博物志》五條，《天中記》十三條，《淵鑒類函》八條，《格致鏡原》《廣群芳譜》各一條，然明言爲邯鄲淳《笑林》者僅《史通》一條，《太平御覽》兩條，《記纂淵海》《古詩紀》各一條，除去重複，實僅"以葉自障""葛龔作奏"兩事。其他，如"煮簀"事，釋贊寧《筍譜》、朱勝非《紺珠集》并云出陸雲《笑林》，"葛龔作奏"事，《記纂淵海》云又見裴策《笑林》。可見，邯鄲淳以後，作《笑林》者尚有多家，其間或不免相互轉録，因此，現存之《笑林》佚文，很難準確判斷哪些出自邯鄲淳《笑林》。然亦有數事可大體判斷非出自邯鄲淳《笑林》者：如"贈婦詩"事，《天中記》卷十八所引，反較《白孔六帖》卷十七所引爲詳，邯鄲淳《笑林》至《宋史·藝文志》已不著録，耀文所見必別家《笑林》；又"羊踏菜園"事，朱勝非《紺珠集》明言出陸雲《笑林》；又如"强食酪酥"事，據《天中記》卷四十六"食酪而病"條，爲陸玩詣王導時事，則其不出邯鄲淳《笑林》明矣。晁公武《郡齋讀書志》卷十三云"唐有邯鄲淳《笑林》"，則邯鄲淳《笑林》宋時已無其書，僅存佚文矣；當時所以仍著録"三卷"者，蓋依隋、唐《志》著録卷帙而稱也。吴曾《能改齋漫録》卷七曰："秘閣有《古笑林》十卷。"可推想，當時不但邯鄲淳《笑林》已亡，并其他數家《笑林》亦亡佚，此所謂《古笑林》者乃集所存之諸家《笑林》佚文爲一帙者耳。

　　清人顧櫰三《補後漢書藝文志》、姚振宗《三國藝文志》小説家均著録"邯鄲淳《笑林》三卷"，并非當時仍存此書，而是據傳統書目移録。姚氏據《文心雕龍·諧隱》"至魏文因俳説以著笑書"語，謂"笑書或即是書，淳本奉詔所撰者。或淳因笑書别爲《笑林》，亦未可知。晁氏《續談助》抄殷芸《小説》引《笑林》二事，則確爲是書"。果如是，《笑林》則爲邯鄲淳入魏所作，自當歸入三國小説。清人馬國翰《玉函山房輯佚書》有輯本一卷，二十六條。魯迅《古小説鉤沉》亦有輯本，共二十九條。然"吴人煮簣"事，《筍譜》《紺珠集》明言出自陸雲《笑林》，而馬國翰《笑林序》乃曰："宋僧贊寧《筍譜》引'吴人煮簣'一條，《笑林上》云：'陸雲字士龍，爲性喜笑。'似以《笑林》出士龍所著。蓋因笑事而誤，當以史志爲據也。"未知所據爲何，馬氏并未言明。又"强食酪酥""羊踏菜園"兩事，亦不當收入，而二書録之。另《歷代笑話集》有《笑林》二十三條，《舊小説》有《笑林》十條，僅是選録。不過，無論邯鄲淳《笑林》所存多少條，其爲古今笑話之祖，開創了俳諧小説之先河，則是可以肯定的。

笑苑（魏澹笑苑）

魏收《魏書》卷一百五之三《天象志一之三》考證：

魏收書《天象志》第一卷載天及日變，第二卷載月變，第三、第四卷應載星變，今此二卷，天、日、月、星變編年總繫魏及南朝禍咎。蓋魏收《志》第三、第四卷亡，後人取他人所撰志補足之。魏澹書世已無本，據目錄作西魏《帝紀》，而元善見、司馬昌明、劉裕、蕭道成皆入列傳。此志主東魏，而晉、宋、齊、梁君皆稱帝號，亦非魏澹書明矣。

同上，舊本《魏書》目錄叙：

隋文帝以（魏）收書不實，平繪《中興書》叙事不倫，命魏澹、顏之推、辛德源更撰《魏書》九十二卷，以西魏爲正，東魏爲僞，義例簡要，大矯收、繪之失，文帝善之。煬帝以澹書猶未盡善，更敕楊素及潘徽、褚亮、歐陽詢別修《魏書》。未成而素卒。唐高祖武德五年，詔侍中陳叔達等十七人分撰後魏、北齊、周、隋、梁、陳六代史，歷年不成。太宗初，從秘書奏，罷修《魏書》，止撰五代史。高宗時，魏澹孫同州刺史克己續十志十五卷，魏之本系附焉。《唐書·藝文志》又有張大素《後魏書》一百卷、裴安時《元魏書》三十卷，今皆不傳。稱魏史者，惟以魏收書爲主焉。

臣等謹案：《魏書》一百十四卷，齊天保中魏收所撰。其書是非失實，時人疾之，號爲穢史，見於本傳及晁公武、陳振孫，所論者詳矣。隋開皇中，命魏澹等別修，唐貞觀中陳叔達作《五代史》，皆不傳，而收書獨行。後又與李延壽《北史》相亂，卷第多舛。《中興書目》謂闕《太宗紀》，以澹書補之；闕《天文志》，以張太素書補之。二書既亡，而此《紀》《志》獨存，未知何據。今刻本以《南北史》《通鑒》諸書校其可知者，各附於卷後。而不可考者，仍闕之云。（中華書局，1974年）

李百藥《北齊書》卷四十五文苑《序》：

三年，祖珽奏立文林館，於是更召引文學士，謂之待詔文林館焉。珽又奏撰《御覽》，詔珽及特進魏收、太子太師徐之才、中書令崔劼、散騎常侍張雕、中書監陽休之監撰。斑等奏追通直散騎侍郎韋道遜、陸乂、太子舍人王劭、衛尉丞李孝基、殿中侍御史魏澹、中散大夫劉仲威、袁奭……奉朝請鄭公超、殿中侍御史鄭子信等入館撰書。

同上，卷五十恩幸《跋》：

編修臣範謹言：《北齊書》紀八、傳四十二，合五十卷。按高齊史天統初，太常少卿祖珽述獻武起居注，名《皇初傳》。天保時，中書侍郎陸元規從文宣征討，紀一時行師克伐之迹，著《皇帝實錄》。而魏收、陽休之、杜臺卿、祖崇儒、崔子發等并賡續注記。隋代秘書監王邵、內史令李德林俱少仕鄴中，多識故事。王乃憑述起居注，廣以異聞，作《齊志》十六卷。李在齊預修國史，創紀傳二十七卷。開皇時奉詔續撰，增多三十八篇，送官藏之秘府。唐武德初，高祖感令狐德棻之言，始詔修《梁》《陳》《魏》《齊》《周》之史。而太子詹事裴矩、吏部郎中祖孝孫、秘書丞魏徵主齊論撰。歷年書未就，悉罷。貞觀三年復詔撰定，時議者以元、魏已詳於魏收、魏澹二家之書，惟《隋》及"四史"當立。當是時，德林之子中書舍人百藥次《齊史》。至貞觀十年，五史始具。五史之中，《北齊》之與《梁》《陳》，蓋姚氏李氏父子所相嬗繼而成。（中華書局，1972年）

魏徵、令狐德棻《隋書》卷一《高祖紀上》：

陳主知上之貌異世人，使彥畫像持去。甲午，罷天下諸郡。閏十二月乙卯，遣兼散騎常侍曹令則、通直散騎常侍魏澹使於陳。戊午，以上柱國竇榮定爲右武衛大將軍，刑部尚書蘇威爲民部尚書。

同上，卷三十四《經籍志三》子部小說類：

《笑苑》四卷。

同上，卷三十五《經籍志四》集部別集類：

《著作郎魏彥深集》三卷。

同上，卷五十七《薛道衡列傳》：

道衡兄子邁，官至選部郎，從父弟道實，官至禮部侍郎、離石太守，并知名於世。從子德音，有雋才，起家爲游騎尉。佐魏澹修《魏史》，史成，遷著作佐郎。

同上，卷五十八《魏澹列傳》：

魏澹字彥深，鉅鹿下曲陽人也。祖鶱，魏光州刺史。父季景，齊大司農卿，稱爲著姓，世以文學自業。澹年十五而孤，專精好學，博涉經史，善屬文，詞采贍逸。齊博陵王濟聞其名，引爲記室。及琅邪王儼爲京畿大都督，以澹爲鎧曹參軍，轉殿中侍御史。尋與尚書左僕射魏收、吏部尚書陽休之、國子博士熊安生同修《五禮》。又與諸學士撰《御覽》，書成，除殿中郎中、中書舍人。復與李德林俱修國史。周武帝平齊，授納言中士。及高祖受禪，出爲行臺禮部侍郎。尋爲散騎常侍、聘陳主使。還，除太子舍人。廢太子勇深禮遇之，屢加優錫，令注《庾信集》，復撰《笑苑》《詞林集》，世稱其博物。數年，遷著作郎，仍爲太子學士。

高祖以魏收所撰書，褒貶失實，平繪爲《中興書》，事不倫序，詔澹別成《魏史》。澹自道武下及恭帝，爲十二紀，七十八傳，別爲史論及例一卷，并《目錄》合九十二卷。澹之義例與魏收多所不同：

其一曰，臣聞天子者，繼天立極，終始絕名。故《穀梁傳》曰："太上不名。"《曲禮》曰："天子不言出，諸侯不生名。"諸侯尚不生名，況天子乎！若爲太子，必須書名。良由子者對父生稱，父前子名，禮之意也。是以桓公六年九月丁卯，子同生，《傳》曰："舉以太子之禮。"杜預注云："桓公子莊公也。"十二公唯子同是嫡夫人之長子，備用太子之禮，故史書之於策。即位之日，尊成君而不名，《春秋》之義，聖人之微旨也。至如馬遷，周之太子并皆言名，漢之儲兩俱沒其諱，以尊漢卑周，臣子之意也。竊謂雖立此理，恐非其義。何者？《春秋》《禮記》，太子必書名，天王不言出。此仲尼之褒貶，皇王之稱謂，非當時與異代遂爲優劣也。班固、范曄、陳壽、王隱、沈約參差不同，尊卑失序。至於魏收，諱儲君之名，書天子之字，過又甚焉。今所撰史，諱皇帝名，書太子字，欲以尊君卑臣，依《春秋》之義也。

其二曰，五帝之聖，三代之英，積德累功，乃文乃武，賢聖相承，莫過周室，名器不及后稷，追諡止於三王，此即前代之茂實，後人之龜鏡也。魏氏平文以前，部落之君長耳。太祖遠追二十八帝，并極崇高，違堯舜憲章，越周公典禮。但道武出自結繩，未師典誥，當須南、董直筆，裁而正之。反更飾非，言是觀過，所謂決渤澥之水，復去堤防，襄陵之灾，未可免也。但力微天女所誕，靈異絕世，尊爲始祖，得禮之宜。平文、昭成雄據塞表，英風漸盛，圖南之業，基自此始。長孫斤之亂也，兵交御坐，太子授命，昭成獲免。道武此時，后緡方娠，宗廟復存，社稷有主，大功大孝，實在獻明。此之三世，稱諡可也。自茲以外，未之敢聞。

其三曰，臣以爲南巢桀亡，牧野紂滅，斬以黃鉞，懸首白旗，幽王死於驪山，厲王出奔於彘，未嘗隱諱，直筆書之，欲以勸善懲惡，貽誠將來者也。而太武、獻文并皆非命，前史立紀，不異天年，言論之間，頗露首尾。殺主害君，莫知名姓，逆臣賊子，何所懼哉！君子之過，如日月之食，圓首方足，孰不瞻仰，況復兵交御坐，矢及王屋，而可隱沒者乎！今所撰史，分明直書，不敢回避。且隱、桓之死，閔、昭殺逐，丘明據實敘於經下，況復懸隔異代而致依違哉！

其四曰，周道陵遲，不勝其敝，楚子親問九鼎，吳人來徵百牢，無君之心，實彰行路，夫子刊經，皆書曰卒。自晉德不競，宇宙分崩，或帝或王，各自署置。當其生日，聘使往來，略如敵國，及其終也，書之曰死，便同庶人。存沒頓殊，能無懷愧！今所撰史，諸國凡處華夏之地者，皆書曰卒，同之吳、楚。

其五曰，壺遂發問，馬遷答之，義已盡矣。後之述者，仍未領悟。董仲舒、司馬遷之意，本云《尚書》者，隆平之典，《春秋》者，撥亂之法，興衰理異，制作亦殊。治定則直敘欽明，世亂則辭兼顯晦，分路命家，不相依放。故云"周道廢，《春秋》作焉，堯舜盛，《尚書》載之"是也。"漢興以來，改正朔，易服色，臣力誦聖德，仍不能盡，余所謂述故事，而君比之《春秋》，謬哉。"然則紀傳之體出自《尚書》，不學《春秋》，明矣。而范曄云："《春秋》者，文既總略，好失事形，今之擬作，所以爲短。紀傳者，史、班之所變也，網羅一代，事義周悉，適之後學，此焉爲優，故繼而述之。"觀曄此言，豈直非聖人之無法，又失馬遷之意旨？孫盛自謂鑽仰具體而放之。魏收云："魯史既修，達者貽則，子長自拘紀傳，不存師表，蓋泉源所由，地非企及。"雖復遜辭畏聖，亦未思紀傳所由來也。澹又以爲司馬遷創立紀傳以來，述者非一，人無善惡，皆爲立論。計在身行迹，具在正書，事既無奇，不足懲勸。再述乍同銘頌，重敘唯覺繁文。案丘明亞聖之才，發揚聖旨，言"君子曰"者，無非甚泰，其間尋常，直書而已。今所撰史，竊有慕焉，可爲勸戒者，論其得失，其無損益者，所不論也。

澹所著《魏書》，甚簡要，大矯收、繪之失。上覽而善之。未幾，卒，時年六十五。有《文集》三十卷行於世。子信言，頗知名。

澹弟彥玄，有文學，歷揚州總管府記室、洧州司馬。有子滿行。

同上，卷五十八《李文博列傳》：

史臣曰：明克讓、魏澹等，或博學洽聞，詞藻贍逸，既稱燕、趙之俊，實曰東南之美。所在見寶，咸取祿位，雖無往非命，蓋亦道有存焉。澹之《魏書》，時稱簡正，條例詳密，足傳於後。此外諸子，各有記述，雖道或小大，皆志在立言，美矣。

同上，卷七十六文學《序》：

時之文人，見稱當世，則范陽盧思道、安平李德林、河東薛道衡、趙郡李元操、鉅鹿魏澹、會稽虞世基、河東柳䚆、高陽許善心等，或鷹揚河朔，或獨步漢南，俱騁龍光，并驅雲路，各有本傳，論而敘之。其潘徽、萬壽之徒，或學優而不切，或才高而無貴仕，其位可得而卑，其名不可堙沒。今總之於此，爲《文學傳》云。

同上，卷七十六《潘徽列傳》：

隋遣魏澹聘於陳，陳人使徽接對之。澹將返命，爲啓於陳主曰："敬奉弘慈，曲垂餞送。"徽以爲"伏奉"爲重，"敬奉"爲輕，却其啓而不奏。澹立議曰："《曲禮》注曰：'禮主於敬。'《詩》曰：'維桑與梓，必恭敬止。'《孝經》曰：'宗廟致敬。'又云：'不敬其親，謂之悖禮。'孔子敬天之怒，成湯聖敬日躋。宗廟極重，上天極高，父極尊，君極貴，四者咸同一敬，五經未有異文，不知以敬爲輕，竟何所據？"徽難之曰："向所論敬字，本不全以爲輕，但施用處殊，義成通別。《禮》主於敬，此是通言，猶如男子'冠而字之'，注云'成人敬其名也'。《春秋》有冀缺，夫妻亦云'相敬'。既於子則有敬名之義，在夫亦有敬妻之説，此可復并謂極重乎？至若'敬謝諸公'，固非尊地；'公子敬愛'，止施賓友，'敬問''敬報'，彌見雷同，'敬聽''敬酬'，何關貴隔！當知敬之爲義，雖是不輕，但敬之於語，則有時混漫。今云'敬奉'，所以成疑。聊舉一隅，未爲深據。"澹不能對，遂從而改焉。（中華書局，1974年）

李延壽《北史》卷三十六《薛辯列傳》：

道衡從父弟道實，位禮部侍郎、離石郡太守，知名於世。從子德音，有俊才，起家游騎尉。佐魏澹修《魏史》，史成，遷著作佐郎。

同上，卷五十六《魏季景列傳》附子澹：

澹字彦深。年十五而孤，專精好學，高才善屬文。仕齊，殿中侍御史，預修五禮，及撰《御覽》。除殿中郎、中書舍人，與李德林修國史。入周爲納言中士。隋初，爲行臺禮部侍郎，尋爲聘陳使主。還，除太子舍人。廢太子勇深禮之，令注《庾信集》，撰《笑苑》，世稱博物。遷著作郎，仍爲太子學士。

帝以魏收所撰《後魏書》襃貶失實，平繪爲《中興書》事不倫序，詔澹別成《魏史》。澹自道武下及恭帝，爲十二紀，七十八列傳。別爲史論及例，各一卷，合九十二卷。義例與魏收多所不同。

其一曰："臣聞天子者繼天立稱，終始絶名。故《穀梁傳》：'太上不名。'《曲禮》：'天子不言出，諸侯不生名。'諸侯尚不生名，況天子乎！若爲太子，必須書名。良由子者對父生稱，父前子名，禮之意也。至如馬遷，周之太子，并皆言名，漢之儲兩，俱没其諱，以尊漢卑周，臣子之意也。竊謂雖立此理，恐非其義。何者？《春秋》《禮記》，太子必書名，天王不言出，此仲尼之襃貶，皇王之稱謂，非當時與異代，遂爲優劣也。班固、范曄、陳壽、王隱、沈約參差不同，尊卑失序。至於魏收諱儲君之名，書天子之字，過又甚焉。今所撰，諱皇帝名，書太子字，欲尊君卑臣，依《春秋》之義。"

二曰："魏氏平文以前，部落之君長耳。太祖遠追二十八帝，并極崇高，違堯舜憲章，越周公典禮。但道武出自結繩，未師典誥，當須南、董直筆，裁而正之；反更飾非，豈是觀過？但力微天女所誕，靈異絕世，尊爲始祖，得禮之宜。平文、昭成，雄據塞表，英風漸盛，圖南之業，基自此始。長孫斤之亂也，兵交御坐，太子授命，昭成獲免。道武此時，后緡方娠，宗廟復存，社稷有主，大功大孝，實在獻明。此之三世，稱謚可也；自兹以外，未之敢聞。"

其三曰："幽王死於驪山，厲王出奔於彘，未嘗隱諱，直筆書之，欲以勸善懲惡，詒誡將來。而太武、獻文，并遭非命，前史立紀，不異天年，言論之間，頗露首尾。殺主害君，莫知姓名，逆臣賊子，何所懼哉！今分明直書，不敢回避。"

四曰："自晉德不競，宇宙分崩，或帝或王，各自署置。其生略如敵國，書死便同庶人。凡處華夏之地者，皆書曰卒，同之吳、楚。"

澹又以爲"司馬遷創立紀傳已來，述者非一，人無善惡，皆爲立論。計在身行迹，具在正書，事既無奇，不足懲勸，再述乍同銘頌，重叙唯覺繁文。案丘明亞聖之才，發揚聖旨，言'君子曰'者，無非甚泰；其間尋常，直言而已。今所撰史，竊有慕焉，可爲勸戒者，論其得失；其無損益者，所不論也"。上覽而善之。未幾而卒。有集三十卷。子罕言。澹弟彦玄，位洧州司馬。子滿行。

同上，卷八十三文苑《序》：

三年，祖珽奏立文林館，於是更召引文學士，謂之待詔文林館焉。珽又奏撰《御覽》，詔珽及特進魏收、太子太師徐之才、中書令崔劼、散騎常侍張雕、中書監陽休之監撰。珽等奏追通直散騎侍郎韋道遜、陸乂、太子舍人王劭、衛尉丞李孝基、殿中侍御史魏澹、中散大夫劉仲威、袁奭……奉朝請鄭公超、殿中侍御史鄭子信等入館撰書……

時之文人，見稱當世者，則齊人范陽盧思道、安平李德林、河東薛道衡、趙郡李元操、鉅鹿魏澹、陳人會稽虞世基、河東柳䛒、高陽許善心等。或鷹揚河朔，或獨步漢南，俱騁龍光，并驅雲路矣。

同上，《潘徽列傳》：

隋遣魏澹聘於陳，陳人使徽接對之。澹將反命，爲啓於陳主曰："敬奉弘慈，曲垂餞送。"徽以餞送爲重，敬奉爲輕，却其啓而不奏。澹曰："《曲禮》云：'主敬客。'《詩》曰：'維桑與梓，必恭敬止。'《孝經》：'宗廟致敬。'又云：'不敬其親，謂之悖禮。'孔子敬天之怒，成湯聖敬日躋。宗廟極重，上天極高，父極尊，君極貴，四者咸同一敬，五經未有異文。不知以敬爲輕，竟何所據？"徽難之曰："向所論敬字，本不全以爲輕，但施用處殊，義成通別。禮主於敬，此是通言。猶如男子'冠而字之',注云'成人,敬其名也'。《春秋》有冀缺,夫妻亦云相敬。於子則有敬名之義,在夫亦有敬妻之說,此可復并謂極高極尊乎?至若敬謝諸公,固非尊地,公子敬愛,止施賓友;敬問敬報,彌見雷同;敬聽敬酬,何關貴隔。當知敬之爲義,雖是不輕,但敬之於語,則有時混漫。今云敬奉,所以成疑。聊舉一隅,未爲深據。"澹不能對,遂從而改焉。

同上,卷一百《序傳》:

案《北史》一百卷,唐李延壽撰。延壽父大師,多識舊事。嘗以宋、齊、梁、陳、魏、周、隋天下參隔。其史詳內而略外,又訾美失實。欲擬《吳越春秋》編年刊究南北,未就而卒。延壽既預論撰貞觀間,又屢入史局,所見益廣,乃成《南》《北》二史。《崇文總目》云:唐高宗善其書,自爲之序。序今不傳。《北史》本魏登國元年,盡隋義寧二年,取魏澹、王劭、李德林、柳虬、牛宏諸本參合鉤考。《唐書》本傳稱其刪略穰辭過本書遠甚,非溢美也。（中華書局,1974年）

徐堅《初學記》卷二十七草部《萱》:

魏彥深《詠階前萱草》詩:綠草正含芳,霏靡映前堂。帶心花欲發,依籠葉已長。雲度時無影,風來乍有香。橫得忘憂號,余憂遂不忘。

同上,卷二十八果木部《石榴》:

隋魏彥深《咏石榴》詩:分根金谷裏,移植廣庭中。新枝含淺綠,晚萼散輕紅。影入環階水,香隨度隙風。路遠無由寄,徒念春閨空。

同上,《桐》:

隋魏彥深《咏桐》詩:未求裁作瑟,何用削成珪。願寄華庭裏,枝橫待鳳栖。

同上,卷三十鳥部《鷹》:

隋魏彥深《鷹賦》:唯茲禽之化育,實鍾山之所生。資金方之猛氣,擅火德之炎精。何虞者之多端?運橫羅以羈束。綴輕絲於雙臉,結長皮於兩足。飛不遂於本情,食不充於所欲。逸翰由而暫斂,雄心爲之自局。若乃貌非一種,相乃多途;指重十字,尾貴合盧。立如植木,望似愁胡。嘴同利劍,脚等荊枯。亦有白如散花,赤如點血。大文若錦,細斑似纈。眼類明珠,毛猶霜雪。身重若金,爪剛如鐵。或復頂平似削,頭圓如卵,臆闊頸長,筋粗脛短,翅厚羽勁,髀寬肉緩,求之事用,俱爲絕伴。或似鶉頭,或似鵶首。赤睛黃足,細骨小肘。懶而易驚,奸而難誘。住不可呼,飛不及走。若斯之輩,不如勿有。若夫疾食速消,此則有命。兔頸猴立,是爲無病。厠門忌大,結肚惡軟。縱不欲絶,背不宜喘。生於窟者則好伏,巢於木者則常立。雙骹長者則起遲六,翮短者則飛急。毛衣屢改,厥色無常。寅生酉就,總號爲黄。二周作鴇,千日成蒼。雖曰排虛,性殊衆鳥。雌則體大,雄則形小。遇犬則驚猜,得人則馴擾。養雛則少病,野羅則多巧。察之爲易,調之實難。格必高迥,屋必華寬。薑以取熟,酒以排寒。鞲須溫暖,肉不陳乾。近之令狎,靜之使安。晝不離手,夜便火宿。微加其毛,少減其肉。肌羸腸瘦,心和性熟。念絶雲霄,志在馳逐。

同上,《鵲》:
　　隋魏彦深《園樹有巢鵲戲以咏之》曰:畏玉心常駭,填河力已窮。夜飛還繞樹,朝鳴且向風。知來寧自伐,識歲不論功。早晚時應至,輕舉一排空。(中華書局,1962年)

劉知幾撰,浦起龍通釋,王煦華整理《史通通釋》卷十一《外篇·史官建置》:
　　高齊及周,迄於隋氏,其史官以大臣統領者,謂之監修。國史自領,則近循魏代,遠效江南,參雜其間,變通而已。唯周建六官,改著作之正郎爲上士,佐郎爲下士,名謚雖易,而班秩不殊。如魏收之擅名河朔,柳虬之獨步關右,王劭、魏澹展效於開皇之朝,諸葛穎、劉炫宣功於大業之世,亦各一時也。

同上,卷十二《外篇·古今正史》:
　　至隋開皇,敕著作郎魏澹與顏之推、辛德源更撰《魏書》,矯正收失。澹以西魏爲真,東魏爲僞,故文、恭列紀,孝靖稱傳。合紀、傳、論例,總九十二篇。煬帝以澹書猶未能善,又敕左僕射楊素別撰,學士潘徽、褚亮、歐陽詢等佐之。會素薨而止。今世稱魏史者,猶以收本爲主焉。

同上,卷十八《外篇·雜説下》:
　　夫以暴易暴,古人以爲嗤。如彦淵之改魏收也,以非易非,彌見其失矣。而撰《隋史》者,稱澹大矯收失者,何哉?且以澹置書方於君懋,豈惟其間可容數人而已,史臣美澹而譏劭者,豈所謂通鑒乎?語曰:"蟬翼爲重,千鈞爲輕。"其斯之謂矣!(按:此所主在《魏書》,而所刺在魏澹,與上條文義不相蒙,王劭特帶衡之耳,故分擘宜穩。)(上海古籍出版社,2009年)

白居易原本,孔傳續撰《白孔六帖》卷九十四《鷹十一》:
　　攫搏隋魏彦深《鷹賦》:惟兹禽之化育,實鍾山之所生。資金方之猛氣,稟火德之炎精。何虞者之多端，連横羅以羈束。綴輕絲於雙臉，結長繩於兩足。飛不遂其本情，食不充其所欲。逸翰困於暫斂，雄心爲之自局。若乃貌非一種，相乃多途。指重十字，尾貴合盧。立如樹木，望似秋胡。嘴如鈎利，脚節荆枯。亦有白如散花，赤如點血。大文若錦，細班如纈。眼類明珠，毛如霜雪。身重如金，爪剛如鐵。或復頂平似削，頭圓如盌。臆闊頸長，筋粗脛短。翅厚羽勁，髀寬肉緩。求之事用，俱爲絶伴。或似鶀頸，或如鴟首。赤眼黄足，細骨小肘。懶而易驚，奸而難誘。住不可呼，飛不及走。若斯之輩，不如勿有。夫疾食速消，此則有命。鴛頸猴立，是爲無病。厠門忌大，結肚忌軟。條不欲絶，背不宜喘。生於窟者則好伏，巢於木者則常立、雙骹長則起遲，六翮短而飛急。毛衣屢改，厥色無常。寅生酉就，姿號爲黄。二周作鳴，千日成蒼。雖曰排虛，性殊伏鳥。雌則體大，雄乃形小。遇犬則驚飛，得人則馴繞。養雛則少疾，野羅則多巧。察之爲易，調之實難。格必堅迴，屋必華寬。薑以取熱，酒以排寒。韝須溫暖，肉不陳乾。近之令狎，諍之使安。晝不離手，夜便火宿。微加其毛，少減其肉。肥羸腸瘦，心和性熟。念絶霄雲，志在馳逐。（《文淵閣四庫全書》本）

[日] 藤原佐世《日本國見在書目録》正史家：

《後魏書》百卷。（隋著作郎魏澹撰。）（中華書局，1991年）

劉昫等《舊唐書》卷四十六《經籍志上》乙部史録編年類：

《魏紀》十二卷，魏澹撰。

同上，卷四十七《經籍志下》丁部集録別集類：

《魏澹集》四卷。（中華書局，1975年）

李昉等《文苑英華》卷三百二十六花木六《石榴》（魏彦深）：

分根金谷裏，移植廣庭中。新枝含淺緑，晚萼散輕紅。影入環階水，香隨度隙風。路遠無由寄，徒念春閨空。（《初學記》作念。）

同上，卷三百二十七花木七《咏階前萱草》（魏彦深）：

緑草正含芳，霏靡映前堂。帶心花欲發，依籠葉已長。雲度時無影，風來乍有香。横得忘憂號，余憂遂不忘。（中華書局，1966年）

李昉等《太平御覽》卷二百四十九職官部四十七《記室參軍》：

《隋書》曰：魏澹專精好學，博涉經史，善屬文，詞采贍逸。齊博陵王濟聞其名，引爲記室。

同上，卷九百二十六羽族部十三《鷹》：
　　隋魏彥深《鷹賦》曰：惟茲禽之化育，實鍾山之所生。資金方之猛氣，擅火德之炎精。何虞者之多端，運橫羅以羈束。綴輕絲於雙臉，結長皮於兩足。飛不遂於本情，食不充於所欲。逸翰由其暫斂，雄心爲之自局。若乃貌非一體，相乃多途。指重十字，尾貴合盧。立如植木，望似愁胡。嘴同劍利，腳等荊枯。亦有白如散花，赤如點血。大文若錦，細班似纈。眼類明珠，毛猶霜雪。身重若金，爪鋼如鐵。或復頂平似削，頭圓如卵。臆闊頸長，筋粗脛短。翅厚羽勁，髀寬肉緩。求之事用，俱爲絕伴。或似鶉頭，或似鵄首。赤睛黃足，細骨小肘。懶而易驚，奸而難誘。住不可呼，飛不及走。若斯之輩，不如勿有。若夫疾食速消，此則有命。兔頸猴立，是爲無病。廁門忌大，結肚惡軟。條不欲絕，背不宜喘。生於窟者則好眠，巢於木者則常立。雙骹長者則起遲，六翮短者則飛急。毛衣屢改，厥色無常。寅生酉就，總號爲黃。二周作鴇，千日成蒼。雖曰排虛，性殊衆鳥。雌則體大，雄則形小。遇犬則驚猜，得人則馴擾。養雛則少病，野羅則多巧。察之爲易，調之實難。格必高迥，屋必華寬。薑以取熱，酒以排寒。韝須溫暖，肉不陳乾。近人令狎，靜之使安。晝不離手，夜便火宿。微加其毛，少減其肉。肌羸腸瘦，心和性熟。念絕雲宵，志在馳逐。（中華書局，1960年）

王欽若等《册府元龜》卷一百四十二帝王部《和好》：
　　十二月，陳遣散騎常侍周墳、通侍散騎常侍袁彥來聘。閏月，遣兼散騎常侍唐令則、通侍散騎常侍魏澹使於陳。

同上，卷五百五十四國史部《選任》：
　　薛德音，道衡之從子。有雋才，起家爲游騎尉。佐魏澹修《魏史》成，遷著作郎。

同上，卷五百五十六國史部《采撰》：
　　隋魏澹爲著作郎，仍爲太子學士。別成《魏史》，爲例一卷。

同上，卷六百七學校部《撰集》：
　　北齊祖珽拜爲尚書左僕射，監修國史，以後主屬文，奏撰《御覽》。武平三年二月，詔珽及特進魏收等入文林館，撰《玄洲苑御覽》，後改名《聖壽堂御覽》。八月，《御覽》成，敕付史閣。後改爲《修文殿御覽》，凡三百六十卷。初，詔珽與收、太子太師徐之才、中書令崔劼、散騎常侍張雕、中書監陽休之監撰。珽等奏追通直散騎侍郎韋道、孫陸,又太子舍人王邵、衛尉丞李孝基、殿中侍御史魏澹、中散大夫劉仲威、袁奭、國子博士朱才、奉車都尉陸道閑、考功郎中崔子樞、左外兵郎薛道衡、并省主客郎中盧思道、司空東閣祭酒崔德、太學博士諸葛漢、奉朝請鄭公超、殿中侍御史鄭子信等入館撰書,并敕蕭放、蕭愨、顏之推等,同入撰例。

　　……………

　　魏澹,字彥深,爲太子舍人。廢太子勇深禮遇之,屢加優錫,令撰《笑苑詞林集》,世稱其博物。

同上,卷七百二十八幕府部《辟署第三》:

　　魏澹,字彥深,世以文學自業。齊博陵王濟聞其名,引爲記室。及琅邪王儼爲京畿大都督,以澹爲鎧曹參軍。

同上,卷七百六十八總錄部《儒學第二》:

　　魏澹,世以文學自業,年十五而孤,專精好學,博涉經史,善屬文,詞采贍逸。齊博陵王濟聞其名,引爲記室。

同上,卷九百五十二總錄部《交惡》:

　　劉逖武成時爲儀同三司,武成殂,出爲江州刺史。祖珽執政,徙爲仁州刺史。祖珽既出,徵逖,待詔文林館。初,逖與珽爲以文義相得,結雷陳之契,又爲弟俊娉珽之女。珽之將免彥深等也,先以造逖,仍付爲啓,令祖其奏聞。彥深等頗知之,先自申理,珽由此疑逖告其所爲。及珽被出,逖遂遣弟離婚,其輕交易絕如此!(中華書局,1960年)

王堯臣等編次,錢東垣等輯釋《崇文總目》卷三正史類:

　　《後魏書》一百三十卷,魏收撰。

　　原釋:齊天保中始詔(魏)收撰《魏史》,收博采諸家舊文,隨條甄舉,綴屬後事,成一代大典。追敘魏先祖二十八帝,下終孝靜,作十二紀、九十二列傳、十志析之。凡一百三十篇,而史有三十五例、二十五叙、九十四論、前後二表、一啓。然收諂於齊氏,言魏室多所不平。至隋開皇中,敕魏澹更作《魏史》;唐李延壽作《北史》,并行於世,與收史相亂,因而卷第殊舛,今所存僅九十餘篇。(見《文獻通考》。)

　　《後魏紀》一卷。

　　原釋:隋魏澹撰。(見天一閣鈔本。)初,高祖以魏收書褒貶失實,平繪中興事敘事不倫,詔澹別成《魏史》。澹斷自道武,下迄恭帝,爲十二帝紀、七十八列傳、史論及例目錄一篇，合九十二篇。退東魏孝靜帝稱傳，矯正收繪之失。收天子名則書，太子名則諱；澹諱皇帝名，書太子。自收諱太武獻文之弒，使同善終天年；澹顯書之以懲逆。收書敵國皆曰死，澹曰卒。體裁簡正，帝甚善之。然世以收史爲主，故澹書亡闕，今纔紀一卷存。（見《文獻通考》。）（《宋元明清書目題跋叢刊》本，中華書局，2006年）

歐陽修、宋祁《新唐書》卷五十八《藝文志》乙部史錄正史類：
魏澹《後魏書》一百七卷。

同上，編年類：
魏澹《魏紀》十二卷。

同上，卷六十《藝文志》丁部集錄別集類：
《魏澹集》四卷。（中華書局，1975年）

趙鼎臣《竹隱畸士集》卷十二《策問·定州州學私試策問六首》：
問：國必有史，史必有書。三代之際而史爲世官，兩漢以來而史爲家學，至於近世家學亡矣，是非不出於一人，論議率資於衆口，蓋趨以備官記事而已，則後之不及古，豈不諒哉！《書》與《春秋》皆史也，至馬遷始合之，而後人莫能易。馬遷而後有班固，班固而後有陳壽、范曄，此最彰明較著者也。踵而爲者，蓋日益多，雖或善或否，要知各盡其心焉耳矣。昔人以才學與識謂之三長，今諸家之書，其文具存，所謂才學者誰歟？而所謂識者又何也？能兼衆長而備有之，則信善矣，亡乃或得其一而遺其二歟？固譏遷於前，而曄掎固於後。魏收致詆於魏澹，韓愈見刊於路隋。史之說，何紛如也？（《文淵閣四庫全書》本）

葉廷珪《海錄碎事》卷十八文學部上圖籍門《笑苑》：
《詞林集》，太子勇令魏澹撰；《中興書》，羊繪爲《中興書》，事不倫序，高祖詔魏澹別成《魏史》。（中華書局，2002年）

鄭樵《通志》卷六十八《藝文略第六》小說：
《笑苑》四卷。

同上，卷七十《藝文略第八》別集四：
《著作郎魏彥深集》三卷。

同上，卷一百六十二《魏澹列傳》：

魏澹字彥深，鉅鹿下陽曲人也。祖鷟，魏光州刺史，父季景，齊大司農卿，魏郡尹世以文學自業。澹年十五而孤，專精好學，高才善屬文，仕齊累遷殿中侍御史，尋與魏收、陽休之、熊安生俱修國史，又與諸學生修《五禮》，及撰《御覽》，除殿中郎、中書舍人。後與李德林俱修國史。入周爲納言中士，隋初爲行臺禮部侍郎。尋爲聘陳使正，還除太子舍人。廢太子勇深禮之，令注《庾信集》，撰《笑苑》，世稱《博物》，遷著作郎，仍爲太子學士。帝以魏收所撰《後魏書》褒貶失實，平繪爲《中興書》事不倫序，詔澹別成《魏史》。澹自道武下及恭帝，爲十二紀，七十八列傳，別爲史論及例各一卷，合九十二卷。義例與魏收多所不同。

其一曰，臣聞天子者，繼天立稱，終始絕名。故《穀梁傳》"太上不名"。《曲禮》"天子不言出，諸侯不生名"。諸侯尚不生名，況天子乎！若爲太子，必須書名。良由子者對父生稱，父前子名，禮之意也。至如馬遷，周之太子并皆言名，漢之儲兩俱沒其諱，以尊漢卑周，臣子之意也。竊謂雖立此理，恐非其義。何者？《春秋》《禮記》，太子必書名，天王不言出。此仲尼之褒貶，皇王之稱謂，非當時與異代遂爲優劣也。班固、范曄、陳壽、王隱、沈約參差不同，尊卑失序。至於魏收，諱儲君之名，書天子之字，過又甚焉。今所撰，諱皇帝名，書太子字，欲尊君卑臣，依《春秋》之義。

二曰，魏氏平文以前，部落之君長耳。太祖遠追二十八帝，并極崇高，違堯舜憲章，越周公典禮。但道武出自結繩，未師典誥，當須南、董直筆，裁而正之。反更飾非，豈是觀過？但力微天女所誕，靈異絕世，尊爲始祖，得禮之宜。平文、昭成雄據塞表，英風漸盛，圖南之業，基自此始。長孫斤之亂也，兵交御坐，太子授命，昭成獲免。道武此時，后緦方娠，宗廟復存，社稷有主，大功大孝，實在獻明。此之三世，稱謚可也。自茲以來，未之敢聞。

其三曰，幽王死於驪山，厲王出奔於彘，未嘗隱諱，直筆書之，欲以勸善懲惡，貽誡將來，而太武、獻文并遭非命，前史立紀，不異天年，言論之間，頗異首尾。殺主害君，莫知名姓，逆臣賊子，何所懼哉！今分明直書，不敢回避。

四曰，自晉德不競，宇宙分崩，或帝或王，各自署置，其生略如敵國，書死便同庶人，凡處華夏之地者，皆書曰卒，同之吳、楚。澹又以爲司馬遷創立紀傳已來，述者非一，人無善惡，皆爲立論。計在身行迹，具在正書，事既無奇，不足懲勸。再述乍同銘頌，重敘唯覺繁文。案邱明亞聖之才，發揚聖旨，言"君子曰"者，無非甚泰，其間尋常，直言而已。今所纂史，竊有慕焉，可爲勸戒者，論其得失，其無益者，所不論也。

同上,卷一百六十四《薛道衡列傳》:

魏澹修《魏史》,史成,遷著作佐郎。及越王侗稱制東都王,世充之僭號,軍書、羽檄皆出其手,世充平以罪誅,其文筆皆行於世。

同上,卷一百七十六《文苑傳第二·隋潘徽》:

隋遣魏澹聘於陳,陳人使徽接對之,澹將反命,爲啓陳主曰:"敬奉弘慈,曲垂餞送。"徽以爲餞送爲重,敬奉爲輕,却其啓而不奏。澹曰:"《曲禮》云:'士敬客。'《詩》曰:'維桑與梓,必恭敬止。'《孝經》:'宗廟致敬。'又云:'不敬其親,謂之悖禮。'孔子敬天之怒,成湯聖敬日躋。宗廟極重,上天極高,父極尊,君極貴,四者咸同一敬,五經未有異文。不知以敬爲輕,竟何所據?"徽難之曰:"向所論敬字,本不全以爲輕,但施用處殊,義成通別。禮主於敬,此是通言,猶如男子'冠而字之',注云'成人敬其名也'。《春秋》有冀缺,夫妻亦云'相敬'。於子則有敬名之義,在夫亦有敬妻之説,此可復并極高極重乎?至若'敬謝諸公',固非尊地,'公子敬愛',止施賓友,'敬問''敬報',彌見雷同,'敬聽''敬酬',何關貴隔!當知敬之爲義,雖是不輕,但敬之於語,則有時混漫。今云'敬奉',所以成疑。聊舉一隅,未爲深據。"澹不能對,遂從而改焉。(中華書局,1987年)

張綱《華陽集》卷三十一雜文《祭弟彦深文》:

嗟余生之多艱,舉一世而少徒。矧投老於窮巷,交游散而益疏。獨三弟之鄰墻,分戚休而與俱。每論心而莫逆,撫芳辰以自娱。粤己卯之徂夏,雁序折而稍孤。念過從之鮮歡,猶二季之相扶。曷沈痛之未定,君又棄余於半途。愴餘年之無依,籲蒼天其何辜。嗚呼哀哉!才疏而通,莫之或攄。心和而平,退然守愚。不知者謂君藏蓄之深而獨善,知之者未嘗不嘆其優卒歲得保身之令圖。頃一病之沈綿,氣胺消而莫甦。冀藥石之可恃,竟奄忽而云徂。紛華萼之凋悴,復誰憐於朽株。老懷淒其感傷,泣涕淚而盈裾。設豆觴之菲奠,視生平而不殊。幸清魂之一歆,歸即安於山隅。(《四部叢刊》本)

洪邁撰,孔凡禮點校《容齋隨筆》四筆卷八《歷代史本末》:

唐太宗詔房喬、褚遂良等修定,爲百三十卷。以四論太宗所作,故總名之曰"御撰",是爲《晋書》,至今用之。南北兩朝各四代,而僭僞之國十數,其書尤多,如徐爰、孫嚴、王智深、顧野王、魏澹、張大素、李德林之正史,皆不傳。(中華書局,2015年)

李處權《崧庵集》卷四《吊彥深》：

已秀不成實，長懷事可吁。寧論日下鶴，遽失掌中珠。擾擾遭斯厄，冥冥喪厥軀。高堂親白髮，泪眼尚青枯。（《文淵閣四庫全書》本）

章如愚《群書考索》卷十四正史門《後魏書》：

初，（魏）收天保中奉詔搜撰《五年表》，上悉焚崔浩、李彪等舊書。收黨齊毀魏，褒貶肆情，衆號爲"穢史"，獨楊愔等助之，故其書漸行。文帝以其不實，敕魏澹更作。按《唐志》又有張太素《魏書》，今收書記缺二卷，傳缺二十二卷，不全者三卷，全缺二卷。《太宗紀》則補以魏澹所作，《靜帝紀》則補以《北史》、高氏《小史》、《修文殿御覽》，列傳則益以《北史》、高氏《小史》，志則補以太素所撰。澹及太素書今亡，惟此紀、志存。

同上，卷十五正史門《周齊梁陳隋書修撰總類》：

貞觀三年，復詔撰定。議者以魏有魏收、魏澹二家，書爲已詳，惟五家史當立。德棻與岑文本、崔仁師次《周史》，李百藥次《齊史》，姚思廉次《梁》《陳》二史，魏徵次《隋史》，房玄齡總監。修撰之原，目（自）德棻發之，書成，遷禮部侍郎，兼修國史。（書目文獻出版社，1992年）

祝穆《古今事文類聚》後集卷四十三羽蟲部《鷹賦》（魏彥深）：

隋魏彥深《鷹賦》曰：惟茲禽之化育，實鍾山之所生。資金方之猛氣，擅火德之炎精。何虞者之多端，運橫羅一羈束。綴輕絲於雙臉，結長繩於兩足。飛不遂於本情，食不充於所欲。逸翰由而暫斂，雄心爲之自局。若乃貌非不一，相乃多途。指重十字，尾貴合盧。立如植木，望似愁胡。嘴同鈎利，脚等荆枯。亦有白如散花，赤如點血。大文若錦，細斑似纈。眼類明珠，毛猶霜雪。身重若金，爪剛如鐵。或復頂平似削，頭圓如卵。臆闊頭長，筋粗頸短。翅厚羽勁，髀寬肉緩。求之事用，俱爲絕伴。或如鶉頭，或似鷗首。赤精黃足，細骨小肘。懶而易警，奸而難誘。住不可呼，飛不及走。若斯之輩，不如勿有。若夫疾食速消，此則有命。鴛頸猴立，是爲無病。厠門忌大，結肚惡軟。絛不欲絕，背不宜喘。生於窟者則好眠，巢於木者則常立。雙骹長者則起遲，六翮短者則飛急。毛衣屢改，厥色無常。寅生西就，總號爲黃。二周作鷳，千日成蒼。雖曰排盧，性殊衆鳥。雌則體大，雄則形小。遇犬則驚猜，得人則馴擾。養雛則少病，野羅則多巧。察之爲易，調之實難。格必高迴，屋必華寬。薑以取熱，酒以排寒。韝須温暖，肉不陳乾。近之令狎，靜之使安。晝不離手，夜便火宿。微加其毛，少減其肉。肌肥腸瘦，心和性熟。念絕雲霄，志在馳逐。（《四庫類書叢刊》本，上海古籍出版社，1992年）

陳振孫撰，徐小蠻、顧美華點校《直齋書錄解題》卷四正史類：

《後魏書》一百三十卷。

北齊中書令兼著作郎鉅鹿魏收伯起撰。始，魏初鄧彥海撰《代記》十餘卷，其後，崔浩典史爲編年體，李彪始分作紀、表、志、傳。收搜采遺亡，綴續後事，備一代史籍上之。時論言收著史不平，詔與諸家子孫共加論討，前後訴者百有餘人，衆口諠然，號爲"穢史"。僕射楊愔、高德正與收皆親，抑塞訴辭，遂不復論。今紀闕二卷，傳闕二十二卷，又三卷不全，志闕《天象》二卷。收既以史招怨，齊亡之歲，竟遭發冢棄骨之禍。隋文帝命魏澹等更撰《魏書》九十二卷。（案《舊唐書·經籍志》《新唐書·藝文志》俱一百七卷。）以西魏爲正，東爲僞，義例簡要。《唐志》又有張太素《後魏書》一百卷，今皆不傳，而收書獨行。《中興書目》謂所闕《太宗紀》以澹書補之，闕志乙太素書補之。二書既亡，惟此紀、志獨存，不知何據也。（案：《宋史》存《澹紀》一卷，太素《天文志》二卷。）（上海古籍出版社，1987年）

黄震《古今紀要》卷七北朝齊《魏收》：

魏澹（族弟，仕隋。注《庾信集》，撰《笑苑》，號博物。帝令別成《魏史》）。（《文淵閣四庫全書》本）

王義山《稼村類稿》卷十二《代徐司户上參政蔡九軒獻〈通鑒綱目考異〉書》：

有撰《魏武春秋》如孫盛者，有撰《魏紀》如魏澹者，是又不以一人而成一書也。（《知不足齋叢書》本）

王應麟《玉海》卷四十六藝文古史《後魏書·魏典》：

北齊天保二年，詔魏收撰《魏史》。勒成十一紀、九十二列傳，合一百一十卷，五年三月奏上之。十一月，奏十志：《天象》《地形》至《官氏》《釋老》，凡二十卷，合一百三十卷，分爲十二秩。隋以魏收所撰書褒貶失實，平繪爲《中興書》事不倫序，詔魏澹別成《魏史》，爲十二紀、七十八列傳。史論及例，各一卷，合九十二卷。書目今收書，紀闕二卷，傳闕二十二卷，不全者三卷，志闕二卷，補以魏澹張太素所作及《北史》、高氏《小史》、《修文殿御覽》（澹及太素書今亡）。《唐志》魏收《後魏書》一百三十卷，魏澹一百七卷，張太素一百卷，裴安時《元魏書》三十卷。《唐舊史》張太素撰《後魏書》一百卷，《天文志》未成，一行續成之（志又有張太素《魏書》百卷）。《隋志》魏彥深撰一百卷。《唐·元行冲傳》以系出拓拔，恨史無編年，乃撰《魏典》三十篇，事詳文約，學者尚之。

同上，《唐七十家正史》：

東漢則有劉珍、謝承、薛瑩、司馬彪……元魏、北齊、周、隋有魏收、魏澹、李德林、王劭、張大素、李百藥、令狐德棻、顏師古等，不著錄者……《漢書》之學則劉伯莊、敬播、元懷景、姚珽、沈遵、李善；《晋書音注》則徐堅、高希嶠、何超，及齊、梁、陳、周、隋之史，武德、貞觀兩朝史，吳兢等《唐書》，國史至裴安時《元魏書》終焉。（江蘇古籍出版社、上海書店，1987年）

馬端臨《文獻通考》卷一百九十二《經籍考十九》史部正史類：

《後魏書紀》一卷。

《崇文總目》：魏澹撰。初，高祖以魏收書褒貶失實，平繪中興事叙事不倫，詔澹別成魏史。澹斷自道武，下迄恭帝，爲十二帝紀，七十八列傳，史論及例、目録一篇，合九十二篇，退東魏孝静帝稱傳，矯正收、繪之失。收天子名則書，太子名則諱；澹諱皇帝名，書太子名。收諱太武、獻文之弑，使同善終天年；澹顯書之以懲逆。收書敵國皆曰死，澹書曰卒。體裁簡正，帝甚善之。然世以收史爲主，故澹書亡闕，今纔紀一卷存。（中華書局，1986年）

脱脱等《宋史》卷二百三《藝文志二》史類正史類：

魏澹《後魏書紀》一卷。（本七卷。）（中華書局，1985年）

李賢等《大明一統志》卷三真定府《人物》：

魏澹，李景子，世業文學。澹專精好學，博涉經史，善屬文。仕爲禮部侍郎，遷著作郎。高祖以魏收《後魏書》褒貶失實，平繪《中興書》事不倫序，詔澹別成《魏史》，矯收、繪之失，甚爲簡要。又有集三十卷。（三秦出版社，1990年）

陸深《儼山外集》卷二十四《史通會要上·建置第一》：

隋以大臣統領者，謂之監修。國史自餘，史官則稱自領而已。若魏收、柳虬、王劭、魏澹、諸葛穎、劉炫，亦各一時也。（《四庫筆記小説叢書》本，上海古籍出版社，1993年）

馮惟訥《古詩紀》卷一百三十三隋第四《魏澹》：

魏澹（字彦深，鉅鹿下曲陽人，博涉經史，文詞贍逸。齊時爲中書舍人，周武平齊授納言中士。隋高祖受禪爲散騎侍郎，太子舍人，遷著作郎）。

《初夏應詔》：雖度芳春節，物色尚餘華。出簾飛小燕，映户落殘花。舞衫飄細縠，歌扇掩輕紗。蘭房本宜夜，不畏日光斜。

《咏階前萱草》：緑草正含芳，霢靡映前堂。帶心花欲發，依籠葉已長。雲度時無影，風來乍有香。横得忘憂號，余憂遂不忘。

《咏石榴》：分根金谷裏，移植廣庭中。新枝含淺緑，晚萼散輕紅。影入環階水，香隨度隙風。路遠無由寄，徒念春閨空。

《園樹有巢鵲戲以咏之》：畏玉心常駭，填河力已窮。夜飛還繞樹，朝鳴且向風。□來寧自伐，識歲不論功。早晚時應至，輕舉一排空。

《咏桐》：本求裁作瑟，何用削成珪。願寄華庭裏，枝横待鳳栖。（《文淵閣四庫全書》本）

凌迪知《萬姓統譜》卷九十四去聲五未·魏：

魏澹（字彦深，季景子，世業文學。澹專精好學，博涉經史，善屬文，仕爲禮部侍郎，遷著作郎。高祖以魏收《後魏書》褒貶失實，平繪《中興書》事無倫序，詔澹别成《魏史》，矯收、繪之失，甚爲簡要。又有集三十卷）。（《文淵閣四庫全書》本）

焦竑《國史經籍志》卷四下子類小説家：

《笑苑》四卷。

同上，卷五集類别集：

《魏彦深集》三卷。（商務印書館，1939年）

梅鼎祚《隋文紀》卷五：

魏澹，字彦深，鉅鹿下曲陽人。齊中書舍人，歷周納言中士，入隋爲著作郎。有集二十卷。

《魏史》義例：高祖以魏收所撰書褒貶失實，平繪爲《中興書》事不倫序，詔澹别成《魏史》。澹自道武下及恭帝，爲十二紀、七十八傳、别爲史論及例一卷，并目録合九十二卷。澹之義例，與魏收多所不同，所著《魏書》甚簡要，大矯收、繪之失。上覽而善之。（《文淵閣四庫全書》本）

彭大翼《山堂肆考》卷五十九臣職《作傳納金》：

初，魏收在神武時修國史，得楊休之助，因曰："無以謝，德當爲卿作佳傳。"休之父，固爲北平太守，以貪獲罪。收乃書曰："固爲北平，甚有惠政，坐公事免。"爾朱榮於魏爲賊，收以高氏出自爾朱，且納榮子金，故減其惡而增其善。書成，衆口喧然，號爲"穢史"。後高祖以收褒貶失實，詔著作郎魏澹别成之。澹矯收之失，甚爲簡要。

同上，卷二百花品《分根金谷》：

隋魏彥深詩：分根金谷裏，移植廣庭中；新枝含淺綠，晚萼散輕紅。影入環階水，香隨度隙風；路遠無由寄，徒念春閨空。按"分根金谷"者，石崇金谷園有榴，名石崇榴也。

同上，卷二百十二羽蟲《鷹》：

隋魏彥深賦：惟茲禽之化育，實鍾山之所生。資金方之猛氣，擅火德之炎精。
（《四庫類書叢刊》本，上海古籍出版社，1992年）

馮復京《六家詩名物疏》卷四十六大雅文王之什一《大明篇·鷹》：

隋魏彥深賦云：資金方之猛氣，擅火德之炎精。指重十字，尾貴合盧。立如植木，望似愁胡。嘴同劍利，腳等荊枯。亦有白如散花，赤如點血。大文若錦，細斑似繢。眼類明珠，毛猶霜雪。身重若金，爪剛如鐵。生於窟則好眠，巢於木則常立。雙骹長則起遲，六翮短則飛急。毛衣屢改，厥色無常。寅生酉就，總號爲黃。二周作鷂，千日成蒼。雌則體大，雄則形小。遇犬驚猜，得人馴擾。（《文淵閣四庫全書》本）

曹學佺《石倉歷代詩選》卷十一隋詩《初夏應詔》（魏澹）：

雖度芳春節，物色尚餘華。出簾飛小燕，映戶落殘花。舞衫飄細縠，歌扇掩輕紗。蘭房本宜夜，不畏日光斜。（《文淵閣四庫全書》本）

周嬰《卮林》卷四《述洪·歷代史》：

唐太宗詔房喬、褚遂良等定爲百三十卷，以四論太宗所作，故總名之曰"御撰"，是爲《晉書》，至今用之。南北兩朝各四代，而僭僞之國十數，其書尤多，如徐爰、孫嚴、王智深、顧野王、魏澹、張太素、李德林之正史，皆不傳。

北朝則魏收《後魏書》一百三十卷，著作郎魏澹《後魏書》一百卷，北作九十二卷。（《叢書集成初編》本）

陸時雍《古詩鏡》卷二十九隋《魏澹》：

魏澹字彥深，鉅鹿下曲陽人。博涉經史，文詞贍逸。齊時爲中書舍人，周武平齊授納言中士，隋高祖受禪爲散騎侍郎，太子舍人，遷著作郎。

詩《初夏應詔》：雖度芳春節，物色尚餘華。出簾飛小燕，映戶落殘花。舞衫

飄細縠，歌扇掩輕紗。蘭房本宜夜，不畏日光斜。（《文淵閣四庫全書》本）

董斯張《廣博物志》卷二十七《藝苑二》：

至隋開皇，敕著作郎魏澹與顏之推、辛德源更撰《魏書》，矯正（魏）收失。澹以西魏爲真，東魏爲僞，故文、恭列紀，孝靖稱傳。合紀、傳、論例，總九十二篇。煬帝以澹書猶未能善，又敕左僕射楊素別撰，學士潘徽、褚亮、歐陽詢等佐之。會素薨而止。今世稱《魏史》者猶以收本爲主焉。（《文淵閣四庫全書》本）

朱明鎬《史糾》卷二《北魏書·李平傳》：

魏澹、顏之推、辛德源修《魏書》九十二卷。《唐·藝文志》中有張太素《後魏書》一百卷，茲得非二書之筆乎？（魏）收書往往散逸，多取《北史》及高氏《小史》補之。高氏《小史》或復取材於魏澹、太素之書，未可知也。若收本則宜如李氏所訟爾。

同上，《釋老志》：

魏收之書頗有史裁，四夷之傳，不襲舊文。十志之中，無溢前代。比之沈約《宋書》，才藻不如而斷限差勝。所以魏澹、張太素之書皆廢而此史獨行。但傳中每詳親婭，不畏頗辟，雖譜牒之舊已久，氏族之考方興，按之史筆，終乖體要。宜當時楊愔極祖魏氏，尚以此見短也。至其抑魏伸齊，詔讟備至，舉按恣情，妍醜頓易。即無王、李二家之訟，穢號自應喧播矣。（《叢書集成初編》本）

汪灝等《廣群芳譜》卷二十八花譜《石榴花》：

隋魏澹《咏石榴》：分根金谷裏，移植廣庭中。新枝含淺綠，曉萼散輕紅。影入環階水，香隨度隙風。路遠無由寄，徒念春閨空。

同上，卷四十六花譜《萱花》：

隋魏澹《咏階前萱草》：綠草正含芳，霏靡映前堂。帶心花欲發，依籠葉已長。雲度時無影，風來乍有香。橫得忘憂號，余憂遂不忘。

同上，卷七十三木譜《桐》：

隋魏彥深《咏桐》：未求裁作瑟，何用削成珪。願寄華庭裏，枝橫待鳳栖。（《國學基本叢書》本，上海書店，1985年）

張英、王士禎等《淵鑒類函》卷四百二果部四《石榴五》：

隋魏彥深《咏石榴》詩曰：分根金谷裏，移植廣庭中。新枝含淺綠，晚萼散輕紅。影入環階水，香隨度隙風。路遠無由寄，徒念春閨空。

同上，卷四百九草部二《萱三》：

魏彥深《咏階前萱草》詩曰：綠草正含芳，霏靡映前堂。帶心花欲發，依籠葉已長。雲渡時無影，風來乍有香。橫得忘憂號，余憂遂不忘。

同上，卷四百十四木部三《桐四》：

隋魏彥深《咏桐》詩曰：未求裁作瑟，何用削成珪。願寄華庭裏，枝橫待鳳棲。

同上，卷四百二十二鳥部五《鷹五》：

隋魏彥深《鷹賦》曰：唯茲禽之化育，實鍾山之所生。資金方之猛氣，擅火德之炎精。何虞者之多端，運橫羅以羈束。綴輕絲於雙臉，結長皮於兩足。飛不遂於本情，食不充於所欲。逸翰由而暫斂，雄心爲之自局。若乃貌非一，種相乃多途。指重十字，尾貴合盧。立如植木，望似愁胡。嘴同利劍，腳等荊枯。亦有白如散花，赤如點血。大文若錦，細斑似纈。眼類明珠，毛猶霜雪。身重若金，爪剛如鐵。或復頂平似削，頭圓如卵。臆闊頸長，筋粗脛短。翅厚羽勁，髀寬肉緩。求之事用，俱爲絕伴。或似鶉頭，或似鵶首。赤精黃足，細骨小肘。懶而易驚，奸而難誘。住不可呼，飛不及走。若斯之輩，不如勿有。若夫疾食速消，此則有命。兔頸猴立，是爲無病。厠門忌大，結肚惡軟。條不宜絕，背不宜喘。生於窟者則好伏，巢於木者則常立。雙骸長者則起遲，六翮短者則飛急。毛衣屢改，厥色無常。寅生酉就，總號爲黃。二周作鴇，千日成蒼。雖曰排虛，性殊衆鳥。雌則體大，雄則形小。遇犬則驚猜，得人則馴擾。養雛則少病，野羅則多巧。察之爲易，調之實難。格必高迥，屋必華寬。薑以取熱，酒以排寒。韝須溫暖，肉不陳乾。近之令狎，靜之使安。晝不離手，夜便火宿。微加其毛，少減其肉。肌贏腸瘦，心和性熟。念絕雲霄，志在馳逐。

同上，卷四百二十三鳥部六《鵲四》：

隋魏彥深《園樹有巢鵲戲以咏之》曰：畏玉心常駭，填河力已窮。夜飛還繞樹，朝鳴且向風。知來寧自伐，識歲不論功。早晚時應至，輕舉一排空。（上海古籍出版社，2008年）

張玉書等《佩文韻府》卷五十七上聲二十七感韻《澹》：

澹字彥深，博涉經史，詞采贍逸，太子勇令注《庾信集》，復撰《笑苑》《詞林集》，高祖詔澹別成《魏史》，義例與魏收多所不同。（《文淵閣四庫全書》本）

張玉書、汪霦等《佩文齋詠物詩選》卷二百八十三梧桐類·五言古：

《詠桐》（隋魏澹）：本求裁作瑟，何用削成珪。願寄華庭裏，枝橫待鳳栖。

同上，卷三百七榴花類·五言古：

《詠石榴》（隋魏澹）：分根金谷裏，移植廣廷中。新枝含淺綠，晚萼散輕紅。影入環階水，香隨度隙風。路遠無由寄，徒念春閨空。

同上，卷三百五十六萱花類·五言古：

《詠階前萱草》（魏澹）：綠草正含芳，靃靡映前堂。帶心花欲發，依籠葉已長。雲度時無影，風來乍有香。橫得忘憂號，余憂遂不忘。

同上，卷四百三十五鵲類·四言古：

《園樹有巢鵲戲以詠之》（隋魏澹）：畏玉心常駭，填河力已窮。夜飛還繞樹，朝鳴且向風。知來寧自伐，識歲不論功。早晚時應至，輕舉一排空。（《四庫文學總集選刊》本，上海古籍出版社，1983年）

陳元龍《歷代賦彙》卷一百三十二鳥獸《鷹賦》（隋魏彥深）：

唯茲禽之化育，實鍾山之所生。資金方之猛氣，擅火德之炎精。何虞者之多端，運橫罦以羈束。綴輕絲於雙臉，結長皮於兩足。飛不遂於本情，食不充於所欲。逸翰由其暫斂，雄心爲之自局。若乃貌非一體，相乃多途。指重十字，尾貴合盧。立如植木，望似愁胡。嘴同劍利，脚等荊枯。亦有白如散花，赤如點血。大文若錦，細班似纈。眼類明珠，毛猶霜雪。身重若金，爪剛如鐵。或復頂平似削，頭圓如卵。臆闊頸長，筋粗脛短。翅厚羽勁，髀寬肉緩。求之事用，俱爲絕伴。或似鶉頭，或似鴟首。赤精黃足，細骨小肘。懶而易驚，奸而難誘。住不可呼，飛不及走。若斯植擋，不如勿有。若夫疾食速消，此則有命。兔頸猴立，是爲無病。厠門忌大，結肚惡軟。條不欲絕，背不宜喘。生於窟者則好眠，巢於木者則常立。雙骹長者則起遲，六翮短者則飛急。毛衣屢改，厥色無常。寅生酉就，總號爲黃。二周作鴇，千日成蒼。雖曰排虛，性殊衆鳥。雌則體大，雄則形小。遇犬則驚猜，得人則馴擾。養雛則少病，野羅則多巧。察之爲易，調之實難。格必高迥，屋必華寬。薑以取熱，酒以排寒。韝須溫暖，肉不陳乾。近人令狎，靜之使安。晝不離手，夜

便火宿。微加其毛，少減其肉。肌肥骨瘦，心和性熟。念絕雲霄，志在馳逐。（江蘇古籍出版社，1987年）

陳大章《詩傳名物集覽》卷二《鳥·時維鷹揚》：

隋魏彥深賦：資金方之猛氣，擅火德之炎精。指重十字，尾貴合盧。立如木植，望若愁胡。嘴同劍利，脚等荊枯。亦有白如散花，赤如點血。大文若錦，細斑若纈。眼類明珠，毛猶霜雪。身重若金，爪剛如鐵。生於窟則好眠，巢於木則常立。雙骹長則起遲，六翩短則飛急。毛衣屢改，厥色無常。寅生西就，總號爲黃。二周作鴇，千日成蒼。雌則體大，雄則形小。遇犬驚猜，得人馴擾。（《叢書集成初編》本）

藍鼎元《鹿洲初集》卷十四《史學考》：

隋文帝命魏澹等更撰《魏書》九十二卷，皆不傳。而（魏）收書獨行於世，則澹等文章之陋也。（《文淵閣四庫全書》本）

穆彰阿、潘錫恩等《大清一統志》卷十九正定府二《人物》：

魏澹，字彥深，下曲陽人。專精好學，博涉經史。高祖時累除太子舍人，遷著作郎。高祖以魏收所撰書，褒貶失實，平繪爲《中興書》，事不倫序，詔澹別成《魏史》九十二卷，甚簡要，大矯收繪之失。上覽而善之。（上海古籍出版社，2008年）

李衛等《畿輔通志》卷七十九文翰《正定府》隋魏澹：

字彥深，下曲陽人。專精好學，博涉經史，任著作郎。高祖以魏收所撰書褒貶失實，命澹別成《魏史》，澹所著甚簡要。高祖善之。（《文淵閣四庫全書》本）

永瑢等《四庫全書總目》卷四十五史部一正史類《魏書》提要：

《魏書》一百十四卷（內府刊本），北齊魏收奉敕撰。收表上其書，凡十二紀、九十二列傳，分爲一百三十卷。今所行本爲宋劉恕、范祖禹等所校定。恕等《序錄》，謂隋魏澹更撰《後魏書》九十二卷。唐又有張太素《後魏書》一百卷。今皆不傳。魏史惟以魏收書爲主，校其亡逸不完者二十九篇，各疏於逐篇之末。然其據何書以補闕，則恕等未言。《崇文總目》謂澹書纔存《紀》一卷、太素書存《志》二卷。陳振孫《書錄解題》引《中興書目》，謂收書闕《太宗紀》，以魏澹書補之。《志》闕《天象》二卷，以張太素書補之。又謂澹、太素之書既亡，惟此《紀》《志》獨存，不知何據。是振孫亦疑未能定也。今考《太平御覽·皇王部》

所載《後魏書》，《帝紀》多取魏收書，而芟其字句重複。《太宗紀》亦與今本首尾符合，其中轉增多數語。（"永興四年宴群臣於西宮使各獻直言"下，多"弗有所諱"四字。"泰常八年廣西宮起外墻垣周回二十里"下，多"是歲民饑，詔所在開倉賑給"十一字。按此數語，《北史》有之，然《北史》前後之文與《御覽》所引者絶異。）夫《御覽》引諸史之文，有刪無增，而此紀獨異，其爲收書之原本歟？抑補綴者取魏澹書而間有節損歟？然《御覽》所引《後魏書》，實不專取一家。如此書卷十二《孝靜帝紀》亡，後人所補，而《御覽》所載《孝靜紀》，與此書體例絶殊。又有西魏《孝武紀》《文帝紀》《廢帝紀》《恭帝紀》，則疑其取諸魏澹書。（《隋書・魏澹傳》，自道武下及恭帝爲十二紀。劉知幾《史通》云："澹以西魏爲真，故文帝稱紀。"）又此書卷十三《皇后傳》亡，亦後人所補。今以《御覽》相校，則字句多同，惟中有刪節。而末附《西魏五后》，當亦取澹書以足成之。蓋澹書至宋初已尚不止僅存一卷，故爲補綴者所取資。至澹書亦闕，始取《北史》以補之。（如崔彧、蔣少游及《西域傳》。）故《崇文總目》謂魏澹《魏史》、李延壽《北史》與收史相亂，卷第殊舛。是宋初已不能辨定矣。惟所補《天象志》二卷爲唐太宗避諱，可信爲唐人之書無疑義耳。收以是書爲世所訿厲，號爲"穢史"。今以收傳考之，如云收受爾朱榮子金，故減其惡。其實榮之凶悖，收未嘗不書於册。至《論》中所云，若"修德義之風，則韓、彭、伊、霍，夫何足數"。反言見意，正史家之微詞。指以虛褒，似未達其文義。又云楊愔、高德正勢傾朝野，收遂爲其家作傳。其預修國史，得陽休之助，因爲休之父固作佳傳。案：愔之先世爲楊椿、楊津。德正之先世爲高允、高祐。椿、津之孝友亮節，允之名德，祐之好學，實爲魏代聞人。寧能以其門祚方昌，遂引嫌不録。況《北史・陽固傳》稱，固以譏切聚斂，爲王顯所嫉，因奏固剩請米麥，免固官，從征硤石。李平奇固勇敢，軍中大事，悉與謀之。不云固以貪虐先爲李平所彈也。李延壽書作於唐代，豈亦媚陽休之乎？又云盧同位至儀同，功業顯著，不爲立傳。崔綽位止功曹，本無事迹，乃爲首傳。夫盧同希元義之旨，多所誅戮，後以義黨罷官，不得云功業顯著。綽以卑秩見重於高允，稱其道德，固當爲傳獨行者所不遺。觀盧文訴辭，徒以父位儀同，綽僅功曹，較量官秩之崇卑，争專傳附傳之榮辱，（《魏書》初定本、《盧同》附見《盧元傳》，《崔綽》自有傳，後奉敕更審，同立專傳，綽改入附傳。）是亦未足服收也。蓋收恃才輕薄，有"驚蛺蝶"之稱，其德望本不足以服衆。又魏、齊世近，著名史籍者并有子孫，孰不欲顯榮其祖父？既不能一一如志，遂譁然群起而攻。平心而論，人非南、董，豈信其一字無私？但互考諸書，證其所著，亦未甚遠於是非。"穢史"之説，無乃已甚之詞乎？李延壽修《北史》，多見館中墜簡，參核異同，每以收書爲據。其爲收傳論云："勒成魏籍，婉而有章，繁而不蕪，志存實録。"其必有所見矣。今魏澹等之書俱佚，而收書終列於正史，殆亦恩怨并盡而後是非乃明歟？收敘事詳贍，而條例未密，多爲魏澹所駁正。《北史》不取澹書，而澹傳存其《叙例》，絕不爲掩其所短，則公論也。（中華書局，1965年）

覺羅石麟等《山西通志》卷一百七十五《經籍》史類：

《後魏紀》一卷，唐魏澹撰。（《文淵閣四庫全書》本）

姚振宗《隋書經籍志考證》卷十一史部正史類：

《後魏書》一百卷，著作郎魏彥深撰。

《隋書》列傳："魏澹字彥深，鉅鹿下曲陽人也。仕齊，歷周入隋，爲著作郎、太子學士。高祖以魏收所撰書褒貶失實，平繪爲《中興書》事不倫序，詔澹別成《魏史》。澹自道武下及恭帝，爲十二紀，七十八傳，別爲史論及例一卷，并目錄合九十二卷，澹之義例與魏收多所不同。"又曰："澹所著《魏書》甚簡要，大矯收、繪之失，上覽而善之，未幾卒，時年六十五。"

《史通·正史篇》：隋開皇時，敕著作郎魏澹與顔之推、辛德源更撰《魏書》，矯正得失。澹以西魏爲真，東魏爲僞，文恭列紀，孝靖稱傳，合紀、傳、論、例，總九十二篇。

又《本紀篇》云："紀者，既以編年爲主，唯叙天子一人。有大事可書者，則見之於年月。其書事委曲，付之列傳，此其義也。如近代述者，魏著作、李安平之徒，其撰《魏》《齊》二史，於諸帝篇，或雜載臣下，或兼言他事，巨細畢書，洪羅備錄。全爲傳體，有異紀文，迷而不悟，無乃太甚！世之讀者，幸爲詳焉。"（按《隋書》本傳載其《序例》第五條，有云"司馬遷之意，紀、傳之體，出自《尚書》，不學《春秋》"云云。故其紀仿《尚書》，與他家別爲一例。）

又《雜説篇》曰："夫以暴易暴，古人以爲嗤，如彥淵之改魏收也。以非易非，彌見其失矣！而撰《隋史》者，稱澹大矯收失者，何也？"

《唐日本國見在書目》：《後魏書》百卷，隋著作郎魏彥〔深〕撰。（脱"深"字。）

《唐書·經籍志》：《魏書》一百七卷，魏澹撰。（一本誤作張太素撰。）

《唐書·藝文志》：魏澹《後魏書》一百七卷。

《宋史·藝文志》：魏澹《後魏書紀》一卷，本七卷。（章氏《考證》曰："本七卷，語未詳。澹《帝紀》本十二卷。"按本七卷者，謂本一百七卷，脱"一百"字耳。）

《崇文總目》：《後魏紀》一卷，隋魏澹撰。澹退東魏孝静帝爲傳，矯正收、繪之失。收天子名則書，太子名則諱；澹諱皇帝名，書太子字。收諱太武獻文之弑，使同善終天年；澹顯書之，以懲逆。收書敵國皆曰死，澹曰卒。體裁簡正，帝甚善之。然世以收史爲主，故澹書亡闕，今纔紀一卷存。

《四庫提要》曰："《太平御覽·皇王部》所載《後魏書·帝紀》多取魏收書，而芟其字句重複。《太宗紀》亦與今本首尾符合，其中轉增多數語。夫《御覽》引諸史之文，有刪無增，而此紀獨異，其爲收書之原本歟？抑補綴者取魏澹書歟？《御覽》所引《後魏書》，不專取一家。如此書卷十二《孝靜帝紀》亡，後人所補，而《御覽》所載《孝靜紀》與此書體例絕殊。又有西魏《孝武紀》《文帝紀》《廢帝紀》《恭帝紀》，則疑其取諸魏澹書。又此書卷十三《皇后傳》亡，亦後人所補。今以《御覽》相校，則字句多同，惟中有刪節。而末附《西魏五后》，當亦取澹書以足成之。"

按《南史·梁武帝本紀》："中大通六年，是歲魏孝武帝迫於其相高歡，出居關中。歡又別奉清河王世子善見爲主，是爲孝靜帝。魏於是始分爲兩孝武，既至關中，又與丞相宇文泰不平，未幾，遇鴆而死。"按魏收仕東魏，入北齊。北齊承東魏之後，故據其統系，以東魏爲主。魏澹仕周，入隋。隋乘周，周承西魏，故亦據其遞嬗，以西魏爲主，斯皆因時世而各爲其是焉。

同上，卷三十子部七雜家：

《諸書要略》一卷，魏彥深撰。

魏彥深名澹，有《後魏書》，見史部正史類。

同上，卷三十二子部九小説家：

《笑苑》四卷，不著撰人。

《隋書·魏澹傳》：澹除太子舍人。廢太子勇深禮遇之，屢加優錫，令注《庾信集》，復撰《笑苑》《詞林集》，世稱其博物。（魏澹有《後魏書》，見史部正史類。）

同上，卷三十九之十二集部二之十二別集類十二：

著作郎《魏彥深集》三卷。魏彥深名澹，有《後魏書》見史部正史類。

《隋書》本傳：澹祖鸞，父季景，世以文學自業。澹專精好學，博涉經史，善屬文，詞采贍逸。齊時與魏收、陽休之、熊安生同修《五禮》，又與諸學士撰《御覽》，與李德林俱修國史，有文集三十卷，行於世。

《唐書·經籍》《藝文志》：《魏澹集》四卷。

馮氏《詩紀》：魏澹有《初夏應詔》《詠萱草》《詠石榴》《詠鵲巢》《詠桐》凡五首。

嚴氏《全隋文編》：魏澹有集三卷。今存《鷹賦》《謝陳主餞送啓》《啓用敬字義》《魏史義例》凡四篇。

同上，卷四十集部三總集類：
《詞林》五十八卷。不著撰人。
《隋書·魏澹傳》：澹除太子舍人。廢太子勇深禮遇之，屢加優錫，令注《庾信集》，復撰《笑苑》《詞林集》。世稱其博物。
《唐書·經籍》《藝文志》：《小辭林》五十三卷。
案兩《唐志》亦不著撰人，亦次於《文選》之後。蓋即是書。其稱《小辭林》者，大抵所錄皆小文，如《俳諧集》之體，亦《笑苑》之類歟？魏澹有《魏書》，見史部正史類。《笑苑》，見子部小說家。（清華大學出版社，2014年）

案：《隋書》卷三十四《經籍志三》子部小說類著錄"《笑苑》四卷"，未題撰人。《隋書》及《北史》魏澹本傳皆稱澹有《笑苑》一書。《隋書》及《北史》本傳載，澹"除太子舍人，廢太子勇深禮遇之，屢加優錫，令注《庾信集》，復撰《笑苑》《詞林集》，世稱其博物"，因此，黃震《古今紀要》、葉廷珪《海錄碎事》、姚振宗《隋書經籍志考證》均以爲《笑苑》爲魏澹撰。今采其說，定是書爲魏澹所著。

魏澹，字彥深，鉅鹿下曲陽（今河北晋縣）人。祖鷟，魏光州刺史。父季景，魏大司農卿。澹十五而孤，專精好學，博涉經史，善著文，詞采贍逸。北齊博陵侯高濟聞其名，引爲參室。北齊後主武平二年（571年），與尚書左僕射魏收、禮部尚書陽休之、國子博士熊安生同修《五禮》。三年（572年），與諸學士撰《御覽》。書成，除殿中郎中、中書舍人。隋開皇三年（583年），出使南陳，還，除太子舍人。太子楊勇深禮遇之，屢加優錫，令注《庾信集》，復撰《笑苑》《詞林集》，世稱其博物。隋高祖受禪，爲散騎侍郎，太子舍人，遷著作郎。詔別撰《魏史》，撰成《後魏書》九十二卷，甚簡要，大矯魏收《魏書》及平繪《中興書》之失，上覽而善之。未幾，卒，時年六十五。有文集三十卷。

《笑苑》一書，《隋書·經籍志》子部小說類著錄四卷，《通志·藝文略》小說類著錄與《隋志》同。宋後不見記載，當佚，佚文今未見。據書名，似是《笑林》一類滑稽著作。

解頤（談藪　八代談藪）

魏徵、令狐德棻《隋書》卷三十四《經籍志三》子部小說類：

《解頤》二卷。陽玠松撰。（中華書局，1977年）

劉知幾撰，浦起龍通釋，王煦華整理《史通通釋》卷十《內篇·雜述》：

若劉義慶《世說》、裴榮期《語林》、孔思尚《語錄》、陽松玠《談藪》，此之謂瑣言者也。（上海古籍出版社，2009年）

王堯臣等編次，錢東垣等輯釋《崇文總目輯釋》卷三小說類上：

《談藪》八卷，楊松玠。（《宋元明清書目題跋叢刊》本，中華書局，2006年）

鄭樵《通志》卷六十八《藝文略第六》小說：

《解頤》二卷，楊松玢撰。（中華書局，1987年）

洪邁撰，孔凡禮點校《容齋隨筆》四筆卷十一《册府元龜》：

真宗初，命儒臣編修君臣事迹，後謂輔臣曰："昨見《宴享門》中録唐中宗宴飲，韋庶人等預會和詩，與臣寮馬上口摘含桃事，皆非禮也。已令削之。"又曰："所編事迹，蓋欲垂爲典法，異端小說，咸所不取，可謂盡善。"而編修官上言："近代臣僚自述揚歷之事，如李德裕《文武兩朝獻替記》、李石《開成承詔錄》、韓偓《金鑾密記》之類，又有子孫追述先德叙家世，如李繁《鄴侯傳》《柳氏序訓》《魏公家傳》之類，或隱己之惡，或攘人之善，並多溢美，故匪信書。并僭僞諸國，各有著撰，如僞《吳錄》《孟知祥實錄》之類，自矜本國，事或近誣。其上件書，并欲不取。餘有《三十國春秋》《河洛記》《壺關錄》之類，多是正史已有；《孟蜀記》《燕書》之類，出自僞邦；《殷芸小說》《談藪》之類，俱是談諧小事；《河南志》《邠志》《平剡錄》之類，多是故吏賓從述本府戎帥征伐之功，傷於煩碎；《西京雜記》《明皇雜錄》，事多語怪；《奉天錄》尤是虛詞。盡議采收，恐成蕪穢。"並從之。及書成，賜名《册府元龜》，首尾十年，皆王欽若提總，凡一千卷，其所遺棄既多，故亦不能暴白。（上海古籍出版社，2015年）

陳振孫撰，徐小蠻、顧美華點校《直齋書錄解題》卷七傳記類：

《談藪》二卷。

北齊秘書省正字北平陽玠松撰。事綜南北，時更八代，隋開皇中所述也。（上海古籍出版社，1987年）

王應麟《玉海》卷四十七藝文雜文《史氏流別》：

孔思尚《語錄》、楊松玠《談藪》，此所謂瑣言。（江蘇古籍出版社、上海書店，1987年）

馬端臨《文獻通考》卷一百九十八《經籍考二十五》史部傳記類：

《談藪》二卷。

陳氏曰："北齊秘書省正字北平陽玠松撰。事綜南北，時更八代，隋開皇中所述。"（中華書局，2011年）

脱脱等《宋史》卷二百六《藝文五》子類小説家類：

陽松玠《八代談藪》二卷。（中華書局，1977年）

陸深《儼山外集》卷二十四《史通會要上·品流第三》：

劉義慶有《世説》、裴榮期有《語林》、孔思尚有《語錄》、陽松玠有《談藪》，此之謂瑣言。夫瑣言者，嘲謔調笑之餘，用資談柄，可助筆端。至於媟狎鄙穢，出自床笫，編在紀錄之次，有傷名教者矣。（《四庫筆記小説叢書》本，上海古籍出版社，1993年）

焦竑《國史經籍志》卷四下子類小説家：

《解頤》二卷，楊松玢。（商務印書館，1939年）

董斯張《廣博物志》卷二十七《藝苑二》：

若劉義慶《世説》、裴榮期《語林》、孔思尚《語錄》、陽松玠《談藪》，此之謂瑣言者也。（《四庫類書叢刊》本，上海古籍出版社，1992年）

姚振宗《隋書經籍志考證》卷三十二子部九小説家：

《解頤》二卷，楊松玢撰。（原注：當爲陽玠松。）

《史通·雜述篇》曰："街談巷議，時有可觀，小説卮言，猶賢乎已，故好事君子，無所棄諸，若劉義慶《世説》、裴榮期《語林》、孔思尚《語錄》、陽玠松

《談藪》，此之謂瑣言者也。"

《崇文總目》：《談藪》八卷，楊松玠撰。

《宋史·藝文志》：楊松玠《八代談藪》二卷。

陳氏《書錄》史部傳記類：《談藪》二卷，北齊秘書省正字北平陽玠松撰。事綜南北，時更八代，隋開皇中所述也。

案：陽玠松當是陽休之之族人，北平無終人。或作"松玠"，或作"松玢"。《唐志》目錄類有楊松珍《史目》三卷，則又作"松珍"。今依《史通》及陳《錄》諟正。兩《唐志》無《解頤》，并無《談藪》。《史通》以《談藪》爲小説之瑣言，陳氏列之史部。而《崇文目》及《宋志》皆入小説家，與本志部居合。知《解頤》即《談藪》之異名，故《談藪》亦不見於本志也。玠松所著此書及諸史目之外，又有《帝紀》十卷，《帝王世紀》之類，見《日本書目》雜史家。（清華大學出版社，2014年）

案：《隋書》卷三十四《經籍志三》子部小説類著録"《解頤》二卷"，題"陽玠松撰"。《通志·藝文略》小説類著録與《隋志》同。

陽玠松，其人不詳。宋陳振孫《直齋書錄解題》傳記類著録《談藪》二卷，題云："北齊秘書省正字北平陽玠松撰，事綜南北，時更八代，隋開皇中所述也。"據此，陽玠松似是北平人，曾任北齊秘書省正字，其生卒年不詳。《崇文總目》小説類著録《談藪》八卷，題楊松玠撰，卷數與撰者均有異，疑誤。《宋史·藝文志》載陽松玠《八代談藪》二卷，則《談藪》又名《八代談藪》。明焦竑《國史經籍志》小説家著録《解頤》二卷，題楊松玠撰，《解頤》似爲《談藪》異名。清姚振宗《隋書經籍志考證》謂："陽玠松當是陽休之之族人，北平無終人。或作'松玠'，或作'松玢'。《唐志》目錄類有楊松珍《史目》三卷，則又作'松珍'，今依《史通》及陳《錄》諟正。兩《唐志》無《解頤》，并無《談藪》，《史通》以《談藪》爲小説之瑣言，陳氏列之史部，而《崇文目》及《宋志》皆入小説家，與本志部居合。知《解頤》即《談藪》之異名，故《談藪》亦不見於本志也。"據此，"楊"與"陽"同音，"玢"與"玠"同形。故有"楊松玢""楊松玠""陽松玠"之誤，今采姚説。

《解頤》一名《談藪》，又名《八代談藪》，二卷，爲北齊秘書省正字北平陽玠松撰，事綜南北，時更八代，隋開皇中所述，記載軼聞趣事多解頤之言，故書名有《解頤》，亦名《談藪》或《八代談藪》。原書已佚，佚文未見。

世說（世說新語）

劉敬叔《異苑》卷一：

　　長沙王道鄰子義慶在廣陵臥疾，食次，忽有白虹入室，就飲其粥，義慶擲器於階，遂作風雨聲，振於庭户，良久不見。（中華書局，1996年）

沈約《宋書》卷三《武帝本紀下》：

　　改晉元熙二年爲永初元年……追封司徒道規爲臨川王，尚書僕射徐羨之加鎮軍將軍，右衛將軍謝晦爲中領軍，宋國領軍檀道濟爲護軍將軍，中領軍劉義欣爲青州刺史，立南郡公義慶爲臨川王。

同上，卷五《文帝本紀》：

　　元嘉……六年……四月癸亥以尚書左僕射王敬弘爲尚書令，丹陽尹、臨川王義慶爲尚書左僕射，吏部尚書江夷爲尚書右僕射。

　　八年……秋八月甲辰，臨川王義慶解尚書僕射。丁未，割豫州秦郡屬南兗州。冬十二月罷湘州，還并荆州。

　　九年……六月……壬寅，以撫軍將軍、荆州刺史、江夏王義恭爲征北將軍，開府儀同三司；南兗州刺史、前將軍、臨川王義慶爲平西將軍、荆州刺史；南兗州刺史、竟陵王義宣爲中書監；中軍將軍、征虜將軍衡陽王義季爲南徐州刺史。

　　十六年……夏四月丁巳，以鎮南將軍、江州刺史、南譙王義宣爲征北將軍，南徐州刺史、平西將軍、臨川王義慶爲衛將軍、江州刺史。

　　十七年……十月戊午，前丹陽尹劉湛有罪，及同黨伏誅，大赦天下，文武賜爵一級。以大將軍領司徒、録尚書、揚州刺史彭城王義康爲江州刺史，大將軍如故；以司空、南兗州刺史、江夏王義恭爲司徒，録尚書事。戊寅，衛將軍、臨川王義慶以本號爲南兗州刺史。

　　十八年春二月乙卯，以豫章太守庾登之爲江州刺史。夏五月壬申，衛將軍、南兗州刺史、臨川王義慶，征北將軍、南徐州刺史、南譙王義宣，并開府儀同三司。

　　二十一年春正月……戊午，衛將軍臨川王義慶薨。

同上，卷十五《禮志二》：

宋文帝元嘉四年八月，太傅、長沙景王神主隨子南兗州刺史義欣鎮廣陵，備所加殊禮下船。及至鎮，入行廟。大司馬、臨川烈武王神主隨子荊州刺史義慶江陵，亦如之。

同上，卷二十八《符瑞志中》：

元嘉十九年五月，山陽張休宗獲白麏，南兗州刺史臨川王義慶以獻。……

元嘉十八年五月甲申，甘露降丹陽秣陵衛將軍、臨川王義慶園，揚州刺史、始興王浚以聞。

元嘉十八年六月，甘露降廣陵廣陵孟玉秀家樹，南兗州刺史、臨川王義慶以聞。

同上，卷二十九《符瑞志下》：

元嘉十四年，白燕集荊州府門，刺史臨川王義慶以聞。……

元嘉十九年五月，海陵王文秀獲白烏，南兗州刺史。臨川王義慶以獻。……

元嘉十二年二月丁卯，南郡江陵庾和園甘樹連理，荊州刺史、臨川王義慶以獻。……

元嘉十七年七月，武昌崇讓鄉程僧愛家候風木連理，江州刺史、臨川王義慶以聞。

元嘉十七年十月，尋陽弘農祐幾湖芙蓉連理，臨川王義慶以聞。……

元嘉二十年七月，盱眙考城縣柞樹二株連理，南兗州刺史、臨川王義慶以聞。……

宋文帝元嘉十二年，衡陽湘鄉醴泉出縣庭，荊州刺史、臨川王義慶以聞。……

元嘉十九年九月戊申，廣陵肥如石梁澗中出石鐘九口，大小行次引列南向，南兗州刺史、臨川王義慶以獻。

同上，卷三十六《州郡志二》南豫州：

宋武帝欲開拓河南，綏定豫土。九年，割揚州大江以西、大雷以北悉屬豫州，豫基址因此而立。十三年，刺史劉義慶鎮壽陽。永初三年，分淮東爲南豫州，治歷陽；淮西爲豫州。

同上，卷四十五《劉粹列傳》：

十年……二月……道養等退保廣漢。是月，平西將軍、臨川王義慶以揚武將軍、巴東太守周籍之即本號，督巴西、梓潼、宕渠、遂寧、巴郡五郡諸軍事，巴西、梓潼二郡太守，率平西參軍費淡、龍驤將軍羅猛二千人援成都。……十六年，廣、尋復與國山令司馬敬琳謀反，伏誅。先是，道濟振武司馬、蜀郡太守任薈之雖不任軍事，事寧以爲正員郎，裴方明虎賁中郎將仍爲義慶平西中兵參軍、龍驤將軍、河東太守。費淡，太子屯騎校尉，周籍之後爲益州刺史。

同上，卷五十一宗室《長沙景王道憐列傳》：

長沙景王道憐，高祖中弟也。初爲國子學生。謝琰爲徐州，命爲從事史。高祖克京城，進平京邑，道憐常留家侍慰太后。桓玄走，大將軍武陵王遵承制，除員外散騎侍郎。尋遷建威將軍、南彭城內史。……八年，高祖伐劉毅，徵爲都督兗青二州、晉陵京口淮南諸郡軍事，兗青州刺史，持節、將軍、太守如故。還鎮京口。九年，甲仗五十人入殿，以廣固功改封竟陵縣公，食邑千户，減先封户邑之半以賜次子義宗。十年，進號中軍將軍，加散騎常侍，給鼓吹一部。明年，討司馬休之，道憐監留府事，甲仗百人入殿。江陵平，以爲都督荊湘益秦寧梁雍七州諸軍事、驃騎將軍、開府儀同三司、領護南蠻校尉、荊州刺史，持節、常侍如故。北府文武悉配之。道憐素無才能，言音甚楚，舉止施爲多諸鄙拙。高祖雖遣將軍佐輔之，而貪縱過甚，畜聚財貨，常若不足。去鎮之日，府庫爲之空虛。高祖平定三秦，方思外略，徵道憐還爲侍中，都督徐兗青三州，揚州之晉陵諸軍事、守尚書令，徐兗二州刺史，持節、將軍如故。元熙元年解尚書令，進位司空，出鎮京口。高祖受命，進位太尉，封長沙王，食邑五千户，持節、侍中、都督、刺史如故。永初二年朝正，入住殿省。……三年……五月，宮車晏駕，道憐疾患不堪臨喪。六月薨，年五十五。追贈太傅，持節、侍中、都督、刺史如故。祭禮依晉太宰安平王故事，鸞輅九旒，黃屋左纛，輼輬、挽歌二部，前後部羽葆、鼓吹，虎賁班劍百人。……道憐六子：義欣、義慶、義融、義宗、義賓、義綦。義欣嗣爲員外散騎侍郎，不拜。歷中領軍、征虜將軍、青州刺史、魏郡太守、將軍如故。戍石頭……義欣弟義慶，出繼臨川烈武王道規。義慶弟義融，永初元年封桂陽縣侯，食邑千户。凡王子爲侯者，食邑皆千户。義融歷侍中、左衛將軍，領太子中庶子、五兵尚書，領軍。有質幹，善於用短楯。元嘉十八年卒，追贈車騎將軍，謚曰恭侯。

同上，《臨川烈武王道規列傳》：

臨川烈武王道規，字道則，高祖少弟也。少倜儻有大志，高祖奇之，與謀誅桓玄。時桓弘鎮廣陵，以爲征虜中兵參軍。高祖克京城，道規亦以其日與劉毅、孟昶共斬弘，收衆濟江。進平京邑，玄敗走。晉大將軍武陵王遵承制，以道規爲振武將軍、義昌太守。

……道規進號征西大將軍、開府儀同三司，加散騎常侍，固辭。俄而寢疾，改授都督豫章江二州、揚州之宣城、淮南、廬江、歷陽、安豐、堂邑六郡諸軍事、豫州刺史，持節、常侍、將軍如故。以疾不拜。八年閏月薨於京師，時年四十三。追贈侍中、司徒，加班劍二十人。諡曰烈武公。平桓謙功進封南郡公，邑五千戶。高祖受命，贈大司馬，追封臨川王，食邑如先。道規無子，以長沙景王第二子義慶為嗣。

初，太祖少為道規所養，高祖命紹焉，咸以禮無二繼，太祖還本，而定義慶為後。義慶為荆州廟主當隨往江陵，太祖詔曰……其追崇丞相，加殊禮，鸞輅九旒，黃屋左纛，給節鉞，前後部羽葆鼓吹，虎賁班劍百人，侍中如故。……

義慶幼為高祖所知，常曰："此我家豐城也。"年十三，襲封南郡公。除給事，不拜。義熙十二年，從伐長安，還拜輔國將軍、北青州刺史，未之任，徙督豫州諸軍事、豫州刺史，復督淮北諸軍事，豫州刺史、將軍并如故。永初元年，襲封臨川王。徵為侍中。元嘉元年，轉散騎常侍，秘書監，徙度支尚書，遷丹陽尹，加輔國將軍、常侍并如故。時有民黃初妻趙殺子婦，遇赦應徙送避孫讎。義慶曰："案《周禮》，父母之仇，避之海外，雖遇市朝，鬥不反兵。蓋以莫大之冤，理不可奪，含戚枕戈，義許必報。至於親戚為戮，骨肉相殘，故道乖常憲，記無定準，求之法外，裁以人情。且禮有過失之宥，律無讎祖之文。況趙之縱暴，本由於酒，論心即實，事盡荒耄，豈得以荒耄之王母，等行路之深讎？臣謂此孫忍愧銜悲，不違子義，共天同域，無虧孝道。"

六年，加尚書左僕射。八年，太白星犯右執法，義慶懼有災禍，乞求外鎮。太祖詔譬之曰……義慶固求解僕射，乃許之，加中書令，進號前將軍，常侍、尹如故。在京尹九年，出為使持節、都督荆雍益寧梁南北秦七州諸軍事、平西將軍、荆州刺史。荆州居上流之重，地廣兵強，資實兵甲，居朝廷之半，故高祖使諸子居之。義慶以宗室令美，故特有此授。性謙虛，始至及去鎮，迎送物并不受。

十二年，普使內外群官舉士。義慶上表曰："詔書疇咨群司，延及連牧，旌賢仄陋，拔善幽遐。伏惟陛下惠哲光宣，經緯明遠，皇階藻曜，風猷日升，而猶詢衢室之令典，遵明臺之睿訓，降淵慮於管庫，紆聖思乎版築，故以道邈往載，德高前王。臣敢竭虛暗，祗承明旨。伏見前臨沮令新野庾實，秉真履約，愛敬淳深。昔在母憂，毀瘠過禮；今罹父疚，泣血有聞。行成閨庭，孝著鄉黨，足以敦化率民，齊教軌俗。前徵奉朝請武陵龔祈，恬和平簡，貞潔純素，潛居研志，耽情墳籍，亦足鎮息頹競，獎勖浮動。處士南郡師覺，才學明敏，操介清修，業均井渫，志固冰霜。臣往年辟為州祭酒，未污其慮。若朝命遠暨，玉帛遐臻，異人間出，何遠之有。"義慶留心撫物，州統內官長親老不隨在官舍者，年聽遣五吏餉家。先是，王弘為江州，亦有此制。在州八年，為西土所安。撰《徐州先賢傳》十卷，奏上之。又擬班固《典引》為《典叙》，以述皇代之美。十六年，改授散騎常侍、都督江州豫州之西陽晉熙新蔡三郡諸軍事、衛將軍、江州刺史，持節如故。十七年，即本號都督南兗徐兗青冀幽六州諸軍事、南兗州刺史，尋加開府儀同三司。

爲性簡素，寡嗜欲，愛好文義，才詞雖不多，然足爲宗室之表。受任歷藩，無浮淫之過，唯晚節奉養沙門，頗致費損。少善騎乘，及長以世路艱難，不復跨馬。招聚文學之士，近遠必至。太尉袁淑，文冠當時，義慶在江州，請爲衛軍咨議參軍；其餘吳郡陸展、東海何長瑜、鮑照等，并爲辭章之美，引爲佐史國臣。太祖與義慶書，常加意斟酌。……

義慶在廣陵，有疾，而白虹貫城，野麇入府，心甚惡之，固陳求還。太祖許解州，以本號還朝。二十一年，薨於京邑，時年四十二。追贈侍中、司空，謚曰康王。

子哀王燁字景舒，嗣官至通直郎，爲元凶所殺，追贈散騎常侍。子綽字子流，嗣官至步兵校尉，升明三年反，伏誅，國除。綽弟縮早卒。燁弟衍，太子舍人。衍弟鏡，宣城太守。鏡弟穎，前將軍。穎弟倩，南新蔡太守。

同上，卷六十《范泰列傳》：

初，司徒道規無子，養太祖，及薨，以兄道憐第二子義慶爲嗣。高祖以道規素愛太祖，又令居重道規，追封南郡公，應以先華容縣公賜太祖。泰議曰："公之友愛即心過厚，禮無二嗣，義隆宜還本屬。"從之。

同上，卷六十一《武三王列傳》：

衡陽文王義季，幼而夷簡，無鄙近之累。太祖爲荆州，高祖使隨往江陵，由是特爲太祖所愛。元嘉元年封衡陽王，食邑五千户。五年爲征虜將軍。八年領石頭戍事。九年遷使持節、都督南徐州諸軍事、右將軍、南徐州刺史。十六年代臨川王義慶都督荆湘雍益梁寧南北秦八州諸軍事、安西將軍、荆州刺史，持節如故，給鼓吹一部。先是，義慶在任，值巴蜀亂擾，師旅應接，府庫空虛。義季躬行節儉，畜財省用，數年間還復充實。

同上，卷六十七《謝靈運列傳》：

臨川王義慶招集文士，長瑜自國侍郎至平西記室參軍，嘗於江陵寄書與宗人何勖，以韵語序義慶州府僚佐云："陸展染鬢髮，欲以媚側室。青青不解久，星星行復出。"如此者五六句，而輕薄少年遂演而廣之，凡厥人士并爲題目，皆加劇言苦句，其文流行。義慶大怒，白太祖，除爲廣州所統曾城令。及義慶薨，朝士詣第叙哀，何勖謂袁淑曰："長瑜便可還也。"淑曰："國新喪宗英，未宜便以流人爲念。"廬陵王紹鎮尋陽，以長瑜爲南中郎行參軍，掌書記之任，行至板橋，遇暴風溺死。

同上，卷六十八《武二王·南郡王義宣列傳》：
　　初，高祖以荆州上流形勝，地廣兵强，遺詔諸子次第居之。謝晦平後以授彭城王義康，義康入相，次江夏王義恭，又以臨川王義慶宗室令望，且臨川武烈王有大功於社稷，義慶又居之，其後應在義宣。上以義宣人才素短，不堪居上流。十六年以衡陽王義季代義慶，而以義宣代義季爲南徐州刺史，都督南徐州軍事、征北將軍，持節如故，加散騎常侍。

同上，卷七十《袁淑列傳》：
　　袁淑字陽源，陳郡陽夏人，丹陽尹豹少子也。少有風氣，年數歲，伯父湛謂家人曰："此非凡兒。"至十餘歲，爲姑夫王弘所賞。不爲章句之學，而博涉多通，好屬文，辭采遒艷，縱橫有才辯。本州命主簿，著作佐郎，太子舍人，并不就。彭城王義康命爲司徒祭酒。義康不好文學，雖外相禮接，意好甚疏。劉湛，淑從母兄也，欲其附己，而淑不以爲意。由是大相乖失，以久疾免官。補衡陽王義季右軍主簿，遷太子洗馬，以脚疾不拜。衛軍臨川王義慶雅好文章，請爲咨議參軍，頃之，遷司徒左西屬，出爲宣城太守，入補中書侍郎。以母憂去職，服闋，爲太子中庶子。

同上，卷七十五《王僧達列傳》：
　　王僧達，琅邪臨沂人，太保弘少子。兄錫質訥乏風采，太祖聞僧達蚤慧，召見於德陽殿，問其書學及家事，應對閑敏，上甚知之，妻以臨川王義慶女。少好學，善屬文，年未二十以爲始興王濬後軍參軍，遷太子舍人，坐屬疾於楊列橋觀鬥鴨，爲有司所糾，原不問。性好鷹犬，與閭里少年相馳逐。又躬自屠牛，義慶聞如此，令周旋沙門慧觀造而觀之。僧達陳書滿席，與論文義，慧觀酬答不暇，深相稱美。

同上，卷七十八《蕭思話列傳》：
　　元嘉……十年……二月，趙温又率薛健及其寧朔將軍馮翼太守蒲早子來攻坦營，坦奮擊，大破之。坦被創，賊退保西水。承之司馬錫文祖進據黄金，蕭汪之步騎五百，相繼而至。平西將軍臨川王義慶遣龍驤將軍裴方明三千人赴，承之等進黄金，早子、健等退保下桃。思話先遣行參軍王靈濟率偏軍出洋川，因向南城，僞陵江將軍趙英堅守險，靈濟擊破之，生禽英。南城空虛，因資無所，復引軍還，與承之合。……
　　十四年，遷使持節、臨川王義慶平西長史、南蠻校尉，太祖賜以弓琴，手敕曰……

十六年，衡陽王義季代義慶，又除安西長史，餘如故。

同上，卷九十三《隱逸列傳》：

宗炳，字少文，南陽涅陽人也。祖承，宜都太守，父繇之，湘鄉令，母同郡師氏，聰辨有學義，教授諸子。炳居喪過禮，爲鄉閭所稱。刺史殷仲堪、桓玄并辟主簿，舉秀才，不就。……古有金石弄，爲諸桓所重，桓氏亡，其聲遂絕，惟炳傳焉。太祖遣樂師楊觀就炳受之。炳外弟師覺授亦有素業，以琴書自娛，臨川王義慶辟爲祭酒、主簿，并不就。乃表薦之，會病卒。

劉凝之，字志安，小名長年，南郡枝江人也。父期公，衡陽太守，兄盛公，高尚不仕。凝之慕老萊、嚴子陵爲人，推家財與弟及兄子，立屋於野外，非其力不食。州里重其德行，州三禮辟西曹主簿、舉秀才，不就。……元嘉初徵爲秘書郎，不就。臨川王義慶、衡陽王義季鎮江陵，并遣使存問。凝之答書頓首，稱僕不修民禮，人或譏焉……

龔祈，字孟道，武陵漢壽人也。從祖玄之、父黎民并不應徵辟。祈年十四，鄉黨舉爲州迎西曹，不行。謝晦臨州命爲主簿，彭城王義康舉秀才，除奉朝請，臨川王義慶平西參軍，皆不就。風姿端雅，容止可觀。中書郎范述見而嘆曰："此荊楚仙人也！"（中華書局，1973年）

梅鼎祚《釋文紀》卷二十八梁九釋慧皎《〈高僧傳〉序》：

沙門法濟，偏叙高逸一迹。沙門法安，但列志節一行。沙門僧寶，止命游方一科。沙門法進，乃通撰論傳而辭事闕略。并皆互有繁簡，出沒成異，考之行事，未見其歸。宋臨川康王義慶《宣驗記》及《幽明錄》，太原王琰《冥祥記》，彭城劉俊《益部寺記》，沙門曇宗《京師寺記》，太原王延秀《感應傳》，朱君台《徵應傳》，陶淵明《搜神錄》，并傍出諸僧，叙其風素，而皆是附見，亟多疏闕。（《文淵閣四庫全書》本）

蕭繹撰，許逸民校箋《金樓子校箋》卷三《說蕃篇第八》：

劉義慶爲荊州刺史，性謙虛，始至及去鎮，迎送物并不受。在州八年，爲安於西土，撰《徐州先賢傳》，奏上之。又擬班固《典引》爲《典序》，以述皇代之美。爲性簡素，寡嗜欲，愛好文義，爲宗室之表。受任歷蕃，無浮淫之過。善騎乘，招聚才學之士，近遠必至，袁淑文冠當時。爲衛軍咨議參軍，吳郡陸展、東海何長瑜、鮑照等引爲佐史。（中華書局，2011年）

李延壽《南史》卷一《宋本紀上》：
　　（內容與《宋書·武帝本紀》略同，不錄。）

同上，《宋本紀中》：
　　（內容與《宋書·文帝本紀》略同，不錄。）

同上，卷十三宋宗室及諸王上《長沙景王道憐》：
　　長沙景王道憐，宋武帝中弟也。謝琰爲徐州，命爲從事史。武帝克京城及平建業，道憐常留侍太后。後以軍功封新渝縣男。從武帝征廣固，所部獲慕容超，以功改封竟陵縣公。及討司馬休之，道憐監太尉留府事，江陵平，爲驃騎將軍、開府儀同三司、荆州刺史，護南蠻校尉加都督北府，文武悉配之。道憐素無才能，言音甚楚，舉止多諸鄙拙，畜聚常若不足。去鎮日，府庫爲空。徵拜司空，徐兗二州刺史，加都督，出鎮京口。武帝受命，遷太尉，封長沙王。先是，廬陵王義真爲揚州刺史，太后謂上曰："道憐，汝布衣兄弟，宜用爲揚州。"上曰："寄奴於道憐，豈有所惜？揚州，根本所寄，事務至重，非道憐所了。"太后曰："道憐年五十，豈不如十歲子邪？"上曰："車士雖爲刺史，事無大小皆由寄奴。道憐年長，不親其事，於聽望不足。"太后乃無言，竟不授。永初三年薨，加贈太傅，葬禮依晉太宰安平王孚故事，鸞輅九旒，黃屋左纛，輼輬車、挽歌二部，前後羽葆鼓吹、虎賁班劍百人。

同上，《臨川烈武王道規列傳》：
　　臨川烈武王道規，字道則，武帝少弟也。……義熙八年薨於都，贈司徒，諡曰烈武，進封南郡公。武帝受命，贈大司馬，追封臨川王。無子，以長沙景王第二子義慶嗣。初，文帝少爲道規所養，武帝命紹焉。咸以禮無二繼，文帝還本，而定義慶爲後。義慶爲荆州廟主，當隨往江陵。文帝下詔，褒美勳德及慈蔭之重，追崇丞相，加殊禮，鸞路九旒，黃屋左纛，給節鉞，前後部羽葆、鼓吹，虎賁班劍百人。及長沙太妃檀氏、臨川太妃曹氏後薨，葬皆準給。
　　義慶幼爲武帝所知，年十三，襲封南郡公。永初元年，襲封臨川王。元嘉中，爲丹陽尹。有百姓黃初妻趙殺子婦，遇赦應避孫讎，義慶議以爲："《周禮》'父母之仇，避之海外'，蓋以莫大之冤，理不可奪。至於骨肉相殘，當求之法外；禮有過失之宥，律無讎祖之文。況趙之縱暴，本由於酒，論心即實，事盡荒耄，豈得以荒耄之王母，等行路之深讎？宜共天同域，無虧孝道。"六年，加尚書左僕射。八年，太白犯左執法，義慶懼有災禍，乞外鎮。文帝詔諭之，以爲"玄象茫昧，左執法嘗有變，王光祿至今平安。日蝕，三朝天下之至忌，晉孝武初有此異，彼庸主耳，猶竟無他"。義慶固求解僕射，乃許之。九年，出爲平西將軍、荆州刺史，加都督。荆州居上流之重，資實兵甲居朝廷之半，故武帝諸子遍居之。義慶以宗室令美，故特有此授。性謙虛，始至及去鎮，迎送物并不受。十二年，普使内外群臣舉士，義慶表舉前臨汝令新野庚實、前徵奉朝請口陵龔祈、處士南郡師覺授。義慶留心撫物，州統内官長親老不隨在官舍者，一年聽三吏餉家。先是，王弘在江州亦有此制，在州八年，爲西土所安。撰《徐州先賢傳》十卷，奏上之。又擬班固《典引》爲《典叙》，以述皇代之美。改授江州，又遷南兖州刺史，并帶都督。尋即本號，加開府儀同三司。性簡素，寡嗜欲，愛好文義，文辭雖不多，足爲宗室之表。歷任無浮淫之過，唯晚節奉沙門頗致費損。少善騎乘，及長，不復跨馬。招聚才學之士，遠近必至。太尉袁淑文冠當時，義慶在江州請爲衛軍咨議。其餘吳郡陸展、東海何長瑜、鮑照等，并有辭章之美，引爲佐吏國臣。所著《世說》十卷，撰《集林》二百卷，并行於世。文帝每與義慶書，常加意斟酌。

同上，卷十九《謝靈運列傳》：
　　臨川王義慶招集文士，（何）長瑜自國侍郎至平西記室參軍，嘗於江陵寄書與宗人何勗，以韵語序義慶州府僚佐云："陸展染白髮，欲以媚側室。青青不解久，星星行復出。"如此者五六句。而輕薄少年遂演之，凡人士并爲題目，皆加劇言苦句，其文流行。義慶大怒，白文帝，除廣州所統曾城令。及義慶薨，朝士并詣第叙哀，何勗謂袁淑曰："長瑜便可還也。"淑曰："國新喪，未宜以流人爲念。"
　　（中華書局，1975年）

魏徵、令狐德棻《隋書》卷三十四《經籍志三》子部小説類：
　　《世説》八卷。（宋臨川王劉義慶撰。）《世説》十卷。（劉孝標注。梁有《俗説》一卷，亡。）

同上，卷三十五《經籍志四》集部別集類：
　　《宋臨川王義慶集》八卷。（中華書局，1973年）

釋道世撰，周叔迦、蘇晉仁校注《法苑珠林校注》卷三十五燃燈篇第三十一《感應緣·宋沙門釋道冏》：
　　宋京師南澗寺有釋道冏，姓馬，扶風人。初出家爲道懿弟子，懿病，嘗遣冏等四人至河南霍山采鐘乳。入穴數里，跨木渡水，三人溺死，炬火又亡，冏判無濟理。冏素誦《法華》，唯憑誠此業，又存念觀音。有頃，見一光如螢光，追之不及，遂得出穴。於是進修禪業，節行彌新，頻作數度普賢齋，并有瑞應。或見胡僧入坐，或見騎馬人至，并未及暄涼，倏忽不見。後與同學人南游上京，觀矚風化，夜乘冰渡河，中道冰破，三人没死，冏又歸誠觀音，乃覺脚下如有一物甑甑，復見赤光在前，乘光至岸。達都，止南澗寺。恒以般舟爲業，嘗中夜入禪，忽見四人御車至房，呼令上乘。冏欻不自覺，已見身在郡後沈橋間，見一人在路坐胡床，侍者數百人，見冏驚起，曰："坐禪人耳。"彼人因語左右，曰："向止令知處而已，何忽勞屈法師？"於是禮拜執別，令人送冏還寺，扣門良久，方開入寺，見房猶閉。衆咸莫測其然。宋元嘉二十年，臨川康王義慶携往廣陵，終於彼也。（右此一驗，出《梁高僧傳》。）（中華書局，2003年）

劉知幾《史通》卷一《内篇·六家第一》：

原夫《尚書》之所記也，若君臣相對，詞旨可稱，則一時之言，累篇咸載。如言無足紀，語無可述，若此故事，雖有脱略，而觀者不以爲非。爰逮中葉，文籍大備，必剪截今文，模擬古法，事非改轍，理涉守株。故舒元所撰《漢》《魏》等書，不行於代也。若乃帝王無紀，公卿缺傳，則年月失序，爵里難詳；斯并昔之所忽，而今之所要。如君懋《隋書》，雖欲祖述商、周，憲章虞、夏，觀其所述，乃似孔氏《家語》、臨川《世説》；謂畫虎不成，反類犬也。故其書受嗤當代，良有以焉。

同上，卷五《内篇·采撰第十五》：

晉世雜書，諒非一族，若《語林》《世説》《幽明録》《搜神記》之徒，其所載或恢諧小辨，或神鬼怪物。其事非聖，揚雄所不觀；其言亂神，宣尼所不語。皇朝新撰《晉史》，多采以爲書。夫以干、鄧之所糞除，王、虞之所糠粃，持爲逸史，用補前傳，此何異魏朝之撰《皇覽》，梁世之修《遍略》，務多爲美，聚博爲功，雖取悦小人，終見嗤於君子矣。

同上，卷八《内篇·書事第二十九》：

范曄博采衆書，裁成漢典，觀其所取，頗有奇工。至於《方術篇》及諸蠻夷傳，乃録王喬、左慈、廩君、槃瓠，言唯迂誕，事多詭越。可謂美玉之瑕，白圭之玷。惜哉！無是可也。又自魏、晉已降，著述多門，《語林》《笑林》《世説》《俗説》，皆喜載詷謔小辨，嗤鄙異聞，雖爲有識所譏，頗爲無知所悦。而斯風一扇，國史多同。至如王思狂躁，起驅蠅而踐筆，畢卓沈湎，左持螯而右杯，劉邕榜吏以膳痂，齡石戲舅而傷贅，其事蕪穢，其辭猥雜。而歷代正史，持爲雅言。苟使讀之者爲之解頤，聞之者爲之撫抃，固異乎記功書過，彰善癉惡者也。

同上，卷十《内篇·雜述第三十四》：

　　街談巷議，時有可觀，小説卮言，猶賢於已。故好事君子，無所棄諸。若劉義慶《世説》、裴榮期《語林》、孔思尚《語録》、陽松玠《談藪》。此之謂瑣言者也。……陰陽爲炭，造化爲工，流形賦象，於何不育，求其怪物，有廣異聞。若祖台《志怪》、干寶《搜神》、劉義慶《幽明》、劉敬叔《異苑》，此之謂雜記者也。

同上，卷十四《外篇·申左第五》：

　　如穀梁、公羊者，生於異國，長自後來，語地則與魯産相違，論時則與宣尼不接。安得以傳聞之説，與親見者争先者乎？譬猶近世，漢之太史，晉之著作，撰成國典，時號正書。既而《先賢》《耆舊》《語林》《世説》，競造異端，強書他事。夫以傳自委巷，而將册府抗衡；訪諸古老，而與同時并列，斯則難矣。彼二傳之方，左氏亦奚異於此哉！

同上，卷十六《外篇·雜説上第七》：

　　夫編年叙事，混雜難辨；紀傳成體，區别易觀。昔讀《太史公書》，每怪其所采多是《周書》《國語》《世本》《戰國策》之流。近見皇家所撰《晉史》，其所采亦多是短部小書，省功易閲者，若《語林》《世説》《搜神記》《幽明録》之類是也！如曹、干兩氏《紀》，孫、檀二《陽秋》，則皆不之取。故其中所載美事，遺略甚多。若以古方今，則知史公亦同其失矣。

同上，卷十七《外篇·雜説中第八》：

　　近者，宋臨川王義慶著《世説新書》，上叙兩漢、三國及晉中朝、江左事。劉峻注釋，摘其瑕疵，僞迹昭然，理難文飾。而皇家撰《晉史》，多取此書。遂采康王之妄言，違孝標之正説。以此書事，奚其厚顔！（上海古籍出版社，2015年）

李瀚撰，徐子光補注《蒙求集注》卷下"鮑照篇翰"條：

　　《南史》：鮑照字明遠，東海人。文辭贍逸。嘗謁宋臨川王義慶，未見知，欲貢詩言志，人止之曰："卿位尚卑，不可輕忤大王。"照勃然曰："千載上有英才異士沈没而不聞者，安可數哉！大丈夫豈藴智能，碌碌與燕雀相隨乎？"於是奏詩，義慶奇之，賜帛二十四匹，尋擢爲國侍郎。文帝以爲中書舍人。上好文章，自謂人莫能及。照悟其旨，文章多鄙言累句，咸謂照才盡，實不然也。嘗賦《擬古詩》云："十五諷詩書，篇翰靡不通。"《文選》照作昭。（《叢書集成初編》本）

段成式《酉陽雜俎》續集卷四《貶誤》：

　　近覽《世說新書》云，王敦初尚公主，如廁，見漆箱盛乾棗，本以塞鼻，王謂廁上下果食至盡。既還，婢擎金漆盤貯水，琉璃碗進藻豆，因倒著水中，既飲之，群婢莫不掩口。（上海古籍出版社，2012年）

劉昫等《舊唐書》卷四十七《經籍志下》丙部子録小説家類：

　　《世說》八卷。（劉義慶撰。）《續世說》十卷。（劉孝標撰。）《小説》十卷。（劉義慶撰。）（中華書局，1975年）

李昉等《太平御覽》卷首《經史圖書綱目》：

　　劉義慶《世說》……劉義慶《宣驗記》……劉義慶《幽冥録》……（中華書局，1960年）

李昉等《太平廣記》卷二百十畫一《顧愷之》：

　　晉顧愷之字長康，小字虎頭，晉陵人。多才氣，尤攻丹青，傳寫形勢，莫不妙絕。……《京師寺記》云：興寧中，瓦棺寺初置僧衆，設刹會請朝賢士庶宣疏募緣。時士大夫莫有過十萬者，長康獨注百萬。長康素貧，衆以爲大言。後寺僧請勾疏，長康曰："宜備一壁，閉户往來。"一月餘，所畫維摩一軀，工畢將欲點眸子，乃謂僧衆曰："第一日觀者請施十萬，第二日者請施五萬，第三日觀者可任其施。"及開户，光照一寺，施者填咽，俄而及百萬。劉義慶《世說》云："桓大司馬每請長康與羊欣講論畫書，竟夕忘疲。"（出《名畫記》。）

同上，卷三百九十六虹《劉義慶》：

　　宋長沙王道鄰子義慶在廣陵卧疾，食粥次，忽有白虹入室就飲其粥，義慶擲器於階，遂作風雨聲，振於庭户，良久不見。（出《獨異志》。）（中華書局，1961年）

王欽若等《册府元龜》卷二百一閏位部《祥瑞》：

　　（元嘉十二年）二月丁卯，南郡江陵庾和園甘樹連理，荆州刺史臨川王義慶以聞。

　　是年，衡陽湘鄉醴泉出縣庭，荆州刺史臨川王義慶以聞。……

　　十四年……是年，白雀二見荆州府客館，白鹿見文鄉，白燕集荆州府門，刺史臨川王義慶以聞。……

　　十七年……七月，武昌崇讓鄉程僧愛家候楓木連理，江州刺史、臨川王義慶以聞。

　　十月，尋陽弘農湖芙蓉連理，義慶以聞。……

　　十八年……五月甲申，甘露降丹陽秣陵衛將軍、臨川王義慶園，揚州刺史始興王濬以聞。

　　六月，白燕產丹徒縣，南徐州刺史、南譙王義宣以聞；甘露降廣陵孟玉季家樹，南兗州刺史、臨川王義慶以聞。……

　　十九年……五月……是月，山陽張林宗獲白麞，海陵王文秀獲白烏，南兗州刺史、臨川王義慶以獻。……

　　九月戊申，廣陵肥如石梁澗中出石鐘九口，大小行次引列南向，南兗州刺史、臨川王義慶以獻。……

　　二十年……七月……彭城劉原又獲白烏以獻，盱眙考城縣柞梅二株連理，南兗州刺史、臨川王義慶以聞。

同上，卷二百四閏位部《知子》：

　　宋臨川王義慶，高祖中弟道鄰子也，出繼叔父道規。後義慶幼爲高祖所知，嘗曰："此我家豐城也。"

同上，卷二百六十九宗室部《委任》：

　　宋臨川王義慶出爲使持節、都督荊雍益寧州，居上流之重，地廣兵強，資實兵甲居朝廷之半，故武帝使諸子居之。義慶以宗室令美，故特有此授。

同上，卷二百七十宗室部《文學》：

　　臨川王義慶，武帝弟子也。撰《徐州先賢傳》十卷，奏上之。又擬班固《典叙》，以述皇代之美。義慶性好文義，文辭雖不多，足爲宗室之表。招聚文學之士，近遠必至。所著《世說》十一卷，撰《集林》二百卷，并行於世。文帝與義慶書，嘗加意斟酌。

同上，卷二百七十二宗室部《令德》：

　　臨川王義慶性謙虛簡素，寡嗜欲，受任歷藩，無浮淫之過。

同上，卷二百七十四宗室部《畏慎》：

　　宋臨川王義慶少善騎乘，及長，以世路艱難，不復跨馬。

同上，卷二百七十六宗室部《褒寵二》：

　　臨川烈武王道規，高祖少弟，晉義熙末位至荊州刺史、征西將軍。高祖受命，贈大司馬，追封臨川王。文帝少爲道規所養，後文帝還本，以長沙王子義慶嗣。慶爲荊州廟主，當隨往江陵。文帝下詔褒美勛德，及慈陰之重，曰："褒道崇德，經國之盛典；尊親追遠，因心之所隆。故侍中大司馬、臨川烈武王體道欽明，至德淵邈，睿哲自天，孝友光備。爰始協規，則翼贊景業；陵威致討，則克剪梟鯨。逮妖逆交侵，方難孔棘，勢逾累棋，人無固志，武王神謨，獨運靈武，宏發輯寧，內外誅覆群凶，固已化被江漢，勛高微管，遠猷侔於二南，英雄邁於兩獻矣。朕幼蒙殊愛，德蔭特隆，豐恩慈訓，義深情戚，永惟仁範，感慕纏懷。今當擁移寢祐，初祀西夏；思崇嘉禮，式備徽章。庶以昭宣風度，允副幽顯。其追崇丞相，加殊禮，鸞輅九旒，黃屋左纛，給節鉞，前後部羽葆鼓吹、虎賁班劍百人，侍中如故。及長沙太妃檀氏、臨川太妃曹氏後薨祭，皆給鸞輅九旒，黃屋左纛、輼輬車、挽歌二部，前後部羽葆鼓吹，虎賁班劍百人。"

同上，卷二百七十八宗室部《領鎮第一》：

　　臨川康王義慶，晉末從高祖征長安，還，拜輔國將軍、北青州刺史。未之任，徙督豫州諸軍事、豫州刺史，復督淮北諸軍事，遷丹陽尹。在京尹九年，出爲使持節、都督荊雍益寧梁南北秦七州諸軍事、平西將軍、荊州刺史。荊州居上流之重，地廣兵強，資實，兵甲居朝廷之半，故高祖使諸子居之。義慶以宗室令美，故特有此授。十六年，改授散騎常侍、都督江州之西陽晉熙新蔡三州諸軍事、衛將軍、江州刺史，持節如故。十七年，即本號都督南兗州徐兗青冀幽六州諸軍事、南兗州刺史。

　　……初，高祖以荊州上流形勝，地廣兵強，遺詔諸子次第居之。謝晦平後以授彭城王義康，義康入相次江夏王義恭，又以臨川王義慶宗室令望，且臨川武烈王有大功於社稷，義慶又居之。其後應在義宣，帝以義宣人才素短，不堪居上流。十六年，以衡陽王義季代義慶，而以義宣代義季爲南徐州刺史、都督南徐州軍事、征北將軍加散騎常侍，而會稽公主每以爲言，帝遲回久之。……

　　衡陽文王義季，武帝第七子。元嘉八年領石頭戍事，九年遷使持節、都督南徐州諸軍事、右將軍、南徐州刺史。十六年代臨川王義慶都督荊湘雍益梁寧南北秦八州諸軍事、安西將軍、荊州刺史。

同上，卷二百八十四宗室部《承襲第三》：

　　臨川烈武王道規，高祖少弟。義熙八年薨，無子，以長沙景王第二子義慶爲嗣，是爲康王。初，太祖少爲道規所養，高祖命紹焉。咸以禮無二繼，太祖還本而定義慶爲嗣，明廟主，當隨往江陵。義慶幼爲高祖所知，嘗曰："此我家豐城也。"年十三，襲封南郡公。永初元年襲封臨川王。元嘉二十一年薨。子哀王燁嗣，爲元凶所殺。子綽嗣。

同上，卷二百九十二宗室部《禮士》：

宋臨川王道規爲征西將軍，王敬弘爲咨議參軍。時府主簿宗協亦有志趣，道規并以事外相期，嘗共酣飲致醉，敬弘因醉失禮，爲外司所白，道規更引還，重申初宴。道規子義慶嗣爵，臨川王招聚文學之士，遠近必至。太尉袁淑文冠當時，義慶在江州，請爲衛軍咨議參軍，其餘吳郡陸展、東海何長瑜、鮑昭等并爲辭章，義慶引爲佐史國臣。太祖與義慶書，嘗加意斟酌。

同上，卷二百九十三宗室部《薦賢》：

宋臨川王義慶出爲荆州刺史，元嘉十二年，普使内外群官舉士。義慶上表曰："詔書疇咨群司，延及連牧，求賢仄陋，拔善幽遐。伏惟陛下惠哲光宣，經緯明遠，皇階藻曜，風猷具升。而猶詢衢室之令典，遵明臺之睿訓，降淵慮於管庫，紆聖思於板築。故以道邈往載，德高前王。臣敢竭虚暗，祗承明旨，伏見前臨淄令新野庾實，秉真履約，愛敬淳深，昔在母憂毀瘠過禮，今罹父疚，泣血有聞，行成閨庭，孝著鄰黨，足以敦化率民，齊教軌俗。前徵奉朝請武陵龔祈，恬和平簡，貞潔純素，潛居研志，躭情墳籍，亦足鎮息頽競，獎勵浮動。處士南郡師覺，才學明敏，操介清修，業均井渫，志固冰霜。臣往年辟爲州祭酒，未抒其慮，若朝命遠暨，玉帛遐臻，異人間出，何遠之有？"

同上，《儉約》：

宋臨川烈武王道規，高祖少弟也。道規無子，以長沙景王第二子義慶爲嗣。義慶性謙虚，素寡嗜欲，受任歷藩，無浮淫之過。爲荆州刺史，始至及去鎮，迎送物并不受。衡陽王義季，武帝子也。爲荆州刺史，先是，臨川王義慶在任，巴蜀亂擾，師旅應接，府庫空虚，義季躬行節儉，蓄財省用，數年間還復充實。徵爲都督南徐兖徐青冀幽六州諸軍事、南兖州刺史。登舟之日，帷帳器服諸隨刺史者，悉留之荆楚，以爲美談。

同上，《好尚》：

宋臨川王義慶受任歷藩，無浮淫之過，唯晚節奉養沙門，頗致費損。

同上，卷二百九十四宗室部《退讓》：

臨川王義慶，道規子也。元嘉中爲丹陽尹，加右僕射，會太白犯左執法，義慶懼有災禍，乞求外鎮。文帝詔譬之曰："玄象茫昧，既難可了，且史家諸占各有異。兵星王時，有所干犯，乃桓玄當誅。以此言之，益無懼也。鄭僕射亡後，左執法嘗有變，王光祿至今平安；日蝕三朝，天下之至忌，晋孝武初有此異。彼庸主耳，猶竟無他，天道輔仁，福善謂不足，橫生憂懼也，與後軍各受内外之任，本以維城表裏，經之盛衰，此懷實有由來。若天必降災，寧可千里逃避耶？非達者之事，又不知吉凶定所，若在都則有不測，去此必保利貞者，豈敢苟違耶？"義慶因求解僕射，乃許之，加中書令，進號前將軍，常侍、尹如故。

同上，卷五百五十五國史部《采撰》：

臨川王義慶撰《續漢書》五十八卷，《宣驗記》十三卷，《幽明録》二十卷，《江右名士傳》一卷。

同上，卷六百十五刑法部《議讞第二》：

臨川王義慶爲丹陽尹，有民黃初妻趙殺子婦遇赦，應徙送避孫讎。義慶曰："按《周禮》，父母之仇，避之海外，雖遇市朝，鬥不反兵，蓋以莫大之冤，理不可奪，合戚枕戈，義許必報。至於親戚爲戮，骨肉相殘，故道乖常憲，記無定準，求之法外，裁以人情。且禮有過失之宥，律無讎祖之文。況趙之縱暴，本緣於酒，論心即實，事盡荒耄，豈得以荒耄之王母，等行路之深讎？臣謂此孫忍愧銜悲，不違子義，共天同域，無虧孝道。"

同上，卷六百七十五牧守部《仁惠》：

宋臨川王義慶爲荆州刺史，留心撫物，州統内官長親老不隨在官舍者，年聽遣五吏餉家。先是，王弘爲江州，亦有此制。在州八年，爲西土所安。

同上，卷七百二十七幕府部《辟署第二》：

袁淑字陽源，遷太子洗馬，以脚疾不拜。衛軍、臨川王義慶雅性好文章，請爲咨議參軍，遷司徒左西屬。

同上，卷七百五十七總録部《孝感》：

師覺授字君苦，南陽沮陽人。與外兄宗少文并有素業，以琴書自娛。於路忽見一人，持書一函，題曰《至孝師君苦前》，俄而不見。覺授捨車奔歸，聞家哭聲，一叫而絶，良久乃蘇。後撰《孝子傳》八卷。宋臨川王義慶辟州祭酒、主簿，并不就。

同上，七百七十四總錄部《幼敏第二》：

　　王僧達，太保宏少子。幼聰敏，宏爲州時僧達年七歲，遇有通訟者，竊覽其辭，謂爲有理。及人訟者亦進，宏意其小留左右，僧達爲申理，暗誦不失一句。文帝聞其早慧，召見於德陽殿，問其書學及家事，應對閑敏，帝甚知之，妻以臨川王義慶女，位至中書令。

同上，八百九總錄部《隱逸》：

　　劉凝之字志安，小名長年，南郡枝江人也。父期公，衡陽太守。兄盛公，高尚不仕。凝之慕老萊、嚴子陵爲人，推家財與弟及兄子，立屋於野外，非其力不食。州里重其德行，州三禮辟，不就。後又徵爲秘書郎，不就。臨川王義慶使存問，凝之答書，頓首稱僕，不修民禮。人或譏焉，凝之曰："昔老萊向楚王稱僕，嚴陵亦亢禮光武，未聞巢、許稱臣堯、舜。"時戴顒與衡陽王義季書亦稱僕。凝之性好山水，一旦携妻子泛江湖，隱居衡山之陽，登高山嶺，絕人迹，爲小屋居之。采藥服食，妻子皆從其志。元嘉二十五年卒。

同上，八百三十四總錄部《詞辯第二》：

　　王僧達，太保弘少子，太祖聞僧達早慧，妻以臨川王義慶女。僧達性好鷹犬，與閭里少年相馳逐，又躬自屠牛。義慶聞如此，令周旋沙門惠觀造而觀之。僧達陳書滿席，與論文義，惠觀酬答不暇，深相稱美。後爲中書令，坐誅。

同上，八百三十八總錄部《文章第二》：

　　鮑昭字明遠，東海人。文辭贍逸。嘗爲古樂府，文甚遒麗。元嘉中河濟俱清，當時以爲美瑞，昭爲《河清頌》，其序甚工。昭嘗謁臨川王義慶，未見知，上詩言志，義慶奇之。後爲中書舍人，又爲臨海王子頊前軍參軍，掌書記之任。

同上，九百四十四總錄部《佻薄》：

　　何長瑜爲臨川王義慶平西記室參軍，嘗於江陵寫書與宗人何勖，以韻語序義慶川府寮佐云："陸展染鬢髮，欲以媚側室。青青不解人，星星行復出。"如此者五六句，而輕薄少年遂演而廣之，凡厥人士并爲題目，皆加劇言苦句，其文流行。義慶大怒，白文帝，除爲廣州所統增城令。

同上，九百五十總錄部《咎徵》：

　　臨川王義慶爲楊州刺史，在廣陵有疾，而白虹貫城野麕入府，心甚惡之，因陳求還。太祖許解州，以本號還朝。薨於京邑。（中華書局，1960年）

王堯臣等《崇文總目》卷五小說類：

《世說》十卷。

謹按：《郡齋讀書志》云："《唐·藝文志》'劉義慶《世說》八卷，劉孝標《續》十卷'，而《崇文總目》止載十卷，當是孝標續義慶元本八卷通成十卷耳。"（《文淵閣四庫全書》本）

王堯臣等編次，錢東垣等輯釋《崇文總目》卷三小說類上：

《世說》十卷，宋臨川王義慶撰。

侗按：《玉海》云："《世說新語》八卷，《崇文目》十卷，《讀書志》云：'《唐·藝文志》劉義慶《世說》八卷，劉孝標《續》十卷，而《崇文總目》止載十卷，當是孝標續義慶本八卷，通成十卷耳。'"

《小說》十卷，殷芸撰。

侗按：《書錄解題》引《邯鄲書目》云"或題劉餗，非也"。又云："或稱商芸者，宣廟未祧時避諱也。"考《讀書志》作劉餗撰，《舊唐志》《唐志》《通志略》又有劉義慶撰，亦十卷。

又按：經部有殷價《喪禮極義》，《通考》引原釋亦作商價。陳詩庭云："宋時殷字多避作商，故改殷城縣曰商城，溵水曰商水。"（《宋元明清書目題跋叢刊》本，中華書局，2006年）

歐陽修、宋祁《新唐書》卷五十九《藝文志三》丙部子錄小說家類：

劉義慶《世說》八卷。又《小說》十卷。（中華書局，1975年）

高承《事物紀原》卷二樂舞聲歌部十一《箜篌》：

《釋名》曰："師延所作靡靡之樂耳，蓋空國之侯所好之。"晉應劭曰："漢武令侯調始造此器。"《史記·封禪書》："漢武禱祠太一、后土，始用樂，作空侯。"杜佑曰："或云侯暉，其聲坎坎應節，故曰坎侯，訛為空侯。侯者，因樂人姓耳。謂師延作，非也。"《風俗通》曰："漢武令樂人侯調依琴作坎侯。"宋臨川守劉義慶《空侯賦》曰："侯牽化而始造。"《通典》說其形似瑟而小，用撥彈之，非今器也。又有云："空侯胡樂也，漢靈帝好之，體曲而長，二十三絃，抱於懷中，兩手齊奏之，謂之擘。"正今物也。

同上，卷四經籍藝文部十七《七言》：

劉義慶《世說》曰："王子猷詣謝公，云：'詩何七言？'子猷曰：'昂昂若千里之駒，泛泛若水中之鳧。'"此語出《離騷》。《東方朔傳》曰："漢武在柏梁臺上，使群臣作七言。"七言之作，始起於此也。

同上，卷九博弈嬉戲部四十八《彈棋》：

《西京雜記》曰："漢成帝好蹴鞠，群臣以爲勞體非至尊所宜，帝曰：'朕好之，可擇似而不勞者奏之。'劉向作彈棋以獻。"傅玄《彈棋賦序》曰："漢成帝好蹴鞠，勞人體，非至尊所御，因其體而作。"彈棋之戲，起自漢代矣。宋臨川王義慶著《世說》，以爲彈棋始自魏宮裝奩戲，文帝於此伎特妙，用手巾角以拂棋。帝客又能低頭以葛冠巾角拂棋，妙逾於帝。《酉陽雜俎》曰："彈棋起自魏室妝奩戲也。"《典論》曰："予於他戲弄少所喜，唯彈棋略盡其巧，京師有馬合卿侯、東方安世、張公子，恨不與數子對。"起於魏室明，知二說非也。今世尚或有其法，而爲之者亦少。（中華書局，1989年）

馬永易《實賓錄》卷十《寶劍》：

宋臨川王義慶幼爲武帝所知，曰："此我豐城寶劍也！"（《唐宋史料筆記叢刊》本，中華書局，2018年）

黄伯思《東觀餘論》卷下《跋〈世説新語〉後》：

《世説》之名肇劉向，六十七篇中已有此目，其書今亡。宋臨川孝王因錄漢末至江左名士佳語，亦謂之《世説》。梁豫州刑獄參軍劉峻注爲十卷，采撫舛午處，大抵多就證之，與裴啓《語林》近，出入皆清言林囿也。本題爲《世説新書》，段成式引王敦説澡豆事以證陸暢事爲虛，亦云"近覽《世説新書》"。而此本謂之"新語"，不知孰更名之，蓋近世所傳。大觀己丑中夏七日，從宗博張府美借觀兩月，因讎正所畜本。此本出宋宣獻家，比世所行本殊爲詳備，但累經傳寫，頗有脱誤耳。己丑中秋日，借張府美本校竟；庚寅五月二十九日，又以宗正趙士睞明發本校竟；八月晦，又以西都監大内内省供養李義夫本校第十卷。（《中國美術論著叢刊》本，人民美術出版社，2010年）

汪藻《〈世説〉叙録》：

《世説》：《隋書‧經籍志》："《世説》八卷，宋臨川王義慶撰。《世説》十卷，梁劉孝標注。梁有《俗説》一卷，今亡。"

劉義慶《世説》：《唐書‧藝文志》："劉義慶《世説》八卷，《小説》一卷，劉孝標《續世説》十卷。"

《世説新書》：李氏本《世説新書》上、中、下三卷，三十六篇，顧野王撰。顔氏本跋云："諸卷中或曰《世説新書》，凡號《世説新書》者，第十卷皆分門。"

《世説新語》：晁文元、錢文僖、晏元獻、王仲至、黃魯直家本，皆作《世説新語》。

按：晁氏諸本，皆作《世説新語》，今以《世説新語》爲正。

兩卷：章氏本跋云："癸巳歲，借舅氏本，自《德行》至《仇隙》三十六門，離爲上下兩篇。"

三卷：晁氏本以《德行》至《文學》爲上卷，《方正》至《豪爽》爲中卷，《容止》至《仇隙》爲下卷。又李本云："凡稱《世説新書》者，皆分卷爲三。"

八卷：《隋·經籍志》《唐·藝文志》并八卷。

十卷：《南史·劉義慶傳》："著《世説》十卷。"錢、晏、黃、王本并十卷，而篇第不同。

十一卷：顔氏、張氏本三十六篇外，更收第十卷，無名，祇標爲第十卷。

按：王仲至《世説》手跋云："第十卷無門類，事又多重出，注稱敬胤，審非義慶所爲，當自它書附此。"《世説》其止於九篇乎？《隋書·志》稱八卷，似是。然則九篇者，或以文繁分之耳。以余考之，隋、唐《志》皆云《世説》八卷，劉孝標《注》《續》皆十卷，而《義慶傳》稱十卷，則《世説》本書卷第今莫得而考。於孝標《注》中，時有稱劉義慶《世説》云云者，則今十卷，或二書合而爲一，非義慶本書然也。世傳第十卷重出者，或存或否。劉本載《祖士少道右軍》《王大將軍初尚主》兩節，跋云："王厚叔家藏第十卷，但重出前九卷所載，共四十五事耳。"敬胤注糾繆："右二章小異，故出焉。"趙氏本亦以爲。余始得宋人陳扶本，繼得梁激東卿本，參校第十卷，事類雖同，而次叙異，又互有所無者，仲至之言是也。則此卷爲後人附益無疑，今姑存之，以爲考異，載之叙録。而定以九卷爲正，用錢文僖本，分爲十卷。

三十六篇：錢、晁本并止三十六篇，今所録十卷是也。諸本自《容止》至《寵禮》爲第七卷，自《任誕》至《輕詆》爲第八卷，自《假譎》至《仇隙》爲第九卷，以重出四十九事，錢、晁所不録者爲第十卷。

三十八篇：邵本於諸本外，別出一卷，以《直諫》爲三十七，《奸佞》爲三十八，唯黃本有之，它本皆不録。

三十九篇：顔氏、張氏又以《邪諂》爲三十八，別出《奸佞》爲三十九篇。

按：二本於十卷後復出一卷，有《直諫》《奸佞》《邪諂》三門，皆正史中事而無注。顔本祇載《直諫》，而餘二門亡其事。張本又升《邪諂》在《奸佞》上，文皆舛誤，不可讀，故它本皆削而不取。然所載亦有與正史小異者，今亦去之，而定以三十六篇爲正。

考異一卷。

人名譜一卷，有譜者二十六族：兩王、謝、羊、庾、荀、袁、褚、裴、殷、孔、江、陸、楊、蔡、析、范、何、陳、孫、衛、賀、郗、傅、顧、阮；無譜者二十六族：周、劉、張、李、陶、嵇、山、祖、諸葛、鍾、溫、卞、樂、杜、戴、韓、習、許、和、吳、伏、高、應、馮、滿、蕭；又僧十九人。

書名一卷。（丁錫根《中國歷代小說序跋集》，人民文學出版社，1996年）

李清照《漱玉詞》附《〈金石錄〉後序》：

秋八月，德甫以病不起，時六宮往江西，予遣二吏部所存書二萬卷，金石刻二千本，先往洪州。至冬，虜陷洪，遂盡委棄。所謂連艫渡江者，又散爲雲烟矣。獨餘輕小卷軸，寫本李、杜、韓、柳集，《世說》、《鹽鐵論》、石刻數十副軸，鼎鼐十數，及南唐書數篋，偶在卧内，巋然獨存。（商務印書館，1937年）

朱勝非《紺珠集》卷七《文房四譜》（蘇易簡）：

紙爲良田。劉氏《小說》：蔡洪赴洛，人問吳中舊業，曰："紙爲良田，筆爲鋤耒，墨爲稼穡，義理爲豐年。"（《文淵閣四庫全書》本）

劉義慶撰，余嘉錫箋疏《世説新語箋疏》附錄董弅《〈世説新語〉跋》：

右《世説》三十六篇，世所傳釐爲十卷，或作四十五篇，而末卷但重出前九卷中所載。余家舊藏，蓋得之王原叔家。後得晏元獻公手自校本，盡去重複，其注亦小加剪截，最爲善本。晉人雅尚清談，唐初史臣修書，率意竄定，多非舊語，尚賴此書以傳後世。然字有訛舛，語有難解，以它書證之，間有可是正處，而《注》亦比晏本時爲增損。至於所疑，則不敢妄下雌黃，姑亦傳疑，以俟通博。紹興八年夏四月癸亥，廣川董弅題。（中華書局，1983年）

葉廷珪《海錄碎事》卷十九文學部下紙門《紙爲良田》：

劉氏《小説》：蔡洪赴洛，人問吳中舊業，曰："紙爲良田，筆爲鋤耒，墨爲稼穡，義理爲豐年。"（《文房四譜》。）（中華書局，2002年）

鄭樵《通志》卷六十八《藝文略第六》小説：

《世説》八卷。（宋臨川王劉義慶撰。）《世説抄》一卷。

《續世説》十卷。（劉孝標撰。）

《小説》十卷，（梁武帝敕安右長史殷芸撰。）又十卷。（劉義慶撰。）（中華書局，1987年）

晁公武《郡齋讀書志》卷三下小説類：

《世説新語》十卷。

右宋劉義慶撰，劉孝標注。紀東漢以後事，分三十八門。《唐·藝文志》云劉義慶《世説》八卷，劉孝標《續》十卷。而《崇文總目》止載十卷。當是孝標續義慶元本八卷通成十卷耳。家本有二，一本極詳，一本殊略，未知孰爲正。然其目則同。劉知幾頗言非其實録。（《文淵閣四庫全書》本）

晁公武撰，孫猛校證《郡齋讀書志校證》卷十三小説類：

《世説新語》十卷，重編《世説》十卷。（先謙案：袁本八，無"重編《世説》十卷"六字。）右宋劉義慶撰，梁劉孝標注。（先謙案：袁本紀。）東漢以後事，分三十八門，《唐·藝文志》云："劉義慶《世説》八卷，劉孝標《續》十卷。"而《崇文總目》止載十卷，當是孝標續義慶元本八卷，通成十卷耳。家本有二：一極詳，一殊略。略有稱改正，未知誰氏所定。（先謙案：袁本作"未知孰爲正"，無上"略有稱改正"五字。）然其目則同。劉知幾頗言此書非實録，（先謙案：袁本"言"下作"非其實録"四字，下無。）予亦云。（上海古籍出版社，1990年）

林之奇《拙齋文集》卷二十雜著《讀世説》：

林某論曰：晋之清談、梁之空滅，皆其國之所以亡者。書曰：與亂同事，罔不亡者。此之謂也。然則曷若而可乎？曰：嘗聞本朝承平之日，有出使而外域，問吾中國之所尚者，其人應之曰：崇儒。昔荆揚之區，有田數畝，其一皆荆榛鹵莽之叢，久無種植矣；其一或曰此良田也，宜以種稻，歲且大入，主人從而穫之，畝入千鍾焉。荆棘鹵莽，則晋之清談、梁之空滅也；良田之種稻，則吾宋之崇儒也。大哉！儒術是誠百王之丕，矩萬世之通範也。爲國而不以儒術，能不爲亂階乎？能不蹈晋、梁之覆轍乎？時乾道壬辰秋八月晦，讀《世説》篇終，書此以還歸於運使宗丞陳丈之書室。（《文淵閣四庫全書》本）

劉義慶撰，余嘉錫箋疏《世説新語箋疏》附録陸游《〈世説新語〉跋》：

郡中舊有《南史》《劉賓客集》版，皆廢於火，《世説》亦不復在。游到官，始重刻之，以存故事。《世説》最後成，因并識於卷末。淳熙戊申重五日，新定郡守笠澤陸游書。（中華書局，1983年）

尤袤《遂初堂書目》小説類：

《世説》，《續世説》。……《世説新語》，《世説叙録》。（《叢書集成初

編》本）

黎靖德《朱子語類》卷一百三十四：

因問，《晉書》說得晉人風流處好。先生云云。又云，《世說》所載說得較好，今皆改之矣。（山東友誼書社，1993年）

劉義慶撰，余嘉錫箋疏《世說新語箋疏》附錄高似孫《題〈世說新語〉》：

宋臨川王義慶采擷漢晉以來佳事佳話爲《世說新語》，極爲精絕，而猶未爲奇也。梁劉孝標注此書，引援詳確，有不言之妙。如漢、魏、吳諸史及子傳、地理之書皆不必言，祇如晉世一朝史及晉諸公列傳、譜錄、文章，凡一百六十六家，皆出於正史之外，記載特詳，聞見未接，實爲注書之法。（中華書局，1983年）

高似孫《緯略》卷九《劉孝標〈世說〉》：

宋臨川王義慶采擷漢、晉以來佳事佳話爲《世說新語》，極爲精絕，而猶未爲奇也。梁劉孝標注此書，引援詳確，有不言之妙。如引漢、魏、吳諸史及子傳、地理之書皆不必言，祇如晉氏一朝史及晉諸公列傳、譜錄、文章，皆出於正史之外，紀載特詳，聞見未接，實爲注書之法。今采於後：

朱鳳《晉書》、沈約《晉書》、王隱《晉書》、虞預《晉書》、朱鳳《晉紀》、劉謙之《晉紀》、徐廣《晉紀》、鄧粲《晉紀》、曹嘉之《晉紀》、干寶《晉紀》《晉陽秋》《續晉陽秋》、檀道鸞《續晉陽秋》《漢晉春秋》《晉中興書》《晉惠帝起居注》《晉安帝紀》《晉後略》《庾翼別傳》《孟嘉別傳》《郭璞別傳》《王述別傳》《諸葛恢別傳》《羊曼別傳》《謝鯤別傳》《阮孚別傳》《邵薈別傳》《王含別傳》《王瑨別傳》《管輅別傳》《荀粲別傳》《司馬徽別傳》《丞相王導別傳》《賈充別傳》《郭泰別傳》《桓玄別傳》《阮光祿別傳》《王恭別傳》《范宣別傳》《王乂別傳》《嵇康別傳》《桓彝別傳》《汝南別傳》《周處別傳》《王覬別傳》《陸玩別傳》《向秀別傳》《衛玠別傳》《王長史別傳》《潘嶽別傳》《王敦別傳》《賀循別傳》《王弼別傳》《桓溫別傳》《劉剡別傳》《殷浩別傳》《王彬別傳》《郄超別傳》《郭泰別傳》《卞壼別傳》《郄愔別傳》《桓冲別傳》《孔愉別傳》《蔡司徒別傳》《羅府君別傳》《劉蒙別傳》《郄鑒別傳》《郄曇別傳》《陶侃別傳》《羅含別傳》《孫放別傳》《祖約別傳》《王胡之別傳》《王澄別傳》《謝玄別傳》《顧秋別傳》《陳逵別傳》《王遜別傳》《劉尹別傳》《支遁別傳》《高坐別傳》《佛圖澄別傳》《衛氏譜》《祖氏譜》《溫氏譜》《吳氏譜》《庾氏譜》《許氏譜》《戴氏譜》《曹氏譜》《虞氏譜》《陶氏譜序》

《周氏譜》《諸葛氏譜》《華嶠譜》《索氏譜》《桓氏譜》《傅氏譜》《馮氏譜》《孔氏譜》《晋世譜》《謝氏譜》《王氏譜》《王氏譜》《謝女譜》《司馬氏譜》《陸氏譜》《郄氏譜》《羊氏譜》《郝氏譜》《摯氏世本》《王氏世家》《袁氏世紀》《裴氏家傳》《荀氏家傳》《顧愷之家傳》《李康家誡》《褚氏家傳》《李氏家傳》《謝車騎家傳》《袁氏家傳》、嵇康《高士傳》、皇甫謐《高士傳》《楚國先賢傳》《海内先賢傳》《汝南先賢傳》《江左名士傳》《會稽後賢傳》、蕭廣濟《孝子傳》、鄭緝《孝子傳》《江表傳》《逸士傳》《名士傳》《文士傳》《高士傳》《文章傳》《晋中興士人書》《晋諸公傳》《王中郎傳》、袁宏《孟處士傳》、殷羨《言行》《永嘉流人名》《竹林七賢論》《先賢行狀》《列仙傳》《高逸沙門傳》《安法師傳》《支法師傳》《名德沙門題目》、庾法暢《人物論》、宋明帝《文章志》、摯虞《文章志》、顧愷之《文章志》《續文章志》、丘淵之《文章叙》《文章録》《文章叙録》《婦人集》《王朝目録》《晋百官名》《八王故事》《晋東宫官名》《明帝東宫僚屬名》、伏滔《大司馬屬名》《征西僚屬名》《齊王官屬名》《山公啓事》。（《叢書集成初編》本）

桑世昌《蘭亭考》卷首《〈蘭亭考〉原序》（高似孫）：

宋臨川王義慶采擷漢晋以來佳事佳話，爲《世説新語》，極爲精絶，而猶未爲奇也。梁劉孝標注此書，引援詳確，有不言之妙，如漢、魏、吴諸史及子傳牒志之書，皆不必言。祇如晋一朝史及晋諸公列傳、譜録、辭章，皆出於正史之外，是曰注書之法。禊之爲帖，風流太甚，自晋以來，難乎下語。桑君盡交名公巨卿以及海内之士，以充其見聞者固不一；然與予游從三十年，見必及此，其有贊於帖考者，尤爲不一。今兹浙東臺使齊公屬加彙正，遂略用史法剪裁之爲此書者，無非風流大雅之事，又無非博古好事之人。若齊公獨拳拳於此者，是爲風流大雅博古好事之極矣。

嘉定十七年秋九月□日，朝議大夫、新除秘書省著作佐郎兼權侍右郎官高似孫謹書。（中華書局，1985年）

孫奕《履齋示兒編》卷十二《正誤・陳蕃》：

東漢《徐稚傳》云：稚，豫章人也。陳蕃爲太守，以禮請署功曹，稚謁而退。蕃在郡不接賓客，唯稚來特設一榻，去則懸之。又《陳蕃傳》：太尉李固表薦遷樂安太守，郡人周璆，高潔之士，前後郡守招命莫肯至，唯蕃能致焉。字而不名，特爲置一榻，去則懸之。讀史至此，未嘗不疑焉。嘗考宋臨川王義慶《世説》，云陳仲舉爲豫章太守，至便問徐孺子所在，欲先看之。袁宏《漢紀》曰：蕃在豫章爲稚特設一榻，去則懸之。唯周璆之事無聞焉。《陳蕃傳》始有特置一榻之文，信如前之說，則特設一榻爲璆而已，他無與焉。以爲止待一人歟？不應兩傳互載而姓名異。以爲稚來則待稚，璆來則待璆歟？不應兩傳皆云"去則懸之"。以爲稚則有稚榻，璆則有璆榻歟？胡爲均是特設無他？蓋在豫章則特以待稚，在樂安則特以待璆，故不害其爲特設，惟是范曄昧作史之體，陳傳偏載，既失之，徐傳重出，未爲得也。當以是二事，本末特書於陳蕃一傳，則不惟省文，又且兩全。（《叢書集成初編》本）

劉義慶撰，余嘉錫箋疏《世說新語箋疏》附錄劉應登《〈世說新語〉序》：

晋人樂曠多奇情，故其言語文章，別是一色，《世說》可睹已。《說》爲晋作，及於漢魏者，其餘耳。雖典雅不如左氏《國語》，馳騖不如諸《國策》，而清微簡遠，居然玄勝。概舉如衛虎渡江，安石教兒，機鋒似沈滑稽，又冷類入人夢思，有味有情，咽之愈多，嚼之不見。蓋於時諸公，剗以一言半句爲終身之目，未若後來人士俛焉下筆，始定名價。臨川善述，更自高簡有法。反正之評，戾實之載，豈不或有？亦當頌之，使與諸書并行也。晚後淺俗，奈解人正不可得。嗚呼！人言江左清談遺事，盤盤一老出其游戲餘力，尚足辦此百萬之敵，茲非談之宗歟？抑吾取其文，而非論其人也。丙戌長夏，病思無聊，因手校家本，精劃其長注，間疏其滯義。明年以授梓，乃五月既望梓成。耘廬劉應登自書其端，是爲序。（中華書局，1983年）

章如愚《群書考索》卷九經史門《諸子百家》：

張華之《博物志》、顧協之《瑣語》、劉義慶之《世說》、劉孝標之《續世說》、裴子野之《類林》，其皆小說之謂乎。

同上，卷十四正史門《晋書類》：

宋臨川王義慶著《世說新書》，上叙兩漢三國及晋中朝江左事。劉峻注釋摘其瑕疵，僞迹昭然，理難文飾。而唐室撰《晋史》，多取此書，遂采康王之妄言，違孝標之正說，以此書事，奚其厚顏。

魏晋以下，著述多門，《語林》《笑林》《世說》《俗說》，皆喜載啁噱少辨，嗤鄙異聞，雖爲有識所譏，頗爲無知所悅。而斯風一扇，國史多同。至如王思狂躁，起驅蠅而踐筆；畢卓沈湎，左蟹螯而右杯；劉邕搒吏，以膳茹齡；宋人石載，舁而損贅。其事蕪穢，其辭猥雜，而歷代正史特爲邪言，苟使讀之者爲之解頤，聞之者爲之撫拊，固異乎記功書過、彰善癉惡者也。

同上，卷十五正史門《史通類》：

　　雜述史氏流別，其流十焉：一曰偏記，二曰小錄，三曰逸事，四曰瑣言，五曰郡書，六曰家史，七曰別傳，八曰雜記，九曰地理，十曰都邑簿。……小説僞言好事，君子無所棄諸，若劉義慶《世説》、裴崇期《語林》、孔思尚《語録》、楊松玢《談藪》，此所謂瑣言者也。……怪物異聞，若祖台《志怪》、干寶《搜神》、劉義慶《幽明》、劉敬叔《異苑》，此之謂雜記者也……（書目文獻出版社，1992年）

陳振孫撰，徐小蠻、顧美華點校《直齋書録解題》卷四正史類：

　　《後漢書》九十卷。

　　宋太子詹事順陽范蔚宗撰，唐章懷太子賢注。案《唐·藝文志》爲後漢史者，有謝承、薛瑩、司馬彪、劉義慶、華嶠、謝沈、袁山松七家。其前又有劉珍等《東觀記》，至蔚宗乃刪取衆書爲一家之作。其自視甚不薄，謂諸傳、序、論精意深旨，實天下之奇作。然頗有略取前人舊文者，注中亦著其所從出。至於論後有贊，尤自以爲杰思，殆無一字虚設。自今觀之，幾於贅矣。

同上，卷十一子部小説家類：

　　《世説新語》三卷、《叙録》二卷。

　　宋臨川王劉義慶撰，梁劉峻孝標注。《叙録》者，近世學士新安汪藻彥章所爲也。首爲考異，繼列人物世譜、姓氏異同，末記所引書目。按《唐志》作八卷，劉孝標《續》十卷，自餘諸家所藏卷第多不同，《叙録》詳之。此本董令升刻之嚴州，以爲晏元獻公手自校定，刪去重複者。（案："叙録者"以下原本脱去，今據《文獻通考》補入。）

　　《續世説》三卷。（案《文獻通考》作十二卷。）

　　孔平仲毅父撰，編宋至五代事，以續劉義慶之書也。（上海古籍出版社，1987年）

晁公武撰，孫猛校證《郡齋讀書志校證》附志雜説類（趙希弁）：

　　《世説新語》三卷，右宋臨川王義慶撰，梁劉孝標注。《讀書志》引《唐·藝文志》及《崇文總目》有十卷、八卷之疑。又云一本極詳，一本殊略，未知孰爲正。希弁所藏本有紹興八年董弅題其後曰：右《世説》三十六篇，世所傳釐爲十卷，或作四十五篇，而末卷但重出前九卷中所載。余家舊本蓋得之王原叔家，後得晏元獻公手自校本，盡去重複，其注亦小加剪截，最爲善本云。（上海古籍出版社，1990年）

佚名《群書會元截江網》卷二十九《諸史·事實源流》：

貞觀中，太宗敕房玄齡、褚遂良重加修撰東西二史，又奏取許敬宗、來濟、上官儀等八人分叙，至於宣武王陸四贊獨稱制，蓋太宗親撰也。蓋《晋書》多采《語林》《世說》《幽明》《搜神》之言，詼諧鬼怪之事，終見嗤於君子矣。（《四庫類書叢刊》本，上海古籍出版社，1991年）

王應麟《玉海》卷十五地理地理書《漢陳留耆舊傳》：

傅先賢，如魏明帝《海内》四卷，《兗州》《徐州》各一卷，劉義慶《徐州贊》九卷……王義度《徐州》九卷，劉義慶《贊》八卷……

同上，卷四十六藝文古史《唐七十家正史》：

志乙部史録十三類：一曰正史類，七十家，九十部，四千八十五卷，失姓名二家。始於司馬遷《史記》，終於《隋書·志》……東漢則有劉珍、謝承、薛瑩、司馬彪、劉義慶、華嶠、謝沈、袁山松、范曄、張瑩之書，劉昭、劉熙、蕭該、劉芳、臧兢、太子賢、韋機之補注音義。

同上，卷四十七藝文雜文《史氏流别》：

《史通》史氏流别，其流十焉：一曰偏記，二曰小録，三曰逸事，四曰瑣言，五曰郡書，六曰家史，七曰别傳，八曰雜記，九曰地理，十曰都邑簿。若……和嶠《汲冢紀年》、葛洪《西京雜記》、顧協《瑣語》（一卷）、謝綽《拾遺》，此之謂逸事。劉義慶《世說》（十卷）、裴榮期《語林》（十卷）、孔思尚《語録》、楊松玠《談藪》，此所謂瑣言。……祖台《志怪》、干寶《搜神》、劉義慶《幽明》、劉敬叔《異苑》，此之謂雜記……

同上，卷五十四藝文總集文章《宋集林》：

《隋志》：劉義慶《集林》一百八十一卷。（梁二百卷，《唐志》二百卷，宋臨川王義慶撰。）

同上，卷五十五藝文著書（雜著）《唐新語》：

志雜史類，劉肅《大唐新語》十三卷，（元和中。）《書目》：輯唐故事，起武德止大曆，分爲二十類。漢陸賈《新語》、宋劉義慶《世說新語》八卷（分三十八門，《崇文目》十卷）、吳裴玄《新言》五卷、顧譚《新語》十二卷、殷興《通語》十卷、陸景《典語》十卷。（《隋志》。）

同上，卷五十八藝文著書（雜著）《竹林名士傳》：

《袁宏傳》：宏字彦伯，著《竹林名士傳》三卷。（《唐志》：袁宏《名士傳》三卷。）《世説》：袁宏以夏侯太初等三人爲正始名士，阮嗣宗等七人爲竹林名士，裴叔則等八人爲中朝名士。《隋志》：《正始名士傳》三卷，袁敬仲撰。《江左名士傳》一卷，劉義慶撰。《竹林七賢論》三卷，戴逵撰。（江蘇古籍出版社、上海書店，1987年）

陳櫟《定宇集》卷七《答問·問性理二字如何解》：

"理勝物，淡勝麗"，六字最好，不特詩如此，文亦當如此。淡與麗應，理與物應，可以相有，而不可以相無。論其分數、滋味，則當以淡與理爲主，物與麗爲賓。謝安石之説，記得是《世説》所載，固足以救風雲月露流麗綺靡之弊。方公於予謂之下欠標撥分明，"關雎"二句無下文可乎？是謂有物之麗不可無理之淡也。"天載"二句不讀全篇可乎？是有理之淡不可無物之麗。（《文淵閣四庫全書》本）

王若虚《滹南遺老集》卷三十三《謬誤雜辨》：

《魏略》曰：華歆與邴原、管寧相善，時號三人爲一龍，歆爲頭，原爲腹，寧爲尾。裴松之謂原之徽猷懿望無愧華公，寧含德高蹈恐難爲尾，《魏略》之言未可以定其先後。所評固善，然劉義慶《世説》亦載此事，蓋云寧爲頭，歆爲尾，乃與松之意合。不知所傳果孰爲真也。（《叢書集成初編》本）

李冶《敬齋古今黈》卷四：

《唐·藝文志》次第絶無法式。甲部經録禮類中載《周禮》《儀禮》，自可以類推，而於樂類中乃載崔令欽《教坊記》、南卓《羯鼓録》，夫教坊、羯鼓何得與雅樂同科？乙部史録雜傳記類中載圈稱《陳留風俗傳》三卷，而於地理類中亦載之，崔豹《古今注》於儀注類中言一卷，於雜家類中言三卷；《世説》則小説之屬也，劉義慶《世説》八卷，劉孝標《續世説》十卷，既載之小説類中矣，而王方慶《續世説》十卷，復載諸雜家類中，是不可曉也。（商務印書館，1935年）

劉塤《隱居通議》卷十八《詩文取新》：

語意不塵，詩文之一妙也。韓文公云：惟陳言之務去，戛戛乎其難哉！或曰：是不難，熟復《莊》《騷》即不塵矣。夫《南華經》與《楚辭》二書，經千有餘年，然一展讀，則焕爛如新，學文者能取《莊》《騷》玩味之，又取《世説新語》佐之，則塵腐之病去矣。（商務印書館，1937年）

李衎《竹譜詳錄》卷四《竹品譜·全德品》：

《渚宮故事》曰：竹林堂，宋臨川王義慶所作，庭前有竹名桂竹。（浙江人民美術出版社，2013年）

馬端臨《文獻通考》卷一百四十二《樂考十五·樂歌》：

烏夜啼。宋臨川王義慶所作。元嘉十七年徙彭城王義康於章郡，義慶時爲江州，至鎮相見而哭，爲文帝所怪，徵還。義慶大懼，伎妾聞烏夜啼聲，叩齋閣云："明日應有赦。"其年更爲兗州刺史，因作此歌，故其和云："籠窗窗不開，烏夜啼，夜夜憶郎來。"（今所傳歌似非義慶本旨，詞曰："歌舞諸年少，娉婷無種迹。菖蒲花可憐，聞名不相識。"）

同上，卷一百九十二《經籍考十九》史部正史類：

按歷代之史，惟《晉》叢冗最甚，可以無譏。至於取沈約誕誣之說，采《語林》《世說》《幽明錄》《搜神記》詭異謬妄之言，亦不可不辨。

同上，卷二百十五《經籍考四十二》子部小說家：

《世說新語》十卷，重編《世說》十卷。

晁氏曰："宋劉義慶撰，梁劉孝標注。東漢以後事，分三十八門。《唐·藝文志》云'劉義慶《世說》八卷，劉孝標《續》十卷'，而《崇文總目》止載十卷，當是孝標續義慶元本八卷，通成十卷耳。家本有二，一極詳，一殊略，略有稱改正，未知誰氏所定，然其目則同。劉知幾頗言此書非實錄，予亦云。"

陳氏曰："今本三卷，叙錄二卷。叙錄者近世學士新安汪藻彦章所爲也，首爲考異，繼列人物世譜、姓字異同，末記所引書目。按《唐志》作八卷，劉孝標《續》十卷。自餘諸家所藏卷第多不同，叙錄詳之。此本董令升刻之嚴州，以爲晏元獻公手自校定，刪去重複者。"

高氏《緯略》曰："義慶采擷漢晉以來往事佳話，爲《世說新語》，極爲精絕，而猶未爲奇也。梁劉孝標注，此書引援詳確，有不言之妙。如引漢、魏、吳諸史，乃子傳地理之書，皆不必言。祇如晉氏一朝史，及晉諸公別傳、譜錄、文章，凡一百六十六家，皆出於正史之外，紀載特詳，聞見未接，實爲注書之法。"

同上，卷二百十七《經籍考四十四》子部小說家：

《續世說》十二卷。

陳氏曰："孔平仲毅父撰。編宋至五代事，以續劉義慶之書。"

同上，卷二百七十二《封建考十三·宋齊梁陳諸侯王列侯》：

臨川烈武王道規，武帝少弟，桓元篡位時以預起義，進封至南郡公。武帝即位，追封臨川王。義慶以長沙景王子嗣。曅。綽。（中華書局，1986年）

陳謨《海桑集》卷五《〈鮑參軍集〉序》：

總制俞公子戀刻《鮑參軍集》於戀齋，介僕叙言。叙曰：參軍名照，字明遠，照或作昭，則唐諱武后而改之也。宋文帝元嘉中，參臨川王義慶軍事，時太尉袁淑文冠一時，王請爲衛軍咨議，照與同列，號爲極選。然則古之摻任閫外，籌策幕中，率多名勝之士。若參軍者，尤風流文雅杰出等夷者歟？考諸《大雅》有曰"文武吉甫"，美其文足以附衆，而武足以威敵也。而或者角文武兩途，互相詆訾，豈通人之論哉？（《文淵閣四庫全書》本）

脱脱等《宋史》卷二百六《藝文志五》子類小説家類：

劉義慶《世説新語》三卷。（中華書局，1977年）

錢溥《秘閣書目》類書：

《世説新語》一。（齊魯書社，1996年）

楊士奇等《東里集》續集卷十七《跋〈後漢書〉》：

范曄《後漢書》，蓋删取劉珍、謝承、薛瑩、劉義慶等漢史爲之，然曄所成紀傳耳，志未成伏誅。後人取司馬彪所撰補之，非曄撰也。余家所藏四十七册國學印本。

同上，卷十八《跋〈世説新語〉》：

錢塘王羽儀之爲禮官，與余往還，喜收書，或歲餘，或數月不見，相見輒有一書見贈，蓋相知故也。此集近代祀嵩嶽還所贈者。（《四庫明人文集叢刊》本，上海古籍出版社，1991年）

楊士奇等《文淵閣書目》卷十一盈字號第六厨書目：

《世説新語》一部三册完全。《世説新語》一部三册闕。《世説新語》一部三册殘缺。《世説新語》一部二册闕。（《叢書集成初編》本）

文徵明《甫田集》卷十七《〈何氏語林〉叙》：

《何氏語林》三十卷，吾友何元朗氏之所編，類仿劉氏《世説》而作也。初，劉義慶氏采擷漢晉以來理言遺事，論次爲書，標表揚搉，奕奕玄勝。自茲以還，稗官小說無慮百數，而此書特爲雋永，精深奇麗，莫或繼之。元朗雅好其書，研尋讀繹，積有歲年。搜覽篇籍，思企芳躅。昉自兩漢，迄於有元，上下千餘年，正史所列，傳記所存，奇蹤勝迹，漁獵靡遺，凡二千七百餘事，總十餘萬言。類列義例，一惟劉氏之舊。而凡劉所已見，則不復出。品目旷分。維三十有八，而原情執要，實惟語言爲宗。單詞隻句，往往令人意消，思致簡遠，足深唱嘆。誠亦至理攸寓，文學行義之淵也。而或者以爲摭裂委瑣，無所取裁，骫骳偏駁，獨能發藻飾詞，於道德性命無所發明。嗚呼！事理無窮，學奚底極？理或不明，固不足以窮性命之蘊；而辭有不達，道何從見？是故博學詳說，聖訓攸先，修辭立誠，畜德之源也。宋之末季，學者習於性命之說，深中厚貌，端居無爲，謂足以涵養性真，變化氣質，而究厥所存，多可議者。是雖師授淵源，惑於所見，亦惟簡便日趨，偷薄自畫，假美言以護所不足，甘於面牆，而不自知其墮於庸劣焉爾。嗚呼！玩物喪志之一言，遂爲後學深痼，君子蓋嘗惜之，元朗於此，真能不爲所惑哉！元朗貫綜深博，文詞粹精，見諸論撰，偉麗淵宏，足自名世，此書特其緒餘耳。輔談式藝，要亦不可以無傳也。是爲序。（《文淵閣四庫全書》本）

陸深《儼山集》卷二十五《詩話》：

陳思王《七步詩》世所傳誦，云："煮豆燃豆萁，豆在釜中泣。本是同根生，相煎何太急！"《世說》所載微殊，又餘二言云："煮豆時作糜，漉豉以爲汁。萁在釜中燃，豆在釜中泣。本是同根生，相煎何太急！"《世說》撰於宋臨川王劉義慶，時去魏未遠，當核未知何是本詩，但"萁在釜中燃"，於理差礙爾。（《四庫明人文集叢刊》本，上海古籍出版社，1993年）

陸深《儼山外集》卷二十四《史通會要上·品流第三》：

劉義慶有《世說》，裴榮期有《語林》，孔思尚有《語錄》，陽松玠有《談藪》，此之謂瑣言。夫瑣言者，嘲謔調笑之餘，用資談柄，可助筆端；至於褻狎鄙穢，出自床笫，編在紀錄之次，有傷名教者矣。……

志怪者則有祖台，搜神者則有干寶。劉義慶之《幽明》、劉敬叔之《異苑》，皆謂之雜記。其所論神仙之道、幽冥之事，若失服食煉氣，或可以益壽延年，福善禍淫，聊取諸勸善懲惡。苟談怪異，務述妖邪，斯義何取焉？（《四庫筆記小說叢書》本，上海古籍出版社，1993年）

楊慎《升庵集》卷十《跋吳中新刻〈世說〉》：

古書轉刻轉謬，良可惋也。近吳中刻《世說新語》，右軍清真妄改作清貴，兼有諸人之差改作諸人之美，聲鳴轉急改作聲氣轉急，少有義學改作少有學義，皆失古人之意，聊一道之，蓋不能盡。

同上，卷四十九《劉須溪》：

廬陵劉辰翁會孟，號須溪，於唐人諸詩及宋蘇、黃而下，俱有批評。《三子口義》《世說新語》《史漢異同》皆然。士林服其賞鑒之精，而不知其節行之高也。

同上，卷五十三《金谷序》：

《世說新語》謂王羲之作《蘭亭記》，人以方《金谷序》，羲之甚有欣色。《金谷序》今不傳，其實《蘭亭》之所祖也。余舊得宋人石刻一本，今錄於此。其辭曰……（《四庫明人文集叢刊》本，上海古籍出版，1993年）

楊慎《丹鉛餘錄》卷一：

劉孝標注《世說》，多引奇篇奧帙。後劉須溪刪節之，可惜。孝標全本，予猶及見之，今摘其一二，以廣異聞。

同上，卷九：

晉世不惟士人語清標玄致，而釋子輩語亦復可聽，《高僧傳》所載是已。如鳩摩羅什偈云……使入《世說》，固不能辨也。（《文淵閣四庫全書》本）

楊慎《譚苑醍醐》卷二《大破賊》：

謝安聞淝水之捷，對弈客云"小兒輩大破賊"，《晉書》云"兒輩遂已破賊"，《晉書》所紀，不及《世說》"大"字之勝。（商務印書館，1936年）

楊慎《丹鉛總錄》卷十九詩話類《劉須溪》：

廬陵劉辰翁，諱孟，號須溪，於唐人諸詩集及李、杜、蘇、黃大家，皆有批點。又有批評《三子口義》及《世說新語》，士林服其賞鑒之精博，然不知其節行之高也。（浙江古籍出版社，2013年）

楊慎《丹鉛續錄》卷三考證《〈世說〉誤字》：

古書轉刻轉謬，蓋病於淺者妄改耳。如近日吳中刻《世說》，右軍"清真"謂清致而真率也，李太白用其語爲詩，"右軍本清真"是其證也。近乃妄改作"清貴"。（《文淵閣四庫全書》本）

何良俊《何氏語林》卷首《文徵明〈語林原序〉》：

《何氏語林》三十卷，吾友何元朗氏之所編，類仿劉氏《世説》而作也。初，劉義慶氏采擷漢晉以來理言遺事，論次爲書，摽表揚搉，奕奕玄勝。自茲以還，稗官小説，無慮百數，而此書特爲雋永，精深奇逸，莫或繼之。元朗雅好其書，研尋演繹，積有歲年，搜覽篇籍，思企芳躅。昉自兩漢，迄於宋元，下上千餘年，正史所列，傳記所存，奇蹤勝踐，漁獵靡遺，凡二千七百餘事，總十餘萬言。類列義例，一惟劉氏之舊。而凡劉所已見，則不復書。品目臚分，雖三十有八，而原情執要，實惟語言爲宗。單詞隻句，往往令人意消；思致淵永，足深唱嘆。誠亦至理攸寓，文學行義之淵也。而或者以爲摭裂委瑣，無所取裁，訑餕偏駁，獨能發藻飾詞，於道德性命無所發明。嗚呼！事理無窮，學奚底極？理或不明，固不足以探性命之蘊；而辭有不達，道何從見？是故博學詳説，聖訓攸先，修辭立誠，蓄德之源也。宋之末季，學者牽於性命之説，深中厚默，端居無爲，謂足以涵養性真，變化氣質，而考厥所存，多可議者。是雖師授淵源，惑於所見，亦惟簡便日趨，偷薄自畫，假美言以護所不足，甘於面牆，而不自知其墮於庸劣焉爾。嗚呼！玩物喪志之一言，遂爲後學之深痼，君子蓋嘗惜之，元朗於此，真能不爲所惑哉！元朗貫綜深博，文詞粹精，見諸論撰，偉麗淵宏，足自名世，此書特其緒餘耳。輔談式藝要，亦不可以無傳也。

辛亥四月之望，文徵明書。

同上，卷四《言語第二上》：

何良俊曰："余撰《語林》，頗仿劉義慶《世説》。然《世説》之詮事也，以玄虛標準；其選言也，以簡遠爲宗，非此弗録。余懼後世典籍漸亡，舊聞放失，苟或泥此，所遺實多，故披覽群籍，隨事疏記，不得盡如《世説》，其或辭多浮長，則稍爲删潤云耳。"（《文淵閣四庫全書》本）

高儒《百川書志》卷之八子部小説家：

《世説新語》八卷。

宋臨川王劉義慶撰，梁劉孝標注，須溪劉辰翁批點，凡三十六門。（上海古籍出版社，2005年）

余嘉錫撰，周祖謨、余淑宜整理《世説新語箋疏》附録袁褧《〈世説新語〉序目》：

嘗考載記所述晉人話言，簡約玄澹，爾雅有韵。世言江左善清談，今閲《新語》，信乎其言之也。臨川撰爲此書，采掇綜叙，明暢不繁；孝標所注，能收録諸家小史分釋其義。詁訓之賞，見於高似孫《緯略》。余家藏宋本，是放翁校刊本，謝湖躬耕之暇，手披心寄，自謂可觀，爰付梓人，傳之同好。因嘆昔人論司馬氏之祚亡於清談，斯言也無乃過甚矣乎？竹林之儔，希慕沂樂；蘭亭之集，咏歌堯風。陶荆州之勤敏，謝東山之恬鎮；解《莊》《易》，則輔嗣、平叔擅其宗；析梵言，則道林、法深領其乘。或詞冷而趣遠，或事瑣而意奧，風旨各殊，人有興托。王茂弘、祖士雅之流，才通氣峻，心翼王室，又斑斑載諸册簡，是可非之者哉？《詩》不云乎："濟濟多士，文王以寧。"余以琅琊王之渡江，諸賢弘贊之力爲多，非强説也。夫諸晤言，率遇藻裁，遂爲終身品目，故類以標格相高。玄虚成習，一時雅尚，有東京厨俊之流風焉。然曠達拓落，濫觴莫拯，取譏世教，撫卷惜之。此於諸賢，不無遺憾焉耳矣。刻成，序之，嘉靖乙未歲立秋日也。吴郡袁褧撰。（中華書局，1983年）

晁瑮《晁氏寶文堂書目》卷中類書：

《世説新語注解》。

同上，子雜：

《世説新語》。

《續世説》。（宋刻不全。）（上海古籍出版社，2005年）

秦士鉉《世説箋本》附陸師道《〈何氏語林〉序》：

華亭何元朗，擬劉氏《世説》作《語林》成。翰林待詔文公既爲序之以傳矣。又以示師道，俾志其末簡。予惟《世説》紀述漢、晋以來佳事佳話，以垂法戒，而選集清英，至爲精絶。故房、許諸人收《晋史》者，往往用以成篇，不知《唐・藝文志》何故乃列之小説家。蓋言此書非實録者，自劉知幾始，而不知義慶去漢、晋未遠，其所述載，要自有據，雖傳聞異詞，抑揚緣飾，不無少過。至其言世代崇尚，人士風流，百世之下，可以想見，不謂之良史不可也。豈直與志怪述妖、稽神纂異、誣誕慌惚之談類哉！是故齊、梁以來，學士大夫恒喜言之；宗工巨儒，往往爲之注釋、綴續、叙録、删校。尊信益衆，而此書亦益顯，於是有擬之而作《唐語林》《續世説》矣。然或止紀一姓，或僅載數朝，固未及貫綜百代，統論千祀也。其所采撷，亦終不能如劉氏之精。而元朗乃獨上溯西京，下逮朔漠，悉取其精深玄遠之言，瑰詭卓絶之迹，聚而陳之。而劉氏所遺，更加搜抉，剪裁屬比，嚴約整潔，不下前書，自非博雅通方之士，其孰能與於斯哉！抑義慶宗王牧將，幕府多賢，當時如袁淑、陸展、鮑照、何長瑜之徒，皆一世名彦，爲之佐吏，雖曰筆削自己，而檢尋贊潤，夫豈無人？若元朗則藏器海濱，明經應舉，而不以帖括占畢奪所嗜好，紬繹薈萃，不仰同志。校之劉氏，難易豈啻什百哉！况《世説》精絶，亦由孝標作注，詳援確證，有不言之妙。顧事出二手，作述不同。而元朗所注，乃一時并撰，綱目互發，詳略相成，開闔貫通，一無牴牾，至其所引，奧篇秘典，靡不具列。視之劉氏，富贍略等，信該洽之巨觀，而文筆之弘致也。而說者顧以其多取近世雜家，頗傷玄雅；而又以鞮譯之士廁之中華，夷夏幾不分，虎羊之鞼爲疑。是不知元朗之志在於法戒，則不得不兼取久近而具列焉。耶律蒙古，近而可徵，蓋所謂商監秦喻也，惡得而捨諸？若夫其文則史，隨世汙隆者，又安能盡汰之哉！元朗之叙言語篇，固自謂玄虛簡遠，不得盡同劉氏，覽者可自得之矣。元朗著述，大方已詳文序，予獨論其與《世說》所以同異者著之，亦以白作者之苦心云爾。長洲陸師道撰。（丁錫根《中國歷代小説序跋集》，人民文學出版社，1996年）

胡直《衡廬精舍藏稿》卷十七《策問》：
執事發策以諸子著述下詢承學，將廓而正之，而愚非其人也。請得而仿佛其大都：鬻熊著書二十篇，老耼著五千餘文，莊周著內外雜三十一篇……此則周秦間之著作者。然猶有曾子、子思子、言子、管子、晏子者，世皆知其贗，故弗及也。漢六朝之間，陸賈、賈傳并有《新書》，暨董子《玉杯》《繁露》，世咸僞之……《説苑》出劉向，二十篇。《申鑒》出漢荀悦，五卷。《中論》出魏徐幹，二十篇。《世説新語》無足論……（上海古籍出版社，1993年）

朱睦㮮《萬卷堂書目》卷二小説家：
《世説新語》。（《續修四庫全書》本）

李時珍《本草綱目》卷一上序例上《引據古今經史百家書目》：
劉義慶《世説》。（人民衛生出版社，1982年）

陳耀文《正楊》卷四《鯤上》：
《世説》：向秀注《莊》妙析玄致，秀卒，子幼，義遂零落，然猶有別本。郭象者爲人薄行，有俊才，見秀義不傳於世，遂竊以爲己注。惟自注《秋水》《至樂》二篇。
據此，則《莊》非象注矣。竊注見譏於義慶，誤注追誚於用修，子玄厄哉！
（《文淵閣四庫全書》本）

陳耀文《天中記》卷十四《樓》：
栖霞。江陵城西百餘步有栖霞樓，宋臨川康王義慶置。（《荆州記》。）

同上，《觀》：

一柱。劉宋臨川王義慶在鎮，於羅公洲立觀，甚大而惟一柱。（《渚宮故事》。）

同上，卷二十五《德譽》：

霞明日朗。宋世諸王，義慶最優，炙輠不窮，霞明日朗，懸河無竭，雨散烟飛。（《辨正論》。）（廣陵書社，2007年）

王世貞《弇州四部稿》卷七十一文部《〈世說新語補〉小序》：

余少時得《世說新語》善本吳中，私心已好之，每讀輒患其易，竟又怪是書僅自後漢終於晉，以為六朝諸君子，即所持論風旨，寧無一二可稱者？最後得何氏《語林》，大抵規摹《世說》而稍衍之。至元末，然其事詞錯出，不雅馴，要以影響而已。至於《世說》之所長，或造微於單辭，或徵巧於隻行，或因美以見風，或因刺以通贊，往往使人短咏而躍然，長思而未罄，何氏蓋未之知也。余治燕趙郡國獄，小間無事，探橐中所藏，則二書在焉。因稍為刪定，合而見其類，蓋《世說》之所去，不過十之二，而何氏之所采，則不過十之三耳。余居恒謂：宋時經儒先生，往往譏謫清言致亂，而不知晉、宋之於江左一也。驅介胄而經生之乎，則毋乃驅介胄而清言也，其又奚擇矣！

同上，卷一百二十七文部《書牘三十首·俞仲蔚》：

數辱損書，勤篤備至，題扇一章，怳若偶坐，清飆自流梁生，遂致全帙息鞅精蘭，稍就披卒，愧於足下，無測高深。愚不佞，妄謂名世語不在廣，如五七言古、正始之音，出微入妙，近體小有散緩，恐一二微纇不無連城之累耳。赤牘委致，義慶若在，當令絕倒。序記如馬遠《山水圖》類，雖極人工，終乖天則。敢取十八付之梓人，敬俟來命。足下謂僕所云高士贊欲收仲長子卿，非也，乃子光耳。語見《文中子》中，亦有前史載其度格，足下偶忘之耶？幼安龍德而隱，變化莫涘，高士後先，此其翹楚。足下意若有不足而收之者，非所敢聞也，幸自惟急須入集耳。別紙聊杼塵思，以答來美，當見揮斥。

同上，卷一百四十六説部《藝苑卮言三》：

正史之外有以偏方為紀者，如劉知幾所稱地理，當以常璩《華陽國志》、盛弘之《荊州記》第一；有以一言一事為記者，如劉知幾所稱瑣言，當以劉義慶《世說新語》第一；散文小傳，如伶玄《飛燕》雖近褻，《虬髯客》雖近誣，《毛穎》雖近戲，亦是其行中第一；它如王粲《漢末英雄》、崔鴻《十六國春秋》、葛洪《西京雜記》、周稱《陳留耆舊》、周楚之《汝南先賢》、陳壽《益部耆舊》、虞預

《會稽典錄》、辛氏《三秦》、羅含《湘中》、朱贛《九州》、闞駰《四國》、《三輔黃圖》、《酉陽雜俎》之類，皆流亞也，《水經注》非注，自是大地史。

同上，《弇州續稿》卷四十一文部《重刻〈晋書〉序》：
　　説者乃以爲晉曆僅百年，不能當漢東京之半，而文倍之。諸載記。僭王雄武、凶悖妖祥之變，往往過實，而《世説》《語林》《幽明録》《搜神記》亦所不廢，循正者卑之以稗官，責核者外之以誣史，而是書稍屈矣。

同上，卷四十三文部《編注王司馬〈宫詞〉序》：
　　無錫顧玄暐深於風人之旨者也，少則侍其世父太保公宦京師，趾武玉清，聲欷天語。然是時，叩温室之樹而不敢對。晚讀建此詩而有會焉，爲之注。故毋論建之情事了無纖悉遺憾，而旁引曲譬尚有溢於其表者，亦何異劉孝標之於義慶耶？玄暐之子某以示余，余謂合而行之。合而行之，其以爲宫詞也，其且以爲壺史也，否歟？然哉？

同上，卷一百四十文部《亡弟中順大夫太常寺少卿敬美行狀》：
　　於詩雖自濟南始，其所涵咏多漢、魏、晉、宋以至盛唐諸大家，然不肯從門入，亦不規規名某氏業，而神詣之境爲勝。七言律尤其踔絶者。文出入西京、韓、歐諸大家，間采劉義慶《世説》，自以爲得彼三昧，而於游名山記尤詳婉有力，善持論，往往以識勝。

同上，卷一百六十五文部《俞氏書〈世説新語〉略》：
　　俞仲蔚入雪道阻雨，無賴漫書《世説新語》數十條。余嘗謂與仲蔚坐，便似晉人周旋，得仲蔚數行，便似晉人尺牘。今以晉人筆筆晉人語，其快又何如也。惜乎！仲蔚死矣。一展册間，不能不與羊曇西州慟杜甫人日嘆耳。（《四庫明人文集叢刊》本，上海古籍出版社，1993年）

焦竑《國史經籍志》卷四下子類小説家：
　　《世説》八卷。（宋劉義慶。）
　　《小説》十卷。（梁殷芸。）又十卷。（劉義慶。）

同上，卷五集類別集：
　　《臨川王義慶集》八卷。（商務印書館，1939年）

何良俊《世説新語補》附陳文燭《〈世説新語補〉序》：

　　往余讀《世説新語》，輒手之不釋，蓋臨川王潛居研志，耽情墳籍，爲宗室之表，所愛佳事清言，采而書之。當時如太尉袁淑、吳郡陸展、東海何長瑜、鮑照諸公，引爲佐史國臣，故紀載周悉。劉子孝標學既該博，又好異書，從而注之，故引證特詳。彼崔尉祖謂爲書淫，或於是書有癖也。國朝何元朗博洽嗜古，上溯漢晉，下逮勝國，廣爲《語林》。王元美删其沉雜，存其雅馴者，爲《世説新語補》。敬美自幼酷好是書，鑽厲有日，於字句勾棘難通者疏明之，於舊注爲俗子攙入者標出之，自謂洗卯金氏之冤。曾刻豫章，續有正者；復刻吳郡，張仲立校之，已爲善本。敬美又加指摘，其批評視劉辰翁加詳。再刻閩中，王汝存校之，問序於不佞，因得再讀。驚高論於曠代，聞長嘯於異時，又何快也。若以《世説》等孔思尚之《語録》，而概爲瑣言，比劉彤之《晉紀》，而都云才短，談何容易！受嗤千載，吾於劉子玄亦有目睫之譏云。夫何氏習翼臨川，厥功偉矣。乃二王表章，合而爲一，俾江左風流紹述東京者，千萬世而一日。臨川有知，將謂賞音之士，寧獨劉玄靖邪？語曰：千金之裘，非一狐之腋也。餘於兹編亦云。萬曆丙戌秋日，沔陽陳文燭玉叔撰。（丁錫根《中國歷代小説序跋集》，人民文學出版社，1996年）

王世懋《〈世説新語〉序》：

　　《易》稱"書不盡言，言不盡意"，然則書者言之餘響，而言者意之景測也。是以莫逆之旨，恒存乎相視；糟粕之喻，無與於心傳。由百世之下，讀其書，而欲想見其爲心，不亦遠乎！此立言者之所以難也。晉人雅尚清談，風流映於後世，而臨川王生長晉末，沐浴浸漑，述爲此書，至今諷習之者，猶能令人舞蹈，若親睹其獻酬，倘在當時，聆樂衛之韶音，承殷劉之潤響，引宮刻羽，貫心入脾，尚書爲之含笑，平子由斯絶倒，不亦宜乎！蓋晉人之談，所謂言之近意，而臨川此書，抑亦書之近言者也。

　　余幼而酷嗜此書，中年彌甚，恒著巾箱，鉛槧數易，韋編欲絶，第其句或勾棘，語近方言，句深則難斷，語異則難通，積思累校，小獲疏明，終乎闕疑，以遵聖訓。至於孝標一注，博引旁綜，前無古人，裴松之《三國志注》，差得比肩；而頗爲俗夫攙入叔世之談，恨不能盡别淄澠，時一標出，以洗卯金氏之冤。初雖閟之帳中，既欲公之炙嗜，而參知喬公見之，亟相賞譽，即授梓人，爰綴末章，叙所繇梓。是編也成，吾豈敢謂二氏之忠臣，抑庶幾不爲風雅之罪人乎？萬曆庚辰秋，吳郡王世懋撰。（丁錫根《中國歷代小説序跋集》，人民文學出版社，1996年）

王世懋《〈世説新語補〉序》：

　　予刻《世説》豫章，舊所病勾棘難通者，亦既有倫矣。惜也子固讎對之功闕焉，探字疏句，往往而訛，幾於誤人；標評小語，亦續有得，時復循覽，而恨其未核也。家兄元美嘗并《何氏語林》，刪其無當，合爲一編，久乃散落。友人張仲立得而嗜之，次第修注，而更爲訂何氏之乖迕，及益其注之未備。鉛槧經年，殺青滿室，會予將之閩中，手以相示，且請序作者之意。予豫章後，重校善本，不吝授之。蓋臨川、孝標，功緒略當，元朗習翼，意亦勤矣。昔猶璋判，今始珪合，予所研核不置者，將無鄭玄之遇服氏哉？若孝標一注，疑有羼入，中間稍爲指摘，終未得起斯人於九原，令千載洗然也。書以復仲立，仍具此意，相與商求之。是歲乙酉初春，世懋再識。（丁錫根《中國歷代小説序跋集》，人民文學出版社，1996年）

陳第《世善堂藏書目錄》卷上諸子百家類名家傳世名書：

《世説新語》十卷。（商務印書館，1937年）

胡應麟《少室山房筆叢》卷十三乙部《史書占畢一》：

劉孝標有《續世説》十卷，劉義慶有《小説》十卷，惜哉其俱弗傳也。籍傳，晋、梁雅詞今尚盈耳哉！

同上：

臨川書，諸目俱稱《世説》，今題《世説新語》，係"語"於"説"，胡贅也？《世説》之名起於劉向，義慶書出，向已弗傳，然皆劉氏也。孝標之注，會孟之評，劉氏三絶乎？

同上，卷十七乙部《史書占畢五》：

玄黃之間事變吻合者，古今實繁，乃前人之采述一何寡也！自明諸薦紳先生、博雅君子稍稍留意，若《餘冬序錄》《藝苑卮言》詳矣，然率異代也。余偶讀六朝諸史，得事之符節者若干條，漫錄於左，以資談噱。其已見二書及《世説》《語林》一門并載者，與夫事同代異者，咸置弗收，至於諸代，當以次漸及焉。

同上，卷二十九丙部《九流緒論下》：

小説家一類，又自分數種：一曰志怪，《搜神》《述異》《宣室》《酉陽》之類是也；一曰傳奇，《飛燕》《太真》《崔鶯》《霍玉》之類是也；一曰雜錄，《世説》《語林》《瑣言》《因話》之類是也；一曰叢談，《容齋》《夢溪》《東榖》《道山》之類是也；一曰辨訂，《鼠璞》《雞肋》《資暇》《辨疑》之類是也；一曰箴規，《家訓》《世範》《勸善》《省心》之類是也。叢談、雜錄二類最易相紊，又往往兼有四家，而四家類多獨行，不可攙入二類者。至於志怪、傳奇，尤易出入，或一書之中二事并載，一事之内兩端具存，姑舉其重而已。

同上：
　　劉義慶《世説》十卷。讀其語言，晉人面目氣韵恍忽生動，而簡約玄澹，真致不窮，古今絶唱也。孝標之注，博贍精核，客主映發，并絶古今。考隋、唐《志》，義慶又有《小説》十卷，孝標又有《續世説》十卷，今皆不傳。悵望江左風流，令人扼腕云。（案《宋書》義慶傳不載，《世説》未詳。）《世説》以玄韵爲宗，非紀事比，劉知幾謂非實録，不足病也。唐人修《晉書》，凡《世説》語盡采之，則似失詳慎云。義慶所著，又有《後漢書》及文集八卷，《徐州先賢傳贊》九卷，《江左名士傳》一卷，《幽明録》二十卷，《宣驗記》十三卷，《集林》二百卷，獨《世説》盛行，嘉、隆間尺牘詩詞，靡不采掇，乃不善用者，扭捏雷同，亦往往厭觀云。

同上，卷三十八《華陽博議上》：
　　子之浮誇而難究者，莫大於衆説。衆説之中又有博於怪者、妖者、神者、鬼者、物者、名者、言者、事者。《齊諧》《夷堅》博於怪，《虞初》《瑣語》博於妖，令昇、元亮博於神，之推、成式博於鬼，曼倩、茂先博於物，湘東、魯望博於名，義慶、孝標博於言，夢得、務觀博於事，李昉、曾慥、禹錫、宗儀之屬又皆博於衆説者也。總之，脞談隱迹，巨細兼該，廣見洽聞，驚心奪目，而淫俳間出，詭誕錯陳。張、劉諸子，世推博極，此僅一班。至郭憲、王嘉，全構虚詞，亡徵實學，斯班氏所以致譏，子玄因之絶倒者也。（上海書店出版社，2009年）

胡應麟《少室山房集》卷一百二《讀〈世説新語〉》：
　　劉義慶《世説》十卷，讀其語言，晉人面目氣韵恍忽生動，而簡約玄淡，真致不窮，古今絶唱也。孝標之注，博贍精核，客主映發，并絶古今。考隋、唐《志》，義慶又有《小説》十卷，孝標又有《續世説》十卷，今皆不傳，悵望江左風流，令人扼腕云。

同上，卷一百十二《雜束次公四通・四》：
　　劉義慶《世説》一書，誠古今絶唱，所謂三嘆有遺音者。然至執事伯仲始大顯，長公序中四語得其神紫，即令《世説》自評，無極此妙。顧學人未易點頭，執事復卷，爲之標句，爲之繹遺，恨無毫髮矣。第前史《藝文志》，臨川所纂尚不下數種，今一二存《廣記》中，較《世説》，天壤不侔也，豈精力固盡此耶？（《四庫明人文集叢刊》本，上海古籍出版社，1993年）

董其昌《畫禪室隨筆》卷四《雜言下》：

　　蘇門四友，惟山谷學不純師東坡，視之隱然敵國，文章、氣節之外，戒行精潔，平生罪過比於露坐科頭者，祇小艷詞耳。此真東坡之畏友也。其爲文仿《蘭亭叙》，題跋書畫寥落，短篇出於劉義慶《世說》。雖偏師取奇，皆超出情量，動中肯綮；而廣川之藻，長睿之博，顧不無遜席焉，亦得坡公薰染力耳。（《四庫明人文集叢刊》本，中國書店，2018年）

馮從吾《少墟集》卷十三《理言什一序》：

　　近日士大夫亦多有類輯古今名言以傳者，自淑淑人，意非不善，第多采老莊諸子及《國策》《新語》諸書，與宋儒并列，甚或有割裂佛經、道藏文字附於中者。嗚呼！老莊異端非學之尤，《國策》機械變詐之首，《世說新語》又放縱恣肆之嚆矢。若不察而概收之，無論玉石雜陳，鄭雅迭奏，竊恐讀者未必受宋儒之益，而先已受機變放肆之損，世道人心，安所稅駕！（《四庫明人文集叢刊》本，上海古籍出版社，1993年）

徐應秋《玉芝堂談薈》卷三十《古今偏正史》：

　　劉子玄《史通》所載古今正偏史，今多不存。澹園先生《筆乘》常載之中，如……顧協《瑣語》、謝綽《拾遺》、劉義慶《世說新書》、裴榮期《語林》、吳思尚《語錄》、楊松珍《談藪》、郭子章《洞冥記》、王子年《拾遺記》、劉劭《人物志》、祖鴻勛《晉詞記》、陸景《典語》、劉勰《文心雕龍》、李充《翰林論》、摯虞《文章流別集》、阮孝緒《七錄》、祖台之《志怪》、干寶《搜神記》、劉義慶《幽明錄》、劉敬叔《異苑》、邯鄲淳《笑林》、劉芳《周官音》《禮記音》。

同上，《世說注》：

　　劉孝標注《世說》，自漢、魏、吳諸史、子傳、地理之外，如晉氏一朝諸史及諸公列傳、譜諜文章，凡一百六十六家，皆出正史之外。此又齊、梁以上書也。譜諜別傳姑不暇及，餘書亦疏其目，已見《史通》者不載。薛瑩《後漢書》、劉向《別錄》、環濟《吳紀》、梁祚《魏國統紀》、《曹瞞傳》、《魏末傳》、朱鳳《晉書》、虞預《晉書》、劉謙之《晉紀後略》、曹嘉之《晉紀》、《晉惠帝起居注》、《晉安帝紀》、《晉百官名》、《晉諸公贊》、摯虞《世本》、車頻《秦書》、《趙書》、袁敬仲《正始名士傳》、又《海內名士傳》、劉義慶《江左名士傳》……（《四庫筆記小說叢書》本，上海古籍出版社，1993年）

祁承㸁《澹生堂藏書目》子部一小説家：

《世説新語》六卷，六册，閩板，宋臨川王義慶集，梁劉孝標注。（上海古籍出版社，2015年）

徐㷆《徐氏家藏書目》卷之三子部小説類：

《世説新語》八卷。（宋劉義慶。）（上海古籍出版社，2014年）

秦士鉉《世説箋本》附王泰亨《題〈世説新語補〉後》：

嘉靖中，華亭何元朗氏，雅以博洽著稱。其所輯《語林》，上溯漢魏，下逮勝國，正史之外，益以稗官小説，撮其佳事佳話，分門比類，以擬於臨川之《世説》。要其所擬，亦河汾之於洙泗耳。無論宋以後事，蕪溷而難入也。隋唐諸君子有片語合作否？其人有江左風致，足模寫者否？即所載司馬家一代事辭，往往摭拾臨川所棄，大官餘庖耳。故愚嘗謂千載而有臨川，不復能成《世説》矣。家弇州先生，取何氏之書，求其事馴雅者、理中清者節取之，附諸《世説》，以補臨川所未備，使人讀之，宛然面接嵇、阮之清狂，耳聆劉、許之玄理，目觸王、謝之琳琅，忘其爲晉以後事矣。此曷以故？何氏拙於矜富，弇州巧於見長也。余往歲負瀋沖減性之譏，嘔血數升，神氣都損。嘗得此編，時置案頭，以當枕發。友人張仲立、秦汝約，數相慰存，見而賞焉，將分校刻之。余病弗果，於是校注之任專之仲立，讎對則汝約預有勞焉。夫孝標一注，號稱詳贍，然皆二百年間語耳。其人可指數，向事可臚列也，況乎大江以北，文獻無徵，熟王、謝諸家乘，則思過半矣。仲立素瑰瑋，博稽群籍，多所訂訛，以相發明，豈惟於博雅之士有裨哉？即何氏歸忠臣，而臨川稱冢嫡可也。是歲乙酉春三月既望，琅琊王泰亨。（丁錫根《中國歷代小説序跋集》，人民文學出版社，1996年）

彭大翼《山堂肆考》卷十九地理《仙館》：

劉義慶《世説》：嵩山北有大穴，晉時有人誤墮穴中，見二人圍棋，局下有一杯，對飲。墮者告以飢渴，棋者曰："可飲。"此墮者飲之，氣力十倍。棋者曰："汝欲停此否？"墮者曰："不願停。"棋者曰："從此西行有天井，但投身入井，自當出。若餓，取井中物食之。"墮者如言，可半年乃出，自蜀中歸洛下，問張華，華曰："此仙館也，所飲者玉漿也，所食者龍穴石髓也。"

同上，卷三十六君道《烏啼》：

宋元康中，徙彭城王義康爲豫章，臨行（川）王義慶時爲江州，相見而笑。文帝聞而怏之，召義慶還宅。義慶大懼，妓妾夜聞烏啼聲，叩閤云："明日當有赦。"後改義慶爲南州，因製爲《烏夜啼曲》。

同上，卷一百二十二文學著書上《義慶新語》：

南宋臨川王義慶采擷漢晉以來佳事佳話，爲《世說新語》。又唐潯陽縣主簿劉肅撰《唐世說新語》。（《四庫類書叢刊》本，上海古籍出版社，1992年）

馮復京《六家詩名物疏》卷首《〈六家詩名物疏〉引用書目》：

《神異經》、《感應經》、師曠《禽經》、《衝波傳》、《洞冥記》、干寶《搜神記》、陶潛《搜神記》、王子年《拾遺記》、《世說新語》、《玄中記》、任昉《述異記》、吳均《續齊諧記》、《異苑》、《朝野僉載》、《酉陽雜俎》、《續酉陽雜俎》、《劉公嘉話錄》、王仁裕《玉堂閑話》、孫光憲《北夢瑣言》、焦璐《窮神秘苑》、杜光庭《錄異記》、《南部新書》、《太平廣記》。

凡小說家二十三部。（《文淵閣四庫全書》本）

華國出版社《蠡測編》載王思任《〈世說新語〉序》：

讀《史記》之後，或難爲《漢書》；讀《漢書》之後，且不可看他史。今古風流，惟有晉代。至讀其正史，板質冗木，如工作瀛洲學士圖，面面肥皙，雖略具老少，而神情意態，十八人不甚分別。前宋劉義慶撰《世說新語》，專羅晉事，而映帶漢、魏間十數人。門戶自開，科條別定。其中頓置不安，微傳（博）末的，吾不能爲之諱，然而小摘短拈，冷提忙點，每奏一語，幾欲起王、謝、桓、劉諸人之骨，一一呵活眼前，而毫無追憾者。又說本中，本一俗語，經之即文；本一淺語，經之即蓄；本一嫩語，經之即辣。蓋其牙室利靈，筆顛老秀，得晉人之意於言前，而因得晉人之言於舌外，此小史中之徐夫人也。嗣後孝標助注，時或以《經》配《左》，而博贍有功；須溪貢評，亦或以郭解莊，而雅韻獨妙，義慶之事於此乎畢矣。自弇州伯仲補批以來，欲極元暢，而續尾漸長，效顰漸失，《新語》遂不能自主。海陽張遠文氏得善本於江陵陳元植家，悉發辰翁之隱，黜陟諸公，揀披各語。注但取其疏惑，評則賞其傳神。義慶幾絕而復壽者，遠文之力也。遠文又精刪何氏之補，別具一帙，使其堂廡具在，而《新語》之事又於此乎畢受〔矣〕。嗟乎！蘭苕翡翠，雖不似碧海之鯤鯨，然而明脂大肉，食三日定當厭去，若見珍錯小品，則啖之惟恐不繼也。此書泥沙既盡，清味自悠，日以之佐《史》《漢》炙可也。（丁錫根《中國歷代小說序跋集》，人民文學出版社，1996年）

張丑《清河書畫舫》卷九上：

薛紹彭，臨右軍《禊飲序》、雜書四帖、小楷《世說新語》。

同上，卷十一上：

黃公望，《富春山圖》《鐵崖圖》……小楷《世說新語》全部。……黃子久好作小楷，圓熟中饒古意，別有一種韵度，蓋自趙文敏公而下，指不多屈，定在俞和、倪瓚以上，今觀所書《世說新語》，如飛鳥依人，翩翩可喜，真賞者當亟購也。（上海古籍出版社，2011年）

劉宗周《人譜》卷下：

何長瑜爲臨川王義慶記室，好譏議人。嘗以韵語嘲其僚佐云："陸展染白髮，欲以媚側室。青青不解久，星星行復出。"輕薄少年多效之。凡人士并爲題目，皆加劇言苦句，其文流行。義慶大怒，言於文帝，遂謫廣州。行至板橋，遇暴風溺死。（《叢書集成初編》本）

董斯張《廣博物志》卷三《天道三》：

劉義慶在廣陵卧病食粥，忽有白虹入室就食其粥，義慶擲器於階，虹遂作風雨聲，響撼庭户，良久不見。（《獨異志》。）

同上，卷二十一《高逸》：

劉凝之隱居南郡，臨川王義慶鎮江陵，遣使存問。答書曰頓首，稱僕不爲百姓禮。人或譏之，凝之曰："未聞巢、許稱臣堯、舜。"時載顒與衡陽王義季書亦稱僕。

同上，卷二十九《藝苑四》：

鮑照嘗謁臨川王義慶，有人止之。照曰："千載上有英才異士沈没不聞者，安可數哉！大丈夫豈可遂韜知能，使蕭艾不辨，終日碌碌，與燕雀相隨乎？"於是奏詩，義慶大奇之。（鍾嶸《詩評》。）（《四庫類書叢刊》本，上海古籍出版社，1992年）

汪砢玉《珊瑚網》卷三《宋范忠宣手簡司馬温公史草短啓帖》：

司馬温公編《通鑒》，用范忠宣公手帖起草，方晉之東，海內多事，《晉書》多引小書《世說》《論語》之類，極叢冗。此載永昌之初一年，或加之以潤色之辭矣。公嘗自言編閱舊史，旁采小説，豈果爲《晉史》故耶！此則未之見也。至順二年秋八月朔浦江吴萊謹跋。

同上，卷五《涪翁雜録册》：

　　右雜録一册。相傳黄文節公魯直書，舊有籤題曰《山谷志林》。昔蘇文忠公有《東坡志林》，蓋雜志其平時所聞見與凡對客談笑之語。此册則雜抄《説苑》《世説》中語，初無倫叙，豈有會於心而書耶？抑自記以備忘耶？嘗見東坡亦有雜書，古人格言亦無倫次，題其後，謂將以爲詩文之用，豈非其類耶？然不可考矣。文節公晚歲沉著高古，此其少年之筆，故微有不同耳。殷君良貴，特以相示，輒題其後。嘉靖辛丑十月六日，文徵明識。

同上，卷九《趙子昂書陶詩》：

　　少無適俗韵，孟俯書似明遠老兄。古者書志，凡嘉言善行，聞見必録，故經傳皆曰志，莫非修齊平治，不徒誇多識，資譚柄，是尚其不經者。若《齊諧》《志怪》之類，反以資惑，聖人無取，後世無傳焉。魏晋而下，其膾炙人口，如《世説》者，亦純駁相半，務博者多資之，然去經傳遠矣。近世惟宋代特盛，《客譚》《筆録》，何啻數百家。若《近思》《典刑》《敦倫》諸録，雖未敢儕諸經傳，然敦倫美俗亦足爲風化助。彼《夷堅》《酉陽》無稽浮誕，適足蠱愚導奸，則又甚於《齊諧》者。以是觀之，志録可苟作乎？宗人景周博學好古，聞善必録，皆使言者自書其事，大率皆當代賢士大夫嘉言善行，將以爲循省資志，亦善矣！然善可法惡可戒與否，則在客之見與景周之自擇。至正甲辰立夏日，雲間陸居仁在千山環翠樓書。（《文淵閣四庫全書》本）

魏學洢《茅檐集》卷五雜著二《顧孔昭〈耦花居稿〉序》：

　　夫風流藴藉，必讓晋人，晋人不知也；知晋人，晋人十萬里遠矣。以彼超然邁往之姿，中有獨到，而意之所適，率爾神會，蓋自有其人存焉，不在態度間也。余每入人書室，見案頭置《世説》一部，幾硯楚楚，咳唾作態，兩袂間時出香氣，對之輒欲嘔。噫嘻！風流之厄至此哉！（《文淵閣四庫全書》本）

沈自南《藝林彙考》棟宇篇卷六《寺觀類》：

　　《説楛》：臨川王義慶在鎮，於羅公洲立觀，甚大，而惟一柱。梁劉孝綽詩"經從一柱觀，出入三休臺"，杜甫"孤城一柱觀，落日九江秋"。又，唐韋述《東京雜記》"東京紫微宫有一柱觀"。

同上，稱號篇卷十一《諢名類》：

　　《桐薪》：袁粲嘗謂周旋人曰，昔有一國，中一水號曰狂泉。時有周旋人解望氣，謂粲曰，石頭氣甚怪，往必有禍。《王景文傳》宋太宗詔答文曰：悠悠好詐貴人及在事者,屬卿偶不悉耳,多是其周旋門生輩,作其屬托,貴人及在事者永無由知。又王僧達性好鷹犬,與閭里少年相馳逐,躬自屠牛,臨川王義慶聞如此,令周旋沙門慧觀造而觀之。《宋書》中數見周旋人,似是幕中賓客所親狎者之名,一時稱謂,有此語耳。他書亦不多見也。(東方出版社,2012年)

顧炎武著,黄汝成集釋,欒保羣、吕宗力校點《日知録集釋》卷十三《重厚》:
　　四明薛岡謂:"士大夫子弟不宜使讀《世説》,未得其雋永,先習其簡傲。"推是言之,可謂善教矣。防其乃逸乃諺之萌,而引之有物有恒之域,此以正養蒙之道也。南齊陳顯達語其諸子曰:"麈尾蠅拂,是王、謝家物,汝不須捉此。"即取於前燒除之。(上海古籍出版社,2006年)

汪琬《堯峰文鈔》卷二十五序二《〈説鈴〉小序》:
　　汪子方爲《説鈴》,有客見而笑曰:"何吾子著録之不倫也!夫四方之大夫士聯車轊、結衣衭而來游京師者,非以市奇吊詭也。梯榮焉止爾,媒利焉止爾?梯榮故名顯,媒利故實厚。乃吾子舍是二者,而日操紙舒翰從事於此書,以名則窮,以實則左,得毋奇且詭與!"汪子應之曰:"客之所謂名實者,褒衣緩帶之倫舉不免焉。然方其下僚直丐休沐也,則必絲竹以諧耳,妖冶以悦目,樗蒲博塞之具以怡情肆志,一張一弛,其由是道久矣。今客視乎吾之室空然、孑然、蕭然、閴然,於絲竹無有也,圖史而已;於妖冶無有也,蓬垢而已;於樗蒲博塞無有也,故簏敗几而已。然且無以自娱,其若窮愁何?於是追憶舊聞,手纂口誦,不絲竹而諧,無妖冶而悦,非樗蒲博塞之具而亦肆然忘返者,誠不知其不可也。噫!吾欲梯榮,則倦而無階;欲媒利,則困而乏餌,而又病夫飽食終日無所用心者,故寧取裁於此,尚何奇之能市?而何詭之可吊邪?"客遂笑而去。《説鈴》之義,蓋取諸《法言·吾子篇》,其書則與《世説》《語林》略相類。(《文淵閣四庫全書》本)

姜宸英《湛園札記》卷一:
　　《宋書》謝靈運謂孟顗曰:"得道應須慧業,丈人生天當在靈運前,成佛必在靈運後。"慧業句,"丈人"二字屬下讀。如此,則世所謂"慧業""文人"皆誤也。劉義慶《世説》則曰"得道應須慧業,文人卿生天"云云,義慶宋人,當不誤,似沈約誤讀"文"爲"丈",而下遺一"卿"字耳。(《文淵閣四庫全書》本)

姜宸英《湛園集》卷八《臨〈聖教序〉跋後》:
　　臨二王書,須略得幾分晋人筆意,正以藴藉爲宗。若專務險勁,但論氣質,便似唐人效劉義慶作《世説》語,雖詞調豐蔚,終離本色。(《文淵閣四庫全書》本)

黄虞稷《千頃堂書目》卷五別史類：

《南北朝續世說新語》十□卷。（唐李垕撰。出於明代，前史《藝文志》不著錄。）

同上，卷十二小說類：

王世貞《宛委餘編》十九卷。又《世說新語補》二十卷。

李紹文《明世說新語》八卷。

同上，卷十五類書類：

又《廣說郛》八十卷：

……五十七卷，《義命彙語》（李仲僎）、《唐語林》、《齊東野語》（周密）、《世說新語》、《尉談南語》、《魯橋悵語》、《蒙古譯語》。（上海古籍出版社，2001年）

錢曾著，管庭芬、章鈺校證《讀書敏求記校證》卷三雜家：

《世說新語》三卷。宋刻《世說》三卷，劉辰翁批點刊行。元板分爲八卷。閒嘗論之，晉人崇尚清談，臨川王變史家爲說家，撮略一代人物於清言之中，使千載而下，如聞聲欬，如睹鬚眉。孔平仲依仿而爲《續世說》，此真東家之矉矣。又嘗論之，說詩至嚴滄浪而詩亡。論文至劉須溪而文喪。此書經須溪殽亂卷帙，妄爲批點，殆將喪斯文之一端也歟？（《中國歷代書目題跋叢書》本，上海古籍出版社，2007年）

錢曾《述古堂藏書目》卷三小說家：

《世說新語》三卷，三本。（商務印書館，1935年）

陸隴其《三魚堂文集》卷八《〈畜德錄〉序》：

席子獻臣奉其先尊人文輿公所纂《畜德錄》示予，曰：昔我祖太僕公有《格言類編》一書，我先人謹承先志，搜補而廣之，平生不好聲伎玩物嬉戲之具，而獨皇皇是書，病革時猶置簀上，俯首晛視。予授而讀之，則上自周秦，下迄近代，學士大夫之嘉言懿行萃焉。網羅博而取捨當，內之有益於身心，外之有補於世道，非如晉人《世說》長傲助輕，唐人《藝文類聚》諸書編輯風雲月露已也，可謂精擇而慎收者矣。（《文淵閣四庫全書》本）

季振宜《季滄葦藏書目》雜部：

《世說新語》上、中、下三卷，三本。

《世說新語》八卷，元板。（《續修四庫全書》本）

徐乾學《讀禮通考》卷首《讀禮通考引用書目》：
劉義慶《世說新語》。（《文淵閣四庫全書》本）

徐乾學《傳是樓書目》卷三小説家：
《世說新語》，六卷，（劉宋劉義慶。梁劉峻注。）三本。
又一部，八卷，八本，閔板朱批。（《續修四庫全書》本）

王士禛《居易錄》卷十三"宋臨川王世說"條：
宋臨川王《世說》，雖儇巧而有文外之味。予己未年在翰林，曾見吳客携二帙，索重價求售，其一南唐《升元閣帖》，其一則宋槧本《晉宋奇談》，略似《世說》，忘撰人姓名，至今恨之。又予家有《唐語林》，乃德州盧御史世㴶德水鈔本。宋孔平仲作《續世說》，今不傳。何良俊作《語林》以廣《世說》，其書最傳。焦竑作《類林》，錢唐張埔作《廿一史識餘》，頗存古意。廣信鄭仲夔作《清言》，粗得一鱗半甲耳。近李清作《女世說》，顏從喬作《僧世說》，王晫作《今世說》，汪琬作《說鈴》，皆仿而爲之者。王、汪二書記予輩酒茗間語最多，要是本色，人難學耳。（《叢書集成初編》本）

王士禛《〈世說新語〉跋》二則：
《世說新語》《侯鯖錄》及《白孔六帖》《萬花谷》皆吾家舊書。時在順治戊子、己丑間，予尚童稚，未爲諸生也。予游宦三十年，不能以籯金遺子孫，唯嗜書之癖，老而不衰。每聞士大夫家有一秘本，輒借鈔其副，市肆逢善本，往往典衣購之。今予池北書庫所藏，雖不敢望四部七錄之萬一，然亦可以娛吾之老而忘吾之貧。康熙辛未，予官兵部侍郎，居京師，此二書適在笈中，翻閱撫然，如遇貧交於契闊死生之後，其悲愉感慨有出於尋常相萬者。故劍之情，詎可忘耶？因重裝之，而手記於卷首。涑輩其珍惜之。中秋前四日書。
此本亦是吾小時故書，中有朱筆點閱者，乃順治癸巳年手迹，即長兒涑始生之歲，爾時吾年二十。今六十矣，流光如馳，不堪把玩，撫此舊物，如遇故人，兒輩其寶之。康熙癸酉莫秋十有七日，阮亭書於京邸匏墨齋，時在户部。（《重輯漁洋書跋》本）

孫默《十五家詞》卷十四陳世祥《含影詞上·浣溪紗·閱〈世說新語〉》：
頭上還餘瀝酒巾，庭空不曬寶吾褌。庾郎此日未知貧。　　赤玉胸中無宿物，

藍田舉體豈常人。長卿慢世我思存。（《文淵閣四庫全書》本）

孫岳頒等《佩文齋書畫譜》卷首《纂輯書籍》：

《世說新語》（劉義慶）。《世說新語注》（劉峻）。……《皇明世說新語》（李紹文）。

同上，卷七十六歷代名人書跋七《宋范純仁與司馬溫公手簡》：

司馬溫公編《通鑒》，用范忠宣公手帖起草，方晉之南渡多事，《晉書》多引小書《世說新語》之類，極叢冗。此載永昌之初一年，或加之以潤色之詞矣。公嘗自言編閱舊史，旁采小說，豈果爲《晉史》故邪？此則未之見也。至順二年秋八月朔，浦江吳萊謹跋。（《淵穎集》。）（浙江人民美術出版社，2014年）

卞永譽《式古堂書畫彙考》卷十二《隨事吟帖》外錄：

薛道祖書《世說新語》。（小楷書，原文不錄。）

同上，卷十八《黃子久書〈世說新語〉》外錄：

《書畫舫》云：黃子久好作小楷，圓熟中饒古意，別有一種韻度。蓋自趙文敏公而下，指不多屈，定在俞和、倪瓚以上。今觀所書《世說新語》，如飛鳥依人，翩翩可喜，真賞者當亟購也。（浙江人民美術出版社，2012年）

陳元龍《格致鏡原》卷六十七木類四《竹》：

《寰宇記》：竹林堂，宋臨川王義慶所作，梁元帝因而修之。堂前有竹名桂竹，出始興桂陽縣，來風防露，上合下疏，每日出羅紈金翠，春光秋月，隔林而望若花開也。其西有筱箭，冬月抽筍，似桂而辛，隆暑赫曦，但有涼氣入其下者，咸以御風。（《四庫類書叢刊》本，上海古籍出版社，1992年）

胡鳴玉《訂訛雜錄》卷三《箸鞭》：

玉案：《世說》"著"字皆作"箸"，如箸帽、箸屨、箸袴之類，蓋"箸"本古著字，後世顓作匙箸用，而別出"著"字。王世懋曰："《世說》'著'皆作'箸'，殆不可曉。"或概改作"著"，皆未明乎字學也。（《叢書集成初編》本）

金星軺《文瑞樓藏書目錄》卷五小說家歷代小說：

《世說新語》六卷。（宋臨川王義慶撰。）（《叢書集成初編》本）

張照等《石渠寶笈》卷十一貯養心殿二列朝人書册次等：

明王元懋《節書〈世說新語〉》一册。（次等列一。）

同上，卷十三貯養心殿四列朝人書卷上等：

明董其昌雜書一卷。（上等來二。）

宣德泥金箋本行書《世說新語》三則，又張九齡《白羽扇賦》并唐明皇批答款識……（故宮出版社，2012年）

杭世駿《三國志補注》卷六《吳書》：

徐盛，以勇氣聞。

劉義慶《徐州先賢贊》曰：盛以敦直勇氣聞。（《叢書集成初編》本）

嵇璜等《欽定續文獻通考》卷一百七十八《經籍考》子部雜家下：

《臥游錄》一卷。

舊題呂祖謙撰。祖謙見經類。

臣等謹案：是書出陳繼儒《普秘笈》中，凡四十五則，前二十一則全録劉義慶《世說新語》，次十八則全録蘇軾雜著及《陶潛集》，惟後二則不知爲誰語。其言參差不倫，毫無取義，殆明人依托也。（《文淵閣四庫全書》本）

沈岩《〈世說新語〉跋》：

傳是樓宋槧本，是淳熙十六年刊於湘中者，有江源張演跋一篇，舊爲南園俞氏藏書，有耕雲俞彥春跋，上粘王履約還書簡帖。書法極古雅，紙墨氣亦絶佳，未知放翁所刊原本視此何如也。吾友蔣篁亭并有對校本，考正尤多。雍正庚戌四月，雨窗校畢，時館南城王氏清蔭堂之左廂，岩識。（丁錫根《中國歷代小説序跋集》，人民文學出版社，1996年）

穎谷《〈世說新語〉跋》：

袁本初印，訛字更多，後刷者得加重修校十之三四耳。此亦仿宋本開雕，但宋槧已有訛字，必手勘數過，方稱善本也。穎谷。（丁錫根《中國歷代小説序跋集》，人民文學出版社，1996年）

周廣業《過夏雜録》卷三《世說新書》：

《世說新書》。劉義慶《世說新語》，《東觀餘論》曰："本題《世說新書》。"段成式引王敦《說澡豆事》以證。陸暢爲虛亦云："近覽《世說新書》，而此本謂之《新語》，不知孰更名之。宋臨川孝王錄後漢至江左名士佳話，亦謂之《世說》。梁劉峻注爲十卷，采摭舛誤處，大抵多就證之，與裴啓《語林》出入，皆清言林囿也。"

　　廣案：此書在《隋志》原八卷，注十卷，皆名《世說》，則後加"新書"，未必不因段氏而起，而又誤以爲"語"也。《唐志》"劉義慶《世說》八卷"是矣，却云"劉孝標《續世說》十卷"，"注"與"續"當有別，非若"書"與"語"通用也。（上海古籍出版社，1996年）

彭元瑞等《欽定天祿琳琅書目》後編卷十六：

　　《世說新語》一函六冊。

　　宋劉義慶撰，梁劉孝標注，事俱《南史》。書三卷，各分上、下，凡三十六門。是書紹興八年董弅以家藏王原叔本及後得晏元獻本是正，刊之。淳熙戊申，陸游重刻於新定，皆有識。末刻嘉靖乙未歲，吳郡袁氏嘉趣堂重雕，蓋從陸本翻刻者，猶屬完書，較之王世貞所刻删節注文者，此爲善本矣。前有袁褧自序。褧字尚之，吳縣人，博學工詩，善書法。見《蘇州府志》。

　　《世說新語補》一函六冊。

　　明王世貞以劉義慶《世說》、何良俊《語林》合輯成書，采劉辰翁評點。書二十卷，門目如《世說》之舊。前有嘉靖丙辰世貞自序，又其弟世懋刻書時序一識一。又《世說新語》舊劉應登序，袁褧序，高似孫《緯略》一則，董弅、陸游二跋。《何氏語林》舊文徵明序，陸師道序。師道字子傳，長洲人，嘉靖戊戌進士，官禮部主事，其校注之。張文柱，字仲立，昆山人，萬曆戊子舉人，官臨清知州。（《清人書目題跋叢刊》本，中華書局，1996年）

劉義慶《世說新語》附李調元《〈世說舊注〉序》：

　　宋臨川王劉義慶撰《世說新語》三卷，梁劉孝標注。段成式《酉陽雜俎》作《世說新書》，不知何時改作《新語》，相沿至今，不能復正。《唐·藝文志》作《世說》十卷，有劉孝標《續》十卷，今其本不傳。《書錄解題》作三卷，與今同。據載汪藻所云《敘錄》二卷，首爲考異，繼列人物世譜，姓字同異，末記所引書目者，則又佚之久矣。孝標所注，特爲詳贍，故高似孫《緯略》亟稱之，其糾正義慶之繆，尤爲精核，故與裴松之《三國志注》，酈道元《水經注》，李善《文選注》，皆考證家所引據不可少之書也。但多爲宋須溪删存之，可惜！升庵自序："孝標全本，予猶及見之。"故爲此書，以補孝標之佚，則意所逸之《續》十卷內語乎？雖篇頁無多，至可寶也。古書亡者多矣，非有博覽如升庵，不幾佚而竟佚乎！（《函海》本）

永瑢等《四庫全書總目》卷四十五史部一正史類《晋書》提要：

　　《晋書》一百三十卷。（內府刊本。）唐房喬等奉敕撰。劉知幾《史通·外篇》謂貞觀中詔前後《晋史》十八家未能盡善，敕史官更加纂撰。自是言《晋史》者皆棄其舊本，競從新撰。然唐人如李善注《文選》、徐堅編《初學記》、白居易編《六帖》，於王隱、虞預、朱鳳、何法盛、謝靈運、臧榮緒、沈約之書，與夫徐廣、干寶、鄧粲、王韶、曹嘉之、劉謙之之紀，孫盛之《晋陽秋》、習鑿齒之《漢晋陽秋》、檀道鸞之《續晋陽秋》，并見徵引，是舊本實未嘗棄。毋乃書成之日，即有不愜於衆論者乎？考書中惟陸機、王羲之兩傳，其論皆稱"制曰"，蓋出於太宗之御撰。夫典午一朝政事之得失，人才之良楛，不知凡幾，而九重揵藻、宣王言以彰特筆者，僅一工文之士衡、一善書之逸少，則全書宗旨大概可知。其所襃貶，略實行而獎浮華；其所采擇，忽正典而取小說。波靡不返，有自來矣。即如《文選》注《馬汧督誄》引臧榮緒、王隱書，稱馬汧立功孤城，死於非罪，後加贈祭，而《晋書》不爲立傳，亦不附見於周處、孟觀等傳。又《太平御覽》引王隱書云武帝欲以郭琦爲佐著作郎，問尚書郭彰，彰憎琦不附己，答以不識。上曰："若如卿言，烏丸家兒能事卿，即堪郎矣。"及趙王倫篡位，又欲用琦，琦曰："我已爲武帝吏，不能復爲今世吏。"終於家。琦蓋始終亮節之士也，而《晋書》亦削而不載。其所載者，大抵宏獎風流，以資談柄，取劉義慶《世說新語》與劉孝標所注一一互勘，幾於全部收入。是直稗官之體，安得目曰史傳乎？黃朝英《緗素雜記》詆其引《世說》"和嶠峨峨如千丈松，礧砢多節目"既載入《和嶠傳》中，又以嶠字相同并載入《溫嶠傳》中，顛倒舛迕，竟不及檢，猶其枝葉之病，非其根本之病也。正史之中，惟此書及《宋史》後人紛紛改撰，其亦有由矣。特以十八家之書并亡，考晋事者捨此無由，故歷代存之不廢耳。《音義》三卷，唐何超撰。超字令升，自稱東京人，楊齊宣爲之序。其審音辨字，頗有發明。舊本所載，今仍附見於末焉。

同上，卷五十史部六別史類《建康實錄》提要：

　　《建康實錄》二十卷。（江蘇巡撫采進本。）唐許嵩撰。嵩自署曰高陽，蓋其郡望，其始末則不可考。書中備記六朝事迹，起吳大帝迄陳後主，凡四百年，而以後梁附之……蓋其義例主於類敘興廢大端，編年紀事，而尤加意於古迹。其間如晋以前諸臣事實，皆用實錄之體，附載於薨卒條下，而宋以後復沿本史之例，各爲立傳，爲例未免不純。又往往一事而重複牴牾。至於名號稱謂，略似《世說新語》，隨意標目，漫無一定，於史法尤乖。然引據廣博，多出正史之外，唐以來考六朝遺事者多援以爲徵……

同上，卷五十七史部十三傳記類一類序：

　　紀事始者稱傳記，始黃帝，此道家野言也。究厥本源，則《晏子春秋》是即家傳，《孔子三朝記》其記之權輿乎。裴松之注《三國志》、劉孝標注《世說新語》，所引至繁，蓋魏晉以來作者彌夥，諸家著錄體例相同，其參錯混淆亦如一軌。今略爲區別……

同上，卷六十五史部二十一史鈔類《廿一史識餘》提要：

　　《廿一史識餘》三十七卷。（浙江汪啓淑家藏本。）明張墉撰。墉字石宗，錢塘人。是編一名《竹香齋類書》，摘錄二十一史佳事俊語，分類排纂，共五十七門，末又附補遺一門，略仿《世說》之體，而每條下皆注原史之名，其發凡譏《何氏語林》濫及稗官。然《世說新語》古來本列小說家，實稗官之流，而責其濫及稗官，是猶責弓人不當爲弓，矢人不當爲矢也。且所重乎正史者，在於叙興亡、明勸戒、核典章耳。去其大端而責其瑣事，其去稗官亦僅矣。

同上，卷一百二十九子部三十九雜家類存目六《東山草堂邇言》提要：

　　《東山草堂邇言》六卷。（户部尚書王際華家藏本。）國朝邱嘉穗撰。嘉穗有《考定石經》《大學經傳解》，已著錄。是編乃其札記之文，分經史、性命、學問、政教、見聞、詩文六門，大抵好爲論辨而考據甚疏……哀梨一條，謂哀字非姓非地，殊不可解，當作袁字。是并《世說新語》未考也。至魚符一條，謂我朝因前明之制，凡朝參官給牙牌懸於腰間以通禁門，更爲草野傳聞之語。蓋其著書大旨在於講學，而又好奇嗜博，雜及他事，違才易務，故踳駁如斯。

同上，卷一百三十一子部四十一雜家類存目八《卧游錄》提要：

　　《卧游錄》一卷。（江蘇巡撫采進本。）舊本題宋呂祖謙撰。祖謙有《古周易》，已著錄。是書前有嘉定九年王深源序，後有嘉靖壬午顧元慶跋。凡四十五則，前二十一則全錄劉義慶《世說新語》，次十八則全錄蘇軾雜著及《陶潛集》，惟後二則不知爲誰語。其言參差不倫，了無取義，祖謙必不如是之陋。此本出陳繼儒《普秘笈》中，殆明人依托也。

同上，《澄懷錄》提要：

　　《澄懷錄》二卷。（兩淮鹽政采進本。）宋周密撰。密有《志雅堂雜鈔》，已著錄。是書采唐宋諸人所紀登涉之勝與曠達之語彙爲一編，節載原文而注書名其下，亦《世說新語》之流別而稍變其體例者也。明人喜摘錄清談，目爲小品，濫觴所自，蓋在此書矣。

同上，卷一百三十二子部四十二雜家類存目九《霞外麈談》提要：

《霞外麈談》十卷。（浙江巡撫采進本。）明周應治編。應治字君衡，鄞縣人，萬曆庚辰進士。楊德周序稱爲觀察，不知官何省何道也。是書輯隱逸高尚之事，分霞想、鴻冥、恬尚、曠覽、幽賞、清鑒、達生、博雅、寓因、感適十類，大抵以《世説新語》爲藍本，而稍以諸書附益之。至於《雲仙散録》、師古僞《杜詩注》之類，影撰故實亦皆掇拾，殊無別裁，又多不見原書，輾轉稗販，如披裘公不取遺金、王摩詰詩中有畫、列子鄭人、蕉鹿諸條，尤割裂不成文理。至於宗慤乘風破浪、鮑生愛妾換馬，全與高隱無關，不過雜湊以盈卷帙耳。

同上，《舌華録》提要：

《舌華録》九卷。（浙江巡撫采進本。）明曹臣撰。臣字藎之，歙縣人。是書取前人問答雋語，分類編輯，凡十八門，《世説新語》之餘波也。所録皆取面談，凡筆札之詞不載，故曰舌華，取佛經舌本蓮華之意。上起漢、魏，下逮明人，頗爲猥雜。原序亦自言近時之事，多所潤飾，則非盡實録可知矣。

同上，《古今韵史》提要：

《古今韵史》十二卷。（副都御史黃登賢家藏本。）明陳繼儒撰。是書撫拾諸書雋語，分類編次，凡韵人二卷，韵事二卷，韵語三卷，韵詩二卷，韵詞二卷，韵物一卷，皆以古事與明人事參録，亦《世説新語》之支流，而纖佻彌甚。

同上，卷一百三十五子部四十五類書類一《太平御覽》提要：

《太平御覽》一千卷。（侍講張燾家藏本。）宋李昉等奉敕撰。以太平興國二年受詔，至八年書成，初名《太平編類》，後改爲《太平御覽》。宋敏求《春明退朝録》謂書成之後太宗日覽三卷，一歲而讀周，故賜是名也。凡分五十五門，徵引至爲浩博……宋初去古未遠，即所采類書亦皆具有淵源，與後來餖飣者迥別。故雖蠹蝕斷爛之餘，尚可據爲出典。世所傳宋以前書，可考見古籍佚文者，僅六七種：曰裴松之《三國志注》，曰酈道元《水經注》，曰劉孝標《世説新語注》，曰李善《文選注》，曰歐陽詢《藝文類聚》，曰徐堅《初學記》，其一即此書也。殘碑斷碣，剥蝕不完，歐陽、趙、洪諸家尚藉之以訂史傳，況四庫菁華匯於巨帙，獵山漁海，采攄靡窮，又烏可以難讀廢哉。

同上，卷一百三十八子部四十八類書類存目二《祝氏事偶》提要：

《祝氏事偶》十五卷。（浙江巡撫采進本。）明祝彥撰。彥字元美，山陰人。萬曆癸酉舉人。其書取史傳所載古人事迹之相同者，仿《世説新語》門目分條徵引，以類相從。舊目所不賅者，復分天、地、人三部，以隸其後。自序稱，因見余寅《同姓名錄》而作，蓋彼以名同而此以事同，義相仿而例則各殊。大致與後來方中德《古事比》約略相似，而不及其精密。每條後間綴評語，詞意儇薄，彌爲畫蛇之足。

同上，卷一百四十子部五十小說家類一《世說新語》提要：

《世說新語》三卷。（内府藏本。）宋臨川王劉義慶撰，梁劉孝標注。義慶事迹，具《宋書》。孝標名峻，以字行，事迹具《梁書》。黃伯思《東觀餘論》謂：《世說》之名，肇於劉向。其書已亡。故義慶所集，名《世說新書》。段成式《酉陽雜俎》引王敦澡豆事，尚作《世說新書》可證。不知何人改爲《新語》，蓋近世所傳，然相沿已久，不能復正矣。所記分三十八門，上起後漢，下迄東晉，皆軼事瑣語，足爲談助。《唐·藝文志》稱："劉義慶《世說》八卷，劉孝標《續》十卷。"《崇文總目》惟載十卷。晁公武謂："當是孝標續義慶元本八卷，通成十卷。"又謂："家有詳略二本，迥不相同。"今其本皆不傳，惟陳振孫《書錄解題》作三卷，與今本合。其每卷析爲上、下，則世傳陸游所刊本已然，蓋即舊本。至振孫載汪藻所云"《敘錄》二卷，首爲考異，繼列人物世譜、姓字異同，末記所引書目"者，則佚之久矣。自明以來，世俗所行凡二本：一爲王世貞所刊，注文多所刪節，殊乖其舊；一爲袁褧所刊，蓋即從陸本翻雕者。雖版已刓敝，然猶屬完書。義慶所述，劉知幾《史通》深以爲譏，然義慶本小說家言，而知幾繩之以史法，擬不於倫，未爲通論。孝標所注，特爲典贍。高似孫《緯略》亟推之。其糾正義慶之紕繆，尤爲精核。所引諸書，今已佚其十之九，惟賴是注以傳。故與裴松之《三國志注》、酈道元《水經注》、李善《文選注》同爲考證家所引據焉。

同上，《開元天寶遺事》提要：

《開元天寶遺事》四卷。（兵部侍郎紀昀家藏本。）五代王仁裕撰。仁裕字德輦，天水人。唐末爲秦州節度判官，後仕蜀爲翰林學士，唐莊宗平蜀，復以爲秦州節度判官，廢帝時以都官郎中充翰林學士，晉高祖時爲諫議大夫，漢高祖時復爲翰林學士承旨，遷戶部尚書，罷爲兵部尚書、太子少保。周顯德三年乃卒。事迹具《五代史雜傳》。晁公武《讀書志》曰："蜀亡，仁裕至鎬京，采摭民言，得開元、天寶遺事一百五十九條，分爲四卷。"洪邁《容齋隨筆》則以爲托名仁裕，摘其中舛謬者四事……所駁詰皆爲確當。然蘇軾集中有《讀〈開元天寶遺事〉》四絕句，司馬光作《通鑒》亦采其中張彖指楊國忠爲冰山語，則其書實在二人以前，非《雲仙散錄》之流晚出於南宋者可比。蓋委巷相傳，語多失實，仁裕采摭於遺民之口，不能證以國史，是即其失，必以爲依托其名，則事無顯證。劉義慶《世說新語》，劉孝標注往往摘其牴牾，要不以是謂不出義慶手也。故仍從舊本，題爲仁裕撰焉。

同上，卷一百四十一子部五十一小說家類二《唐語林》提要：

《唐語林》八卷。（《永樂大典》本。）宋王讜撰。陳振孫《書錄解題》云："長安王讜正甫以唐小說五十家，仿《世說》分三十五門，又益十七門爲五十二門。"晁公武《郡齋讀書志》云："未詳撰人，效《世說》體分門記唐世名言，新增'嗜好'等十七門，餘皆仍舊。"馬端臨《經籍考》引陳氏之言入小說家，又引晁氏之言入雜家，兩門互見，實一書也。惟陳氏作八卷，晁氏作十卷，其數不合。然陳氏又云："《館閣書目》十一卷闕記事以下十五門，另一本亦止八卷，而門目皆不闕。"蓋傳寫分并，故兩本不同耳。讜之名不見史傳，考書中裴佶一條，佶字空格，注云御名，宋惟徽宗諱佶，則讜爲崇寧大觀間人矣。是書雖仿《世說》，而所紀典章故實、嘉言懿行多與正史相發明，視劉義慶之專尚清談者不同。且所采諸書存者亦少，其裒集之功尤不可没。明以來刊本久佚，故明謝肇淛《五雜俎》引楊慎語，謂《語林》罕傳，人亦鮮知。惟武英殿書庫所藏有明嘉靖初桐城齊之鸞所刻殘本，分爲上、下二卷，自德行至賢媛止十八門。前有之鸞自序，稱所得非善本，其字畫漫漶，篇次錯亂，幾不可讀。今以《永樂大典》所載參互校訂，刪其重複，增多四百餘條。又得原序目一篇，載所采書名及門類總目，當日體例尚可考見其梗概。……

同上，《何氏語林》提要：

《何氏語林》三十卷。（安徽巡撫采進本。）明何良俊撰。良俊有《四友齋叢說》，已著錄。是編因晉裴啟《語林》之名，其義例門目則全以劉義慶《世說新語》爲藍本，而雜采宋、齊以後事迹續之。并義慶原書，共得二千七百餘條，其簡汰頗爲精審，其采掇舊文，剪裁鎔鑄，具有簡澹雋雅之致。視僞本李垕《續世說》剽掇南、北二史，冗遝擁腫、徒盈卷帙者，乃轉勝之。每條之下又仿劉孝標例自爲之注，亦頗爲博贍。其間摭拾既富，間有牴牾，如王世懋《讀史訂疑》所謂以王莽時之陳咸爲漢成帝時之陳咸者，固所不免。然於諸書舛互，實多訂正，如第二十二卷紀元載妻王韞秀事，援引《考證》，亦未嘗不極確核，雖未能抗駕臨川，并驅千古，要其語有根柢，終非明人小說所可比也。

右小說家類雜事之屬八十六部五百八十一卷，皆文淵閣著錄。

案紀錄雜事之書，小說與雜史最易相淆，諸家著錄亦往往牽混。今以述朝政軍國者入雜史，其參以里巷閒談、詞章細故者則均隸此門，《世說新語》古俱著錄於小說，其明例矣。

同上，卷一百四十三子部五十三小説家類存目一《世説新語補》提要：

《世説新語補》四卷。（江西巡撫采進本。）舊本題明何良俊撰補，王世貞删定。良俊有《四友齋叢説》，世貞有《弇山堂別集》，皆已著録。前有康熙丙辰富陽章紱序，稱雲間何元朗仿《世説新語》爲《語林》，甚爲當時所稱，但其詞錯出。王弇州、麟洲又取而删定之，改名《世説新語補》。幾百年來，梨棗不啻數十易，惟吳興凌初成原刻悉遵古本，分爲六卷，附以王世貞所訂名曰《鼓吹》云云。良俊《語林》三十卷，於漢、晉之事全采《世説新語》，而摭他書以附益之，本非補《世説新語》，亦無《世説補》之名。凌濛初刊劉義慶書始取《語林》所載，削去與義慶書重見者，別立此名，托之世貞。蓋明世作偽之習。紱從而信之，殊爲不考。然紱序字句鄙倍，詞意不相貫屬，疑亦出書賈依托。觀其所刊目録，列補編於前，列原書於後，而三十六門之名一頁中重見叠出，不差一字，豈識黑白者所爲哉？

同上，《明世説新語》提要：

《明世説新語》八卷。（兩江總督采進本。）明李紹文撰。紹文有《藝林累百》，已著録。是書全仿宋劉義慶《世説新語》，其三十六門亦仍其舊。所載明一代佚事瑣語，迄於嘉、隆，蓋萬曆中作也。前有"釋名"一則，詳列書中諸人名字謚號爵里。陸從平序謂紹文近以文學受知於熊劍化，劍化復爲釐其謬誤。然今書方正門以文徵明論先人世誼語屬之對上相楊公，品藻門以王畿貪、嗔、癡救戒、定、慧語屬之對陸樹聲，皆與他説部不合。是傳聞異詞，未能盡確。又以楊士奇爲東楊，楊榮爲西楊，其釋名亦頗多舛互云。

同上，《蘭畹居清言》提要：

《蘭畹居清言》十卷。（浙江巡撫采進本。）明鄭仲夔撰。仲夔字龍如，江西人。其書采録僻事雋語，自漢、魏以迄嘉、隆，分門別類，一如劉義慶《世説》之例。其已見劉孝標注及王世貞所補者，（案《世説新語補》本何良俊《語林》之文，坊本托名於王世貞。此從原序之文，謹附識於此。）則不復載。又以一人編中錯見，名字爵謚不一其稱者，別爲釋名，以附於前，亦仿汪藻校定《世説》之例。

同上，《玉劍尊聞》提要：

《玉劍尊聞》十卷。（左都御史張若溎家藏本。）國朝梁維樞撰。維樞字慎可，真定人。在前明由舉人官工部主事。是書作於國朝順治甲午，取有明一代軼聞瑣事，依劉義慶《世説新語》門目分三十四類，而自爲之注。文格亦全仿之。然隨意鈔撮，頗乏持擇。如李贄常云"宇宙內有五大部文章，漢有司馬子長《史記》，唐有《杜子美集》，宋有《蘇子瞻集》，元有施耐庵《水滸傳》，明有《李獻吉集》"之類，皆狂謬之詞，學晉人放誕而失之者。其注尤多膚淺，如曹操、李白之類人人習見，何必多累簡牘乎？至所以名書之義，吳偉業諸人之序及維樞自作小引均未之言，今亦莫得而詳焉。

同上，《明語林》提要：

《明語林》十四卷。（安徽巡撫采進本。）國朝吳肅公撰。肅公有《讀禮問》，已著錄。是書凡三十七類，皆用《世說新語》舊目。其德行、言志、方正、雅量、識鑒、容止、俳調七類，又各有補遺數條。體格亦摹《世說》。然分類多涉混淆，若夙慧類載楊東里母改適羅理，東里從往，時方六歲，嘗私磨磚土如主式，祀其三世，羅為之感泣。此至行也，與德行類所載劉謹六歲時事正相類，然劉入德行而楊入夙慧。事同例異，莫知所從，所載亦多挂漏。

同上，《明逸編》提要：

《明逸編》十卷。（湖南巡撫采進本。）國朝鄒統魯撰。是編搜訪有明一朝逸事，以《世說新語》原目分錄，本名《明世說補》，會其友江有溶先著《逸編》一書，因次第補入，仍名《逸編》。自序云：示弗自專也。統魯之子定周、有溶之子度注之。前列《釋名》一篇，著諸人官爵謚號，稱名之不一者，蓋仿宋汪藻校《世說新語》例也。其書疏略太甚，誣妄尤多，如仇隙內載仁宗葛妃進毒一事，信《螓頭密語》所紀之言，遽筆之書，使洪熙令主遭此冤謗，又不止黃公酒壚作裴郎學矣。統魯字大系，衡陽人。有溶字穀尚，長沙人。

同上，《今世說》提要：

《今世說》八卷。（浙江巡撫采進本。）國朝王晫撰。晫有《遂生集》，已著錄。是書全仿劉義慶《世說新語》之體，以皆近事，故以今名。其分類亦皆從舊目，惟除自新、黜免、儉嗇、讒險、紕漏、仇隙六類，惑溺一類則擇近雅者存焉。其中刻畫摹擬，頗嫌太似，所稱許亦多溢量，蓋標榜聲氣之書，猶明代詩社餘習也。至於載入己事，尤乖體例。徐階鳳序引漢黃憲為說，然天祿閣外史本王逢年之偽書，烏足據乎？文學門中載吳百朋以殹鄇二字問吳任臣，任臣對以殹也同本秦權古文、鄇許同本《說文長箋》……晫遽以為博洽而記之，亦為不考，信乎空談易而徵實難也！

同上，《漢世說》提要：

《漢世說》十四卷。（浙江巡撫采進本。）國朝章撫功編。撫功字仁艷，錢塘人。是書仿劉義慶《世説新語》體例，以紀漢人言行。大抵以《史記》《漢書》爲主，而雜以他書附益之。分十四門，曰德行，曰言語，曰政事，曰文學，曰方正，曰雅量，曰識鑒，曰賞譽，曰品藻，曰清介，曰才智，曰英氣，曰義烈，曰寵禮，與義慶原本小異。其采摭亦備，然事皆習見，無他異聞。又分類往往不確，如龔遂刺昌邑王過，自宜入方正，鄧禹師行有紀，自應入政事，乃俱入之德行。至射的山仙人取箭，自是志怪之説，入之此書尤無體例也。其凡例云"書以語名，始《論語》也；《國語》紀言，不參以事；陸賈《新語》，馬上翁每奏稱善；臨川《世説》一書，諸多士所共撰述。始自竹林，迄於江左，風流簡遠，少許勝多，最爲可貴。兹編獨尊兩漢，意專敘事，故不以新語名篇"云云。案劉向先有《世説》，故義慶所撰別名《世説新書》，後人乃改爲《新語》，黃伯思《東觀餘論》考之最詳，非以記言而謂之《新語》，撫功之説殊誤。至義慶所述，上接東漢，何得云始自竹林？益爲失檢矣。

同上，卷一百四十五子部五十五釋家類《法藏碎金録》提要：

《法藏碎金録》十卷。（內府藏本。）宋晁迥撰。迥有《昭德新編》，已著録。迥受學於王禹偁，以文章典贍擅名，而性耽禪悦，喜究心於內典。是編乃天聖五年退居昭德里所作，皆融會佛理，隨筆記載，蓋亦宗門語録之類。其曰碎金，取《世説新語》安石碎金義也……

同上，卷一百四十六子部五十六道家類《莊子注》提要：

《莊子注》十卷。（江蘇巡撫采進本。）晉郭象撰。象字子元，河南人。辟司徒掾，稍遷至黃門侍郎。東海王越引爲太傅主簿。事迹具《晉書》本傳。劉義慶《世説新語》曰：注《莊子》者數十家，莫能究其旨統。向秀於舊注外別爲解義，妙演奇致，大暢元風。惟《秋水》《至樂》二篇未竟而秀卒。秀子幼，其義零落，然頗有別本遷流。象爲人行薄，以秀義不傳於世，遂竊以爲己注。乃自注《秋水》《至樂》二篇，又易《馬蹄》一篇，其餘衆篇或點定文句而已。其後秀義別本出，故今有向、郭二《莊》，其義一也。《晉書》象本傳亦采是文，絕無異語。錢曾《讀書敏求記》謂世代遼遠，傳聞異詞，《晉書》云云，恐未必信。案向秀之注，陳振孫稱宋代已不傳，但時見陸氏《釋文》。今以《釋文》所載校之……是所謂竊據向書點定文句者，殆非無證。又《秋水篇》"與道大蹇"句，《釋文》云：蹇，向、紀輦反。則此篇向亦有注，并世傳所云象自注《秋水》《至樂》二篇者，尚未必實録矣。錢曾乃曲爲之解，何哉！

同上，《列仙傳》提要：

《列仙傳》二卷。（兩淮鹽政采進本。）舊本題漢劉向撰，紀古來仙人自赤松子至元俗凡七十一人，人係以贊，篇末又爲總贊一首。其體全仿《列女傳》。陳振孫《書錄解題》謂不類西漢文字，必非向撰。……其篇末之贊，今概以爲向作。《隋志》載……又《列仙傳贊》二卷，劉向撰，晉郭元祖贊。此本二卷，校孫綽所贊少一卷。又劉義慶《世說新語》載孫綽作《商丘子胥贊》曰：「所牧何物，殆非真猪，儻遇風雲，爲我龍攄。」此本《商丘子胥贊》亦無此語。然則此本之贊，其郭元祖所撰歟？以相傳舊刻未列郭名，疑以傳疑，今亦姑闕焉。

同上，卷一百六十五集部十八別集類十八《須溪集》提要：

《須溪集》十卷。（《永樂大典》本。）宋劉辰翁撰。辰翁字會孟，廬陵人。須溪，其所居地名也。少補太學生，景定壬戌廷試入丙第，以親老請濂溪書院山長。江萬里、陳宜中薦居史館，除太學博士，皆固辭。宋亡遂不復出。辰翁當賈似道當國，對策極言濟邸無後可慟，忠良殘害可傷，風節不競可憾，幾爲似道所中，以此得鯁直名，文章亦見重於世。其門生王夢應作祭文至稱韓、歐後惟先生，卓然秦、漢巨筆。然辰翁論詩評文，往往意取尖新，太傷佻巧，其所批點如《杜甫集》《世說新語》及《班馬異同》諸書，今尚有傳本。大率破碎纖仄，無裨來學。即其所作詩文，亦專以奇怪磊落爲宗，務在艱澀，其詞，甚或至於不可句讀，尤不免軼於繩墨之外。特蹊徑本自蒙莊，故惝恍迷離，亦間有意趣，不盡墮牛鬼蛇神。

同上，附錄《四庫撤毀書提要》之《南北史合注》提要：

《南北史合注》一百九十一卷，明李清撰。清字心水，號映碧，揚州興化人。……其持論亦爲不苟。然裴松之注《三國志》，雖多所糾彈，皆仍其本文，不加點竄。即《世說新語》不過小説家言，劉孝標所注，一一攻其謬妄，亦不更易其文。蓋古來注書之體如是也。（中華書局，1965年）

劉義慶《世說新語》卷首提要：

臣等謹案：《世說新語》三卷，宋臨川王劉義慶撰，梁劉孝標注。義慶事迹具《宋書》。孝標名峻，以字行，事迹具《梁書》。黃伯思《東觀餘論》謂《世說》之名肇於劉向，其書已亡故，義慶所集名《世說新書》，段成式《西陽雜俎》引王敦澡豆事，尚作《世說新書》可證。不知何人改爲《新語》，蓋近世所傳，然相沿已久，不能復正矣。所記分三十八門，上起後漢，下迄東晉，皆軼事瑣語，足爲談助。《唐書·藝文志》稱劉義慶《世說》八卷，劉孝標《續》十卷。《崇文總目》惟載十卷，晁公武《讀書志》謂當是孝標續義慶元本八卷，通成十卷。又謂家有詳略二本，迥不相同，今其本皆不傳。惟陳振孫《書錄解題》作三卷，與今本合。其每卷析爲上、下，則世傳陸游所刊本已然，蓋即舊本。至振孫載汪藻所云"叙錄二卷，首爲考異，繼列人物世譜姓字異同，末記所引書目"者，則佚之久矣。自明以來，世俗所行凡二本：一爲王世貞所刊，注文多所删節，殊乖其舊；一爲袁褧所刊，蓋即從陸本翻雕者，雖板已刓敝，然猶屬完書。義慶所述，劉知幾《史通》深以爲譏，然義慶本小說家言，而知幾繩之以史法，擬不於倫，未爲通論。孝標所注特爲典贍，高似孫《緯略》極推之，其糾正義慶之紕繆，尤爲精核，所引諸書今已佚其十之九，惟賴是注以傳，故與裴松之《三國志注》、酈道元《水經注》、李善《文選注》同爲考證家所引據焉。乾隆四十六年十月恭校上。（《文淵閣四庫全書》本）

永瑢等《四庫全書簡明目錄》卷十四子部十二小說家類：

《世說新語》三卷。宋臨川王劉義慶撰，梁劉孝標注。本名《世說新書》，後相沿稱《新語》，遂不可復正。其書取漢至晉軼事瑣語，分爲三十八門，叙述名雋，爲清言之淵藪。孝標所注，徵引賅博，多所糾正，考證家亦取材不竭。（上海古籍出版社，1985年）

章宗源《隋書經籍志考證》卷十三雜傳：

《江左名士傳》一卷。（劉義慶撰。）

《世說·賞譽篇》注："杜乂清標令上，謝鯤通簡有識"；《品藻篇》注："王承言理比南陽樂廣"；又劉真長曰："杜宏治膚清，衛叔寶神清"；《榮止篇》注："杜宏治可方衛玠。"共引《江左名士傳》五事。（《二十五史補編》本，中華書局，1955年）

孫星衍《平津館鑒藏記書籍》卷二明版：

《世說新語》上、中、下三卷。（每卷又分上、下，題"宋臨川王義慶撰，梁劉孝標注"。前有嘉靖乙未袁褧序，稱"余家藏宋本，是放翁校刊本，謝湖躬耕之暇，手披心寄，自謂可觀。爰付梓人，公之同好"。序後有"時萬曆己酉春，周氏博古堂刊"十二字。此書世無完本，張懋辰刻，正文與注，俱多删落，唯此本特爲完善，每葉廿行，行廿字。）（上海古籍出版社，2008年）

孫星衍《孫氏祠堂書目》内編卷三史學第七傳記：

《世說新語》六卷。（宋劉義慶撰，梁劉孝標注，明周氏博古堂刊本。）（上海古籍出版社，2008年）

凌揚藻《蠡勺編》卷二十一《世説新語》：

　　《文獻通考》言"宋臨川王義慶撰《世説新語》，皆東漢以後事，分三十八門，梁劉峻孝標注之"。《唐志》作八卷，《書録解題》作三卷，謂此本董令升刻之嚴州，以爲晏元獻公手自校定，删去重複者。按休寧汪文端公《松泉集》言，《太平御覽》引《世説》云"胡廣本姓黄，五日生，父母惡之，乃置之甕投於江，胡翁見甕流下，有小兒啼聲，取長養之，以爲子，登三司，流中庸之號，廣後不治本親服，謂'我於本親已爲死人也'，世以此爲深譏焉"。今《世説》不載此條，疑元獻嫌其乖疏，削去之。以伯始之孝於後母，豈有忘其本親者乎？（中華書局，1985年）

周中孚《鄭堂讀書記》卷六十三子部十二之一小説家類一：

　　《世説新語》三卷。（明嘉靖乙未刊本。）宋臨川王劉義慶撰，梁劉孝標注。（孝標，名峻，以字行，平原人。官至户曹参軍。）《四庫全書》著録，《隋志》作"《世説》八卷，又十卷，劉孝標注"。新、舊《唐志》《通志》俱同。惟劉孝標《續世説》爲異，"續"當是"注"之訛也。《崇文目》止作《世説》十卷，但言義慶撰，而不詳及孝標注。《讀書志》始作《世説新語》十卷，而并詳及撰注兩家名氏，《通考》同。《讀書附志》（雜説類）、《書録解題》止作三卷，《宋志》同。按自《隋志》以迄北宋諸家，止稱《世説》。段柯古《酉陽雜俎》始引作《世説新書》，而南宋以後諸家，又皆作《世説新語》，不知孰爲定名也。然《世説新書》之稱，止一見段氏書，單文孤證，不足爲據，仍當以晁、陳書目所稱爲正。約言之，則止稱《世説》亦最古也。至卷數原本作八卷，注本作十卷，陳氏始以注本作三卷，蓋據南宋刊本，每卷皆析爲上下兩卷。是本爲吳郡袁褧所刊，前有刻序及高氏《子略》一則，猶屬宋本之原第，與内府藏本同也。義慶記東漢至晉軼事瑣語，分爲三十八門，叙述名儁，爲清言之淵藪。大都載漢、魏、吳事十之一，兩晉事十之九，遂爲唐修《晉書》所取材。間有采擷紕繆處，已爲孝標所糾正，極爲精絶。故高氏《子略》稱孝標注"援引詳確，有不言之妙。如引漢、魏、吳諸子及《左傳》地理之書，皆不必言，祇如晉氏一朝史，及晉諸公别傳譜録文章，凡一百六十六家，皆出於正史之外。紀載特詳，聞見未接，實爲注書之法"云云。蓋與司馬紹統之注《續漢》、裴世期之注《三國》，同有裨於考證焉。又按《書録解題》載汪彦章（藻）《叙録》二卷，首爲考異，繼列人物世譜、姓氏異同，末紀所引書目。其書久佚，吾鄉凌初成濛初有是書刊本。前列人物，以紀名字及名字異稱，名與字同之類，猶有汪氏遺意。而於書之上闌，又備載明人所刊鼓吹本評語，附以己見，并列諸家姓氏於前，則尚不能免俗。其前又自序凡例及舊序題跋八篇。《七修類稿》一則，舊序中并載及袁刻序，今附記於此，不别記云。又初成刊本後附刊王（世貞）所刪何元朗《世說補》四卷，即刪定《語林》本也，今析出附《語林》之後。

同上，卷六十五子部十二之三小說家類三：

《世說新語補》四卷。（明刊本。）舊題明何良俊撰補，王世貞刪定。《四庫全書》存目。案元朗《語林》三十卷，其體例門目，雖因《世說》原書，而所載自漢迄元，凡二千七百餘事，而自爲之注，本非爲補《世說》而作，亦非命名曰《世說新語補》也。吾鄉凌初成（濛初）既刻《世說》原本，以復宋刊舊第，乃復取弇州所刪《語林》本，改以今名，刊附原書之後。前列人物，以備詳其名字，又列《語林》本所有發題及舊序跋五篇，凡例十則，此則明人改刊舊書之通弊，不足爲初成責也。若《提要》之本，及康熙丙辰所刊，前有富陽章（跋）序，大約與此本無異云。

別本《世說新語補》二十卷。（通行本。）舊題宋劉義慶撰，梁劉孝標注。宋劉辰翁批，明何良俊增，王世貞刪定，王世懋批釋，張文柱校注。實即弇州所刪何氏《語林》本，而增入何氏原注，又於書之上闌，增入須溪、麟州兩家所有《世說》批語。蓋（文柱）所定本也。前仍刊弇州、麟州二序及舊序題跋五篇，凡例十則，後附《語林·釋名》一篇。（《清人書目題跋叢刊》本，中華書局，1993年）

范邦甸《天一閣書目》卷三之二子部小說類：

《世說新語》八卷。（刊本。）宋臨川劉義慶撰，梁劉孝標注，明王世懋批點，凌濛初校。

《世說新語》六卷。（刊本。）宋劉義慶撰，梁劉孝標注，明嘉靖乙未，袁褧序。（上海古籍出版社，2010年）

陳揆《稽瑞樓書目》小櫥叢書：

《世說新語》三卷。（馮己蒼校本，有跋，三册。）（《叢書集成初編》本）

吴嘉泰《〈世說新語〉跋》：

嘉慶甲戌二月，得此本於王峰書肆。閏月，從黄堯翁假得沈寶研校本，用朱筆過校，凡七日。

長洲吴嘉泰春生甫志於露凝書屋。（丁錫根《中國歷代小說序跋集》，人民文學出版社，1996年）

周心如《〈世説新語〉識語》：

宋劉義慶撰《世説新語》爲清言淵藪，梁劉孝標注尤稱該博，明王元美參合《何氏語林》，并爲《新語補》，張文柱爲之注，原文舊注删削頗多，其書盛行，而《世説》原本作者寖少。曩與家弟鈞雲搜訪不得，每相嘆惋。壬午歲偶得嘉靖中吳郡袁氏所刊原本，如獲重寶，因詳加讎校，重付梓人，以公同好。惜鈞雲久歸道山，不復同此欣賞，爲可憾耳。道光戊子七月望後，浦江周心如又海識。（丁錫根《中國歷代小説序跋集》，人民文學出版社，1996年）

瞿鏞《鐵琴銅劍樓藏書目》卷十七子部五小説類：

《世説新語》三卷。（明刊本。）

宋臨川王劉義慶撰，梁劉孝標注，是書紹興間董弅令升刻之嚴州者，得晏元獻手校本，最爲精善。後陸放翁有刊本，明嘉靖間袁氏得陸本翻雕之，猶存三卷之舊，每卷各分上下，惟汪彥章所作《叙錄》二卷已闕，有紹興八年董弅原跋及袁褧序。（《清人書目題跋叢刊》本，中華書局，1990年）

邵懿辰撰，邵章續錄《增訂四庫簡明目錄標注》卷十四子部十二小説家類雜事之屬：

《世説新語》三卷，宋臨川王劉義慶撰。梁劉孝標注。

振綺堂有影宋精鈔本。明嘉靖乙未袁褧刊本，佳。王世貞刊本，注多删節。萬曆甲辰鄧氏重刊本。萬曆己酉周氏博古堂重刊袁本。明凌瀛初套板本八卷。近年周氏紛欣閣刊本，佳。《惜陰軒叢書》本三卷。張懋辰本，劣。乾隆二十七年黃氏刊本二十卷，題《重訂世説新語補》。

〔附錄〕嘉靖袁褧本，以陸放翁刊本翻刻於吳郡，分上、中、下三卷，每卷又分爲上、下。《敏求記》宋刊三卷。陳伯玉云："有汪浮溪叙錄二卷，董令升合而刊之。袁本已缺叙錄。紹興間董令升得晏元獻手校本，刻之嚴州者，最精善。後陸放翁有刻本。袁本有自序及董弅跋。"（星詒。）

〔續錄〕日本有北宋本三卷，半葉十行，行二十字，注雙行。沈韻亭藏明刊本三卷。在王世懋後題劉辰翁評與袁本同，而袁本誤處，并已校正。曾見明翻袁本，其袁褧刻書序仍小字，學古堂改大楷字，其實即一板先後印耳。明吳勉學刊六卷本。明嘉靖四十五年太倉曹氏重刊袁褧本。明萬曆二十四年吳瑞徵袖珍刊本八卷。崇文局六卷本。日本昭和四年影印前田家藏宋刊本三卷，叙錄二卷。崇文局六卷本。

《世説新書》殘卷。民國五年上虞羅氏影印唐寫本。

《世説新語補》二十卷，明王世貞補。萬曆刊本。日本安永京都林權兵衛等刊

本。日本文政九年刊稱《世説箋》本。明吴勉學刊六卷本。（上海古籍出版社，1979年）

李慈銘《越縵堂讀書記》八文學（6）雜記《世説新語》：

閲《世説新語》。此書遭劉辰翁、王世懋兩次删補，殊堪痛恨，劉孝標之注更零落不全。予購求善本有年，竟未得也。咸豐己未（一八五九）二月初四日。

終日校《世説新語》。其文學門"僧意在瓦官寺中"一條，下注云"諸本無僧意最後一句"，意疑其闕，慶校衆本皆然，惟一書有之，故取以成其義云。案注者劉孝標，本名峻，《梁書》《南史》皆同，義慶乃臨川王之名，不得自注其書。蓋本作峻，傳寫者因孝標止以字行，故此書卷首但題劉孝標注，不知其本名峻，遂妄改爲慶，以爲臨川自注語耳。各本皆誤。同治甲戌（一八七四）九月十八日。（中華書局，2006年）

丁丙《善本書室藏書志》卷二十一子部十一小説類：

《世説新語》八卷，（明刊本。）宋劉義慶撰集，梁劉孝標注。

是書宋刻三卷，元版始析爲八卷，此從元槧出也。篇目後有高氏《緯略》一則，前有嘉靖間吴郡袁褧序，後有萬曆間王世懋跋，此更爲凌濛初校刊耳。（《清人書目題跋叢刊》本，中華書局，1990年）

陸心源《皕宋樓藏書志》卷六二子部小説類一：

《世説新語》三卷。（明袁褧刊本。）

宋臨川王義慶撰，梁劉孝標注。

右《世説》三十六篇，世所傳釐爲十卷，或作四十五篇，而末卷但重出前九卷中所載。余家舊藏，蓋得之王原叔家，後得晏元獻公手自校本，盡去重複，其注亦小加翦截，最爲善本。晋人雅尚清談，唐初史臣修書率意竄定，多非舊語，尚賴此書以傳後世。然字有僞舛，語有難解，以它書證之，間有可是正處。而注亦比晏本時爲增損，至於所疑則不敢妄下雌黄，姑亦傳疑以竢通博。紹興八年夏四月癸亥廣川董弅題。（《清人書目題跋叢刊》本，中華書局，1990年）

［日］神田醇《唐寫本〈世説新書〉跋》：

余家藏舊鈔《世説》殘本劉孝標注《豪興篇》第十三，書法端勁秀潤，爲李唐舊籍矣。按《世説》一書，屢經後人竄亂，久失舊觀。《隋志》曰：《世説》八卷，宋臨川王劉義慶撰，《世説》十卷，劉孝標注。新、舊《唐志》并同。《日本見存書目》，亦載劉孝標十卷。乃知唐代傳本一存其舊，未經改易。迨宋時諸本紛出，卷第遂有改易。陳氏《書錄解題》、晁氏《讀書志》所云可以證焉。有宋紹興八年董弅刻於嚴州者三卷。（此本淳熙戊申陸游重刊於新定，嘉靖乙未袁褧又重雕之，道光戊午周氏紛欣閣又翻刻袁本。）各卷分爲上、下，卷數與隋、唐兩《志》复異，乃經晏元獻刪定，已失舊觀。明王世貞兄弟又加增損，而以何元朗《語林》羼入，謂之《世説新語補》，於是小説舊觀蕩然亡矣。此書舊題云《世説新書》，段成式《酉陽雜俎》尚云《新書》，管寧文草有《相府文亭始讀〈世説新書〉詩》，黃伯思《東觀餘論》輒云《新語》，則其改稱當在五季宋初，後來沿稱《新語》，無知其初名者矣。此卷尾題《世説新書》卷第六，與今本異同甚多，可補正奪誤者，不勝枚舉，實海内孤本，千載之後猶能存臨川之舊者，獨有此卷耳。紙背所寫《金剛頂蓮花部心念誦儀軌》，亦七八百年前舊鈔，紙尾署杲寶，此卷當是其舊藏，杲寶爲東寺觀督院開祖，見本朝《高僧傳》。憶三十餘年前，與亡友山田永年等四人獲一長卷，截而爲五，各取其一，余得末段，即此卷也。他日倘得延津之合，不亦大快事乎！始記以俟之，京都神田醇記。（丁錫根《中國歷代小説序跋集》，人民文學出版社，1996年）

張之洞《書目答問》子目小説家第十一：

《世説新語》三卷。（宋劉義慶。明袁氏刻仿宋本，道光戊子周氏紛欣閣重刻袁本，惜陰軒本。）（商務印書館，1936年）

楊守敬《唐寫本〈世説新書〉跋》：

《世説新語》古鈔殘卷，雖無年月，以日本古寫佛經照之，其爲李唐時人所書無疑。余從日下部東作借校之，其卷首尾殘缺，自《規箴篇》"孫休好射雉"起至"張闓毀門"止，其正文異者數十字，其注異文尤多，所引《管輅別傳》多出七十餘字。竊謂此卷不過十一條，而差異若此。此書尚存二卷在西京，安得盡以校錄？以還臨川之舊，則宋本不足貴矣。宜都楊守敬。（丁錫根《中國歷代小説序跋集》，人民文學出版社，1996年）

楊守敬《日本訪書志》卷八：

《世説新語》殘卷，古抄卷子本。

是卷書法精妙，雖無年月，以日本古寫佛經照之，其爲唐時人所書無疑。余從日下部東作借校之，其卷首尾殘缺，自《規箴篇》"孫休好射雉"起至"張闓毀門"止，其正文異者數十字，其注異文尤多，所引《管輅別傳》多出七十餘字。竊謂此卷不過十一條，而差異若此。聞此書尚存二卷在西京，安得盡以校錄？以還臨川之舊，則宋本不足貴矣。（江蘇廣陵古籍刻印社，1991年）

姚振宗《隋書經籍志考證》卷二十史部十雜傳類：

《徐州先賢傳》一卷，《徐州先賢傳贊》九卷，劉義慶撰。

《江左名士傳》一卷，劉義慶撰。

《宣驗記》三十卷，劉義慶撰。（一本作十三卷。）

《幽明錄》二十卷，劉義慶撰。

同上，卷三十二子部九小說家：

《世說》八卷，宋臨川王劉義慶撰。《世說》十卷，劉孝標注。臨川王劉義慶有《徐州先賢傳》。劉孝標，名峻，有《漢書注》。并見史部雜傳、正史二類中。

《南史·宋臨川烈武王道規》附傳："義慶著《世說》十卷，行於世。"

《史通·雜說篇》曰："近者，宋臨川王義慶著《世說新語》，上叙兩漢、三國及晉中朝、江左事。劉峻注釋，摘其瑕疵，偽迹昭然，理難文飾。而皇家撰《晉史》，多取此書。遂采康王之妄言，違孝標之正説。以此書事，奚其厚顔！"

又《補注篇》曰："孝標善於攻謬，博而且精，固已察及泉魚，辨窮河豕。嗟乎！以峻之才識，足堪遠大，而不能探賾彪、嶠，網羅班、馬，方復留情於委巷小説，銳思於流俗短書。可謂勞而無功，費而無當者矣。"

《唐書·經籍志》："《世説》八卷。劉義慶撰。《續世説》十卷，劉孝標撰。"

《唐書·藝文志》："劉義慶《世説》八卷。劉孝標《續世説》十卷。"

《宋史·藝文志》："劉義慶《世説新語》三卷。"

晁氏《讀書志》："《世説新語》十卷，重編《世説》十卷。宋劉義慶撰，梁劉孝標注。記東漢以後事，分三十八門，《唐·藝文志》云：'劉義慶《世説》八卷，劉孝標《續》十卷。'而《崇文總目》止載十卷，當是孝標續義慶元本八卷，通成十卷耳。家本有二：一極詳，一殊略，略有稱改正，未知誰氏所定。然其目則同。劉知己頗言此書非實錄，予亦云。"

趙希弁《讀書附志》："《世説新語》三卷，宋臨川王義慶撰，梁劉孝標注。《讀書志》引《唐·藝文志》及《崇文總目》有十卷、八卷之疑。又云一本極詳，一本殊略，未知孰爲正。希弁所藏本有紹興八年董弅題其後曰：'右《世説》三十六篇，世所傳釐爲十卷，或作四十五篇，而末卷但重出前九卷中所載。余家舊本蓋得之王原叔家，後得晏元獻公手自校本，盡去重複，其注亦小加剪截，最爲善本'云。"

陳氏《書錄解題》："《世説新語》三卷、《叙錄》二卷。宋臨川王劉義慶撰，梁劉峻孝標注。叙錄者，近世學士新安汪藻彥章所爲也。首爲考異，繼列人物世譜、姓氏異同，末記所引書目。案《唐志》作八卷，劉孝標《續》十卷，自餘諸家所藏卷第多不同，敘錄詳之。此本董令升刻之嚴州，以爲晏元獻公手自校定，刪去重複者。（案今本注文不知是否爲晏元獻所薦截。）"

高似孫《緯略》："義慶采擷漢、晉以來佳事佳話，爲《世說新語》，極爲精絕，而猶未爲奇也。梁劉孝標注此書，引援詳確，有不言之妙，如引漢、魏、吳諸史及子、傳、地理之書，皆不必言，祇如晉氏一朝史，及晉諸公列傳譜錄文章凡一百六十六家，皆出於正史之外，紀載特詳，聞見未接，實爲注書之法。"

《四庫提要》曰："黃伯思《東觀餘論》謂《世說》之名，肇於劉向。其書已亡。故義慶所集，名《世說新書》。段成式《酉陽雜俎》引王敦澡豆事，尚作《世說新書》，可證。不知何人改爲《新語》。蓋近世所傳，然相沿已久，不能復正矣。所記分三十八門，上起後漢，下迄東晉，皆軼事瑣語，足爲談助。《唐志》稱八卷，劉孝標《續》十卷。晁公武謂家有詳略二本，今其本皆不傳，惟《書錄解題》三卷，與今本合。至振孫載汪藻《叙錄》則佚之久矣。自明已來，世俗所行凡二本：一爲王世貞所刊，注文多所刪節，殊乖其舊；一爲袁褧所刊，蓋即從陸游刊本翻雕者。義慶所述，本小說家言，劉知幾《史通》繩之以史法，儗不於倫，未爲通論。孝標所注，特爲典贍。其糾正義慶之紕繆，尤爲精核。所引諸書，今已佚其十之九，惟賴是注以傳。故與《三國志注》《水經注》《文選注》同爲考證家所引據焉。"

又《簡明目錄》曰："其書叙述名雋，爲清言之淵藪。孝標所注，徵引賅博，考證家亦取材不竭。"

案：《漢志》儒家，劉向所序六十七篇，《新序》《說苑》《世說》《列女傳》《頌圖》也。《世說》久亡，臨川王與劉向同出楚元王交之後，向爲元王五世孫，義慶爲向兄陽城節侯安民十八世孫。義慶是書仿裴啓《語林》而作，而以其先世亡書之名以名之。

同上，卷三十二子部九小說家:

《小說》五卷。不著撰人。

案舊、新《唐志》，劉義慶《世說》八卷之外，又有《小說》十卷，此或是其殘佚本。

同上，卷三十九之六集部二之六別集類六：

《宋臨川王義慶集》八卷。

臨川王有《徐州先賢傳贊》，見史部雜傳篇。

《宋書·南史》本傳："義慶幼爲武帝所知，常曰：'此吾家之豐城也。'在荆州撰《徐州先賢傳》，奏上之。又擬班固《典引》爲《典叙》，以述皇代之美。

愛好文義，文辭雖不多，然足爲宗室之表。太尉袁淑，吳郡陸展，東、海河長瑜、鮑照等并爲辭章之美，引爲佐史國臣，文帝每與義慶書，常加以斟酌焉。"

《唐書·經籍志》："《宋臨川王集》八卷。"

《唐書·藝文志》："《臨川王義慶集》八卷。"

嚴氏《全宋文編》："臨川王義慶有《世說》八卷，《集》八卷，本傳及《類聚》《御覽》有《筌筷賦》《鶴賦》《山鷄賦》《薦庾實龔祈師覺授》等表啟事，《黃初妻趙罪議》凡六篇。"

同上，卷四十集部總集類：

《集林》一百八十一卷，宋臨川王劉義慶撰，梁二百卷。

劉義慶有《徐州先賢傳》，見史部雜傳家。

《南史·宋臨川烈武王道規》附傳："義慶所著《世說》十卷，撰《集林》二百卷，并行於世。"（《二十五史補編》本，中華書局，1955年）

王先謙《虛受堂文集》卷五《重刊〈世說新語〉序》：

晁子正曰：小說之來尚矣，不過志夢卜，紀謫怪，談詼諧。後史臣務采異聞，往往取之。故爲小說者，多及人善惡，肆喜怒之私，變是非之實，以誤後世。識者以爲篤論。自秦觀之，非盡爲書者有心之過也。采摭所及，見少聞多，而其言變矣；詞氣抑揚，聲情乖隔，而其言又變矣。能祛此二蔽者，蓋難言之。此小說之所以少佳書也。余嘗怪臨川爲《世說新語》一書，彼其時去魏、晉未遠，固宜紀載得實，而秉筆不慎，事實牴牾，致爲劉子玄輩所譏，蓋不免如余所稱二蔽。若其羅前代之軼聞，供詞人之藻繪，則游心文苑者所不廢也。劉注匡弼之功，尤爲此書增重。而唐人修《晉書》，如周安東求絡秀爲妾，韓壽私賈充女之類，經孝標糾正者，猶取入傳，何其迷謬者？桓靈寶、殷仲文亂賊之徒，言行無足稱述，而書中稱舉至於再四，良以其時篡奪相仍，綱常廢墜，不復知忠義爲何物。此難以苛責臨川，又豈孝標敢舉正者哉？近世通行王元美《世說新語補》本，刪節元書，附以何氏《語林》，全失臨川之真。余因取元書重刊，貽同好者覽焉。元美序言：《世說》所長，造微單辭，徵巧隻行，因美見風，因刺通贊，使人短咏而躍然，長思而未罄，可謂盡其妙矣。又云：私心好之，每讀輒患其易竟。夫既患其易竟矣而又刪之，噫嘻！是則明人之爲學也，已去古益遠，往籍日湮，如是書之存，抑其幸也。

（上海國學書社，1910年）

胡玉縉《四庫全書總目提要補正》卷四十一小說家類一：

《世說新語》三卷。

孝標所注，特爲典贍，高似孫《緯略》亟推之，其糾正義慶之紕繆，尤爲精核。案：《困學紀聞》尚書類引《世説注》云"推周公《城録》，冶城宜是金陵本里"，今本闕此語。又王先謙重刊本序云："劉注匡弼之功，尤爲此書增重，而唐人修《晋書》，如周安東求絡秀爲妾，韓壽私賈充女之類，經孝標糾正者猶取入傳，何其迷謬者與！桓靈寶、殷仲文亂賊之徒，言行無足稱述，而書中稱舉至於再四，良以其時篡奪相仍，綱常廢墜，不復知忠義爲何物，此雖以苛責臨川，又豈孝標所敢舉正者哉？"（上海書店出版社，1998年）

丁中立《八千卷樓書目》卷一四子部小説家類：
　　《世説新語》三卷，宋臨川王劉義慶撰，梁劉孝標注。明刊八卷本，惜陰軒本。崇文局六卷本。
　　《世説新語舊注》一卷，明楊慎撰，函海本。
　　《世説新語補》四卷，明何良俊撰。明刊本，黄氏刊二十卷本。（國家圖書館出版社，2009年）

羅振玉《唐寫本〈世説新書〉跋》：
　　我國《世説》善本，嘉靖袁氏覆宋以外，未見更古者。予所藏有唐熙庚子張孟公移録蔣子遵校本，所主之本，爲傳是樓所藏淳熙刊本，其書亦三卷，每卷分上、下。宣統初元，在日本東京見圖書寮所藏宋本亦三卷，而每卷不分上、下，然均是宋渡南以後所刊，皆出晏元獻改卷删校之本，其未改本以前本，不可見也。但聞東邦藏書家有唐寫殘卷，已析爲四，而無由得入吾目。乙卯夏，訪神田香岩翁，始知香岩翁藏其末一截，出以見示，爲之驚喜。已又知第一截爲小川簡齋翁所得，其二截藏京都山田氏，其三截藏於小西氏。因請於神田、小川兩君，欲合印之，二君慨然許諾，并由小川君爲介於小西君，神田君爲介於山田君，於是分者乃得復合。神田翁復以所爲跋尾見示。據段氏《酉陽雜俎》、管寧文草謂此書初名《世説新書》，五季宋初始改稱《新語》，其説至精確。予考《唐志》載王方慶《續世説新書》，則臨川之書，唐時作《新書》之明證，可補神田翁所舉之遺。亡友楊星吾舍人曾見第一段，載之《日本訪書志》，尚未知古今稱名之異。今影印既竣，爰録神田翁及楊君之跋於後，并記是卷已析而復合，實得神田、小川兩君之助，而山田、小西兩君之見許，其惠亦不可忘也。爰書之以告讀是書者。
　　丙辰十一月，上虞羅振玉書於海東寓居之四時嘉至軒。（丁錫根《中國歷代小説序跋集》，人民文學出版社，1996年）

孫毓修《〈世説新語〉跋》：

《世説新語》著錄家以明嘉靖中袁氏嘉趣堂本爲最善，涵芬樓得一校本，蓋雍正庚戌沈寶硯以傳是樓宋本校袁本，而嘉慶甲戌吳春生過錄者也。袁本有淳熙十五年戊申新定郡守陸游跋，則重開（刊）放翁本也。傳是本沈跋云：以淳熙十六年刊於湘中，有江原張縯跋（此跋今未見）。兩本同出於宋，玩其字句，均以傳是本爲長。袁刻遇宋諱多闕筆，於明人翻刻本已爲謹嚴，而不免貽誤。是知書以舊本爲佳，一經重刻，遂不可恃。錄其校語，綴於卷末，以爲讀是書者之助焉。庚申十月，無錫孫毓修識。（丁錫根《中國歷代小說序跋集》，人民文學出版社，1996年）

傅增湘《藏園群書經眼錄》卷九子部三雜家類二：

《世説新語》八卷。（劉宋劉義慶撰。）

明萬曆刊巾箱本，版高四寸弱，寬二寸八分。前有丙申仲夏渤海吳瑞徵仲庚序，末卷尾標題下有"長洲章扞寫刻"小字一行。前有董弅題，後有陸游題。（己巳。）

《世説新語注》三卷。（劉宋劉義慶撰，梁劉孝標注。）《叙錄》一卷。（宋汪藻撰。）《考異》一卷，《人名譜》一卷。宋刊本，版匡高七寸一分，橫四寸九分，半葉十行，每行二十字，間有多至二十三字者，注雙行同，白口，左右雙闌。版心中記"世説幾"，下記葉數及刊工姓名，有方通、楊明、宋道、楊思、江泉、方逵、劉寶諸人。避宋諱至構字止，慎字不避。字仿歐體，方整古雅，是杭本風範。每卷次行題"宋臨川王義慶撰"，三行題"梁劉孝標注"，均下空四格標每類題目。後附《叙錄》一卷，下題"汪藻"二字，次《考異》一卷，次《人名譜》一卷，次《書名》一卷，《書名》今已佚，茲將譜中所列二十六家詳錄於左。其式自一世以至十餘世，皆列表橫排，類便觀覽。

太原晋陽王氏譜（六葉），琅琊臨沂王氏譜（十九葉），陳國陽夏謝氏譜（八葉），泰山南城羊氏譜（四葉），潁川鄢陵庾氏譜（五葉），潁川潁陰荀氏譜（六葉），陳郡陽夏袁氏譜（六葉），河南陽翟褚氏譜（四葉），河東聞喜裴氏譜（四葉），陳郡長平殷氏譜（四葉），會稽山陰孔氏譜（四葉），陳留圉江氏譜（四葉），吳郡陸氏譜（五葉），弘農華陰楊氏譜（三葉），陳留考城蔡氏譜（三葉），譙國龍亢桓氏譜（六葉），南鄉舞陰范氏譜（二葉），廬江何氏譜（二葉），潁川許昌陳氏譜（三葉），太原中都孫氏譜（二葉），河東安邑衛氏譜（二葉），會稽山陰賀氏譜（二葉），高平金鄉郤氏譜（二葉），北地傅氏譜（三葉），吳國吳郡顧氏譜（五葉），陳留尉氏阮氏譜（三葉）。

此後又列無譜者二十六族（三葉）。此收藏有"睢陽王氏"朱文大印，審其印式當是元以前人印。又有"金澤文庫"正書墨印。按：此本與日本帝室圖書寮本所藏相同，均紹興間嚴州官本，第彼本斷爛漫滅處甚多，不及此本之精湛，且叙錄、考異、人名譜各卷爲寮本所無，則尤足珍也。（日本前田氏尊經閣藏，己巳十一月十四日觀。）

《世説新語注》三卷。（劉宋劉義慶撰，梁劉孝標注。）宋嚴州刊本，半葉十行，每行二十至二十三字，白口，左右雙闌，版匡高七寸，寬五寸。版心上記"世説幾"，下記刊工姓名，可辨者有沈定、李玉、宋通、宋道、方通、方達、楊明、陳皓、鄭春諸人。間有補刊之葉。書分上、中、下三卷，不似明本之每卷又分析上、下。鈐有"金澤文庫"楷書墨印。按：此書余十年前曾在李椒微師（盛鐸）座中得睹影片，群詫爲北宋本。今詳檢之，避諱之字自敬、讓、殷、朗、匡、胤，以至桓、構爲止，則爲南渡初刊審矣。前由侯邸尊經閣別藏一帙，同爲一刻，第印本較前，視此更爲精湛，且多附録四種，别紙詳記之。（日本帝室圖書寮藏書，己巳十一月十一日觀。）

《世説新語注》三卷。（宋劉義慶撰，梁劉孝標注。）明嘉靖十四年袁褧嘉趣堂刊本，十行二十字。首行題"世説新語卷上之上"，次行題"宋臨川王義慶撰"，次行題"梁劉孝標注"。卷尾有"嘉靖乙未歲吳郡袁氏嘉趣堂重雕"一行。前嘉靖乙未袁褧刻書序，次目録，目後高氏《緯略》一則。後有紹興八年廣川董弅題，又淳熙戊申陸游跋語。（余藏。）

《世説新語注》三卷。（劉宋劉義慶撰，梁劉孝標注。）明嘉靖十四年袁褧嘉趣堂刊本，目後加篆文牌子二行，文曰：萬曆丁卯夏且月趙氏野麓園重校，清何焯據宋刊本校勘，有跋。

康熙庚子五月借蔣子遵校本略加是正。子遵記其後云："戊戌正月得傳是樓宋本校，淳熙十六年刊於湘中者，有江原張演跋，舊爲南園俞氏藏書，有耕雲俞彦春識語，上黏王履約還書一貼。雖多訛脫，然紙墨絶佳，未知放翁所刊原本視此何如也。并抄之，使余兒知所自來。老民孟公書。"

鈐有"雪岩老人""天累子孫""漢留侯裔""原名拱端字孟公""閑居暗""烟霞洞天圖書""張弓之印""引六興機""逸民徒"各藏印，皆張氏印也。又有"秦伯敦甫""石硯齋秦氏印"二印。（羅叔言藏書。己未。）

《世説新語注》三卷。劉宋劉義慶撰，梁劉孝標注，卷各分上、下。明嘉靖四十五年太倉沙溪曹氏重刊袁褧刊本，十行二十字。宋諱不避。目後題"太倉沙溪曹氏重校"一行。（乙卯。）

《世説新語注》六卷。劉宋劉義慶撰，梁劉孝標注。明刊本，十行二十字。宋諱缺筆。直分六卷。視其雕工當在嘉靖末葉。（乙卯。）

《世説新語注》三卷。劉宋劉義慶撰，梁劉孝標注。明萬曆王世懋刊本，九行二十字。有吳騫跋，謂勝於袁褧刊本。（乙卯。）

《世説新語姓彙韵分》十二卷。朝鮮活字本,十行十八字。此書取《世説》及王世貞《世説補》取其人之姓以韵分編。如卷一爲東、董、冬、宋、江、支、紙、寘、微等韵,而以各人隷之。割裂竄亂,可謂無知妄作矣!記以示戒。(壬午。)
(中華書局,1983年)

魯迅《中國小説史略》第七篇《〈世説新語〉與其前後》:

宋臨川王劉義慶有《世説》八卷,梁劉孝標注之爲十卷,見《隋志》。今存者三卷曰《世説新語》,爲宋人晏殊所删并,於注亦小有剪裁,然不知何人又加"新語"二字,唐時則曰新書,殆以《漢志》儒家類録劉向所序六十七篇中,已有《世説》,因增字以别之也。《世説新語》今本凡三十八篇,自《德行》至《仇隙》,以類相從,事起後漢,止於東晋,記言則玄遠冷俊,記行則高簡瑰奇,下至繆惑,亦資一笑。孝標作注,又徵引浩博。或駁或申,映帶本文,增其雋永,所用書四百餘種,今又多不存,故世人尤珍重之。然《世説》文字,間或與裴、郭二家書所記相同,殆亦猶《幽明録》《宣驗記》然,乃纂輯舊文,非由自造。《宋書》言義慶才詞不多,而招聚文學之士,遠近必至,則諸書或成於衆手,未可知也。(上海古籍出版社,1998年)

余嘉錫《余嘉錫論學雜著・殷芸小説輯證・宋晁載之〈續談助〉跋》:

右鈔殷芸《小説》,其書載自秦漢迄東晋江左人物,雖多與諸史時有異同,然皆細事,史官所宜略。又多取劉義慶《世説》《語林》《志怪》等已詳事,故鈔之特略,然其目《小説》,則宜爾也。至於目若岩電事,或云:"裴令公姿容爽俊,疾困,武帝使王夷甫往看之,裴先向壁卧,聞王來,强回視之。夷甫出,語人曰:'雙眸爛爛若岩下電,精神挺動,故有小惡耳。'"(原注:出《語林》。)或云:"裴令公目王安豐,眼爛爛如岩下電。"(原注:出《世説》。)俱收并録,并無考訂,則其書亦可。(按:此下有闕文。)(中華書局,1963年)

余嘉錫《四庫提要辨證》卷十七子部八小説家類一:

《世説新語》三卷。(宋劉義慶,梁劉孝標注。)黄伯思《東觀餘論》謂《世説》之名,肇於劉向,其書已亡。故義慶所集名《世説新書》。段成式《西陽雜俎》引王敦澡豆事,尚作《世説新書》,可證。不知何人改爲《新語》,蓋近世所傳。然相沿已久,不能復正矣。

嘉錫案:黄氏説見《東觀餘論》卷下《跋〈世説新語〉後》,云:"《世説》名肇劉向,六十七篇已有此目,其書今亡。宋臨川孝王因録漢末至江左名士佳語,亦謂之《世説》。"所考甚確。然《通典》卷一百五十六引曹公軍行失道三軍皆渴事，亦作《世説新書》，不止於《酉陽雜俎》。且《世説》之《規箴篇》有東方朔、京房各一事，《賢媛篇》有陳嬰母、王明君各一事，則其書托始於前漢之初，黃氏謂起於漢末，非也。沈濤《銅熨斗齋隨筆》卷七云："濤案《太平廣記》引王導、桓温、謝鯤諸條，皆云出《世説新書》，則宋初本尚作《新書》，不作新語。然劉義慶書本但作《世説》，見《隋書·經籍志》。《藝文類聚》《北堂書鈔》諸類書所引，亦但作《世説》。《新書》《新語》皆後起之名。"余案沈氏引《太平廣記》，可爲黃氏説添一證佐。至其謂義慶書本名《世説》，其《新書》之名亦後起，則非也。劉向校書之時，凡古書經向別加編次者，皆名新書，以別於舊本。故有《孫卿新書》（見《荀子》後劉向叙）、《晁氏新書》（見《隋志》）、《賈誼新書》（見《新唐志》）之名。《漢書·藝文志》有左邱明《國語》二十一篇，又有《新國語》五十四篇，注云："劉向分《國語》。"又《説苑叙錄》云："臣所校中書《説苑》，更以造新事十萬言，號曰《新苑》。"（見宋本《説苑》後。）皆其證也。劉向《世説》雖亡，疑其體例亦如《新序》《説苑》，上述春秋，下紀秦、漢。義慶即用其體，托始漢初，以與向書相續，故即用向之例，名曰《世説新書》，以別於向之《世説》。其《隋志》以下但題《世説》者，省文耳。猶之《孫卿新書》，《漢志》但題《孫卿子》；《賈誼新書》，《漢志》但題《賈誼》，《隋志》但題《賈子》也。

案：《書録解題》卷十一云："《叙録》者，近世學士新安汪藻彥章所爲也。"《提要》引作汪藻所云，則似《叙録》非汪藻自作矣。此本未佚，近日本人據宋刻影印成書。（中華書局，1980年）

劉盼遂《唐寫本〈世説新書〉跋尾》：

右爲羅雪堂先生在日本景印《唐寫本〈世説新書〉殘卷》，起《規箴篇》"孫休好射雉"條，訖《豪爽篇》"桓玄西下"條，凡五十一條；後有雪堂《跋語》一通，并附日本神田醇氏，及宜都楊守敬氏之題識者。此卷書法端秀，異文紛紜，内容之美，三先生跋尾，言之詳矣；第猶有特異之處數端，可得而説，謹臚之如次：一《世説》卷帙，説者最爲分歧。《隋書·經籍志》子部小説類："《世説》八卷，劉義慶撰；《世説》十卷，劉孝標注。"《舊唐書·經籍志》《新唐書·藝文志》并云："《世説》八卷，劉義慶撰；《續世説》十卷，劉孝標撰。"《崇文總目》《郡齋讀書志》并直云："《世説》十卷。"《直齋書録解題》《宋史·藝文志》《四庫全書總目》并云："《世説新語》三卷。"王葵園氏作《〈世説新語〉考證》，引據稱備，而未能爲之鼽理。予按：《世説》臨川王本原分八卷，孝標作注，以其繁重，釐爲十卷；《隋志》之言，簡明可據；兩《唐志》不得其解，因謂十卷者孝標續作，誣矣。自董弅并十卷爲三卷，殺青者率依董式，而《世説》遂有三卷本，如《直齋書錄》、《宋史・藝文志》、明《文淵閣書目》、葉氏《菉竹堂書目》，以後所紀是矣。其仍有稱十卷者，如晁氏《讀書志》，馬氏《文獻通考》，焦氏《國史經籍志》，陳氏《世善堂書目》，以後所紀，或係因襲舊說，未曾檢校，或不采董刻，據舊藏十卷本如錄，未可知也。王氏於晁、馬諸書，概詆爲抄前人之說，博儲藏之名，誠未見其可。然自明以來，諸收藏家所著錄，從未見有十卷本者；而孝標分卷之原型，於是不可復考。今唐寫本於卷尾題《世說新書》卷第六。據神田翁跋，稱此卷尚有一段爲山田永年所藏，意必爲《品藻篇》及《規箴篇》之前三條文；合《品藻》至《豪爽》凡五篇之量，適當全書十分之一。此五篇爲第六卷，則前五卷於後四卷之舊，固可由此略摹而定也。千年遂璧，頓復舊觀，廬山之面目可識，中郎無虎賁之嘆，豈非藝苑中所同聲稱快者乎！此唐寫本足以探《世說》卷帙之源泉矣。

　　孝標《世說注》、隋更晏元獻、王元美，迭施刊劂，而臨川原本，從未尋斧柯，尚稱全璧。自《藝文類聚》《初學記》《太平御覽》《事類賦》等類書，引《世說注》，及《幽明錄》，濫稱《世說》，而後人疑《世說》有殘佚矣。長沙葉煥彬先生，曾輯《世說佚文》八十餘則，予亦隨平昔翻閱，於葉輯外，復得若干則，皆今本所無，予嘗依類編入《世說》各篇。如《初學記・政理部》引"車武子過詣王子敬"事，應爲《規箴篇》文也。《太平廣記・後辯類》引"陳思王補走馬百步，成四十言"事，應爲《捷悟篇》文也。《太平御覽》五百七十九，引"晋載顒年十五，又制長弄一部"事；三百七十三，引"王曇首年十四便歌"事；三百八十五，引"崔瑗年九歲，書門嘲不其令"事；同篇引"夏侯權子孺子時，好聚兒童爲渠帥"，及"夏侯榮七歲能屬文"事；三百八十九，引"山濤嘆王夷甫何物老嫗，生此寧馨兒"事；《事類賦》十五引"王羲之早於父枕，竊讀筆說"事，皆應爲《夙慧篇》文也。《太平御覽》五百六十二引"桓玄呼人溫酒，自稱英雄粗疏忽"事，應爲《豪爽篇》文也。今唐寫本存，凡《規箴》至《豪爽》四篇，乃不見以上所舉佚文；縱使辨章佚文，非能吻合原篇，然此百許條中，不應盡屬他篇，此四篇獨無一條，亦事理中所必不然者矣。由此可證書中所引《世說》佚文，必非臨川原本，實出於《注》語及臨川別書矣。然不得唐本，迄難能成此說，此寫本可以破從來佚文之謬說也。

　　晏、王二氏，剪裁《世說注》文，或刊全節，或刪語句，亦有本無此注，後人據他書妄行沾益者。□荆野於武夫，靳渥窶於欷歎，讀者回惑，莫秉南針，及唐本出，宿滯冰釋。如《夙慧篇》"晋明帝數歲"條下，有《注》引《桓譚新論》"孔子東游見兩小兒辨日"云云，八十餘字；而今本此《注》俄空焉。知今本《注》文，經晏氏全節刪去者，當復不少。則葉氏所輯之《世說》佚文，及其所未及者，大都在被刪之《注》語中矣。唐本《規箴篇》"何晏、鄧颺令管輅作卦"一條，

《注》文多於今本者七十餘字;"王緒、王國寶相爲脣齒"一條,《注》文多於今本者至二百二十二字之多;《夙慧篇》"何晏七歲,明惠若神"一條,《注》文多采於今本四十字;其餘無論何條,均較今本爲多。於此,知今本《注》文,不爲晏氏之繪餘者希矣。凡注重首尾不完,義意沉黯者,胥此類也。今本《豪爽篇》"王大將軍,年少時"一條下,有《注》文"或曰敦嘗坐武昌釣臺"云云六十餘字,爲唐寫本所無。是《世説》劉氏《注》後,多有後人所考訂引據,以妄行沾益者。如《文學篇》注之"一本注",《假譎篇》注之"谷口云",《尤悔篇》注之"敬徹按",《惑溺篇》注之"臣按",《賢媛篇》注之"臣謂"諸則,皆舛於孝標《注》例,顯係塗附。然非得唐本,作兩造之質,將亦無徵不信,是又唐寫本可以徵《注》文之增消矣。

以上三者,皆就其犖犖大端言之,其有稗於《世説》者,已如此之巨;若夫訂文字之異同,正袁本之牲謬者,數尤夥頤。統諸《學證》,茲不贅云。(《清華學報》,1928年第2期)

殷韵初《重印〈世説新語〉序》:

我國傳世的《世説新語》善本,有明袁氏嘉趣堂刻本及清周氏紛欣閣刻本,近代王先謙曾經根據袁、周兩本加以校訂重刻,這三種本子都是從南宋陸游校本一再傳刻。現在我們影印的是宋紹興八年(西元一一三八)廣川董弅據晏殊校定本所刻,比陸游校本約早五十年。原書爲日本前田氏所藏,日本有珂瓏版影印本,我們即據以覆印。覆印這個本子,不僅因爲它是目前所能見到的唯一宋本,可資校勘工作的依據,而且因爲它比較完整地保存了宋人汪藻所作的《叙録》,汪藻的《叙録》,首先考訂書名、卷數、篇數的不同,繼列考異一卷、人名譜一卷、書名一卷,均有相當的史料價值。有汪氏《叙録》的《世説新語》本子,僅見於《宋史·藝文志》和陳振孫《直齋書録解題》,國内久無傳本,《四庫提要》就説:"佚之久矣。"王先謙在校訂此書時也没有見到《叙録》。這個本子,《叙録》部分人名譜缺尾段滿、蕭二族及僧十九人,書名一卷則全缺。《叙録》本爲三卷,但《直齋書録解題》已作二卷,疑書名一卷在當時就已經缺去了。

日本藏《世説新書》唐寫本殘卷,爲未經晏殊校改以前的本子,與今本差别更大。此殘卷已截爲四段,分歸四家收藏,從由上虞羅氏借來合印。現在用羅本覆印附後,以供參考。(丁錫根《中國歷代小説序跋集》,人民文學出版社,1996年)

聶崇岐《補宋書藝文志》二史部正史類:

《後漢書》,(五十八卷。見《兩唐》志。)劉義慶撰。

同上，雜傳類：

《江左名士傳》，（一卷。）劉義慶撰。

同上，三子部小説家類：

《世説》，（八卷。）劉義慶撰。
《小説》，（十卷。）劉義慶撰。（《二十五史補編》本，中華書局，1955年）

徐崇《補南北史藝文志》卷一南史子之類小説家：

《世説》十卷。

劉義慶撰，見《臨川王道規傳》。

《宋書》義慶見《道規傳》，《世説》未載。

《隋·經籍志》：《世説》八卷，宋劉義慶撰。（《二十五史補編》本，中華書局，1955年）

  案：《隋書》卷三十四《經籍志三》子部小説類著録"《世説》八卷"，注云："宋臨川王劉義慶撰。"

  劉義慶（403—444年），彭城（今江蘇徐州）人。南朝文學家、著名小説家。劉宋武帝弟長沙景王劉道憐次子，臨川烈武王道規無子，以義慶爲嗣。年十三，襲封南郡公，除給事，不拜。義熙十二年（416年），從伐長安，還拜輔國將軍、北青州刺史，未之任，徙督豫州諸軍事、豫州刺史，復督淮北諸軍事，豫州刺史、將軍并如故。宋永初元年（420年），襲封臨川王，徵爲侍中。元嘉元年（424年），轉散騎常侍、秘書監，徙度支尚書，遷丹陽尹，加輔國將軍、常侍并如故。元嘉六年（429年），加尚書左僕射。八年（431年），加中書令，進號前將軍，常侍、尹如故。在京尹九年，出爲使持節、都督荆雍益寧梁南北秦七州諸軍事、平西將軍、荆州刺史。在州八年，爲西土所安。十六年（439年），改授散騎常侍、都督江州豫州之西陽晋熙新蔡三郡諸軍事、衛將軍、江州刺史，持節如故。十七年（440年），即本號南兖徐兖青冀幽六州諸軍事、南兖州刺史，加開府儀同三司。在廣陵有疾，固陳求還，許以本號還朝。二十一年（444年）卒，年四十二。追贈侍中、司空，謚曰康王。《宋書》《南史》有傳。據載，義慶"爲性簡素，寡嗜欲，愛好文義，才詞雖不多，然足爲宗室之表。受任歷藩，無浮淫之過"，且"招聚文學之士，近遠必至"。著有《徐州先賢傳》十卷、《世説》十卷、《集林》二百卷、《幽明録》二十卷、《宣驗記》十三卷，《宋臨川王劉義慶集》八卷，并行於世。

  《世説》一書，屢經後人竄亂，久失舊觀。《隋書·經籍志》子部小説家類著錄："《世說》八卷，宋臨川王劉義慶撰。《世說》十卷，劉孝標注。"兩《唐志》同，惟題劉孝標十卷爲《續世說》，疑孝標所注十卷本《世說》也稱《續世說》。《世說》之名肇自劉向，《漢書·藝文志》儒家類載劉向六十七篇，中有《世說》一種，書亡。余嘉錫認爲劉向《世說》體例如《新序》《說苑》，分類編纂，而義慶即用其體，名曰《世說新書》，用以區別劉向之《世說》。據現存唐人寫殘本、《酉陽雜俎》、《太平廣記》所引，皆題《世說新書》，唐劉知幾《史通·雜說》、王方慶《續世說新語》，則始稱《世說新語》，宋人多稱《世說新語》。故學者多認爲《世說》確爲此書原名，爲區別劉向《世說》，纔有"新書""新語"之稱，而義慶本傳亦稱其爲《世說》。《日本國見在書目錄》載劉孝標《世說》十卷，乃知唐代傳本仍存其舊。迨宋時諸本紛出，卷第遂有改易，陳振孫《直齋書錄解題》著錄三卷可證。今知最早刻本爲宋紹興戊午（1138年）董弅刻於嚴州之三卷本，書名《世說新語》。此本乃經晏殊刪定注文，已失舊觀。淳熙戊申（1188年）陸游據此本校跋後重刊於新定，明嘉靖乙未（1535年）袁褧據陸游校刊本翻刻，成爲最流行之本。明王世貞兄弟又加增損，而以何良俊《語林》羼入，謂之《世說新語補》，於是《世說》舊觀蕩然無存。故自明以來，諸收藏家所著錄從未見有十卷本，而孝標分卷之原型，不可復考。

《世說新語》之稱相沿已久，不能復正。今人習稱《世說新語》，自不必改。《世說新語》分類（門）纂輯，宋時有三十八篇（門）本、三十九篇（門）本，後來均未流傳。今傳三卷本分上、中、下卷，共三十六篇（門），即德行、言語、政事、文學、方正、雅量、識鑒、賞譽、品藻、規箴、捷悟、夙惠、豪爽、容止、自新、企羨、傷逝、棲逸、賢媛、術解、巧藝、寵禮、任誕、簡傲、排調、輕詆、假譎、黜免、儉嗇、汰侈、忿狷、讒險、尤悔、紕漏、惑溺、仇隙。宋人汪藻《叙錄》云："三十八篇：邵本於諸本外，別出一卷，以《直諫》爲三十七，《奸佞》爲三十八，唯黃本有之，它本皆不錄。三十九篇：顏氏、張氏又以《邪諂》爲三十八，別出《奸佞》爲三十九篇。按二本於十卷後復出一卷，有《直諫》《奸佞》《邪諂》三門，皆正史中事而無注。顏本祇載《直諫》，而餘二門亡其事。張本又升《邪諂》在《奸佞》上，文皆舛誤，不可讀，故它本皆削而不取。然所載亦有與正史小異者，今亦去之，而定以三十六篇爲正。"《世說新語》載魏晉人物言談軼事，上起後漢，下迄東晉，爲清言之淵藪，足爲談助，也爲考證家所引據，是六朝志人小說代表作，向爲世人所重。魯迅《中國小說史略》云："義慶才詞不多，而招聚文學之士，遠近必至，則諸書或成於眾手，未可知也。"此說被學界所認可。

《世說新語》版本複雜，有一卷本、三卷本、六卷本、八卷本、十卷本等多種版本。八卷本，《隋志》、兩《唐志》、《通志·藝文略》、《百川書志》、《國史經籍志》、《徐氏家藏書目》、《季滄葦藏書目》、《傳是樓書目》、《善本書室藏書志》等均有著録。十卷本，《南史》本傳、《崇文總目》、《郡齋讀書志》、《文獻通考》、《世善堂藏書目録》等均有著録。現存唐寫殘本卷後題"《世説新語》卷第六"，存十卷本舊貌。宋人有八卷、十卷之疑。《隋書·經籍志》載："《世説》八卷，宋臨川王義慶撰。《世説》十卷，梁劉孝標注。"晁公武以爲："《唐·藝文志》云'劉義慶《世説》八卷，劉孝標《續》十卷'，而《崇文總目》止載十卷，當是孝標續義慶元本八卷通成十卷耳。"此説頗爲通達，已成學界共識。六卷本，有明振綺堂重影宋精鈔本、明周氏博古堂刊本、明末凌濛初刊本，《澹生堂藏書目》《傳是樓書目》《孫氏祠堂書目》《天一閣書目》均有著録。三卷本，爲宋以來最爲流行之本，《直齋書録解題》《郡齋讀書後志》《宋史·藝文志》《述古堂藏書目》《季滄葦藏書目》《四庫全書總目》《稽瑞樓書目》《鐵琴銅劍樓藏書目》《八千卷樓藏書目》《皕宋樓藏書志》等均有著録。一卷本，多爲元明以來選刻本，并非全本。

通行一卷本，有明李栻輯《歷代小史》本、《説郛》本、《函海》本、《叢書集成初編》本。通行三卷本主要有兩種：一種爲宋晏殊校本，對劉孝標注有所刪節，紹興八年（1138年）廣川董弅即據此本刊刻。一種爲明嘉靖十四年（1535年）袁褧嘉趣堂重刻南宋陸游校本，有自序和董弅跋。袁本較董本爲優，故後刻本多用袁本翻刻或以之爲底本重校，如明萬曆甲辰（1604年）鄧氏重刊本、明吳興凌氏刻朱墨套印本、清周氏《紛欣閣叢書》重刻袁本、康熙十五年（1676年）刊本、《四庫全書》本、長沙王先謙刻本（附考證）、李錫齡《惜陰軒叢書》本、近人鄭國勛《龍溪精舍叢書》本、《四部叢刊》本、《四部備要》本等。通行六卷本，有明嘉靖四十五年（1566年）太倉曹氏重刻本、明嘉靖毛氏金亭刻本、明萬曆丙申（1596年）吳瑞徵袖珍刊本、崇文書局彙刻本、王先謙校訂本、《諸子集成》本。另有王利器斷句校訂本（文學古籍刊行社，1956年），楊勇《世説新語校箋》（香港大衆書局，1969年；臺北正文書局，2000年；北京中華書局，2006年），余嘉錫《世説新語箋疏》（中華書局，1983年）、徐震堮《世説新語校箋》（中華書局，1984年）爲目前最爲通行之本，均爲三卷本。

劉孝標注世說（續世說）

馮惟訥《古詩紀》卷一百梁第二十七《劉峻》：

字孝標，平原人。年八歲，與母没於魏。齊永明中，奔江南，爲蕭遥欣刑獄。梁天監初，召入西省，典校秘閣。普通三年卒，門人謚曰玄静先生。

《登郁洲山望海》：滄潦聯霄岫，層嶺鬱巑岏。下盤鹽海底，上轉靈烏翼。滇泗非可辨，鴻溶信難測。輕塵久弭飛，驚浪終不息。雲錦曜石嶼，羅綾文水色。

《自江州還入石頭詩》（《藝文》作劉峻，《英華》次元帝後而逸其名，或以爲元帝詩，非也。）：鼓枻浮大川，延睇洛城觀。洛城何鬱鬱，杳與雲霄半。前望蒼龍門，斜瞻白鶴館。槐垂御溝道，柳綴金堤岸。迅馬晨風趨，輕輿流水散。高歌（一作唱）梁塵下，緼瑟荆禽亂。我思江海游，曾無朝市玩。忽寄靈臺宿，空軫及關嘆。仲子入南楚，伯鸞出東漢。何能栖樹枝，取斃王孫彈。

《始居山營室》（外編作《始營山居》）：自昔厭諠囂，執志好栖息。嘯歌棄城市，歸來事畊織。鑿户闚嶕嶢，開軒望嶄崱。激水檐前溜，修竹堂陰植。香風鳴紫鷥，高梧巢緑翼。泉脉洞杳杳，流（一作沈）波下不極。仿佛玉山隈，想像瑶池側。夜誦神仙記，旦吸雲霞色。將馭六龍輿，行從三鳥食。誰與金門士，撫心論胸臆。

《出塞》：薊門秋氣清，飛將出長城。絶漠衝風急，交河夜月明。陷敵摐金鼓，摧鋒揚斾旌。去去無終極，日暮動邊聲。（《文淵閣四庫全書》本）

蕭子顯《南齊書》卷五十二《文學列傳・崔慰祖》：

崔慰祖，字悦宗，清河東武城人也。父慶緒，永明中爲梁州刺史。慰祖解褐奉朝請……好學，聚書至萬卷。鄰里年少好事者來從假借，日數十袠，慰祖親自取與，未常爲辭。爲始安王撫軍墨曹行参軍，轉刑獄兼記室。遥光好棋，數召慰祖對戲。慰祖輒辭拙，非朔望不見也。建武中詔舉士，從兄慧景舉慰祖及平原劉孝標，并碩學，帝欲試以百里，慰祖辭不就。國子祭酒沈約、吏部郎謝朓嘗於吏部省中賓友俱集，各問慰祖地理中所不悉十餘事，慰祖口吃，無華辭，而酬據精悉，一座稱服之。（中華書局，1972年）

阮逸注《中説》卷一《王道篇》：

子見劉孝標《絶交論》，曰："惜乎舉任公而毀也，任公於是乎不可謂知人矣。"（劉峻字孝標，性率多毀。時任昉死，有子東里冬衣葛裘，孝標作《絶交論》以譏任公之友，然又彰任公不知人耳。）見《辯命論》，曰："人道廢矣。"（峻又有《辯命論》，言管輅才高不遇，乃謂窮達由天，殊不由人，是不知命，廢人道也。）（《文淵閣四庫全書》本）

姚思廉《梁書》卷十四《任昉列傳》：

昉好交結獎進士友，得其延譽者，率多升擢，故衣冠貴游莫不争與交好，坐上賓客恒有數十。時人慕之，號曰任君，言如漢之三君也。陳郡殷芸與建安太守到溉書曰："哲人云亡，儀表長謝，元龜何寄？指南誰托？"其爲士友所推如此。昉不治生産，至乃居無室宅，世或譏其多乞貸，亦隨復散之親故。昉常嘆曰："知我亦以叔則，不知我亦以叔則。"昉墳籍無所不見，家雖貧，聚書至萬餘卷，率多異本。昉卒後，高祖使學士賀縱共沈約勘其書目，官所無者，就昉家取之。昉所著文章數十萬言，盛行於世。

初，昉立於士大夫間，多所汲引，有善己者則厚其聲名。及卒，諸子皆幼，人罕瞻恤之。平原劉孝標爲著論曰："客問主人曰：'朱公叔《絶交論》爲是乎？爲非乎？'主人曰：'客奚此之問？'客曰：'夫草蟲鳴則阜螽躍，雕虎嘯而清風起，故絪縕相感，霧湧雲蒸，嚶鳴相召，星流電激。是以王陽登則貢公喜，罕生逝而國子悲。且心同琴瑟，言鬱郁於蘭茞；道叶膠漆，志婉孌於塤篪。聖賢以此鏤金版而鎸盤盂，書玉牒而刻鐘鼎。若匠人輟成風之妙巧，伯牙息流波之雅引，范、張款款於下泉，尹、班陶陶於永夕，駱驛縱橫，烟霏雨散，皆巧歷所不知，心計莫能測。而朱益州汨彞叙，越謨訓，撓直切，絶交游，視黔首以鷹鸇，媲人倫於豺虎，蒙有猜焉。請辨其惑。'主人忻然曰：'客所謂撫絃徽音，未達燥濕變響；張羅沮澤，不睹鵠雁高飛。蓋聖人握金鏡，闡風烈，龍驤蠖屈，從道污隆。日月聯璧，嘆璗璗之弘致；雲飛電薄，顯棣華之微旨。若五音之變化，濟九成之妙曲。此朱生得玄珠於赤水，謨神睿而爲言。至夫組織仁義，琢磨道德，驩其愉樂，恤其陵夷，寄通靈臺之下，遺迹江湖之上，風雨急而不輟其音，霜雪零而不渝其色，斯賢達之素交，歷萬古而一遇。逮叔世民訛，狙詐飆起，溪谷不能逾其險，鬼神無以究其變，競毛羽之輕，趨錐刀之末，於是素交盡，利交興，天下蚩蚩，鳥驚雷駭。然利交同源，派流則異，較言其略，有五術焉：若其寵鈞董、石，權壓梁、竇，雕刻百工，鑪錘萬物，吐漱興雲雨，呼吸下霜露，九域聳其風塵，四海叠其燻灼，靡不望影星奔，藉響川鶩，鷄人始唱，鶴蓋成陰，高門旦開，流水接軫，皆願摩頂至踵，隳膽抽腸，約同要離焚妻子，誓殉荆卿湛七族，是曰勢交，其流一也；富埒陶、白，貲巨程、羅，山擅銅陵，家藏金穴，出平原而聯騎，居里閈而鳴鐘，則有窮巷之賓，繩樞之士，冀宵燭之末光，邀潤屋之微澤，魚貫鳧躍，颯沓鱗萃，分鴈鶩之稻粱，沾玉斝之餘瀝，銜恩遇，進款誠，援青松以示心，指白水而旌信，是曰賄交，其流二也；陸大夫燕喜西都，郭有道人倫東國，公卿貴其籍甚，搢紳羡其登仙，加以頳頤蹙頞，涕唾流沫，騁黃馬之劇談，縱碧雞之雄辯，叙溫燠則寒谷成暄，論嚴枯則春叢零葉，飛沉出其顧指，榮辱定其一言，於是弱冠王孫，綺紈公子，道不挂於通人，聲未遒於雲閣，攀其鱗翼，丐其餘論，附驥驤之髦端，軼歸鴻於碣石，是曰談交，其流三也；陽舒陰慘，生民大情，憂合驩離，品物恒性，故魚以泉涸而呴沫，鳥因將死而悲鳴，同病相憐，綴河上之悲曲，恐懼置懷，昭《谷風》之盛典，斯則斷金由於湫隘，刎頸起於苫蓋，是以伍員濯溉於宰嚭，張王撫翼於陳相，是曰窮交，其流四也；馳騖之俗，澆薄之倫，無不操權衡，秉纖纊，衡所以揣其輕重，纊所以屬其鼻息，若衡不能舉，纊不能飛，雖顏、冉龍翰鳳鶵，曾、史蘭熏雪白，舒、向金玉淵海，卿、雲黼黻河漢，視若游塵，遇同土梗，莫肯費其半菽，罕有落其一毛，若衡重錙銖，纊微影撇，雖共工之蒐慝，謹兜之掩義，南荆之跋扈，東陵之巨猾，皆爲匍匐委蛇，折枝舐痔，金膏翠羽將其意，脂韋便辟導其誠，故輪蓋所游，必非夷、惠之室，苞苴所入，實行張、霍之家，謀而後動，芒毫寡忒，是曰量交，其流五也。凡斯五交，義同賈鬻，故桓譚譬之於闤闠，林回喻之於甘醴。夫寒暑遞進，盛衰相襲，或前榮而後瘁，或始富而終貧，或初存而末亡，或古約而今泰，循環翻覆，迅若波瀾，此則徇利之情未嘗異，變化之道不得一。由是觀之，張、陳所以凶終，蕭、朱所以隙末，斷焉可知矣。而翟公方規規然勒門以箴客，何所見之晚乎？然因此五交，是生三釁：敗德殄義，禽獸相若，一釁也；難固易携，讎訟所聚，二釁也；名陷饕餮，貞介所羞，三釁也。古人知三釁之爲梗，懼五交之速尤，故王丹威子以檟楚，朱穆昌言而示絶，有旨哉！近世有樂安任昉，海內髦杰，早綰銀黃，夙招民譽，遒文麗藻，方駕曹、王，英特俊邁，聯橫許、郭，類田文之愛客，同鄭莊之好賢，見一善則盱衡扼腕，遇一才則揚眉抵掌，雌黃出其脣吻，朱紫由其月旦。於是冠蓋輻湊，衣裳雲合，輜軿擊轊，坐客恒滿。蹈其閫閾，若升闕里之堂；入其奧隅，謂登龍門之坂。至於顧盼增其倍價，翦拂使其長鳴，彯組雲臺者摩肩，趨走丹墀者叠迹，莫不締恩狎，結綢繆，想惠、莊之清塵，庶羊、左之徽烈。及瞑目東越，歸骸雉浦，緦帳猶懸，門罕漬酒之彥；墳未宿草，野絶動輪之賓。藐爾諸孤，朝不謀夕，流離大海之南，寄命瘴癘之地。自昔把臂之英，金蘭之友，曾無羊舌下泣之仁，寧慕邴成分宅之德？嗚呼！世路險巇，一至於此。太行孟門，寧云嶄絶。是以耿介之士，疾其若斯，裂裳裹足，棄之長鶩，獨立高山之頂，驥與麋鹿同群，皦皦然絶其雰濁。誠恥之也！誠畏之也！'"

同上，卷五十文學下《劉峻列傳》：

  劉峻字孝標，平原平原人。父珽，宋始興内史。峻生期月，母携還鄉里。宋泰始初，青州陷魏，峻年八歲，爲人所略至中山，中山富人劉實愍峻，以束帛贖之，教以書學。魏人聞其江南有戚屬，更徙之桑乾。峻好學，家貧，寄人廡下，自課讀書，常燎麻炬，從夕達旦，時或昏睡，蒸其髮，既覺復讀，終夜不寐，其精力如此。齊永明中，從桑乾得還，自謂所見不博，更求異書，聞京師有者，必往祈借，清河崔慰祖謂之"書淫"。時竟陵王子良博招學士，峻因人求爲子良國職，吏部尚書徐孝嗣抑而不許，用爲南海王侍郎，不就。至明帝時，蕭遥欣爲豫州，爲府刑獄，禮遇甚厚。遥欣尋卒，久之不調。天監初，召入西省，與學士賀蹤典校秘書。峻兄孝慶，時爲青州刺史，峻請假省之，坐私載禁物，爲有司所奏，免官。安成王秀好峻學，及遷荆州，引爲户曹參軍，給其書籍，使抄録事類，名曰《類苑》，未及成，復以疾去，因游東陽紫岩山，築室居焉。爲《山栖志》，其文甚美。高祖招文學之士，有高才者，多被引進，擢以不次。峻率性而動，不能隨衆沉浮，高祖頗嫌之，故不任用。峻乃著《辨命論》以寄其懷曰……論成，中山劉沼致書以難之，凡再反，峻并爲申析以答之。會沼卒，不見峻後報者，峻乃爲書以序之曰……其論文多不載。峻又嘗爲《自序》，其略曰："余自比馮敬通，而有同之者三，異之者四。何則？敬通雄才冠世，志剛金石；余雖不及之，而節亮慷慨，此一同也。敬通值中興明君，而終不試用；余逢命世英主，亦擯斥當年，此二同也。敬通有忌妻，至於身操井臼；余有悍室，亦令家道轗軻，此三同也。敬通當更始之世，手握兵符，躍馬食肉；余自少迄長，戚戚無歡，此一異也。敬通有一子仲文，官成名立；余禍同伯道，永無血胤，此二異也。敬通膂力方剛，老而益壯；余有犬馬之疾，溘死無時，此三異也。敬通雖芝殘蕙焚，終填溝壑，而爲名賢所慕，其風流郁烈芬芳，久而彌盛；余聲塵寂漠，世不吾知，魂魄一去，將同秋草，此四異也。所以自力爲叙，遺之好事云。"峻居東陽，吳、會人士多從其學。普通二年，卒，時年六十。門人謚曰玄靖先生。（中華書局，1973年）

釋道宣《廣弘明集》卷三《〈七録〉序》（梁阮孝緒）：

  江左草創，十不一存，後雖鳩集，淆亂已甚。及著作佐郎李充始加删正，因荀勖舊簿四部之法，而换其乙丙之書，没略衆篇之名，總以甲乙爲次。自時厥後，世相祖述。宋秘書監謝靈運、丞王儉，齊秘書丞王亮、監謝朏等，并有新進，更撰目録。宋秘書殷淳撰《大四部目》，儉又依《別録》之體撰爲《七志》，其中朝遺書收集稍廣，然所亡者猶大半焉。齊末兵火延及秘閣，有梁之初缺亡甚衆，爰命秘書監任昉躬加部集，又於文德殿内別藏衆書，使學士劉孝標等重加校進。乃分數術之文，更爲一部，使奉朝請祖暅撰其名録。其尚書閣内別藏經史雜書，華林園又集釋

氏經論，自江左篇章之盛，未有逾於當今者也。（上海商務印書館，1929年）

李延壽《南史》卷三十五《庾悦列傳》附仲容傳：
　　仲容字子仲，幼孤，爲叔父泳所養。及長，杜絕人事，專精篤學，晝夜手不輟卷。初爲安西法曹行參軍。泳時貴顯，吏部尚書徐勉擬泳子晏嬰爲宮僚，泳泣曰："兄子幼孤，人才粗可，願以晏嬰所忝回用之。"勉許焉，轉仲容爲太子舍人，遷安成王主簿。時平原劉峻亦爲府佐，并以强學爲王所禮接。

同上，卷四十九《劉峻列傳》：
　　峻字孝標，本名法武，懷珍從父弟也。父琁之，仕宋爲始興内史。峻生期月，而琁之卒，其母許氏携峻及其兄法鳳還鄉里。宋泰始初，魏克青州，峻時年八歲，爲人所略爲奴至中山。中山富人劉寶愍峻，以束帛贖之，教以書學。魏人聞其江南有戚屬，更徙之代都。居貧，不自立，與母并出家爲尼僧。既而還俗。峻好學，寄人廡下，自課讀書，常燎麻炬從夕達旦。時或昏睡，爇其鬚髮，及覺復讀。其精力如此。時魏孝文選盡物望，江南人士才學之徒，咸見申擢，峻兄弟不蒙選拔。齊永明中，俱奔江南，更改名峻，字孝標，自以少時未開悟，晚更厲精，明慧過人，苦所見不博，聞有異書必往祈借。清河崔慰祖謂之"書淫"。於是博極群書，文藻秀出，故其《自序》云："髦中濟濟皆升堂，亦有愚者解衣裳。"言其少年魯鈍也。時竟陵王子良招學士，峻因人求爲子良國職，吏部尚書徐孝嗣抑而不許，用爲南海王侍郎，不就。至齊明帝時，蕭遥欣爲豫州，引爲府刑獄，禮遇甚厚。遥欣尋卒，久不調。梁天監初，召入西省，與學士賀蹤典校秘閣。峻兄孝慶時爲青州刺史，峻請假省之，坐私載禁物爲有司所奏，免官。安成王秀雅重峻，及安成王遷荆州，引爲户曹參軍，給其書籍，使撰《類苑》。未及成，復以疾去。因游東陽紫岩山，築室居焉。爲《山栖志》，其文甚美。初，梁武帝招文學之士，有高才者多被引進，擢以不次。峻率性而動，不能隨衆沉浮。武帝每集文士策經史事，時范雲、沈約之徒皆引短推長，帝乃悦，加其賞賚。曾策錦被事，咸言已罄，帝試呼問峻，峻時貧悴冗散，忽請紙筆，疏十餘事，坐客皆驚。帝不覺失色，自是惡之，不復引見。及峻《類苑》成，凡一百二十卷。帝即命諸學士撰《華林遍略》以高之，竟不見用。乃著《辯命論》以寄其懷。論成，中山劉沼致書以難之，凡再反，峻并爲申析以答之。會沼卒，不見峻後報者，峻乃爲書以序其事，其文論并多不載。峻又嘗爲《自序》，其略云："余自比馮敬通，而有同之者三，異之者四。何則？敬通雄才冠世，志剛金石，余雖不及之，而節亮慷慨，此一同也；敬通逢中興明君，而終不試用，余逢命世英主，亦擯斥當年，此二同也；敬通有忌妻，至於身操井臼，余有悍室，亦令家道轗軻，此三同也。敬通當更始世手握兵符，躍馬肉食，余自少迄長，戚戚無歡，此一異也；敬通有子仲文，官成名立，余禍同伯道，永無血胤，此二異也；敬通旅力剛強，老而益壯，余有犬馬之疾，溘死無時，此三異也；敬通雖芝殘蕙焚，終填溝壑，而爲名賢所慕，其風流郁烈芬芳，久而彌盛，余聲塵寂寞，世不吾知，魂魄一去，將同秋草，此四異也。所以力自爲序，遺之好事云。"峻本將門。兄法鳳，自北歸改名孝慶，字仲昌，早有幹略，齊末爲兗州刺史，舉兵應梁武，封餘干男，歷官顯重。峻獨篤志好學，居東陽，吳、會人士多從其學。普通三年卒，年六十，門人謚曰玄靖先生。

同上，卷五十二梁宗室下《安成康王秀列傳》：

時諸王并下士，建安、安成二王尤好人物，世以二安重士，方之"四豪"。秀精意學術，搜集經記，招學士平原劉孝標使撰《類苑》，書未及畢而已行於世。

同上，卷五十九《任昉列傳》：

昉好交結獎進士友，不附之者亦不稱述，得其延譽者多見升擢，故衣冠貴游莫不多與交好，坐上客恒有數十。時人慕之，號曰任君，言如漢之三君也。……有子東里、西華、南容、北叟，并無術業，墜其家聲。兄弟流離，不能自振，生平舊交莫有收恤。西華冬月著葛帔練裙，道逢平原劉孝標，泫然矜之，謂曰："我當爲卿作計。"乃著《廣絕交論》以譏其舊交。……到溉見其論，抵几於地，終身恨之。
（中華書局，1975年）

魏徵、令狐德棻《隋書》卷三十四《經籍志三》子部小說類：

《世說》八卷。（宋臨川王劉義慶撰。）《世說》十卷。（劉孝標注。梁有《俗說》一卷，亡。）

同上，卷三十五《經籍志四》集部別集類：

《劉孝標集》六卷。（中華書局，1973年）

顔師古撰，严旭疏證《匡謬正俗疏證》卷五：

郎署，《馮唐傳》云："文帝輦過郎署，見馮唐而問之。"郎者，當時宿衛之官，非謂趣衣小吏；署者，部署之所，猶言曹局，今之司農太府諸署是也。郎署并是郎官之曹局耳，故劉孝標《辨命論》云"馮都尉皓髮於郎署"，而今之學者不曉其意，但呼令史、府史爲郎署，自作解釋云："郎吏行署文書者，故曰郎署。"至乃摛翰屬文，咸作此意，失之遠矣。

同上，卷七：

渚，《爾雅》云："小洲曰渚，小渚曰沚。"此蓋水中之高處可居者耳。《詩》云"鴻飛遵渚"，言傍洲渚之間。而劉孝標《辨命論》云："三閭沈骸湘渚。"按屈原赴汨羅而死，謂深水處，非洲渚也。（中華書局，2019年）

劉知幾撰，浦起龍通釋，王煦華整理《史通通釋》卷五《內篇·補注》：

次有好事之子，思廣異聞，而才短力微，不能自達，庶憑驥尾，千里絶群，遂乃掇衆史之異辭，補前書之所闕。若裴松之《三國志》，陸澄、劉昭兩《漢書》，劉彤《晉紀》，劉孝標《世説》之類是也。（釋：此節列史注三家，説部注一家。自此以下，後有論斷。〇於述史處别出《世説》者，謂孝標才堪注史，而惜其小用之也。觀後文論斷，自分曉。）

……孝標善於攻繆，博而且精，固以（"已"通）察及泉魚，辨窮河豕。嗟乎！以峻之才識，足堪遠大，而不能探賾彪、嶠，網羅班、馬，方復留情於委巷小説，鋭思於流俗短書。可謂勞而無功，費而無當者矣。（釋：此論孝標之注《世説》。）自兹已降，其失逾甚。若蕭、羊（舊誤"楊"）之瑣雜，王、宋之鄙碎，言殊揀金，事比雞肋，異體同病，焉可勝言。（釋：此論蕭、羊、宋、王四人雜志。）大抵撰史加注者，或因人成事，或自我作故，記録無限，規檢不存，難以成一家之格言，千載之楷則。凡諸作者，可不詳之？（釋：此節總結。）

同上，卷九《內篇·覈才》：

夫史才之難，其難甚矣。《晉令》云："國史之任，委之著作。每著作郎初至，必撰《名臣傳》一人。"斯蓋察其所由，苟非其才，則不可叨居史任。（釋：起言史材實難，揀覈宜慎。）歷觀古之作者，若蔡邕、劉峻（一本峻獨不書名而書字，非）、徐陵、劉炫之徒，各自謂長於著書，達於史體，然觀（一無"觀"字）侏儒一節，而他事可知。（釋：首舉四人，皆有心掌故而未及成史者。此下分評。）

同上，卷十《內篇·自叙》：

夫其爲義也，有與奪焉，有褒貶焉，有鑒誡焉（一脱此四字），有諷刺焉。其爲貫穿者深矣，其爲網羅者密矣，其所商略者遠矣，其所發明者多矣。蓋談經者惡聞服、杜之嗤，論史者憎言班、馬之失，而此書多譏往哲，喜述前非，獲罪於時，固其宜矣。猶冀知音君子，時有觀焉。尼父有云："罪我者《春秋》，知我者《春秋》。"抑（一脱此六字）斯之謂也。

……劉孝標作《叙傳》，其自比於馮敬通者有三。而予輒不自揆，亦竊比於揚子雲者有四焉。（釋：此下又專以子雲爲比者，蓋自摹作此書之身分，以俟後世相知定文，寄意綿遠也。）

同上，卷十七《外篇・雜説中》：
　　近者（一無"者"字），宋臨川王義慶著《世説新語》，上叙兩漢、三國及晋中朝、江左事。劉峻注釋，摘其瑕疵，僞迹昭然，理難文飾。而皇家撰《晋史》，多取此書。遂采康王之妄言，違孝標之正説。以此書事，奚其厚顔！

同上，卷二十《外篇・忤時》：
　　若乃劉峻作傳，自述長於論才；范曄爲書，盛言矜其贊體。斯又當仁不讓，庶幾前哲者焉。（釋：次明素志，本以著述自許。）然自策名仕伍，待罪朝列，三爲史臣，再入東觀，竟不能勒成國典，貽彼後（一脱"後"字）來者，何哉？（釋：轉到遜避不爲，起下。）静言思之，其不可有五故也。（上海古籍出版社，2009年）

佚名《無錫縣志》卷四中記述四之二上《惠山寺記》（陸羽）：
　　秦始皇塢者，柯墅之異名。昔始皇東巡會稽，望氣者以金陵太湖之間有天子氣，故掘而厭之。梁大同中有青蓮花育於此山，因以古華山精舍爲惠山寺。寺在無錫縣西七里，宋司徒右長史湛茂之家此山下，故南平王鑠有贈答之詩，江淹、劉孝標、周文信并游焉。（《文淵閣四庫全書》本）

智昇《開元釋教録》卷六：
　　沙門吉迦夜魏云，何事，西域人也，游化在慮，導物爲心。以孝文帝延興二年壬子爲昭玄統沙門曇曜譯《大方廣十地》等經五部，劉孝標筆受。（《中國佛教典籍選刊》本，中華書局，2018年）

劉昫等《舊唐書》卷四十七《經籍志下》丙部子録小説家類：
　　《續世説》十卷。（劉孝標撰。）

同上，卷六十三《蕭瑀列傳》：
　　蕭瑀字時文。高祖，梁武帝；曾祖，昭明太子；祖詧，後梁宣帝；父巋，明帝。瑀年九歲封新安郡王，幼以孝行聞。姊爲隋晋王妃，從入長安，聚學屬文，端正鯁亮，好釋氏，常修梵行，每與沙門難及苦空，必詣微旨。常觀劉孝標《辯命論》，惡其傷先王之教，迷性命之理，乃作《非辯命論》以釋之。大旨以爲人稟天地以生，孰云非命？然吉凶禍福，亦因人而有，若一之於命，其蔽已甚。時晋府學士柳顧言、諸葛潁見而稱之，曰："自孝標後數十年間，言性命之理者莫能詆詰。今蕭君此論，足療劉子膏肓。"（中華書局，1975年）

樂史撰，王文楚點校《太平寰宇記》卷九十江南東道二昇州蔣山：
　　蔣山在縣東北十五里，周回六十里。面南顧東連、青龍、雁門等山，西臨青溪絕山，南面有鍾浦水流，下入秦淮，北連雉亭。按《輿地志》云："蔣山，古曰金陵山，縣之名因此山立。漢《輿地圖》名鍾山，吳大帝時有蔣子文發神驗於此，封子文爲蔣侯，改曰蔣山。"徐爰《釋問》云："諸葛亮以爲鍾山龍盤。"又，庾闡《揚都賦》云："司馬德操與劉恭嗣曰：'黃旗紫蓋，恆見於終南，能成天下之功者，揚州之君子乎？'謂斗牛之間，恆有此祥氣。"《丹陽記》云：出建陽門望鍾山，似出上東門望首陽山也。其山本少林木，東晉時，使諸州刺史罷職者栽松三十株，下至郡守各有差焉。自梁以前山立寺十七所，即見在者一十三，晉尚書謝尚，齊中書侍郎周顒、宋應、梁阮孝緒、劉孝標等，并隱居此山。《丹陽記》曰："京師南北并連，嶺面蔣山，岩嶤嶷峻，有異其形，像龍，實作揚州之鎮。"（中華書局，2007年）

王欽若等《册府元龜》卷二百十八閏位部《疑忌》：
　　劉峻字孝標，爲荊州刺史安成王户曹參軍。初，武帝每集文士策經史事，時范雲、沈約之徒皆引短推長，帝乃悦，加其賞賚。曾策錦被事，言已罄，帝試呼問峻，峻時貧悴冗散，忽請紙筆，疏十餘事，坐客皆驚，帝不覺失色，自是惡之，不復見。及峻《類苑》成，凡一百二十卷，帝即命諸學士撰《華林遍略》以高之，竟不見用。乃著《辨命論》以寄其懷。

同上，卷二百七十宗室部《文學》：
　　安成康王秀，文帝第七子也，精意術學，搜集經記，招學士平原劉孝標，使撰《類苑》，書未及畢而已行於世。

同上，卷二百七十二宗室部《令德》：
　　安成王秀性方靜，雖左右近侍，非正衣冠弗之見。繇是親友及家人咸敬焉。秀爲平南將軍、江州刺史，將發，主者取堅船以爲齋舫。秀曰："吾豈愛財而不愛士？"教所繇以牢者給參佐，下者載齋物，既而遭風，齋舫遂破。秀有容觀，每在朝，百寮目爲仁恕，喜慍不形於色。左右嘗以石擲殺所養鵠，齋師請案其罪，秀曰："吾豈以鳥傷人？"在京師，旦臨公事，厨人進食，誤而覆之，去而登車，竟朝不飯，亦弗之誚也。秀與高祖布衣昆弟，及爲君臣，小心畏敬，過於疏賤者。高祖益以此賢之。及薨，故佐吏夏侯亶等表立墓碑，詔許焉。當時高才游王門者：東海王僧孺，吳郡陸倕，彭城劉孝標，河東裴子野，各製其文，古未之有也。

同上，卷六百八學校部《目錄》：

劉孝標，安成王引爲荊州户曹參軍，撰《梁文德殿四部目錄》四卷。

同上，卷七百七十總錄部《自述第二》：

劉峻字孝標，嘗爲自序，其略曰："余自比馮敬通，而有同之者三，異之者四。何則？敬通雄才冠世，志剛金石；余雖不及之，而節亮慷慨，此一同也。敬通值中興明君，而終不試用；余逢命世英主，亦擯斥當年，此二同也。敬通有忌妻，至於身操井臼；余有悍室，亦令家道轗軻，此三同也。敬通當更始之世，手握兵符，躍馬食肉；余自少迄長，戚戚無歡，此一異也。敬通有一子仲文，官成名立；余禍同伯道，永無血裔，此二異也。敬通膂力方剛，老而益壯；余有犬馬之疾，溘死無時，此三異也。敬通雖芝殘蕙焚，終填溝壑，而爲名賢所慕，其風流郁烈芬芳，久而彌盛；余聲塵寂漠，世不吾知，魂魄一去，將同秋草，此四異也。所以自力爲叙，遺之好事云。"

同上，卷七百八十總錄部《博識》：

南齊崔慰祖好學，聚書至萬卷，爲始安王記室。建武中詔舉士，從兄惠景舉慰祖及平原劉孝標并碩學。帝欲試以百里，慰祖辭不就。國子祭酒沈約、吏部郎謝朓嘗於吏部，省中賓友俱集，各問慰祖地里，中所不悉十餘事。慰祖口吃無華辭，而酬據精悉，一坐稱服之。朓歎曰："假使班、馬復生，無以過此。"

同上，卷八百二十四總錄部《名字》：

劉峻本名法武，宋泰始初魏克青州，峻年八歲，與兄并爲所略。齊永明中奔江南更改名峻，字孝標。兄法鳳改名孝慶，字仲昌。安成王遷荊州引峻爲户曹參軍，復以疾去。

同上，卷八百三十九總錄部《文章第三》：

劉峻字孝標，安成王季好峻學，季遷荊州引爲户曹參軍，後以疾去，因游東陽紫岩山築室居焉，爲《山栖志》，其文甚美。高祖招文學之士，有高才多被引進，遷以不次，峻率性而動，不能隨衆沉浮，高祖頗嫌之，故不任用。乃著《知命論》以寄其懷。

同上，卷八百四十總録部《文章第四》：

蕭瑀字時文，梁明帝之子也，姊爲隋晋王妃，從入長安，聚學屬文。帝觀劉孝標《辨命論》，惡其傷先王之教，迷性命之理，乃作《非辨命論》以釋之，大旨以爲人禀天地氣生，孰云非命？然吉凶禍福，亦因人而有，若一之於命，其敝已甚。時晋府學士柳顧言、諸葛穎稱之，曰："自孝標後，數十年間言性命之理者莫能詆詰，今蕭君此論足療劉子膏肓。"瑀太宗時位至太子太保、同中書門下。

同上，卷九百二十六總録部《愧恨》：

到溉爲民部尚書，少孤貧，與弟洽爲任昉所知，繇是聲名益廣。昉復與溉爲山澤游。及昉卒，其子流離，不能自振，劉孝標作《絶交論》。溉見其論，抵之於地，終身恨之。

同上，卷九百四十總録部《患難》：

劉峻字孝標，父珽，宋始興内史。峻生期月，母携還鄉里。宋泰始初，青州陷魏，峻年八歲，爲人所略至中山，中山富人劉實愍峻，以束帛贖之，教以書學。魏人聞其江南有戚屬，更徙之桑乾，齊永明中從桑乾得還，後至荆州户曹參軍。（中華書局，1960年）

宋祁《景文集》卷二《感交賦（并序）》：

先是，君娶范氏，末年生子，未百日而君没。范既早寡，擁樹而歸。庚申歲，予南涉大江，戾止斯郡，訪君之孫已三歲矣，天骨特異，童游不雜，諒夫善慶之所積，宜其孝謹之不衰，藐是若人，庶乎必復，墓木將拱州來之嘆，曷勝青簡尚新；秣陵之言永已，追爲此賦，式用寄懷。敢同劉峻之廣交，聊代山陽之感舊，收紙長想，屬思不文。（《叢書集成初編》本）

王堯臣等《崇文總目》卷五小説類：

《世説》十卷。

謹按《郡齋讀書志》云："《唐·藝文志》：劉義慶《世説》八卷，劉孝標《續》十卷。而《崇文總目》止載十卷，當是孝標續義慶元本八卷，通成十卷耳。"（《文淵閣四庫全書》本）

王堯臣等編次，錢東垣等輯釋《崇文總目》卷三小説類上：

《世説》十卷。宋臨川王義慶撰。

伺按，《玉海》云："《世説新語》八卷，《崇文目》十卷。《讀書志》云：

'《唐·藝文志》劉義慶世説八卷，劉孝標《續》十卷。'而《崇文總目》止載十卷，當是孝標續義慶本八卷，通成十卷耳。"（《宋元明清書目題跋叢刊》本，中華書局，2006年）

陳元龍《歷代賦彙》卷六十文學《經神賦》（文彦博）：
　　昔鄭康成英聰挺生，擅窮經之妙譽，著饗德之嘉名，識洞精微，我則惟變，所適學臻幾奥，我則用晦而明，豈不以温故知新，博聞强識，明先典之奥義，曉聖人之遺則。是以道并無方，功侔不測。下帷靡怠，莫窮乎變化云爲；開卷是精，可驗乎聰明正直，豈止夫游心萬仞。皓首一經，爰因學以知道，遂表人之最靈。闡揚乎黄卷青箱，難迷禍福；講貫乎三墳五典，可洞幽冥。嶽嶽騰芳，孜孜擅美，允符得一之義，克配害盈之理。敦《詩》罔倦，應遵嶽降之言；學《易》彌勤，自合蓍圓之旨。若夫彼之神兮，於冥漠而足稱；此之神兮，在探討以爲能。諒咸因於廣博，固靡自於依憑。劉孝標之書淫，豈能方軌；杜元凱之傳癖，誠宜服膺。厥號堪嘉，斯言可度。蓋經明之是務，豈石言之有托？多文爲美，知福善以攸同；非聖不談，信依仁而宛若。偉哉斯人，揚名立學。以學優而既顯，將誠感以斯親。有同乎周季，劉臻皆稱漢聖；且異夫隋初，楊素止號江神。是何盛德，昭然遺芬。若此當一時之攸仰，俾千載而可覿。神兮神兮，與百神而有殊，吾亦禱之久矣。（北京圖書館出版社，1999年）

歐陽修、宋祁《新唐書》卷五十九《藝文志三》丙部子録小説家類：
　　劉孝標《續世説》十卷。

同上，類書類：
　　劉孝標《類苑》一百二十卷。

同上，卷一百一《蕭瑀列傳》：
　　蕭瑀字時文，後梁明帝子也。九歲封新安王，國除，以女兄爲隋晉王妃，故入長安。瑀愛經術，善屬文，性鯁急，鄙遠浮華。嘗以劉孝標《辯命論》詭悖不經，乃著論非之，以爲人禀天地而生，而謂之命，至吉凶禍福，則繫諸人，今一於命，非先王所以教人者。通儒柳顧言、諸葛穎嘆曰："是足鍼孝標膏肓矣。"（中華書局，1975年）

張君房《雲笈七籤》卷五經教相承部《齊興世館主孫先生》：
　　有吳裔子孫名游嶽，字穎達，東陽人也。幼而恭，長而和，其靜如淵，其氣如春，甄汰九流，潛神希微。嘗步赤松磵縉雲堂，遂卜終焉之地。宋太初中，簡寂先生至自廬嶽，雲游帝宅。先生乃摳衣而趨，嗣承奧旨，授三洞并所秘楊真人、許掾手迹。因茹術却粒，服穀仙丸六十七年，顏彩輕潤，精爽秀潔。暨簡寂上賓，方旋舊室，捃摭道機，斷核真假，與褚、章、朱，四君交密。齊永明二年，詔以代師，并任主興世館。於是搜奇之士知襲教有宗，若鳳萃於桐，萬禽争赴矣。孔德璋、劉孝標等争結塵外之好。後頻謝病歸山，朝命未許。至永明七年五月，内以揮神托化，沐浴稱疾，怡然而終。門徒弟子數百人，唯陶弘景入室焉。自恭事六載，義貫千祀，唯貴知真，故特蒙賞識，經法誥訣，悉相傳授。方欲共營轉鍊，已集藥石，將就治合，事故不遂。（中華書局，2003年）

黄朝英《靖康緗素雜記》卷五《遷鶯》：

劉夢得《嘉話》云："今謂進士登第爲遷鶯者久矣，蓋自《毛詩·伐木篇》云'伐木丁丁，鳥鳴嚶嚶，出自幽谷，遷於喬木'，又曰'嚶其鳴矣，求其友聲'，并無鶯字。頃歲省試《早鶯求友詩》，又《鶯出谷詩》，别書固無證據，斯大誤也。"余謂今人吟咏多用遷鶯出谷之事，又曲名【喜遷鶯】者，皆循襲唐人之誤也。故宋景文公詩云："曉報谷鶯朋友動。"又云："杏園初日待鶯遷。"舒王云："鶯猶尋舊友。"唯漢梁鴻東游，作《思友人詩》曰："鳥嚶嚶兮友之期，念高子兮僕懷思。"《南史》劉孝標《廣絶交論》云："嚶嚶相召，星流電激。"是真得《毛詩》之意。（上海古籍出版社，1986年）

姚寬《西溪叢語》卷下：

伊尹負鼎干湯，《莊子》成玄英疏云："負玉鼎以干湯。"劉孝標《栖山志》云："故有忽白璧而樂垂綸，負五鼎而要卿相。"《楚辭·天問》云："緣鵠飾玉，后帝是饗。"王逸云："后帝，謂殷湯也。言伊尹始仕，因緣烹鵠鳥之羹，修玉鼎以事於湯。湯賢之，遂以爲相。"獨孟子以爲不然也。（中華書局，1993年）

黄伯思《東觀餘論》卷下《跋〈世説新語〉後》：

《世説》之名肇劉向，六十七篇中已有此目，其書今亡。宋臨川孝王因録漢末至江左名士佳語，亦謂之《世説》。梁豫州刑獄參軍劉峻注爲十卷，采摭舛午處，大抵多就證之。與裴啓《語林》相出入，皆清言林囿也。本題爲《世説新書》，段成式引王敦説澡豆事以證陸暢事爲虛，亦云"近覽《世説新書》"。而此本謂之"新語"，不知孰更名之，蓋近世所傳。大觀己丑中夏七日從宗博張府美借觀兩月，因讎正所畜本。此本出宋宣獻家，比世所行本殊爲詳備，但累經傳寫，頗有脱誤耳。己丑中秋日借張府美本校竟；庚寅五月二十九日又以宗正趙士睍明發本校

竟；八月晦又以西都監大内内省供奉李義夫本校第十卷。（《中國美術論著叢刊》本，人民美術出版社，2010年）

趙明誠《金石錄》卷十九跋尾九《漢司空掾陳君碑額》：

右漢司空掾陳君碑額，碑已殘缺，不可辨，惟其首八大字尚完，字畫奇偉，在潁川陳太丘墓側。按《後漢書·太丘傳》載二子紀、諶，紀爲大鴻臚，諶不著，其爲何官，惟劉孝標注《世說》引《海内先賢傳》曰："諶字季方，寔少子也。司空掾公車徵，不就，蚤卒。"然則斯碑豈非陳諶碑乎？（中華書局，1983年）

朱勝非《紺珠集》卷十三《馮衍三同》：

劉孝標云："予與敬通三同：不遇一同；剛直二同；馮衍有忌妻，自操井臼，予亦悍室，家道坎坷，三同也。"（《文淵閣四庫全書》本）

葉庭珪《海錄碎事》卷三上地部上總載水門《蓋水》：

在池州石埭縣，舒姑泉在焉。劉孝標所謂"蓋山之泉，聞弦歌而赴節"。（《郡國志》。）

同上，卷五衣冠服用部衣服門《葛帔練裙》：

劉孝標見任昉諸子西華兄弟冬月著葛帔練裙，莫有收恤，於是作《廣絕交論》。到溉見其文，抵几於地。

同上，卷七上聖賢人事部上夫婦門《忌妻悍室》：

劉孝標曰：吾與馮衍有三同，敬通有忌妻，至於自操杵臼；余有悍室，亦令家道轗軻。

同上，卷九上聖賢人事部下書問門《重答書》：

劉孝標有《重答劉秣陵沼書》，沼爲秣陵郡太守。重答，非一。其後沼作書，未出而死，有自其家得以示孝標，乃作此答之，故曰重答。

同上，卷十一下臣職部上秘監門《十八文星》：

《唐·褚亮傳》：太宗爲天策將軍，寇難既平，乃作學館，收聘賢才。於是下教，以杜如晦、房玄齡等十八人。及薛收卒，復以劉孝標補之。命圖其像，使褚亮爲之贊，題名字、爵里，號十八學士，分爲三番，遞宿於閣下，悉給珍膳。天下傾慕，謂之登瀛洲。

同上，卷十八文學部上圖籍門《山栖志》：

劉孝標游東陽宮紫岩山，爲《山栖志》，其文甚美。（中華書局，2002年）

朱翌《猗覺寮雜記》卷下：

梁武策錦被事，咸言已罄，試呼問劉峻。峻疏十餘事，坐客皆驚，帝不覺失色。自是惡之，不復引見。其後又問策事多少，與沈約更疏，所憶少帝三事，約出曰："此公護前不讓，即羞死。"帝以其不遜，將抵罪。徐勉諫乃止。以是知文帝自謂不及賈誼賢矣。（《叢書集成初編》本）

葛立方《韵語陽秋》卷十七：

孔子曰："不知命，無以爲君子。"所謂知命者，不爲名利所汩，而能安時處順者也。後世貪求之士，不能自安分義，徒知金印艾綬之榮，而不知苟得爲可愧。於是君平之肆、許負之廬，衣冠盈矣。劉夢得《和蘇十郎中詩》云："菱花照後容雖改，蓍草占來命已通。"武伯奮《長安述懷詩》云："聞説唐生子孫在，何當一爲問窮通？"觀此又奚知孔子所謂命也哉？劉孝標作《辨命論》，言壽夭窮達一歸之命，可以使人杜奔競僭逼之患；蕭琛《非辨命論》，言人之禍福一本之人事，可以使人起修身累善之心。二人皆非以甲乙丙丁休囚旺相而求吉凶者也。（上海古籍出版社，1984年）

鄭樵《通志》卷六十八《藝文略第六》小説：

《續世説》十卷。（劉孝標撰。）

同上，卷六十九《藝文略第七》類書上：

劉孝標《類苑》一百二十卷。

同上，別集三：

《劉孝標集》六卷。

同上，卷一百四十一《列傳第五十四·梁劉峻》：

劉峻字孝標，本名法武，其先平原人。祖昶從慕容德入齊，因家於北海。父璇之，宋始興内史。從父兄懷珍，宋、齊世知名，位終光禄大夫，自有傳。峻生期月而璇之卒，其母許氏携峻及其兄法鳳還歸鄉里。宋泰始初，青州陷魏，峻年八歲，爲人所略爲奴至中山，中山富人劉寶愍峻，以束帛贖之，教以書學。魏人聞其江南有戚屬，更徙之桑乾。峻居貧不能自立，與母并出家爲尼僧，既而還俗。峻好學，家貧，寄人廡下，自課讀書，常燎麻炬，從夕達旦。時或昏睡，爇其髭髮，既覺復讀，終夜不寐，其精力如此。時魏孝文遴選物望，河南人士才學之徒咸見申擢，峻兄弟不蒙選授。齊永明中，俱奔江南，更改名峻，字孝標，自以少時未開悟，晚更厲精，明慧過人，苦所見不博，聞有異書必往祈備，清河崔慰祖謂之"書淫"。於是博極群書，文藻秀出，故其《自序》云："馨中濟濟皆升堂，亦有愚者解衣裳。"言其少年魯鈍也。時竟陵王子良招學士，峻因人求爲子良國職，吏部尚書徐孝嗣抑而不許，因爲南海王侍郎，不就。至齊明帝時，蕭遙欣爲豫州，引爲府刑獄參軍，禮遇甚厚。遙欣尋卒，久不調。天監初，召入西省，與學士賀蹤典校秘閣。峻兄孝慶時爲青州刺史，峻請假省之，坐私載禁物，爲有司所奏，免官。安成王秀雅重峻，及安成王遷荊州，引爲戶曹參軍，給其書籍，使抄錄事類，名曰《類苑》。未及就，復以疾去職，因游東陽紫岩山，築室居焉。爲《山栖志》，其文甚美。初，武帝招文學之士，有高才者，多被引進，擢以不次。峻率性而動，不能隨衆沉浮。武帝每集文士策經史事，時范雲、沈約之徒皆引短推長，帝乃悅，加其賞賚。曾策錦被事，咸言已罄，帝試呼問峻，峻時貧悴冗散，忽請紙筆，疏十餘事，坐客皆驚，帝不覺失色，自是惡之，不復引見。及峻《類苑》成，凡一百二十卷，帝即命諸學士撰《華林遍略》以高之。峻竟不見用，乃著《辯命論》以寄其懷。論成，中山劉沼致書以難之，凡再反，峻并爲申析以答之。會沼卒，不見峻後報者，峻乃爲書以序其事，其文論并多不載。峻又嘗爲《自序》，其略云："余自比馮敬通，而有同之者三，異之者四。何則？敬通雄才冠世，志剛金石；余雖不及之，而節亮慷慨，此一同也。敬通逢中興明君，而終不試用；余逢命世英主，亦擯斥當年，此二同也。敬通有忌妻，至於身操井臼；余有悍室，亦令家道轗軻，此三同也。敬通當更始世，手握兵符，躍馬肉食；余自少迄長，戚戚無歡，此一異也。敬通有子仲文，官成名立；余禍同伯道，永無血胤，此二異也。敬通旅力剛强，老而益壯；余有犬馬之疾，溘死無時，此三異也。敬通雖芝殘蕙焚，終填溝壑，而爲名賢所慕，其風流郁烈芬芳，久而彌盛；余聲塵寂寞，世不吾知，還魄一去，將同秋草，此四異也。所以力自爲序，遺之好事云。"峻本將門，兄法鳳自北歸，改名孝慶，字仲昌，早有幹略，齊末爲兗州刺史，舉兵應武帝，封餘干男，歷官顯重。峻獨篤志好學，居東陽，吳會士人多從其學，普通三年卒，年六十，門人諡曰元靖先生。（中華書局，1987年）

張敦頤《六朝事迹編類》卷上總叙門第一《鍾阜》（建康之東余見寺苑門蔣山寺）：

《寰宇記》云：自梁以前立寺七十所，今存者六。又按《南史》，宋散騎常侍劉勔經始鍾嶺之南，以爲栖息，聚石蓄水，朝士雅素者多從之游。又雷次宗元嘉中開館雞籠山，文帝爲築室於鍾山西岩下，謂之招隱館。至齊周顒，亦於鍾山西立隱舍，休沐則歸，後顒出爲海鹽令，孔稚圭作《北山移文》以譏之。舊經云：晋謝尚，齊朱應、吴苞、孔嗣之。梁阮孝緒、劉孝標，并隱於此。（上海古籍出版社，1995年）

晁公武《郡齋讀書志》卷三下小説類：

《世説新語》十卷。

右宋劉義慶撰，劉孝標注，紀東漢以後事。分三十八門。《唐·藝文志》云："劉義慶《世説》八卷，劉孝標《續》十卷。而《崇文總目》止載十卷，當時孝標續義慶元本八卷，通成十卷耳。家本有二，一本極詳，一本殊略，未知孰爲正，然其目則同。劉知幾頗言非其實録。

同上，卷五上《附志》諸子類（趙希弁）：

《劉子》五卷。

右劉晝字孔昭之書也。或云劉勰所撰，或曰劉歆之制，或謂劉孝標之作。袁孝政爲序之際已不能明辨之矣。《唐·藝文志》列於雜家。

同上，雜説類（趙希弁）：

《世説新語》三卷。

右宋臨川王義慶撰，梁劉孝標注。《讀書志》引《唐·藝文志》及《崇文總目》，有十卷、八卷之疑。又云一本極詳，一本殊略，未知孰爲正。希弁所藏本有紹興八年董弅題其後，曰："右《世説》三十六篇，世所傳釐爲十卷，或作四十五篇，而末卷但重出前九卷中所載。余家舊本蓋得之王原叔家，後得晏元獻公手自校本，盡去重複，其注亦小加剪截，最爲善本云。"（《文淵閣四庫全書》本）

晁公武撰，孫猛校證《郡齋讀書志校證》卷十三小説類：

《世説新語》十卷，《重編世説》十卷。[先謙案：袁本八，無"重編《世説新語》（十卷）"六字。] 右宋劉義慶撰，梁劉孝標注，（先謙案：袁本紀。）東漢以後事，分三十八門，《唐·藝文志》云："劉義慶《世説》八卷，劉孝標《續》十卷。"而《崇文總目》止載十卷，當是孝標續義慶元本八卷，通成十卷耳。家本有二，一極詳，一殊略，略有稱改正，未知誰氏所定。（先謙案：袁本作"未知孰爲正"，無上"略有稱改正"五字。）然其目則同。劉知幾頗言此書非實録，（先謙案：袁本"言"下作"非其實録"四字，下無。）予亦云。（上海古籍出版社，1990年）

晁公溯《嵩山集》卷四十七《送王子載序》：

嗟乎！風俗其已久矣，不足悲也。去之東游吳楚，仿徨不知所稅駕，始徑蜀道，於今十有五年，更事滋多，而所居交情比往時加甚。予貧且賤，得此於人固當。近世士見有勢力，僅如毛髮比己，願爲僕隸不之耻；稍下與己列，雖同里居不與通，否則求多焉，不厭則怒且絕。故昔朱公叔始作《絕交書》，蓋傷之也。而劉孝標之論最後出，其言五交三釁，當矣！顧絕之則非絕之，是植怨也。夫鳥獸之區，非人所往，而古之君子欲與之同群。及居焉，士布滿天下，予何往而絕去人境，則同群鳥獸矣。士雖鄙言語通，嗜欲同，至比之鳥獸猶愈也。予嘗存是心，士去予不強而追，及來吾不憤而拒。與之泛然上下，祈無忤而已，雖不敢置青白吾目中，不可謂胸次無所識也。（《文淵閣四庫全書》本）

汪應辰《文定集》卷二十《祭趙忠簡公文》：

維公兩登上宰，俱值阽危之時，一斥南荒，遂爲生死之別，莫非命也，豈有他哉！事既定於蓋棺，恩特容於歸骨。僅脫鯨波之險，獲至於斯；孰謂馬鬣之封，未知所向。昔任昉無漬酒之彥，而劉峻廣絕交之書。吁嗟此風，何獨今日！念嘗游於幕府，忍自比於路人，奠以告哀，言不盡意。（《文淵閣四庫全書》本）

李樗、黃櫄《毛詩集解》卷二十五《小弁》：

刺幽王也，太子之傅作焉。（原詩略。）

李曰：……此詩平王爲太子見棄之時，其傅之所作也。"弁彼鷽斯"，此章言己之失其所也。弁，樂也。鷽斯，鳥名。《爾雅》曰："鷽鴨名卑居，又名雅烏。"郭璞曰："雅烏小而多群，腹下白，江東呼爲鴨烏。"《廣雅》曰："不反哺者謂之雅。"其謂之鷽斯者，孔氏曰："斯者語辭，猶'蓼彼蕭斯''菀彼柳斯'。"孔氏以劉孝標之博學，而《類苑》鳥部立鷽斯之目爲不精，然揚子雲曰："頻頻之黨，甚於鷽斯。"子雲之意，豈不因詩中之文而言之？（《文淵閣四庫全書》本）

尤袤《遂初堂書目》小說類：

《世說》《續世說》《劉孝標俗說》《殷芸小說》《世說新語》《世說敘錄》……（《叢書集成初編》本）

王楙撰，王文錦點校《野客叢書》卷五《顏駟事與馮唐同》：

《漢武故事》載顏駟一事，甚與馮唐同。曰：上至郎署，見一老郎，鬢眉皓白，問何其老也，對曰："臣姓顏名駟，以文帝時爲郎。文帝好文，而臣好武；

景帝好老，臣尚少；陛下好少，臣已老，是以三葉不遇。"上感其言，擢爲會稽都尉。然人往往誤以此事爲馮唐用。如《白氏六帖》曰："漢文帝時，馮唐白首爲郎。帝問之，對曰：'臣三朝不遇。'"樂天詩亦曰："重文疏卜式，尚少棄馮唐。"楊巨源詩曰："此地含香從白首，馮唐何事怨明時。"劉孝標《辨命論》曰："賈大夫沮志於長沙，馮都尉皓髮於郎署。"左太冲《咏史詩》曰："馮唐豈不偉，白首不見招。"楊炯《渾天賦》曰："馮唐入於郎署，遇兩君而未識。"皆有白首不遇之說。是以顏駟事爲馮唐用也。東坡詩曰"爲是先帝白髮郎"，李注亦引馮唐之事，如此甚多。諸詩誤引，承襲而然。《六帖》云云，尤爲可笑。

同上，卷十三《王勃等語》：

王勃云："落霞與孤鶩齊飛，秋水共長天一色。"當時以爲工。僕觀《駱賓王集》亦曰："斷雲將野鶴俱飛，竹響共雨聲相亂。"曰："金颸將玉露俱清，柳黛與荷紬漸歇。"曰："緇衣將素履同歸，廊廟與江湖齊致。"此類不一。則知當時文人，皆爲此等語。且勃此語不獨見於《滕王閣序》，如《山亭記》亦曰："長江與斜漢爭流，白雲將紅塵并落。"歐公《集古錄》載《德州長壽寺碑》與《西清詩話》，如此等語不一。僕因觀《文選》及晉、宋間集，如劉孝標、王仲寶、陸士衡、任彥升、沈休文、江文通之流，往往多有此語。信知唐人句格皆有自也。李商隱曰："青天與白水環流，紅日共長安俱遠。"陳子昂曰："殘霞將落日交暉，遠樹與孤烟共色。"曰："新交與舊識俱歡，林壑共烟霞對賞。"

同上，卷二十三《鷙匹蠵三事》：

《毛詩》"弁彼鷙斯"，鷙，鳥名也，斯者，衍辭，如曰螽斯、鷺斯之類。而劉孝標乃謂鳥名鷙斯，失矣。《曲禮》"庶人之摯匹"，鄭箋謂："說者以匹爲鷙。"按《廣雅》："鴄鳴，鴄也。"蓋古字省文作匹，鄭當直解匹爲鷙，何待引說者之云？《東京賦》"淵游龜蠵"，郭璞謂靈蠵能鳴，則此龜屬鳴者也。而《爾雅》新舊本皆引呂忱《字林》"大龜似蝟"，不知"似蝟"乃"以胃"二字傳寫誤加偏旁耳。按《周禮·考工記》梓人刻畫祭器，狀諸蟲，有以胸鳴者，有以胃鳴者，蠵蓋胃鳴之蟲。

同上，《絕交論》：

劉孝標《絕交論》，如曰"寵鈞董、石，權壓梁、竇，摩頂至踵，墮膽抽腸，是曰勢交，其流一也。富埒陶、白，貲巨程、羅，山擅銅陵，家藏金穴，是曰賄交，其流二也。顑頤蹴頞，涕唾流沫，敘溫燠則寒谷成暄，論嚴苦則春叢零葉，是曰談交，其流三也。陽舒陰慘，憂合歡離，是曰窮交，其流四也。衡重錙銖，纏微髟撇，是曰量交，其流五也。凡斯五交，義同賈鬻"云云，此正韓退之《送窮文》鋪叙五窮之體，五窮之大意祖揚子雲《逐貧賦》、王延壽《夢賦》，而鋪叙又用此體，焉得謂無所本哉？（中華書局，1987年）

陳亮《龍川集》卷十六《北山普濟院記》：

金華固多佳山水，而游者往往依浮屠、老子之宮以窮其足力之所至。其所不能至者，宜其遂爲樵夫牧子所私。高人逸士因得以自混於其間，而天巧有非人力之所能盡發者。梁劉孝標以不合當世，棄官居金華北山，今其故居是爲清修院。蓋嘗溯流緣磴，欲以盡發山水之奇，結廬紫微巖，吳會人士多從之學。巖有石室，因以爲講書之堂，所謂劉先生講堂是也。至今其山號講堂原。而陳、隋及唐，泯然置之不問。周顯德二年，吳越王始建寺於巖麓，曰九龍。本朝慶曆六年，郡守關公嘗命河南許歸以氈筆書"紫微巖"三巨字，鑱之石。治平二年，又改賜普濟院額。山之僧因陋就簡，日底于廢。參知政事蕭公燧繇從橐來爲此邦，以僧奉欽爲才，命往主之。奉欽能銖積寸累，服勤不懈，佛殿法堂建如程式，敞三門於前，而翼以兩廡，庫堂、藏室罔不略備。翰林學士洪公邁還其甲乙住持之舊，免其諸般科買之擾，以厲其成焉。今太守秘閣殿撰趙公師揆染寺額，以張大之。然後此山之勝，不復爲樵夫牧子所私。而劉氏講堂亦因寺以著，愛金華山水者於是可無遺恨矣。以奉欽一力而能有功於幽勝如此，天下而各用其力，則事功寧有既耶？奉欽以寺記爲請，聳然爲書以授之。（《文淵閣四庫全書》本）

唐士恥《靈岩集》卷七《府判何公行狀》：

公諱松，字伯固，世居婺之金華……公恬於進，未嘗一毫頰首於人，以是不至通顯，殆亦隱於吏者。以廉自將，一介不妄取，歸自長樂，貧無卜築資，借僧舍以居。訪劉峻故迹，登山臨流，徘徊自樂，不夷不惠，蓋可否之間。（《文淵閣四庫全書》本）

高似孫《緯略》卷七《相經》：

陶弘景《相經序》曰："相者，蓋性命之著乎形骨，吉凶之表乎氣貌，亦猶事先謀而後動，心先動而後應，表裏相感，莫知其所以然。且富貴壽夭，各值其數。"劉孝標《相經序》曰："命之與相，猶聲之與響。聲動乎幾，響窮乎應。"二公之言，皆名言也。孝標又曰："日角月偃之奇，龍樓虎踞之美，地靜鎮於城纏，天闕運於掌策，金槌玉枕，磊落相望，伏犀起蓋，隱鱗交映，井宅既兼，食匱已實，抑亦帝王卿相之明效也。"

同上，卷九《劉孝標〈世説〉》：

宋臨川王義慶采擷漢、晉以來佳事佳話，爲《世説新語》，極爲精絶，而猶未爲奇也。梁劉孝標注此書，引援詳確，有不言之妙。如引漢、魏、吴諸史，及子、傳、地理之書，皆不必言，祇如晉氏一朝史，及晉諸公列傳、譜録、文章，皆出於正史之外，紀載特詳，聞見未接，實爲注書之法。今采於後：

朱鳳《晉書》、沈約《晉書》、王隱《晉書》、虞預《晉書》、朱鳳《晉紀》、劉謙之《晉紀》、徐廣《晉紀》、鄧粲《晉紀》、曹嘉之《晉紀》、干寶《晉紀》《晉陽秋》《續晉陽秋》、檀道鸞《續晉陽秋》《漢晉春秋》《晉中興書》《晉惠帝起居注》《晉安帝紀》《晉後略》《庾翼別傳》《孟嘉別傳》《郭璞別傳》《王述別傳》《諸葛恢別傳》《羊曼別傳》《謝鯤別傳》《阮孚別傳》《邵薈別傳》《王含別傳》《王瑉別傳》《管輅別傳》《荀粲別傳》《司馬徽別傳》《丞相王導別傳》《賈充別傳》《郭泰別傳》《桓玄別傳》《阮光禄別傳》《王恭別傳》《范宣別傳》《王乂別傳》《嵇康別傳》《桓彝別傳》《汝南別傳》《周處別傳》《王覬別傳》《陸玩別傳》《向秀別傳》《衛玠別傳》《王長史別傳》《潘嶽別傳》《王敦別傳》《賀循別傳》《王弼別傳》《桓溫別傳》《劉惔別傳》《殷浩別傳》《王彬別傳》《郗超別傳》《郭關別傳》《卞壼別傳》《郗愔別傳》《桓冲別傳》《孔愉別傳》《蔡司徒別傳》《羅府君別傳》《劉濛別傳》《郗鑒別傳》《郗曇別傳》《陶侃別傳》《羅含別傳》《孫放別傳》《祖約別傳》《王胡之別傳》《王澄別傳》《謝玄別傳》《顧秋別傳》《陳逵別傳》《王遼別傳》《劉尹別傳》《支遁別傳》《高坐別傳》《佛圖澄別傳》《衛氏譜》《祖氏譜》《温氏譜》《吴氏譜》《庾氏譜》《許氏譜》《戴氏譜》《曹氏譜》《虞氏譜》《陶氏譜》《序周氏譜》《諸葛氏譜》《華嶠譜》《索氏譜》《桓氏譜》《傅氏譜》《馮氏譜》《孔氏譜》《晉世譜》《謝氏譜》《王氏譜》《王氏譜》《謝女譜》《司馬氏譜》《陸氏譜》《郗氏譜》《羊氏譜》《郝氏譜》《摯氏世本》《王氏世家》《袁氏世紀》《裴氏家傳》《荀氏家傳》《顧愷之家傳》《李康家誡》《褚氏家傳》《李氏家傳》《謝車騎家傳》《袁氏家傳》《嵇康高士傳》《皇甫謐高士傳》《楚國先賢傳》《海内先賢傳》《汝南先賢傳》《江左名士傳》《會稽後賢傳》《蕭廣濟孝子傳》《鄭緝孝子傳》《江表傳》《逸士傳》《名士傳》《文士傳》《高士傳》《文章傳》《晉中興士人書》《晉諸公傳》《王中郎傳》《袁宏孟處士傳》《殷羨言行》《永嘉流人名》《竹林七賢論》《先賢行狀》《列仙傳》《高逸沙門傳》《安法師傳》《支法師傳》《名德沙門題目》、庾法暢《人物論》、宋明帝《文章志》、摯虞《文章志》、顧愷之《文章志》《續文章志》、丘淵之《文章叙》《文章録》《文章叙録》《婦人集》《王朝目録》《晉百官名》《八王故事》《晉東宫官名》《明帝東宫僚屬名》《伏滔大司馬屬名》《征西僚屬名》《齊王官

屬名》《山公啓事》《太乙青藜》。（《叢書集成初編》本）

桑世昌《蘭亭考》卷首《〈蘭亭考〉原序》：
　　宋臨川王義慶采撷漢晉以來佳事佳話，爲《世説新語》，極爲精絶，而猶未爲奇也。梁劉孝標注此書，引援詳確，有不言之妙，如漢、魏、吴諸史及子、傳、牒、志之書，皆不必言。祇如晉一朝史，及晉諸公列傳、譜録、辭章，皆出於正史之外，是曰注書之法。禊之爲帖，風流太甚，自晉以來，難乎下語。桑君盡交名公巨卿以及海内之士，以充其見聞者固不一；然與予游從三十年，見必及此，其有贊於帖考者尤爲不一。今兹浙東臺使齊公屬加彙正，遂略用史法剪裁之。爲此書者，無非風流大雅之事，又無非博古好事之人，若齊公獨拳拳於此者，是爲風流大雅、博古好事之極矣。
　　嘉定十七年秋九月□日，朝議大夫、新除秘書省著作佐郎兼權侍右郎官高似孫謹書。

同上，卷八《推評》：
　　《世説》："王右軍得人，以《蘭亭集叙》方《金谷詩叙》，又以己敵石崇，甚有欣色。"注曰："王羲之《臨河叙》。"則是序亦名臨河，劉孝標當有所據。東坡云："此許敬宗之言。敬宗，人奴也，見季倫金多，故以爲賢於右軍耳。夫二十四友皆望塵之流，豈足比方逸少耶？"東坡《山陰陳迹》詩："强把先生擬季倫。"（中華書局，1985年）

張淏《雲谷雜紀》卷二：
　　韓子蒼《書崔豹古今注後》云："崔豹，漢魏間人也。當干戈搶攘時，能自見於翰墨，雖小道亦足觀。士生無事時，圓冠方履，飽食嬉戯，亦足愧矣。"予按孝標《世説注》云："《晉百官名》：崔豹，字正熊，燕國人，惠帝時官至太傅。"是則非漢末魏初間人。蓋子蒼初不得其詳，以意度其爲是時人，故不免於誤。（中華書局，1991年）

章如愚《群書考索》卷九經史門《諸子百家》：
　　……《類苑》之作於劉孝標，《群書治要》之作於魏證，《帝王略論》之作於虞世南，《理道要訣》之作於杜佑，此所謂雜家者然也。……張華之《博物志》、顧恊之《瑣語》、劉義慶之《世説》、劉孝標之《續世説》、裴子野之《類林》，其皆小説之謂乎？

同上，卷十一諸子百家門《百家類·雜家》：

《劉子》，題劉晝撰，泛論治國修身之要，雜以九流之說，凡五十五篇。《唐志》云劉勰撰。今袁孝政序云："劉子者，劉晝，字孔昭，傷己不遇，播遷江表，故作此書。"時人莫知，謂劉歆、梁劉勰、劉孝標作。

同上，卷十四正史門《晋書類》：

宋臨川王義慶著《世說新書》，上叙兩漢、三國及晋中朝江左事。劉峻注釋，摘其瑕疵，僞迹昭然，理難文飾。而唐室撰《晋史》多取此書，遂采康王之妄言，違孝標之正說，以此書事，奚其厚顏！

同上，卷十五正史門《史通類》：

《補注》：韓、戴、服、鄭，鑽仰六經；裴、李、應、晋，訓解二史，發明先義，是曰傳宗。既而史傳小書、人物雜記，若摯虞之《三輔決錄》、陳壽之《季漢輔臣》、周處之《陽羨風土》、常璩之《華陽志》，文言美辭，列於章句；委曲叙事，存於細書。此之注釋，異夫儒士者矣。次有好事之子，思廣異聞，乃掇衆史異詞，補前史之闕。若裴松之《三國志》、陸澄、劉昭兩《漢書》、劉彤《晋紀》、孝標《世說》之類是也。亦有躬爲史臣，手自刊削，志存該博，列爲子注，若蕭大圜《淮海亂離志》、陽衒之《洛陽伽藍記》、宋孝王《關東風俗傳》、王邵《齊志》之類是也。陸澄所著班史，多引司馬遷之書。若乃此缺一言，彼增半句，皆采摘成注，標爲異說，范曄之删《後漢》也，簡而且周。劉昭采其所捐，以爲補注，言盡非要，事皆不急。（書目文獻出版社，1992年）

祝穆《方輿勝覽》卷六十南平軍（南川隆化）名宦：

劉孝標。（守南州日，請置郡縣，後建軍壘，遠人安之。晏殊爲撰墓銘。）（中華書局，2003年）

祝穆等《古今事文類聚》前集卷二十四人道部《道逢練裙》：

梁任昉子東里、西華、南容、北叟并無學術，墜其家聲，流離不自振。西華冬月著帔練裙，道逢劉孝標，泫然矜之，曰："我當爲卿作論。"乃著《廣絕交論》譏其舊友。到溉見其論，抵几於地，終身恨之。

同上，前集卷二十九仕進部《無與共語》：

梁劉孝標多所陵忽，每朝會，公卿間無所與語，反呼驛卒訪事。

同上，後集卷十一人倫部《妹祭夫文》：

梁劉孝標三妹并有才學。第三妹適徐悱文，尤清拔，所謂劉三娘也。悱卒，妻爲祭文，辭甚悲愴。父勉欲爲哀辭，見此文閣筆。

同上，後集卷十五人倫部《不畜媵妾》：

馮衍字敬通，妻妒悍，不畜媵妾，兒女自操井臼。劉孝標云："予與敬通三同：不遇，一同也；剛直，二同也；馮有忌妻，自操井臼，予亦有忌妻，家道坎軻，三同也。"

同上，別集卷三儒學部《書淫》：

劉孝標苦所見不博，聞有異書必往祈借。清河崔慰祖謂之"書淫"。（《四庫類書叢刊》本，上海古籍出版社，1992年）

陳振孫撰，徐小蠻、顧美華點校《直齋書錄解題》卷十雜家類：

《劉子》五卷。

劉畫孔昭撰，播州錄事參軍袁孝政爲序。（案劉子序係袁孝政作，原本脫姓，今補入。）凡五十五篇。案《唐志》十卷，劉勰撰。今序云："畫傷己不遇，天下陵遲，播遷江表，故作此書。時人莫知，謂爲劉勰。或曰劉歆、劉孝標作。孝政之言云爾，終不知書爲何代人。其書近出，傳記無稱，莫詳其始末，不知何以知其名畫而字孔昭也。"

同上，卷十一小說家類：

《世說新語》三卷，《敘錄》二卷。

宋臨川王劉義慶撰，梁劉峻孝標注。《敘錄》者，近世學士新安汪藻彥章所爲也。首爲考異，繼列人物世譜、姓氏異同，末記所引書目。按《唐志》作八卷，劉孝標《續》十卷。自餘諸家所藏，卷第多不同，《敘錄》詳之。此本董令升刻之嚴州，以爲晏元獻公手自校定，刪去重複者。（案"敘錄者"以下，原本脫去，今據《文獻通考》補入。）（上海古籍出版社，1987年）

周應合《景定建康志》卷十七《山阜》：

晉謝尚，齊朱應、吳苞、孔嗣之，梁阮孝緒、劉孝標，并隱於此。（《文淵閣四庫全書》本）

王應麟《玉海》卷二十八聖文御集《〈唐金鏡書〉序》：

《雒書》有言"秦失金鏡"，鄭玄以爲喻明道。劉孝標著論，謂聖人握金鏡而闡風烈。永徽上正義之表，照金鏡而泰階平。貞元賜君臣之箴，與金鏡以高懸。開元賢相金鏡著錄（張九齡《千秋金鏡錄》），事鑒十章，委曲諷諭，視帝此書，庶幾得其遺焉。按《實錄》，是書一篇，凡千八百餘言。《大寶箴》云：爰述金鏡，窮神盡聖。四部書目，乃没其名。謂儒家序志一卷，列諸帝範之上者，即此書。是又無所據。或曰《金鏡述》，或止曰《金鏡》。

同上，卷四十九藝文論史《晉漢書集解》：

《史記》傳者甚微，梁有孟康音九卷、劉孝標注一百四十卷、陸澄注一百二卷、梁元帝注一百十五卷。（并亡。）

同上，卷五十二藝文書目（藏書）《梁四部七錄五部目錄》：

《梁天監以來四部書目》四卷，殷鈞撰（《唐志》：丘賓卿）《梁東宮四部目錄》四卷，劉遵撰《梁文德殿四部目錄》四卷，劉孝標撰《古今四部書目》五卷。

同上，卷五十三藝文諸子《劉子》：

《北齊書》：劉晝字孔昭撰。袁孝政爲序并注，凡五十五篇，清神至九流。《書目》：三卷，泛論治國修身之要，雜以九流之説。《北史》：晝著《金箱璧言》，撰《高才不遇傳》。《唐志》：《雜家》十卷，劉勰。《晁氏志》：齊劉晝撰。或以爲劉勰，或以爲劉孝標，未知孰是。

同上，卷五十四藝文總集文章《梁華林遍略》：

《梁書》：天監十五年，敕太子詹事徐勉舉學士入華林，撰《遍略》。勉舉何思澄、顧協、劉杳、王子雲、鍾嶼等五人應選。八年乃成，合七百卷。（劉峻《類苑》成，凡一百二十卷。武帝即命諸學士撰《華林遍略》以高之。）《唐志》：徐勉《華林要略》六百卷。《隋志》（《唐志》同）：六百二十卷，徐僧權等撰。《隋志》：梁劉孝標《類苑》一百二十卷（梁《七錄》：八十二卷），劉杳《壽光書苑》二百卷，陶弘景著《學苑》百卷，張纘著《鴻寶》一百卷。

同上，《唐十七家類書》：

《志》丙部子錄十五曰：類書十七家，二十四部，七千二百八十八卷，始於何承天并合《皇覽》，次以徐爰并合《皇覽》，劉孝標《類苑》，劉杳《壽光書苑》，徐勉《華林遍略》，祖孝徵等《修文殿御覽》，虞綽等《長洲玉鏡》，諸葛穎《玄門寶海》（一百二十卷），張氏《書圖泉海》（七十卷。《隋志》：張式），高士廉等《文思博要》，許敬宗《搖山玉彩累璧東殿新書》，歐陽詢《藝文類聚》，虞世南《北堂書鈔》（一百七十三卷），張太素《策府》（五百八十二卷），武后《玄覽》（一百卷），張昌宗等《三教珠英》，孟利貞《碧玉芳林》（四百五十卷），《玉藻瓊林》（一百卷），失姓名三家：《要錄》六十卷，《檢事書》二百六十卷，《帝王要覽》二十卷。不著錄者自王義方《筆海》（十卷）、玄宗《事類》（一百三十卷）、《初學記》（三十卷）及《政典》《通典》《會要》，終於劉揚名《戚苑纂要》、袁說《戚苑英華》，凡三十二家，一千三百三十八卷。

同上，卷五十五藝文著書（雜著）《漢諸儒書》：

《文選》劉孝標論注引《論衡》曰："漢諸儒作書者，以司馬長卿、揚子雲河漢也，其餘涇渭也。"

同上，卷六十藝文著書（雜著）《周金版銘》：

《文選》劉孝標論"聖賢鏤金版而鎸盤盂"注："太公金匱曰：'屈一人之下，申萬人之上。'武王曰：'請著金版。'"

同上，卷一百六十三宮室閣《晉秘閣》：

梁江子一求觀書秘閣，劉孝標典校秘閣。

同上，卷一百七十八食貨農書《神農田法》：

《呂氏春秋》神農之教曰：士有當年而不耕，則天下或受其飢矣。（《呂氏春秋》有《上農》《任地》《辨土》《審時》篇。）劉孝標《世說注》引《神農書》。《藝文類聚》《文選注》《氾勝之書》亦引神農之教。（江蘇古籍出版社、上海書店，1987年）

元好問《遺山集》卷三十三《李參軍友山亭記》：

庚戌之夏，自汴梁來請記於予，疑而問焉。參軍者復於予曰："……麟無所以業無可致賓客，清閟之業掃地而盡，惟人將拒我，是懼其敢以三損速戾五交賈釁，自附於王丹、朱穆、劉孝標之後，塞裳裹足，遠引高蹈，以與麋鹿同群而游乎？"予笑之曰："有是哉。予向所疑釋然矣。子歸，幸多問草堂之靈。"參軍固佳士，而封雕丘方移文以謝逋客，君乃與之進，初不以欺松桂誘雲壑而爲嫌，紫雲仙季能無少望乎？何金衣招隱之書之來之暮也。（《文淵閣四庫全書》本）

李冶《敬齋古今黈》卷四：

《唐·藝文志》次第絶無法式。甲部經録禮類中載《周禮》《儀禮》，自可以類推。而於樂類中乃載崔令欽《教坊記》、南卓《羯鼓録》，夫教坊、羯鼓何得與雅樂同科？乙部史録雜傳記類中載圈稱《陳留風俗傳》三卷，而於地理類中亦載之，崔豹《古今注》於儀注類中言一卷，於雜家類中言三卷；《世説》則小説之屬也，劉義慶《世説》八卷，劉孝標《續世説》十卷，既載之小説類中矣，而王方慶《續世説》十卷，復載諸雜家類中，是不可曉也。（商務印書館，1935年）

方鳳《存雅堂遺稿》卷五《金華洞天行紀下》：

二十一日辛丑，有徐生館，法清酒狂士也，曉起携詩見贈，有"鳳凰山上鳳凰翔"之句，聯中又以"耕田鹿""化石羊"爲對，臨別密謂審言曰："余以鹿比僧，羊比道士，鳳凰比諸君子。"審言途中述其語，衆皆絶倒。從法清而西，過故康懿泰國長公主墳園，登山可至九龍寺，上有劉先生講堂，劉孝標讀書處也。三洞上爲朝真，中爲冰壺，下爲雙龍。三石扁皆飛白書，立下洞口。觀有"天下名山"四大字。觀之左爲椒亭，所從入洞路也。以山下平地言之，此則山巔，然而迢遞寬衍。觀之前居民成聚，則此乃洞天之趾爾。雙龍洞口石室明净，坐可三二百人。仰視石室紺碧，其隱約可名狀者，爲雲物，爲仙桃，爲道人比肩而立。龍首見其左，而尾懸右石壁上，又懸石至地，獨黄色，俗呼吕先生藏身，霞衣挂其旁。有北斗星窠洞，穴如螶頤，水淙淙從中出，即流入右偏，暗出洞外溪澗。衆束炬揭裳傴僂踏水入内洞，凡三數丈，首背皆擦石。舊卧小舟而入，今敝漏閣水際。既入，復虚曠如外洞，水從右流，莫測其淺深。執炬者一一相指告，見蜂窠石、水蛙石、石鐘，手搥之，鐘聲。仙珠纍纍貫岩上，石門限雪山，山前雪山後雪望之皎然。仙笠懸岩石，石鼓槌之，鼓聲。有形蜿蜒頭角鬚尾，凡二屈蟠，隱見爪尖，皆白石如玉，所謂雙龍也。猫一，獅子一，頭足尾具，額有珠。大龜黑色，白蛇糾繞其背，首入甲下，奇甚。筆格一，霜崖粲如繁霜，有卷石小竅，指面大，有水正滴竅中，名仙人硯滴。候片時，纔一滴。仰觀洞中，他無漏泉，獨此爾。浴室石檽三足蟾懸鐘寶蓋，如名刹講臺上所設而加高大。海角虎蹲立，雲霞五色欲飛極裏。從暗處俯伏遠望，洞口水中所從入處僅一小隙，透明如十五夜月，名仙人望月。又大象足二小一仙桂，水波石鄰鄰然，大者如浪。轉雪山後而左爲滑臺，爲池爲田，畦町高下可數。仙人挂衣橫十數丈，衣純素，袪襃蹙摺皆天成。又仙人眠石方整可卧，仙人帽日月二宫復從洞口踏水而出，凡洞中所見不假一毫鐫鑿，而形狀自然，其妙處殆不可言也。登山幾半里，至中洞洞口，視深處乃暗穴，但聞潺潺水聲。束數炬相後先，若入井然，稍斜向内。衆魚貫而下，石滑且險，約三十丈至水簾，自高岩噴出，下有巨石盛之，即不知水之所往。水簾出處前有懸石如鐘，又如飛鳳，視水簾以下復沈沈深黑，人多不敢復入。皋羽毅然揚炬而前，韶卿、續古從之，由水簾之右轉而深入，巨石無數，回視水簾乃在目前。愈入愈深，下復無水，有石筍入空曠中，高可三四丈，色瑩如玉。從石筍而下極底，有石室燥潔，曾游者留題在焉。回至水簾，漸可望明而上，不如入之險也，然不能深入，則不得盡其奇。來游者率望水簾而止爾。又登山二里，韶卿父子、皋羽、續古倩兩山童買竹薪束炬至上洞，入洞而右爲觀音洞，從岩罅越石限而入，展轉愈高，攀緣至觀音前。其石像天成，垂衣伸一足如土偶者，但高入岩罅，以炬燭之，僅得其半，而臂與面莫盡見也。旁有潭深不可近，名觀音井，又名龍潭。復路出，從大洞正面而入，歷三數坡陀，其石上雲霞、波浪、霜雪、屋室之類，皆不減下洞所見。洞口天日之光斜射洞中，石崖上淡如月色，奇甚。內有石梁高挂，深可二三十丈，白龍護其左，蒼龍護其右。又入有天池，深廣四畔，峻壁不可下。池之裏有崖如兩扉，而啓其一，極黑暗中遠望石扉，啓處天光下燭，蓋洞天漏明，而人莫知其處，名一綫天。既隔天池，不得復深入也。雙龍洞口題名石上。韶卿賦三洞云：

　　金華北山三洞天，垂髫欲往今華顛。春風吹衣雨洗屐，瘦笻忽挂蒼山烟。山高地平走幽澗，根絡石上森楠梗。步從飛橋瞰石洞，厓色閱世知幾年。風痕霧迹化異物，龍首昂左尾右旋。就中暗穴如蠶頤，急水瀉碧鳴媧絃。溯流束炬照徒涉，肩背擦石行拳攣。水窮路夷內景得，以炬交燭窮幽玄。細紋蹙波湧浪接，皓彩凝雪飛霜鮮。大爲獅子虎犀象，瑣碎亦復蜂屯然。蜿蜒雙蟠角尾具，一一玉爪拏蒼堅。穿龜負甲色深墨，長蛇白質相縈纏。鐘能鐘聲鼓能鼓，不假樅簴知誰懸。直檐斜櫩藏湢室，短畦長町移原田。青雲白霓五色霞，笑畫敗絮留丹鉛。中途經過最深窅，伏身低眺洞口泉。空明一隙隔遠見，秋蟾浴海光嬋娟。左岩架衣頗橫亙，疊摺衆皺垂蹁躚。自餘神怪不可極，似鑿非鑿鐫非鐫。出登山腰叩中洞，外視石井聞潺潺。入深踏險思縋緪，長竿揭炬後且先。水簾可俯心爲悼，到此十九歸言譾。嗜奇不憚歷磊砢，足以目故差輕便。翻身却望水簾處，銀河天落懸吾前。常情疑復下百尺，積水定作神龍淵。石乾徑闢却易進，玉筍拔地修而圓。宜爲淵處乃爲屋，亦或摩蘚題新篇。同游疑我久未出，笑謂豈欲井底眠。林幽風起日已晚，猶睆高洞山之巔。薪蒸可買樵我導，不遠數里仍攀緣。傍從石壁入深坼，如鐵户限瓊爲樀。儼然海相挂珠絡，熟視始信非誇傳。左爲朝真正面入，便想笙鶴遨群仙。雲霞波濤仙衣裳，奇詭豈必下洞專。歘然修梁架岩起，左右蒼白龍形全。望中極底勝漆黑，雙扉隱隱啓半邊。天光一道燭扉內，知此明罅從何穿。雷深壁峭不可往，安得插羽如飛鳶。嗟余茲游尚牽俗，身所驟歷辭難宣。但思乞水學坡老，洗眼看字消餘年。

　　是夕，與懷玉同歸西鹿田寺，止宿寺丈室。後有奇石峭立罅坼間，可行，林泉幽勝特甚。默成先生潘公大書其處云："余往來南北兩山，餘二十年，獨未曾至鹿田。紹興七年四月十七日，同智者長老法銓來於崎嶇險隘之中，得虛曠寬閑之地，修篁喬木，巨石瀑泉，氣象雄偉，此蓋未之見，不獨甲於金華也。自是評吾鄉山水，以此爲第一云。"其丈室遂榜"第一軒"，上爲思賢閣。是夜聽雨軒中。（《文淵閣四庫全書》本）

馬端臨《文獻通考》卷二百十四《經籍考四十一》子部雜家：

《劉子》五卷。

陳氏曰：劉晝孔昭撰。播州録事參軍袁孝政爲序。凡五十五篇。按《唐志》十卷，劉勰撰。今序云："晝傷己不遇，天下陵遲，播遷江表，故作此書。時人莫知，謂爲劉勰。或曰劉歆、劉孝標作。"孝政之言云爾，終不知晝爲何代人，其書近出，傳記無稱，莫詳其始末，不知何以知其名晝字孔昭也。

同上，卷二百十五《經籍考四十二》子部小説家：

《世説新語》十卷，《重編世説》十卷。

晁氏曰："宋劉義慶撰，梁劉孝標注，東漢以後事分三十八門，《唐·藝文志》云：劉義慶《世説》八卷，劉孝標《續》十卷。而《崇文總目》止載十卷，當是孝標續義慶元本八卷，通成十卷耳。家本有二，一極詳，一殊略，略有稱改正，未知誰氏所定，然其目則同。劉知幾頗言此書非實録，予亦云。"

陳氏曰："今本三卷，叙録二卷，叙録者近世學士新安汪藻彦章所爲也，首爲考異，繼列人物世譜、姓字異同，末記所引書目。按《唐志》作八卷，劉孝標《續》十卷。自餘諸家所藏卷第多不同，叙録詳之。此本董令升刻之嚴州，以爲晏元獻公手自校定，删去重複者。"

高氏《緯略》曰："義慶采擷漢、晋以來往事佳話，爲《世説新語》，極爲精絶，而猶未爲奇也。梁劉孝標注此書，引援詳確，有不言之妙。如引漢、魏、吳諸史，乃子、傳、地理之書，皆不必言，祇如晋氏一朝史，及晋諸公别傳、譜録、文章，凡一百六十六家，皆出於正史之外，紀載特詳，聞見未接，實爲注書之法。"

同上，卷二百四十八《經籍考七十五》集部總集：

《晋代名臣文集》。

容齋洪氏《隨筆》曰："故篋中得舊書一帙，題爲《晋代名臣文集》，凡十四家。所載多不能全，真泰山一毫芒耳。有張敏者，太原人，仕歷平南參軍、太子舍人、濟北長史，其一篇曰《頭責子羽文》，極爲尖新，古來文士皆無此作，恐《藝文類聚》《文苑英華》或有之，惜其泯没不傳，謾采以遺博雅君子。（文見《五筆》第四卷。）其文九百餘言，頗有東方朔《客難》、劉孝標《絶交論》之體。《集仙傳》所載《神女成公智瓊傳》見於《太平廣記》，蓋敏之作也。鄒湛姓名，

因羊叔子而傳，而字曰潤甫，蓋見於此。"（中華書局，1986年）

吴師道《敬鄉錄》卷一梁《劉峻》：

梁劉峻，字孝標，平原人，隱金華山。事見本傳及《文選注》。孝標所自叙郡志山之紫薇岩，乃其講授處，清修寺即故宅也。峻嘗撰《類苑》一百二十卷，不傳。《世説注》行世諸文間，見《文選》。獨《山栖志》一篇，傳云"其文甚美"，近出金華智者寺經藏函中，人罕知者。按柳子厚《龍城録》記："隱金華山者，漢劉仲卿也。"愚考昔人謂《龍城録》，《唐志》無之，乃王銍僞撰。或云劉熹今志中叙近代江治中王徵士而不及仲卿，尤足以表其妄也。但其間有云"帝鴻鑄鼎，雨師乘烟，山號縉雲"者，且三國以來，處屬臨海縉雲爲章安縣，地方不與婺相涉，何爲引此？赤松乃黄初平之號，非神農時雨師。竊謂吾邦以文名前代者實自峻始，而此爲金華山作，既足證僞書之舛，他奇古清麗之語，甚多不當，以此微疵棄也。（《文淵閣四庫全書》本）

吴師道《禮部集》卷十二《金華北山游記》：

金華爲天下名山，環亘數百里，岩洞泉石之勝顓在山北，距余家不再舍，而生未之識。友人張君子長約游，屢不果，嘗以爲恨。至治二年三月，子長復遣人邀，予欣然從之。起壬申迄戊寅，凡七日，以雨道險故不至朝真。他如安期生石室、劉孝標讀書岩暨僧寺可游者以十數，皆不克往。然幽絶奇麗之觀，所得亦多矣。

同上，卷十五《〈敬鄉後録〉序》：

宋紹興二十四年，婺通守洪遵修《東陽志》，其紀當代人物僅僅數人。蓋斷自渡江以前，理則宜然。而其所紀，有下及紹興者，又不盡用此例，則所遺固多仙釋之徒，與賢士大夫孰愈？若滕章敏、宗忠簡輩，又皆出於其前而不見列，何也？最後事類一卷，凡稗官小説怪誕猥褻之事涉於婺者悉不棄，博則博矣，無乃詳於所不必録而略於所當録者乎？按吾婺昔隸會稽，後爲東陽郡，以至於今千幾百年矣。晋、魏以前，如江治中、王徵士，非劉孝標之文則莫得而知，郡志亦失考，而賴是以傳，然猶不得其名。信乎紀載之不可闕也。況自宋中葉以來，賢材繼出，其顯於靖康、炎紹之際者，皆生於嘉祐以後，涵濡之深，風氣之開，豈苟然哉！（《文淵閣四庫全書》本）

脱脱等《宋史》卷二百六《藝文志五》子類小説家類：

孔平仲《續世説》十二卷。（中華書局，1977年）

戴良《九靈山房集》卷三《山居稿》第三《從智者游九龍謁劉孝標祠》：

上人敬愛客，追從不知疲。昔聞蠟屐游，今見飛錫隨。朝暾烜將出，曉露泫未晞。捫葛緣側徑，披榛款幽扉。水聲激碙滑，鐘韵出林遲。佛廬從中起，祠宇亦旁依。行歌懷昔賢，趨拜想前徽。躑躅久不去，此情誰得知？（《叢書集成初編》本）

陶宗儀等《說郛》卷十下《遂初堂書目》（尤袤）：

小說類：

《世說》、《續世說》、劉孝標《俗說》、《殷芸小說》、《世說新語》、《世說叙錄》、《封氏見聞志》、《摭言》、《大唐新話》……

同上，卷二十二下《研北雜志》（陸友仁）：

劉孝標游東陽山，作《山志》，其文富有妙語。

同上，卷二十七上《雞肋編》（莊綽）：

太史公作《伯夷傳》，但云："伯夷、叔齊，孤竹君之二子也。"而《論語音注》引《春秋少陽篇》，謂伯夷姓墨名允，一名元，字公信；叔齊名智，字公達。夷、齊，謚也。陸德明取之，不知《少陽篇》何人所著，今有此書否？如趙岐謂孟軻字則未聞，而李輪注《蒙求》引《史記》云字子輿。今觀《史記》，則未嘗有。劉孝標亦云"子輿困臧倉之愬"，五臣注爲孟軻，是也。

同上，卷二十八下《東齋記事·崔豹》（許觀）：

韓子倉《書崔豹〈古今注〉後》云："崔豹，漢魏間人也。當干戈擾攘時，能自見於翰墨，雖小道亦足觀。士生無事時，圓冠方履，飽食嬉戲，亦足愧矣。"予按劉孝標《世說注》云："《晋百官名》：崔豹，字正能，燕國人，惠帝時官至太傅。"是則非漢末魏初間人。蓋子蒼初不得其詳，以意度其爲是時人，故不免於娛。

同上，卷六十四下《金華游錄》（方鳳）：

從法清而西，過故康懿秦國長公主墳園，未至。觀半里有岐徑，行五十里，自金華觀登山，可至九龍寺。上有劉先生講堂，劉孝標讀書處也。三洞，上爲朝真，中爲冰壺，下爲雙龍。三石扁，皆飛白書，立下洞口。觀有"天下名山"四大字。觀之左爲椒亭，所從入洞路也。以山下平地言之，此則山巔。然而迢遞寬衍，觀之前居民成聚，則此乃洞天之趾爾。雙龍洞口石室明净，坐可二三百人。仰視石室紺碧，其隱約可名狀者，爲雲物，爲仙桃，爲道人比肩而立。龍首見其左，而尾懸右石壁上。又懸石至地，獨黃色，俗呼呂先生藏身，霞衣挂其旁。有北斗星窠洞，穴如蠹頤，水淙淙從中出，即流入右偏，暗出洞外溪澗。衆束炬揭裳傴僂踏水入內洞，凡三數丈，首背皆擦石。舊卧小舟而入，今敝漏閣水際。既入，復虛曠如外洞，水從右流，莫測其淺深。執炬者一一相指告，見蜂窠石、水蛙石、石鐘。手搥之，鍾聲。仙珠纍纍貫岩上石門限雪山，山前雪，山後雪，梁之皎然。仙笠懸岩石，石鼓搥之，鼓聲。有形蜿蜒，頭角鬚尾，凡三屈蟠，隱見爪尖皆白石如玉，所謂雙龍也。猫一，獅子一，頭足尾，其額有珠。大龜黑色，白蛇斜繞其背，首入甲下，奇甚。筆格一，霜崖粲如繁霜，有卷石小窾，指面大，有水正滴窾中，名仙人硯滴。候片時，纔一滴。仰視洞中，他無漏泉，獨此爾。浴室石櫑三足蟾懸鐘寶蓋，如名刹講臺上所設而加高大。海角虎蹲立，雲霞五色欲飛極裏。從暗處俯伏遠望洞口，水中所從入處，僅一小隙，透明如十五夜月，名仙人望月。又大象足二小一仙桂，水波石鄰鄰然，大者如浪轉雪山後。而左爲滑臺，爲池爲田，畦町高下可數。仙人挂衣橫十數丈，衣純素，袪褏蹙摺皆天成。又仙人眠石，方整可卧。仙人帽、日月二宮復從洞口踏水而出。凡洞中所見，不假一毫鐫鑿，而形狀自然，其妙處殆不可言也。登山幾半里，至中洞洞口，視深處乃暗穴，但聞潺潺水聲。束數炬相後先，若入井然，稍斜向內。衆魚貫而下，石滑且險，約三十丈至水簾，自高岩噴出，下有巨石盛之，即不知水之所往。水簾出處，前有懸石如鐘，又如飛鳳，視水簾以下復沉沉深黑，人多不敢復入。皋羽毅然揚炬而前，韶卿、續古從之，由水簾之右轉而深入，巨石無數，回視水簾，乃在目前。愈入愈深，下復無水，有石筍入空曠中，高可三四丈，色瑩如玉。從石筍而下極底，有石室燥潔，曾游者留題在焉。回至水簾，漸可望明而上，不如入之險也。然不能深入，則不得盡其奇，來游者率望水簾而止爾。又登山二里，韶卿父子、皋羽、續古倩兩山童買竹薪束炬至上洞。入洞而右，爲觀音洞，從岩罅越石限而入，展轉愈高，扳援至觀音前。其石像天成，垂衣伸一足如土偶者。但高入岩罅，以炬燭之，僅得其半，而臂與面莫盡見也。旁有潭深不可近，名觀音井，又名龍潭。復路出，從大洞正面而入，歷三數坡陀，其石上雲霞波浪霜雪屋室之類，皆不減下洞所見。洞口天日之光，斜射洞中，石崖上淡如月色，奇甚。內有石梁高挂，深可二三十丈，白龍護其左，蒼龍護其右。又入有天池，深廣四畔，峻壁不可下。池之裏有崖如兩扉，而啓其一，極黑暗中遠望，石扉啓處天光下燭，蓋洞天漏明，而人莫知其處，名一綫天。既隔天池，不得復深入也。雙龍洞口題名石上，韶卿賦三洞云：

　　金華山北三洞天，垂髫欲往今華顛。春風吹衣雨洗履，瘦筇忽拄蒼山烟。山高地平走幽澗，根絡石上森楠梗。步從飛橋瞰石洞，崖色閱世知幾年。風痕霧迹化異物，龍首昂左尾右旋。就中暗穴如蠹頤，急水瀉碧鳴媧絃。溯流束炬照徒涉，肩皆擦石行拳攣。水窮路夷內景得，以炬交燭窮幽玄。細紋蹙波湧□接，皎彩凝雪飛霜鮮。大爲獅子虎犀象，瑣碎亦復蜂屯然。蜿蜒雙蟠角尾具，一一玉爪拏蒼堅。穹龜負甲色深墨，長蛇白質相縈纏。鐘能鐘聲鼓能鼓，不假樅簴知誰懸。直櫨斜檻藏湢室，短畦長町移原田。青雲白霓五色霞，笑盡敗絮留丹鉛。中途經過最深窅，伏身低眺洞口泉。空時一隙隔遠見，秋蟾浴海光嬋娟。左岩袈衣頗横亘，叠摺衆皺垂蹁躚。自餘神怪不可極，似鑿非鑿鐫非鐫。出登山腰叩中洞，外視石井聲潺潺。入深踏險思搯綆，長竿揭炬後且先。水簾可俯心爲掉，到此十九歸言遄。嗜奇不憚歷磊砢，足以目故差輕便。翻身却望水簾處，銀河天落懸吾前。常情疑復下百尺，積水定作神龍淵。石乾徑闢却易進，玉筍拔地修而圓。宜爲淵處乃爲屋，亦或摩挲題新篇。同游疑我久未出，笑謂豈欲井底眠。林幽風起日已晚，猶睨高洞山之巓。薪蒸可買樵我導，不遠數里仍攀緣。傍從右壁入深坼，如鐵戶限瓊爲檐。儼然海相挂珠絡，熟視豈信非夸傳。左爲朝真正面入，便想笙鶴遨群仙。雲霞波濤仙衣裳，奇詭豈必下洞專。歘然修梁架岩起，左右蒼白龍形全。望中極底勝漆黑，雙扉隱隱起半邊。天光一道燭扉内，知此明罅從何穿。雷深壁峭不可往，安得插羽如飛鳶。嗟余兹游尚牽俗，身所駸歷辭難宣。但思乞水學坡老，洗眼看字消餘年。

同上，卷七十七上《小名録·東里西華南容北叟》（陸龜蒙）：

任昉字彥升，樂安人。文章之美，冠絶一時。官至太常。昉有四子：東里、西華、南容、北叟，俱小名，并無術，墜其家業。劉孝標見昉諸子流離不能自振，平生舊交莫有收恤者。西華冬月著葛帔練裙，路逢峻，峻惕然矜之，乃廣朱公叔《絶交論》，劉泝見其論，抵几於地，終身爲恨。

同上，卷九十四下《酒小史》（宋伯仁）：

……梁簡文鳧花、宋高后香泉、劉孝標雲液、宋德隆月波、安定郡王洞庭春色、東坡羅浮春……（《文淵閣四庫全書》本）

胡翰《胡仲子集》卷八《〈北山紀游總録〉跋》：

山川能説，登高能賦，可以爲大夫，余聞諸古而於此卷見之矣。自至正庚戌以來，卷中作者由侍講黃公倡之，而司理葉公、吏部吳公、長史張公繼之，又其後而待制柳公、太常胡公、立夫吳公之詩附焉。數公同出吾郡，多擅名當世，高文典册施之朝廷者足爲邦家之光，幽懷雅韵托諸老佛之徒者足爲山川之壯，豈多得哉！余嘗承下風往來周旋其間，顧不獲與諸生從杖履之後，山空谷寂，未嘗不三復而爲之憮然。儒、墨異道，出入殊趣，吳公既以之興懷，况死生之際，幽明永隔，黃公又安得不增悼邪？未及百年，變故倏忽，在昔已然，而今爲何如也？吾意扶輿清淑之所鍾，偉乎其不可遏，豈遂已邪？比居長山之下，嘗欲執牛尾歌之，以遲失若人焉。今存禮不以衰老棄余，將入京而過余衡門，留之不果，攝衣率諸生陟潛嶽而登其冢頂。余力躋僅能及之，極覽無際，追念往躅，雖瞠乎其後，而亦蛩然其音者也。書以識之，庶他日冠蓋咸萃，殫其餘年，以尋劉孝標、王子文山中故事。（《叢書集成初編》本）

蘇伯衡《蘇平仲文集》卷九《栖雲軒記》：

軒在寺之法堂之後，寺在岩之麓，而麓支於長山，南瞰大溪，西鄰紫岩，東扼三洞。又東爲龍回，其北則靈岩也。左右有澗會於其前，三洞餘波墮入澗中，水與亂石鬥，鏗鏗宛轉，殆非世間金石聲。莎草叢生，倒被水面，始見謂是翠羽鳧毛，蒼然絕可愛。旁多松杉櫧檜，其高攬天，其大蔽午，其陰黯然。其間禽鳥嚶鳴，與澗聲相和。蓋寺據山之奧，而軒又盡有寺之勝焉。相傳爲劉孝標讀書故處，其所著《栖山詩》寺之僧類能誦之云。（《叢書集成初編》本）

宋濂《文憲集》卷三記《游鍾山記》：

按《地里志》，江南名山唯衡、廬、茅、蔣。蔣山固無聳拔萬丈之勢，其與三山并稱者，蓋爲望秩之所宗也。晉謝尚，宋雷次宗、劉勔，齊周顒、朱應、吳包、孔嗣之，梁阮孝緒、劉孝標，唐韋渠牟，并隱於此。今求其遺迹，鳥沒雲散，多不知其處。唯見蕘兒牧豎，跳嘯於凄風殘照間，徒足增人悲思。況乎人事往來，一日萬變，達人大觀，又何足深較？予幸與二君得放懷山水，窟一刻之樂，千金不人易也。

同上，卷二十七雜著《諸子辯》：

《劉子》五卷，五十五篇，不知何人所作。《唐志》十卷，直云梁劉勰撰。今考勰所著《文心雕龍》，文體與此正類，其可徵不疑，第卷數不同，爲少異爾。袁孝政謂：劉晝孔昭傷已不遇，遭天下凌遲，播遷江表，故作此書。非也。孝政以無傳記可憑，復致疑於劉歆、劉勰、劉孝標所爲，黃氏遂謂孝政所托。亦非也。其書本黃老言，雜引諸家之說以足成之，絕無甚高論。末論九家之學迹異歸同，尤爲鄙淺。然亦時時有可喜者。（《四庫明人文集叢刊》本，上海古籍出版社，1991年）

章懋《楓山集》卷二《與韓知府燾》：

昨蒙示以《鄉賢祠志》，令某看詳。其所立規模大體已善，但於中節目有未安者，敢以愚見開列求教：

一、凡例云鄉賢位次各據其賢之道德事業關係輕重先後變常爲次，蓋欲照依志中所列六等爲位次也……

一、隱逸類止六人，亦似太略。若漢之龔丘萇，梁之劉孝標，與元之葉儀、范祖幹，皆隱逸也。（《四庫明人文集叢刊》本，上海古籍出版社，1991年）

陸深《儼山外集》卷二十四《史通會要上·義例第四》：
夫史之有補注，蓋古之傳也。傳取其轉，注取其流，義則一也。觀夫掇衆史之異詞，補前書之所闕，若裴松之《三國志》，陸澄、劉昭之兩《漢書》，劉肜《晉紀》，劉孝標之《世說》，頗有補裨焉。至於拾厥棄捐，務爲容澤，殆其失也。
右義例十餘，作史者參伍以變，曲暢而通，製作之道其庶幾矣。若夫神而明之，固筌蹄云爾。（《四庫筆説小説叢書》本，上海古籍出版社，1993年）

楊慎《丹鉛餘錄》卷一：
劉孝標注《世説》多引奇篇奧帙，後劉須溪刪節之，可惜。孝標全本，予猶及見之，今摘其一二，以廣異聞。
鄧粲《晉紀》曰："周伯仁應答精神，足以陰映數人。"
《續晉陽秋》曰："張玄之少以學顯，謝玄爲會稽内史，張玄之爲吳興太守，名亞謝玄，亦稱南北二玄。"
《晉陽秋》曰："王導接誘應會，少有忤者，雖踈交常賓，一見多輸寫款，誠自謂爲導所遇同之舊暱。"
《語林》曰："殷浩於佛經有所不了，故遣人迎支道林。林乃虛懷欲往。王右軍駐之曰：'深源思致淵富，未易可當，且己所不解。上人未必能通，縱能服彼，亦名不益高。若不合，便喪十年所保。'林公乃不往。"
《左思別傳》云："思作《三都賦》，疾中猶改作。《蜀都賦》云：'金馬電發於高岡，碧雞振翼而雲披。鬼彈飛丸以礌礚，火井騰光而赫羲。'今本無鬼丸句。（《水經注》：瀘水傍瘴氣特惡，氣中有物，不見其形，其作有聲，中木則折，中人則害，名爲鬼彈。）"
又曰："左思造張載問岷蜀事，交接亦踈。皇甫謐，西州高士，摯仲治，宿儒，知名非思倫匹。劉淵林、衛伯興并蚤終，皆不爲思賦序注也。凡諸注解，皆思自爲，欲重其文，故假借名姓也。"
夏侯湛《補亡詩》曰："既殷斯虔，仰説洪恩，名定匡省，奉朝侍昏，宵中告退，鷄鳴在門，孳孳溫恭，夙夜是敦。"
孫子荊《除婦服詩》曰："時邁不停，日月電流，神爽登遐，忽已一周。禮制有叙，告除靈丘。臨祠感痛，中心若抽。"
桓玄作《王孝伯誄》曰："川岳降靈，哲人是育。既爽其靈，不貽其福。天道茫昧，孰則倚伏。犬馬反噬，豺狼翹陸。嶺摧高梧，林殘故竹。人之云亡，邦國喪牧。於以誄之,爰旌芳鬱。"

王隱《晉書》云:"晉帝詔徵蘇峻,峻曰:'臺下云我反,反豈得活耶?我寧山頭望廷尉,不能廷尉望山頭也。'"

《續晉陽秋》曰:"謝安優游山水,以敷文析理自娛。"

荀綽《兗州記》曰:"閭丘冲好音樂,侍婢不釋管弦,出入乘四望車。"

《續晉陽秋》曰:"獻之文義非所長,而能撮其勝會,故擅名一時,爲風流之冠也。"

曹娥碑在會稽,而魏武、楊修未嘗過江。(以上孝標《世說注》。)(《文淵閣四庫全書》本)

楊慎《升庵集》卷七十二《劉孝標〈世說注〉》:

(與上文同,略。)(《四庫明人文集叢刊》本,上海古籍出版,1993年)

謝榛《四溟集》卷七《秋夕張少參文輝劉僉憲仲安舟發塌河竚望有作》:

作賦張平子,能文劉孝標。空憐此明月,不得共清宵。一水流何急,雙帆去漸遙。秋光雲淡淡,風色樹蕭蕭。沁浦期高興,蘇門擬勝招。齊名鎮河朔,歌頌到漁樵。(《四庫明人文集叢刊》本,上海古籍出版社,1993年)

何良俊《何氏語林》卷八《文學第四中》:

劉孝標少未開悟,晚更屬精。嘗苦所見不博,聞有異書必往祈借。清河崔慰祖謂爲"書淫"。(劉孝標《自序》曰:峻字孝標,平原人。生於秣陵縣,期月歸故鄉。八歲,遇桑梓顛覆,身充僕圉。永明四年,逃還京師。後爲崔豫州刑獄參軍。天監中,詔掌石渠閣,以病乞骸骨,隱東陽金華山。余嘗自比馮敬通,而有同之者三,異之者四。何則?敬通雄才冠世,志剛金石,余雖不及之;而節亮慷慨,此一同也。敬通逢中興明君,而終不試用;余逢命世英主,亦擯斥當年,此二同也。敬通有忌妻,至於身操井臼;余有悍室,亦令家道轗軻,此三同也。敬通當更始世,手握兵符,躍馬肉食;余自少迄長,戚戚無歡,此一異也。敬通有子仲文,宦成名立;余禍同伯道,永無血胤,此二異也。敬通旅力剛強,老而益壯;余有犬馬之疾,溘死無時,此三異也。敬通雖芝殘蕙焚,終填溝壑,而爲名賢所慕,其風流郁烈,芬芳久而彌盛;余聲塵寂寞,世不吾知,魂魄一去,將同秋草,此四異也。所以力自爲序,遺之好事云。)

同上,卷二十一《博識第十四》:

崔慰祖好學,聚書至萬卷,與平原劉孝標皆以碩學被徵。國子祭酒沈約、吏部郎謝朓嘗於吏部省中，賓友俱集，各問慰祖地理中所不悉十餘事。慰祖口喫無華辭，而酬據精悉，一座稱服之。朓嘆曰："假使班、馬復生，無以過此！"

同上，卷二十九《黜免三十》：

梁武每集文士策經史事，時范雲、沈約之徒皆引短推長，帝悦，加其賞賚。曾策錦被事，咸言已罄。帝試呼問劉孝標，劉時貧悴冗散，忽請紙筆，疏十餘事。坐客皆驚，帝不覺失色自是惡之，不復引見。及孝標《類苑》成，帝即命諸學士撰《華林遍略》以高之。竟不見用。劉乃著《辯命論》以寄懷。（《文淵閣四庫全書》本）

歸有光《震川集》卷四雜文《重交一首贈汝寧太守徐君》：

昔博昌任彥升好擢獎士類，士大夫多被其汲引，當時有任君之號。及卒，諸子流離，生平知舊莫有收恤之者。平原劉孝標泫然悲之，乃著《廣絕交論》。余以爲孝標特激於一時之見耳。此蓋自古以來人情之常，無足怪者。今世取士之制，主司以一日之知，終身定門生之分，而諸省解試類以御史監臨，主司之權遂移於簾外。往往州縣官皆得閱卷，其所取士亦謂之門生。太倉陸虞部子如昔在嚴郡，有事浙闈，所得士三人，其二人則汝寧太守長興徐子與岳州守餘姚金某也。虞部既没，二子鳴陽、鳴鑾頗不能自振，汝寧前奉使吳中，尋訪其家，厚加存恤。今年虞部故時第宅爲人所侵，汝寧書抵岳州，復爲書展轉訟理，卒得其直。劉子所謂羊舌下車之泣，邱成分宅之惠，於今見之。（《四庫明人文集叢刊》本，上海古籍出版社，1993年）

黃宗羲《明文海》卷二百書五十四《與劉坦翁書》（朱曰藩）：

曰藩別公數十年，昨獲造真廬，覿晬顏，聆教盡日，稍慰積仰。坦林弁壑，卧游久矣，一日揩身其間，不必畫也。藩常讀謝靈運《山居賦》、劉孝標《金華山栖志》，每疑古人過於標致，未必如此。乃今信其有也。夕陽出山，留連溪上，公不忍别，曰藩不忍發，判袂之後，因成絕句一首："夕陽野艇語從容，籃輿歸途田燭紅。小弁山前津吏報，五林昨夜相舟東。"題曰《别南坦丈歸後作》，蓋紀兹遇云爾。（中華書局，1987年）

陳耀文《天中記》卷十八《姊妹》：

三娘。劉孝標三妹并有才學。長妹適王叔英。二妹名令嫺，適徐悱，文尤清拔，所謂劉三娘也。悱卒，妻爲祭文，辭甚悲愴。悱父勉欲爲哀辭，見之，遂閣筆。（《彤管集》。）

同上，卷十九《妒婦》：

悍室。劉孝標《自序》云："予自比馮敬通，而有同之三，異之者四。敬通有忌妻，至於身操井臼；余有悍室，家道轗軻，此三同也。敬通有一子仲文，官成名立；余禍同伯道，永無血胤，此二異也。"（《梁書》四十四。）

同上，卷二十五《德譽》：

儉歲寒纊。劉孝標稱劉訏超超如半天朱霞，劉歊矯矯如雲中白鶴，皆儉歲之梁稷，寒年之纖纊。（《南史》。）

同上，《博學》：

劉峻字孝標，博極群書，安成王秀雅重之。秀遷荊州，引爲戶曹參軍，給其書籍，使撰《類苑》，未及成。武帝每集文士策經史事，范雲、沈約之徒皆引短推長，帝乃悅。曾策錦被事，咸言已罄，帝試問劉峻，峻時貧於冗散，請紙筆疏十餘事，坐客皆驚，帝不覺失色，自是亦不復引見。及峻《類苑》成，帝即命諸學士撰《華林編略》以高之，竟不見用。

同上，《捷悟》：

絕妙好辭。……楊修有才，知魏文爲世子。歷陳太邱碑，過見碑題，曰黃絹幼婦，外孫虀臼，魏文思之不解，問德祖，即答曰："陳寔之墓，蔡邕之辭，鍾繇之書。此絕妙好辭也。"魏文曰："才與不才，相校四十里也。"魏武殺修，曰："芳蘭當門，不得不除。"（《典略》。）

劉孝標云："魏武、楊修未嘗過江，意當以此爲正。"

同上，《博學》：

策事。劉峻字孝標，博極群書，安成王秀雅重之。秀遷荊州，引爲戶曹參軍，給其書籍，使撰《類苑》，未及成。武帝每集文士策經史事，范雲、沈約之徒皆引短推長，帝乃悅。曾策錦被事，咸言已罄，帝試問劉峻，峻時貧困冗散，忽請紙筆疏十餘事，坐客皆驚，帝不覺失色，自是亦不復引見。及峻《類苑》成，帝即命諸學士撰《華林編略》以高之，竟不見用。（廣陵書社，2007年）

王世貞《弇州四部稿》卷六十五文部《〈陸氏伯仲集〉序》：

昔劉孝標群從子弟七十二人皆能文，推孝標冠。幸而遇梁武帝操觚之主，乃故抑詘，使之轗軻貧悴。未已，而又集諸學士爲《華林遍要》以高之。陸氏自其先大父，世世受文，既兄弟并振起家學，而又各有子善其言，即無論孝標相先後，美哉蕭君，賢於君家武帝遠矣。更爲我語陸仲子，知必不爲仲翔嘆，伯子而無知則已，伯子而有知，其亦不重致慨於名山大川也。若余則又焉能真知二子者？

同上，卷六十八文部《〈類雋〉序》：

余謝不敏，則曰：子書成而懈，夫豪杰之士以無事殫力於學則不可，然使途之人亦或盡染指焉，以立取而立應而無腐相如之毫也，則亦唯子之功。謂康王誠賢王矣，劉孝標作《類苑》，而梁武以人主之重不能見推詡，顧集諸學士爲《華林要略》以高之。康王不愛趙貲與書，以共山人筆札而成山人名，康王誠賢王也。山人名若庸，恒自號虛舟以見寓云。

同上，卷七十文部《〈殷氏族譜〉序》：

殷之先出自成湯，湯姓子氏，其國商，自其孫盤庚都殷，其國亦曰殷。殷之亡而微子國於宋，其公族曰華、曰向，仕於魯，而聖者曰孔。蓋自宋王偃亡而其子孫散處，或氏宋，或氏殷，或氏商，蓋六姓著而稱子者寡矣。遷《史》乃謂有來氏、空同氏、稚氏、髦氏，而不及華、向，何也？至漢而殷，顯者僅諫大夫，封晉則淵源，而後彬彬盛哉。以故所著《殷氏譜》、劉孝標注《世說》，時時稱之。

同上，卷一百五十一説部《藝苑卮言》：

梁時使臣至吐谷渾，見牀頭數卷，乃《劉孝標集》。天后朝，日本西番重用金寶購張鷟文。大曆中，新羅國上書請以蕭夫子穎士爲師。元和中，雞林賈人鬻元白詩，云東國宰相以百金易一篇，僞者輒能辨。

……囊與同人戲爲文章九命，一曰貧困，二曰嫌忌，三曰玷缺，四曰偃蹇，五曰流竄，六曰刑辱，七曰夭折，八曰無終，九曰無後。

一貧困。顏淵簞食瓢飲，原思藜藿不糁，子夏衣若懸鶉……劉峻家有悍室，輾軻憔悴；裴子野借官地二畝，蓋茅屋數間；盧叟每作一布囊至貴家，飲噉後餘肉餅付螟蛉……

二嫌忌。屈原見忌上官，孫臏見忌龐涓，韓非見忌李斯，莊周見忌惠子，荀卿見忌春申，賈誼見忌絳灌，董仲舒見忌公孫，蔡邕見忌王允，邊讓、孔融、楊修見忌魏武，曹植見忌文帝，虞翻見忌孫權，張華見忌荀勖，陸機見忌盧志，謝混見忌宋祖，劉峻見忌梁高……

四偃蹇。孫卿垂老蘭陵，避讒引却；孟氏再説不合，徬徨出晝。長卿爲郎數免，婆娑茂陵；仲舒既罷江都，衡門教授。賈生長沙卑濕，作《鵩賦》；東方朔久困執戟，作《客難》。揚雄白首校書，作《解嘲》；馮衍老廢於家，作《顯志賦》。陳壽以謗議，再致絀辱；孫楚以輕石苞，湮廢積年。夏侯湛中郎不調，作

《抵疑》；邵正三十年不過六百石，作《釋譏》；潘安仁三十年一進階、再免、一除名、一不拜，作《閑居賦》；卞彬擯棄形骸，仕既不遂，作《蚤蝨蝸蟲賦》；劉峻爲梁武所抑，不見用，作《辨命論》……

同上，卷一百六十二說部《宛委餘編七》：

陸澄與王儉等徵事，候商略畢談，所遺漏百千條，皆儉所未睹。又與何憲等徵事，悉并其舊物奪之。何憲在王儉宅徵事，以最優得五色簞、白羽扇，王摛後至，悉奪之。沈約與梁武徵栗事，少其二。沈約策劉顯十事，顯對其九。劉顯策約五事，約對其二。梁武策錦被事已盡，劉孝標最後出十餘條。南唐鉉鍇策猫，楚金多五十事。元陳呂數驢，剛中少三十條。

同上，《弇州續稿》卷四十三文部《編注王司馬〈宮詞〉序》：

無錫顧玄暐深於風人之旨者也，少則侍其世父太保公宦京師，跬武玉清，警欬天語。然是時，叩温室之樹而不敢對。晚讀建此詩而有會焉，爲之注。故毋論建之情事了無纖悉遺憾，而旁引曲譬尚有溢於其表者，亦何異劉孝標之於義慶耶？玄暐之子某以示余，余謂合而行之。合而行之，其以爲宮詞也，其且以爲壺史也，否歟？然哉？

同上，《弇州續稿》卷六十八文部《胡元瑞傳》：

元瑞築室山中，後先購書四萬餘卷，分別部類，仿佛劉氏《七略》而加詳密。黎惟敬爲大書曰"二酉山房"，而屬余記之。旦夕坐卧其間，意僑如也。居恒笑蠹魚去人意不遠，又謂我故識古人，恨古人乃不識我。其託尚如此。好稱說前輩風節，嘗怪其郡若梁劉孝標之介、唐駱賓王之忠，而世僅僅以文士目之，當由作史者盲於心故。

同上，《弇州續稿》卷一百八十二文部《餘生》：

得書叙致尊公先生大故及足下治喪撫孤苦心獨行之詳，令人酸鼻。用晦所報亦同。至欲爲朱公叔、劉孝標續一論以志感，大抵末俗宜然，毋足怪者。姚匡叔則云足下能自樹立，不隳家聲，兩弟一子文筆卓犖，鳳毛之孌不減河東尊公，足慰地下矣。（《四庫明人文集》本，上海古籍出版社，1993年）

章潢《圖書編》卷六十四《雙龍洞》：

戊申夏六月，策西北行二十里至婺女鄉，復行出人家，沿山麓溪澗，澗水即洞中所出者。二里許，漸高山，路崎曲，馬不可行。予乃下步，獨先至一澗，石壁削峭巉巖，古木盤拏垂垂，下風摇其巔，聲動崖谷。澗中石苔蒲緑蘇，清冷逼人。復上行里許，則洞前居民數十家聚成委巷。由巷而出，則遠見洞門。復由小路，里許，則所謂雙龍洞，即道家所稱三十六洞天也。洞門軒豁如大廈，可容胡床百數，高可三五尺，石蓋如底，錯有石乳，下垂，若白龍升降狀。洞中右傍有一石，嶄然壁立如筍，與洞殆齊。筍之頂有小泉瀉石上。洞北平地一竅，廣三尺，高半之，水湧其中，風迅如扇，冷冽侵肌骨。從者皆執炬揭跣，傴僂而進。水深齊膝上，時湧泉正盛，其底皆大石，竟不浚而止。乃相與坐水傍玩之，其水由小礀西南行數十步，澗底一穴若井口，以杖探之，皆亂石雜列，不得入。水大半傾注其中，若擊鼙之聲，其小半由澗至洞門，伏流門外二丈餘，復見由西南長瀉而下。坐久風急，覺甚冷。據地坐，仰觀朝真洞，求路不可得。睇眄久之，乃從洞口而下至民居，後登嶺巔，復平處。乃命肩輿西行二里許，轉北，望見紫微巖講堂洞，即梁劉孝標隱居講學之地。山峭峻不可輿，相隨而步，曲折數百里（疑爲武）至洞口，從高而下，中復坦然，視雙龍爲敵，高倍之，皆石乳下垂，如雲如山，其旁壁乳結如佛像，五采絢然。予取裀褥布地上，仰卧觀之，其石乳皆垂溜，滴泥沙如冰雪。洞東北隅壁立而上，復闢一龕，可列坐五六人。（廣陵書社，2011年）

黃宗羲《明文海》卷一百九十九書五十三《與唐凝菴少卿》（吴中行）：

夫友之倫亦重矣！同聲則應，異氣則離，貴賤死生，交情乃見。門下與稽别駕應科，臭味莫逆，終始不携。既死矣，焉用文之？且也假絶友之峻節，賈忤相之高名，今則借負譴之畸人，充逢世之奇貨。門下之自爲計誠得矣，不佞之爲門下用亦足矣。死者爲地中冤鬼，未死者爲門下功臣，不佞其何辭之與有？拊膺扼腕，踢地踴天，三四躊躇，千萬不得已，傾心披瀝，没齒引避。爰稽載籍，若魏應瑒、晉嵇康、梁劉孝標、漢朱穆，義疏交絶，自古然矣。白日青天，丈夫男子亦安用塗飾於聲音笑貌，而爲此罔兩以相謾哉！蓋於是乎賢者之庭，削醜人之迹矣。此不惟不佞之處已宜爾，即門下之處人亦宜爾。倘門下謂其無足與比數，遂賜麾斥而置之於胸臆頤頰之外，幸也，惟命。倘門下忘其直率，因滋釁疵而重之怒，如蹈水火益熱益深，以門下才力智謀，直摧拉枯朽耳。不佞爲魚肉以俟刀俎，宜也，亦惟命。門下其裁擇之。（中華書局，1987年）

焦竑《國史經籍志》卷四下子類小説家：

《續世説》十卷。（劉孝標。）

同上，卷五集類別集：

《劉孝標集》六卷。（商務印書館，1939年）

徐應秋《玉芝堂談薈》卷八《博洽相勝》：

　　陸澄與王儉等徵事，候商略畢談，所遺漏百十條，皆儉所未睹。又與何憲等徵事，悉并其舊物奪之。何憲在王儉宅徵事，以最優得五色筆、白羽扇。王摛後至，握筆便成，文詞華奧，悉奪之。沈約與梁武徵栗事，約少其二元。呂徽之與陳剛中數臚事，剛中少二十條。梁武策錦被事已盡，劉孝標後出十餘條。……

　　劉孝標與梁武策錦被事，多十餘事，帝失色，遂不復引見。沈約與帝徵栗事，約少帝三條，出語人曰："此公護短，不讓即羞死。"後帝聞之，亦怒。

同上，卷三十《世說注》：

　　劉孝標注《世說》，自漢、魏、吳諸史、子、傳、地理之外，如晉氏一朝諸史及諸公列傳、譜諜文章，凡一百六十六家，皆出正史之外。此又齊梁以上書也。譜諜別傳姑不暇及，餘書亦疏其目，已見《史通》者不載。薛瑩《後漢書》、劉向《別錄》、環濟《吳紀》、梁祚《魏國統紀》《曹瞞傳》《魏末傳》、朱鳳《晉書》、虞預《晉書》、劉謙之《晉紀後略》、曹嘉之《晉紀》《晉惠帝起居注》《晉安帝紀》《晉百官名》《晉諸公贊》、摯虞《世本》、車頻《秦書》《趙書》、袁敬仲《正始名士傳》、又《海內名士傳》、劉義慶《江左名士傳》、魏明帝時撰《海內先賢傳》、皇甫謐《逸士傳》、蕭廣濟《孝子傳》、張隲《文士傳》、華□譜□《晉世譜》、杜篤《新書》、郭頒《魏晉世語》、盧綝《晉八王故事》、高逸《沙門傳》、名德《沙門題目》、衛禹《永嘉流人名目》□《隆安記》《漢南記》、荀綽《兗州記》《三秦記》《丹陽□記》、葛穎《揚州記》《陳留志》、萬震《南州異物志》《襄陽記》、雷次宗《豫章舊志》、張僧鑒《潯陽記》、張資《涼州記》《西河舊事》、鄭緝之《東陽記》《永嘉記》、賀循《會稽記》、鍾離岫《會稽後賢記》《洛陽宮殿簿》《神農書》、劉向《五經通義》《文字志》《文章叙錄》、摯虞《文章流別志》、殷淳《婦人集》、虞通之《妒記》、青烏子《相冢書》《相牛經》。

　　又裴松之注《三國志》，亦旁引諸書。史稱與孝標之注《世說》，可為後法。

（《四庫筆記小說叢書》本，上海古籍出版社，1993年）

陳禹謨《駢志》卷四乙部下《劉孝標自比馮衍者三》：

　　《梁書》：劉孝標嘗為自序，其略曰："余自比馮敬通，而有同之者三，異之者四。何則？敬通雄才冠世，志剛金石；余雖不及之，而節亮慷慨，此一同也。敬通值中興明君，而終不試用；余逢命世英主，亦擯斥當年，此二同也。敬通有忌妻，至於身操井臼；余有悍室，亦令家道轗軻，此三同也。敬通當更始之世，手握兵符，躍馬食肉；余自少迄長，戚戚無歡，此一異也。敬通有一子仲文，官成名立；余禍同伯道，永無血胤，此二異也。敬通膂力方剛，老而益壯；余有犬馬之疾，溘死無時，此三異也。敬通雖芝殘蕙焚，終填溝壑，而爲名賢所慕，其風流郁烈芬芳，久而彌盛；余聲塵寂漠，世不吾知，魂魄一去，將同秋草，此四異也。所以自力爲序，遺之好事云。"（《四庫類書叢刊》本，上海古籍出版社，1992年）

胡應麟《少室山房筆叢》卷三甲部《經籍會通三》：

（王伯厚）《紀聞》又云：漢《七略》所錄，若齊《論》之《問王》《知道》，《孟子》之外書四篇，今皆亡傳。《莊子·逸篇》十有九，《淮南鴻烈》多襲其語，唐世司馬彪注猶存，《後漢書》《文選》《世說注》《藝文類聚》《太平御覽》間見之，斷圭碎璧，足爲匭櫝之珍，博識君子或有取焉。

六經惟《春秋》纘述尤盛，李概《戰國春秋》二十卷，趙曄《吳越春秋》十二卷，皇甫遵《吳越春秋傳》十卷，楊方《吳越春秋削繁》五卷，孔衍《春秋國語》十卷、《春秋後國語》十卷，劉允濟《魯後春秋》十卷，何承天《春秋前傳》十卷、《春秋後傳》三十卷、《春秋雜語》十卷，陸賈《楚漢春秋》九卷，司馬彪《九州春秋》十卷，劉孝標《九州春秋鈔》一卷，胡旦《漢春秋》一百卷、《漢春秋問答》一卷……總之皆《漢紀》《唐曆》之類。今傳者百無一二，而偏記小史若《越絕》《世說》等書輒十傳六七。聖神經典即其名不易當如此，況其實哉！

同上，卷十三乙部《史書占畢一·內篇》：

裴松之之注《三國》也，劉孝標之注《世說》也，偏記雜談旁收博采，迨今藉以傳焉，非直有功二氏，亦大有造諸家乎？若其綜核精嚴，繳駁平允，允哉！史之忠臣、古之益友也。

劉孝標有《續世說》十卷，劉義慶有《小說》十卷，惜哉其俱弗傳也。籍傳，晉、梁雅詞今尚盈耳哉。

同上，卷十七乙部《史書占畢五·雜篇上》：

晉皇甫謐隱居不仕，耽玩典籍，至忘寢與食，時人方之好色，謂之"書淫"。梁劉峻從桑乾還，自謂所見不博，更求異書，聞京師有者，必往祈借，清河崔慰祖謂之"書淫"。

同上，卷二十九丙部《九流緒論下》：

今世傳大類書，如《太平御覽》《冊府元龜》皆千卷，可謂富矣，然貞觀中編《文思博要》一千二百卷，金輪朝編《三教珠英》一千三百卷，簡帙皆多於宋。又許敬宗編《瑤山玉彩》五百卷，張太素編《冊府》五百八十二卷，視今傳《合璧事類》等書亦皆過之。其始蓋昉於六朝，何承天《皇覽》一百二十二卷，劉孝標《類苑》一百二十卷，徐勉《華林要略》六百卷，祖珽《修文御覽》三百六十卷，然諸書惟孝標一二出自獨創，自餘皆聚集一時文學之士奉詔編輯者，非一人手裁也。今《博要》《珠英》等書俱久廢不傳，惟唐人《初學記》三十卷、《藝文類聚》一百卷行世。二書采摭頗精，第不備耳，中收錄詩文、事迹往往出今史傳、文集外，使諸大部傳，必各有可觀，惜哉！

同上，卷三十八庚部《華陽博議上》：
　　集之靡冗而難周者莫大於類書，類書之中又有博於名物者、典故者、經史者、詞章者。劉峻之《類苑》、徐勉之《華林》博於名物，楊億之《元龜》、李昉之《御覽》博於典故，樂天之《六帖》、景盧之《法語》博於經史，敬宗之《玉彩》、李嶠之《珠英》博於詞章。總之，則《玉彩》《珠英》《六帖》《法語》之屬博於文，《御覽》《元龜》《類苑》《華林》之屬博於事，歐、虞、祝、謝兼載事文，杜、鄭、馬、王獨詳經制。大抵書以類稱，體多沿襲，創造之力劉、徐實難；考究之功馬、鄭爲大。至纖微曲盡，毫末咸該，即陸澄、王摛并操觚翰，未必亡憾也。
　　文人以博雅名，古今莫過劉氏，蓋代不乏人矣。錄其尤灼灼者。漢劉向、劉歆，魏劉劭，晉劉沈、劉寔，宋劉瓛、劉璡、劉湛，齊劉虬，梁劉顯、劉逖、劉峻、劉杳、劉敲、劉訏、劉霽、劉祥、劉昭、劉繩、劉臻、劉諒、劉之遴，北朝劉芳、劉晝、劉蘭、劉懋，隋劉焯、劉炫、劉善經，唐劉孝孫、劉知幾、劉仁軌、劉允濟、劉軻、劉鄴、劉蛻，五代劉希古，宋劉載、劉琦、劉易、劉敞、劉攽、劉恕、劉義仲、劉弇、劉清之，元劉因、劉霖。此外，詩文之士如梁劉孝綽，一時群從七十餘人，亦古今絕異。而博雅不著二三，殆各有天授也。
　　齊之有陸澄，梁之有劉峻也，鐵中錚錚矣。然澄爲左丞，坐以糾劾免官，澄上章自理，詔内外詳核，褚彥回檢宋興以來類例甚衆，竟以膚見諼聞，白衣領秩。峻作《〈山栖志〉序》，以黃初平爲雨師，蓋坐赤松子誤耳。則劉於往事有所未詳，而陸於近典憒憒。甚矣！博古通今，儒名豈易稱哉？

同上，卷三十九庚部《華陽博議下》：
　　大約徵者如"杞不足徵"之徵，策者即漢世射策之策。然梁武與劉峻徵錦被事，亦謂策者，自上臨下之詞，實非策也。惟隸事與徵義同。
　　…………
　　程泰之當廷中對事，必援古引今，備極證據。人主不悅而出之。此又與梁武惡劉孝標異。宋時人主直是懵然不解耳。然程他日著《北邊備對》，尚以嚮日所對，未詳爲恨，可謂不負所學矣。

同上，卷四十四壬部《玉壺遐覽三》：
　　神仙家名號相類者最易混淆。赤松子本黄帝時雨師，吾邑黄初平得道後，慕古赤松，因以（《四庫全書》本作易）此名，世遂以初平爲赤松子。劉孝標博洽冠世，亦以金華赤松子爲雨師，蓋止據《列仙傳》言之，而《神仙傳》或未睹也。葛稚川當晋過江時，與孝標相去不遠，唐前書無刻本，所纂《神仙傳》或未行於時，故孝標未及睹之。

同上，卷四十五壬部《玉壺遐覽四》：
　　《龍城録》云：金華山即今雙溪別界，其北有仙洞，俗呼爲劉先生隱身處。其內有三十六室，廣三十六里，石刻上以松炬照之，云："劉嚴字仲卿，漢室射聲校尉，當恭、顯之際極諫，被貶於東甌，隱迹於此，莫知所終。"即道士蕭至玄所記也。山口人時得玉篆牌，俗傳劉仲卿每至中元日來降洞中，豈仲卿亦梅子真之徒歟？按，此事不見漢諸雜説，故吳禮部《詩話》以爲即劉孝標紫薇岩也。然孝標名將後此山而朽，則以紫薇爲仙窟、孝標爲仙官，亦亡不可者。（上海書店出版社，2009年）

胡應麟《少室山房集》卷二十三《金華山三洞歌》：
　　三洞曰朝真、冰壺、雙龍，是黄初平升仙處。
　　薄游金華山，信足支短筇。長嘯黄初平，蹴踏金芙蓉。芙蓉峰頭白雲起，天風習習兩腋舉。相傳古來洞天三十六，乃是赤松真人之所理。千岩拔崔嵬，萬壑亘迤邐。高欲凌空同，側若摧鳥鼠。括蒼與台雁，瑣細不足擬。帝鴻既長逝，雨師邈難招。迴看昔日講堂洞，却憶當時劉孝標。九龍蜿蜒讀書處，穿岩怪石摩蒼霄。荒墳突兀葬彩筆，至今詞客何寥寥。講堂信鬱紆，朝真益弘敞。天門劃然開，石洞豁榛莽。恍然坐我金銀臺，昆丘玄圃恣來往。青虬赤鯉盡羅列，三仙七聖時俯仰。幽懷轉軼蕩，勝概杳莫窮。飛梁百尺下窈窕，舉足却墮冰壺中。冰壺跨山腹，氣勢何其雄。何年虎豹穴，置此蛟龍宫。水簾參差直下五千尺，銀河宛轉倒瀉雙白虹。天孫雲錦織璀璨，鮫人珠箔垂玲瓏。飛流濺沫日夜不得息，驚濤湧雪六月迷長空。聳身出冰壺，倚杖息餘峭。舉頭萬松巔，隱隱落斜照。石羊紛紛望不窮，突見雙龍挂寒嶠。恍惚初平兄弟騎，蜕骨遺此青天貌。俯窺曲澗僅容膝，解衣燃燭渡深黑。行行不盡一綫明，萬乳熒煌噴蒼壁。玉樹羅青葱，芝田爛金碧。誰持巨靈斧，鑿此靈仙窟。真人渺何許，瑶草紛可拾。枰間數子勢飛動，細看尚記當年奕。人言此穴穿四明，天窗萬叠開蓬瀛。摩挲仰視衆仙籙，隱見若有胡生名。吁嗟我今胡爲在下土，青鞋布襪濩落如流萍。乃思昔日玉皇側，看花醉卧芙蓉城。木公徘徊向我怒，授簡謫余離太清。一落人間五千載，滄溟浩劫會已盈。顧瞻靈境但咫尺，奮身欲飛還不能。倚杖還悲歌，壯心浩難遏。却憶雲門期，瓢笠候明發。迴望金華山，茲游信奇絶。餘霞映袍袖，嵐翠尚明滅。何當躡蒼虬，長揖衆仙列。提携兩赤松，永與塵世別。

同上，《夜飲芙蓉館大醉，放歌寄黎惟敬、康裕卿、李惟寅、朱汝修》：

初平騎羊去不返，沈侯八咏空嶙峋。劉生老死駱生寡，誰令大鈞迴陽春。君不見蘭州胡元瑞，九齡學仙已成癖。欲乘長風游八極，大鵬扶搖不肯騎。幾度鞭羊復成石，十五更作咸陽游。五花笑脱青貂裘，酒闌大叫呼李白。雪花飛墮長安樓，是時真龍御皇極。雙闕嵯峨象緯闢，作賦寧論狗監知。曳裾自許龍門客，人前白眼雙飛揚。誰其握手黎惟康，李侯曉散禁廬直。停車數過朱生堂，相看意氣誰肯下。握塵含毫破深夜，萬象淋漓碣石宮。千人辟易華陽社，五陵軒車春不開。狂歌獨上黃金臺，拔劍起舞長虹摧。睥睨燕昭王，豎子非仙才。荒碑零落翳榛莽，其人白骨隨塵埃。劇辛郭隗豈壯士，汝曹自爲千金來。當時乃公用齊國，臨淄豈得同蒿萊。前瞻涿鹿野，左瞰盧龍隒。浮雲萬叠飛不盡，但見太行山色青崔嵬。入洛聲名晚差著，掉頭忽出新豐市。拂袖初辭上苑花，持竿欲挂滄溟樹。呂梁震澤天茫茫，扁舟一葉飛錢塘。鏡湖剡溪咫尺不得渡，十月寒濤如雪霜。孤峰指點嚴陵宅，古木槎牙向人立。羊裘客子雙眼青，分我桐廬半江碧。高臺祗合長垂綸，誰知物色來衡門。天閽突兀帝星遠，十年五上空沉淪。蘿薜歸來手還葺，一笑文君壁空立。生計猶餘二頃田，謀身豈必千頭橘。五侯七貴俱浮雲，鄴侯萬卷堪橫陳。男兒大業在金石，那令七尺隨風塵。醉墨蒼茫浩歌發，紫氣東來照吳越。文章得失心自知，肯向朱門傍先達。唾壺擊碎歌轉長，美人天外空仿徨。眼前齷齪誰相望。大兒劉孝標，小兒駱賓王。後生不死亦前輩，九原可作同翱翔。遥遥八咏樓，樓空竟何有。樓中之人今在否，祇今誰是東陽守。會叱群羊起太空，卧看扶桑日西走。

同上，卷四十九《秒秋游金華芙蓉峰憩劉孝標讀書處》：

叠嶺危梯挂碧天，支筇遥踏亂雲前。芙蓉萬朶烟中出，檜栢千林洞口懸。采藥壇空猶晋代，讀書臺古自梁年。移家我亦尋仙客，試伴群羊絶頂眠。

同上，卷八十八《趙先生傳》：

趙先生既以完節歸，慕司馬君實、范希文故事，與從弟今大學士趙公、太僕卿徐公洎家君躬服古道化，鄉間風俗爲一變。以清獻名德蓋宋代，而焚香告天事尤偉。則建議舉宗創祠廟，而獨捐金數百，臺其上曰告天，并輯處士公而上、水部公而下積功累仁事爲一編，命之曰《傳香録》，自余鄉先達偉人劉孝標、駱賓王輩皆著論暴其忠節，當世韙之。性澹泊，惡紛華，獨寄好山水，時時挾名勝，探幽奇，長吟短謠，翛然自適。方秋作《感懷十咏》，騰播一時。他篇什工者尤衆。

同上，卷八十九《石羊生小傳》：
　　又少慕尚子平爲人，而禀賦孱弱，乏濟勝具，因繪圖齋壁，綴詩其上，曰臥游室以自遣。性尤好纂述……以婺先達無若劉孝標、駱賓王二子。孝標博洽冠古今，當梁武忮君不少殉。而賓王武氏一檄，爲唐三百年忠義倡，世率以文人亡行視之。於是合傳二子，而輯其遺文爲一編。會閩蘇君禹來督學，讀生文稱善，相屬即日檄賓王入郡祠，千載鬱閟之疑暴濯一旦，生亦頗自厭意云。

同上，卷一百一《讀〈三國志〉裴注》：
　　裴世期之注《三國志》，劉孝標之注《世説》，傍引博據，宏洽淹通，而考究精嚴，辨駁明審，信兩君之深於史學也。迄今三國六代小説逸事，往往覆賴二注以存，而二書無注亦大有茫然不可讀者。故余謂著書誠難，而注書尤難，能注若二君，可也。

同上，卷一百二《讀〈世説新語〉》：
　　劉義慶《世説》十卷，讀其語言，晉人面目氣韵怳忽生動，而簡約玄淡，真致不窮，古今絶唱也。孝標之注博贍精核，客主映發，并絶古今。考隋、唐《志》，義慶又有《小説》十卷，孝標又有《續世説》十卷，今皆不傳。悵望江左風流，令人扼腕云。（《四庫明人文集叢刊》本，上海古籍出版社，1993年）

顧起元《説略》卷八《史别中》：
　　《漢書注》有曰臣瓚者，不知爲何人。晉中書監魯和嶠嘗領命校正《穆天子傳》五卷，瓚乃其校書官屬郎中傅瓚也。後人取其説以釋《漢書》，故有臣瓚注語。按《漢書》余靖刊誤，已知有傅瓚，然亦疑其未足據矣。余考酈道元《水經注》多引薛瓚《漢書注》，則臣瓚者安知其非薛耶？道元後魏人，去晉不遠，其書引用不一而足，當不誤也。宋景文云："劉孝標《類苑》以爲于瓚，《水經注》以爲薛瓚。"而終云"不足取信"，似未深考也。

同上，卷十三《典述中》：
　　劉孝標注《世説》，自漢、魏、吴諸史、子、傳、地理之外，如晉氏一朝諸史及諸公列傳、譜諜文章，凡一百六十六家，皆出正史之外，此又齊、梁以上書也。

譜諜、別傳姑不暇及，餘書亦疏其目，已見《史通》者不載：薛瑩《後漢書》、劉向《別錄》、環濟《吳紀》、梁祚《魏國統紀》《曹瞞傳》《魏末傳》、朱鳳《晉書》、虞預《晉書》、劉謙之《晉紀後略》、曹嘉之《晉紀》《晉惠帝起居注》《晉安帝紀》《晉百官名》《晉諸公贊》、摯虞《世本》、車頻《秦書》《趙書》、袁敬仲《正始名士傳》，又《海內名士傳》、劉義慶《江左名士傳》、魏明帝時撰《海內先賢傳》、皇甫謐《逸士傳》、蕭廣濟《孝子傳》、張隲《文士傳》、華嶠《譜叙》《晉世譜》、杜篤《新書》、郭頒《魏晉世語》、盧綝《晉八王故事》、高逸《沙門傳》《名德沙門題目》、衛禹《永嘉流人名》、周祇《隆安記》《漢南記》、荀綽《兗州記》《三秦記》《丹陽記》、諸葛穎《揚州記》《陳留志》、萬震《南州異物志》《襄陽記》、雷次宗《豫章舊志》、張僧鑒《潯陽記》、張資《涼州記》《西河舊事》、鄭緝之《東陽記》《永嘉記》、賀循《會稽記》、鍾離岫《會稽後賢記》《洛陽宮殿簿》《神農書》、劉向《五經通義》《文字志》《文章叙錄》、摯虞《文章流別志》、殷淳《婦人集》、虞通之《妒記》、青烏子《相冢書》《相牛經》。

同上，卷十八《冥契上》：

《藝文類聚》載劉孝標《啓》有松子玉漿、衛卿雲液。（《四庫類書叢刊》本，上海古籍出版社，1992年）

馮復京《六家詩名物疏》卷三十九小雅節南山之什二《小弁篇·鸒》：

按孔氏以斯爲語辭，而譏劉孝標《類苑》立鸒斯之目。然《爾雅》《法言》俱名鸒斯，何以定斯之一字必爲語辭乎？鄭夾漈《通志》亦曰鸒斯。（《文淵閣四庫全書》本）

彭大翼《山堂肆考》卷九十五親屬《孝標三同》：

東漢馮衍字敬通，妻任氏妒悍，不畜媵妾，兒女自操井臼。劉孝標云："予與敬通有三同，不遇一同也，剛直二同也，馮有忌妻自操井臼，予亦有忌妻，家道坎軻，三同也。"又《藝文類聚》：馮敬通有一婢，任氏擊之，無所不至。敬通乃遣其妻，因與妻弟任武達書曰："不去此婦，則家不寧；不去此婦，則家不清；不去此婦，則福不生；不去此婦，則家不榮；不去此婦，則事不成。吾數奇命薄，偶相遭逢。"

同上，卷九十六親屬《越俗超塵》：

梁劉歊字子玄，博學能文；族弟訏字彥度，幼稱純孝。兄弟二人卜築鍾山，有終焉之志。劉孝標稱之曰："訏超超越俗,如半天朱霞;歊矯矯出塵,如雲中白鶴,皆歉歲之粱稷,寒年之纊絖也。"

同上,卷九十八親屬《孝標三妹》:
　　梁劉孝標有三妹,一嫁琅琊王叔英,一嫁吳郡張嵊四山,一嫁東海徐悱敬業,并有文才。而徐妻文尤清拔,所謂劉三娘字令嫻是也。悱卒,令嫻爲祭文,辭甚悲愴。父勉欲爲哀辭,見此文,乃閣筆。又令嫻兄孝綽罷官不出,爲詩題其門,曰:"閉門罷慶吊,高臥謝公卿。"令嫻續之曰:"落花掃仍合,藂蘭摘復生。"

同上,卷一百二十一文學《通涉六經》:
　　劉峻字孝標,《辨命論》云:"近世沛國劉瓛與弟璡,并一時秀士也。瓛則關西孔子,通涉六經;璡則志烈秋霜,心貞昆玉。"

同上,卷一百二十五文學《一座稱服》:
　　《南史》:崔慰祖字悦祖,清河東武城人。好學,聚書至萬卷,與平原劉孝標皆以碩學被徵。國子祭酒沈約、吏部郎謝朓嘗於吏部省中,賓客俱集,各問慰祖地理中所不悉十餘事。慰祖口喫無華辭,而酬據精悉,一座稱(服)。朓嘆曰:"假使班、馬復生,何以過此?"

同上,卷一百三十一文學《辨命論》:
　　魏劉峻字孝標,負才矜能,自謂坐致雲霄,豈圖逡巡十稔,而榮慙一命?因著此論,蓋自喻云。略曰:放勛之世,浩浩襄襄;天乙之時,焦金流石。文公囚其尾,宣尼絕其糧,顏回敗其叢蘭,冉耕歌其《芣苢》,夷叔斃淑媛之言,子輿困臧倉之訴。聖賢且猶若此,而況庸庸者乎?至乃伍員浮尸於江流,三閭浮骸於湘渚,賈大夫沮志於長沙,馮都尉皓髮於郎署。君山鴻漸,鎩羽儀於高雲;敬通鳳起,摧迅翮於風穴。此豈才不足而行有遺哉!(《四庫類書叢刊》本,上海古籍出版社,1992年)

鍾惺《隱秀軒集》卷第十六《〈三注鈔〉序》:
　　《三注鈔》者,鈔裴松之《三國志注》、劉孝標《世説新語注》、酈道元《水經注》也。序曰:孔子云"述而不作",注者,述之一端也。雖曾子之於《大學》,文王、周、孔之於《易》,以至左氏、公、穀之於《春秋》,皆注也。凡注之爲言,依於其所注者也。故離乎其所注者,而不能爲書。離乎其所注者而猶能爲書,蓋注者之精神,有能自立於所注者之中,而又游乎其外者也。三注是也,夫是以可鈔也。

　　古人以書之力爲注，而後人不能以注之力爲書，則以古人重於視其述，而後人輕於視其作也。故予鈔三注，而重有感於述作之際也。或曰："《水經》，經也；《三國志》，史也；《世說》，說也。書宜首經，次史，次說。子於三子世焉，何居？"曰："已離乎其所注者，而直爲注矣。直爲注，則其次視諸注者之人之世焉可也！"（上海古籍出版社，2017年）

曹學佺《蜀中廣記》卷十八《名勝記第十八》上川東道重慶府二南川縣：

　　《方輿勝覽》：熊本平木斗夷得地五百里，山高谷深，乃奏建南平軍，謂即板楯七蠻故地。先是，劉孝標守南州，請置郡縣，遠人安之。晏殊爲孝標撰墓銘尚在。

同上，卷七十四《神仙記第四》川南道：

　　《列仙傳》云：陸通者，楚狂接輿也。好養生，食橐盧木實及蕪菁子，游諸名山，住蜀峨眉山上，人世世見之，歷數百年也。

　　按晉皇甫謐作《高士傳》，宋劉孝標注《世說》，唐陳子昂賦《感遇詩》，皆以接輿爲避楚入蜀，隱於峨眉。今有接輿歌鳳臺焉。（上海古籍出版社，2020年）

王志堅《四六法海》卷七《與宋玉山元思書》（劉峻）：

　　劉峻字孝標，少與母兄俱被掠至魏，與母并出家，既而還俗，自課讀書。魏孝文盡選物望，江南人士有才學者，咸見申擢，峻兄弟不蒙選授。齊永明中，俱奔江南，兄孝慶以應梁武，歷官顯重，峻獨所向坎壈。梁武嘗與臣下策錦被事，咸言已盡，試呼峻，峻疏十餘事，帝護前，遂惡之。乃著《辨命論》以寄懷。晚居東陽紫岩山，卒，門人諡曰元靖先生。（遼海出版社，2010年）

黃宗羲《明文海》卷二百二十七序十八《〈李杜詩通〉序》（朱大啓）：

　　夫注書之家，如裴松之《三國志》，陸澄、劉昭《兩漢書》，劉彤《晉記》，劉孝標《世說》，酈道元《水經》，冀廣異聞，掇奇補闕，以名於世。至於箋詩集者，是在旁引載籍，托緒造微，多發旨趣也。君子立言以垂不朽，箋雖小道，而以割昔人名，誠非易哉！（中華書局，1987年）

劉宗周《人譜》卷上《考旋篇》：

　　劉孝標家貧好學，自以少時未能早悟，晚更屬精，從夕達旦，或時昏睡，爇其鬢髮，及覺復讀，以是明慧過人，博極群書，文藻秀出，南北學者莫與爲匹。

（《叢書集成初編》本）

周嬰《卮林》卷一《辨劉·叔向》：

《世說新語》曰："卞令目叔向朗朗如百間屋。"劉孝標注曰：《春秋左氏傳》曰："叔向，羊舌肸也，晉大夫。"辨曰：《世說·賞譽品藻》止於魏晉兩朝間，因曹蜍、李志而及廉、藺，因讀《高士傳》而出井丹、長卿，若尚論古人，羌無義例。所謂叔向者，予以爲望之有叔名向，爲之題目，以相標榜，如王大將軍稱其兒類耳。且叔向平丘之會以威武劫齊，以無道脅魯，以譎詐懼季孫，而又構殺萇弘，陰謀周室，何朗朗之有？

同上，《辨劉·深公》：

《世說》法深凡五見，而於此獨以爲殷侯，必非孝標撰也。孝標注多爲敬胤者所淆，敬胤蓋唐人，此注抑愈下矣。

同上，卷二《繹李·于嚴》：

劉孝標《辨命論》："于公高門以待封，嚴母地以望喪，此君子所以自強不息也。"李善注引《漢書·嚴延年傳》。

繹曰：荀悅《漢紀》丞相于定國父于公爲東海決曹掾，決獄甚明，罹法者皆無恨于公。里門閭壞，父老方共治之，于公曰："少高大，令容駟馬高蓋，我治獄多陰德，子孫必興。"嚴延年爲河南太守，爲治嚴酷，母從東海來，適見報囚，怒延年曰："天道神明，人不可獨殺。行矣，去汝東歸，除掃墓地待汝耳。"後歲餘而誅，故人爲之語曰："于公高門以待封，嚴母掃地以望喪。"此東海人風謠，《漢書》不載，孝標蓋全用之。

同上，卷三《釋王·鸒斯》：

《野客叢談》曰："《毛詩》'弁彼鸒斯'，鸒，鳥名也，斯者，衍辭，如曰螽斯、鷺斯之類。而劉孝標乃謂鳥名鸒斯，失矣。"

釋曰：陸德明《毛詩釋文》曰："鸒斯，一名鷽，一名鵯居，秦謂之雅。一云：斯，語辭。"孔穎達曰："此鳥名鸒，而云斯者，語辭，猶'蓼彼蕭斯''菀彼柳斯'。毛傳或有斯者，衍字，定本無斯字。以劉孝標之博學，而《類苑》鳥部立鸒斯之目，是不精也。"予按張揖《廣雅表》曰："《爾雅》之爲書也，精研而無誤，真七經之檢度，學問之階路，儒林之楷素。故孔子曰：'《爾雅》以觀於古，足以辨言矣。'"今考《爾雅》曰："鸒斯，鵯居。"使"斯"祇語辭，則當與蕭、柳之例并削之矣。《法言》曰："頻頻之黨，甚於鸒斯。"子雲豈亦有誤與？至謂"螽斯"之斯與"鸒斯"之斯同爲語辭，其說益僻。案：《周南》螽斯羽《七月》作斯螽，毛傳曰："螽斯，蚣蝑也。"又曰："斯螽，蚣蝑也。"《爾雅》曰："蜤螽，蚣蝑。舍人曰：今所謂春黍。"《方言》曰："春黍謂之蝑。"陸璣《草木疏》曰："幽州人謂之春箕。"則安得以爲露斯、柳斯之比乎？

同上，卷五《解馮‧張君祖庾僧淵》：

馮汝言《詩紀》又載陳張君祖贈沙門竺法頽還西山、庾僧淵代竺法頽答張君祖諸詩，而注之曰："張君祖、庾僧淵，詩皆恬淡雅逸，有晉風，歷選陳世，無此作也。考《高僧傳》有康僧淵、竺法雅者，并在晉成帝時，疑即此人。與《廣弘明集》云陳張君祖，既不能明，姑列於此。"

解之曰：按《廣弘明集》多誤，如晉桓譚、宋孫盛、宋羅含之類多矣。此作陳張君祖，不足怪也。《世說新語》曰："康僧淵初過江，未有知者。忽往殷淵源許，值盛有賓客，殷使坐，遂成義理，領略粗舉，一往參詣，由是知之。"又曰："康僧淵在豫章，立精舍，旁嶺帶川，閑居研講。庾公諸人往看之，聲名乃興。"劉孝標注曰："僧淵疑是胡人。"沈約《晉書》亦稱其有義學。據此，馮氏所疑是也。但《高僧傳》竺法雅河間人，立寺高邑，爲趙太子石宣所敬，是爲張康在南，竺雅居北，風馬不及，贈答何繇矣？考竇泉《述書賦》曰："君祖馳馭，藝乔令譽，窮正驗草，而罕逮其能。"作僞亂真，而未可爲據。竇蒙注曰："張翼字君祖，下邳人，晉東海太守。穆帝令翼寫王右軍手錶，帝自批後，右軍殆不能別，久乃悟云：'小人幾欲亂真！'"然則張君祖者，晉張翼也，與康僧淵實并時。諸家不考，遂使目前佳士千載晦蒙，予深惋焉，故爲訂之云爾。

同上，卷六《廣陳‧青雲》：

《八公操》"超騰青雲，蹈梁甫兮"，《神仙傳》彭祖曰"仙人或化爲鳥獸，游浮青雲"，揚雄《甘泉賦》"吸青雲之流霞"，《楚辭》曰"載青雲兮上升"，郭璞《游仙詩》"尋我青雲友，永與時人絕"，江淹擬之曰"偃蹇尋青雲，隱淪駐精魄"，劉孝標《升天行》"欲訪青雲侶，正值丹邱人"，王筠詩"日軒若回駕，相待青雲際"，《真誥‧保命君吟》曰"朝華煥晨井，九蓋傾青雲"，常建《仙谷遇毛女詩》"祈君青雲秘，願謁黃仙翁"，此游仙也。（《叢書集成初編》本）

董斯張《廣博物志》卷二十四《閨壼二》：

劉孝標云："余與馮衍有三同。敬通值中朝明君，終不試用；予值英主，亦擯棄當年。一同也。敬通雄才冠世，志堅金石；予雖不及，而節亮慷慨。二同也。敬通有忌妻，至身操井臼；予有悍室，亦令家道轗軻。三同也。"（《四庫類書叢刊》

本，上海古籍出版社，1992年）

張溥《漢魏六朝百三家集》卷九十四《梁〈劉峻集〉題詞》：

　　劉孝標見任彥升諸子流離行路，舊交莫恤，則著《廣絶交論》；與中山劉明信友善，書命往反，明信没，復爲報章追答之；念其殷勤死友，寄懷寂寞，一篇之中，邱成、季札遺風在焉。孝標淄右名種，期月孤露。魏師南侵，陷身奴虜。既知書學，播遷緇素。韓非入秦，李陵去漢，豈若是困厄哉！多聞不達，逃還江南，亦爰適樂土，不欲累北人豢養也。魏佛助作《魏書》，好詆南士，妄謂孝標兄弟疏薄遭棄，殆越人之笑章甫乎？栖學東陽，享年六十，玄靖先生，寧云夭折？獨其一世書淫，南北并躓，上有好文之君，朝多同學之彥，而引見無階，山栖竟老，德祖見忌於曹操，敬通觖望於光武，豈非命邪？辯論六蔽，善言天人，《自序》三同四異，悲憤交集，遇主若此，而又重以悍室司晨，若敖將餒，詩窮而工，其然乎？！

　　目録：

　　啓：《送橘啓》

　　書：《與宋玉山元思書》《與舉法師書》《答劉之遴借〈類苑〉書》《追答劉沼書》《答郭峙書》《稱族子訐歆書》

　　序：《相經序》《自序》

　　志：《東陽金華山栖志》

　　論：《辨命論（有序）》《廣絶交論》

　　詩：《登鬱洲山望海》《自江州還入石頭詩》《始營山居》《出塞》

同上，卷一百十五《〈盧思道集〉題詞》：

　　盧子行自齊入周，作《聽蟬詩》；遷武陽太守，作《孤鴻賦》；淪滯官塗，作《勞生論》，憂愁所寄，并爲時稱。然譚世變，刺炎凉，論乃獨出矣。劉孝標傷任昉諸子流離，著《廣絶交論》，痛言五交三釁，世路險巇，過於太行孟門。子行自慨蹇産，詆斥物情，榮瘁冰炭，足使五侯喪魂，六貴飲泣，文人之筆，鬼魅牛馬皆可畫也。（《文淵閣四庫全書》本）

張溥著，殷孟倫注《漢魏六朝百三家集題辭注·劉户曹集》：

　　（劉峻字小標，初名法武，平原、平原人。齊永明中，南奔。建武中，爲豫州府刑獄。梁受禪，召入西省，免。安成王引爲荆州户曹參軍，以疾去職。居東陽之紫岩山，普通二年，卒，門人謚曰玄靖先生。有《世説注》十卷，集六卷。）

　　劉孝標見任彥升諸子流離行路，舊交莫恤，則著《廣絶交論》。（劉璠《梁典》曰："劉峻見任昉諸子西華兄弟等，流離不能自振，生平舊交，莫有收恤。西華冬月著葛巾，帔練裙，路逢峻。峻泣然矜之。乃廣朱公叔《絕交論》。到溉見其論，抵几於地，終身恨之。"論載《文選》及《南史》五十九。）與中山劉明信友善，書命往反，明信没，復爲報章追答之。（《梁書·劉峻傳》："峻率性而動，不能隨衆沉浮，高祖頗嫌之，故不任用。乃著《辨命論》以寄其懷。論成，中山劉沼致書以難之，凡再反，峻并爲申析以答。會沼卒，不見峻後報者，峻乃爲書以序之。又《劉沼傳》："劉沼字明信，中山魏昌人。幼善屬文。既長，博學。仕齊，起家奉朝請冠軍行參軍。天監初，拜後軍臨川王記室參軍，秣陵令，卒。）念其殷勤死友，寄懷寂寞，一篇之中，郈成、季札，遺風在焉。（寂寞，謂死者也。《廣絕交論》："寧慕郈成分宅之德。"注引《孔叢子》曰："郈成子自魯聘晉，過於衛，右宰穀臣止而觴之，陳樂而不作，酣舉而送以璧。成子不辭。其僕曰：'不辭，何也？'成子曰：'夫止而觴我，親我也；陳而不作，告我哀也；送我以璧，托我也。由此觀之，衛其亂矣。'行三十里而聞衛亂作，右宰穀臣死之，成子於是迎其妻子，還其璧，隔宅而居之。"《新序》曰："延陵季子將西聘晉，帶寶劍以過徐君，徐君不言而色欲之，季子爲有上國之事，未獻也，然心許之矣。使於晉，顧反，則徐君死。於是以劍帶徐君墓樹而去。"劉孝標《追答劉秣陵沼書》："但懸劍空壠，有恨如何！"）孝標淄右名種，期月孤露，魏師南侵，陷身奴虜。既知書學，播遷緇素。（孝標本漢膠東康王寄之後，故張氏謂爲名種。《南史·劉峻傳》："父珽之，仕宋爲始興內史。峻生期月而珽之卒，其母許氏攜峻及其兄法鳳還鄉里。宋泰始初，魏克青州，峻時年八歲，爲人所略爲奴，至中山。中山富人劉寶愍峻，以束帛贖之，教以書學。魏人聞其江南有戚屬，更徙之代郡。居貧，不自立，與母并出家爲尼僧。既而還俗。"緇素，謂僧徒也。）韓非入秦，李陵去漢，豈若是困厄哉！（《史記·老莊申韓列傳》："韓非者，韓之諸公子也。見韓之削弱，數以書於韓王，韓王不能用。非悲廉直不容於邪枉之臣，觀往者得失之變，故作《孤憤》《五蠹》《說難》十餘萬言。秦王見《孤憤》《五蠹》之書，曰：'嗟乎！寡人得見此人與之游，死不恨矣！'李斯曰：'此韓非之所著書也。'秦因急攻韓，韓乃遣非使秦，秦王悅之，未信用。李斯、姚賈毀之，曰：'韓非，韓之諸公子也。今王欲并諸侯，非終爲韓不爲秦，此人情也。今王不用，久留而歸之，此自遺患也，不如以過法誅之。'秦王以爲然，下吏治非，李斯使人遺藥使自殺，韓非欲自陳，不得見。秦王後悔之，使人赦而非已死矣。"李陵《答蘇武書》："自從初降，以至今日，身之窮困，獨坐愁苦，終日無睹，但見異類。韋韝毳幕，以禦風雨，羶肉酪漿，以充飢渴。舉目言笑，誰與爲歡，胡地玄冰，邊土慘裂。但聞悲風蕭條之聲。涼秋九月，塞外草衰，夜不能寐，側耳遠聽，胡笳互動，牧馬悲鳴，吟嘯成群，邊聲四起，晨坐聽之，不覺泪下。"）多聞不達，逃還江南，亦爰適樂土，不欲累北人豢養也。（《南史·劉峻傳》："峻好學，寄人廡下,自課讀書,常燎麻炬,從夕達旦。時或昏睡,蓺其鬚髮,及覺,復讀。其精力如此。時魏孝文選盡物望,河南人士才學之徒咸見申擢,峻兄弟不蒙選拔。齊永明中,俱奔江南,更名峻字孝標。")魏佛助作《魏書》,好詆南士,妄謂孝標兄弟疏薄遭棄,殆越人之笑章甫乎?(佛助,魏收小字。《魏書·劉休賓傳》:"休賓叔父旋之,其妻許氏。二子法鳳、法武,而旋之早亡。東陽平,許氏攜二子入國,孤貧不自立,并疏薄不淪,爲時人所棄,母子皆出家爲尼,既而反俗。太和中,高祖選盡物望,河南人士才學之徒咸見申擢。法鳳兄弟無可收用,不蒙選授,後俱奔南。法武後改名孝標云。")栖學東陽,享年六十,玄靖先生,寧云夭折。(《南史·劉峻傳》:"峻獨篤志好學,居東陽,吳會人士多從其學。普通三年卒,年六十,門人諡曰玄靖先生。")獨其一世書淫,南北并躓,上有好文之君,朝多同學之彥,而引見無階,山栖竟老,(《南史·劉峻傳》:"自以少時未開悟,晚更厲精,明慧過人。苦所見不博,聞有異書,必往祈借。清河崔慰祖謂之書淫。於是博極群書,文藻秀出。故其《自序》云:'冀中濟濟皆升堂,亦有愚者解衣裳。'言其少年魯鈍也。初梁武帝招文學之士,有高才者多被引進,擢以不次。峻率性而動,不能隨衆沉浮。武帝每集文士策經史事,時范雲、沈約之徒皆引短推長,帝乃悅,加其賞賚。會策錦被事,咸言已罄。帝試呼問峻,峻時貧悴冗散,忽請紙筆,疏十餘事,坐客皆驚。帝不覺失色。自是惡之,不復引見。及峻《類苑》成,凡一百二十卷,帝即命諸學士撰《華林遍略》以高之,竟不見用。"按峻游東陽紫岩山,因築室居,竟以終老焉。)德祖見忌於曹操,敬通觖望於光武,豈非命邪?(《魏志》注引《典略》曰:"楊修字德祖,太尉彪子也。謙恭才博,建安中,舉孝廉,除郎中,丞相請署倉曹屬主簿。是時軍國多事,修總知外內事,皆稱意。自魏太子已下并爭與交好。又是時臨菑侯植以才捷愛幸,來意投修,數與修書。植後以驕縱見疏,而植故連綴修不止,修亦不敢自絶。至二十四年秋,公以修前後漏泄言教,交關諸侯,乃收殺之。"敬通,馮衍字,見上。《史記·盧綰傳》:"爲群臣觖望。"《索隱》:"猶怨望也。")辯論六蔽,善言天人,(《辯命論》載《文選》及《梁書》峻本傳。)自序三同四異,悲憤交集,(《自序》,亦載《梁書》本傳,謂"余嘗自比馮敬通,而有同之者三,異之者四"。)遇主若此,而又重以悍室司晨,若敖將餒,詩窮而工,其然乎?(峻《自序》:"敬通有忌妻,至於身操井臼。余有悍室,亦令家道轗軻。"又云:"余禍同伯道,永無血胤。"《書·牧誓》:"牝雞司晨,惟家之索。"《左傳》宣公四年:"若敖氏之鬼,不其餒而。"歐陽修《梅聖俞詩集序》:"世謂詩人多窮,非詩能窮人,殆窮者而後工也。")(中華書局,2007年)

方以智《通雅》卷十一《天文·釋天》：

　　野馬陽炎也，白駒亦非景。《莊子注》："野馬，日光。一曰游絲水氣也。"《筆談》曰："野馬、塵埃是兩物。吳融云'動梁間之野馬'，韓渥云'窗裏日光飛野馬'，皆以爲塵，實乃田野浮氣耳。"龍樹大士曰："日光著微塵，風吹之野中，轉名之爲陽焰，愚夫見之謂之野馬，渴人見之謂之流水。翻譯名義云摩利支，此云陽炎，在日前行，或曰野馬，猶言白駒過隙耳。"語見《魏豹傳》。師古曰："白駒，日景也。"程大昌引劉孝標《答劉沼書》曰"隙駟不留"，李善注曰："墨子言人之生乎地上，辟猶駟之過隙。二世謂趙高曰：'人生居世間，如騁六驥過決隙也。'"今人或於暑晨登高山，嘗見山腰以下巨浸茫茫，惟夏秋間有之，故曰陽焰，實則霧也，少選日高則失。

同上，卷二十《姓名·人名》：

　　臣瓚姓傅，《史記集解》多引臣瓚。裴駰言臣瓚莫知姓氏，《索隱》以爲傅瓚，而劉孝標以爲于瓚。《穆天子傳》目錄云傅瓚爲校書郎，與荀勖同校定《穆天子傳》。何法盛傳于瓚，不言有注《漢書》之事。按《文紀》注："臣瓚引《祿秩令》及《茂陵書》，姬并内官秩比二千石。《茂陵書》《祿秩令》，此二書亡失，不得過江，明此當是晉中朝人，當是傅瓚。《墨莊漫錄》曰："校書郎中傅瓚，乃荀公曾和嶠所部校《穆天子傳》官屬也。故取此傳以注《漢書》，曰臣瓚，曾飯彦和亦云云，可爲確證。"

同上，卷二十一《姓名·鬼神》：

　　洪崖有二。郭璞詩所稱者姓張。或云黄帝之臣伶倫也。又云神農師，堯時已三千歲矣。漢武時入華山尋其叔叔卿。《真誥》云："洪崖先生今爲洞真，其隱迹在豫章西山，洪井在伏龍山，宋人畫跨白驢衣紅蕉葛衫，從者五人，曰橘栗木葛拙，負六角扇，垂雲笠，方木鐙，二玄書。"此張蘊也。《筆叢》以爲唐張氳，號洪崖子。世多以堯時之洪崖姓張，亦猶金華之皇初平號赤松子，而劉孝標遂以金華赤松子爲雨師也，初平之兄初起，亦改名魯般。

同上，卷四十五《動物·鳥》：

　　鵠即鶴，本作隺，或作鸖鶮。其通爲鵰者，非也。《埤雅》《本草》皆分釋隺、鵠。然鵠、鶴一聲之轉，古書互用。《詩》"從子於鵠"，音鶴，叶"白石皓皓"。淳于髡獻鵠於楚，舊注即隺。《後漢·吳良傳贊》"大儀鵠髮"注："白髮即鶴髮。"應休連《與岑文瑜書》"泥人鶴立於闕里"，曹植《表》"實懷鵠立企佇之心"即鶴立，劉孝標《辯命論》"龜鵠千歲"即龜鶴，《法書要錄》"鶴頭書"一作鵠頭書，嵇康《琴賦》"下逮謡俗，蔡氏五曲，王昭楚妃，千里別鶴"音鵠與曲叶，《漢書》"黄鵠下建章宫大液池中"作歌名《黄鶴》，又《別鶴操》云雄鵠雌鵠，則知鵠即鶴矣。《庚桑楚篇》"伏鵠"，古鶴字，今武昌黄鶴樓下曰黄鵠磯，此確證也。古稱鴻鵠，舉其大者。顔師古曰："鵠，水鳥，其聲鵠鵠。"康成解正鵠之鵠，爲小鳥，難中此，皆臆説。蓋鵠能遠舉，射者視小如大耳。（中國書店，1990年）

顧炎武著，黄汝成集釋《日知録集釋》卷十九《直言》：
　　孔稚珪《北山移文》明斥周顒，劉孝標《廣絶交論》陰譏到溉。袁楚客規魏元忠有《十失》之書，韓退之諷陽城作《争臣》之論。此皆古人風俗之厚。

同上，卷三十二《桑梓》：
　　《容齋隨筆》謂：《小雅》"維桑與梓，必恭敬止"，并無鄉里之説，而後人文字乃作鄉里事用。……梁武帝《幸蘭陵詔》："朕自違桑梓五十餘載。"劉峻《辨命論》："居先王之桑梓，竊名號於中縣。"江淹《擬陸平原詩》："明發眷桑梓，永嘆懷密親。"則又從《南都賦》之文而承用之矣。（上海古籍出版社，2013年）

魏裔介《兼濟堂文集》卷十二《歲進士貞復馮公暨待封孺人魏氏王氏合葬墓志銘》：
　　學可以修之於己，而遇不能必之於數，是以董仲舒有《士不遇》之賦，劉孝標有《辨命》之論，洵以自古以來，人之富貴貧賤咸得之於自然，不假道於才智。或高才而無貴仕，饕餮而居大位，造物者有數存焉，達人安之，盡其在己者而已矣。（中華書局，2007年）

毛奇齡《西河集》卷十六《辯毛稚黄韵學通指書》：
　　且夫二百六韵者，猶之一百七韵也。其云冬鍾灰咍，則仍止冬與灰也。韵有分標而用同一部，故律詩有同用而無同韵，猶之古詩無通韵而有通用。劉氏衹就其同者并之已耳，故一百七韵非今通之部，而二百六韵亦非舊分之書。如據劉孝標《行行且游獵篇》陽唐合用，王筠《七夕詩》歌戈合用，爲不用沈韵，則李白《蘭陵美酒詩》陽唐合用，賈至《泛洞庭詩》歌戈合用，爲不用唐韵也。

同上，卷十七《答馬山公論戴烈婦書》：
　　晉劉孝標注《世説》，趙母不知何趙母也。引《列女傳》曰："趙姬者，桐鄉令東郡虞韙妻也。皇帝敬其才，詔入宮省，作《列女傳注》，號趙母注。"夫趙母所注《列女傳》，則劉向《列女傳》也；孝標所引《列女傳》，則當時魏晉間舊史傳也。以趙母之才，孝標之學，與舊史《列女傳》之古而可據，而明明使趙姬之姓先於虞韙，乃曰"桓少君爲鮑宣妻"，則便非史筆。（《文淵閣四庫全書》本）

毛奇齡《續詩傳鳥名卷》卷三《白華》：
　　鶴與鵠通字，《國策》"魏文侯使獻鵠於齊"，一作獻鶴。漢時"黃鵠下太液池"，一作黃鶴。故《別鶴操》亦名《別鵠操》。樂府"飛來雙白鶴"，亦稱雙白鵠。甚至劉孝標《辨命論》直稱"龜鵠千秋"，曹泉《擣衣詩》亦云"開縕舒龜鵠"，因有疑此鶴字是鵠字，以爲鷖鶴不倫，惟鴻鵠、鷖鵠皆水鳥一類，不知鶴亦水鳥，生淮之海州。《淮南子》鴻鵠、鶬鶴，《吳都賦》鸛鵠、鵾鶴，未嘗不并稱也。鶴、鵠本兩鳥，但古字相通耳。今作字書者必彼此交訐，謂鶴即是鵠，謂鶴必不是鵠，皆拘墟眇通之言。（《文淵閣四庫全書》本）

毛奇齡《四書賸言》卷二：
　　《論語》"伯牛有疾"，包注："牛有惡疾，按古以惡疾爲癩。《禮》'婦人有惡疾，去'，以其癩也。"故《韓詩》解芣苢之詩，謂蔡人之妻傷夫惡疾，雖遇癩而不忍絕。而劉孝標作《辨命論》，遂謂冉耕歌其芣苢，正指是也。又《淮南子》曰："伯牛癩。"又芣苢草可療癩，見《列子》"生於陵屯則爲陵舄"及"掘蠖之衣"注。……
　　《孟子》"爲長者折枝"，趙岐注："折枝，案摩折手節解罷枝也。此卑賤奉事尊長之節。《內則》子婦事舅姑，問疾痛，苛癢而抑搔之。"鄭注抑搔即按摩，屈抑枝體與折義正同，以此皆卑役，非凡人屑爲，故曰"是不爲非不能"。觀後漢張皓《王龔論》云："豈同折枝於長者，以不爲爲難乎。"劉熙注："按摩不爲非難，爲可驗。"若劉峻《廣絕交論》"折枝舐痔"，盧思道《北齊論》"韓高之徒人皆折枝舐痔"，《朝野僉載》"薛稷等舐痔折枝，阿附太平公主"，類皆明作媟諂之具，而朱注云"折草木之枝"，則無理無據，并無事類矣。且問："折草木之枝，何爲乎？"（《文淵閣四庫全書》本）

朱彝尊撰，林慶彰等主編《經義考新校》卷二百七十四《擬經七》：
　　朱氏（載堉）《補笙詩》六篇，存。
　　……《南陔》等篇，前賢多補之者，如夏侯湛之作，今存一章可考，而不見其全文。惟束廣微之作備載於《文選》者是也。裴耀卿守宜州，歌此詩，觀者感泣，豈即束氏所補者歟？抑夏侯氏所補者歟？夏作見劉孝標《世說注》，其辭曰："既殷斯虔，仰説洪恩。夕定晨省，奉朝侍昏。宵中告退，鷄鳴在門。孳孳恭誨，夙夜是敦。"潘嶽見是詩曰："此非徒温雅，乃别見孝悌之性。"以今觀之，其意固善矣，其語頗重複，"晨昏""夙夜"，衹是一義。束詩亦無甚動人處，豈能令感泣乎？閑嘗效顰爲之。

同上，卷二百九十四《著録》：

按：班固《漢書》依《七略》作《藝文志》，誠良史用心，而史家體例之不可少者也。其後惟袁山松撰《後漢書》，亦有《藝文志》，顧不傳。他若晋有荀勖《中經簿》《元帝書目》《義熙秘閣目》，宋有殷淳《四部》、王儉《七志》，齊有《永明秘閣新録》，梁有文德殿、尚書閣、華林園諸書，任昉所部，劉孝標所校，殷鈞、祖暅、阮孝緒所撰名録。乃自晋以下，國史皆無述焉。至《隋書》始勒成《經籍志》附著七録之目於下，經典藉是略存。而劉知幾反訕之，謂"騁其繁富"，凡撰志者宜除此篇。抑何見之褊乎！（上海古籍出版社，2010年）

胡渭著，鄒逸麟整理《禹貢錐指》卷二《冀州·既載壺口治梁及岐》：

孟門有二：一在龍門山北，三子言"河出孟門之上"者是也；一在太行山東，《左傳》襄二十三年齊侯伐晋，取朝歌，入孟門，登太行。《史記》吴起謂魏武侯曰："殷紂之國，左孟門，右太行。"《吕氏春秋》曰："通乎德之情，則孟門、太行不爲險矣。"劉孝標《廣絶交論》曰："太行、孟門，豈云嶄絶。"凡與太行連舉者，皆非吉州之孟門也。（上海古籍出版社，2013年）

王士禎撰，湛之點校《香祖筆記》卷七"西京雜記"條：

《西京雜記》：戚夫人善鼓瑟擊筑，歌《出塞》《入塞》《望歸》之曲。此遠在《十九首》、蘇、李之前。漢詩最古者，惟此及《安世房中歌》耳。《晋·樂志》以爲李延年造，不知何據。今在樂府横吹，郭茂倩《樂府詩》所載，則始六朝劉孝標、王褒諸人，而古辭不傳，可惜也。（上海古籍出版社，1982年）

田雯《古歡堂集》卷三十三《王鷓鴣傳》：

長河人有盲者，善季主之術，初居河肆，人莫或知者。余心異其人，知其術之工有年矣。一日來京師，公卿朝士皆樂與之游，交相延譽。盲意氣自豪，恥爲卑污之行，不肯虚高人禄位以説人志。客有難之者曰："子之言否也，什不失一二焉。言泰也，什不中一二焉。"盲捧腹大笑曰："若烏足以語此？夫平適之謂泰，困躓之爲否也。《易》之言吉凶也，人之情貪而願奢，平適易忽而困躓難忘也。馮敬通之顯志賦愚矣，劉孝標之辨命論謬矣，柳子厚之天説惑矣，言泰而有不審。若不自審，我之言誠審矣。"客喁喁者也。盲姓王氏，名道行，凡語人語畢，唱【鷓鴣天】詞一闋，尾作曼聲，似孟達之《上堵吟》矣，故一時號王鷓鴣云。

同上，卷四十四《長河志籍考》：

若夫人物，自後漢禮震已下，州志亦稱先賢，合與祀者凡五十二人。昔劉峻《辨命》稱管輅天才英偉，珪璋特秀，奇才而位不達，豈日者卜祝之流與仲舒王佐感士不遇同日談也！其餘英烈颷發，傀偉俶儻，論之祀典有與有不與，豈純粹者入矩，踳駁者出規哉！抑仁而無報，殆有命存者乎？（《文淵閣四庫全書》本）

何焯《義門讀書記》卷四十九《文選·雜文》：

[劉孝標重答劉秣陵沼書] 孝標不能引短推長，見惡武帝，淪抑冗散。而其文章錄於副君之選。蓋當時是非之公如此其難泯，君父莫之奪也。孔坦臨終與庾亮書，亮報書致祭。古人雖一書，不以存沒異也。此似重答劉書之序。

[廣絕交論] 文中子見此論，曰："惜乎譽任公而毀也，任公於是不可謂知人矣。"其旨可謂深遠。然他日又謂門人曰："五交三釁，劉峻亦知言哉！"蓋雲雨翻覆，雖賢者亦難以情恕理遣也。噫！（中華書局，1987年）

沈彤《果堂集》卷十《茅鈍叟傳》：

贊曰：余與鈍叟交垂四十年，叟嘗以不遇自傷，圖所以不朽者。余謂曰："諸生而可以不朽，其在爲有用之言乎？"後又示所書《劉峻傳後叙》，已與孝標有五同三異，慨然流涕，而庶幾知我者之論定。余讀其文而深悲之。今鈍叟雖不遇以終，而著述之有用過孝標遠甚，顧獨不可名在青史哉！亦何至復有同秋草之嘆也！（《文淵閣四庫全書》本）

嵇曾筠等《浙江通志》卷十七《山川九》金華府金華縣：

紫薇嶺。《方輿勝覽》：在縣西北二十五里，有石室，梁劉孝標棄官，舍其下，撰《類苑》。（葉顒《登九龍山訪孝標遺迹，月下飲酒詩》：杖藜扶我登九龍，輕鞋短袂隨天風。九龍飛去幾千載，雲開秋老青山空。孝標先生骨應朽，清名與山同始終。荒烟衰草迷古洞，唯有皎皎栖青楓。酒邊半醉弄明月，月光忽落酒杯中。舉杯歡笑和月吸，清光散入照我突兀礌魂之孤衷。平生所蘊剛毅氣，洞然明白無隱容。信知古人嗜好不在酒，愛其果能助發英銳志，始信醞釀麯蘖有奇功。興懷不盡下山去，明月又在天南東。）

同上，武義縣：

講堂山。《武義縣志》：在縣東二十里，梁劉孝標讀書處。（潘偉《講堂山詩》：石室扳躋上，蒼藤敞結門。岩陰生雨滴，碑篆合苔痕。天浸浮圖窟，人從虎豹蹲。講筵尋轉窅，佇立白雲根。）

同上，卷四十七《古迹九》金華府金華縣：

劉峻宅。《太平寰宇記》：金華縣徐公湖，梁劉峻居此湖東山之上，撰《類苑》一百二十卷。

（《萬曆金華府志》：金華縣紫薇岩有講堂洞，即梁劉孝標隱居講學之地，著《山棲志》。《金華府志》：武義縣講堂山，劉峻亦嘗築室講書於此。何基《山棲志跋》：靈岩古刹，聞昔乃孝標之故宅，此地上接紫薇岩，雙龍洞天，想其一時飛履上下千峰紫翠之間，風致猶目前也。雖遺迹不可追企，而泉石影響尚存。寺之法堂重葺，謹以《山棲志》舊文鑱之。此文雖齊梁間餘體，而古雅特可喜。所謂流泆者，蓋洞天之水也。劉峻《始營山居詩》：自昔厭喧囂，執志好棲息。嘯歌棄塵市，歸來事耕織。鑿石窺嶕嶢，開軒望嶄崱。激水闌前流，修竹堂陰植。香風鳴紫鶯，高梧巢綠翼。泉脉洞杳杳，流泆下不極。仿佛玉山隈，想像瑶池側。夜誦神仙記，旦吸雲霞色。將馭六龍輿，行從山鳥食。誰與金門士，撫心論胸臆。）

同上，卷一百九十五《寓賢下》金華府南北朝劉峻：

（《梁書》本傳：字孝標，平原人。好學，家貧。讀書終夜不寐，清河崔慰祖謂之書淫。天監初，召入西省典校秘書。安成王秀引爲戶曹參軍，給其書籍，使鈔錄事類，名曰《類苑》。未及成，以疾去。因游東陽紫陽岩，築室居焉，爲《山棲志》，其文甚美。普通二年卒，謚曰玄靖先生。）（上海古籍出版社，1991年）

岳濬等《山東通志》卷十五之一《選舉志》南北朝：

……劉孝慶（平原人，刺史）、劉峻（平原人，校書郎）、劉杳（平原人）、劉霽（平原人）、劉休賓（平原人，刺史）、劉文燁（平原人，太守）……

同上，卷二十八之一《人物志》南北朝：

劉峻（字孝標，梁平原人。好學，安貧，耕讀不輟。常燎麻炬，從夕達旦。聞人有異書，必往借之。人謂之書淫。嘗著《廣絕交論》以刺世情。武帝引見，占對不稱旨，乃作《辨命論》寄其懷思。游東陽紫岩山，築室居焉。著《類苑》一百二十卷。卒，謚元靜先生）。

同上，卷三十四《經籍志》集總目：

南北朝……劉峻《類苑》一百二十卷……

同上，卷三十五之十一《藝文志十一》論：

《廣絕交論》（梁）劉峻。

（文略。）（《文淵閣四庫全書》本）

覺羅石麟等《山西通志》卷二十三《山川七》澤州府鳳臺縣：

太行山在縣南三十里，天井關橫望嶺，諸峰雄峙，爲山總會。西南接砥柱、析城、王屋，又西迤姑射、中條、雷首，東北跨陵川、壺關、潞城、黎城、遼州和順武鄉諸州縣，又東爲燕山至碣石，綿亘數千里，隨地異名。北嶽、霍山、五臺、句注、蘆芽皆其支脈。海内名山繇昆崙而下，當以此山爲第一云。……

墨翟察而知驥之貴，尸佼過而辨牛之難，穆王升由雀道而出，世宗行自大河而還，孝明嘗登幸上黨郡，章帝以游至天井關，孟德北上紀摧輪之恐，謝公西顧引憂生之端，阮籍失路而咏懷，劉峻懷交而發嘆，歸晉陽子惠之便道，對二阪祖潸之祥觀，開元錫問於逢車，武德置縣而當煩，霍寨吾襟，共附吾肘，纏午壁之勢，探長城之口，天門揭其部分，鳥嶺支其蹣跚，姑射、王屋、隆慮、雷首靡迤嶔岑，參錯釘餤，或拱其左，或捧其右，或導其前，或贊其後，讓以奇巘，貢以重岫。（《文淵閣四庫全書》本）

王士俊等《河南通志》卷六十五《文苑》開封府：

南北朝庾仲容，字子仲，鄢陵人。少有盛名，及長，杜絕人事，專精篤學，晝夜手不釋卷。仕梁爲安西法曹行參軍，轉太子舍人，遷安成王主簿。與劉孝標并以强學爲王所禮，久之，除安成王中記室。嘗出隨府，皇太子以舊恩降餞賜詩，時輩榮之。終尚書左丞。手抄諸子書三十卷，衆家地理書二十卷，《列女傳》三卷，文集二十卷并行世。（《文淵閣四庫全書》本）

張晋生等《四川通志》卷二十六《古迹》重慶府南川縣古碑記附：

劉孝標墓銘（晏殊撰）。（《文淵閣四庫全書》本）

胡鳴玉《訂訛雜錄》卷二《爲勸學死》：

《世説》："蔡司徒渡江，見彭蜞大喜，曰：'蟹有八足加以二螯。'令（平聲）烹之。既食，吐下委頓，方知非蟹。後向謝仁祖説此事，謝曰：'卿讀《爾雅》不熟，幾爲《勸學》死。'"劉孝標注："《大戴禮·勸學篇》曰：'蟹二螯八足，非蛇蟺之穴無所寄托者，用心躁也。'故蔡邕作《勸學章》取義焉。《爾雅》曰：'蝪蠌（音滑澤）小者蟧，即彭螖也，似蟹而小。'今彭蜞小於蟹而大於彭蝪，即《爾雅》所謂蝪蠌也。然此三物皆八足二螯，而狀甚相類，蔡謨不精其小，大食而致弊，故謂讀《爾雅》不熟也。"玉案：《荀子》亦有《勸學篇》，作六跪二螯，與《大戴禮》少異。謝蓋謂蔡不精《爾雅》，而徒信《勸學篇》二螯八足之言，幾為其所誤而致死也。"幾為《勸學》死"，坊本類書作"勤學"，《韻府》亦然，世俗仍訛用之，非也。

同上，卷五《鍾繇》：

晉鍾繇字元常，繇音遙，取"皋繇陳謨彰厥有常"之義。故《世說》載庾公謂鍾會曰："何以久望卿遙遙不至？"蓋舉其父諱戲之。今讀作由，非。說見《楊升菴集》。予案《世說》："晉文帝與二陳共車，過喚鍾會同載，即駛車委去。比出，已遠。既至，因嘲之曰：'與人期行，何以遲遲？望卿遙遙不至。'會答曰：'矯然懿實，何必同群。'帝復問會：'皋繇何如人？'答曰：'上不及堯、舜，下不逮周、孔，亦一時之懿士。'"劉孝標注云："二陳，騫與泰也。會父名繇，故以'遙遙'戲之。騫父名矯，帝父諱懿，泰父群，祖父寔。故以此酬之。"王世懋云："今人呼鍾元常名，類作由音。觀此定當呼遙。"又案《世說》："景王嘲鍾毓曰：'皋繇何如人？'對曰：'古之懿士。'"則鍾繇讀遙，無疑也。升菴謂庾公嘲鍾會，偶然失檢耳。

同上，卷七《白首為郎非馮唐事》：

白首為郎是顏駟事，古今詞人屬之馮唐，少陵詩亦蹈此弊。如"馮唐毛髮白，歸興日蕭蕭""乘白馮唐老，清秋宋玉悲"之類。此與以乘查為張騫事同一誤也。案史《馮唐傳》，唐以孝著，為中郎署長，事文帝。文帝輦過，問唐曰"父老何自為郎"云云，並無白首字。《野客叢書》云："《漢武故事》載顏駟一事，甚與馮唐同。曰：上至郎署，見一老郎，鬢眉皓白，問何其老也，對曰：'臣姓顏名駟，以文帝時為郎。文帝好文，而臣好武；景帝好老，而臣尚少；陛下好少，而臣已老。是以三葉不遇。'上感其言，擢為會稽都尉。然人往往以此事為馮唐事用，如《白氏六帖》曰：'漢文帝時，馮唐白首為郎，帝問之，對曰：臣三朝不遇。'樂天詩亦曰：'重文疏卜式，尚少棄馮唐。'楊巨源詩曰：'此地含香從白首，馮唐何事怨明時。'劉孝標《辨命論》曰：'賈大夫沮志於長沙，馮都尉皓髮於郎署。'左太沖《詠史詩》曰：'馮唐豈不偉，白首不見招。'皆有白首不遇之說，是以顏駟事為馮唐用也。東坡詩曰'是為先帝白首郎'，李注亦引馮唐之事，如此甚多。諸詩誤引，承襲而然。《白帖》云云，尤為可笑。"（《叢書集成初編》本）

姚炳《詩識名解》卷七草部《芣苢》：

以芣苢爲臭惡之菜，比惡疾，此劉向傳經之孼耳。即果有宋女之事，亦是引詩自況，非宋女之所作明甚。且惡疾之比出《列女傳》，不出《韓詩》，《韓詩》但言傷夫耳。劉向謂宋女傷夫之惡疾而歌《芣苢》，薛君即取以實其詩，劉峻《辨命論》又因薛君之説而冤及冉耕，輾轉相因，訛成典故，不亦謬乎！（《叢書集成初編》本）

范家相《三家詩拾遺》卷三國風《芣苢》：

《魯詩》。劉向《列女傳》："蔡人之妻、宋人之女也，夫有惡疾，其母將改嫁之。女曰：'夫之不幸，女之不幸也。且夫采采芣苢之草，雖其臭惡，猶始於采捋之，終於懷襭之，况於夫婦之道乎？'其母乃作《芣苢》之詩。"

《韓序》："《芣苢》，傷夫有惡疾也。"（《文選注》。）

按劉峻《辨命論》"冉耕歌其《芣苢》"，即伯牛也。《論語》"伯牛有疾"注曰："癩疾是也。"然宋母恐祇是歌《芣苢》，而非作也。亦疑傳訛，當如《毛傳》。（《叢書集成初編》本）

嵇璜等《欽定續文獻通考》卷一百九十《經籍考》集部別集二：

唐士耻《靈岩集》十卷。

士耻金華人，堯封孫，歷任江右丞倅、問刑等官。

臣等謹案：士耻爵里始末諸書不載，今從其集中詩文考得其大略如此。靈岩山在金華，山有靈岩寺，爲梁劉孝標故宅。見《金華志》。集以靈岩爲名，則士耻當爲金華人也。（《文淵閣四庫全書》本）

穆彰阿、潘錫恩等《大清一統志》卷一百二十八濟南府三《人物》：

梁劉峻（字孝標，懷珍從弟。峻性好學，聞有異書，必往祈借，人謂之"書淫"。安成王秀好峻學，引爲户曹參軍，給其書籍，使撰《類苑》，未成，以疾去。因游東陽紫岩山，築室居焉。初，武帝招文學之士，峻率性而動，故不任用，乃著《辨命論》以寄其懷。普通二年卒，謚曰元靖先生）。（上海古籍出版社，2008年）

永瑢等《四庫全書總目》卷四十五史部一正史類《三國志補注》提要：

《三國志補注》六卷，附《諸史然疑》一卷。（浙江巡撫采進本。）國朝杭世駿撰。……是書補裴松之《三國志注》之遺，凡《魏志》四卷、《蜀志》《吴志》各一卷。松之注捃摭繁富，考訂精詳，世無異議。世駿復掇拾殘賸，欲以博洽勝之，故細大不捐，瑕瑜互見。……其例又如雜記，至於神怪妖異，如嵇康見鬼、諸葛亮祭風之類，稗官小説，累牘不休，尤誕謾不足爲據。他如魏文帝角中彈棋，裴注已引《博物志》，而又引《世説》；曹操之發邱摸金，裴注已載陳琳檄，而又引《宋書·廢帝紀》，書名有異，而事迹不殊，亦何取乎屋上之屋？至於崔琰捉刀，劉孝標《世説注》中已辨裴啓《語林》之誤，乃棄置劉語而別引《史通》之文，張飛豹月烏本出葉廷珪《海録碎事》，乃明標葉書，又冠以《彙苑》之目。大抵愛博嗜奇，故蔓引卮詞，多妨體要。

同上，《晋書》提要：

　　《晋書》一百三十卷。（內府刊本。）唐房喬等奉敕撰。……其所載者大抵宏獎風流，以資談柄，取劉義慶《世説新語》與劉孝標所注，一一互勘，幾於全部收入。是直稗官之體，安得目曰史傳乎？黄朝英《緗素雜記》詆其引《世説》"和嶠峨峨如千丈松，礧砢多節目"，既載入《和嶠傳》中，又以嶠字相同，并載入《溫嶠傳》中，顛倒舛迕，竟不及檢，猶其枝葉之病，非其根本之病也。正史之中，惟此書及《宋史》，後人紛紛改撰，其亦有由矣。

同上，卷五十七史部十三傳記類小序：

　　紀事始者稱傳記，始黄帝，此道家野言也。究厥本源，則《晏子春秋》是即家傳，《孔子三朝記》，其記之權輿乎？裴松之注《三國志》、劉孝標注《世説新語》，所引至繁，蓋魏晋以來作者彌夥，諸家著録體例相同，其參錯混淆，亦如一軌。今略爲區别：一曰聖賢，如《孔孟年譜》之類；二曰名人，如《魏鄭公諫録》之類；三曰總録，如《列女傳》之類；四曰《雜録》，如《驂鸞録》之類。

同上，卷六十六史部二十二載記類《吴越春秋》提要：

　　《吴越春秋》十卷。（兵部侍郎紀昀家藏本。）漢趙煜撰。……煜所述雖稍傷曼衍，而詞頗豐蔚。其中如伍尚占甲子之日，時加於巳，范蠡占戊寅之日，時加日出，有螣蛇青龍之語，文種占陰畫六、陽畫三，有元武、天空、天關、天梁、天一、神光諸神名，皆非三代卜筮之法，未免多所附會。至於處女試劍、老人化猿、公孫聖三呼三應之類，尤近小説家言。然自是漢、晋間稗官雜記之體，徐天祐以爲不類漢文，是以馬、班史法求之，非其倫也。天祐注於事迹異同頗有考證，其中如季孫使越、子期私與吴爲市之類，雖猶有未及詳辨者，而原書失實之處能糾正者爲多，其旁核衆説，不徇本書，猶有劉孝標注《世説新語》之遺意焉。

同上，卷一百十六子部二十六譜録類存目《酒譜》提要：

　　《酒譜》一卷。（内府藏本。）舊本題臨安徐炬撰，不著時代。所載賜酺條中有洪武南市十四樓及顧佐奏禁挾妓事，是明人也。其序自云采唐汝陽王璡等十三家書而成，然引據每多詿舛，如以梁劉孝標"松子玉漿，衛卿雲液"二句爲送酒與蘇軾之啓，以魏武帝"何以解憂，惟有杜康"二句爲出焦贛《易林》，以《月泉吟社》"村歌聒耳烏鹽角，社酒柔情玉練槌"二句與李白"遥看漢水鴨頭緑，正似葡萄初潑醅"二句皆爲杜甫詩，以《水經注》劉白墮之事爲出《五斗先生傳》，以《前定録》松醪春之名爲東坡詩，如斯之類，幾於條條有之，亦可謂不學無術矣。

同上，卷一百十七子部二十七雜家類一《劉子》提要：

　　《劉子》十卷。（内府藏本。）案《劉子》十卷，《隋志》不著録，《唐志》作梁劉勰撰。陳振孫《書録解題》、晁公武《讀書志》俱據唐播州録事參軍袁孝政序，作北齊劉晝撰。《宋史·藝文志》亦作劉晝。自明以來，刊本不載孝政注，亦不載其序，惟陳氏載其序，略曰：晝傷己不遇，天下陵遲，播遷江表，故作此書，時人莫知。謂爲劉勰、劉歆、劉孝標作云云，不知所據何書。故陳氏以爲終不知書爲何代人。按梁通事舍人劉勰，史惟稱其撰《文心雕龍》五十篇，不云更有別書。且《文心雕龍·樂府篇》稱："塗山歌於候人，始爲南音；有娀謠乎飛燕，始爲北聲；夏甲嘆於東陽，東音以發；殷整思於西河，西音以興。"此書《辨樂篇》稱"夏甲作破斧之歌，始爲東音"，與勰説合，其稱"殷辛作靡靡之樂，始爲北音"，則與勰説迥異，必不出於一人。又史稱勰長於佛理，嘗定定林寺經藏，後出家，改名慧地。此書末篇乃歸心道教，與勰志趣迥殊。白雲霽《道藏》目録亦收之太元部無字號中，其非奉佛者明甚。近本仍刻劉勰，殊爲失考。劉孝標之説，《南史》《梁書》俱無明文，未足爲據。劉歆之説，則《激通篇》稱班超憤而習武，卒建西域之績，其説可不攻而破矣。

同上，卷一百十八子部二十八雜家類二《古今注》附《中華古今注》提要：

　　《古今注》三卷，附《中華古今注》三卷。（江蘇巡撫采進本。）《古今注》三卷，舊本題晉崔豹撰。《中華古今注》三卷，舊本題後唐太學博士馬縞撰。豹書無序跋，縞書前有自序。……考《太平御覽》所引書名，有豹書而無縞書，《文獻通考》雜家類又祇有縞書而無豹書，知豹書久亡，縞書晚出，後人摭其中魏以前事，贗爲豹作。又檢校《永樂大典》所載蘇鶚《演義》，與二書相同者十之五六，則不特豹書出於依托，即縞書亦不免於剿襲。特以相傳既久，姑存以備一家耳。考劉孝標《世説注》載，豹字正能，晉惠帝時官至太傅，馬縞稱爲正熊，二字相近，蓋有一誤。新、舊《五代史》均有縞傳。

同上，卷一百二十八子部三十八雜家類存目五《讀書雜記》提要：

《讀書雜記》二卷。（安徽巡撫采進本。）明胡震亨撰。震亨有《海鹽縣圖經》，已著錄。是編乃其讀書筆記，如引元稹《白集序》，證刊板始唐長慶中；引顏師古《匡謬正俗》，證《柏梁詩》傳寫之謬；引劉孝標《世說注》，證《蜀都賦》有改本；引杜牧詩，證木蘭爲黃陂人；引孟元老《東京夢華錄》，證爆仗字；引朱子、陸游詩，證豆腐緣起；引曾慥《類說》，證李賀容州槎語；引王象之碑目，證顧況《仙游記》，皆語有根據。

同上，卷一百三十五子部四十五類書類一《太平御覽》提要：

《太平御覽》一千卷。（侍講張燾家藏本。）宋李昉等奉敕撰。……世所傳宋以前書可考見古籍佚文者僅六七種，曰裴松之《三國志注》，曰酈道元《水經注》，曰劉孝標《世說新語注》，曰李善《文選注》，曰歐陽詢《藝文類聚》，曰徐堅《初學記》，其一即此書也。殘碑斷碣，剝蝕不完，歐陽、趙、洪諸家尚藉之以訂史傳，況四庫菁華匯此巨帙，獵山漁海，采撮靡窮，又烏可以難讀廢哉！

同上，卷一百四十子部五十小說家類一《世說新語》提要：

《世說新語》三卷。（內府藏本。）宋臨川王劉義慶撰，梁劉孝標注。義慶事迹，具《宋書》。孝標名峻，以字行，事迹具《梁書》。黃伯思《東觀餘論》謂：《世說》之名，肇於劉向。其書已亡。故義慶所集，名《世說新書》。段成式《酉陽雜俎》引王敦澡豆事，尚作《世說新書》可證。不知何人改爲《新語》，蓋近世所傳，然相沿已久，不能復正矣。所記分三十八門，上起後漢，下迄東晉，皆軼事瑣語，足爲談助。《唐·藝文志》稱："劉義慶《世說》八卷，劉孝標《續》十卷。"《崇文總目》惟載十卷。晁公武謂："當是孝標續義慶元本八卷，通成十卷。"又謂："家有詳略二本，迥不相同。"今其本皆不傳，惟陳振孫《書錄解題》作三卷，與今本合。其每卷析爲上、下，則世傳陸游所刊本已然，蓋即舊本。至振孫載汪藻所云"《叙錄》二卷，首爲考異，繼列人物世譜、姓字異同，末記所引書目"者，則佚之久矣。自明以來，世俗所行凡二本：一爲王世貞所刊，注文多所刪節，殊乖其舊；一爲袁褧所刊，蓋即從陸本翻雕者。雖版已刓敝，然猶屬完書。義慶所述，劉知幾《史通》深以爲譏，然義慶本小說家言，而知幾繩之以史法，擬不於倫，未爲通論。孝標所注，特爲典贍。高似孫《緯略》亟推之。其糾正義慶之紕繆，尤爲精核。所引諸書，今已佚其十之九，惟賴是注以傳。故與裴松之《三國志注》、酈道元《水經注》、李善《文選注》同爲考證家所引據焉。

同上，《開元天寶遺事》提要：

《開元天寶遺事》四卷。（兵部侍郎紀昀家藏本。）五代王仁裕撰。……蓋委巷相傳，語多失實。仁裕采摭於遺民之口，不能證以國史，是即其失。必以爲依托其名，則事無顯證。劉義慶《世說新語》，劉孝標注往往摘其牴牾，要不以是謂不出義慶手也。故今仍從舊本，題爲仁裕撰焉。

同上，卷一百四十一子部五十一小說家類二《何氏語林》提要：

《何氏語林》三十卷。（安徽巡撫采進本。）明何良俊撰。良俊有《四友齋叢說》，已著錄。是編因晉裴啓《語林》之名，其義例門目則全以劉義慶《世說新語》爲藍本，而雜采宋齊以後事迹續之，并義慶原書共得二千七百餘條，其簡汰頗爲精審，其采掇舊文，翦裁鎔鑄，具有簡澹雋雅之致，視偽本李垕《續世說》剽掇南、北二史，冗遝擁腫，徒盈卷帙者，乃轉勝之。每條之下，又仿劉孝標例自爲之注，亦頗爲博贍。

同上，卷一百四十二子部五十二小說家類三《搜神記》提要：

《搜神記》二十卷。（内府藏本。）舊本題晉干寶撰。……此本爲胡震亨《秘册彙函》所刻，後以其版歸毛晉，編入《津逮秘書》者。考《太平廣記》所引，一一與此本相同。以古書所引證之。裴松之《三國志注》：《魏志·明帝紀》引其柳谷石一條，《齊王芳紀》引其火浣布一條，《蜀志·糜竺傳》引其婦人寄載一條，《吳志·孫策傳》引其于吉一條，《吳夫人傳》引其夢月一條，《朱夫人傳》引其朱主一條，皆具在此本中。劉孝標《世說新語注》引其盧充金盌一條，劉昭《續漢志注》五行志荆州童謠條下引其華容女子一條，建安四年武陵充縣女子重生條下引其李娥一條，桓帝延熹七年條下引其大蛇見德陽殿一條，郡國志馬邑條下引其秦人築城一條，故道條下引其虒頭騎一條，李善注王粲《贈文叔良詩》引其文穎字叔良一條，注《思元賦》引其張車子一條，注鮑照《擬古詩》引其太康帕頭一條，劉知幾《史通》引其王喬飛舄一條，亦皆具在此本中。似此本即寶原書。

同上，卷一百四十三子部五十三小說家類存目一《續世說》提要：

《續世說》十卷。（兵部侍郎紀昀家藏本。）舊本題唐隴西李垕撰。前有俞安期序，稱其書出自梁溪安茂卿，以宋本翻雕，未及印行而没，後三年，安期復得焦竑藏本，更爲校正成完書。又稱其書《唐志》不經見，《通考》所列《續世說》，載宋至五代事者，又孔平仲所撰，實非此書。何良俊撰《語林》，文徵明爲作序，王世貞又删《語林》補《世說》，皆不言曾見此書，疑其贗作。而終以宋本紙墨古暗，中闕宋諱爲據。今考其書，惟取李延壽南北二史所載碎事，依《世說》門目編之，而增以"博洽""介潔""兵策""驍勇""游戲""釋教""言驗""志怪""感動""癡弄""凶悖"十一門，別無異聞可資考據。蓋即安期輩依托爲之，詭言宋本。其序中所設之疑，正以防後人之攻詰。明代僞書往往如是，所謂欲蓋而彌彰也。

同上，卷一百四十六子部五十六道家類《莊子注》提要：

《莊子注》十卷。（江蘇巡撫采進本。）晉郭象撰……考劉孝標《世說注》引《逍遥游》向、郭義各一條，今本無之；《讓王篇》惟注三條，《漁父篇》惟注一條，《盜跖篇》惟注三十八字，《說劍篇》惟注七字，似不應簡略至此，疑有所脫佚；又《列子》"生物者不生，化物者不化"二句，張湛注曰："《莊子》亦有此文。"并引向秀注一條，而今本《莊子》皆無之，是并正文亦有所遺漏。蓋其亡已久，今不可復考矣。

同上，《莊子翼》《莊子闕誤》提要：

《莊子翼》八卷，《莊子闕誤》一卷，附錄一卷。（安徽巡撫采進本。）明焦竑撰。……蓋明人著書好誇博奧，一核其實，多屬子虛。萬曆以後風氣類然，固不足深詰也。至於支遁注《莊》，前史未載，其《逍遥游》義本載劉孝標《世說新語注》中，乃没其所出，竟標支道林注，亦明人改頭换面之伎倆，不足爲憑。然明代自楊慎以後，博洽者無過於竑，其所引據究多古書，固較流俗注本爲有根柢矣。

同上，卷一百六十四集部十七別集類十七《靈岩集》提要：

《靈岩集》十卷。（《永樂大典》本。）宋唐士耻撰。士耻爵里始末諸書不載。案《金華志》有靈岩山，山有靈岩寺，爲梁劉孝標故宅，其集以靈岩爲名，與山相合，集中有《兩溪詩》，據《志》即金華之瀫溪也，則士耻當爲金華人。集中又有《府判何公行狀》一首，府判名松字伯固，即金華何基之大父，士耻之母爲松女弟，士耻又爲松婿，亦世籍金華之徵矣。

同上，卷一百八十三集部三十六別集類存目十《蘧廬草》提要：

《蘧廬草》一卷。（兩江總督采進本。）國朝黃鐘撰。……其文大抵縱横奇肆，自達所見。其與友人論文書，大旨主於不似古人乃能爲古人，亦迥異貌擬秦漢、詞雜齊、梁之習。惟其文多作於明末，感觸時事，往往言之過當。如《洪範論》謂：治世之天甚願乎人之爲君子也，則所嚮在此矣；亂世之天甚怒乎人之爲君子也，則所威在此矣。至終篇歸於順受其正，亦仍沿劉峻《辯命論》之旨，非和平中正之道。其《楊墨論》雖爲僞談忠孝者發，而以墨翟爲僞、楊朱爲誠，亦未免憤激太甚。大抵其才力足以馳驟古人，而學養之深醇則未之逮也。

同上，卷一百九十三集部四十六總集類存目三《情采編》提要：

《情采編》三十六卷。（浙江巡撫采進本。）明屠本畯撰。……至唐上官昭容之《采毫怨》誤題梁范靖妻沈滿願，梁劉孝標之《淇上戲蕩子婦》誤題王筠，唐崔融之《寶劍篇》誤題北魏崔鴻，甚至以宋周密《癸辛雜識》所載女仙之詩"柳條金嫩不勝鴉"一首題爲《小秦王》，竄入唐人詩者，更指不勝屈也。

同上，附錄《四庫撤毀書提要》：

《南北史合注》一百九十一卷，明李清撰。清字心水，號映碧，揚州興化人。禮部尚書思誠之孫，大學士春芳之玄孫；崇禎辛未進士，官至吏科給事中；事迹附見《明史·李春芳傳》。清以南北朝諸史并存，冗雜特甚，李延壽雖并爲一書，而諸說兼行，仍多矛盾。嘗與張溥議，欲仿裴松之《三國志注》例，合宋、齊、梁、陳四史爲《南史》，魏、齊、周、隋四史爲《北史》，未就而溥殁。後清簡閱佛藏，見《三寶記》載有北魏文帝大統中遺事，《感通錄》載有齊文宣、隋文帝遺事，《高僧傳》載有宋孝武帝、梁武帝遺事，因思卒前業，乃博采諸書以成此注。參訂異同，考訂極爲精審。又於原書之失當者，略爲改定其文。如高歡、宇文泰未篡以前，史書之爲帝者，皆改稱名。後梁之附《北史》者，改附《南史》。宋武帝害零陵王，直書爲弑。魏馮、胡二后以弑君故，編爲逆后，與逆臣同書。又二史多識緯佛門事，以非史體，悉改入注。其持論亦爲不苟。然裴松之注《三國志》，雖多所糾彈，皆仍其本文，不加點竄。即《世說新語》不過小說家言，劉孝標所注，一一攻其謬妄，亦不更易其文。蓋古來注書之體如是也。譙周改《史記》爲《古史考》，荀悅改《漢書》爲《漢紀》，范蔚宗合編年四族紀傳五家爲《後漢書》，并采摭舊文，別爲新製，未嘗因其成帙，塗乙丹黃。蓋古來著書之體如是也。清既不能如郝經之《三國志》改正重編，又不肯如顏師古之注《漢書》循文綴解，遂使南、北二史，不可謂之清作，又不可謂之李延壽作。進退無據，未睹其安。至於八史之中，四史無志，南、北二史亦無志。故清割《宋書》《南齊書》《魏書》《隋書》四史之志，取其事實，散入紀傳之中。不知《隋志》本名《五代史志》，故其事上括前朝，當時未有南、北《史》，無所附麗，故奉詔編入《隋書》。清既合注南、北《史》，自應用《續漢》十志補《後漢書》之例，移撥編入。而以劉昭之例，詳考諸書以注之。於制度典章，豈不明備？乃屑屑删改紀傳，置此不言，亦爲避難而趨易。今特以八代之書，牴牾冗雜，清能會通參考，以歸一是，故特錄而存之。其瑕瑜并見，則終不可相掩也。（中華書局，1965年）

劉義慶《世説新語》卷首提要：

臣等謹案：《世説新語》三卷，宋臨川王劉義慶撰、梁劉孝標注。義慶事迹具《宋書》。孝標名峻，以字行，事迹具《梁書》。黄伯思《東觀餘論》謂《世説》之名肇於劉向，其書已亡故，義慶所集名《世説新書》，段成式《酉陽雜俎》引王敦澡豆事，尚作《世説新書》可證。不知何人改爲《新語》，蓋近世所傳，然相沿已久，不能復正矣。所記分三十八門，上起後漢，下迄東晉，皆軼事瑣語，足爲談助。《唐書·藝文志》稱劉義慶《世説》八卷，劉孝標《續》十卷。《崇文總目》惟載十卷，晁公武《讀書志》謂當是孝標續義慶元本八卷，通成十卷。又謂家有詳略二本，迥不相同，今其本皆不傳。惟陳振孫《書録解題》作三卷，與今本合。其每卷析爲上、下，則世傳陸游所刊本已然，蓋即舊本。至振孫載汪藻所云"叙録二卷，首爲考異，繼列人物世譜姓字異同，末記所引書目"者，則佚之久矣。自明以來，世俗所行凡二本：一爲王世貞所刊，注文多所删節，殊乖其舊；一爲袁褧所刊，蓋即從陸本翻雕者，雖板已剥敝，然猶屬完書。義慶所述，劉知幾《史通》深以爲譏，然義慶本小説家言，而知幾繩之以史法，擬不於倫，未爲通論。孝標所注特爲典贍，高似孫《緯略》極推之，其糾正義慶之紕繆，尤爲精核，所引諸書今已佚其十之九，惟賴是注以傳，故與裴松之《三國志注》、酈道元《水經注》、李善《文選注》同爲考證家所引據焉。乾隆四十六年十月恭校上。（《文淵閣四庫全書》本）

永瑢等《四庫全書簡明目録》卷十四子部十二小説家類：

《世説新語》三卷。宋臨川王劉義慶撰，梁劉孝標注。本名《世説新書》，後相沿稱《新語》，遂不可復正。其書取漢至晉軼事瑣語，分爲三十八門，叙述名雋，爲清言之淵藪。孝標所注，徵引賅博，多所糾正，考證家亦取材不竭。（上海古籍出版社，1985年）

嚴可均《全上古三代秦漢三國六朝文·全梁文》卷五十七《劉峻》：

峻字孝標，初名法武，平原平原人。齊永明中，南奔。建武中，爲豫州府刑獄。梁受禪，召入西省免。安成王引爲荆州户曹參軍，以疾去職。居東陽之紫岩山。普通二年卒，門人謚曰玄靖先生。有《世説注》十卷，《集》六卷。

《送橘啓》（文略）

《答郭峙書》（文略）

《追答劉秣陵沼書》（文略）

《與宋玉山元思書》（文略）

《答劉之遴借〈類苑〉書》（文略）

《與諸弟書》（文略）
《與何炯書稱劉訐劉歆》（文略）
《與舉法師書》（文略）
《辯命論（并序）》（文略）
《廣絕交論》（文略）
《東陽金華山栖志》（文略）
《相經序》（文略）
《自序》（文略）（上海古籍出版社，2009年）

邵懿辰撰，邵章續錄《增訂四庫簡明目錄標注》卷十四子部十二小說家類雜事之屬：

《世說新語》三卷，宋臨川王劉義慶撰。梁劉孝標注。

振綺堂有影宋精鈔本。明嘉靖乙未袁褧刊本，佳。王世貞刊本，注多刪節。萬曆甲辰鄧氏重刊本。萬曆己酉周氏博古堂重刊袁本。明凌瀛初套板本八卷。近年周氏紛欣閣刊本，佳。《惜陰軒叢書》本三卷。張懋辰本，劣。乾隆二十七年黃氏刊本二十卷，題《重訂世說新語補》。

［附錄］嘉靖袁褧本，以陸放翁刊本翻刻於吳郡，分上、中、下三卷，每卷又分為上、下。《敏求記》宋刊三卷。陳伯玉云："有汪浮溪《叙錄》二卷，董令升合而刊之。袁本已缺《叙錄》。紹興間董令升得晏元獻手校本，刻之嚴州者，最精善。後陸放翁有刻本。袁本有自序及董弅跋。"（星詒。）

［續錄］日本有北宋本三卷，半葉十行，行二十字，注雙行。沈芇亭藏明刊本三卷。在王世懋後題劉辰翁評與袁本同，而袁本誤處，并已校正。曾見明翻袁本，其袁褧刻書序仍小字，學古堂改大楷字，其實即一板先後印耳。明吳勉學刊六卷本。明嘉靖四十五年太倉曹氏重刊袁褧本。明萬曆二十四年吳瑞徵袖珍刊本八卷。崇文局六卷本。日本昭和四年影印前田家藏宋刊本三卷，叙錄二卷。崇文局六卷本。

《世說新書》殘卷。民國五年上虞羅氏影印唐寫本。

《世說新語補》二十卷，明玉世貞補。萬曆刊本。日本安永京都林權兵衛等刊本。日本文政九年刊稱《世說箋本》。明吳勉學刊六卷本。（上海古籍出版社，1979年）

姚振宗《隋書經籍志考證》卷三十九之八集部四：

《梁平西刑獄參軍劉孝標集》六卷。

劉孝標，名峻，有《漢書注》，見史部正史類。

《梁書》《南史》本傳：峻游東陽紫岩山，築室居焉。爲《山栖志》，其文甚美。初，梁武帝招文學之士，擢以不次。峻率性而動，不能隨衆浮沉，帝頗嫌之，故不任用。及著《辨命論》以寄其懷，論成，中山劉沼致書以難之，凡再反，峻并爲申析以答之。會沼卒，不見峻後報者，乃爲書以序其事。其文論并不多載。峻又嘗爲自序，自比馮敬通，而有同之者三，異之者四云。峻自以少時未開晤，晚更厲精，明慧過人，博極群書，文藻秀出，故其自序云："贇中濟濟皆升堂，亦有愚者解衣裳。"言其少年魯鈍也。

《南史·任昉傳》：昉有子東里、西華、南容、北叟，并無術業，墜其家聲，兄弟流離，不能自振，生平舊交，莫有收恤。西華冬月著葛帔練裙，道逢中原劉孝標，泫然矜之，謂曰："我當爲卿作計。"乃著《廣絶交論》，以譏其舊交。到漑見其論，抵之於地，終身恨之。

《文選·廣絶交論》注：劉璠《梁典》云，乃廣朱公叔《絶交論》。（後漢朱穆有集，見第二卷。）

又《辯命論》注：《梁典》曰：《辯命論》蓋以自喻云。孝標植根淄右，流寓魏庭，冒履艱危，僅至江左，負才矜地，自謂坐致雲霄，豈圖逡巡十稔，而容慚一命，因兹著論，故辭多憤激，雖文越典謨，而足杜浮競也。

張氏《百三家劉户曹集》序曰：玄靖先生一世書淫，上有好文之君，朝多同學之彦，而引見無階，山栖竟老。德祖見忌於曹操，敬通觖望於光武，豈非命耶？《辯命》六蔽，善言天人，《自序》三同四異，悲憤交集，而又重以悍室司晨，若敖將餒，詩窮而工其然乎？凡啓、書、序、志、論十二篇，詩四篇。（馮氏《詩紀》篇數同。）

汪氏《文選撰入篇目》曰：《文選》有梁劉孝標峻《答劉秣陵書》《辯命論》《廣絶交論》。

嚴氏《全梁文編》：劉峻有《世說注》十卷，《集》六卷，今存啓、書、《辯命論》、《廣絶交論》、《山栖志》、《相經序》、《自序》，凡一三篇。
（《二十五史補編》本，中華書局，1955年）

胡玉縉《四庫全書總目提要補正》卷四十一小說家類一：

《世說新語》三卷。

孝標所注，特爲典贍，高似孫《緯略》亟推之，其糾正義慶之紕繆，尤爲精核。案：《困學紀聞》尚書類引《世說注》云："推周公《城録》，冶城宜是金陵本里。"今本闕此語。又王先謙重刊本序云："劉注匡弼之功，尤爲此書增重，而唐人修《晉書》，如周安東求絡秀爲妾，韓壽私賈充女之類，經孝標糾正者猶取入傳，何其迷謬者與！桓靈寶、殷仲文亂賊之徒，言行無足稱述，而書中稱舉至於再四,良以其時篡奪相仍,綱常廢墜,不復知忠義爲何物,此雖以苛責臨川,又豈孝標所敢舉正者哉!"(上海書店出版社,1998年)

魯迅《中國小說史略》第七篇《〈世說新語〉與其前後》:

至於《世說》一流,仿者尤衆,劉孝標有《續世說》十卷,見《唐志》,然據《隋志》,則殆即所注臨川書。唐有王方慶《續世說新書》(見《新唐志》雜家,今佚),宋有王讜《唐語林》,孔平仲《續世說》,明有何良俊《何氏語林》,李紹文《明世說新語》,焦竑《類林》及《玉堂叢話》,張墉《廿一史識餘》,鄭仲夔《清言》等;然纂舊聞則別無穎異,述時事則傷於矯揉,而世人猶復爲之不已。至於清,又有梁維樞作《玉劍尊聞》,吳肅公作《明語林》,章撫功作《漢世說》,李清作《女世說》,顏從喬作《僧世說》,王晫作《今世說》,汪琬作《說鈴》而惠棟爲之補注,今亦尚有易宗夔作《新世說》也。(上海古籍出版社,1998年)

案:《隋書》卷三十四《經籍志三》子部小說類著錄"《世說》十卷",注云:"劉孝標注。"

劉峻(462—521年),字孝標,本名法武,平原郡平原縣(今屬山東)人。宋武帝大明六年(462年)生,期月而父卒,母攜之與兄法鳳還鄉里。宋泰始初,青州陷魏,峻年八歲,爲人所略至中山,中山富人劉實(一作寶)憫峻,以束帛贖之,教以書學。峻好學,家貧,寄人廡下,自課讀書,常燎麻炬,從夕達旦。齊武帝永明中,與兄法鳳俱奔江南,改名峻,字孝標。自謂所見不博,故更求異書,聞京師有者,必往祈借。峻自以少時未開晤,晚更屬精,明慧過人,博極群書,文藻秀出。天監七年(508年),安成王秀遷爲荆州刺史,引爲户曹參軍,給其書籍,使抄錄事類,名爲《類苑》,未及成,復以疾去。後游東陽紫岩山,築室居之,時吳、會人士多從其學。初,梁武帝招文學之士,擢以不次。峻率性而動,不能隨衆浮沉,帝頗嫌之,故不任用,著《辨命論》以寄其懷。普通二年(521年)卒,時年六十,門人私諡玄靖先生。著有《類苑》一百二十卷、《俗說》一卷,《劉孝標集》六卷。《梁書》《南史》均有傳。嚴可均《全上古三代秦漢三國六朝文·全梁文》輯錄其作品啓、書、論、志、序十三篇。

《隋書·經籍志》子部小說類著錄:"《世說》八卷,宋臨川王劉義慶撰。《世說》十卷,劉孝標注。"《舊唐書·經籍志》子部小說類著錄:"《續世說》十卷,劉孝標撰。"《新唐書·藝文志》小說家類、《通志·藝文略》小說類著錄皆與《舊唐志》同。今人程毅中《古小說簡目》,袁行霈、侯忠義《中國文言小說書目》皆疑兩《唐志》所錄《續世說》爲峻注《世說》

之誤。宋晁公武《郡齋讀書志》謂："《唐書·藝文志》云：劉義慶《世説》八卷，劉孝標《續》十卷。而《崇文總目》止載十卷，當是孝標續義慶元本八卷，通成十卷耳。"其説可從。《續世説》十卷是在注釋《世説》八卷後從新分卷形成的《世説》新本，各志著録不誤。《郡齋讀書志》《文獻通考》皆有《世説新語》十卷，《重編世説》十卷，《重編世説》實即《續世説》之異名，非另有《重編世説》之書。

高似孫《緯略》云："宋臨川王義慶采撷漢、晉以來佳事佳話，爲《世説新語》，極爲精絶，而猶未爲奇也。梁劉孝標注此書，引援詳確，有不言之妙。如引漢、魏、吴諸史，及子、傳、地理之書，皆不必言，祇如晉氏一朝史，及晉諸公列傳、譜録、文章，皆出於正史之外，紀載特詳，聞見未接，實爲注書之法。"強調了劉注的價值并不下於《世説新語》。《四庫全書總目提要》云："義慶所述，劉知幾《史通》深以爲譏，然義慶本小説家言，而知幾繩之以史法，擬不於倫，未爲通論。孝標所注，特爲典贍，高似孫《緯略》亟推之。其糾正義慶之紕繆，尤爲精核。所引諸書，今已佚其十之九，惟賴是注以傳。故與裴松之《三國志注》、酈道元《水經注》、李善《文選注》同爲考證家所引據焉。"所論允當。劉義慶《世説新語》與劉孝標注一直相伴而行，今本《世説新語》都保留了劉孝標注。

小說（殷芸小說）

馮惟訥《古詩紀》卷一百梁第二十七《殷芸》：
（字灌蔬，均之宗人，昭明太子侍讀，累遷散騎常侍、左長史，直東宮學士省。大通三年卒。）

《咏舞》：斜身含遠意，頓足有餘情。方知難再得，所以遂傾城。（《文淵閣四庫全書》本）

蕭統著，俞紹初校注《昭明太子集校注》卷四《與殷芸書》：
北兖信至，明常侍遂至殞逝，聞之傷怛。此賢儒術該通，志用稽古，溫厚淳和，倫雅弘篤。授經以來迄今二紀，若其上交不諂，造膝忠規，非顯外迹，得之胸懷者，蓋亦積矣。攝官連率，行當言歸，不謂長往，眇成疇日，追憶談緒，皆爲悲端。往矣如何，昔經聯事，理當酸愴也。

同上，《諭殷鈞手書》：
知比諸德，哀頓爲過，又所進殆無一溢，甚以酸耿。迥然一身，宗奠是寄，毀而滅性，聖教所不許。宜微自遣割，俯存禮制，饘粥果蔬，少加勉強。憂懷既深，指故有及，并令繆道臻口具。（中州古籍出版社，2001年）

姚思廉《梁書》卷十四《任昉列傳》：
昉好交結，獎進士友，得其延譽者率多升擢，故衣冠貴游莫不争與交好，坐上賓客恒有數十，時人慕之，號曰任君，言如漢之三君也。陳郡殷芸與建安太守到溉書曰："哲人云亡，儀表長謝。元龜何寄？指南誰托？"其爲士友所推如此。昉不治生產，至乃居無室宅，世或譏其多乞貸，亦隨復散之親故。昉常嘆曰："知我亦以叔則，不知我亦以叔則。"

同上，卷二十七《明山賓列傳》：
大通元年卒，時年八十五，詔贈侍中、信威將軍，謚曰質子。昭明太子爲舉哀，賻錢十萬，布百匹，并使舍人王顒監護喪事。又與前司徒左長史殷芸令曰：

"北兖信至，明常侍遂至殞逝，聞之傷怛。此賢儒術該通，志用稽古，温厚淳和，倫雅弘篤，授經以來迄今二紀，若其上交不諂，造膝忠規，非顯外迹，得之胸懷者，蓋亦積矣。攝官連率，行當言歸，不謂長往，眇成疇日，追憶談緒，皆爲悲端。往矣如何，昔經聯事，理當酸愴也。"山賓累居學官，甚有訓導之益。然性頗疏通，接於諸生，多所狎比，人皆愛之。

同上，卷三十《裴子野列傳》：
子野與沛國劉顯、南陽劉之遴、陳郡殷芸、陳留阮孝緒、吳郡顧協、京兆韋棱，皆博極群書，深相賞好，顯尤推重之。

同上，卷三十三《劉孝綽列傳》：
時昭明太子好士愛文，孝綽與陳郡殷芸、吳郡陸倕、琅邪王筠、彭城到洽等，同見賓禮。

同上，卷四十一《殷芸列傳》：
殷芸字灌蔬，陳郡長平人。性倜儻，不拘細行；然不妄交游，門無雜客。勵精勤學，博洽群書。幼而廬江何憲見之，深相嘆賞。永明中，爲宜都王行參軍。天監初，爲西中郎主簿，後軍臨川王記室。七年，遷通直散騎侍郎，兼中書通事舍人。十年，除通直散騎侍郎，兼尚書左丞，又兼中書舍人，遷國子博士，昭明太子侍讀，西中郎豫章王長史，領丹陽尹丞，累遷通直散騎常侍、秘書監、司徒左長史。普通六年，直東宫學士省。大通三年，卒，時年五十九。（中華書局，1973年）

李延壽《南史》卷二十二《王曇首列傳》附騫子規：
規字威明，八歲丁所生母憂，居喪有至性。齊太尉徐孝嗣每見必爲流涕，稱曰"孝童"。……久之爲新安太守。父憂去職，服闋，襲封南昌縣侯，除中書黄門侍郎。敕與陳郡殷芸、琅邪王錫、范陽張緬同侍東宫，俱爲昭明太子所禮。

同上，卷二十五《到彦之列傳》附沆從兄溉：
溉字茂灌，攜弟子也。父坦，齊中書郎。溉少孤貧，與兄沼、弟洽俱知名。起家王國左常侍。樂安任昉大相賞好，恒提携溉、洽二人，廣爲聲價。所生母魏本寒家，悉越中之資爲二兒推奉昉。梁天監初，昉出守義興，要溉、洽之郡爲山澤之游。昉還爲御史中丞，後進皆宗之。時有彭城劉孝綽、劉苞、劉孺，吳郡陸倕、張率，陳郡殷芸，沛國劉顯及溉、洽，車軌日至，號曰蘭臺聚。

同上，卷三十三《裴松之列傳》附曾孫子野：

　　子野與沛國劉顯、南陽劉之遴、陳郡殷芸、陳留阮孝緒、吳郡顧協、京兆韋稜皆博學，深相賞好，顯尤推重之。時吳平侯蕭勱、范陽張纘每討論墳籍，咸折衷於子野。

同上，卷三十九《劉勔列傳》附繪子孝綽：

　　武帝時，因宴幸，令沈約、任昉等言志賦詩，孝綽亦見引，嘗侍宴於坐，作詩七首，武帝覽其文，篇篇嗟賞。由是朝野改觀，累遷秘書丞。武帝謂舍人周捨云："第一官當知用第一人。"故以孝綽居此職。後爲太子僕，掌東宮管記。時昭明太子好士愛文，孝綽與陳郡殷芸、吳郡陸倕、琅邪王筠、彭城到洽等同見禮。太子起樂賢堂，乃使先圖孝綽。

同上，卷四十八《陸慧曉列傳》附子倕：

　　及（任）昉爲中丞，簪裾輻湊，預其譾者，殷芸、到溉、劉苞、劉孺、劉顯、劉孝綽及（劉）倕而已，號曰"龍門之游"，雖貴公子孫不得預也。

同上，卷五十九《任昉列傳》：

　　陳郡殷芸與建安太守到漑書曰："哲人云亡，儀表長謝。元龜何寄？指南誰托？"其爲士友所推如此。

同上，卷六十《殷鈞列傳》附宗子芸：

　　殷鈞字季和，陳郡長平人。晋荆州刺史仲堪五世孫也。曾祖元素，宋南康相，坐元凶事誅。元素娶尚書僕射琅邪王僧朗女，生子寧，早卒。寧遺腹生子叡，亦當從戮，僧朗啓孝武救之，得免。叡有口辯，司徒褚彦回甚重之，謂曰："諸殷自荆州以來無出卿。"叡斂容答曰："殷族衰悴，誠不如昔。若此旨爲虛，故不足降；此旨爲實，彌不可聞。"仕齊歷司徒從事中郎。叡妻琅邪王奐女，奐爲雍州刺史，啓叡爲府長史。奐誅，叡亦見害。鈞九歲，以孝聞。及長，恬静簡交游，好學有思理。善隸書，爲當時楷法。南鄉范雲、樂安任昉并稱美之。梁武帝與叡少故舊，以女永興公主妻鈞，拜駙馬都尉，歷秘書丞。在職啓校定秘閣四部書，更爲目録。又受詔料檢西省法書古迹，列爲品目，累遷侍中、東宮學士。自宋、齊以來，公主多驕淫無行，永興主加以險虐，鈞形貌短小，爲主所憎，每被召入，先滿壁爲殷叡字，鈞輒流涕以出，主命婢束而反之。鈞不勝怒，而言於帝，帝以犀如意擊主，碎於背，然猶恨。鈞自侍中出爲王府咨議，後爲明威將軍、臨川内史。鈞體羸多疾，閉閣卧理，而百姓化其德，劫盗皆奔出境。嘗禽劫帥，不加考掠，和言誚責。劫帥稽顙乞改過，鈞便命遣之，後遂爲善人。郡舊多山瘴，更暑必動，自鈞在任，郡境無復瘴疾。母憂，去職，居喪過禮。昭明太子憂之，手書誡喻。服闋，爲散騎常侍，領步兵校尉，侍東宮，改領中庶子。後爲國子祭酒，卒，諡貞。二子構、渥。鈞宗人芸。

芸字灌蔬，倜儻不拘細行。然不妄交游，門無雜客。勵精勤學，博洽群書。幼而廬江何憲見之，深相嘆賞。天監中，位秘書監、司徒左長史，後直東宮學士省，卒。

同上，卷七十六隱逸下《阮孝緒列傳》：
阮孝緒字士宗，陳留尉氏人也……天監初，御史中丞任昉尋其兄履之，欲造而不敢，望而嘆曰：「其室雖邇，其人甚遠。」其爲名流所欽尚如此。自是欽慕風譽者莫不懷刺斂衽，望塵而息。殷芸欲贈以詩，昉曰：「趣舍既異，何必相干？」芸乃止。唯與比部郎裴子野交。（中華書局，1975年）

魏徵、令狐德棻《隋書》卷三十四《經籍志三》子部小說類：
《小說》十卷。梁武帝敕安右長史殷芸撰。梁目，三十卷。（中華書局，1973年）

劉知幾撰，浦起龍通釋，王煦華整理《史通通釋》卷十七《外篇·雜說中》：
夫學未該博，鑒非詳正，凡所修撰，多聚異聞（一作「門」），其爲踳駮，難以覺悟。按應劭《風俗通》載楚有葉君祠，即葉公諸梁廟也。而俗云孝明帝時有河東王喬爲葉令，嘗飛鳧入朝。及干寶《搜神記》，乃隱應氏所通（一訛作「遺」），而收（舊有「其」字）流俗怪說。（釋：此原飛鳧事所始。然怪則怪矣，節意則謂載在《搜神》，書非正史，猶之可也。）又劉敬升《異苑》稱晉武庫失火，漢高祖斬蛇劍穿屋而飛，其言不經。致（誤「故」）梁武帝令殷芸編諸《小說》，及蕭方等撰《三十國史》，乃刊爲正言。（釋：此原劍飛事所始。然節意謂小說不經猶可，撰爲正言則非。然《三十國史》，猶非正體國史也。〇已下揭出正史立說。）既而宋求漢事，旁取令升之書（原注：謂范曄《後漢書》）；唐徵晉語，近憑方等之錄（原注：謂皇家撰《晉書》）。編簡一定，膠漆不移。（釋：節意所嚴在此正史。）故令俗之學者，說鳧履登朝，則云《漢書》舊記。（釋：不復言《搜神記》，更何問《風俗通》矣。）談蛇劍穿屋，必曰晉典明文。（釋：不復言《三十國春秋》，更何問《異苑》矣。）遮（一誤作「遞」，一作「摭」）彼虛詞，成茲實錄。語曰：「三人成市虎。」斯言其得之者（一無「者」字）乎！（釋：小說之遷流，延及正史如此，故作史貴識也。）

（殷芸《小説》，《梁書》本傳：殷芸字灌蔬。不妄交游，博洽群書。《隋·經籍志》：《小説》十卷，梁武帝敕司徒左長史殷芸撰。陳氏《書錄》：《邯鄲書目》云或題劉餗撰，非也。此書首題秦、漢、魏、晋、宋諸帝，注云"殷芸撰"，非劉餗明矣。故其叙事止宋初，蓋於諸史傳記中抄集。或稱商芸者，宣祖廟未祧時避諱也。按：劉餗即知幾子也。徵之此條，或題之非，更不待辭矣。）
（上海古籍出版社，2009年）

劉昫等《舊唐書》卷四十七《經籍志下》丙部子錄小説家類：

《小説》十卷。（殷芸撰。）（中華書局，1975年）

王欽若等《册府元龜》卷二百六十儲宫部《禮士》：

陸倕歷太子中舍人、中庶子，除太常卿。明山賓歷太子率更令、中庶子、右衛率，權攝北兗州事。到洽歷太子中舍人、家令、中庶子，出爲雲麾長史。張率爲太子家令，出爲新安太守。倕普通七年、山賓治大通元年俱卒官，太子與晋安王令曰："明北兗、到長史遂相繼雕落，傷悢悲愴，不能以已。去歲陸太常殞殁，今茲二賢長謝……近張新安又致故，其人文筆弘雅，亦足嗟惜。（闕文）東西日久，尤當傷懷也。比人物零落，特可傷惋。屬有今信，力復及之。"又與前司徒左長史殷芸令曰："北兗信至，明常侍遂至殞逝，聞之傷惻。此賢儒術該通，志用稽古，温厚淳和，倫雅弘篤，授經以來迄今二紀，若其上交不諂，造膝忠規，非顯外迹，得之胸懷者，蓋亦積矣。攝官連率，行當歸歟，不謂長往，眇成疇日，追憶譚緒，皆爲悲端。往矣如何，昔經聯事，理當酸愴也。"

同上，卷七百九十二總錄部《思賢》：

梁殷芸，陳郡人也，累遷秘書監。任昉好獎進士友，延譽者率多外擢，時人慕之，號曰任君，言如漢之三君也。及卒，芸與建安太守到溉書曰："哲人云亡，儀表長謝。元龜何寄？指南誰托？"其爲士友所推如此。

同上，卷七百九十八總錄部《勤學》：

殷芸勵精勤學，博洽群書。幼而廬江何憲宗見之，深相嘆賞。後至通直散騎常侍、秘書監。

同上，卷八百三十五總錄部《性質》：

梁殷芸字灌蔬，陳郡長平人，性倜儻，不拘細行。然不妄交游，門無雜客。後至通直散騎常侍。

同上，卷八百六十八總錄部《游宴》：

　　任昉爲御史中丞，簪裾輻湊，預共宴者殷芸、到溉、劉苞、劉孺、劉顯、劉孝綽及陸倕而已，號曰龍門之游，雖貴公子孫不得預也。

同上，卷八百八十二總錄部《交友第二》：

　　到溉與兄沼、弟洽俱知名，樂安任昉大相賞好。天監初，昉出守義興，要溉、洽之郡爲山澤之游。昉還爲御史中丞，後進宗之，時有彭城劉孝綽、劉苞、劉孺，吳郡陸倕、張率，陳郡殷芸，沛國劉顯及溉、洽車軌日至，號曰蘭臺聚。（中華書局，1960年）

王堯臣等編次，錢東垣等輯釋《崇文總目》卷三小説類上：

　　《小説》十卷，殷芸撰。

　　侗按：《書錄解題》引《邯鄲書目》云："或題劉餗，非也。"又云："或稱商芸者，宣廟未祧時避諱也。"考《讀書志》作劉餗撰，《舊唐志》《唐志》《通志略》又有劉義慶撰，亦十卷。

　　又按：經部有殷價《喪禮極義》，《通考》引原釋亦作商價。陳詩庭云："宋時殷字多避作商，故改殷城縣曰商城，溵水曰商水。"（《宋元明清書目題跋叢刊》本，中華書局，2006年）

歐陽修、宋祁《新唐書》卷五十九《藝文志三》丙部子錄小説家類：

　　殷芸《小説》十卷。（中華書局，1975年）

吳开《優古堂詩話》之《張良〈與四皓書〉韓退之〈與李渤書〉》：

　　《商芸小説》載張良所《與商山四皓書》曰："良白：仰惟先生秉超世之殊操，身在六合之間，志凌造化之表，但自大漢受命，禎靈顯集，神母告符，足以宅兆民之心。先生當於此時耀神爽乎雲霄，濯鳳翼於天漢，使九門之外有非常之客，北闕之下有神氣之賓。而淵潛山隱，竊爲先生不取也。良以頑薄承乏忝官，所謂絕景不御，而駕服駑駘。方今元首欽明文思，百揆之佐立則延首，坐則引領，日昃而方丈不御，夜眠而閶闔不閉。蓋皇極須日月以揚光，后土待嶽瀆以導滯。而當聖世，鸞鳳林栖不翔乎太清，麒麟嶽遁不步乎郊藪，非所以寧八荒、慰六合也。不得侍省，展布腹心，略寫至言，想望翻然，不猜其意。張良白。"余觀韓退之所《與李渤書》，其規模步驟逮與之爲一矣。（商務印書館，1936年）

晁補之《續談助》卷四《殷芸小說》：

　　右鈔殷芸《小說》，其書載自秦漢迄東晉江左人物，雖與諸史時有異同，然皆細事，史官所宜略。又多取劉義慶《世說》《語林》《志怪》等已詳事，故鈔之特略，然其目《小說》則宜爾也。至於目若岩電事，或云："裴令公姿容爽俊，疾困，武帝使王夷甫往看之，裴先向壁臥，聞王來，強回視之。夷甫出，語人曰：'雙眸燦爛若岩下電，精神挺動，故有小惡耳。'"（出《世說》。）或云："裴令公目王安豐眼爛爛如岩下電"（出《語林》）。俱收并錄，并無考訂，則其書亦可（缺文）。（商務印書館，1939年）

朱勝非《紺珠集》卷二《商芸小說》：

　　（目錄如下，原文從略）

　　四寶宮　三雲殿　彈棋　天帝面方一尺　凌雲臺　問沐　初不擇日　足下　合組歌列錦賦　吐鳳　胡廣得姓　炊飯成糜　爾汝交　若汝之言亦復甚佳　縈蒲　肉翅登臺　占鼎無足當乘舟　蔡邕作仙　神驅石　璠璵之樂　咽堶　一朝科頭（《文淵閣四庫全書》本）

曾慥《類說》目錄卷四十九《殷芸小說》：

　　蒲臺　四寶宮　彈棋　天帝面方一尺　凌雲臺　元帝沐　四廢日　悲乎足下　托葫蘆而生　二子委甑　爾汝交　如汝所言亦佳　肉翅　子貢久出占得鼎卦　石橋觀日出　科頭宴起　此是啖石客　老子乘鹿入胎　蔡邕作仙　璠璵之樂　半英雄　一坐起迎太初　軒軒如朝霞舉　有疾不通客　蔡邕即張衡後身　珠襦玉匣　借書可嗤　在郡高枕　此年少甚蜘蜎　布衣雄世　葛巾羽扇　圍棋信至無兒書　貸鹽百斛　誤呼父字　龜行不擇日　一門盛矣　婢訟府君　九館癡龍　鸚鵡　潘石同刑東市　無鬼論　廬山君　玉漿石髓　九醞酒（《文淵閣四庫全書》本）

蔡絛《鐵圍山叢談》卷六"漢元狩二年南越獻馴象"條：

　　吾頃見貳車陳端誠家一鸚鵡，能自談對，睹老兵持米筥出，則報曰："院子偷物出也，在筥內。"其小奴竊酒，又亟報曰："惠奴偷酒。"衆爭視之，窮詰，略無迹，反罪其妄。乃又曰："藏卓下矣。"共驗之信。於是奴婢大憤，後以計而殺之也。嘗讀殷芸《小說》，載晉張華有鸚鵡，每出還，輒說僮僕好惡。一日寂無言，華問其故，曰："被禁在甕中，何緣得知事？"殆類此。（《唐宋史料筆記叢刊》本，中華書局，1983年）

鄭樵《通志》卷六十八《藝文略第六》小說：

　　《小說》十卷。（梁武帝敕安右長史殷芸撰。）又十卷。（劉義慶撰。）

同上，卷一百四十《任昉列傳》：

郡有蜜嶺及楊梅，舊爲太守所采。昉以冒險多物故，即時停絶，吏人咸以百餘年未之有也。爲家誡殷勤，甚有條貫。陳郡殷芸與建安太守到溉書曰："哲人云亡，儀表長謝。元龜何寄？指南何托？"其爲士友所推如此。

同上，《王志列傳》附騫子規：

規字威明，八歲丁所生母憂，居喪有至性。齊太尉徐孝嗣每見必爲流涕，稱曰孝童。叔父睞亦深器重之，常曰："此兒吾家千里駒也。"年十二，略通五經大義。及長，遂博涉有口辯，爲本州迎主簿，起家秘書郎，累遷太子洗馬。天監十二年，改造太極殿畢，規獻《新殿賦》，其辭甚工。後爲晉安王綱雲麾咨議參軍，久之爲新安太守。父憂去職，服闋，襲封南昌縣侯，除中書黃門侍郎，敕與陳郡殷芸、琅邪王錫、范陽張緬同侍東宮。俱爲昭明太子所禮。

同上，卷一百四十一《裴子野列傳》：

子野與沛國劉顯、南陽劉之遴、陳郡殷芸、陳留阮孝緒、吳郡顧協、京兆韋稜皆博極群書，深相賞好，顯尤推重之。時長平侯蕭勱、范陽張纘每討論墳籍，咸折衷於子野。

同上，《劉孝綽列傳》：

累遷太子僕，掌東宮管記，時昭明太子好士愛文，孝綽與陳郡殷芸、吳郡陸倕、琅邪王筠、彭城到洽等同見禮。太子起樂賢堂，乃使畫工先圖孝綽焉。太子文章繁富，群才咸欲撰録，太子獨使孝綽集而序之。

同上，《陸倕列傳》：

陸倕字佐公，吳郡吳人也……倕與樂安任昉友善，爲感知己，賦以贈昉。昉因此名以報之。及昉爲中丞，簪裾輻湊，預其宴者殷芸、到溉、劉苞、劉孺、劉顯、劉孝綽及倕而已，號曰龍門之游，雖貴公子孫不得預也。

同上，《到沆列傳》附從弟溉：

到沆字茂瀣，彭城武原人……沆從父兄溉、洽并有才名，時皆相代爲殿中，當世榮之……天監初，（任）昉出守義興，要溉、洽之郡爲山澤之游。昉還爲御史中丞，後進皆宗之。時有彭城劉孝綽、劉苞、劉孺，吳郡陸倕、張率，陳郡殷芸，沛國劉顯及溉、洽車軌日至，號曰蘭臺聚。

同上，卷一百七十八《隱逸傳第二·梁阮孝緒》：

天監初，御史中丞任昉尋其元履之所，欲造面而不敢，望而嘆曰："其室雖邇，其人甚遠。"其爲名流所欽尚如此。自是，欽慕風譽者莫不懷刺斂衽，望塵而息。殷芸欲贈以詩，昉曰："趣舍既異，何必相干？"芸乃止。唯與比部郎裴子野交。（中華書局，1987年）

晁公武撰，姚應績編，王先謙校《衢本郡齋讀書志》卷十三子部小說類：

《殷芸小説》十卷。（先謙案：後志一。）

右宋殷芸撰，述秦漢以來雜事。予家本題曰劉餗，李淑以爲非。（《宋元明清書目題跋叢刊》本，中華書局，2006年）

晁公武撰，趙希弁附志《袁本昭德先生郡齋讀書志》附志卷五上史類：

《西漢補遺》一卷。

右何俌德輔補西漢之遺文也，蓋束晳補詩之義耳。希弁嘗讀其皇太子遺四皓書，及侯公説項羽辭，因思昔東坡先生亦嘗爲侯公説項羽，辭載於集中，而商芸《小説》載張良所與商山四皓書，則世所罕見也。（《宋元明清書目題跋叢刊》本，中華書局，2006年）

趙希弁《郡齋讀書後志》卷二小說類：

《殷芸小説》十卷。

右宋殷芸撰述秦漢以來雜事，予家本題曰劉餗，李淑以爲非。（《文淵閣四庫全書》本）

吳聿《觀林詩話》"殷芸小說載馬融列傳"條：

殷芸《小説》載《馬融列傳》云："融善鼓琴，吹笛之聲一發，得蜻蜓出吟，有如相和。"蜻蜓，蔡邕《月令章句》以爲蟋蟀。馬融《長笛賦》："有洛客舍逆旅吹笛，爲氣出蜻蜓相和。"李善云《歌錄》曰："《古相和歌》十八曲，氣出一蜻蜓，二古曲。"則殷芸所載不唯謬甚，亦可笑也。（商務印書館，1936年）

洪邁撰，孔凡禮點校《容齋隨筆》四筆卷十一《册府元龜》：

真宗初，命儒臣編修君臣事迹，後謂輔臣曰："昨見《宴享門》中録唐中宗宴飲，韋庶人等預會和詩，與臣寮馬上口摘含桃事，皆非禮也。已令削之。"又曰："所編事迹，蓋欲垂爲典法，異端小説，咸所不取，可謂盡善。"而編修官上言："近代臣僚自述揚歷之事，如李德裕《文武兩朝獻替記》、李石《開成承詔録》、韓偓《金鑾密記》之類，又有子孫追述先德叙家世，如李繁《鄴侯傳》《柳氏序訓》《魏公家傳》之類，或隱己之惡，或攘人之善，并多溢美，故匪信書。并僭偽諸國，各有著撰，如偽《吴録》《孟知祥實録》之類，自矜本國，事或近誣。其上件書，并欲不取。餘有《三十國春秋》《河洛記》《壺關録》之類，多是正史已有；《秦記》《燕書》之類，出自偽邦；《殷芸小説》《談藪》之類，俱是談諧小事；《河南志》《邠志》《平劉録》之類，多是故吏賓從述本府戎帥征伐之功，傷於煩碎；《西京雜記》《明皇雜録》，事多語怪；《奉天録》尤是虛詞。盡議采收，恐成蕪穢。"并從之。及書成，賜名《册府元龜》，首尾十年，皆王欽若提總，凡一千卷，其所遺棄既多，故亦不能暴白。（上海古籍出版社，2015年）

程大昌《演繁露》卷二《鶻突》：
《師友談紀》云："錢穆父尹開封，剖決無滯，東坡朝次譽爲霹靂手。穆父曰：'敢云霹靂手，且免鶻鷺蹄？'即俳優以爲鶻突者也。鶻突者，胡塗之反也。"殷芸《小説》曰："孫邕醇粹有素，魏武帝初置侍中，舉者不中選，遂下令曰：'吾侍中欲得渾沌，渾沌氏，古之賢人也。'於是臣下方悟，遂舉邕，帝大悦。"此語著於《釋稗》，《釋稗》訓之曰："世俗之俳言也。鶻者渾之入，突者暾之入；渾者渾之去，沌者暾之去也。"用此言觀之，則謂愚無分別，名爲鶻突，由來古矣。《釋稗》不書名氏，其書引王介父《解義》，即近世人也。或作陸農師。（中華書局，1991年）

尤袤《遂初堂書目》小説類：
《世説》、《續世説》、劉孝標《俗説》、殷芸《小説》、《世説新語》、《世説叙録》……（《叢書集成初編》本）

陳振孫撰，徐小蠻、顧美華點校《直齋書録解題》卷十一子部小説家類：
《殷芸小説》十卷。
宋殷芸撰。《邯鄲書目》云：或題劉餗，非也。今此書首題秦、漢、魏、晋、宋諸帝，注云齊殷芸撰，非劉餗明矣。故其序事止宋初，蓋於諸史傳記中鈔集。或稱商芸者，宣祖廟未祧時避諱也。（上海古籍出版社，1987年）

王應麟撰，欒保群、田松青校點《困學紀聞》卷十《地理》：
殷芸《小説》云諸葛武侯躬耕於南陽，南陽是襄陽墟名，非南陽郡也。

同上，卷十三《考史》：

《后妃傳》贊持尺威帝，《庾亮傳》論牙尺垂訓，帝深念於負芒。按殷芸《小說》：晋成帝時庾后臨朝，諸庾誅南頓王宗，帝問："南頓何在？"答曰："黨峻作賊，已誅。"帝知非黨，曰："言舅作賊，當復云何？"庾后以牙尺打帝頭，云："兒何以作爾語？"帝無言，惟張目熟視諸庾，甚懼。

同上，卷二十《雜識》：

殷芸《小說》：蔡司徒說在洛見陸機兄弟，住參佐中三間瓦屋，士龍住東頭，士衡住西頭。東坡詩"自甘茅屋老三間"，簡齋詩"士龍同此屋三間"，又云"士衡去國三間屋"。（上海古籍出版社，2015年）

馬端臨《文獻通考》卷二百十五《經籍考四十二》子部小說家：

《殷芸小說》十卷。

晁氏曰："宋殷芸撰，述秦漢以來雜事。予家本題曰劉餗，李淑以爲非。"

陳氏曰："《邯鄲書目》云：或題劉餗，非也。今此書首題秦、漢、魏、晋、宋諸帝，注云'齊殷芸撰'，非劉餗明矣。故其叙事止宋初，蓋於諸史傳說中鈔集。或稱商芸者，宣祖廟未祧時避諱也。"

同上，卷二百二十八《經籍考五十五》子部類書：

《册府元龜》一千卷。……

容齋洪氏《隨筆》曰：真宗初，命儒臣編修君臣事迹。後謂輔臣曰："昨見宴享門中錄唐中宗宴飲韋庶人等預會和詩，與臣僚馬上口摘含桃事，皆非禮也，已令削之。"又曰："所編事迹，蓋欲垂爲典法。異端小說，咸所不取，可謂盡善。"而編修官上言，近代臣僚自述揚歷之事，如李德裕《文武兩朝獻替記》、李石《開成承詔錄》、韓偓《金鑾密記》之類。又有子孫追述先德叙家世，如《李繁鄴侯傳》《柳氏序訓》《魏公家傳》之類，或隱己之惡，或攘人之善，并多溢美，故匪信書。并僭僞諸國各有著撰，如僞《吳錄》、孟知祥《實錄》之類，自矜本國，事或近誣，其上件書并欲不取。餘有《三十國春秋》《河洛記》《壺關錄》之類，多是正史已有。《秦記》《燕書》之類，出自僞邦。《商芸小說》《談藪》之類，俱是詼諧小事。《河南志》《邠志》《平剡錄》之類，多是故吏賓從述本府戎帥征伐之功，傷於煩碎。《西京雜記》《明皇雜錄》事多語怪，《奉天錄》尤是虛詞，盡議采取，恐成蕪穢。并從之。及書成，賜名《册府元龜》。首尾十年，皆王欽若提總，凡一千卷。其所遺棄既多，故亦不能暴白。（中華書局，1986年）

脫脫等《宋史》卷二百六《藝文志五》子類小說家類：

殷芸《小說》十卷。（中華書局，1977年）

陶宗儀等《說郛》卷四十六下《商芸小說》（撰人闕）：

郭林宗來游京師，當還鄉里，送車千許乘，李膺亦在焉。衆人皆詣大槐客舍而別，獨膺與林宗共載乘薄笨車上，大槐阪觀者數百人，引領望之，眇若松喬之在霄漢，李元禮謖謖如勁松下風。膺居陽城時，門生在門下者恒有四五百人，膺每作一文出手，門下共爭之，不得墮地。陳仲弓初令大兒元方來見膺，與言語訖，遣厨中食。元方喜，以爲合意，當復得見焉。

（以下尚有八條，文略。）（《說郛三種》本，上海古籍出版社，1988年）

楊慎《丹鉛總錄》卷十九詩話類《僞書誤人》：

劉子玄曰："郭子橫《洞冥記》、王子年《拾遺記》全構虛辭，用驚愚俗。"卓哉！子玄之見也。余推其餘，如任昉《述異記》，殷芸《小說》，沈約《梁四公子記》，唐人《杜陽雜編》《天寶遺事》，宋人《雲仙散錄》《清異錄》，《杜詩》僞蘇注盛行於時，殊誤學者，司馬公作《通鑒》，亦誤取《天寶遺事》，況下此者乎！（浙江古籍出版社，2013年）

陳耀文《正楊》卷三《僞書誤人》：

劉子玄曰："郭子橫《洞冥記》、王子年《拾遺記》全構虛辭，用驚愚俗。"卓哉！子玄之見也。余推其餘，如任昉《述異記》，殷芸《小說》，沈約《梁四公子記》，唐人《杜陽雜編》《天寶遺事》，宋人《雲仙散錄》《清異錄》，杜詩僞蘇注盛行於時，殊誤學者，司馬公作《通鑒》，亦誤取《天寶遺事》，況下此者乎！

公所引用，具列如左：

"瑣語云：水涵萬物之中，精潤百物，而行乎地中；風涵太玄之中，精動百物，而行乎天上。"

《子華子》語也，引用之而匿其名，何哉！

同上，《旋波移光》：

"旋波、移光，越之美女，與西施、鄭旦同進於吳王，肌香體輕，飾以珠幌，若雙鷥之在烟霧。"

《拾遺記》云："越謀滅吳，有美女二人，一名夷光，二名修明（即西施、鄭旦之別名），以貢於吳。吳處以椒華之房，貫細珠爲簾幌（云云）。吳王目之，若雙鷺之在輕霧。"

《杜陽編》云："元載寵姬薛瑤英，仙姿玉質，肌香體輕，雖旋波搖光，不能過也。"

所引合二事爲一，想未見正本耳。

《拾遺記》："西海之西有浮玉山，山下有穴，穴中有水，其色如火，波濤灌蕩而火不滅，名陰火。木玄《虛海賦》所云陰火，潛然者也。然李善及五臣注皆不引之。"

商芸《小說》云："晉明帝問沭，啟云：沭伏久勞極，不審尊體何如？"

《拾遺記》曰："禹治水，所穿鑿處皆泥封記，使玄龜升其上，此封堺之始。"

予又考《述異記》云：空同山有堯碑禹碣，皆科斗書。（《文淵閣四庫全書》本）

王世貞《弇州四部稿》卷一百五十九說部《宛委餘編四》：

殷芸《小說》：晉成帝時庾后臨朝，諸庾誅南頓王宗，帝問："南頓何在？"答曰："黨峻作賊，已誅。"帝知非黨，曰："言舅作賊，當復云何？"庾后以牙尺打帝頭，曰："兒何以作爾語。"帝無言，惟張目熟視，諸庾甚懼。故《晉·后妃傳》贊抑尺威帝，《庾亮傳》論牙尺垂訓，帝深念於負芒。及考《亮傳》，內却不載此事，可謂略矣。《通鑑》云：宗之死也，帝不之知，久之，問亮曰："常日白頭公安在？"對以謀反伏誅。帝泣曰："舅言人作賊便殺之，言舅作賊當如何？"亮懼變色，似亦不及殷說詳核。

同上，卷一百七十四說部《宛委餘編十九》：

今人稱玉皇曰張大帝，又曰祠山張大帝。《酉陽雜俎》載其事尤可笑。云：天帝劉翁者惡張翁，欲殺之。張翁蓄一白雀，恆先期爲備。劉翁自下觀之，張翁盛陳賓主，醉，其從官策乘龍上天，塞北門。劉翁徘徊不能上，乘其餘龍，人間爲災。張翁患之，封之太山。及覽殷芸《小說》，晉咸康中周興死而復生，天帝召見，升殿仰視，紫氣鬱鬱，面方一尺，問左右曰："是古天帝耶？"答曰："上古天帝久已仙去，此是近曹明帝耳。"（《四庫明人文集叢刊》本，上海古籍出版社，1993年）

焦竑《國史經籍志》卷四下子類小說家：

《小說》十卷。（梁殷芸。）（商務印書館，1939年）

徐應秋《玉芝堂談薈》卷八《孝碑離合義》：

《世說》："蔡邕《題曹娥碑》曰：'黃絹幼婦外孫虀臼。'魏武觀碑，謂楊修曰：'解不？'修曰：'解。'魏武曰：'卿未可言，待我思之。'行三十里，曰：'我已得之。'令修別記，曰：'黃絹，色絲也，絶字；幼婦，少女也，妙字；外孫，女子也，好字；韲臼，受辛也，辭字。謂絶妙好辭也。'魏武亦記之，乃與修同，嘆曰：'我才不如卿三十里。'"劉須溪常疑曹娥江在浙之上虞，當時孫權據越，不知孟德何緣至江滸讀其碑，或是當時印傳邯鄲淳碑而曹、楊見之。及讀殷芸小説《異苑》：魏武過曹娥碑不能曉，有婦人浣於汾渚，問之，曰："第四車解。"既而至，乃禰正平，衡以離合義解之。所謂離合義者，即黃絹幼婦外孫韲臼。或謂此婦人即娥靈也。與前所傳各異。《典略》："楊修有才智，魏文爲世子，歷陳大丘碑，過見碑題曰黃絹幼婦外孫韲臼，魏文思之不解，問德祖，即曰：'陳實之基，蔡邕之辭，鍾繇之書，此絶妙好辭也。'魏文曰：'才不才，校四十里。'"又復不同，未知孰是。《南史》："宋孝武時，青州人發古冢，銘云'青州世子東海女郎'，帝問學士鮑照、徐爰等，不能悉。問平陽賈希鏡，對曰：'此是司馬越女，嫁荀希兒。'檢訪果然。"事頗相類。故周茂振《謝入館啓》云："桃萊難悟，柳卯本同。幼婦外孫之義，女郎世子之名。"正用此二事也。（《四庫筆記小説叢刊》本，上海古籍出版社，1993年）

祁承爜《澹生堂藏書目》子部一小説家：

《殷芸小説》二卷一册。（上海古籍出版社，2015年）

徐𤊹《徐氏筆精》卷七雜記《曹娥碑》：

曹娥江在浙之上虞，當時孫權據越，不知孟德何因與楊修至江滸讀其碑也。殷芸《小説》云："蔡邕刻曹娥碑。傍曰黃絹幼婦外孫韲臼，魏武見不能曉，以問群僚，莫有知者。有婦人浣於江渚，曰：'第四車中人解之。'乃禰正平，便以離合解爲絶妙好辭。"此説與諸書所載大異。余謂孟德決無到曹娥江之理，或是當時傳印邯鄲淳《曹娥碑》文，而孟德與楊修猜度之，衹見墨本，非親摩碑石也。禰衡之解，又不知何據。《語林》云操讀碑於汝南，其爲摹本無疑。（臺灣學生書局，1971年）

錢謙益《絳雲樓書目》卷二小説類：

殷芸《小説》。（十卷，梁人。）（商務印書館，1935年）

錢曾《述古堂藏書目》卷三小説家：

殷芸《小説》一卷。（抄。）（商務印書館，1935年）

杭世駿《三國志補注》卷三《魏書》：

魏公九錫策命，勖所作也。

殷芸《小説》曰：魏國初建，潘勖爲策命文。自漢武以來未有此制，勖乃依商周憲章，唐虞辭義，温雅典誥同風，於時朝士皆莫能措一字。勖亡後，王仲宣擅名於當時。時人見此策，或疑是仲宣所爲，論者紛紛。及晉王爲太傅，臘日大會賓客，勖子滿時亦在焉。宣王謂之曰："尊君作封魏君策，高妙信不可及。吾曾聞仲宣亦以爲不如。"朝廷之士乃知勖作也。

同上，卷五《蜀書》：

《困學紀聞》曰：殷芸《小説》云諸葛武侯躬耕於南陽，南陽是襄陽墟名，非南陽郡也。（《叢書集成初編》本）

穆彰阿、潘錫恩等《大清一統志》卷一百七十一陳州府二《人物》：

殷芸（字灌蔬，長平人。倜儻不拘細行，然不妄交游，門無雜賓。勵精勤學，博洽群書，位秘書監、司徒長史，後直東宮學士省。卒）。（上海古籍出版社，2008年）

永瑢等《四庫全書總目》卷一百四十子部五十小説家類一《鑑戒錄》提要：

《鑑戒錄》十卷。（江西巡撫采進本。）蜀何光遠撰……今觀所記，如徐后事一條，所載王承旨詩，《後山詩話》以爲花蕊夫人作；蜀門諷一條，所載向瓚嘲蔣鍊師詩，《南唐近事》以爲廬山道士，其語大同小異，猶可曰傳聞異詞；鑑冤辱一條，全剽襲殷芸《小説》東方朔辨怪哉蟲事（案《小説》已佚，此條見《太平廣記》四百七十三），已爲附會；鬼傳書一條，不知《水經注》有梁孝直事，更屬粗疏。

同上，卷一百九十五集部四十八詩文評類一《觀林詩話》提要：

《觀林詩話》一卷。（浙江范懋柱家天一閣藏本。）宋吳聿撰……至於引郭義恭《廣志》證陸龜蒙詩蕙炷字，引尉遲樞《南楚新聞》證僧詩㲲根字，引《隋書·禮志》證古詩長跪問故夫句……引《歌錄》證殷芸《小説》誤解蜻蜊，引《西京雜記》駁賀鑄詞誤用玉硯生冰，以及駁蘇軾誤以白居易《除夜詩》爲《寒食詩》、以長桑君爲倉公、以《左傳》小人之食爲小人之羹諸條，皆足以資考證，在宋人詩話之中亦可謂之佳本矣。（中華書局，1965年）

陳揆《稽瑞樓書目》小櫥叢書：

殷芸《小說》一卷。（舊鈔，附。）（《叢書集成初編》本）

姚振宗《隋書經籍志考證》卷三十二子部九小說家：

《小說》十卷，梁武帝敕安右長史殷芸撰。梁目三十卷。

《南史·殷鈞傳》：鈞字季和，陳都長平人，晉荊州刺史仲堪五世孫也。宗人芸字灌蔬，倜儻不拘細行；然不妄交游，門無雜客。勵精勤學，博洽群書。齊時為宜都王行參軍，天監中，位秘書監，司徒左長史。後直東宮學士省，卒。《梁書》本傳云大通三年卒官，時年五十九。

《史通·雜記篇》曰：劉敬叔《異苑》稱晉武庫失火，漢高祖斬蛇劍穿屋而飛，其言不經。故梁武帝令殷芸編諸《小說》。（案此殆是梁武作通史時，事凡不經之說，為通史所不取者，皆令殷芸別集為《小說》，是此《小說》因通史而作，猶通史之外乘也。）

《唐書·經籍志》：《小說》十卷，殷芸撰。

《唐書·藝文志》：殷芸《小說》十卷。

宋晁載之《續談助》鈔書跋曰：右抄殷芸《小說》，其書載自秦漢迄東晉江左人物，雖多與諸史時有異同，然皆細事，史官所宜略。又多取劉義慶《世說》《語林》《志怪》等已詳事，故鈔之特略，然其目《小說》則宜爾也。至於裴令公目若岩電事，《世說》《語林》所言各殊，而俱收并錄，并無考訂，則其書兩可。

晁氏《讀書志》：殷芸《小說》十卷。宋殷芸撰，述秦漢以來雜事。予家本題曰劉餗，李淑以為非。

陳氏《書錄解題》：《殷芸小說》十卷，宋殷芸撰。《邯鄲書目》云或題劉餗，非也。今此書首題秦、漢、魏、晉、宋諸帝，注云齊殷芸撰，非劉餗明矣。故其序事止宋初，蓋於諸史傳記中鈔集。或稱商芸者，宣祖廟未祧時避諱也。（案晁、陳兩家於是書及撰人本末皆未詳考，但從流俗不根之說，或稱宋或稱齊，而不以為非。案殷芸生於宋季，仕齊入梁，且三十年乃卒，謂之齊人可乎？）

案：是書為小說家之最著聞者，今惟見晁氏《續談助》抄節本，凡七十餘條，各注所出，并注明分卷門目。原書體制，秩然可見，今并錄於後，以存大略。

原書分卷篇目：第一卷曰秦、漢、晉、宋諸帝（與陳錄所記同）；第二卷，周、六國、前漢人物；第三、四卷，後漢人物；第五、六卷，魏人物；第七卷，吳、蜀人物；第八、九、十卷，并晉中朝、江左人物。本志注云梁目三十卷，其分卷當亦如此，此十卷蓋合并，非關缺失。

原書引用書名：《晉敕》《宋武手敕》《簡文談疏》《小史》《鬼谷先生書》《張良書》《鄭劭對潁川太守問》《東方朔傳》《馬融別傳》《鄭玄別傳》《李膺

家傳》《李膺家錄》《徐穉別傳》《許劭別傳》《彌衡別傳》《魏武楊彪傳》《司馬徽別傳》《羊琇別傳》《裴頠別傳》《阮瞻別傳》、顧元仙《瀨鄉記》、山謙之《吳興記》、盛弘之《荆州記》、庾穆之《湘中記》《襄陽記》（不著名）、志咸《澈心記》（吳孫皓時僧）、俞益《期箋》（豫章人，與東晋朝康伯同時）、《郭子》《雜記》《雜語》《語林》《世説》《異苑》《幽明録》《志怪》《笑林》《俳諧文》。（詳見集部總集類末。））（《二十五史補編》本，中華書局，1955年）

魯迅《中國小説史略》第七篇《〈世説新語〉與其前後》：

梁武帝嘗敕安右長史殷芸（471—529），《梁書》有傳。撰《小説》三十卷，至隋僅存十卷，明初尚存，今乃止見於《續談助》及原本《説郛》中，亦采集群書而成，以時代爲次第，而特置帝王之事於卷首，繼以周漢，終於南齊。（上海古籍出版社，1998年）

余嘉錫《余嘉錫論學雜著・殷芸小説輯證序言》：

《隋書・經籍志》云："《小説》十卷，梁武帝敕安右長史殷芸撰。"案：殷芸字灌蔬，陳郡長平人。《梁書》《南史》并有傳，（《南史》附《殷鈞傳》後。）但皆不載其著述。《史通・雜説篇》云："劉敬叔《異苑》稱：晋武庫失火，漢高祖斬蛇，劍穿屋而飛，其言不經，梁武帝令殷芸編爲《小説》。"姚振宗曰："案此殆是梁武作通史時，凡不經之説爲通史所不取者，皆令殷芸別集爲《小説》，是《小説》因通史而作，猶通史之外乘。"（見《隋書・經籍志考證》卷三十二。）其説是矣。《北户録注》（卷三）引介子推事，題爲"梁武小説"，正因其爲奉敕所撰，猶之唐修《晋書》，號稱太宗御撰云爾。其書自《隋志》以下，兩《唐志》、《宋志》、《崇文總目》、尤、晁、陳三家書目皆著於録，至陶宗儀撰《説郛》，引用尚夥，觀其次第，實自原書録出，知元末猶存。明文淵閣儲藏至富，而目中竟無此書，疑其亡於明初也。

考芸所纂集，皆取之故書雅記，每條必注書名（《續談助》及《説郛》所引尚存其原式，他書則徑刪去），體例謹嚴，與六朝人他書隨手抄撮不著出處者不同。援據之博，蓋不在劉孝標《世説注》以下，實六朝人所著小説中之較繁富者。然唐、宋人著述不甚引用，《書鈔》《類聚》《初學記》《六帖》等竟不登一字。《文選注》《太平御覽》號爲典籍淵藪，亦僅引一二條而已（《選注》一條，《御覽》二條），固由當時古書尚存，無須藉手於此，亦正因其條舉書名，後人得從之販粺，不必更著所出故也。幸《太平廣記》（凡引三十四條）、《續談助》（引七十三條）、《紺珠集》（引二十二條）、《類説》（引四十四條）、《説郛》（引二十三條）等書各引數十條，尚可輯録成書。長女淑宜專攻文學，因命其以此五書爲本，輯爲一編。并遍搜群籍，補其闕遺。所采書凡二十六種，共得百五十四事（除附錄三事不數）。余復略加考證，并依原書次第定著爲十卷。書成，可繕寫矣，乃聞魯迅先生所輯《古小說鈎沉》已於滬上出書，求之此間書肆及圖書館不得，久之，始輾轉假得其書，兩相比較，此編多得二十餘事。然《鈎沈》采書十二種，其中《優古堂詩話》《鐵圍山叢談》《困學紀聞》三種皆向未檢及者。雖其事多據他書輯入，但《紀聞》中一事則失錄（即蔡司徒在洛陽見陸機事）。既據以補錄，謹著其事於此，不敢掠人之美。至於考論辨證，則愚父子嘗盡心焉，後之覽者或亦有取乎此也。一九四二年序於北京。（中華書局，1963年）

案：《隋書》卷三十四《經籍志三》子部小說類著錄"《小說》十卷"，注云："梁武帝敕安右長史殷芸撰。梁目，三十卷。"

殷芸（471—529年），字灌蔬，陳郡長平（今河南西華）人。晉荊州刺史仲堪五世孫。宋明帝泰始七年生，性倜儻，不拘細行；不妄交游，門無雜賓；勵精勤學，博覽群書。幼時廬江何憲見之，深相嘆賞。齊武帝永明中，爲宜都王蕭鏗行參軍。梁天監初，爲西中郎主簿、後軍臨川王記室。天監七年（508年），遷通直散騎侍郎，兼中書通事舍人。天監十年（511年），通直散騎侍郎，兼尚書左丞，又兼中書舍人，遷國子博士，昭明太子侍讀，西中郎豫章王長史，領丹陽尹丞。累遷通直散騎常侍，秘書監，司徒左長史。昭明太子好士愛文，殷芸與劉孝綽、陸倕、王筠、到洽等，同見賓禮。普通六年（525年），直東宮學士省。大通三年（529年）卒，時年五十九。《梁書》有傳，《南史》附《殷鈞傳》。

《隋書·經籍志》子部小說類著錄殷芸《小說》十卷，晁補之《續談助》云："殷芸《小說》，其書載自秦漢迄東晉江左人物，雖與諸史時有異同，然皆細事，史官所宜略。又多取劉義慶《世說》《語林》《志怪》等已詳事，故鈔之特略，然其目小說則宜爾也。"清姚振宗《隋書經籍志考證》云："此殆是梁武作通史時，事凡不經之說，爲通史所不取者，皆令殷芸別集爲《小說》，是此《小說》因通史而作，猶通史之外乘也。"兩《唐志》、《崇文總目》、《通志·藝文略》、《郡齋讀書志》、《直齋書錄解題》、《遂初堂書目》、《宋史·藝文志》小說類均著錄《殷芸小說》十卷，或《小說》十卷。宋時，爲避宋太祖趙匡胤父趙殷諱，改稱《商芸小說》。宋、元以後，明《文淵閣書目》不載。明《國史經籍志》著錄十卷，清《絳雲樓書目》同，疑乃據舊目抄錄，并非是書明清時尚存。余嘉錫以爲元末猶存，疑亡於明初；魯迅《中國小說史略》謂此書"明初尚存"。清代《述古齋藏書目》及《稽瑞樓書目》收錄，僅一卷，或此書清代尚存殘本。

《小説》佚文，見宋代《續談助》（收七十一條）、《紺珠集》（節錄二十二條）、《類説》（節錄四十四條），涵芬樓《説郛》（收二十五條）。今之輯本：一卷本，有《説郛》本、《五朝小説大觀》本、《古今説部叢書》本、《敬修堂叢書》本；魯迅《古小説鉤沉》輯一百三十五條；余嘉錫《余嘉錫論學雜著·殷芸小説輯證》（中華書局，1963年）編作十卷，共輯一百五十四條；周楞伽輯注本《殷芸小説》（上海古籍出版社，1984年）共輯得一百六十三條，較爲完備，爲當下通行本。另唐蘭有《輯殷芸小説并跋》（載《周叔弢先生六十生日紀念論文集》）。

小説（佚名小説）

魏徵、令狐德棻《隋書》卷三十四《經籍志三》子部小説類：
　　《小説》五卷。（中華書局，1973年）

［日］藤原佐世《日本國見在書目錄》小説家：
　　《小説》十。（中華書局，1991年）

趙希弁《郡齋讀書後志》卷二小説類：
　　劉餗《小説》五卷。（《文淵閣四庫全書》本）

焦竑《國史經籍志》卷四下子類小説家：
　　《小説》二卷，劉季孫。（商務書館，1939年）

姚振宗《隋書經籍志考證》卷三十二子部九小説家：
　　《小説》五卷，不著撰人。
　　案舊、新《唐志》，劉義慶《世説》八卷之外，又有《小説》十卷，此或是其殘佚本。（清華大學出版社，2014年）

　　　案：《隋書》卷三十四《經籍志三》子部小説類著録"《小説》五卷"，未著撰者。《隋志》小説類同時又著録"殷芸《小説》十卷"，據此，二者并非一書。兩《唐志》同時著録劉義慶《小説》十卷、殷芸《小説》十卷、佚名《小説》五卷。劉義慶《小説》十卷與此卷數不同，故佚名《小説》與劉義慶《小説》亦非一書。清姚振宗《隋書經籍志考證》云："舊、新《唐志》，劉義慶《世説》八卷之外，又有《小説》十卷，或是其殘佚本。"實爲推測之詞，不一定可靠。原書已佚，其作者已不可考。

通　說

姚思廉《梁書》卷五十文學下《伏挺列傳》：

伏挺字士標。父暅，爲豫章内史，在《良吏傳》。挺幼敏寤，七歲通《孝經》《論語》。及長，有才思，好屬文，爲五言詩，善效謝康樂體。父友人樂安任昉深相嘆異，常曰："此子日下無雙。"齊末，州舉秀才，對策爲當時第一。高祖義師至，挺迎謁於新林，高祖見之甚悦，謂曰"顔子"，引爲征東行參軍，時年十八。天監初，除中軍參軍事。宅居在潮溝，於宅講《論語》，聽者傾朝。遷建康正，俄以劾免。久之，入爲尚書儀曹郎，遷西中郎記室參軍，累爲晋陵、武康令。罷縣還，仍於東郊築室，不復仕。

挺少有盛名，又善處當世，朝中勢素，多與交游，故不能久事隱静。時僕射徐勉以疾假還宅，挺致書以觀其意曰："昔士德懷顧，戀興數日；輔嗣思友，情勞一旬。故知深心所係，貴賤一也。况復恩隆世親，義重知己，道庇生人，德弘覆蓋。而朝野懸隔，山川邈殊，雖咳唾時沾，而顔色不覩。《東山》之嘆，豈云旋復；西風可懷，孰能無思？加以静居廓處，顧影莫酬，秋風四起，園林易色，涼野寂寞，寒蟲吟叫。懷抱不可直置，情慮不能無托，時因吟咏，動輒盈篇。揚生沉鬱，且猶覆盎；惠子五車，彌多蹢駁。一日聊呈小文，不期過賞，還逮隆渥，累牘兼翰，紙縟字磨，誦復無已，徒恨許與過當，有傷準的。昔子建不欲妄贊陳琳，恐見嗤哂後代。今之過奢餘論，將不有累清談。

挺竄迹草萊，事絶聞見，藉以謳謡，得之輿牧。仰承有事砭石，仍成簡通，娱腸悦耳，稍從擯落，宴處榮觀，務在滌除。綺羅絲竹，二列頓遣；方丈員案，三栖僅存。故以道變區中，情衝域外；操彼絃誦，賁兹觀損。追留侯之却粒，念韓卿之辭榮，眷想東都，屬懷南嶽，鑽仰來貺，有符下風。雖云幸甚，然則未喻。雖復帝道康寧，走馬行却，《由庚》得所，寅亮有歸。悠悠之人，展氏猶且攘袂；浩浩白水，寧叟方欲褰裳。是知君子拯物，義非徇己。思與赤松子游，誰其克遂。願驅之仁壽，綏此多福。雖則不言，四時行矣。然後黔首有庇，薦紳靡奪；白駒不在空谷，屠羊豫蒙其賚。豈不休哉，豈不休哉！昔杜真自閉深室，郎宗絶迹幽野，難矣，誠非所希。井丹高潔，相如慢世，尚復游涉權門，雍容鄉邑，常謂此道爲泰，每竊慕之。方念擁帚延思，以陳侍者，請至農隙，無待邀求。

挺誠好屬文，不會今世，不能促節局步，以應流俗。事等昌蒩，謬彼偏嗜，是用不羞固陋，無憚龍門。昔敬通之賞景卿，孟公之知仲蔚，止乎通人，猶稱盛美，況在時宗，彌爲未易。近以蒲槧勿用，箋素多闕，聊效東方，獻書丞相，須得善寫，更請潤訶，儻逢子侯，比復削牘。"

勉報曰……挺後遂出仕，尋除南臺治書。因事納賄，當被推劾，挺懼罪，遂變服爲道人，久之藏匿。後遇赦，乃出天心寺。會邵陵王爲江州，携挺之鎮，王好文義，深被恩禮，挺因此還俗。復隨王遷鎮郢州，征入爲京尹，挺留夏首，久之還京師。太清中，客游吴興、吴郡，侯景亂中卒。著《邇説》十卷，文集二十卷。

子知命，先隨挺事邵陵王，掌書記。亂中，王於郢州奔敗，知命仍下投侯景。常以其父宦途不至，深怨朝廷，遂盡心事景。景襲郢州，圍巴陵，軍中書檄，皆其文也。及景簒位，爲中書舍人，專任權寵，勢傾内外。景敗被執，送江陵，於獄中幽死。挺弟挼，亦有才名，先爲邵陵王所引，歷爲記室、中記室、參軍。（中華書局，1973年）

歐陽詢撰，汪紹楹校《藝文類聚》卷二天部下《霧》：

梁伏挺《行舟值早霧詩》曰：水霧雜山烟，冥冥見曉天。聽猨方忖岫，聞瀨始知川。漁人惑隩浦，行舟迷溯沿。日中氛靄盡，空水共澄鮮。（上海古籍出版社，1982年）

魏徵、令狐德棻《隋書》卷三十四《經籍志三》子部小説類：

《邇説》一卷。（梁南臺治書伏挺撰。）（中華書局，1973年）

李延壽《南史》卷七十一儒林《伏曼容列傳》：

挺字士標，幼敏悟，七歲通《孝經》《論語》。及長，博學有才思，爲五言詩，善效謝康樂體。父友樂安任昉深相嘆異，常曰："此子日下無雙。"齊末，州舉秀才，對策爲當時第一。

梁武帝師至，挺迎謁於新林，帝見之甚悦，謂之顏子，引爲征東行參軍，時年十八。天監初，除中軍參軍事。居宅在潮溝，於宅講《論語》，聽者傾朝。挺三世同時聚徒教授，罕有其比。累爲晉陵、武康令。罷縣還，仍於東郊築室，不復仕。

挺少有盛名，又善處當世，朝中勢素多與交游，故不能久事隱靜。後遂出仕，除南臺書侍御史。因事納賄被劾，懼罪，乃變服出家名僧挺，久之藏匿，後遇赦，乃出天心寺。會邵陵王爲江州，携挺之鎮。王好文義，深被恩禮。挺不堪蔬素，因此還俗。侯景亂中卒。著《邇説》十卷，文集二十卷。

子知命，以其父宦途不進，怨朝廷，後遂盡心侯景。襲郢州，圍巴陵，軍中書橄皆其文也。言及西臺，莫不劇筆。及景篡位，爲中書舍人，權傾内外。景敗，被送江陵，於獄幽死。

挺弟挴亦有才名，爲邵陵王記室參軍。（中華書局，1975年）

徐堅等《初學記》卷二天部《霧第六》：
梁伏挺《行舟遇早霧詩》：水霧雜山烟，冥冥不見天。聽猨方忖岫，聞瀬始知川。漁人惑澳浦，行舟迷溯沿。日中氛霭盡，空水共澄鮮。（中華書局，1962年）

王欽若等《册府元龜》卷五百九十九學校部《講論》：
伏挺，天監初，除中軍參軍事，居宅在潮溝，於宅講《論語》，聽者傾朝。

同上，卷六百五十貢舉部《應舉》：
伏挺，齊末州舉秀才，對策爲當時第一。

同上，卷七百二十七幕府部《辟署第二》：
伏挺，字士摽，高祖義師至，挺迎謁於新林。高祖見之甚悦，謂曰"顏子"，引爲征東行參軍，時年十八。

同上，卷七百六十五總録部《攀附第一》：
伏挺，齊末舉秀才，對策第一。高祖義師至，挺迎謁於新林。高祖見之甚悦，謂曰"顏子"，引爲征東行參軍，時年十八。

同上，卷七百七十四總録部《幼敏第二》：
伏挺幼敏悟，十歲通《孝經》《論語》，挺後客游吳興，卒。

同上，卷八百三十九總録部《文章第三》：
伏挺有才思，好屬文，爲五言詩善效謝康樂體，父友樂安任昉相見嘆異，嘗曰："此子目下無雙。"著《邇説》十卷，文集二十卷。

同上，卷九百三十六總録部《躁競》：
伏挺爲晉陵武康令，罷縣，還東郊築室，不復仕。挺少有盛名，又善處，當世朝中勢素多與交游，故不能久事隱静。時僕射徐勉以疾假還宅，挺致書以觀其意，曰："昔士德懷顧，戀興數日，輔嗣思友，情勞一旬，故知深心所係，貴賤一也，況復恩隆親故，義重知己，道庇生人，德弘覆蓋，而朝野縣隔，山川邈舒，雖咳唾時沾，而顏色不邁。東山之嘆，豈云旋復；西風可懷，孰能無思？加之以靜居廓處，顧影莫酬，秋風四起，園林易色，涼野寂寞，寒蟲叫吟，懷抱不可直置，情慮不能無托。時因吟咏，動輒盈篇，揚生沉鬱，且猶覆盎，惠子五車，彌多踳駁。一日聊呈小文，不期過賞，還速隆渥，累牘兼翰，紙縟字磨，誦復無已。徒恨許與過當，有傷準的。昔子建不欲妄贊陳琳，恐見嗤後代；今之過奢餘論，將不有累清談？挺竄迹草萊，事絕聞見，藉以謳謠，得之與收，仰承有事，砭石仍成，簡通娛腸，悅耳稍從，擯落宴處，榮觀豫在，滌除綺羅，絲竹二列，頓遣方丈，員案三代。僅存故以道變，區中情衝域外，操彼弦誦，責茲觀損，追留侯之却粒，念韓卿之辭榮，睠想東郡，屬懷南嶽，鑽仰來貺，有符下風，雖云幸甚，然則未喻。雖復帝道安康，走馬行却，由庚得所，寅亮有歸，悠悠之人，展氏猶且攘袂；浩浩白水，寧叟方欲褰裳。是知君子拯物，義非狥己，思與赤松子游，誰其克遂！願驅之仁壽，綏此多福，雖則不言，四時行矣。然後黔首有庇，薦紳靡奪，白駒不在空谷，屠羊預蒙其賴，豈不休哉！豈不休哉！昔杜真自閉深室，郎宗絕迹幽野，難矣誠非所希。井丹高潔，相如慢世，尚復游涉權門，雍容鄉邑。常謂此道爲泰，每竊慕之。方念擁帚延思，以陳侍者；請至農隙，無待邀求。挺誠好屬文，不會今世，不能促節局步，以應流俗，事等昌菹，謬被偏嗜，是用不羞固陋，無憚龍門。昔敬通之賞景卿，孟公之知仲蔚，止乎通人，猶稱美盛，況在時宗，彌爲未易。近以蒲蘂勿用，箋素多闕，聊效東方獻書丞相，須得繕寫，更請潤訶。儻逢子侯比復，削牘勉報，曰復覽來書，累牘兼翰，事苞出處，言兼語默，事義周悉，意致深遠，發函伸紙，倍增憤嘆。卿雄州擢秀，弱冠升朝，穿綜百家，佃漁六學，觀眸表其韶慧，視色見其英朗，若魯國之名駒，邁雲中之白鶴。及占顯邑，試吏腴壤，將有武城絃歌，桐鄉謠咏，豈與卓魯斷斷同年而語耶？方當見賞，長者良能有加；寵授篩茲，簪帶實彼周行。而欲遠慕卷舒，用懷愚智。既知益之爲累，爰悟滿則辭多。高蹈風塵，良所欽把。況以金商戒節，素秋御序，蕭條林野，無人共樂。偃卧墳籍，游浪儒玄，物我兼忘，寵辱誰滯？誠乃求美，用有求同。今遜聽傍求，興懷癏宿，白駒空谷，幽人引領，貧賤爲恥，鳥獸難群，故當捐此薜蘿，出從鴛鷺，無垂隱顯，不亦休哉！吾智乏佐時，才慚濟世，稟承朝則，不敢荒寧，力弱途遙，愧心非一。天下有道，堯人何事，得因疲病，念從閑逸？若使車書混合，尉侯無警，作樂製禮，紀石封山，然後乃反服衡門，實爲多幸。但夙有風欬，邁強虛眩，瘠類士安，羸同長孺，簿領沉廢臺閣，未理娛耳爛腸，因事而息非關。欲追松子，遠慕留侯，天假之年，自當靖恭所職。擬非倫匹，良覺辭費，覽復循環，爽焉如失，清塵獨遠，白雲飄蕩，依然何極！猥降書札，示之文翰，覽後成誦，流連縟紙。昔仲宣才敏，藉中郎而表譽；正平穎悟，賴北海以騰聲。望古料今，吾有慚德，儻成卷帙，力爲稱首，無令獨耀隨掌，空使辭人扼腕。式閭願見，宜事掃門，亦有來思，赴其懸榻，經苔魚網，別當以薦，城闕之嘆，曷日無懷！所遲萱蘇，書不盡意。"挺後遂出仕，尋除南臺治書。

同上，卷九百四十九總録部《亡命》：
　　梁伏挺爲南臺治書，因事納賄，當彼推劾，挺懼罪，遂變服爲道人，久之藏匿。後遇赦，乃出天心寺，會邵陵王爲江州，携挺之鎮。王好文義，深被恩禮，挺因此還俗。（中華書局，1960年）

鄭樵《通志》卷六十八《藝文略第六》小説：
　　《邇説》一卷。梁南臺治書伏晅撰。

同上，卷一百七十三《儒林傳第二·梁伏曼容》附晅、挺：
　　伏曼容字公儀，平昌安邱人。（《梁書》本傳有"曾祖滔"三字。）晋著作郎滔之曾孫也。（《梁書》本傳無"滔之曾孫也"五字。）父允（《梁書》本傳作"胤"）之，宋司空主簿。曼容早孤，與母兄客居南海。少篤學，善《老》《易》，倜儻好大言，常云："何晏疑《易》中九事。以吾觀之，晏了不學也，故知平叔有所短。"聚徒教授以自業。爲驃騎行參軍。宋明帝好《周易》，集朝臣於清暑殿講，詔曼容執經。曼容素美風采，明帝（上二字《梁書》本傳作"帝恒"）以方嵇叔夜，使吴人陸探微畫叔夜像以賜之。（《梁書》本傳有"遷司徒參軍，袁粲爲丹陽尹，清爲江寧令，入拜"十八字，無下"爲"字。）爲尚書外兵郎，嘗與袁粲罷朝相會，言玄理，時論以爲一臺二絶。（《梁書》本傳無"嘗與袁粲"以下十九字。）昇明末，爲輔國長史、南海太守。至石門，作《貪泉銘》。齊建元中，上書勸封禪，高帝以爲其禮難備，不從。（《梁書》本傳無"至石門"以下二十六字，有"齊初爲通直散騎侍郎。永明初"十二字。）仕（《梁書》本傳無"仕"字）爲太子率更令，侍皇太子講。衛將軍王儉深相愛好，令與河內司馬憲、吴郡陸澄共撰《喪服》，既竟，又欲與定禮樂。會儉薨，（《梁書》本傳下有"遷中書侍郎、大司馬咨議參軍，出爲武昌太守"。）建武中，入（《梁書》本傳無"入"字）拜中散大夫。時明帝不重儒術，曼容宅在瓦棺（《梁書》本傳作"官"）寺東，施高坐於聽事，有賓客輒升高坐爲講説，生徒常數十百人。梁臺建，以曼容舊儒，（《梁書》本傳無"以曼容舊儒"五字。）召拜司徒（《梁書》本傳無"司徒"二字）司馬，出爲臨海太守。天監元年，卒官，時年八十二。曼容多伎術，善音律，射御、風角、醫算，莫不閑了。（《梁書》本傳無"曼容多伎術"等十八字。）爲《周易》《毛詩》《喪服集解》《老》《莊》《論語義》。
　　子晅字元曜，幼傳父業，能言玄理，與樂安任昉、彭城劉曼俱知名。仕齊位東陽郡丞、鄞令。時曼容已致仕，故頻以外職處㬚，令得養焉。武帝踐作（阼），兼五經博士，與吏部尚書徐勉、中書侍郎周捨總知五禮事。出爲永陽内史，在郡清潔，政務安静，郡人何貞秀等一百五十四人詣州言狀，湘州刺史以聞。詔勘有十五事爲吏人所懷，帝善之。徙新安太守，在郡清恪如永陽時。人有賦税不登者，輒以太守田米助之。郡多麻苧，家人乃至無以爲繩，其屬志如此。屬縣始新、遂安、海寧并同時生爲立祠。徵爲國子博士，領長水校尉。時始興内史何遠累著清績，武帝擢爲黄門侍郎，俄遷信武將軍、監吴郡事。㬚自以名輩素在遠前，爲吏俱稱廉白，遠累見擢，㬚循階而已，意望不滿，多托疾居家。尋求假到東陽迎妹喪，因留會稽築宅，自表解職。詔以爲豫章内史，乃出拜。書侍御史虞曪奏㬚怨望要君，請以大不敬論。有詔勿治，㬚遂得就郡。徵爲給事黄門侍郎，領國子博士，未赴卒。初，㬚父曼容與樂安任遥皆昵於齊太尉王儉，遥子昉及㬚并見知。頃之，昉才遇稍盛，齊末已爲司徒左長史，㬚獨滯於參軍事，及終名位略相侔。㬚性儉素，車服麁惡，外雖退静，内不免心競，故見譏於時。然能推薦後來，常若不及，少年士子或以此依之。

子挺，字士標，幼敏悟，七歲通《孝經》《論語》。及長，博學有才思，爲五言詩，善效謝康樂體。父友樂安任昉深相嘆異，常曰："此子日下無雙。"齊末，州舉秀才，對策爲當時第一。武帝師至新林，挺迎謁，帝見之甚悦，謂之顔子，引爲征東行參軍，時年十八矣。天監初，除中軍參軍事。居宅在潮溝，於宅講《論語》，聽者傾朝。挺三世同時聚徒教授，罕有其比。累遷爲晉陵、武康令。罷縣還，仍於東郊築室，不復仕。挺少有盛名，又善處當世，朝中勢素多與交游，故不能久事隱静。後遂出仕，除南臺書侍御史。因事納賄被劾，懼罪，乃變服出家名僧挺，藏匿久之，後遇赦，乃出天心寺。會邵陵王爲江州，携挺之鎮。王好文義，深被恩禮。挺不堪蔬素，因此還俗。侯景亂中卒。著《邇説》十卷，文集二十卷。

子知命，以其父宦途不進，怨朝廷，後遂盡心侯景。襲郢州，圍巴陵，軍中書檄皆其文也。言及西臺，莫不劇筆。及景簒位，以爲中書舍人，權傾内外。景敗，被送江陵，於獄幽死。

挺弟挃亦有才名，爲邵陵王記室參軍。（中華書局，1987年）

周應合《景定建康志》卷四十二《風土志一》：

伏挺宅，在今府城北潮溝。（《文淵閣四庫全書》本）

馮惟訥《古詩紀》卷一百一梁第二十八《伏挺》：

伏挺（字士操，一云士標，平昌安丘人，博學有才思，爲五言詩善效康樂體，天監中除中軍參軍事，遷侍御史，邵陵王爲江州，携挺之鎮，侯景亂中卒）。

《行舟值早霧》：水霧雜山烟，冥不見天。聽猨方忖岫，聞瀨始知川。漁人惑澳浦，行舟迷溯沿。日中氛靄盡，空水共澄鮮。

同上，卷一百五十六別集第十二志遺上古逸詩《梁伏挺》：

侯景初以蕭正德爲帝，劉之遴時落景所，將使授璽紱，之遴預知，仍剃髮披法服，乃免。先是，平昌伏挺出家，之遴爲詩嘲之曰："傳聞伏不鬥，化爲支道林。"及之遴遇亂，遂披染服，時人笑之。（《南史》本傳。）（《文淵閣四庫全書》本）

凌迪知《萬姓統譜》卷一百十二入聲一屋·伏：

伏挺（字士標，暅子。幼敏悟，七歲通《孝經》《論語》，及長，博學有才思，任昉見之曰："此子日下無雙。"武帝至新村，挺迎謁，帝見之甚悅，謂之"顏子"，除南臺書侍御史。有《邇說》十卷，文集二十卷）。（《文淵閣四庫全書》本）

焦竑《國史經籍志》卷四下子類小說家：

《邇說》一卷。（梁伏暅）。（商務印書館，1939年）

梅鼎祚《梁文紀》卷九伏挺《致僕射徐勉書》：

原注：字士標，平昌安丘人。《南史》字士操。

挺累爲晉陵武康令，罷還。仍於東郊築室，朝中勢素多與交游，故不能久事隱靜。時勉以疾假還宅，挺致書以觀其意，勉答之，挺遂出仕，尋除南臺治書。因事納賄，懼罪，爲道人。還俗，徵入爲京尹。（原書文略。）（《文淵閣四庫全書》本）

王志堅《四六法海》卷七《報伏挺書》（徐勉）：

伏挺字士標，平昌安丘人。爲縣令，罷還，仍於東郊築室。少有盛名，又善處世，不能久事隱靜，時徐勉以疾假還宅，挺致書以觀其意，勉答之。挺後復爲南臺治書侍御史，納賄被劾，因出家。後又還俗，侯景之亂死焉。挺初出家，劉之遴爲詩笑之曰："可憐伏不鬥，化爲支道林。"及之遴遇景亂，亦爲僧以逃焉。（遼海出版社，2010年）

董斯張《吳興備志》卷七官師徵第四之六《州邑》：

伏挺字士標，平昌人。好屬文，樂安任昉深相嘆異。齊末，則舉秀才，對策爲當時第一。高祖義師至，挺迎謁於西林。高祖見之甚悅，謂曰"顏子"，引爲征東行參軍，時年十八。天監初，除中軍參軍事，累爲晉陵武康令。罷縣還，仍於東郊築室，不復仕。後出仕，尋除南臺治書，因事納賄，當被推劾，挺懼罪，遂變服爲道人，久之藏匿。後遇赦，因此還俗。太清中客游吳興，侯景亂中卒。

同上，卷十三寓公徵第七：

伏挺字士標，平昌安邱人，太清中客游吳興，侯景亂中卒。著《邇説》十卷，文集二十卷。（《梁書》。）（浙江古籍出版社，2020年）

陸時雍《古詩鏡》卷二十四梁第八《伏挺》：

伏挺（原注：字士操，一云士標。平昌安丘人，博學有才思，爲五言詩善效康樂體。天監中，除中軍參軍事，遷侍御史。邵陵王爲江州，攜挺之鎮。侯景亂中卒）。

詩《行舟值早霧》：水霧雜山烟，冥冥不見天。聽猿方忖岫，聞瀨始知川。漁人惑澳浦，行舟迷溯沿。日中氛靄盡，空水共澄鮮。（"聽猿方忖岫，聞瀨始知川"字字江行，字字早霧，所謂借景生情，此是畫家作用。）（《文淵閣四庫全書》本）

吳偉業著，李學穎集評標校《吳梅村全集》卷十二《國學》：

松柏曾垂講院陰，後湖烟雨記登臨。桓榮空有窮經志，伏挺徒增感遇心。四庫圖書勞訪問，六堂絃管聽銷沉。白頭博士重來到，極目蕭條淚滿襟。（上海古籍出版社，1990年）

趙宏恩等《江南通志》卷一百三十五《選舉志》薦辟・齊：

伏挺。（丹陽郡人，舉秀才。）（《文淵閣四庫全書》本）

姚振宗《隋書經籍志考證》卷三十二子部九小説家：

《邇説》一卷，梁南臺治書伏桱撰。（原注："桱"當爲"捶"，又"捶"當爲"挺"。《通志・藝文略》又誤爲"伏晅"。）

《南史・儒林・伏曼容傳》：曼容，平昌安丘人，晋著作郎滔之曾孫也。子晅，晅子挺，字士標，博學有才思。齊末，州舉秀才。梁武帝師至，挺迎謁於新林，引爲征東行參軍，數遷爲晉陵、武康令，除南臺書侍御史。被劾，懼罪，變服出家，名僧挺。後還俗。侯景亂中卒。著《邇説》十卷。挺弟捶，亦有才名，爲邵陵王記室參軍。

案《南史》載挺是書十卷，《梁書・文學傳》同，此云一卷，或十卷之誤。

（清華大學出版社，2014年）

案：《隋書》卷三十四《經籍志三》子部小說類著録"《通説》一卷"，注云："梁南臺治書伏挺撰。"

伏挺（484—548年），字士標，一云士操。平昌安丘人。祖父伏曼容，梁著名儒者，官至臨海太守。父暅，梁給事黄門侍郎。伏挺幼敏悟，七歲通《孝經》《論語》。及長，博學有才思，爲五言詩善效謝康樂體。父友任昉深相嘆異，常曰："此子日下無雙。"齊末，州舉秀才，對策爲當時第一。梁武帝師至，挺迎謁於新林。帝見之甚悦，謂之"顔子"，引爲征東行參軍，時年十八。天監初，除中軍參軍事。居宅在潮溝，於宅講《論語》，聽者傾朝。挺三世同時聚徒教授，罕有其比。累爲晉陵、武康令。罷縣還，仍於東郊築室，不復仕。挺少有盛名，又善處當世，朝中勢素多與交游，故不能久事隱静。後遂出仕，除南臺書侍御史。因事納賄被劾，懼罪，乃變服出家名僧挺，久之藏匿。後遇赦，乃出天心寺。普通元年，邵陵王綸爲江州刺史，攜挺之鎮。王好文義，深被恩禮，挺不堪蔬食，因此還俗。大同六年，綸爲郢州刺史，復隨王遷鎮郢州，徵入爲京尹，挺留夏首，久之還京師。太清中，客游吴興、吴郡，侯景亂中卒。著《通説》十卷，文集二十卷。《梁書》《南史》有傳。

《隋書·經籍志》子部小說類著録伏挺《通説》一卷，兩《唐志》不見載。《通志·藝文略》小說類著録與《隋志》同，題"梁南臺治書伏暅撰"。據《梁書·伏挺傳》，伏挺撰《通説》十卷，伏暅爲挺父，皆有文名，史傳不言伏暅撰有此書，伏暅也未曾任梁南臺治書，《通志略》著録顯然有誤。姚振宗《隋書經籍志考證》著録"《通説》一卷，梁南臺治書伏椊撰"，注云："椊當爲捶；又，捶當爲挺。"伏捶爲伏挺弟，也有文名，《隋志》并未著録伏捶撰《通説》，應是姚氏誤記。《通説》宋後不見著録，僅明焦竑《國史經籍志》著録一卷，題梁伏暅撰，當是轉録。是書宋以後當佚，佚文亦未見。據書名推測，該書大概記身邊懿言瑣事。

辯林（蕭賁辯林）

蕭繹撰，許逸民校箋《金樓子》卷四《立言篇九上》：
  蕭賁忌日拜官，又經醉自道父名。有人譏此事，賁大笑曰："不樂而已，何妨拜官；温酒之談，聊慕言在。"了無怍色。賁頗讀書而無行，在家徑偷祖母袁氏物，及問其故，具道其母所偷。祖母乃鞭其母。出貨之，所得餘錢，乞問乃沽酒供醉。本名渙，兄弟共以其憸，因爲呼賁，此人非不學，然復安用此學乎？

同上，卷五《著書篇十》丙部：
  《辯林》二秩二十卷。（中華書局，2011年）

魏徵、令狐德棻《隋書》卷三十四《經籍志三》子部小説類：
  《辯林》二十卷。（蕭賁撰。）（中華書局，1973年）

李延壽《南史》卷四十四文惠諸子《文惠太子長懋‧蕭昭冑列傳》：
  昭冑字景胤，泛涉書史，有父風。位太常，以封境邊。魏永元元年改封巴陵王。先是，王敬則事起，南康侯子恪在吴郡，明帝慮有同異，召諸王侯入宫，晋安王寶義及江陵公寶覽住中書省，高、武諸孫住西省，救人各兩左右自隨，過此依軍法；孩抱者乳母隨入。其夜并將加害，賴子恪至乃免。自建武以來，高、武王侯，居常震怖，朝不保夕，至是尤甚。及陳顯達起事，王侯復入宫，昭冑懲往時之懼⋯⋯梁受禪，降封昭冑子同爲監利侯。
  同弟賁字文奂，形不滿六尺，神識耿介。幼好學，有文才，能書善畫，於扇上圖山水，咫尺之内，便覺萬里爲遥。矜慎不傳，自娱而已。好著述，嘗著《西京雜記》六十卷。起家湘東王法曹參軍，得一府歡心。及亂，王爲檄，賁讀至"偃師南望，無復儲胥露寒，河陽北臨，或有穹廬氈帳"，乃曰："聖製此句，非（姚振宗云："非"似"微"之誤）爲過似，如體目朝廷，非關序賊。"王聞之大怒，收付獄，遂以餓終。又追戮賁尸，乃著《懷舊傳》以謗之，極言誣毁。（中華書局，1975年）

張彥遠《歷代名畫記》卷七"梁":
　　蕭賁字文奐,(下品)蘭陵人,多詞學,工書畫,曾於扇上畫山水,咫尺內萬里可知,仕梁爲河東太守。(見《梁書》。)(人民美術出版社,1963年)

劉昫等《舊唐書》卷四十七《經籍志下》丙部子錄小說家類:
　　《辨林》二十卷。(蕭賁撰。)(中華書局,1975年)

李昉等《文苑英華》卷一百九十二樂府一《長安道》(蕭賁):
　　前登灞陵岸,還瞻渭水流。城形類北斗,橋勢似牽牛。飛軒駕良駟,寶劍雜輕裘。經過狹斜裏,日暮興淹流。(中華書局,1966年)

李昉等《太平御覽》卷七百五十一工藝部八《書下》:
　　梁蕭賁字文奐,蘭陵人也。多詞學,工書畫,曾於扇上畫山水,咫尺之內見萬里可知。姚最云:"雅性精密,後來難比。"含毫命素,動必依真,學不爲人,自娛而已,人間罕見其迹。(中華書局,1960年)

王欽若等《冊府元龜》卷二百十八閏位部《疑忌》:
　　元帝初爲湘東王時,蕭賁爲法曹參軍,得一府歡心。及亂,帝爲檄,賁讀至"偃師南望,無復儲胥露寒;河陽北臨,或有穹廬氈帳",乃曰:"聖製此句,非爲過似,如體自朝廷,非關序賊。"帝聞之大怒,收付獄,遂以餓終。又追戮賁尸,乃著《懷舊傳》以謗之,極言誣毀。忠壯世子方等,母徐妃以嫉妒失寵,方等意不自安,元帝聞之,又忌方等益懼,故書論以申其志焉。(論其儲宮文學。)(中華書局,1960年)

歐陽修、宋祁《新唐書》卷五十九《藝文志三》丙部子錄小說家類:
　　蕭賁《辨林》二十卷。(中華書局,1975年)

鄭樵《通志》卷六十八《藝文略第六》小說:
　　《辯林》二十卷。(蕭賁撰。)

同上,卷八十二《宗室傳第五·南齊武帝諸子》:
　　梁受禪,降封昭胄子同爲監利侯。同弟賁字文奐,形不滿六尺,神識耿介。幼好學,有文才,能書善畫,於扇上圖山水,咫尺之內,便覺萬里爲遥。矜慎不傳,自娛而已。好著述,嘗著《西京新記》六十卷。起家湘東王法曹參軍,得一府歡心。及亂，王爲檄，賁讀至"偃師南望，無復儲胥露寒，河陽北臨，或有穹廬氈帳"，乃曰："聖製此句，非爲過似，如體目朝廷，非關序賊。"王聞之大怒，收付獄，遂以餓終。又追戮賁尸，乃著《懷舊傳》以謗之，極言誣毀。（中華書局，1987年）

陳思《書小史》卷七《傳六》"梁"：

蕭賁字文煥，竟陵王孫也。官至河東太守。幼好學，有文才，能書畫，嘗於扇上畫山水，咫尺之間便覺萬里爲遥，矜慎不傳，自娱而已。（《文淵閣四庫全書》本）

王應麟《玉海》卷五十五藝文著書（雜著）《漢〈新序〉〈説苑〉、唐〈續説苑〉》：

《隋志》：孔氏《説林》二卷，蕭賁《辯林》二卷。（江蘇古籍出版社、上海書店，1987年）

陶宗儀等《説郛》卷九十《後畫品録·蕭賁》（姚最）：

雅性精密，後來難尚。含毫命素，動必依真。嘗畫團扇上爲山川，咫尺之内而瞻萬里之遥，方寸之中乃辨千尋之峻。學不爲人，自娱而已，雖有好事，罕見其迹。（《説郛三種》本，上海古籍出版社，1988年）

陶宗儀《書史會要》卷四《梁》：

蕭賁字文奐，齊武帝曾孫，官至湘東王法曹參軍，神識耿介，能書。（上海書店，1984年）

何良俊撰，陳洪注《何氏語林注》卷二十三《巧藝第二十一》：

蕭賁是竟陵王子良之孫，有文才，善書畫，嘗於扇上畫山水，咫尺之内便覺萬里爲遥，矜慎不傳，自娱而已。（天津教育出版社，2008年）

陳耀文《天中記》卷四十一《畫品》：

蕭賁字文和，好學有文才，能善書，尤於扇上圖山水，咫尺之内，便作萬里爲遥，矜慎不傳，自娱而已。（《南史》十四。）（廣陵書社，2007年）

焦竑《國史經籍志》卷四下子類小説家：

《辨林》二十卷。（蕭賁。）（商務印書館，1939年）

梅鼎祚《古樂苑衍錄》卷三《歷代名氏‧評論辯解》：

蕭賁字文奐，齊竟陵王子良之孫，神識耿介，幼好學，有文才，起家梁湘東王法曹參軍。（《文淵閣四庫全書》本）

董斯張《廣博物志》卷三十《藝苑五》：

蕭賁是竟陵王子良之孫，有文才，善畫，嘗於扇上圖山水，咫尺之間便覺萬里，矜慎不傳，自娛而已。（《南史》。）（《四庫類書叢刊》本，上海古籍出版社，1992年）

姚振宗《隋書經籍志考證》卷三十二子部九小說家：

《辯林》二十卷，蕭賁撰。

《南史‧齊武帝諸子竟陵文宣王子良傳》：子良子昭胄。梁受禪，降封昭胄子同爲監利侯。同弟賁字文奐，形不滿六尺，神識耿介。幼好學，有文才，能書善畫，於扇上圖山水，咫尺之內，便覺萬里爲遥。矜慎不傳，自娛而已。好著述，嘗著《西京雜記》六十卷。起家湘東王法曹參軍。得一府歡心。及亂，王爲檄，賁讀至"偃師南望，無復儲胥露寒；河陽北臨，或有穹廬氈帳"，乃曰："聖製此句，非爲過似，如體目朝廷，非關序賦。"王聞之，大怒，收付獄，遂以餓終。又追戮賁尸，乃著《懷舊傳》以謗之，極言詆毀。（案湘東此檄且載《梁書‧元帝本紀》。"非爲過"，"非"似"微"之誤。"非關序賦"，"賦"似"賊"之誤。）

《金樓子‧著書篇》："《辯林》二秩二十卷。"四庫館校輯曰："案《隋書‧經籍志》，《辨林》二十卷，注蕭賁撰。"

《唐書‧經籍志》："《辯林》二十卷，蕭賁撰。"

《唐書‧藝文志》："蕭賁《辯林》二十卷。"

案《金樓子‧立言篇》亦有詆毀蕭賁一條，末云："本名涣，兄弟共以其儉，因呼爲賁。"據《南史》，蓋以其字文奐，遂以爲名涣。亦詆毀之辭，非其事實。又《著書篇》載《奇字》二帙二十卷，金樓付蕭賁撰，《碑集》十帙百卷，付蘭陵蕭賁撰。此《辨林》大抵亦付蕭賁撰，而獨不注，豈轉寫佚失歟？（清華大學出版社，2014年）

案：《隋書》卷三十四《經籍志三》子部小說類著錄"《辯林》二十卷"，題"蕭賁撰"。

蕭賁（？—549年），字文奐，南蘭陵（今江蘇武進）人。齊竟陵文宣王蕭子良孫。梁受禪，降封昭胄子同爲監利侯。同弟賁字文奐，形不滿六尺，神識耿介。幼好學，有文才，能書善畫，於扇上圖山水，咫尺之內，便覺萬里爲遙。矜慎不傳，自娛而已。好著述。起家湘東王法曹參軍，得一府歡心。太清二年（548年），侯景亂，蕭繹伐景，自爲伐景檄，賁讀至"偃師南望，無復儲胥露寒；河陽北臨，或有穹廬氈帳"，乃曰："聖製此句，非（姚振宗疑"非"爲"微"之誤）爲過似，如體目朝廷，非關序賦（姚振宗疑"賦"爲"賊"之誤）。"蕭繹聞之大怒，收付獄，遂以餓終。又追戮賁尸，乃著《懷舊傳》以謗之，極言誣毀。賁著有《西京雜記》六十卷、《奇字》二十卷、《碑集》百卷。事具《南史》本傳。

《辯林》，一作《辨林》。梁蕭繹《金樓子·著書篇》著録"《辯林》二秩二十卷"，未題撰者。《隋志》小説類著録《辯林》二十卷，題蕭賁撰。《舊唐書·經籍志》《通志·藝文略》著録與《隋志》同。《新唐書·藝文志》子部小説類著録略同，書名"辯"作"辨"。明焦竑《國史經籍志》著録與《新唐志》同。此後不見記載，似是明以後亡佚。因歷代書名《辯林》甚多，故佚文難以確定。《金樓子·立言篇》載："蕭賁忌日拜官，又經醉自道父名。有人譏此事，賁大笑曰：'不樂而已，何妨拜官；溫酒之談，聊慕言在。'了無怍色。賁頗讀書而無行，在家徑偷祖母袁氏物，及問其故，具道其母所偷。祖母乃鞭其母。出貨之，所得餘錢，乞問乃沽酒供醉。本名渙，兄弟共以其儉，因爲呼賁，此人非不學，然復安用此學乎？"姚振宗《隋書經籍志考證》據《南史》認爲："蓋以其字文奐，遂以爲名渙，亦詆毀之辭，非其事實。"然蕭繹所記雖爲詆毀，但從蕭賁辯論討景檄文看，賁恃才傲物、逞於口舌之情性已然可見，《辯林》大概也是對某些記載和言論的辯論。

辯林（席希秀辯林）

魏徵、令狐德棻《隋書》卷三十四《經籍志三》子部小説類：

《辯林》二十卷。（蕭賁撰。）《辯林》二卷。（席希秀撰。）（中華書局，1973年）

鄭樵《通志》卷六十八《藝文略第六》小説：

《辯林》二十卷，蕭賁撰。《辯林》二卷，席希秀撰。（中華書局，1987年）

凌迪知《萬姓統譜》卷一百二十二入聲十一陌·席：

席希秀。（撰《辯林》三卷。）（《文淵閣四庫全書》本）

焦竑《國史經籍志》卷四下子類小説家：

《辯林》二十卷。（蕭賁。）……《辯林》二卷。（席希秀。）（商務印書館，1939年）

姚振宗《隋書經籍志考證》卷三十二子部九小説家：

《辯林》二卷，席希秀撰。

席希秀，始末未詳。

《通志·藝文略》："《辯林》二卷，席希秀撰。"（清華大學出版社，2014年）

案：《隋書》卷三十四《經籍志三》子部小説類著錄"《辯林》二十卷"，題"蕭賁撰"；又著錄"《辯林》二卷"，題"席希秀撰"。

席希秀，生平事迹不詳。

兩《唐志》均著錄有蕭賁《辯林》二十卷，不載席希秀所撰《辯林》，後者當佚。《通志·藝文略》子部小説類、明焦竑《國史經籍志》小説家著錄同《隋志》，恐是據《隋志》轉錄，不一定當時仍存席希秀《辯林》。因歷代書名《辯林》者不少，故佚文難以確定。此書既爲《隋志》所錄，則當成書於隋以前，唐初仍存世，內容無可考。

瓊　　林

姚思廉《梁書》卷四十六《陰子春列傳》：
　　陰子春字幼文，武威姑臧人也。晋義熙末，曾祖襲，隨宋高祖南遷，至南平，因家焉。父智伯，與高祖鄰居，少相友善，嘗入高祖卧内，見有異光成五色，因握高祖手曰："公後必大貴，非人臣也。天下方亂，安蒼生者，其在君乎！"高祖曰："幸勿多言。"於是情好轉密，高祖每有求索，如外府焉。及高祖踐阼，官至梁、秦二州刺史。
　　子春，天監初，起家宣惠將軍，西陽太守。普通中，累遷至明威將軍、南梁州刺史；又遷信威將軍、都督梁秦華三州諸軍事、梁秦二州刺史。太清二年，討峽中叛蠻，平之。徵爲左衛將軍，又遷侍中。屬侯景亂，世祖令子春隨領軍將軍王僧辯攻邵陵王於郢州，平之。又與左衛將軍徐文盛東討侯景，至貝磯，與景遇，子春力戰，恒冠諸軍，頻敗景。值郢州陷没，軍遂退敗。大寶二年，卒於江陵。
　　孫顥，少知名。釋褐奉朝請，歷尚書金部郎。後入周。撰《瓊林》二十卷。
（中華書局，1973年）

魏徵、令狐德棻《隋書》卷三十四《經籍志三》子部小説類：
　　《瓊林》七卷。（周獸門學士陰顥撰。）（中華書局，1973年）

王欽若等《册府元龜》卷六百七學校部《撰集》：
　　陰顥撰《瓊林》二十卷。（中華書局，1960年）

鄭樵《通志》卷六十八《藝文略第六》小説：
　　《瓊林》七卷，周虎門學士陰顥撰。（中華書局，1987年）

凌迪知《萬姓統譜》卷六十五下平聲十二侵·陰：
　　陰顥（虎門博士，著《瓊林》七卷）。（《文淵閣四庫全書》本）

焦竑《國史經籍志》卷四下子類小説家：

《瓊林》七卷。（周陰顥。）（商務印書館，1939年）

姚振宗《隋書經籍志考證》卷三十二子部九小説家：

《瓊林》七卷，周獸門學士陰顥撰。

《梁書・陰子春傳》："子春，武威姑臧人也。曾祖隨宋高祖南遷，至南平，因家焉。子春大寶二年卒於江陵。孫顥，少知名，釋褐奉朝請，歷尚書金部郎。後入周。撰《瓊林》二十卷。"

《册府元龜》學校撰集門："陰顥撰《瓊林》二十卷。"（清華大學出版社，2014年）

案：《隋書》卷三十四《經籍志三》子部小説類著錄"《瓊林》七卷"，注云："周獸門學士陰顥撰。"

陰顥，生卒年不詳。其先武威姑臧（今甘肅武威）人。七世祖殷襲隨宋高祖南遷，至南平（今湖北公安縣東北），因家焉。祖子春，梁太清中爲侍中；大寶二年（551年），卒於江陵。顥，少知名。釋褐奉朝請，歷尚書金部郎。後入周。撰《瓊林》二十卷。其事迹附《梁書・陰子春傳》。

《隋書・經籍志》子部小説類著錄陰顥《瓊林》七卷，兩《唐志》未見記載。《册府元龜》卷六百七學校部"撰集"云陰顥撰《瓊林》二十卷。明焦竑《國史經籍志》著錄與《隋志》同。此後不見載，當佚。佚文亦未見。

古今藝術

宗懍撰，杜公瞻注，姜彦稚輯校《荊楚歲時記》：
　　《古今藝術圖》云："鞦韆本北方山戎之戲，以習輕趫者。後中國女子學之，乃以彩繩懸木立架，士女炫服坐立其上推引之，名曰鞦韆。"楚俗亦謂之施鉤。（中華書局，2018年）

歐陽詢撰，汪紹楹校《藝文類聚》卷四歲時部中《寒食》：
　　《古今藝術圖》曰："北方山戎，寒食日用鞦韆爲戲，以習輕趫者。"（上海古籍出版社，1982年）

魏徵、令狐德棻《隋書》卷三十四《經籍志三》子部小説類：
　　《古今藝術》二十卷。（中華書局，1973年）

張彦遠《歷代名畫記》卷三《述古之秘畫珍圖》：
　　《古今藝術圖》。（五十卷，既畫其形，又説其事。隋煬帝撰。）（人民美術出版社，1963年）

李昉等《太平御覽》卷三十時序部十五《寒食》：
　　《古今藝術圖》云："寒食鞦韆本北方山戎之戲，以習輕趫者也。"（中華書局，1960年）

黄朝英《靖康緗素雜記》卷八《秋千》：
　　許慎《説文·後序》徐注云：案詞人高無際作《秋千賦》，序云：秋千，漢武帝後庭之戲也。本云千秋，祝壽之詞也，語訛轉爲秋千。後人不意本，乃旁始加革爲秋千字。案秋千非皮革所爲，又非車馬之用，不合從革。又《古今藝術》曰："秋千北方戎戲，以習輕趫。"（上海古籍出版社，1986年）

高承《事物紀原》卷八歲時風俗四十二《秋千》：

　　《古今藝術圖》曰："北方戎狄，愛習輕趫之態，每至寒食爲之，後中國女子李芝蘭，乃以彩繩懸樹立架，謂之秋千。或曰本山戎之戲也。自齊桓公北伐山戎，此戲始傳中國。一云正作秋千，字爲秋遷，非也。本出自漢宫祝壽辭也，後世語倒爲秋千耳。"（中華書局，1989年）

鄭樵《通志》卷六十九《藝文略第七》藝術類：

　　《古今藝術》二十卷，見《隋志》。（中華書局，1987年）

陶宗儀等《說郛》卷十二下《事原・鞦韆》（劉孝孫）：

　　《古今藝術圖》云："北方戎狄愛習輕趫之態，每至寒食爲之，中國女子學之乃以彩繩懸樹立架爲之。"（《說郛三種》本，上海古籍出版社，1988年）

陳耀文《天中記》卷四《寒食》：

　　《古今藝術圖》云："鞦韆，北方山戎之戲，以習輕趫者。後中國女子學之，乃以彩繩懸木立架，士女坐立其上推引之，謂之鞦韆。或曰本山戎之戲，自齊威公北伐山戎，此戲始傳中國。一云作千秋字，本出漢宫祝壽祠，後世誤倒讀爲秋千耳。"（廣陵書社，2007年）

焦竑《國史經籍志》卷四下子類藝術家：

　　《古今藝術》二十卷。
　　《古今藝術》十五卷。（商務印書館，1939年）

顧起元《說略》卷二十四《諧志》：

　　《古今藝術圖》云："北方之人愛習輕趫之能，每至寒食時爲之。中國女子學之，乃以彩繩懸樓立架，謂之鞦韆。"（《四庫類書叢書》本，上海古籍出版社，1992年）

彭大翼《山堂肆考》卷九時令《鞦韆》：

　　《古今藝術圖》："北方戎狄至寒食爲鞦韆戲，以習輕趫，後中國女子學之，乃以彩繩懸木立架，士女坐立其上推引之，謂之鞦韆。"

同上，卷一百六十九技藝《鞦韆》：

　　《古今藝術》：鞦韆，北方山戎之戲，以習輕趫也。《荆楚歲時記》：春時懸長繩於高木上，士女袒服并立其上推引之，名曰鞦韆。又曰施鈎。《涅槃經》謂之骨索，王延壽有《鞦韆賦》。（《四庫類書叢刊》本，上海古籍出版社，1992年）

陳元龍《格致鏡原》卷六十玩戲器物類二《鞦韆》：

《古今藝術圖》：鞦韆，本山戎之戲。自齊桓公北伐山戎，此戲始傳中國。（《四庫類書叢刊》本，上海古籍出版社，1992年）

姚振宗《隋書經籍志考證》卷三十二子部九小說家：

《古今藝術》二十卷。

不著撰人。

唐張彥遠《歷代名畫記》曰："古之秘畫珍圖有《古今藝術圖》五十卷，即畫其形，又説其事，隋煬帝造。"

《唐書·經籍志》雜藝術類："《古今藝術》十五卷。"（《藝文志》雜藝術類著録同。）

案此殆即五十卷之"但説其事而無其圖"者。（清華大學出版社，2014年）

案：《隋書》卷三十四《經籍志三》子部小説類著録"《古今藝術》二十卷"，未題撰者。《通志·藝文略》藝術類著録與《隋志》同。唐張彥遠《歷代名畫記·述古之秘畫珍圖》謂："《古今藝術圖》五十卷，既畫其形，又説其事。隋煬帝撰。"

清姚振宗《隋書經籍志考證》以爲兩《唐志》雜藝術類所録《今古藝術》十五卷"即五十卷之'但説其事而無其圖'者"。《荆楚歲時記》《藝文類聚》《太平御覽》等并引《古今藝術圖》佚文一條，文字略有出入。《荆楚歲時記》引《古今藝術圖》云："鞦韆本北方山戎之戲，以習輕趫者。後中國女子學之，乃以彩繩懸木立架，士女炫服坐立其上推引之，名曰鞦韆。"可見，本書當爲雜藝類書籍，主要記載古今各種游藝活動，"既畫其形，又説其事"。寫作年代及作者已難確考。然其既爲《隋志》所著録，則當成書於唐以前，唐初仍存世。張彥遠所謂"隋煬帝撰"，不一定指其書爲隋煬帝親自撰寫，而更可能是隋煬帝令文人學士共同撰寫，書成於隋代可能性較大。

雜書鈔

魏徵、令狐德棻《隋書》卷三十四《經籍志三》子部雜家類：

《雜事鈔》二十四卷。

《雜書鈔》四十四卷。

同上，子部小說類：

《雜書鈔》十三卷。（中華書局，1973年）

鄭樵《通志》卷六十八《藝文略第六》雜家：

《雜書鈔》四十四卷。（中華書局，1987年）

姚振宗《隋書經籍志考證》卷三十二子部九小說家：

《雜書鈔》十三卷。

不著撰人。

案前雜家有《雜書鈔》四十四卷，亦不著撰人。此雜鈔小説家之書，似前人所爲歟？

又案本志不立藝術類，故附著於小説、兵家二類中，此列於《古今藝術》之後，或雜抄諸書之言藝術者，斯則亦未可知耳。（清華大學出版社，2014年）

  案：《隋書》卷三十四《經籍志三》子部小説類著錄"《雜書鈔》十三卷"，未題撰者。《隋志》子部雜家類又著錄有《雜事鈔》二十四卷、《雜書鈔》四十四卷，亦未題撰者。三書卷數不同，所屬門類有別，疑非一書。

  清姚振宗《隋書經籍志考證》以爲："本志不立藝術類，故附著於小説、兵家二類中。此列於《古今藝術》之後，或雜抄諸書之言藝術者，斯則亦未可知耳。"其説可從。唐後不見傳，當佚。佚文亦未見。

座右方（坐右方）

魏徵、令狐德棻《隋書》卷三十四《經籍志三》子部小説類：

《座右方》八卷。（庾元威撰。）（中華書局，1973年）

段成式《酉陽雜俎》續集卷四《貶誤》：

小戲中於弈局一枰，各布五子角遲速，名"蹙融"。予因讀《座右方》，謂之"蹙戎"。又嘗覽王充《論衡》之言秦穆爲繆（音謬）。及往往見士流遇人促裝，必謂之曰"車馬有行色"，直臺、直省者云"寓直"，實爲可笑。乃錄賓語甚誤者，著之於此。

《世説》云：彈棋起自魏室，粧奩戲也。《典論》云：予於他戲弄之事少所喜，唯彈棋略盡其巧。京師有馬合鄉侯、東方世安、張公子，恨不與數子對。起於魏室明矣。今彈棋用棋二十四，以色別貴賤，棋絕後一豆。《座右方》云：白黑各六棋，依六博棋形（一云依大棋形），頗似枕狀。又魏戲法，先立一棋於局中，鬥餘聞（一作鬥）者白黑圍繞之，十八籌成都。（上海古籍出版社，2012年）

張彥遠輯錄，范祥雍點校《法書要錄》卷二《梁庾元威論書》：

所學正書，宜以殷鈞、范懷約爲主，方正循紀，修短合度；所學草書，宜以張融、王僧虔爲則，體用得法，意氣有餘。章表箋書，於斯足矣。夫才能則關性分，耽嗜殊妨大業，但令緊快分明，屬辭流便，字不須體，語輒投聲。若以已巳莫分，東柬相亂，則兩王妙迹，二陸高才，頃來非所用也。王延之有言曰："勿欺數行尺牘，即表三種人身。"豈非一者學書得法，二者作字得體，三者輕重得宜？意謂猶須言無虛出，斯則善矣。近何令貴隔，勢傾朝野，聊爾疏漏，遂遭"十穢"之書。今聊存兩事，書曰：有寒士自陳簡於掌選詩云：伎能自寡薄，支葉復單貧。柯條濫垂景，木石詎知晨。狗馬雖難畫，犬羊誠易馴。效嚬終未似，學步豈如真。實云亂朝緒，是曰斁彝倫。俗作於茲混，人途自此沌。離合之時，縣來久矣，不知譏刺，爰加稱贊，是其第六穢也。近來貴宰，於二品清宦進，不假手作書，而筆迹過鄙，無法度。彼恭拜忽云："永感答人借車，還白，不具。"真本流傳，合朝耻辱，是其第七穢也。以此而言，書何容易。且梁制：與平吉人箋書，有增懷語者，不得答書。許乃告絶。私吊答中，彼此言感思乖錯者，州望須敕大中正，處入清議，終身不得仕。盛名年少，宜留意勉之。余見學阮研書者，不得其骨力婉媚，唯學攣拳委盡。學薄紹之書者，不得其批研淵微，徒自經營險急。晚途別法，貪省愛異，濃頭纖尾，斷腰頓足，"一""八"相似，"十""小"難分，屈"等"如"匀"，變"前"爲"草"，咸言祖述王、蕭，無妨日有訛謬。"星"不從"生"，"籍"不從"耒"。許慎門徒，居然嗢噱，衛恒子弟，寧不傷嗟？注誤衆家，豈宜改習。書字之興，由來尚矣。沮誦、蒼頡，黃帝史也。周宣王時，柱下史史籀始著籀書。今六八之法雖存，十五之篇亡矣。及秦相李斯破大篆爲小篆，造《蒼頡》七章，中車府令趙高造《爰歷》六章，太史胡毋敬造《博學》七章。後人分爲五十五章爲"三蒼"。上卷至哀帝元嘉中，楊子雲作《訓纂記》《滂喜》爲中卷；和帝永元中，賈升郎更續記彥（盤音）均爲下卷。皆是記字。字出衙人，故人稱爲"三蒼"也。夫《蒼》《雅》之學，儒博所宗，自景純注解，轉加敦尚，漢、晉正史及古今字書并云：《蒼頡》九篇是李斯所作。今竊尋思，必不如是。其第九章論豨、信、京劉等，郭云：豨、信是陳豨、韓信，京劉是大漢，西土是長安。此非讖言，豈有秦時朝宰談漢家人物？牛頭馬腹，先達何以安之？江左碩儒相傳，梁初復有任昉及沈約，悉未有譏駁，余忽橫議？實不自許，敬俟明哲，定其可否。而《字韻》集《方言》《廣雅》，凡錄字者十有四家。許慎穿鑿賈氏，乃奏《説文》，曹産開拓許侯，爰成《字苑》。《説文》則形聲具舉，《字苑》則品類周悉。追悟典墳，字弗全體。《周禮》以"鶏斯"爲"筓纚"，《禮記》以"相近"爲"禳祈"，致令衆議叢殘，音辭騺斥。蓋由程邈變隸，流傳未一，鄭公詩譜，頗顯其源。且書文一反，草木相從，凡五百六十七部，合一萬五千九百一十五字。即曰世中所行，十分裁一，而今點畫失體，深成怪也。近有居士阮孝緒撰《古今文字》三卷，窮搜正典，次丹陽五官丘陵撰《文字指要》二卷，精加擿發，惟此兩書可稱要用。余少値明師，留心字法所以，坐右作午置字，不依義、獻妙迹，不逐陶、葛名方作尊羹。不敷《晋書》，不循《韵集》，爰以淺見，輕述字府，自謂此文，或均螢露。齊末王融圖古今雜體有六十四書，少年崇仿，家藏紙貴，而鳳魚蟲鳥是七國時書，元常皆作隸書，故貽後來所詰，湘東王遣沮陽令韋仲定爲九十一種，次功曹謝善勛增其九法，合成百體。其中以八卦書爲一，乙太極爲兩法，"徑丈一字，方寸千言"。大上止傳可爾，鬼書惟有業殺，刁斗出於古器，尒等由乎内典。散隸露書，終是飛白，意謂此等并非通論，今所不取。余經爲正階侯書十牒屏風，作百體，間以采墨，當時衆所驚異，自爾絶筆。惟留草本而已。其百體者：

懸針書、垂露書、秦望書、汲冢書、金鵲書、玉文書、鵠頭書、虎爪書、倒薤書、偃波書、幡信書、飛白篆、古頑書、籀文書、奇字、繆篆、制書、列書、日書、月書、風書、雲書、星隸、填隸、蟲食葉書、科斗書、署書、胡書、蓬書、相書、天竺書、轉宿書、一筆篆、飛白書、一筆隸、飛白草、古文隸、橫書、楷書、小科隸，此五十種皆純墨。璽文書、節文書、真文書、符文書、芝英隸、花草隸、幡信隸、鐘鼓隸、龍虎篆、鳳魚篆、麒麟篆、仙人篆、科斗蟲篆、雲篆、蟲篆、魚篆、鳥篆、龍篆、龜篆、虎篆、鸞篆、龍虎隸、鳳魚隸、麒麟隸、仙人隸、科斗隸、雲隸、蟲隸、魚隸、鳥隸、龍隸、龜隸、鸞隸、蛇龍文隸書、龜文書、鼠書、牛書、虎書、兔書、龍草書、蛇草書、馬書、羊書、猴書、雞書、犬書、豕書，此十二時書。已上五十種皆采色。其外復有大篆、小篆、銘鼎、摹印、刻符、石經、象形、篇章、震書、到書、反左書等。及宋中庶宗炳出九體書，所謂縑素書、簡奏書、箋表書、吊記書、行押書、槀書、藁書、半草書、全草書。此九法極真草書之次第焉。刪捨之外，所存猶一百二十體。張芝始作一筆飛白書，此於井冊等字爲妙，所以唯云一筆飛白書，則無所不通矣。反左書者，大同中東宮學士孔敬通所創，余見而達之，於是座上酬答，諸君無有識者，遂呼爲"衆中清閑法"。今學者稍多，解者益寡。敬通又能一筆草書，一行一斷，婉約流利，特出天性，頃來莫有繼者。宗炳又造畫《瑞應圖》，千古卓絕，王元長頗加增定，乃有虞舜獬廌、周穆狻猊、漢武神鳳、衛君舞鶴、五城、九井、螺杯、魚硯、金縢、玉英、玄圭、朱草等，凡二百一十物。余經取其善草嘉禾、靈禽瑞獸、樓臺器服可爲玩對者，盈縮其形狀，參詳其動植，製一部焉。此乃青出於藍，而實世中未有。復於屏風上作雜體篆二十四種，寫凡百名。將恐一筆郭子，凡百屏風，傳者逾謬，并懷嘆息。世本云：史皇作圖，黃帝臣也。其唐、虞之文章，夏后之鼎象，則圖畫之宗焉。其後繪事逾精，丹青轉妙，乃有釘女心痛，圖魚獺集，敬君以之亡婦，王嬙由此失身。近代陸綏，足稱畫聖。所聞談者，一筆之外，僅可蟬雀。顧長康稱爲"三絕"。終是半癡人耳。雜體既資於畫，所以附乎書末。（上海古籍出版社，2013年）

李匡乂《資暇集》卷中：

　　蹙融，今有弈局，取一道，人行五棋，謂之蹙融。融宜作戎。此戲生於黃帝蹙鞠，意在軍戎也，殊非圓融之義。庾元規著《座右方》，所言蹙戎者，今之蹙融也。學者固已知之。（商務印書館，1939年）

劉昫等《舊唐書》卷四十七《經籍志下》丙部子錄小說家類：

　　《座右方》三卷。（庾元威撰。）（中華書局，1975年）

李昉等《太平廣記》卷二百二十八《雜戲》：

　　小戲中，於要局一枰，各布五子，角遲速，名蹙融。段成式讀《座右方》，爲之蹙戎。（出《酉陽雜俎》。）

同上，卷四百七十二水族九《興業寺》：

九曲靈龜池，在襄陽縣東北三里遍學寺東。古城舊有興業寺，今并入遍學寺。唐景龍元年有陳留阮氏，寓居襄陽，捨財，於此寺東院創造堂宇。時歲旱池涸，即掘廣深之，急暴雨池溢。乃是一大龜，高數尺，如半張床大，岸側而行。衆即驚呼。龜遂躍入池中。寺僧靈岫云院有折碑，云興業寺碑，碑文梁散騎常侍庾元威撰，其文可傳者云此寺有靈龜一頭，長三尺五寸，冬潛春現，多歷年所，隨衆上堂，應時而食。刺史安陸王照頻遇此龜。其壞碑因即扶豎，今在遍學寺東院，阮氏所修寺堂。庭中浮屠前池見在，深五尺，方二十步。（出《襄沔記》。）（中華書局，1961年）

歐陽修、宋祁《新唐書》卷五十九《藝文志三》丙部子錄小説家類：

庾元威《座右方》三卷。（中華書局，1975年）

王讜《唐語林》卷八《補遺・無時代》：

今有奕局，共取一道，人行五棋，謂之蹙融。融宜作戎。此戲生於黃帝蹙鞠，意在軍戎也。殊非圓融之義。庾元規著《座右方》，所言蹙戎，是也。（古典文學出版社，1957）

黃朝英《靖康緗素雜記》卷九《格五》：

漢吾丘壽王以善格五召待詔，注云："格五，簺也。"《説文》曰："行棋相塞謂之簺。"鮑宏《簺經》曰"簺有四采，塞白乘五"是也。乘五，至五即格不得行，故云格五。簺，先代反。又世俗有蹙融之戲，謂以弈局取一道，人各行五棋，即所謂格五也。唐《資暇集》謂："融宜作戎，此戲生於黃帝蹙鞠，意在軍戎也，殊非圓融之義。"又引庾元威著《座右方》，所言蹙戎者，即今之蹙融也。其説甚佳，然謂生於黃帝蹙鞠，則又誤矣。案《漢書・枚皋傳》云："蹴鞠刻鏤。"又《霍去病傳》云："尚穿域蹹鞠。"顏師古注云："鞠以韋爲之，中實以毛，蹴蹹爲戲樂也。"則蹙鞠非蹙融明矣。案《西京雜記》云："漢成帝好蹙鞠。群臣以蹙鞠爲勞體，非至尊所宜。帝曰：'朕好之，可擇似而不勞者奏之。'家君作彈棋以獻。"又唐薛嵩好蹙鞠，劉鋼勸止之曰："爲樂甚多，何必乘危邀頃刻之歡？"皆謂蹙鞠爲勞動，則明知非蹙戎也。今人又以蹙鞠爲擊鞠，蓋蹴、擊一也。沈存中乃以擊鞠爲擊木球子，故謂與蹴鞠異，反以爲傳寫之誤，非也。故《唐書》所載，但云擊球，不謂之鞠，其義甚明。（上海古籍出版社，1986年）

朱勝非《紺珠集》卷十二《蹙戎》：

今人以奕局取一道，人以五棋子，謂之蹙融，非也。當謂之蹙戎，此戲生於黃帝，蹙鞠意在軍戎。又庾元威著《座右方》，所言蹙戎是也。（《文淵閣四庫全書》本）

鄭樵《通志》卷六十八《藝文略第六》小説：

《座右方》八卷。（庾元威撰。）（中華書局，1987年）

洪適《隸釋》卷八《淳于長夏承碑》：

梁庾元威作《書論》，載隸有十餘種，曰芝英隸、花草隸、幡信隸、鐘鼎隸、龍虎隸、鳳魚隸、麒麟隸、仙人隸、科斗隸、雲隸、蟲隸、龜隸、鸞隸。（中華書局，1985年）

陳思《寶刻叢編》卷三：

《梁興業寺碑》，庾元威撰。（二碑諸道石刻録。）

同上，卷六：

洺州，《漢淳于長夏承碑》：梁庾元威作《書論》，載隸有十餘種。（商務印書館，1937年）

陳思《書小史》卷七《傳六》"梁"：

孔敬通官至東宮學士，能一筆草書，一行不斷，婉約風流，特出天性，頃來莫有繼者。又創爲左右書，當時座上酬答，無有識者。庾元威見而喜之，遂呼爲"衆中清閑法"。庾元威，字少明，善蟲篆，及雜體書，作《書論》一篇行於世。（《文淵閣四庫全書》本）

陶宗儀《書史會要》卷一《秦》：

庾元威百體書中行草俱有飛白，曰散隸。（上海書店，1984年）

陶宗儀等編《説郛》卷十四下《資暇録·蹙融》（李濟翁）：

今有奕局取一道，人行五棋，謂之蹙融。融宜作戎。此戲生於黃帝，蹙鞠意在軍戎也，殊非圓融之義。庾元威著《座右方》，所言蹙戎者，今之蹙融也，學者固已知之。

同上，卷二十二上《緗素雜記·格五》（黃朝英）：

漢吾邱壽王以善格五召待詔，注云："格五，簺也。"《説文》曰："行基相塞，謂之簺。"鮑宏《簺經》曰："塞有四采，塞白乘五是也。乘五，至五即格，不得行步，云格五。簺，先代反。"又世俗有蹙融之戲，謂以奕局取一道，人各行五棋，即所謂格五也。唐《資暇集》謂融宜作戎，此戲生於黃帝蹙鞠，意在軍戎也，殊無圓融之義。又引庾元威所著《座右方》所言"蹙戎者，即今之蹙融也"，其説甚佳，然謂生於黃帝，則又誤矣。（《説郛三種》本，上海古籍出版社，1988年）

王世貞《弇州四部稿》卷一百五十三説部《藝苑卮言》附錄二：

陸子淵《書輯》云：秦興，同天下之書，而李斯遂爲世宗。時則趙高，胡毋敬改省籀篆，同謂之小篆。程邈所上，務趨便捷，謂之隸書。王次仲分取篆隸之間，謂之八分。自邈以降，謂之秦隸。賈魴《三倉》，蔡邕《石經》諸作，謂之漢隸。鍾、王變體，謂之今隸。合秦、漢，謂之古隸。庾元威造爲散隸，羲、獻復變新奇，別以今隸，謂之楷法。（《四庫明人文集叢刊》本，上海古籍出版社，1993年）

焦竑《國史經籍志》卷四下子類小説家：

《座右方》八卷。（庾元威。）（商務印書館，1939年）

方以智《通雅》卷首一《説文概論》：

庾元威云：許慎穿鑿賈氏，乃奏《説文》，同時鄭氏即駁之。

同上，卷三十五，《戲具》：

又引庾元威著《座右方》，蹙戎者今之蹙融也。然則格五爲蹙鞠乎，非矣。（中國書店，1990年）

姚振宗《隋書經籍志考證》卷十經部十小學類：

《文字圖》二卷。

不著撰人。

按梁庾元威《論書》云"齊末王融，圖古今雜體有六十四書。少年崇仿，家藏紙貴。湘東王遣沮陽令韋仲定爲九十一種，次功曹謝善勛增其九法，合成百體。余經爲正階侯書十牒屏風，作百體，間以采墨。當時衆所驚異，自爾絕筆，惟留草本而已。其百體者，懸針書至小科隸五十種，皆純墨；璽文書至十二時書五十種，皆采色。其外復有大篆、小篆、銘鼎、摹印、刻符、石經、象形、篇章、震書、倒書、反左書等，及宋中庶宗炳出九體書，所謂縑素書、簡奏書、箋表書、吊記書、行狎書、檄書、稾書、半草書、全草書，此九法極真草書之次第焉。刪捨之外，所存猶一百二十體"云云。按此則宋、齊、梁之時，圖古今文字者，有宗炳、王融、韋仲、謝善勛、庾元威凡五家。此二卷，蓋即其類，不知何人作也。（庾元威始末未詳，所撰有《字府》；又依宗炳法畫《瑞應圖》。《南齊書·祥瑞志》云永明中，庾溫撰《瑞應圖》，疑元威即溫之子。溫於諸庾列傳中亦未見。）

同上，卷三十二子部九小説家：

《座右方》八卷，庾元威撰。

庾元威，始末未詳。

《唐書·經籍志》："《座右方》三卷，庾元威撰。"

《唐書·藝文志》："庾元威《座右方》三卷。"

案張彥遠《法書要録》載梁庾元威論書云："余少值明師，留心字法，所以坐右作午置字，不依羲、獻妙迹。"又曰："余經爲正階侯書十牒屏風，作百體，間以采墨。當時衆所驚異，自爾絶筆，惟留草本而已。"其所云云，或即自言撰《座右方》之大略也歟？庾元威始末，略詳經部小學家《文學圖》條下。（清華大學出版社，2014年）

案：《隋書》卷三十四《經籍志三》子部小説類著録"《座右方》八卷"，題"庾元威撰"。

庾元威，字少明，生平事迹不詳。《太平廣記》卷四百七十二《興業寺》載："院有折碑，云興業寺碑，碑文梁散騎常侍庾元威撰，其文可傳者，云此寺有靈龜一頭，長三尺五寸，冬潛春現，多歷年所，隨衆上堂，應時而食。"知其梁時官散騎常侍。宋陳思《書小史》卷七載："庾元威，字少明，善蟲篆及雜體書，作《書論》一篇行於世。"知其善蟲篆及雜體書。著有《書論》《字府》《座右方》等。

《隋書·經籍志》子部小説類著録庾元威《座右方》八卷，《舊唐志》小説家著録《座右方》三卷，《新唐志》亦三卷，題作《坐右方》，撰者姓名同《隋志》。《通志·藝文略》小説類著録與《隋志》同。據此可知，是書有八卷本和三卷本兩種，題名也有《座右方》和《坐右方》兩種。宋後僅明焦竑《國史經籍志》小説類著録，同《隋志》，可能由《隋志》轉録，原書恐早已失傳。唐段成式《酉陽雜俎續集》引《座右方》云："白黑各六棋，依六博棋形，頗似枕狀。又魏戲法，先立一棋於局中門，餘門者白黑圍繞之，十八籌成都。"又云："小戲中於弈局一枰，各布五子，角遲速，名麞融。予因讀《坐右方》，謂之麞戎。"又唐李匡乂《資暇集》亦載："庾元威著《座右方》，所言麋戎者，今之麋融也。"據此，是書似關於棋藝之書。唐張彦遠《法書要録》載有《梁庾元威論書》一文，文中有言："余少值明師，留心字法，所以《坐右》作午壘字，不依羲、獻妙迹，不逐陶、葛名方。"據是說，此書似又與文字、書藝有關。《隋志》小說類在《古今藝術》《雜書鈔》後著録此書，也許三書性質相同，都是記載古代游藝（含書法、繪畫、棋藝、游戲等）的著述，內容頗爲龐雜。

座右法

魏徵、令狐德棻《隋書》卷三十四《經籍志三》子部小說類：

《座右法》一卷。（中華書局，1973年）

鄭樵《通志》卷六十八《藝文略第六》小說：

《座右法》一卷。（中華書局，1987年）

焦竑《國史經籍志》卷四下子類小說家：

《座右法》一卷。（商務印書館，1939年）

姚振宗《隋書經籍志考證》卷三十二子部九小說家：

《座右法》一卷。

不著撰人。

案《日本國見在書目》有《座右銘》一卷，崔子玉撰。唐張懷瓘《書斷》云："後漢崔瑗字子玉，善章草，師於杜度。又妙小篆。"《南史·王僉傳》："僉爲叔父僧虔所養，幼篤學，手不釋卷，賓客或相稱美。僧虔曰：'我不患此兒無名，正恐名太盛耳。'乃手書崔子玉《座右銘》以貽之。"又僧虔本傳云："弱冠，雅善隸書。宋昇明二年，爲尚書令，嘗爲飛白書，題尚書省壁曰：'圓行方止，物之定質，修之不已則溢，高之不已則慄，馳之不已則躓，引之不易則迭，是故去之宜疾。'當時嗟賞，以比《坐右銘》。"蓋即比所書《座右銘》也。《日本書目》多同，《隋志》題曰"崔子玉撰"，其即是書，亦或出王僧虔所書者歟？（清華大學出版社，2014年）

案：《隋書》卷三十四《經籍志三》子部小說類著錄"《座右法》一卷"，未題撰者。兩《唐志》不見記載。《通志·藝文略》小說類著錄與《隋志》同。《日本國見載書目錄》有《座右銘》一卷，題崔子玉撰。清姚振宗《隋書經籍志考證》據以認爲："《日本書目》多同《隋志》，題曰崔子玉撰，其即是書。亦或出王僧虔所書者歟？"所說在疑似之間。今人程毅中《古小説簡目》云："崔瑗《座右銘》見《文選》卷五六，僅百字，亦非小説。此書名《座右法》，必非崔作，姚説不可信。"程説甚是。《座右法》内容和作者已不可考。

魯史欹器圖

王先謙撰，沈嘯寰、王星賢點校《荀子集解》卷第二十《宥坐篇》：

孔子觀於魯桓公之廟，有欹器焉。（《春秋》哀公三年"桓公、僖公灾"，《公羊傳》曰："此皆毀廟也。其言灾何？復立也。"或曰：三桓之祖廟欹器傾。欹，易覆之器。）孔子問於守廟者曰："此爲何器？"守廟者曰："此蓋爲宥坐之器。"（宥與右同。言人君可置於坐右，以爲戒也。《說苑》作"坐右"。或曰：宥與侑同，勸也。《文子》曰"三王、五帝有勸戒之器，名侑卮"，注云："欹器也。"○盧文弨曰："今《說苑》作'右坐'，見《敬慎篇》。"）孔子曰："吾聞宥坐之器者，虛則欹，中則正，滿則覆。"孔子顧謂弟子曰："注水焉！"弟子挹水而注之，（挹，酌。）中而正，滿而覆，虛而欹。孔子喟然而嘆曰："吁！惡有滿而不覆者哉！"子路曰："敢問持滿有道乎？"孔子曰："聰明聖知，守之以愚；功被天下，守之以讓；勇力撫世，守之以怯；（撫，掩也。猶言蓋世矣。○盧文弨曰："據注，則'撫'乃'幠'字之誤。《家語‧三恕篇》作振世。"）富有四海，守之以謙。此所謂挹而損之之道也。"（挹，亦退也。挹而損之，猶言損之又損。）（中華書局，1988年）

李延壽《北史》卷八十九藝術上《臨孝恭列傳》：

臨孝恭，京兆人也。明天文、算術，隋文帝甚親遇之。每言灾祥之事，未嘗不中。上因令考定陰陽書，官至上儀同。著《欹器圖》三卷，《地動銅儀經》一卷，《九宮五墓》一卷，《遁甲錄》十卷，《元辰經》十卷，《元辰厄》百九卷，《百怪書》十八卷，《祿命書》二十卷，《九宮龜經》一百一十卷，《太一式經》三十卷，《孔子馬頭易卜書》一卷，并行於世。

同上，《劉祐列傳》：

劉祐，滎陽人也。隋開皇初，爲大都督，封索盧縣公。其所占候，合如符契，文帝甚親之。初與張賓、劉暉、馬顯定曆。後奉詔撰兵書十卷，名曰《金韜》，上善之。復著《陰策》二十卷，《觀臺飛候》六卷，《玄象要記》五卷，《律曆術文》一卷，《婚姻志》三卷，《產乳志》二卷，《式經》四卷，《四時立成法》一卷，《安曆志》十二卷，《歸正易》十卷，并行於世。

同上，《張胄玄列傳》：

張胄玄，勃海蓨人也。博學多通，尤精術數。冀州刺史趙煚薦之，隋文帝徵授雲騎尉，直太史，參議律曆事。時輩多出其下，由是太史令劉暉等甚忌之。然暉言多不中，胄玄所推步甚精密。上異之，令楊素與術士數人，立議六十一事，皆舊法久難通者，令暉與胄玄等辯析之。暉杜口一無所答，胄玄通者五十四焉。由是擢拜員外散騎侍郎，兼太史令，賜物千段。暉及黨與八人，皆斥逐之。改定新曆，言前曆差一日。……胄玄所立蝕分，最爲詳密。其七，古曆二分，晝夜皆等。胄玄積候，知其有差。春、秋二分，晝多夜漏半刻，皆由日行遲疾盈縮使其然也。

凡此，胄玄獨得於心，論者服其精密。大業中，卒於官。

同上，卷九十藝術下《何稠列傳》：

論曰：陰陽卜祝之事，聖哲之教存焉，雖不可以專，亦不可得而廢也。徇於是者不能無非，厚於利者必有其害。《詩》《書》《禮》《樂》所失也淺，故先王重其德；方術伎巧所失也深，故往哲輕其藝。夫能通方術而不詭於俗；習伎巧而必蹈於禮者，幾於大雅君子。故昔之通賢，所以戒乎妄作。

……臨孝恭、劉祐、張胄玄等，皆魏來術藝之士也。觀其占候卜筮，推步盈虛，通幽洞微，近知鬼神之情狀。其間有不涉用於龜筴，而究人事之吉凶，如順興、檀特之徒，法和、强練之輩，將別禀數術，詎可以智識知？及江陵失守，前巧盡棄，還吳無路，入周不可，因歸事齊，厚蒙榮遇。雖竊之以叨濫，而守之以清虛，生靈所資，嗜欲咸遣，斯亦得道家之致矣。（中華書局，1974年）

魏徵、令狐德棻《隋書》卷十七《律曆志中》：

時高祖作輔，方行禪代之事，欲以符命曜於天下。道士張賓，揣知上意，自云玄相，洞曉星曆，因盛言有代謝之徵，又稱上儀表非人臣相。由是大被知遇，恒在幕府。及受禪之初，擢賓爲華州刺史，使與儀同劉暉、驃騎將軍董琳、索盧縣公劉祐、前太史上士馬顯、太學博士鄭元偉、前保章上士任悦、開府掾張徹、前盪邊將軍張膺之、校書郎衡洪建、太史監候粟相、太史司曆郭翟、劉宜、兼算學博士張乾叙、門下參人王君瑞、苟隆伯等，議造新曆，仍令太常卿盧賁監之。賓等依何承天法，微加增損。四年二月，撰成奏上。高祖下詔曰："張賓等存心算數，通洽古今，每有陳聞，多所啓沃。畢功表奏，具已披覽。使後月復育，不出前晦之宵，前月之餘，罕留後朔之旦。減朓就朒，懸殊舊準。月行表裏，厥途乃異；日交弗食，由循陽道。驗時轉算，不越纖毫，逖聽前修，斯秘未啓。有一於此，實爲精密，宜頒天下，依法施用。"……

於時新曆初頒，賓有寵於高祖，劉暉附會之，被升爲太史令。二人協議，共短孝孫，言其非毀天曆，率意迁怪，焯又妄相扶證，惑亂時人。孝孫、焯等，竟以他事斥罷。後賓死，孝孫爲掖縣丞，委官入京，又上，前後爲劉暉所詰，事寢不行。仍留孝孫直太史，累年不調，寓宿觀臺。乃抱其書，弟子輿櫬，來詣闕下，伏而慟哭。執法拘以奏之。高祖異焉，以問國子祭酒何妥。妥言其善，即日擢授大都督，遣與賓曆比校短長。先是信都人張胄玄，以算術直太史，久未知名。至是與孝孫共短賓曆，異論鋒起，久之不定。

至十四年七月，上令參問日食事。楊素等奏……於是高祖引孝孫、胄玄等親自勞倈。孝孫因請先斬劉暉，乃可定曆。高祖不懌，又罷之。俄而孝孫卒，楊素、牛弘等傷惜之，又薦胄玄。上召見之，胄玄因言日長影短之事，高祖大悅，賞賜甚厚，令與參定新術。劉焯聞胄玄進用，又增損孝孫曆法，更名《七曜新術》，以奏之。與胄玄之法，頗相乖爽，袁充與胄玄害之，焯又罷。至十七年，胄玄曆成，奏之。上付楊素等校其短長。劉暉與國子助教王頍等執舊曆術，迭相駁難，與司曆劉宜，援據古史影等，駁胄玄云……迭相駁難，高祖惑焉，逾時不決。會通事舍人顏愍楚上書云："漢落下閎改《顓頊曆》作《太初曆》，云後八百歲，此曆差一日。"語在《胄玄傳》。高祖欲神其事，遂下詔曰："朕應運受圖，君臨萬宇，思欲興復聖教，恢弘令典，上順天道，下授人時，搜揚海內，廣延術士。旅騎尉張胄玄，理思沉敏，術藝宏深，懷道白首，來上曆法。令與太史舊曆，并加勘審。仰觀玄象，參驗璿璣，胄玄曆數與七曜符合，太史所行，乃多疏舛，群官博議，咸以胄玄爲密。太史令劉暉，司曆郭翟、劉宜，驍騎尉任悅，往經修造，致此乖謬。通直散騎常侍、領太史令庾季才，太史丞邢俊，司曆郭遠，曆博士蘇粲，曆助教傅雋、成珍等，既是職司，須審疏密。遂虛行此曆，無所發明。論暉等情狀，已合科罪，方共飾非護短，不從正法。季才等，附下罔上，義實難容。"於是暉等四人，元造作者，并除名。

同上，卷三十四《經籍志三》子部小説類：

《魯史欹器圖》一卷。（儀同劉徽注。）

同上，子部五行類：

《風角鳥情》二卷。（儀同臨孝恭撰。）

《遁甲立成法》一卷。（臨孝恭撰。）

《陽遁甲用局法》一卷。（臨孝恭撰。）

同上，卷七十八藝術《蕭吉傳》附楊伯醜：

時有楊伯醜、臨孝恭、劉祐，俱以陰陽術數知名。

同上，《蕭吉傳》附臨孝恭：

臨孝恭，京兆人也。明天文、算術，高祖甚親遇之。每言灾祥之事，未嘗不中，上因令考定陰陽。官至上儀同。著《欹器圖》三卷，《地動銅儀經》一卷，《九宮五墓》一卷，《遁甲月令》十卷，《元辰經》十卷，《元辰厄》一百九卷，《百怪書》十八卷，《禄命書》二十卷，《九宮龜經》一百一十卷，《太一式經》三十卷，《孔子馬頭易卜書》一卷，并行於世。

同上，《蕭吉傳》附劉祐傳：

劉祐，滎陽人也。開皇初，爲大都督，封索盧縣公。其所占候，合如符契，高祖甚親之。初與張賓、劉輝、馬顯定曆。後奉詔撰兵書十卷，名曰《金韜》，上善之。復著《陰策》二十卷，《觀臺飛候》六卷，《玄象要記》五卷，《律曆述文》一卷，《婚姻志》三卷，《産乳志》二卷，《式經》四卷，《四時立成法》一卷，《安曆志》十二卷，《歸正易》十卷，并行於世。

同上，《張胄玄傳》：

張胄玄，勃海蓨人也。博學多通，尤精術數。冀州刺史趙煚薦之，高祖徵授雲騎尉，直太史，參議律曆事。時輩多出其下，由是太史令劉暉等甚忌之。然暉言多不中，胄玄所推步甚精密，上異之。令楊素與術士數人立議六十一事，皆舊法久難通者，令暉與胄玄等辯析之。暉杜口一無所答，胄玄通者五十四焉。由是擢拜員外散騎侍郎，兼太史令，賜物千段。暉及黨與八人，皆斥逐之。改定新曆，言前曆差一日。……所立食分，最爲詳密。其七，古曆二分，晝夜皆等。胄玄積候，知其有差，春秋二分，晝多夜漏半刻，皆由日行遲速盈縮使其然也。凡此胄玄獨得於心，論者服其精密。大業中卒官。（中華書局，1973年）

劉昫等《舊唐書》卷四十七《經籍志下》丙部子録儒家類：

《魯史欹器圖》一卷。（劉徽撰。）（中華書局，1975年）

王欽若等《册府元龜》卷八百七十六總録部《方術》：

後周衛元嵩，蜀都人，好言將來之事，蓋江左寶志之流。武帝太和中著詩，欲論周隋廢興，及唐家受命，并有徵。楊伯醜、臨孝恭、劉祐俱以陰陽術數知名。（中華書局，1960年）

王堯臣等編次，錢東垣等輯釋《崇文總目輯釋》卷三小説類下：

《欹器圖》一卷，《通志略》《宋志》并不著撰人。

侗按：《玉海·器用類》云："《崇文目·小説類》有《欹器圖》一卷。"
(《宋元明清書目題跋叢刊》本，中華書局，2006年)

歐陽修、宋祁《新唐書》卷五十九《藝文志》丙部子録儒家類：

劉徽《魯史欹器圖》一卷。（中華書局，1975年）

司馬光編著，胡三省音注《資治通鑑》卷一百七十六陳紀十《長城公下》：

隋前華州刺史張賓、儀同三司劉暉等造《甲子元曆》成，奏之。壬辰，詔頒新曆。（中華書局，2009年）

鄧名世《古今姓氏書辯證》卷十九二十一侵《臨》：

出自"高陽氏才子八人"，其一曰："大臨子孫，以王父字爲氏。"或曰："林氏"訛爲"臨氏"，《春秋公羊傳》有"臨南"，後漢《孔融傳》有"臨孝孫石"，趙有秦州刺史"臨深"，隋有儀同"臨孝恭"，京兆人。謹按《春秋》臨晋邑，魯哀公四年，趙稷奔臨弦施墮，"臨"未必非以邑爲氏，高陽氏之説恐無明據。（《文淵閣四庫全書》本）

葉庭珪《海録碎事》卷十四百工醫技部醫卜門《馬頭易卜》：

臨孝恭撰《孔子馬頭易卜書》一卷。（《北史》。）（中華書局，2002年）

鄭樵《通志》卷二十八《氏族略第四》古人名：

（八凱大臨之後也。石趙秦州刺史臨深，東海人。隋日者儀同臨孝恭，知天文，京兆人。望出西河。）

同上，卷六十六《藝文略第四》器用：

《魯史欹器圖》一卷。（隋儀同劉徽注。）

同上，卷七十二《圖譜略第一》記無·藝術：

《欹器圖》。

同上，卷一百八十三藝術·隋《臨孝恭傳》：

臨孝恭，京兆人也。明天文、算術，高祖甚親遇之。每言灾祥之事，未嘗不中。上因令考定《陰陽書》，官至上儀同。著《欹器圖》三卷，《地動銅儀經》一卷，《九宮五墓》一卷，《遁甲錄》十卷，《元辰經》十卷，《元辰厄》百九卷，《百怪書》十八卷，《禄命書》二十卷，《九宫龜經》一百一十卷，《太一式經》三十卷，《孔子馬頭易卜書》一卷并行於世。（中華書局，1987年）

洪邁撰，孔凡禮點校《容齋隨筆》三筆卷第十三《大觀算學》：
　　大觀中，置算學如庠序之制，三年三月，詔以文宣王爲先師。兗、鄒、荆三國公配饗，十哲從祀，而列自昔著名算數之人，繪像於兩廊，加賜五等之爵。於是中書舍人張邦昌定其名，風後、大橈、隸首、容成、箕子、商高、常僕、鬼臾區、巫咸九人封公，史蘇、卜徒父、卜偃、梓慎、卜楚丘、史趙、史墨、裨竈、榮方、甘德、石申、鮮於妄人、耿壽昌、夏侯勝、京房、翼奉、李尋、張衡、周興、單颺、樊英、郭璞、何承天、宋景業、蕭吉、臨孝恭、張曽元、王樸二十八人封伯，鄧平、劉洪、管輅、趙達、祖冲之、殷紹、信都芳、許遵、耿詢、劉焯、劉炫、傅仁均、王孝通、瞿曇羅、李淳風、王希明、李鼎祚、邊岡、郎顗、襄楷二十人封子，司馬季主、洛下閎、嚴君平、劉徽、姜岌、張立建、夏侯陽、甄鸞、盧太翼九人封男。考其所條具，固有於傳記無聞者，而高下等差，殊爲乖謬。如司馬季主、嚴君平止於男爵，鮮于妄人、洛下閎同定《太初曆》，而妄人封伯，下閎封男，尤可笑也。十一月，又改以黄帝爲先師云。（上海古籍出版社，2015年）

王應麟《玉海》卷三天文天文書下《景祐三式太一福應集要》：
　　上曰："朕不好占卜術數，當修人事以承天命。"（隋臨孝恭著《九宮龜經》一百十卷、《太一式經》三十卷。）

同上，卷四天文儀象《漢陽嘉候風地動儀》：
　　隋臨孝恭著《地動銅儀經》一卷。

同上，卷五天文陰陽五行書《唐陰陽書》：
　　隋文帝令臨孝恭考定《陰陽書》。

同上，卷九十器用欹器《隋欹器》：
　　臨孝恭著《欹器圖》三卷。

同上，《皇祐欹器》：
　　《崇文目》小説有《欹器圖》一卷。（江蘇古籍出版社、上海書店，1987年）

周密《齊東野語》卷十五《渾天儀地動儀》：

隋臨孝恭嘗著《地動遺經》一卷，今皆傳焉。（中華書局，1983年）

脫脫等《宋史》卷一百五《禮志八》吉禮·文宣王廟：

大觀三年，禮部太常寺請以文宣王爲先師，兗、鄒、荆三國公配享，十哲從祀，自昔著名算數者畫像兩廡，請加賜五等爵隨所封，以定其服。於是中書舍人張邦昌定算學封風后上谷公箕子遼東公……宋何承天昌盧伯、北齊宋景業廣宗伯、隋蕭吉臨湘伯、臨孝恭新豐伯、張胄玄東光伯……（中華書局，1977年）

宋濂《文憲集》卷二十七雜著《禄命辯》：

原司馬遷《史記》孤虛之術，蓋以五行甲子推人休咎，其術之行已久矣。非如吕才所稱起於司馬季主也。沿及後世，臨孝恭有《禄命書》、陶弘景有《三命抄略》，唐人習者頗衆，而張一行、桑道茂、李虛中咸精其書。（《四庫明人文集叢刊》本，上海古籍出版社，1991年）

王世貞《弇州四部稿》卷一百六十説部《宛委餘編五》：

原司馬《史記》孤虛之術，蓋以五行甲子推人休咎，其術之行已久矣。沿及後，臨孝恭有《禄命書》，陶弘景有《三命抄略》。唐人習者頗衆，而張一行、桑道茂、李虛中咸精其術。（《四庫明人文集叢刊》本，上海古籍出版社，1993年）

凌迪知《萬姓統譜》卷六十五下平聲十二侵·臨：

臨孝恭（隋人，知天文）。（《文淵閣四庫全書》本）

孫瑴《古微書》卷二十九《孝經援神契》：

世之相傳有黄帝、風后三命一家，而河上公實能言之。沿及後世，臨孝恭有《禄命書》、陶弘景有《三命抄略》，唐人習者頗衆，而張一行、桑道茂、李虛中咸精其書。虛中之後，唯徐子平尤造其閫奥也。（《叢書集成初編》本）

焦竑《國史經籍志》卷三器用：

《魯史欹器圖》一卷，隋劉徽。（商務印書館，1939年）

方以智《通雅》卷三十三《器用·古器》：

《隋志》小説部《魯史敧器圖》一卷，劉徽注。（中國書店，1990年）

顧炎武著，黄汝成集釋，欒保群、吕宗力校點《日知録集釋》卷三十《孔子閉房記》：

自漢以後，凡世人所傳帝王易姓受命之説，一切附之孔子……詳此，似今人所云"推背圖"者，今則托之李淳風而不言孔子。[（原注）《隋書·藝術傳》臨孝恭著《孔子馬頭易卜書》一卷。]（上海古籍出版社，2006年）

宫夢仁《讀書紀數略》卷三十二人部藝術《宋封算學六十六人》：

郭璞、何承天、蕭吉、宋景業、臨孝恭、張胄元、王朴（二十八人各封伯）……（《文淵閣四庫全書》本）

朱彝尊撰，林慶彰等主編《經義考新校》卷十三《易十二》：

臨氏（孝恭）《孔子馬頭易卜書》一卷，佚。《隋書·藝術傳》："臨孝恭，京兆人，明天文算術，高祖甚親遇之，令考定《陰陽》，官至上儀同。"（上海古籍出版社，2010年）

陳厚耀《春秋長曆》卷一《隋書·律曆志中》：

七年，張胄玄曆成，奏之，上付劉暉與國子助教王頗、司曆劉宜，援據古史影等駁胄玄。云"《命曆序》僖公五年天正壬子朔旦日至，《左氏傳》僖公五年正月辛亥朔日南至。張賓曆，天正壬子朔冬至，合《命曆序》，差傳一日。張胄玄曆，天正壬子朔，三日甲寅冬至，差《命曆序》二日，差《傳》三日。成公十二年，《命曆序》天正辛卯朔旦日至。張賓曆，天正辛卯朔冬至，合《命曆序》。張胄玄亦天正辛卯朔，二日壬辰冬至，差《命曆序》一日。昭公二十年，《春秋左氏傳》二月己丑朔日南至，準《命曆序》；庚寅朔旦日至。張賓曆，天正庚寅朔冬至，并合《命曆序》，差《傳》一日。張胄玄曆，亦天正庚寅朔，差《傳》一日；二日辛卯冬至，差《命曆序》一日，差《傳》二日。宜案《命曆序》及《春秋左氏傳》并閏，餘盡之歲，皆須朔旦冬至。若依《命曆序》勘《春秋》三十七食，合處至多；若依《左傳》，合者至少，是以知《傳》爲錯。今張胄玄信情置閏，《命曆序》及《傳》氣朔并差。又宋元嘉冬至影有七，張賓曆合者五，差者二，亦在前一日；張胄玄曆合者三，差者四，在後一日"云云。高祖令群臣博議，咸以胄玄爲密，遂貶劉暉等，胄玄所造曆法付有司施行。（《春秋長曆二種》本，中華書局，2021年）

杭世駿《諸史然疑·後漢書》"東漢崇尚緯讖"條：

東漢崇尚緯讖儒者多，非聖無法，動引孔子以實其説。桓譚所謂"矯稱孔某爲讖記以誤人主也"。如郄惲云：漢曆久長，孔爲赤制。蘇竟云：孔某秘經，爲漢赤制，元包幽室，文隱事明。班固云：蘊孔佐之宏陳。又曰：孔獻先命聖孚也，其見於緯書者不可殫述。逮後魏時，又有名爲閉房記者甄鸞注《數術記遺》，謂"孔子作三不能比兩"。臨孝恭著《孔子馬頭易卜書》，至有《宅經》亦托孔子作，其離經畔道也至矣。（《叢書集成初編》本）

秦蕙田撰，方向東、王鍔點校《五禮通考》卷一百十八吉禮一百十八《祭先聖先師》：

《徽宗本紀》大觀三年十一月丁未，詔算學以黃帝爲先師，風后等八人配享，巫咸等七十人從祀。禮志時又有算學。大觀三年，禮部太常寺請以文宣王爲先師，兗、鄒、荆三國公配享，十哲從祀，自昔著名算數者畫像兩廡，請加賜五等爵隨所封，以定其服。於是中書舍人張邦昌定算學封風后上谷公、箕子遼東公、周大夫商高郁夷公、大撓涿鹿公……北齊宋景業廣宗伯、隋蕭吉臨湘伯、臨孝恭新豐伯……（中華書局，2020年）

沈青崖等《陝西通志》卷六十四人物十隱逸·隋：

臨孝恭，京兆人。明天文、算術，高祖甚親遇之。每言灾祥之事，未嘗不中。上因令考定《陰陽書》，官至上儀同。（《隋書》本傳。）

同上，卷七十五經籍第二子類：

《欹器圖》三卷，《地動銅儀經》一卷，《九宮五墓》一卷，《遁甲錄》十卷，《遁甲立成法》一卷，《陽遁甲用局法》一卷，《元辰經》十卷，《元辰厄》百九卷，《百怪書》十八卷，《錄命書》二十卷，《九宮龜經》一百一十卷，《太一式經》三十卷，《孔子馬頭易卜書》一卷，《風角鳥情》二卷。（俱儀同京兆臨孝恭。）（《文淵閣四庫全書》本）

嵇璜等《欽定續通志》卷一百六十四《校讎略》：

《魯史欹器圖》一卷，《器準圖》三卷。（焦竑曰：入小說非，改食貨。）
（浙江古籍出版社，1988年）

穆彰阿、潘錫恩等《大清一統志》卷一百八十西安府三《人物》：

臨孝恭。（京兆人。明天文、算術，文帝甚親遇之。每言灾祥之事，未嘗不中。帝因令考定陰陽書，官至上儀同。著《欹器圖》《地動銅儀經》《九宮五墓》《遁甲錄》《月令元辰經》《百怪書》《錄命書》《九宮龜經》《太乙式經》《孔子馬頭易卜》等書。）（上海古籍出版社，2008年）

永瑢等《四庫全書總目》卷一百二十三子部三十三雜家類七《研山齋雜記》提要：

《研山齋雜記》四卷。（編修勵守謙家藏本。）案：古人質樸不涉雜事。其著爲書者，至射法、劍道、手搏、蹴踘止矣。至《隋志》而《欹器圖》猶附小說，象經、棋勢猶附兵家，不能自爲門目也。宋以後則一切賞心娛目之具，無不勒有成編，圖籍於是始衆焉。今於其專明一事一物者，皆別爲譜錄。其雜陳衆品者，自《洞天清錄》以下，并類聚於此門。蓋即爲古所未有之書，不得不立古所未有之例矣。（中華書局，1965年）

丁國鈞《補晉書藝文志》卷三丙部子錄小說類：

《魯史欹器圖注》一卷。（儀同劉徽。）見《隋志》。（商務印書館，1939年）

姚振宗《隋書經籍志考證》卷三十二子部九小說家：

《魯史欹器圖》一卷，儀同劉徽注。（"徽"當爲"暉"。）

《荀子·宥坐篇》："孔子觀於魯桓公之廟，有欹器焉。孔子問於守廟者曰：'此爲何器？'對曰：'此蓋爲宥坐之器。'孔子曰：'吾聞宥坐之器者，虛則欹，中則正，滿則覆。'顧爲弟子曰：'注水焉。'弟子挹水而注之，中而正，滿而覆，虛而欹。孔子喟然而嘆曰：'烏有滿而不覆者哉！'"楊倞注曰："'宥'與'右'同，言人君可置坐右以爲戒也。或曰：'宥'與'侑'同，勸也。"《文子》曰："三皇五帝，有勸戒之器，名侑卮。"注云："欹器也。欹器，傾欹易覆之器也。"

《說苑·敬謹篇》："孔子觀於周廟而有欹器也。"（文與《荀子》略同，亦見《淮南子》及《家語》。）

《晉書·杜預傳》："周廟欹器，至漢東京猶在御座，漢末喪亂，不復存，形制遂絕。預創意造成，奏上，武帝嘉嘆焉。"

《南史·文學·祖沖之傳》："晉時杜預有巧思，造欹器，三改而成。永明中，竟陵王子良好古，沖之造欹器獻之，與周廟不異。"

《玉海·器用部》："《唐文粹》：李德裕作《欹器賦》云：周公始作茲器，告於神明，難守者成。難持者盈。"

《隋書·曆志》曰："高祖受禪之初，擢張賓爲華州刺史，使與儀同劉暉、索盧縣公劉祐、前太史上士馬顯等議造新曆。"

《隋書》《北史·藝術·劉祐傳》："開皇初，祐與張賓、劉輝、馬顯定曆。"又《張胄玄傳》："胄玄直太史，參議曆事。太史令劉暉等甚忌之。然暉言多不中，上令楊素與術士數人立議六十一事，皆舊法久難通者，令暉與胄玄等辨折之。暉杜口一無所答，胄玄通者五十四焉。由是擢拜員外散騎侍郎，兼太史令。暉及黨與八人，皆斥逐之。"

嚴氏《全隋文編》曰："劉暉仕周入隋，位儀同、太史令，開皇十七年除名。"

《唐書·經籍志》儒家："《魯史欹器圖》一卷，劉徽撰。"

《唐書·藝文志》儒家："劉徽《魯史欹器圖》一卷。"

案隋、唐三《志》皆以"暉"爲"徽"，若無本志"儀同"二字，尠不以爲魏晉時之劉徽矣。然《隋書》《北史》皆無劉暉傳，亦未有暉注此圖明文。唯本志於隋入書但書官位，不書時代，此與五行家書儀同臨孝恭同例。而《唐志》敘次皆在梁人之後，北朝人之前，以是證知非劉徽也。徽亦以曆術名家，見後曆數類。（《通志略》題隋儀同劉徽，稱隋儀同是也，稱劉徽亦非也。）

同上，卷三十六子部五行家：

《鳳角鳥情》二卷，儀同臨孝恭撰。

《隋書》《北史·藝術傳》："臨孝恭，京兆人也，明天文算術，高祖甚親遇之，每言災祥之事，未嘗不中，上因令考定陰陽書，官至上儀同。著《欹器圖》三卷，《地動銅儀經》一卷，《九宮五墓》一卷，《遁甲月令》十卷（《北史》作《遁甲錄》），《元辰經》十卷，《元辰厄》一百九卷，《百怪書》十八卷，《祿命書》二十卷，《九宮龜經》一百一十卷，《太一式經》三十卷（《北史》作二十卷），《孔子馬頭易卜書》一卷，并行於世。"

《唐書·經籍志》："《鳳角鳥情》二卷，劉孝恭撰。"

《唐書·藝文志》："劉孝恭《鳳角鳥情》二卷。"（二《志》"劉"并當爲"臨"。）

《遁甲立成法》一卷，臨孝恭撰。

臨孝恭有《鳳角鳥情》，見前。

案：兩《唐志》有《遁甲立成法》三卷，不著撰人，似即是書。孝恭撰《遁甲書》本有十卷也。（清華大學出版社，2014年）

徐崇《補南北史藝文志》卷二北史子類小説家：

《欹器圖》一卷，臨孝恭撰，見本傳。《隋書·孝恭傳》："欹器圖三卷。"《隋·經籍志》未收。

同上，五行：

《九宮五墓》一卷。臨孝恭撰，見本傳。《隋書》同。《隋·經籍志》未收。

《遁甲錄》十卷。臨孝恭撰，見本傳。《隋書·孝恭傳》："《遁甲月令》十卷。"《隋·經籍志》未收。

《元辰厄》十卷。臨孝恭撰，見本傳。《隋書》同。《隋·經籍志》未收。

《百怪書》十八卷。臨孝恭撰，見本傳。《隋書》同。《隋·經籍志》未收。

《禄命書》二十卷。臨孝恭撰，見本傳。《隋書》同。《隋·經籍志》未收。

《九宫龜經》一百一十卷。臨孝恭撰，見本傳。《隋書》同。《隋·經籍志》未收。

《太一式經》三十卷。臨孝恭撰，見本傳。《隋書》同。《隋·經籍志》未收。

《孔子馬頭易卜書》一卷。臨孝恭撰，見本傳。《隋書》同。《隋·經籍志》未收。（《二十五史補編》本）

案：《隋書》卷三十四《經籍志三》子部小說類著錄"《魯史欹器圖》一卷"，注云"儀同劉徽注"，未題撰者。兩《唐志》儒家類著錄同。《通志·藝文略》器用類著錄《魯史欹器圖》一卷，題"隋儀同劉徽注"。《北史·藝術傳》和《隋書·律曆志》《藝術傳》均有儀同劉徽的記載，祇是劉徽作劉暉或劉輝。清人姚振宗《隋書經籍志考證》據《隋書》及《北史》考定劉徽爲劉暉之誤，可從。但也不排除劉暉可作劉輝，也可作劉徽。

劉暉，生卒年不詳。隋初爲儀同，與道士張賓、驃騎將軍董琳、索盧縣公劉祐等共造新曆。開皇四年（584年）新曆撰成，文帝敕令施行。不久，因附會文帝寵臣道士張賓而升爲太史令。後因阻擾信都人張冑玄曆法施行，而於開皇十七年（597年）被除名。據《隋志》著錄，劉暉僅是《魯史欹器圖》的注釋者而非編撰者，而《北史·藝術傳》和《隋書·律曆志》《藝術傳》均記有儀同京兆臨孝恭所撰《欹器圖》三卷，此外，臨氏尚撰有《地動銅儀經》、《九宫五墓》、《遁甲月令》（一作《遁甲錄》）、《元辰經》、《元辰厄》、《百怪書》、《禄命書》、《九宫龜經》、《太一式經》、《孔子馬頭易卜書》等，并行於世。合理推測是，臨孝恭撰《欹器圖》三卷，劉暉爲其中的《魯史欹器圖》作注，形成《魯史欹器圖》一卷，此卷既包括臨孝恭所編撰的《魯史欹器圖譜》，也包括劉暉爲《魯史欹器圖譜》所作之注釋。所謂魯史欹器，據《荀子·宥坐篇》："孔子觀於魯桓公之廟，有欹器焉。孔子問於守廟者曰：'此爲何器？'守廟者曰：'此蓋爲宥坐之器。'孔子曰：'吾聞宥坐之器者，虚則欹，中則正，滿則覆。'顧謂弟子曰：'注水焉。'弟子挹水而注之。中而正，滿而覆，虚而欹。孔子喟然而嘆曰：'烏有滿而不覆者哉！'"古代"宥"與"右""侑"通，所謂"宥坐之器"，是一種欹器，"虚則欹，中則正，滿則覆"，人君可置坐右以爲戒。據說三皇五帝都有勸戒之器，名

"侑卮"。《魯史欹器圖》所記,大概是對史書所載魯桓公廟或其他魯國欹器的圖注。宋以前是書仍存,宋以後不見流傳,當佚。佚文亦未見。

器準圖（器準）

魏收《魏書》卷九《肅宗紀》：

　　十有二月甲戌，詔司徒崔光、安豐王延明等議定服章。

　　孝昌元年春正月庚申，徐州刺史元法僧據城反，害行臺高諒，自稱宋王，號年天啓，遣其子景仲歸於蕭衍。衍遣其將胡龍牙、成景雋、元略等率衆赴彭城。詔秘書監、安樂王鑒回師以討之，鑒於彭城南擊元略，大破之，盡俘其衆，既而不備，爲法僧所敗。衍遣其豫章王綜入守彭城，法僧擁其僚屬、守令、兵戍及郭邑士女萬餘口南入。詔鎮軍將軍、臨淮王彧、尚書李憲爲都督，衛將軍、國子祭酒、安豐王延明爲東道行臺，復儀同三司李崇官爵，爲東道大都督，俱討徐州。崇以疾不行。

　　三月庚子，以驃騎大將軍、徐州刺史、安豐王延明爲儀同三司。追復中山王熙本爵，子叔仁紹之。甲寅，西部敕勒斛律洛陽反於桑乾，西與河西牧子通連。別將爾朱榮擊破之。

同上，卷十《孝莊紀》：

　　壬寅，克河內，斬太守元襲、都督宗正珍孫。

　　秋七月戊辰，都督爾朱兆、賀拔勝從硤石夜濟，破顥子冠受及安豐王延明軍，元顥敗走。庚午，車駕入居華林園，升大夏門，大赦天下。以使持節、車騎將軍、都督、潁川郡開國公尒朱兆爲車騎大將軍、儀同三司。

同上，卷十六《道武七王列傳·京兆王》：

　　繼頻表遜位，乞以司徒授崔光。詔遣侍中、安豐王延明，給事黃門侍郎盧同敦勸。繼又啓固讓，轉太保，侍中如故，加後部鼓吹。頻表陳辭，不許。

同上，卷二十《文成五王列傳·安豐王猛》：

　　子延明，襲。世宗時，授太中大夫。延昌初，歲大饑，延明乃減家財，以拯賓客數十人，并贍其家。至肅宗初，爲豫州刺史，甚有政績，累遷給事黃門侍郎。

　　延明既博極群書，兼有文藻，鳩集圖籍萬有餘卷。性清儉，不營產業。與中山王熙及弟臨淮王彧等，并以才學令望有名於世。雖風流造次不及熙、彧，而稽古淳篤過之。尋遷侍中。詔與侍中崔光撰定服制。後兼尚書右僕射。以延明博識多聞，敕監金石事。

及元法僧反，詔爲東道行臺、徐州大都督，節度諸軍事，與都督臨淮王彧，尚書李憲等討法僧。蕭衍遣其豫章王綜鎮徐州。延明先牧徐方，甚得民譽，招懷舊土，遠近歸之。綜既降，延明因以軍乘之，復東南之境，至宿豫而還。遷都督、徐州刺史。頻經師旅，人物凋弊，延明招攜新故，人悉安業，百姓咸附。

莊帝時，兼尚書令、大司馬。及元顥入洛，延明受顥委寄，率衆守河橋。顥敗，遂將妻子奔蕭衍，死於江南。莊帝末，喪還。出帝初，贈太保，王如故，諡曰文宣。所著詩賦贊頌銘誄三百餘篇，又撰《五經宗略》《詩禮別義》，注《帝王世紀》及《列仙傳》。又以河間人信都芳工算術，引之在館。其撰《古今樂事》九章十二圖，又集《器準》九篇，芳別爲之注，皆行於世。

同上，卷二十一上《獻文六王列傳·咸陽王》：

曄，字世茂。衍封爲桑乾王，拜散騎常侍。卒於秣陵。

初，正光中詔曰："周德崇厚，蔡仲享國；漢道仁恕，淮南畢王。皆所以申恩懿戚，蠲滌舊釁，義彰曩葉，咏流前史。頃者，咸陽、京兆王自貽禍敗，事由間惑，猶有可矜。兩門諸子，并可聽附屬籍。"後復禧王爵，葬以王禮。詔曄弟坦襲，改封敷城王，邑八百户。坦傲狠凶粗，從叔安豐王延明責之曰："汝凶悖性與身而長，昔有宋東海王褘志性凡劣，時人號曰'驢王'，我熟觀汝所作，亦恐不免驢號。"莊帝初，還復本封。武定中，爲太師。齊受禪，爵例降。

同上，卷二十一下《獻文六王列傳·彭城王》：

孝昌末，靈太后失德，四方紛擾，勰遂有異志。爲安豐王延明所啓，乃徵入爲御史中尉。莊帝即位，尊爲無上王。尋遇害河陰。追諡曰孝宣皇帝，妻李氏爲文恭皇后。有二子。

同上，卷二十六《尉古真列傳》：

元法僧之外叛，蕭衍遣其豫章王蕭綜鎮徐州，又詔慶賓爲別將隸，安豐王延明討之。尋除後將軍、肆州刺史。時爾朱榮兵威漸盛，曾經肆州，慶賓畏惡之，據城不出。

同上，卷五十六《鄭羲列傳》：

（胤伯）長子伯猷，博學有文才，早知名。舉司州秀才，以射策高第，除幽州平北府外兵參軍，轉太學博士，領殿中御史。與當時名勝，咸申游款。蕭宗釋奠，詔伯猷錄義。安豐王延明之征徐州也，引爲行臺郎中。事寧還都，遷尚書外兵郎中，典起居注，以軍功賜爵陽武子。稍遷散騎常侍、平東將軍。前廢帝初，以舅氏超授征東將軍、金紫光祿大夫，領國子祭酒。久之，爲車騎將軍、右光祿大夫，轉護軍將軍。元象初，以本官兼散騎常侍使於蕭衍。前後使人，蕭衍令其侯王於馬射之日宴對申禮。伯猷之行，衍令其領軍將軍臧盾與之相接。議者以此貶之。使還，除驃騎將軍、南青州刺史。在州貪惏，妻安豐王元延明女，專爲聚斂，貨賄公行，潤及親戚。戶口逃散，邑落空虛。乃誣良民，云欲反叛，籍其資財，盡以入己，誅其丈夫，婦女配沒。百姓怨苦，聲聞四方。爲御史糾劾，死罪數十條，遇赦免，因以頓廢。齊文襄王作相，每誡厲朝士，常以伯猷及崔叔仁爲諭。武定七年，除太常卿。其年卒，年六十四。贈驃騎大將軍、中書監、兗州刺史。

同上，五十九《蕭寶寅列傳》：

值元法僧以彭城叛入蕭衍，衍命贊爲南兗、徐二州刺史、都督江北諸軍事，鎮彭城。於時，肅宗遣安豐王延明、臨淮王彧討之，贊便遣使密告誠款，與寵、話夜出，步投彧軍。孝昌元年秋，屆於洛陽，陛見之後，就館舉哀，追服三載。

同上，卷六十六《李崇列傳》：

乃詔復崇官爵，爲徐州大都督，節度諸軍事。會崇疾篤，乃以衛將軍、安豐王延明代之。除改開府、相州刺史，侍中、將軍、儀同并如故。

同上，卷六十七《崔光列傳》：

詔召光與安豐王延明議定服章。

同上，卷七十四《爾朱榮列傳》：

顥都督宗正珍孫、河內太守元襲固守不降，榮攻而克之，斬珍孫、元襲以徇。帝幸河內城。榮與顥相持於河上，顥令都督安豐王延明緣河據守。榮既未有舟船，不得即渡，議欲還北，更圖後舉。黃門郎楊侃、高道穆等并謂大軍若還，失天下之望，固執以爲不可。語在侃等傳。屬馬渚諸楊云有小船數艘，求爲鄉導，榮乃令都督爾朱兆等率精騎夜濟，登岸奮擊。顥子領軍將軍冠受率馬步五千拒戰，兆大破之。臨陳擒冠受。延明聞冠受見擒，遂自逃散，顥便率麾下南奔。事在其傳。

同上，卷七十五《爾朱兆列傳》：

後從上黨王天穆討平邢杲。及元顥之屯於河橋，榮遣兆與賀拔勝等自馬渚西夜渡數百騎，襲擊顥子冠受，擒之。又進破安豐王延明，顥於是退走。莊帝還宮，論功除散騎常侍、車騎大將軍、儀同三司，增邑八百戶。

同上，卷七十七《辛雄列傳》：
　　孝昌元年，徐州刺史元法僧以城南叛，蕭衍遣蕭綜來據彭城。時遣大都督、安豐王延明督臨淮王彧討之，盤桓不進。乃詔雄副太常少卿元晦爲使，給齊庫刀，持節、乘驛催軍，有違即令斬決。

同上，卷八十一《山偉列傳》：
　　時天下無事，進仕路難，代遷之人，多不霑預。及六鎮、隴西二方起逆，領軍元乂欲用代來寒人爲傳詔以慰悅之，而牧守子孫投狀求者百餘人。又欲杜之，因奏立勳附隊，令各依資出身。自是北人悉被收敘。偉遂奏記，贊乂德美。又素不識偉，訪侍中安豐王延明、黃門郎元順，順等因是稱薦之。又令僕射元欽引偉兼尚書二千石郎，後正名士郎。修起居注。僕射元順領選，表薦爲諫議大夫。

同上，卷八十二《李琰之列傳》：
　　安豐王延明，博聞多識，每有疑滯，恆就琰之辨析，自以爲不及也。

同上，《常景列傳》：
　　孝昌初，兼給事黃門侍郎。尋除左將軍、太府少卿，仍舍人。固辭少卿不拜，改授散騎常侍，將軍如故。徐州刺史元法僧叛入蕭衍，衍遣其豫章王蕭綜入據彭城。時安豐王延明爲大都督、大行臺，率臨淮王彧等衆軍討之。
　　元顥內逼，莊帝北巡，景與侍中、大司馬、安豐王延明在禁中召諸親賓，安慰京師。顥入洛，景仍居本位。

同上，卷九十一《張淵列傳》：
　　時有河間信都芳，字王琳，好學善天文算數，甚爲安豐王延明所知。延明家有群書，欲抄集五經算事爲《五經宗》及古今樂事爲《樂書》；又聚渾天、欹器、地動、銅烏漏刻、候風諸巧事，并圖畫爲《器準》。并令芳算之。會延明南奔，芳乃自撰注。後隱於并州樂平之東山。太守慕容保樂聞而召之，芳不得已而見焉。於是保樂弟紹宗薦之於齊獻武王，以爲中外府田曹參軍。芳性清儉質樸，不與物和。紹宗給其騾馬，不肯乘騎；夜遣婢侍以試之，芳忿呼毆擊，不聽近己。狷介自守，無求於物。後亦注重差勾股，復撰《史宗》，仍自注之，合數十卷。武定中卒。

同上，卷九十三《茹皓列傳》：

皓娶僕射高肇從妹，於世宗爲從母。迎納之日，詳請詣之，禮以馬物。皓又爲弟聘安豐王延明妹，延明耻非舊流，不許。詳勸強之云："欲覓官職，如何不與茹皓婚姻也？"延明乃從焉。

同上，卷一百三《蠕蠕列傳》：

十月，錄尚書事高陽王雍、尚書令李崇、侍中侯剛、尚書左僕射元欽、侍中元叉、侍中安豐王延明、吏部尚書元脩義、尚書李彥、給事黃門侍郎元纂、給事黃門侍郎張烈、給事黃門侍郎盧同等奏曰："竊聞漢立南、北單于，晉有東、西之稱，皆所以相維禦難，爲國藩籬。今臣等參議，以爲懷朔鎮北土，名無結山吐若奚泉，敦煌北西海郡，即漢、晉舊障，二處寬平，原野彌沃。阿那瓌宜置西吐若奚泉，婆羅門宜置西海郡。各令總率部落，收離聚散。其爵號及資給所須，唯恩裁處。彼臣下之官，任其舊俗。阿那瓌所居既是境外，宜少優遣，以示威刑。請沃野、懷朔、武川鎮各差二百人，令當鎮軍主監率，給其糧仗，送至前所，仍於彼爲其造構，功就聽還。諸於北來，在婆羅門前投化者，令州鎮上佐準程給糧，送詣懷朔阿那瓌，鎮與使人量給食廩。在京館者任其去留。阿那瓌草創，先無儲積，請給朔州麻子乾飯二千斛，官駝運送。婆羅門居於西海，既是境內，資衛不得同之。阿那瓌等新造藩屏，宜各遣使持節馳驛先詣慰喻，并委經略。"肅宗從之。

同上，卷一百七下《律曆志三下》：

詔以新曆示齊獻武王田曹參軍信都芳，芳關通曆術，駁業興曰："今年十二月二十日，新曆歲星在營室十三度，順，疾；天上歲星在營室十一度。今月二十日，新曆鎮星在角十一度，留；天上鎮星在亢四度，留。今月二十日，新曆太白在斗二十五度，晨見，逆行；天上太白在斗二十一度，逆行。便爲差殊。"

業興對曰："歲星行天，伺候以來，八九餘年，恒不及二度。今新曆加二度。至於夕伏晨見，纖毫無爽。今日仰看，如覺二度，及其出没，還應如術。鎮星，自造《壬子》元以來，歲常不及，故加《壬子》七度，亦知猶不及五度，適欲并加，恐出没頓校十度、十日，將來永用，不合處多。太白之行，頓疾頓遲，取其會歸而已。近十二月二十日，晨見東方，新舊二曆推之，分寸不異。行星三日，頓校四度。如此之事，無年不有，至其伏見，還依術法。

又芳唯嫌十二月二十日星有前却。業興推步已來，三十餘載，上算千載之日月星辰有見經史者，與涼州趙𣟴、劉義隆、廷尉卿何承天、劉駿、南徐州從事史祖冲之參校，業興業《甲子元曆》長於三曆一倍。

同上，卷一百八之四《禮志四》：

至高祖太和中，始考舊典，以制冠服，百僚六宮，各有差次。早世升遐，猶未周洽。肅宗時，又詔侍中崔光、安豐王延明及在朝名學更議之，條章粗備焉。

同上，卷一百九《樂志五》：

正光中，侍中、安豐王延明受詔監修金石，博探古今樂事，令其門生河間信都芳考算之。屬天下多難，終無制造。芳後乃撰延明所集《樂說》并《諸器物準圖》二十餘事而注之，不得在樂署考正聲律也。（中華書局，1974年）

李百藥《北齊書》卷四十九方伎《信都芳列傳》：

信都芳，河間人。少明算術，為州里所稱。有巧思，每精研究，忘寢與食，或墜坑坎。嘗語人云："算之妙，機巧精微，我每一沉思，不聞雷霆之聲也。"其用心如此。以術數干高祖為館客，授參軍。丞相倉曹祖珽謂芳曰："律管吹灰，術甚微妙，絕來既久，吾思所不至，卿試思之。"芳遂留意，十數日，便云："吾得之矣，然終須河內葭莩灰。"後得河內葭莩，用其術，應節便飛，餘灰即不動也。不為時所重，竟不行，故此法遂絕云。芳又撰次古來渾天、地動、欹器、漏刻諸巧事，并畫圖，名曰《器準》。又著《樂書》《遁甲經》《四術周髀宗》。芳又私撰曆書，名為《靈憲曆》，算月有頻大頻小，食必以朔，證據甚甄明，每云："何承天亦為此法，不能精，靈憲若成，必當百代無異議。"書未就而卒。（中華書局，1972年）

李延壽《北史》卷四《魏本紀第四》：

十二月甲戌，詔司徒崔光、安豐王延明等議定服章。庚辰，以東益、南秦州氐反，詔河間王琛討之，失利。

孝昌元年春正月庚申，徐州刺史元法僧據城反，自稱宋王，年號天啓。遣其子景仲歸梁。梁遣其將豫章王綜入守彭城。法僧擁其僚屬南入。詔臨海王彧、尚書李憲為都督，安豐王延明為東道行臺，俱討徐州。癸亥，蕭寶夤及征西將軍崔延伯大破賊於黑水。天生退走入隴，涇、岐及隴悉平。

同上，卷五《魏本紀第五》：

戊寅，太原王爾朱榮會車駕於長子，即日反斾。上黨王天穆北度，會車駕於河內。秋七月戊辰，都督爾朱兆、賀拔勝從硤石夜濟。破顥子冠受及安豐王延明軍。元顥敗走。庚午，車駕入居華林園，升大夏門大赦。

同上，卷十六太武五王《臨淮王列傳》：

　　子彧，字文若，紹封。彧少有才學，當時甚美。侍中崔光見而謂人曰："黑頭三公，當此人也。"少與從兄安豐王延明、中山王熙，并以宗室博古文學齊名，時人莫能定其優劣。

同上，卷十九文成五王《安豐王猛列傳》：

　　安豐王猛字季烈。太和五年封，加侍中。出爲和龍鎮都大將、營州刺史。猛寬仁雄毅，甚有威略，戎夷畏愛之。薨於州。贈太尉諡曰匡。

　　子延明襲。宣武時，授太中大夫。延昌初，歲大饑，延明乃減家財以拯賓客數十人，并贍其家。至明帝初，爲豫州刺史，甚有政績。累遷給事黃門侍郎。延明既博極群書，兼有文藻，鳩集圖籍萬有餘卷。性清儉，不營產業。與中山王熙及弟臨淮王彧等并以文學令望，有名於世。雖風流造次不及熙、彧，而稽古淳篤過之。遷侍中，詔與侍中崔光撰定服制。後兼尚書右僕射。以延明博識多聞，敕監金石事。

　　及元法僧反，詔爲東道行臺、徐州大都督，節度諸軍事，與都督臨淮王彧、尚書李憲等討法僧。梁遣其豫章王綜鎮徐州。延明先牧徐方，甚得人譽，招懷舊士，遠近歸之。綜既降，延明因以軍乘之，復東南之境，至宿、豫而還。遷都督、徐州刺史。頻經師旅，人物雕弊，延明招攜新故，人悉安業，百姓咸附。

　　莊帝時，兼大司馬。元顥入洛，延明受顥委寄。顥敗，奔梁，死於江南。莊帝末，喪還。孝武初，贈太保，王如故，諡曰文宣。

　　所著詩賦贊頌銘誄三百餘篇。又撰《五經宗略》《詩禮別義》，注《帝王世紀》及《列仙傳》。又以河間人信都芳工算〔術，引之在館，共撰《古今樂事》，《九章》十二〕圖。又集《器準》九篇別爲之注，皆行於世矣。

　　孫長儒，孝靜時襲祖爵。

同上，卷二十四《王憲列傳》：

　　（子）昕字元景，少篤學，能誦書，日以中疊舉手極上爲率。與太原王延業俱詣魏安豐王延明。延明嘆美之。太尉、汝南王悅辟爲騎兵參軍。舊事，王出則騎兵武服持刀陪從。昕恥之，未嘗肯依行列。

同上，卷三十五《鄭羲列傳》：

　　（孫）伯猷之行，梁武帝令其領軍將軍臧盾與之接。議者以此貶之。使還，除南青州刺史。在官貪惏，妻安豐王元延明女，專爲聚斂，貨賄公行，潤及親戚。戶口逃散，邑落空虛。乃誣陷良善，云欲反叛，籍其資財，盡以入己，誅其丈夫，婦女配沒。百姓冤苦，聲聞四方。爲御史糾劾，死罪數十條，遇赦免，因以頓廢。

同上，卷四十二《常爽列傳》：

  侍中崔光、安豐王延明受詔議定服章，敕景參修其事。尋進號冠軍將軍。

  孝昌初，給事黃門侍郎，尋除左將軍、太府少卿，仍舍人。固辭少卿不拜，改授散騎常侍，將軍如故。徐州刺史元法僧叛入梁，梁武遣其豫章王蕭綜入據彭城。時安豐王延明爲大都督、大行臺，率臨淮王彧等衆軍討之。既而蕭綜降附，徐州清復，遣景兼尚書，持節馳與行臺都督觀機部分。景經洛汭，乃作銘焉。

  莊帝北巡，景與侍中、大司馬、安豐王延明在禁中召諸親賓，乃安慰京師。顥入洛，景乃居本位。

同上，卷四十三《李崇列傳》：

  乃詔復崇官爵，爲徐州大都督、節度諸軍事。會崇疾篤，乃以衞將軍、安豐王延明代之。改除開府、相州刺史，侍中、將軍、儀同并如故。

同上，卷四十四《崔光列傳》：

  冬，詔光與安豐王延明議定服章。三年六月，詔光乘步挽至東西上閤。九月，進位太保，光又固辭。

同上，卷五十《山偉列傳》：

  時天下無事，進仕路難，代遷之人，多不霑預。及六鎮、隴西二方起逆，領軍元叉欲用代來寒人爲傳詔，以慰悦之。而牧守子孫投狀求者百餘人。叉因奏立勳附隊，令各依資出身。自是北人，悉被收叙。偉遂奏記，贊叉德美。叉素不識偉，訪侍中安豐王延明、黃門郎元順，順等因是稱薦之。又令僕射元欽引偉兼尚書二千石郎，後正名士郎。修起居注。僕射元順領選，表薦爲諫議大夫。

同上，卷八十九藝術上《信都芳列傳》：

  信都芳字玉琳，河間人也。少明算術，兼有巧思，每精心研究，或墜坑坎。常語人云："算曆玄妙，機巧精微，我每一沉思，不聞雷霆之聲也。"其用心如此。後爲安豐王延明召入賓館。有江南人祖暅者，先於邊境被獲，在延明家，舊明算曆，而不爲王所待。芳諫王禮遇之。暅後還，留諸法授芳，由是彌復精密。延明家有群書，欲抄集五經算事爲《五經宗》，及古今樂事爲《樂書》，又聚渾天、欹器、地動、銅烏、漏刻、候風諸巧事，并圖畫爲《器準》，并令芳算之，會延明南奔，芳乃自撰注。

  後隱於并州樂平之東山，太守慕容保樂聞而召之。芳不得已而見焉。於是保樂弟紹宗薦之於齊神武，爲館客，授中外府田曹參軍。芳性清儉質樸，不與物和。紹宗給其羸馬，不肯乘騎；夜遣婢侍以試之，芳忿呼毆擊，不聽近己。狷介自守，無求於物。後亦注重差、勾股，復撰《史宗》。芳精專不已，又多所窺涉。丞相倉曹祖珽謂芳曰："律管吹灰，術甚微妙，絕來既久，吾思所不至，卿試思之。"芳留意十數日，便報珽云："吾得之矣，然終須河內葭莩灰。"祖對試之，無驗。後得河內灰，用術，應節便飛，餘灰即不動也。不爲時所重，竟不行用，故此法遂絕。

又著《樂書》《遁甲經》《四術周髀宗》。其序曰："漢成帝時，學者問蓋天，揚雄曰：'蓋哉，未幾也。'問渾天，曰：'落下閎爲之，鮮于妄人度之，耿中丞象之，幾乎，莫之息矣。'此言蓋差而渾密也。蓋器測影而造，用之日久，不同於祖，故云'未幾也'。渾器量天而作，乾坤大象，隱見難變，故云'幾乎'。是時，太史令尹咸窮研晷蓋，易古周法，雄乃見之，以爲難也。自昔周公定影王城，至漢朝，蓋器一改焉。渾天覆觀，以《靈憲》爲文；蓋天仰觀，以《周髀》爲法。覆仰雖殊，大歸是一。古之人制者，所表天效玄象。芳以渾算精微，術機萬首，故約本爲之省要，凡述二篇，合六法，名《四術周髀宗》。

又上黨李業興撰新曆，自以爲長於趙歐、何承天、祖冲之三家，芳難業興五。又私撰曆書，名曰《靈憲曆》，算月頻大頻小，食必以朔，證據甚甄明。每云："何承天亦爲此法，而不能精。《靈憲》若成，必當百代無異議者。"書未成而卒。

同上，卷九十藝術下《蔣少游列傳》：

論曰：陰陽卜祝之事，聖哲之教存焉，雖不可以專，亦不可得而廢也。徇於是者不能無非，厚於利者必有其害。《詩》《書》《禮》《樂》所失也淺，故先王重其德；方術伎巧所失也深，故往哲輕其藝。夫能通方術而不詭於俗，習伎巧而必蹈於禮者，幾於大雅君子。故昔之通賢，所以戒乎妄作。晁崇、張深、殷紹……信都芳、宋景業……臨孝恭、劉祐、張冑玄等皆魏來術藝之士也。觀其占候卜筮，推步盈虛，通幽洞微，近知鬼神之情狀。其間有不涉用於龜筮，而究人事之吉凶，如順興、檀特之徒，法和、強練之輩，將別稟數術，詎可以智識知？及江陵失守，前巧盡棄，還吳無路，入周不可，因歸事齊，厚蒙榮遇。雖竊之以叨濫，而守之以清虛，生靈所資，嗜欲咸遣，斯亦得道家之致矣。信都芳所明解者，乃是經國之用乎。周澹、李脩、徐謇、謇兄孫之才、王顯、馬嗣明、姚僧垣、褚該、許智藏方藥特妙，各一時之美也。（中華書局，1974年）

李延壽《南史》卷六十《江革列傳》：

時魏徐州刺史元法僧降附，革被敕隨府王鎮彭城。城既失守，革素不便馬，泛舟而還，途經下邳，爲魏人所執。魏徐州刺史安豐王延明聞革才名，厚加接待。

革稱腳疾不拜，延明將害之，見革辭色嚴正，更加敬重。時祖暅同被拘縶，延明使暅作《欹器漏刻銘》，革唾罵暅曰："卿荷國厚恩，已無報答，乃爲虜立銘，孤負朝廷。"延明聞之，乃令革作《丈八寺碑》并《祭彭祖文》，革辭以囚執既久，無復心思。延明將加箠撲，革厲色曰："江革行年六十，不能殺身報主，今日得死爲幸，誓不爲人執筆。"延明知不可屈乃止。日給脫粟三升，僅餘性命。會魏帝請中山王元略反北，乃放革及祖暅還朝。上大宴，舉酒勸革曰："卿那不畏延明害？"對曰："臣行年六十死不爲夭，豈畏延明？"帝曰："今日始見蘇武之節。"於是以爲太尉臨川王長史。

時帝惑於佛教，朝賢多啓求受戒。革精信因果，而帝未知，謂革不奉佛法，乃賜革《覺意詩》五百字，云："唯當勤精進，自強行勝修，豈可作底突，如彼必死囚。以此告革，并及諸貴游。"又手敕曰："果報不可不信，豈可底突如對元延明邪？"革因乞受菩薩戒。

同上，卷六十一《陳慶之列傳》：
普通中，魏徐州刺史元法僧於彭城求入内附，以慶之爲武威將軍，與胡龍牙、成景俊率諸軍應接。還除宣猛將軍、文德主帥，仍率軍送豫章王綜入鎮徐州。魏遣安豐王元延明、臨淮王元彧率衆十萬來拒。延明先遣其別將丘大千觀兵近境，慶之擊破之。後豫章王棄軍奔魏，慶之乃斬關夜退，軍士獲全。

魏上黨王元天穆又攻拔大梁，分遣王老生、費穆據虎牢，刁宣、刁雙入梁、宋、慶之隨方掩襲，并降，天穆與十餘騎北度河。慶之麾下悉著白袍，所向披靡。先是洛中謠曰："名軍大將莫自牢，千兵萬馬避白袍。"自發銍縣至洛陽，十四旬平三十二城，四十七戰，所向無前。

初，魏莊帝單騎度河，宮衛嬪侍無改於常。顥既得志，荒於酒色，不復視事，與安豐、臨淮計將背梁，以時事未安，且資慶之力用。慶之心知之，乃説顥曰："今遠來至此，未伏尚多，宜啓天子，更請精兵；并勅諸州有南人没此者，悉須部送。"顥欲從之，元延明説顥曰："慶之兵不出數千，已自難制，今更增其衆，寧肯爲用？魏之宗社，於斯而滅。"顥由是疑慶之，乃密啓武帝停軍。（中華書局，1975年）

魏徵、令狐德棻《隋書》卷十《禮儀志五》：
後魏天興初，詔儀曹郎董謐撰朝饗儀，始制軒冕，未知古式，多違舊章。孝文帝時，儀曹令李韶，更奏詳定，討論經籍，議改正之。唯備五輅，各依方色，其餘車輦，猶未能具。至熙平九年，明帝又詔侍中崔光與安豐王延明、博士崔瓚采其議，大造車服。定制，五輅并駕五馬。皇太子乘金輅，朱蓋赤質，四馬。三公及王，朱屋青表，制同於軺，名曰高車，駕三馬。庶姓王、侯及尚書令、僕已下，列卿已上，并給軺車，駕用一馬。或乘四望通幰車，駕一牛。自斯以後，條章粗備，北齊咸取用焉。其後因而著令，并無增損。

同上，卷十四《音樂志中九》：

至永熙中，録尚書長孫承業，共臣先人太常卿瑩等，斟酌繕修，戎華兼采，至於鐘律，焕然大備。自古相襲，損益可知，今之創制，請以爲準。斑因采魏安豐王延明及信都芳等所著《樂說》，而定正聲。始具宫懸之器，仍雜西凉之曲，樂名《廣成》，而舞不立號，所謂"洛陽舊樂"者也。

同上，卷十六《律曆志上十一》候氣：

後齊神武霸府田曹參軍信都芳，深有巧思，能以管候氣，仰觀雲色。嘗與人對語，即指天曰："孟春之氣至矣。"人往驗管，而飛灰已應。每月所候，言皆無爽。又爲輪扇二十四，埋地中，以測二十四氣。每一氣感，則一扇自動，他扇并住，與管灰相應，若符契焉。

同上，審度：

十、東後魏尺。實比晉前尺一尺五寸八毫。
此是魏中尉元延明，累黍用半周之廣爲尺，齊朝因而用之。

同上，卷十九《天文志上十四》晷影：

後魏信都芳注《周髀四術》，稱永平元年戊子，當梁天監之七年，見洛陽測影，又見公孫崇集諸朝士，共觀祕書影。同是夏至日，其中影皆長一尺五寸八分。以此推之，金陵去洛，南北略當千里，而影差四寸。則二百五十里而影差一寸也。況人路迂迴，山川登降，方於鳥道，所校彌多，則千里之言，未足依也。其揆測參差如此，故備論之。

同上，卷三十二《經籍志一》經：

《毛詩誼府》三卷。（後魏安豐王元延明撰。）

同上，禮：

《三禮宗略》二十卷。（元延明撰。）

同上，五經總義：

《五經宗略》二十三卷。（元延明撰。）

同上，樂志：

《樂書》七卷。（後魏丞相士曹行參軍信都芳撰。）

同上，卷三十四《經籍志三》子部小説類：

《器準圖》三卷。（後魏丞相士曹行參軍信都芳撰。）（中華書局，1973年）

杜佑撰，王文錦點校《通典》卷一百四十二樂二《歷代沿革下》：

正光中，詔侍中、安豐王延明與其門生河間信都芳博采古今樂事，芳後乃選延明所集《樂説》并《諸器物準圖》二十餘事而注之，不得在樂署考正聲律也。

北齊文宣初，尚未改舊章。宮懸各設十二鎛鐘，於其辰位，四面并設編鐘。編磬各一筍簴，合二十架。設建鼓於四隅，郊廟會同用之。其後將有創革，尚藥典御祖珽上書曰："……共臣先人太常卿瑩等，斟酌繕修，戎華兼采，至於鐘鼓律吕，奐然大備。自古相襲，損益可知，今之創制，請以爲準。"珽因采魏安豐王延明及信都芳等所著《樂説》，而定正聲。始具宮懸之器，仍雜西涼之曲，樂名《廣成》，而無所號，所謂"洛陽舊樂"者也。

同上，卷一百四十三樂三《歷代製造》：

北齊神武霸府田曹參軍信都芳，世號知音，能以管候氣，仰觀雲色。常與人對語，則指天曰："孟春之氣至矣。"人往驗管，而飛灰已應。每月所候，言皆無爽。又爲輪扇二十四，埋地中，以測二十四氣。每一氣感，則一扇自動，他扇并住。與管灰相應，若合符契焉。（中華書局，1992年）

林寶撰，岑仲勉校記《元和姓纂》卷九古吾字《纂要文云人姓・信都》：

《風俗通》云，張敖尚魯元公主於信都，因氏焉。一云，本申屠氏，古信、申音同，故爲信都氏。北齊有信都芳。河間信都芳明算術，爲丞相倉曹。貞元初，李納將信都承慶，爲青州刺史。（中華書局，1994年）

[日]藤原佐世《日本國見在書目録》五行類：

《遁甲》一。（信都芳撰。）（中華書局，1991年）

李籍《周髀算經音義》卷首《周髀序》：

信都芳，并如字，善算者也。撰《器準》三卷。（中華書局，1991年）

劉昫等《舊唐書》卷四十六《經籍志上》甲部經錄詩類：

《毛詩誼府》三卷。（元延明撰。）

同上，禮類：

《三禮宗略》二十卷。（元延明撰。）

同上，經解類：

《五經宗略》四十卷。（元延明撰。）（中華書局，1975年）

王欽若等《册府元龜》卷五百六十七掌禮部《作樂》：

正光中，侍中、安豐王延明受詔監修金石，博采古今樂事，令其門生河間信都芳考辨之。屬天下多難，終無制造。芳後乃撰延明所集《樂説》并《諸器物準圖》二十餘事而注之，不得在樂署考正聲律也。

…………

北齊文宣受東魏禪，未改舊章，宮懸各設十二鎛鐘於其辰位，四面并設編鐘磬各一筍簴，合十二架。設建鼓於四隅。郊廟會同用之。其後將有創革，尚樂典御祖珽自言，舊在洛下，曉知舊樂，上書曰："……至於鐘律，焕然大備。自古相襲，損益可知。今之創制，請以爲準。"珽因采魏安豐王延明及信都芳等所著《樂説》而定正聲。始具宮懸之器，仍雜西京之曲，樂名《廣成》，而舞不立號，所謂"洛陽舊樂"者也。

同上，卷七百八十六總錄部《博學》：

信都芳，好學，善天文算數，甚爲安豐王延明所知。延明家有群書，欲鈔集五經算事爲《五經宗》及古今樂事爲《樂書》。又取渾天、欹器、地動、銅烏漏刻、候風諸圖爲《器準》，并令芳算之。會延明南奔，芳乃自撰注。位中外府田曹參軍。

同上，卷八百六十九總錄部《明算》：

後魏安豐王猛，子延明，爲尚書右僕射。以河澗人信都芳工算術引之，在館共撰《古今樂事》九章十二圖。

信都芳，河澗人。少明算術，爲州里所稱。每精研究，忘寢與食，或墜坑坎。

嘗語人云："算之妙，機巧精微。我每一沉思，不聞雷霆之聲也。"其用心如此。初，爲魏安豐王延明所館。延明家有群書，欲鈔集五經算事爲《五經宗》及古今樂事爲《樂書》，又聚渾天、欹器、地動、銅烏、候風諸圖爲《器準》，并令芳算之。會延明南奔，芳乃自撰注。芳注《重差勾股》，撰《史宗》，仍自注之，合數十卷。

同上，卷八百八十四總録部《薦舉》：
　　北齊慕容紹宗爲樂平太守，時河間人信都芳善宗兄。紹宗天文算數，隱於并州樂平之東山，保樂聞而召之，芳不得已而見焉。於是紹宗薦之於齊獻武王，以爲中外府田曹參軍。紹宗位至徐州刺史。

同上，卷九百十六總録部《介僻人物》：
　　信都芳，好學天文算數，隱居樂平東山。性清儉質樸，不與物和。慕容紹宗給其驟馬，不肯乘騎；夜遣婢侍以試之，芳忿呼敲擊，不聽近己。狷介自守，無求於物。（中華書局，1960年）

歐陽修、宋祁《新唐書》卷五十七《藝文志》甲部經録詩類：
　　元延明《誼府》三卷。

同上，禮類：
　　元延明《三禮宗略》二十卷。

同上，樂類：
　　信都芳刪注《樂書》九卷。

同上，卷五十九《藝文志》甲部經録曆算類：
　　信都芳《器準》三卷。

同上，五行類：
　　信都芳《遁甲經》二卷。

同上，經解類：
　　元延明《五經宗略》四十卷。（中華書局，1975年）

馬永易《實賓錄》卷一《三王》：

後魏宗室濟南王彧，少有才學，與從兄安豐王延明、中山王熙并以宗室博古文學齊名，時人莫能定其優劣。尚書郎范陽盧道將謂吏部郎清河崔休曰："三人才學雖并優美，然安豐少於造次，中山皂白太多，未若濟南風流寬雅。"時人爲之語曰："三王荆楚琳琅，未若濟南備員方"彧姿制閑雅，吐發流靡，琅琊王誦，有名人也，見之，未嘗不心醉忘疲。

同上，卷八《驢王》：

後魏元坦，一名穆，憨狠凶粗，從叔安豐王延明每切責之曰："汝凶悖性，與身而長。昔宋有東海王褘，志性凡劣，時人號曰'驢王'，我熟觀汝所作，亦恐不免驢號。"當時聞者號爲"驢王"。（《唐宋史料筆記叢刊》本，中華書局，2018年）

陳暘《樂書》卷一百二樂圖論《十二律·律吕候氣之法》：

昔北齊信都芳能以管候氣，嘗與人語，指天曰："孟春之氣至矣。"往驗管而灰飛。又爲輪扇二十四，埋之地中，測二十四氣，每一氣感則一扇自動，他扇自若，與管灰相應。然氣應有蚤晚，灰飛有多寡，又不可不知也。（《中華禮藏·禮樂卷·樂典之屬》第一册，浙江大學出版社，2016年）

朱勝非《紺珠集》卷八《風扇》：

後魏人信都芳，造風扇候二十四氣，每一氣至扇舉焉。（《文淵閣四庫全書》本）

鄭樵《通志》卷二十六《氏族略第二》以郡國爲氏漢郡國：

信都氏。（《風俗通》云："張敖尚漢魯元公主，封於信都，因氏焉。"一云"本申屠氏"，古者"信""申"音同，故爲信都。北齊有信都芳。）

同上，卷五十《樂略第二》歷代製造：

北齊霸府田曹參軍信都芳，世號知音，能以管候氣，仰觀雲色。常與人對語，忽指天曰："孟春之氣至矣。"人往驗管，而飛灰已應。每月所候，言皆無爽。又爲輪扇二十四，埋地中，以測二十四氣，每一氣感，則一扇自動，他扇并住，與管灰相應無少異。

同上，卷六十三《藝文略第一》經類第一詩統説：

《毛詩誼府》三卷。（後魏元延明。）

同上，經解：
　　《五經宗略》二十三卷。（元延明。）

同上，卷六十四《藝文略第二》禮類第二會禮三禮：
　　《三禮宗略》二十卷。（元延明。）

同上，樂類第三樂書：
　　刪注《樂書》九卷。（後魏信都芳。）

同上，卷六十六《藝文略第四》食貨器用：
　　《欹器銘》一卷，《器準圖》一卷。（後魏信都芳撰。）

同上，卷六十八《藝文略第六》五行類第八五行一遁甲：
　　《遁甲經》三十三卷。（後魏信都芳撰。）

同上，卷八十四下《宗室傳第七下》文成五王延明：
　　孝武初，贈太保，王如故，諡曰文宣。所著詩、賦、贊、頌、銘誄三百餘篇，又撰《五經宗略》《詩禮別義》，注《帝王世紀》及《列仙傳》。又以河間人信都芳工算圖，乃集《器準》九篇，芳別爲之注，皆行於世。（中華書局，1987年）

洪邁撰，孔凡禮點校《容齋隨筆》三筆卷十三《大觀算學》：
　　大觀中，置算學如庠序之制，三年三月，詔以文宣王爲先師，兗、鄒、荊三國公配饗，十哲從祀，而列自昔著名算數之人，繪像於兩廊，加賜五等之爵……鄧平、劉洪、管輅、趙達、祖冲之、殷紹、信都芳、許遵、耿詢、劉焯、劉炫、傅仁均、王孝通、瞿曇羅、李淳風、王希明、李鼎祚、邊岡、郎顗、襄楷二十人封子……（上海古籍出版社，2015年）

潘自牧《記纂淵海》卷二十郡縣部河北東路《河間府》瀛海軍節度：
　　信都芳，少習算書，嘗集五經算事及古今樂事爲書。又聚渾天、欹器，以諸巧藝稱。（中華書局，1988年）

章如愚《群書考索》卷四十九樂門《樂名類》：
　　後魏王延明撰集《樂說》。正元中，侍中王延明受詔監修金石，博采古今樂事，令其門生河間信都芳［算］之，屬天下多難，終無製造。芳後乃撰延明所集

《樂説》并諸《器物準圖》二十餘事而注之。《唐志》所載《樂書》九卷，乃信都芳所删注者也……知今之創制，請以爲準。琜因采魏安豐王延明及信都芳等所著《樂説》而定正聲。

同上，卷五十二樂門《律類》：

北齊神武霸府由曹參軍信都芳，世號知音，能以管候氣，仰觀雲色。常與人對語，則指天曰："孟春之氣至矣。"人往驗管而飛灰已應。每月所候，言皆無爽。又爲輪扇二十四，埋地中，以測二十四氣。每一氣感，則一扇自動，他扇并住。與管灰相應，若合符契焉。

同上，卷五十四曆算門《曆類》：

又有信都芳因祖常之法私撰《靈憲曆》，算月頻大頻小，食必有朔，證據甚明。每云："何承天亦用此法，而不能精。《靈憲》若成，百代無異議者。"書未成而卒。其法亦莫考也。及東魏興和元年，以《正元曆》浸差，命李業興更加修正。以甲子爲元，號曰《興光曆》，西魏入關尚行興光曆法。（書目文獻出版社，1992年）

方大琮《鐵菴集》卷二十五《策·樂律》：

是器者，則京房、荀勖等也。則何妥、信都芳、鄭譯也知其器者，爾理非數子所能聞也。不知樂之始作其意云。（《文淵閣四庫全書》本）

元好問《遺山集》卷三十《五翼都總領豪士信公之碑》：

魏公子無忌，號信陵君，子孫因以爲氏。《北史》信氏有名都芳字玉琳者，以藝術著稱，後遂無顯人。（《文淵閣四庫全書》本）

黄震《古今紀要》卷七北朝周《信都芳》：

信都芳。（祖暅授之法，曆術益精，河内葭灰應節飛，著《四術周髀宗》。云："渾天覆觀，以《靈憲》爲文；蓋天仰觀，以《髀》爲法。"難李業興新曆五闕，《靈憲曆》未成。）（《文淵閣四庫全書》本）

王應麟《漢藝文志考證》卷九天文《周髀》：

蓋天有《周髀》之法。信都芳著《四術周髀宗》，其序曰："渾天覆觀，以《靈憲》爲文，蓋天仰觀，以《周髀》爲法。"（中華書局，2011年）

王應麟《玉海》卷一天文天文圖《漢靈憲圖》：

　　後魏信都芳撰曆書名曰《靈憲曆》，算月頻大頻小，食必以朔，證據甄明。

同上，卷四天文儀象《後魏器準圖》：

　　《北史》信都芳明算術，安豐王延明欲抄集五經算事爲《五經宗》及古今樂事爲《樂書》，又聚渾天、欹器、地動、銅烏、漏刻、候風諸巧事，并圖畫爲《器準》，并令芳算之，芳自撰注。（《隋志·小說家》："芳《器準圖》三卷。"）

同上，卷五天文圭景《唐遁甲圖》：

　　信都芳《遁甲經》二卷。

同上，卷六律曆律呂《漢律準　京房六十律　律術》：

　　復十二辰參之數。（後齊信都芳，有巧思，能以管候氣。）

同上，卷七律曆律呂下《唐七音》：

　　魏齊之間，信都芳善候氣，每仰視天時，言氣至矣，聲未半而灰應。爲鐵扇輪以來，二十四氣地下之氣至，所直之扇。

同上，《後魏器物準圖》：

　　《隋志》正光中，安豐王延明監修金石，博探古今樂事，令信都芳考算之。芳後撰延明所集《樂說》并諸《器物準圖》二十餘事而注之。《唐志·曆算類》："信都芳《器準》三卷。"

同上，卷九律曆律呂下《南北曆》：

　　《北史》李業興撰《新曆》，自以爲長於趙歐、何承天、祖沖之三家。信都芳難業興五，芳私撰《靈憲曆》，以算月大小，證據甚明。書未成。

同上，卷十律曆曆法下《唐三十六家曆算》：

　　信都芳《器準》。

同上，卷十一律曆漏刻《晉漏刻》：

　　元魏安豐王延明使祖暅作《欹器漏刻銘》。

同上，卷三十八藝文詩《唐二十五家詩》：
　　元延明之《誼府》。

同上，卷三十九藝文三禮《三禮大義宗略》：
　　《唐志》："元延明《三禮宗略》二十卷。"（《隋志》："元延明《五經宗略》二十三卷。"）

同上，《唐六十九家禮》：
　　元延明之《義宗宗略》。

同上，卷四十二藝文經解總六經《五經論》：
　　元延明《宗略》二十三卷。

同上，卷九十器用欹器《欹器圖》：
　　《器準圖》三卷，後魏信都芳撰。（聚渾天、欹器等。《後魏志》："信都芳撰，安豐王延明所集《樂說》并諸《器物準圖》二十餘事而注之。"）

同上，《後魏欹器》：
　　傅安豐王延明使祖暅之作《欹器漏刻銘》。

同上，卷一百四音樂樂二《後魏樂書》：
　　《唐志》："信都芳刪注《樂書》九卷。"（《隋志》卷七。）《信都芳傳》："著《樂書》，以河內葭灰吹律管。"《魏志》："正光中，詔安豐王延明與芳博采古今樂事，芳後乃撰延明所集《樂說》并諸《器物準圖》二十餘事而注之。"《通典》："北齊祖珽采延明及芳等所著《樂說》而定正聲。始具宮縣之器，仍雜西涼之曲，樂名《廣成》，所謂'洛陽舊樂'也。"

同上，卷一百五音樂樂三《唐樂三十一家》：
　　信都芳刪注《樂書》。（江蘇古籍出版社、上海書店，1987年）

馬端臨《文獻通考》卷一百二十九《樂考二·歷代樂制》：
　　正光中，詔侍中安豐王延明與其門生河間信都芳博采古今樂事，芳後乃選延明所集《樂說》并諸《器物準圖》二十餘事而注之，不得在樂署考正聲律也。

同上，卷一百三十一《樂考四·歷代製造律吕》：

　　北齊神武霸府田曹參軍信都芳，世號知音，能以管候氣，仰觀雲色。常與人對語，則指天曰："孟春之氣至矣。"人往驗管而飛灰已應。每月所候，言皆無爽。又爲輪扇二十四，埋地中，以測二十四氣。每一氣感，則一扇自動，他扇并住。與管灰相應，若合符契。

同上，卷二百七十四《封建考十五·齊列侯》：

　　信都芳，河間人，以筮術封長安縣子。（中華書局，1986年）

黄鎮成《尚書通考》卷二《古今曆法》：

　　靈憲曆，信都芳用祖常之法私撰《靈憲曆》，書未成。月大小法莫考。

同上，卷四《歷代樂名》：

　　孝明帝。先是，陳仲儒自江南歸國，頗閑樂事，請依京房，立準以調八音。詔不許。正光中，詔王延明與門生信都芳博采古今樂事，芳後集餘《器物準圖》二十餘事，而不得在樂署。

　　北齊文宣帝初尚未改舊章，後祖珽采魏王延明、信都芳等所著《樂説》而定正聲。始具宫縣之器，仍雜西涼之曲，樂名《廣成》而無所號，所謂"洛陽舊樂"也。

同上，卷十《王來紹上帝自服於土中》：

　　陳祥道曰："先儒謂'天地相距八萬里'，其升降也不過三萬里之中，日景於表移一寸則於地差千里，張衡'周髀之説'皆然。惟宋何承天曰：'六百里而差一寸。'後魏信都芳曰：'千里而差四寸，則二百五十里而差一寸也。'"

　　後魏信都芳注《周髀四術》，稱永平元年戊子，當梁天監之七年，見洛陽測景，又見公孫崇集諸朝士，共觀秘書景。同是夏至日，其中景皆長一尺五寸八分。以此推之，金陵去洛，南北略當千里，而景差四寸。則二百五十里而景差一寸也。况人路迂回，山川登降，方於鳥道，所校彌多，則千里之言，未足依也。（《文淵閣四庫全書》本）

脱脱等《宋史》卷一百五《禮志八》吉禮·文宣王廟：

　　大觀三年，禮部、太常寺請以文宣王爲先師，兖、鄒、荆三國公配享，十哲從祀。自昔著名算數者畫像兩廡，請加賜五等爵，隨所封以定其服。於是中書舍人張邦昌定算學：封風后上谷公，箕子遼東公……後魏商紹長樂子、北齊信都芳樂城

子、北齊許遵高陽子……（中華書局，1977年）

李賢等《大明一統志》卷二郡名河間（漢名）瀛海（宋名）：

信都芳北齊河間人，少明算術，兼有巧思，嘗云："算曆之妙，機巧精微，我每一沉思，不聞雷霆之聲。"嘗集五經算事爲《五經宗》及古人樂事爲《樂書》，又聚渾天欹器、地動、銅烏、漏刻、刻候風、諸巧事并圖畫爲《器準》。（三秦出版社，1990年）

丘濬《大學衍義補》卷四十四治國平天下之要《明禮樂·樂律之制下》：

天生妙解音樂之人，如師曠、州鳩、信都芳、萬寶常、王令言、張文收之輩，必能因其仿佛而得其純全者焉。因聲以考律，正律以定器，三代之樂亦可復矣，然如此之人豈易得哉？吁！（《文淵閣四庫全書》本）

王鏊《震澤長語》卷下《音律》：

北齊神武時信都芳世號知音，能以管候氣，仰觀雲色。常與人對語，則指天曰："孟春之氣至矣。"人驗管而灰已飛。每月所候，言皆無爽。又爲輪扇二十四，埋地中，以測二十四氣。一氣感則一扇自動，它扇并住。與管灰相應，若合符契。（《歷代史料筆記叢刊·元明史料筆記》，中華書局，2014年）

陸深《儼山外集》卷二《傳疑錄下·候氣之法》：

北齊信都芳爲輪扇二十四，埋地以測二十四氣，每一氣感，則一扇自動，他扇并住。與管灰相應，無少異。（《四庫筆記小說叢書》本，上海古籍出版社，1993年）

楊慎《丹鉛總錄》卷十六禮樂類《宋人改樂》：

訂正雖詳，而鏗鏘不成韵；辨析雖可聽，而考擊不成聲，既私爲工師所易而憒不復覺，則三人者，亦豈真爲審音知律之士。其暗悟神解，豈足以希荀勖、阮咸、萬寶、常信、都房之萬一哉。愚謂宋人多言而妒前，倔強而無本，類如此。其說理也，解經也，論文也，評詩也，一一皆然，不獨樂律而已。（浙江古籍出版社，2013年）

何良俊《續世說新語》卷十八《品藻第十·三王優劣》：

元文若少有文學，時譽甚美，與從兄安豐、中山并是宗室，以博古文學齊名，時人莫能定其優劣。范陽盧道將謂吏部清河崔休曰："三人才學雖無高下，然安豐少於造次，中山太多皁白，未若濟南風流沉雅。"時人爲之語曰："三王楚琳琅，

未若濟南備員方。"（天津人民出版社，1999年）

唐順之《稗編》卷三十八樂三《歷代製造》：
　　北齊神武霸府田曹參軍信都芳，世號知音，能以管候氣，仰觀雲色。常與人對語，則指天曰："孟春之氣至矣。"人往驗管而飛灰已應。每月所候，言皆無爽。又爲輪扇二十四，埋地中，以測二十四氣。每一氣感，則一扇自動，他扇并住。與管灰相應，若合符契焉。

同上，卷四十樂五《候氣》：
　　後齊神武霸府田曹參軍信都芳，深有巧思，能以管候氣，仰觀雲色。嘗與人對語，即指天曰："孟春之氣至矣。"人往驗管而飛灰已應。每月所候，言皆無爽。又爲輪扇二十四，埋地中，以測二十四氣。每一氣感，則一扇自動，他扇并住。與管灰相應，若符契焉。（《文淵閣四庫全書》本）

朱睦㮮《授經圖義例》卷十二《諸儒著述附歷代四詩傳注》義疏：
　　《毛詩義府》三卷。（元延明。）

同上，卷二十《諸儒著述附歷代三禮傳注》論說：
　　《三禮宗略》二十卷。（元延明。）（《文淵閣四庫全書》本）

陳耀文《天中記》卷六《律》：
　　以管候氣。北齊神武霸府田曹參軍信都芳，深有巧思，能以管候氣，仰觀雲色。嘗與人對語，即指天曰："孟春之氣至矣。"人往驗管而飛灰已應。每月所候，言皆無爽。又爲輪扇二十四，埋地中，以測二十四氣。每一氣感，則一扇自動，他扇并住。與管灰相應，若符契焉。祖珽謂芳曰："律管吹灰，術甚微妙，絕來既久，吾思所不至，卿試思之。"芳留意，十數日，便報珽云："吾得之矣，然終須河內葭莩灰。"祖對試之，無驗。後得河內灰，用術，應節便飛，餘灰即不動也。爲時所重，竟不行用，故此法遂絕。

同上，卷四十二《禮》：
　　知音候氣。北齊神武霸府田曹參軍信都芳，代號知音，能以管候氣，觀雲色。嘗與人對語，即指天曰："孟春之氣至矣。"人往驗管而飛灰已應。每月所候，言皆無爽。又爲輪扇二十四，埋地中，以測二十四氣。每一氣感，則一扇往，并與管灰相應，若合符契焉。（廣陵書社，2007年）

章潢《圖書編》卷一百十二《古樂考總論》：

信都芳造輪扇而合律氣。

同上，卷一百十三《律呂新書》：

蔡九峰《律呂新書》，總是和峴房庶所襲，聞峴庶匄郭璞，是王朴所襲聞，古法相傳，不甚異同。漢唐之後，旋宮之義不伸。有所謂啞鐘者，縱令聲有十二均，均有七調，亦爲器數之末。杜夔、荀勖、阮咸、張文收、信都芳、裴知古、衛道弼、曹紹夔，若有神瞽法天籟，真機不著倚傍，然於德學無謂。

同上，卷一百十四《變樂總論》：

……三人者，亦豈真爲審音知律之士？其暗悟神解，豈足以希荀勖、阮咸、萬寶、信都芳之萬一哉！愚謂："宋人多言而妒前，倔強而無本，類如此。其説理也、解經也、論文也、評詩也，一一皆然，不獨樂律而已。"（廣陵書社，2011年）

凌迪知《萬姓統譜》卷二十二上平聲十三元·元：

元延明（後魏宗室。先爲徐州牧，甚得人譽。及討元法僧，招懷舊士，遠近歸之。後都督徐州。徐州頻師旅，人物凋敝，延明招携新故，人悉安業）。

同上，卷一百三十六去聲十二震·信都：

信都芳（河間人，少明算術，兼有巧思。嘗云："算曆之妙，機巧精微，我每一沉思，不聞雷霆之聲。"嘗集五經算事爲《五經宗》及古今樂事爲《樂書》，又聚渾天、欹器、地動、銅烏、漏刻、候風諸巧事，并圖畫爲《器準》）。（《文淵閣四庫全書》本）

朱載堉《樂律全書》卷五《律呂精義内篇五·新舊律試驗第七》：

至後齊信都芳仰觀雲色，嘗與人對語，即指天曰："孟春之氣至矣。"人往驗管而飛灰已應。又爲輪扇二十四，埋地中，以測二十四氣，每一氣感則一扇自動，他扇自住。愚謂：氣在地中無形可見，故用律管候之。若仰觀雲色，即知氣至，又何必用律驗灰也。且以輪扇代律管候之，扇可用，則律爲不可憑矣。此邪佞之人，敢爲妖誕之事以惑主誑民，可以誅矣。

蓋候氣之法，不見於經而見於緯，信都芳輪扇事尤爲虛誕。（《文淵閣四庫全書》本）

焦竑《國史經籍志》卷二經類樂：

删注《樂書》九卷。（後魏信都芳。）

同上，卷三史類：

《器準圖》一卷。（後魏信都芳。）（商務印書館，1939年）

徐光啓等《新法算書》卷五《緣起五》：

惟北齊信都芳能以管灰候氣，每月應律，不爽時刻。（《文淵閣四庫全書》本）

張介賓《類經附翼》卷二律原《候氣辨疑》：

又如後齊信都芳，埋輪扇以測二十四氣，尤爲虛誕。《孟子》曰："盡信書，則不如無書。"儒家以格物窮理爲要務，乃被無稽之辭欺惑千載而未能覺，則格物致知之學安在哉！（《文淵閣四庫全書》本）

董斯張《廣博物志》卷四《時序》：

後齊神武霸府田曹參軍信都芳，深有巧思，能以管候氣，仰觀雲色。嘗與人對語，即指天曰："孟春之氣至矣。"人往驗管而飛灰已應。每月所候，言皆無爽。又爲輪扇二十四，埋地中，以測二十四氣，每一氣感則一扇自動，他扇并住，與灰管相應，若符契焉。（《四庫類書叢刊》本，上海古籍出版社，1992年）

董斯張《吳興備志》卷十四《建置徵》第十《坊巷》：

百泉縣，後魏置長城郡。黃石縣，西魏改曰長城。如北齊信都芳、後周令狐整封長城縣子是也。（浙江古籍出版社，2020年）

朱鶴齡《尚書埤傳》卷二《舜典》：

王應麟曰："張文饒云：'堯之曆象，蓋天法也；舜之璣衡，渾天儀也。'信都芳云：'渾天覆觀，以《靈憲》爲文；蓋天仰觀，以《周髀》爲法。'"（《文淵閣四庫全書》本）

方以智《通雅》卷三十三《器用·古器》：

《器準圖》三卷。《後魏志》信都芳撰安豐王延明所集《樂說》并諸《器物準圖》二十餘事而注之。

安豐王延明使祖暅之作《欹器漏刻銘》。（中國書店，1990年）

毛奇齡《皇言定聲録》卷七《諸法第七》：

  候氣之說，與樂無涉，且其能候與否，亦未可知。若其法則詳於《後漢志》中，凡立說者皆祖之兩漢，無候氣者。魏代杜夔始造管候氣，而灰皆不飛。至後齊神武霸府田曹參軍信都芳，云候氣有驗，相傳能以輪扇二十四，埋地中，測二十四氣，每一氣至則一扇自動。（《文淵閣四庫全書》本）

倪濤《六藝之一録》續編卷六金石題跋《江都縣吳尋陽長公主墓銘跋》：

  右《吳舒州刺史彭城劉公夫人故尋陽長公主墓志銘》，閩縣丞危德興撰。在江都興寧鄉，近羅素心明府家佃人掘地得之，乃五代吳太祖楊行密女也。母曰：王太后即生睿宗，溥者陳浚《吳楊氏本紀》，信都芳《淝上英雄小録》，徐釪鉉《吳録》《邗溝要略》《吳將佐録》，諸書皆不傳。（浙江人民美術出版社，2015年）

朱彝尊撰，林慶彰等主編《經義考新考》卷一百三《詩六》：

  元氏（延明）《毛詩誼府》。《隋志》："三卷佚。"《唐志》："延明，後魏安豐王。"

同上，卷一百六十三《通禮一》：

  元氏（延明）《三禮宗略》。《隋志》："二十卷，佚。"

同上，卷二百四十《群經二》：

  元氏（延明）《五經宗略》。《隋志》："三十三卷（《唐志》四十卷），佚。"

同上，卷二百八十五《承師五》：

  崔光爲孝明帝講《孝經》王道業預，講安豐王延明録義，時人語曰：英英濟濟王家兄弟。（上海古籍出版社，2010年）

汪灝等《廣群芳譜》卷九十卉譜《蘆》：

  信都芳，少明算術，有巧思。祖珽謂芳曰："律管吹灰，術甚微妙，絕來既久，吾思所不至，卿試思之。"芳遂留意，十數日，便云："我得之矣，然終須河內葭灰。"後得河內葭莩，用其術，應節便飛，餘灰即不動也。不爲時所重，竟不行故，此法遂絕云。（《國學基本叢書》本，上海書店，1985年）

陳廷敬《皇清文穎》卷九《黃鐘爲萬事根本論》（劉綸）：

至於漢京房之用準，晉荀勖之用笛，梁武帝之用通，北齊信都芳之用輪扇，皆不惜殫思沉慮，庶幾吻合。夫黃鐘而沿襲既差，施用殊絕，不亦舛乎善。（《文淵閣四庫全書》本）

張玉書等《佩文韻府》卷二之一上平聲二冬韵一《宗》：

五經宗。（《魏書》："王延明抄集五經算事爲《五經宗》。"）

同上，卷三十八之一上聲八薺韵一《禮》：

三禮。（元延明《三禮宗略》二十卷。）

同上，卷九十九之二入聲十藥韵二《略》：

《五經宗略》。（《唐書·藝文志》："元延明《五經宗略》四十卷。"）（上海古籍出版社，1983年）

沈名蓀、朱昆田《北史識小錄》卷二《魏宗室諸王列傳》：

皂白太多。（元子攸，封濟南王，少有才學，與安豐王延明、中山王熙并以宗室博古文學齊名，時人稱之。盧思道謂崔休曰："三人才學雖并優美，然安豐少於造次，中山皂白太多，未若濟南風流寬雅。"時人爲之語曰："三王楚琳琅，未若濟南備員方。"）（《文淵閣四庫全書》本）

鄭元慶《石柱記箋釋》卷三《山川》：

杼山。（如北齊信都芳、後周令狐整，封長城縣子是也。）（《叢書集成初編》本）

王志長《周禮注疏刪翼》卷七：

後魏信都芳注《周髀四術》，謂金陵去洛，南北略當千里，景差四寸。則二百五十里而差一寸也。（《文淵閣四庫全書》本）

王士俊等《河南通志》卷二十九《物產》貨類：

葭灰。（河內出。北齊祖珽、信都芳以律管吹灰試之，無驗。後得河內葭灰，應節便飛，餘灰即不動也。）（《文淵閣四庫全書》本）

張廷玉等《駢字類編》卷九十數目門十三《三》：

三禮。（元延明《三禮宗略》二十卷。）（中國書店，1984年）

覺羅石麟等《山西通志》卷一百四十八《寓賢二》平定州（北魏）：

信都芳，字玉琳，河間人，好學，善天文算數，甚爲安豐王延明所知。延明家有群書，欲抄集五經算事爲《五經宗》及古今樂事爲《樂書》；又聚渾天、欹器、地動、銅烏、漏刻、候風諸巧事，并圖畫爲《器準》，并令芳算之。會延明南奔，芳乃自撰注。後隱於并州樂平之東山。太守慕容保樂聞而召之，芳不得已而見焉。於是保樂弟紹宗薦之於齊獻武王，以爲中外府田曹參軍。芳性清儉質樸，不與物和。紹宗給其騾馬，不肯乘騎；夜遣婢侍以試之，芳憤呼毆擊，不聽近己。狷介自守，無求於物。後亦注重差勾股，復撰《史宗》，仍自注之，合數十卷。武定中卒。（《文淵閣四庫全書》本）

允祿等《御製律呂正義後編》卷八十二《樂制考五》北朝魏"正光中"條：

正光中，詔侍中安豐王延明與其門生信都芳博采古今樂事，芳選延明所集《樂說》并《諸器物準圖》二十餘事而注之。

彼祖珽、信都芳輩之議論營作，非不巧且慧也，其能與於廣大易良之正樂也哉！

同上，齊"神武霸迹肇創"條：

神武霸迹肇創，遷都於鄴，咸遵魏典。文宣初禪，尚未改舊章，尚樂典御祖珽上書曰："……永熙中，錄尚書長孫承業，共臣先人太常卿瑩等，斟酌繕修，古今兼采，鐘律大備。今之製作，請以爲準。"珽因采魏安豐王延明及信都芳等所著《樂說》而定正聲。始具宮懸之器，仍雜西涼之曲，樂名《廣成》，而舞不立號，及帝時始定四郊宗廟三朝之樂。

同上，卷八十三《樂制考六》隋"後齊神武"條：

後齊神武霸府田曹參軍信都芳，深有巧思，能以管候氣，飛灰應每月所候。又爲輪扇二十四，以測二十四氣。

同上，卷九十二樂制考十五明"孝宗即位"條：

天生妙解音之人，如師曠、州鳩、信都芳、萬寶常、張文收輩，必能因其仿佛而得其純全，因聲以考律，正律以定器，三代之樂亦可復矣。（《文淵閣四庫全書》本）

秦蕙田撰，方向東、王鍔點校《五禮通考》卷首第二《禮經傳述源流下》：
　　《三禮宗略》二十卷。（元延明撰。）

同上，卷一百十八吉禮一百十八《祭先聖先師》：
　　禮志時又有算學。大觀三年，禮部太常寺請以文宣王爲先師，兖、鄒、荊三國公配享，十哲從祀。自昔著名算數者畫像兩廡，請加賜五等爵，隨所封以定其服。於是中書舍人張邦昌定算學：封風后上谷公……北齊信都芳樂城子，許遵高陽子……（中華書局，2020年）

嵇璜等《欽定續通志》卷一百六十四《校讎略》：
　　《魯史欹器圖》一卷，《器準圖》三卷。焦竑曰："入小説非，改食貨。"
（浙江古籍出版社，1988年）

嵇璜等《清朝文獻通考》卷二百五十六《象緯考一》：
　　候氣之法，自北齊信都芳取有效驗之後，經千二百餘年，俱失其傳。能行修正之人可得與否，詳問再議尋議。據楊光先稱"律管尺寸，雖載在司馬遷《史記》，而用法失傳。今博訪候氣之人尚在，未得應，仍令延訪"。從之。（浙江古籍出版社，1988年）

姚炳《詩識名解》卷七草部《荇》：
　　北魏信都芳爲律管吹灰之術，得河内葭灰用之，應節便飛，餘灰不動也。愚按衛地近河，故即河中所有以爲咏。今葭江北，是處有之，里俗取以爲薪，非必河内尤厚耳。律管凡葭灰皆可用，信都芳偶得其河内者試之，若必以河水者爲良，詩人豈專爲律管之用而津津稱道不置耶？（《叢書集成初編》本）

穆彰阿、潘錫恩等《大清一統志》卷十六河間府二：
　　信都芳（字玉琳，河間人，少明算術，兼有巧思。嘗云："算曆玄妙，機巧精微，每一沉思不聞雷霆之聲。"其用心如此。所撰注《勾股》《史宗》《樂書》《遁甲經》《四術周髀宗》之屬甚多）。（上海古籍出版社，2008年）

永瑢等《四庫全書總目》卷三十八經部三十八樂類《律吕成書》提要：
　　《律吕成書》二卷。（《永樂大典》本。）元劉瑾撰。……是書以候氣爲定律之本。……考《管子·地員篇》，稱呼音中徵中羽之數。及《吕氏春秋·古樂篇》……咸不言候氣。至司馬彪《續漢書志》，始載其法，相傳爲出於京房，然別無顯證。《隋書》載後齊信都芳能以管候氣，仰觀雲色，嘗與人對語，即指天曰："孟春之氣至矣。"人往驗管而飛灰果應。又稱毛爽草候氣法，述漢魏以來律尺稍長，灰悉不飛。其先人柄誠與其兄喜所爲律管，皆飛灰有徵應，然後來均不用其法。蔡邕有言，古之爲鐘律者，以耳齊其聲。後人不能，假器以定其度。以度量者可以文載口傳，然不如耳治之明決也。然則捨可辨之音而求諸杳茫不可知之氣，斯亦末矣。（中華書局，1965年）

李衛等《畿輔通志》卷八十三藝術《河間府》南北朝魏：

信都芳，字王琳，河間人。少明算術，兼有巧思。嘗云："算曆之妙，機巧精微，我每一沉思，不聞雷霆之聲。"嘗集五經算事爲《五經宗》及古今樂事爲《樂書》，又聚渾天、欹器、地動、銅烏、漏刻、候風巧事，并圖畫爲《器準》。（《文淵閣四庫全書》本）

姚振宗《隋書經籍志考證》卷五經部樂類：

《樂書》七卷。後魏丞相士曹行參軍信都芳撰。

《北史·藝術傳》："信都芳，字玉琳，河間人也，少明算術，兼有巧思，每精研究，或墜坑坎，常語人云：'算曆玄妙，機巧精微，我每一沈思，不聞雷霆也。'其用心知此。後爲安豐王延明召入賓館，延明家有群書，欲鈔集古今樂書，令芳算之。會延明南奔，芳乃自撰注，後隱於樂平之東山。齊神武召爲館客，授中外府田曹參軍。後又撰《靈憲曆》，書未成而卒。"（《魏書》云武定中卒。）

《魏書·安豐王延明傳》："又以河間人信都芳工算術，引之在館，共撰古今樂事。"

《魏書·樂志》："正光中，侍中安豐王延明受詔監修金石，博采古今樂事，令其門生河間信都芳考算之。屬天下多難，終無制造。芳乃撰延明所集樂說而注之，不得在樂屬考正聲律也。"

《北齊書·方技傳》："芳以術數干高祖爲館客，授參軍丞相倉曹，著《樂書》。"

《唐書·經籍志》："《樂書》九卷，信都芳刪注。"

《唐書·藝文志》："信都芳刪注《樂書》九卷。"

馬氏《玉函山房輯本》序曰："信都芳《樂書》，《隋志》七卷，《唐志》云：'刪注《樂書》九卷'，今佚，從《御覽》輯得十節，說古樂器形制最詳強。"

同上，卷三十二子部九小説家：

《器準圖》三卷，後魏丞相士曹行參軍信都芳撰。

信都芳有《樂書》，詳見經部樂類。

《北齊書·方技傳》："芳又撰次古來渾天、地動、欹器、漏刻諸巧事，并畫圖，名曰《器準》。"

《魏書·安豐王延明傳》："又以河間人信都芳工算術，引之在館。共撰《古今樂事》，《九章》十二圖，又集《器準》九篇，芳別爲之注，皆行於世。"

《北史·藝術傳》："芳爲安豐王延明召入賓館。延明家有群書，欲抄集五經算事爲《五經宗》，及古今樂事爲《樂書》，又聚渾天、欹器、地動、銅烏（案：即相風烏）、漏刻、候風（案即律管吹灰事）諸巧事，并圖畫爲《器準》，并令芳算之。會延明南奔，芳乃自撰注。"

《魏書·樂志》曰："正光中，侍中安豐王延明受詔監修金石，令其門生信都芳考算之。屬天下多難，終無制造。芳後乃撰延明所集《樂説》并《諸器物準圖》二十餘事而注之。"

《唐書·藝文志》曆算類："信都芳《器準》三卷。"

同上，卷三十六子部十三五行家：

《遁甲》三十三卷，後魏信都芳撰。

信都芳有樂書，見經部樂類。

《北史·藝術傳》："芳精專不已，又多所關涉，著《樂書》《遁甲經》。"

《唐書·藝文志》："信都芳《遁甲經》二卷。"案：此三十三卷，似并他所著言之。（清華大學出版社，2014年）

張鵬一《隋書經籍志補》卷一經部五經總義：

《詩禮别義》。信都芳。

同上，卷二子部曆數：

《四術周髀宗》二篇。後魏信都芳。

《北史》本傳："芳著《樂書》《遁甲經》（志已録）。"《四序周髀宗》其序曰："漢成帝時，學者問蓋天，楊雄曰：'蓋哉，未幾也。'問渾天，曰：'洛下閎爲之，鮮于妄人度之，耿中丞象之，幾乎，莫之息矣。'此言蓋差而渾密也。蓋器測影，而造用之日久，不同於祖，故云未幾也。渾器量天，而作乾坤大象，隱見難變，故云'幾乎'。是時太史令尹咸窮研晷蓋，易古周法，雄乃見之，以爲難也。自昔周公定影王城，至漢蓋器一改焉。渾天覆觀以靈憲爲文，蓋天仰觀以周髀爲法，覆仰雖殊，大歸是一。古之人制者，所表天效玄象，芳以渾算精微，術機萬首，故約本爲之省要。凡述二篇，合六法，名曰《四術周髀宗》。"

《北史·崔靈恩傳》："先是，儒者論天，互執渾、蓋二義，論蓋不合渾，論渾不合蓋，靈恩立義，以渾蓋爲一焉。"

《重差勾股注》。後魏信都芳。《北史》本傳："芳後亦注《重差勾股》，復撰《史宗》。"（《魏書·僧化傳》云："合數十卷。"）（開明書店，1937年）

徐崇《補南北史藝文志》卷二北史經之類樂：

《樂書》，信都芳撰。見本傳。

《魏書》同。《齊書》同。《隋·經籍志》："《樂書》七卷，後魏信都芳撰。"按《魏書》《齊書》均有芳傳。

同上，史之類別史：

《帝王世紀傳》。元延明撰。

見《安豐王猛傳》。《魏書·延明傳》同。《隋·經籍志》未收。

同上，史之類雜史：

《史宗》，信都芳撰。見本傳。

《魏書》同。《齊書·芳傳》未載。《隋·經籍志》未收。按《北史·芳傳》注："重差句股，復撰《史宗》。"又按《魏書》《齊書》，芳俱有傳。

同上，雜傳：

《列仙傳注》，元延明撰。

見《安豐王猛傳》。《魏書·延明傳》同。《隋·經籍志》未收。

同上，子之類小説家：

《器準》九篇，元延明撰。見《安豐·王猛傳》。

《魏書·延明傳》同。《隋·經籍志》未收。

《器準九篇注》，信都芳撰。見本傳。

《魏書》同。《齊書》同。《隋·經籍志》："《器準圖》三卷，後魏丞相士曹參軍信都芳撰。"

同上，集之類別集：

《元延明集》，見《安豐王猛傳》。

《魏書·延明傳》同。《隋·經籍志》未收。按《北史·猛傳》"延明撰有詩賦贊頌銘誄凡三百餘篇"。(《二十五史補編》本)

趙超《漢魏南北朝墓志彙編》北魏·附:

[志蓋]闕。

[銘文]魏故侍中太保特進使持節都督雍華岐三州諸軍事大將軍雍州刺史安豐王謚曰文宣元王墓志銘:

公諱延明,字延明,高宗文成皇帝之孫,顯祖獻文皇帝季弟,安豐王之長子,高祖孝文皇帝從父昆弟,河南洛陽熙寧里。啓厥初於天地,擬峻趾於昆鍾,群神歸其福祉,眾靈降以精魄。故其多才大位,獨表諸姬,斯乃編藏延閣,於兹略而不載矣。公稟此中和,誕兹上德,吐納純粹,陶練英華。音中律呂,乃威鳳之恒事;動興雲霧,亦神龍之自然。兼以虎鼻表奇,河目呈異,舟航所屬,始復斯在。及齒半九齡,陟岵無見,同孝孫之吐哺,均榮祖之畫象。服闋,初襲爵土,雖先王制禮,不敢而過。奉詔冊以流漣,猶檿桷之在目。爰及弱冠,荼蓼再丁,先食而哭,非杖不起。固使素蛇縈經,匪獨白菟馴庭。自有大志,少耽文雅,肆情馳騁,銳思貫穿,強於記錄,抑亦天啓,必誦全碑,終識半面。故河間所不窺,陳農所未采,莫不袪疑辯惑,極奧窮微。雕蟲小藝,譬諸綺縠,頗曾留意,入室升堂。實使季長謝其詩書,伯喈歸其文籍,聲播九重,於焉歷試。乃兼西中郎將。職是要害,茂實克宣。起家太中大夫,從容談論,譽彰朝列,奉六條,實司舉奏,昔在漢季,出自九卿,魏晉因循,其選尤重。公縉紳所歸,遂應僉曰。除使持節都督豫州諸軍事征虜將軍豫州刺史。風宣入境,德被下車,豪強所息,奸酷自引。仍加散騎常侍,所以旌是堅鋼,表兹溫捍者也。宋之彭城,大都之舊,地交吳楚,乃樹懿親。除使持節都督徐州諸軍事左將軍徐州刺史。騑駿沃弱,旄旆綝纚,亦既憩止,化成期月。黑水西河,實名天府,嚴嶮縈帶,風俗混并,舊號難治,今劇斯任。乃除使持節都督雍州諸軍事右將軍雍州刺史。公久勞外莅,遂不之部,留拜廷尉卿,將軍如故。秋官任重,天下之平,折以片言,民心乃慰。仍除前將軍給事黃門侍郎,又除秘書監平南將軍中書令,并仍黃門。或外典圖書,或內掌絲綸,朝趨王陛,夕拜瑣門,經綸帝則,翼宣王度,詔誥衣草而行,議論寄名而已。俄除侍中安南將軍,又除鎮南將軍,仍侍中。同興操劍,允屬民英,非直強項見奇,固以長乳斯對。又除衛將軍,仍侍中,領國子祭酒。周之師氏,代作儒官,專門異户,歷世滋競。公鑽堅仰高,鈎深致遠,以德詔爵,時無二言。自河海不歸,桑濮間起,鏗鎗或存,雅頌誰析。公博見多聞,朝所取訪,金石之樂,受詔增損,乃詳今考古,鑄鐘磨磬,已蔑吾陵之韵,信鄙昆庭之響。屬受事征罰,遂中寢成功。又以本官兼尚書右僕射。雖復暫臨端右,便以聲動邦國。又監校御書。時明皇則天,留心古學,以台閣文字,訛僞尚繁，民間遺逸，第錄未謹。公以向歆之博物，固讎校之所歸，殺青自理，簡漆斯正。而神鉦告警，釁起邊垂，竊寶叛邑，爰自徐部，禦侮招携，非公誰托？除衛大將軍東道僕射大行臺，本官如故。僞人乘間，驅其烏合，爰命假子，盜我府城。始痾畫地之廬，仍誓決目之報，銜璧告讎，志存假手。蕭綜來奔，蓋匹馬歸命，群師趑趄，鴟張碁跱，據金湯之嶮，跨勝害之地，全州蕩蕩，咸爲寇場。公智力紛紜，一麾席捲，以茲文德，成此武功。增封二千六百戶，仍以本大行臺本官行徐州事，仍除使持節都督三徐諸軍事本將軍徐州刺史侍中大行臺僕射如故。復除使持節都督雍州諸軍事本將軍雍州刺史。俄間復除徐州刺史，仍侍中本將軍。尋加驃騎大將軍儀同三司，給後部鼓吹。公視下如傷，愛結氓庶，仰之若雲雨，慕之若椒蘭。是以馳傳四臨，位踐八命，聲明流瀾，文物照彰，東土著神君之聲，南鄰有靈人之懼。仍除侍中驃騎大將軍開府儀同三司領國子祭酒兼尚書令。位鄰三事，任首六官，儀銶都野，隆替是屬。除大司馬。屯邅距運，禍自昵蕃，車駕北巡，事起倉卒，秘事難聞，遂乖奔赴，以斯民望，乃被縶維，咨謨所在，用壓群議，皇輿南反，誅賞方行，政出權強，深猜後桀。公位尊德盛，冠帶傾心，民惡其上，忌毒惟甚，言思大雅，出自近開，既睹泯莽之形，實深宗祐之慮，方借力善鄰，討茲君側。而江南卑溼，地非養賢，隨賈未歸，忽焉反葬。以梁中大通二年三月十日薨於建康，春秋冊七。公神衿峻獨，道鑒虛凝，少時高祖垂嘆，以爲終能致遠，遂翻爲國師，郁成朝棟。既業冠一時，道高百辟，授經侍講，琢磨聖躬，明堂辟雍，皆所定制，朝儀國典，質而後行。加以崖岸重深，風流曠遠，如彼龍門，迢然罕入。惟與故任城王澄，中山王熙，東平王略，竹林爲志，藝尚相歡。故太傅崔光，太常劉芳，雖春秋異時，亦雅相推揮。其詩賦銘誄，咸頌書奏，凡三百餘篇，著《五經宗略》《詩禮別義》，注《帝皇世紀》，及《列仙傳》，合一百卷，大行於世。殆五百之期運，黨一賢之斯在。方將翼此會昌，致諸製作，比堯舜而不愧，顧湯武而有餘，憂能傷人，溘從霜露，悲纏雅俗，痛結民黎。今上天臨，深追盛美，贈使持節侍中太保特進都督雍華岐三州諸軍事大將軍雍州刺史，王如故。歲聿其暮，幽泉方啓，敬勒徽猷，永貽蘭菊。其詞曰：

形象列位，附儷分輝，握鈐神往，駕羽民歸，日皇秉曆，赫赫巍巍，本枝百世，祥慶攸依。漢則間平，魏則彪植，君王邈矣，曾嶠峻極。舊是龍鱗，鼓玆鵬翼，蒸雲不已，搏風未息，言初紫綬，越始瑜佩，援筆立成，應聲而對。標此孝德，樹斯清裁，質邁珪璋，文遺錦繢。縉笏來仕，彈冠入朝，遠游藹藹，朱組飄飄。聲由德被，爵以能高，抑揚風景，跌宕雲霄。冠冕列位，儀形群後，四支六翮，獻可替否。國之光輝，朝之淵藪，連踵九佐，比肩七友。亂離瘼矣，邦家殆哉，我馮上哲，振墜匡類。天人匪憖，圮剝時來，死歸生寄，梁木斯摧。瞻彼川流，滔滔靡舍，遽從短白，奄歸長夜。八旒終卷，四幰惟駕，城郭或存，人民適謝。禀秋時戒,具物蒼蒼,薤歌凄咽,柳飾低昂。藏悲秋櫃,鳥思松楊,一捐朱邸,永閟玄房。太昌元年七月癸巳朔廿八日庚申葬於洛城西廿里奇坑南源,歲次壬子。(北京圖書館藏拓。)(天津古籍出版社,1990年)

案:《隋書》卷三十四《經籍志三》子部小説類著録"《器準圖》三卷",題"信都芳撰"。

信都芳(生卒年不詳),字玉琳,南北朝時期數學家、天文學家。後齊河間(今河北河間南)人。《北齊書》《北史》有傳,《魏書》有附傳。年少時以精通算術、天文而爲州里人所稱道。思維敏捷、專心治學。本傳稱其:"忘寢與食,或墜坑坎。嘗與人曰:'算之妙,機巧精微,我每一沉思,不聞雷霆之聲也。'"後魏安豐王元延明曾招其入賓館,時有江南人祖冲之之子祖暅先於邊境被獲,在延明家,暅明曆算,而不爲王所待。芳諫王禮遇之。暅後還,留諸法授芳,由是彌復精密。"延明家有群書,欲抄集五經算事爲《五經宗》及古今樂事爲《樂書》,又聚渾天、欹器、地動、銅烏諸巧事并圖書爲《器準》,并令芳算之。會延明南奔,乃自撰注。"元延明南奔之後,芳隱居於并州樂平之山東,太守慕容保樂聞而召之。保樂弟紹宗薦之於北齊神武帝高歡,引爲館客,授中外府田曹參軍。武定中卒。芳生活簡樸,不與物合,紹宗給其騾馬,不肯乘騎;夜遣婢侍以試之,芳憤呼毆擊,不聽近己。狷介自守,無求於物。著書頗多,有《樂書》《遁甲經》《四術周髀宗》等。并私撰《靈憲曆》,書未成而亡。

《器準圖》,亦名《器準》。據《魏書·安豐王傳》稱,元延明"既博極群書,兼有文藻,鳩集圖籍萬有餘卷。性清儉,不營產業。與中山王熙及弟臨淮王彧等,并以才學令望有名於世。雖風流造次不及熙、彧,而稽古淳篤過之。尋遷侍中。詔與侍中崔光撰定服制。後兼尚書右僕射。以延明博識多聞,敕監金石事";"又以河間人信都芳,工算術,引之在館。共撰古今樂事九章十二圖,又集《器準》九篇,芳別爲之注,皆行於世。"《魏書·樂志》也説:"芳後乃撰延明所集《樂説》并諸《器準圖》二十餘事而注之。"依此,則《器準圖》著作權首先應歸於元延明,信都芳主要是爲之作注。

元延明(?—529年?),北朝魏宗室、著名文人。北魏高宗文成帝拓跋濬之孫,顯祖獻文帝拓跋弘季弟,安豐王元猛長子,高祖孝文帝元宏從父昆弟,猛死後襲封安豐王。起家太中大夫,除使持節都督豫州諸軍事、征虜將軍、豫州刺史,轉都督雍州諸軍事、右將軍、雍州刺史,再任前將軍、給事黄門侍郎,又除秘書監、平南將軍、中書令,又除衛將軍,仍侍中,領國子祭酒,再除衛大將軍、東道僕射大行臺,復除使持節都督雍州諸軍事、本將軍、雍州刺史，俄間復除徐州刺史，仍侍中、本將軍，尋加驃騎大將軍儀同三司，給後部鼓吹。官至驃騎大將軍、開府儀同三司、領國子祭酒兼尚書令。其地位已至人臣之極。後參與元顥之亂，敗走南梁，死於江南。所著詩賦贊頌銘誄三百餘篇，又撰《五經宗略》《詩禮別義》，注《帝王世紀》及《列仙傳》，又撰《古今樂事》九章十二圖。因此，無論從其社會地位還是文化修養來看，本傳說元延明"集《器準》九篇，芳別為之注"是可信的。不過，《北史·信都芳傳》稱："延明家有群書，欲抄集五經算事爲《五經宗》，及古今樂事爲《樂書》，又聚渾天、欹器、地動、銅烏、漏刻、候風諸巧事，并圖畫爲《器準》，并令芳算之。會延明南奔，芳乃自撰注。"《北齊書·方伎·信都芳傳》又稱："芳又撰次古來渾天、地動、欹器、漏刻諸巧事，并畫圖，名曰《器準》。"據以上記載可知，信都芳為安豐王元延明門客，參與過元延明《器準圖》的編纂和繪圖，早期的編撰主要是元延明發起，而後期定稿則應歸於信都芳，芳同時又為《器準圖》作注，使其可讀。因此，《隋志》著錄《器準圖》三卷，題"信都芳撰"，并非無據。《隋志》之後，《通志略》食貨器用類、《玉海》器用類、《國史經籍志》食貨類均題《器準圖》"信都芳撰"，《新唐志》曆算類也題"信都芳《器準》三卷"，其實上述著錄都包括《器準圖》和《器準圖注》。《隋志》《新唐志》《玉海》《欽定續通志》作三卷，《通志略》《國史經籍志》為一卷，可能有兩種版本在同時流通。今未見原書，大概已經亡佚。亡佚時間不可考。

水　飾

魏徵、令狐德棻《隋書》卷三十三《經籍志二》史部地理類：

《水飾圖》二十卷。

同上，卷三十四《經籍志三》子部小説類：

《水飾》一卷。（中華書局，1973年）

李昉等《太平廣記》卷二百二十六伎巧二《水飾圖經》：

煬帝別敕學士杜寶修《水飾圖經》十五卷，新成。以三月上巳日會群臣於曲水，以觀水飾。有神龜負八卦出河，進（"進"字原缺，據明抄本補）於伏犧；黄龍負圖出河；玄龜銜符出洛；太鱸魚銜籙圖出翠嬀之水，并授黄帝；黄帝齋於玄扈，鳳鳥降於洛上；丹甲靈龜銜書出洛授蒼頡；堯與舜坐舟於河，鳳凰負圖；赤龍載圖出河，并授堯；龍馬銜甲文出河授舜；堯與舜游河，值五老人；堯見四子於汾水之陽；舜漁於雷澤；陶於河濱；黄龍負黄符璽圖出河授舜；舜與百工相和而歌，魚躍於水；白面長人而魚身，捧河圖授禹，舞而入河；禹治水，應龍以尾畫地，導決水之所出；鑿龍門疏河，禹過江，黄龍負舟；玄夷蒼水使者授禹《山海經》，遇兩神女於泉上；帝天乙觀洛，黄魚雙躍，化爲黑玉赤文；姜嫄於河濱履臣人之迹，棄后稷於寒冰之上，鳥以翼薦而履之；王坐靈沼，於牣魚躍；太子發度河，赤文白魚躍入王舟；武王渡孟津，操黄鉞以麾陽侯之波；成王舉舜禮，榮光幕河；穆天子奏鈞天樂於玄池，獵於澡津，獲玄貉白狐；觴西王母於瑶池之上，過九江，黿龜爲梁；塗修國獻昭王青鳳丹鵠，飲於洛溪；王子晋吹笙於伊水，鳳凰降；秦始皇入海，見海神；漢高祖隱芒碭山澤，上有紫雲；武帝泛樓船於汾河，游昆明池，去大魚之鈎（"鈎"字原缺，據黄本補）游洛，水神上明珠及龍髓；漢桓帝游河，值青牛自河而出；曹瞞浴譙水，擊水蛟；魏文帝興師，臨河不濟；杜預造河橋成，晋武帝臨會，舉酒勸預；五馬浮渡江，一馬化爲龍；仙人酌醴泉之水，金人乘金船；蒼文玄龜銜書出洛，青龍負書出河，并進於周公；吕望釣磻溪得玉璜，又（"又"原作"文"，據明抄本改）釣卞溪獲大鯉魚，腹中得兵鈐；齊桓公問愚公名；楚王渡江得萍實；秦昭王宴於河曲，金人捧水心劍造之；吳大帝臨釣臺望葛玄；劉備乘馬渡檀溪；澹臺子羽過江，兩龍夾舟；淄丘訢與水神戰；周處斬蛟；屈原遇漁父；卞隨投潁水；許由洗耳；趙簡子值津吏女；孔子值河浴女子；秋胡妻赴水；孔愉放龜；莊惠觀魚；鄧弘樵徑還風。趙炳張蓋過江；陽谷女子浴日；屈原沉汨羅水；巨靈開山；長鯨吞舟。若此等總七十二勢，皆刻木爲之。或乘舟，或乘山，或乘平洲，或乘磐石，或乘宮殿。木人長二尺許，衣以綺羅，裝以金碧。及作雜禽獸魚鳥，皆能運動如生，隨曲水而行。又間以妓航，與水飾相次，亦作十二航。航長一丈，闊六尺。木人奏音聲，擊磬撞鐘，彈筝鼓瑟，皆得成曲。及爲百戲，跳劍舞輪，昇竿擲繩，皆如生無異。其妓航水飾，亦雕裝奇妙。周旋曲池，同以水機使之。奇幻之異，出於意表。又作小舸子長八尺，七艘。木人長二尺許，乘此船以行酒。每一船，一人擎酒杯立於船頭，一人捧酒缽次立，一人掌船在船後，二人盪槳在中央，繞曲水池。回曲之處，各坐侍宴賓客。其行酒船，隨岸而行，行疾於水飾。水飾行繞池一匝，酒船得三遍，乃得同止。酒船每到坐客之處即停住，擎酒木人於船頭伸手。遇酒，客取酒飲訖。還杯，木人受杯，迴身向酒缽之人取杓斟酒滿杯。船依式自行，每到坐客處，例皆如前法。此并約岸水中安機，如斯之妙，皆出自黃袞之思。寶時奉敕撰《水飾圖經》，及檢校良工圖畫。既成奏進，敕遣寶共黃袞相知。於苑内造此水飾，故得委悉見之。袞之巧性，今古罕傳。（《大業拾遺記》。）（中華書局，1961年）

歐陽修、宋祁《新唐書》卷五十八《藝文志二》乙部史錄雜史類：

　　杜寶《大業雜記》十卷。（中華書局，1975年）

司馬光編著，胡三省音注《資治通鑒》卷一百八十三隋紀七《煬皇帝下》：

　　（大業十二年）三月上巳，帝與群臣飲於西苑水上，命學士杜寶撰《水飾圖經》，采古水事七十二，使朝散大夫黃袞以木爲之，間以妓航、酒船，人物自動如生，鐘磬筝瑟，能成音曲。（中華書局，2009年）

朱勝非《紺珠集》卷八《大業雜記》（杜寶）：

　　《水飾圖經》：煬帝令杜寶修《水飾圖經》十五卷，以上巳日會群臣於曲水，有神龜負八卦，黃龍負圖，黃魚雙躍，白魚入舟，吕望釣磻溪，金人捧劍，周處斬蛟，許由洗耳，莊惠觀魚，屈原沉汨羅，等凡七十二事并刻木爲之。（《文淵閣四庫全書》本）

鄭樵《通志》卷六十六《藝文略第四》地理川瀆類：

　　《水飾圖》二十卷。

同上，食貨器用類：

《水飾》一卷。（中華書局，1987年）

袁樞《通鑒紀事本末》卷二十六下《煬帝亡隋》：

三月上巳，帝與群臣飲於西苑水上，命學士杜寶撰《水飾圖經》，采古水事七十二，使朝散大夫黃袞以木爲之，間以妓航、酒船，人物自動如生，鐘磬筝瑟，能成音曲。（中華書局，2015年）

脫脫等《宋史》卷二百三《藝文志二》史類傳記類：

杜寶《大業雜記》十卷。（中華書局，1977年）

陳耀文《天中記》卷九《水》：

《水飾圖經》隋煬帝別敕學士杜寶修《水飾圖經》十五卷，新成，以三月上巳日會群臣於曲水以觀水飾。（廣陵書社，2007年）

焦竑《國史經籍志》卷三川瀆類：

《水飾圖》二十卷。（商務印書館，1939年）

李光地《御定月令輯要》卷七三月令《水飾》：

《增大業拾遺記》：隋煬帝敕學士杜寶修《水飾圖經》，新成，以三月上巳日會群臣於曲水，以觀水飾總七十二勢，皆刻木爲之，或乘舟，或乘山，或乘平洲，或乘宫殿，木人長二尺，衣以綺羅裝，以金碧及作禽獸魚鳥，皆能運動如生，隨水曲而行。（《文淵閣四庫全書》本）

趙爾巽等《清史稿》卷一百四十七《藝文志三》子部小説類：

隋杜寶《水飾》一卷。（中華書局，1998年）

馬國翰《玉函山房輯佚書》卷七十六子編小說家類《水飾》：

《水飾》一卷，隋杜寶撰。《隋志·地理類》有《水飾圖》二十卷，又小説家有《水飾》一卷，并不著撰人姓名。考《太平廣記》引《大業拾遺》"水飾圖經"條載煬帝別敕學士杜寶修《水飾圖經》十五卷，新成，以三月上巳日令群臣於曲水一觀水飾，因并記《水飾》七十二勢之目及妓航酒船、水中安機等事，云皆出自黃袞之思。然則水飾創自黃袞，《圖經》修於杜寶，彰彰可據。今二書并佚，即就采摭，以存一家說，并補題隋杜寶撰。夫黃袞媚悦取容，作此奇技淫巧，寶奉敕成

書，《劇奏美新》之儔乎？抑開河迷樓之類也？歷城馬國翰竹吾甫。（長沙娜嬛館補校本）

姚振宗《隋書經籍志考證》卷二十一史部地理類：

《水飾圖》二十卷，不著撰人。

《太平廣記》伎巧類杜寶《大業拾遺》曰："煬帝別敕學士杜寶修《水飾圖經》十五卷，新成，以三月上巳日會群臣於曲水以觀水飾，有神龜負八卦出河授伏羲，及屈原沉汨羅水、巨靈開山、長鯨吞舟等總七十二勢，皆刻木爲之，或乘山，或乘平洲，或乘槃石，或乘宮殿。木人長二尺許，衣以綺羅，裝以金碧，及作雜禽獸魚鳥，皆能運動如生，隨曲水而行。又間以妓航，木人奏音聲皆得成曲，及爲百戲跳劍舞輪昇竿擲繩，皆如生無異，奇幻生於意表。又作小舸子，木人乘此船以行酒，如斯之妙，皆出自黃袞之思。寶時奉敕撰《水飾圖經》及檢校良工圖畫，既成奏進，敕遣寶共黃袞相知。於苑內造此《水飾》，故得委悉見之。袞之巧性，今古罕儔。"

同上，卷三十三子部小說家：

《水飾》一卷，不著撰人。

馬氏玉函山房輯本序曰："《隋志》地理類有《水飾圖》二十卷，又小說家有《水飾》一卷，并不著撰人姓名。考《太平廣記》二百二十六引《大業雜記拾遺》'水飾圖經'條，載煬帝別敕學士杜寶修《水飾圖經》十五卷，新成，以三月上巳日令群臣於曲水以觀水飾，因并記水飾七十二勢之目，及妓航、酒船、水中安機等事云。皆出自黃袞之思。然則《水飾》創自黃袞，《圖經》修於杜寶，彰彰可據。今二書并佚。即就采摭，以存一家，亦開河迷樓之類也。"

案自《古今術藝》至此，皆藝術之流。大抵因《漢志》小說家有"小道可觀"之語，遂雜入之此類。然《漢志》之論小說家流也，曰"出於稗官"，此之所錄，豈稗官之類乎？（清華大學出版社，2014年）

魯迅《魯迅全集》第八卷《古小說鈎沉·水飾》：

神龜負八卦出河，授伏犧。黃龍負圖出河，玄龜銜符出洛水。鱸魚銜籙圖，出翠嬀之水，并授黃帝。黃帝齋於元扈，鳳鳥降與洛上。丹甲靈龜，銜書出洛，授倉頡。堯與舜坐舟於河，鳳凰負圖，赤龍載圖，出河并授堯。龍馬銜甲文出河授舜。堯與舜游河，值五老人。堯見四子於汾水之陽。舜漁於雷澤。陶於河濱。黃龍負黃符璽圖出河，授舜。舜與百工相和而歌，魚躍於水。白面長人而魚身，捧河圖授禹，舞而入河。禹治水，應龍以尾畫地，導決水之所出。鑿龍門疏河。禹過江，黃龍負舟。元夷蒼水使者，授禹《山海經》。遇兩神女於泉上。天乙觀洛，黃魚雙躍，化爲黑玉赤文。姜嫄於河濱，履巨人之迹。棄后稷與寒冰之上，鳥以翼薦而覆之。王坐靈沼，於牣魚躍。太子發度河，赤文白魚躍入王舟。武王渡孟津，操黃鉞以麾陽侯之波。成王舉舜禮樂，榮光幕河。穆天子奏鈞天樂於元池。獵於澡津，獲玄貉白狐。觴西王母於瑤池之上。過九江，黿鼉爲梁。塗修國獻王昭丹鳳，飲於浴溪。王子晉吹笙於伊水，鳳凰降。秦始皇入海見海神。漢高祖隱芒碭山澤，上有紫雲。武帝泛樓船於汾河。游昆明池，去大魚之鈎。游洛水，神上明珠及龍髓。漢桓帝游河，值青牛自河而出。曹瞞浴譙水，擊水蛟。魏文帝興師，臨河不濟。杜預造河橋成。晉武帝臨會，舉酒勸預。五馬浮渡江，一馬化爲龍。仙人酌醴泉之水，金人乘金船。蒼文玄龜，銜書出洛，青龍負書出河，并進於周公。呂望釣磻溪得玉璜。釣卜溪，獲大鯉魚，腹中得兵鈐。齊桓公問愚公名。楚王渡江，得萍實。秦昭王晏於河曲，金人捧水心劍造之。吳大帝臨釣臺望葛玄，劉備乘馬渡檀溪。澹臺子羽過江，兩龍夾舟。淄邱訢與水神戰，周處斬蛟。屈原遇漁父，卞隨投潁水，許由洗耳，趙簡子值津吏女，孔子值河浴女子。秋胡妻赴水，孔愉放龜，莊惠觀魚。鄭弘樵徑還風，趙炳張蓋過江。陽谷女子浴日，屈原沉汨羅水。巨靈開山，長鯨吞舟。

總七十二勢，皆刻木爲之。或乘舟，或乘山，或乘平洲，或乘磐石，或乘宮殿。木人長二尺許，衣以綺羅，裝以金碧，及作雜禽獸魚鳥，皆能運動如生，隨曲水而行。又間以妓航，與水飾相次，亦作十二航，航長一丈，闊六尺。木人奏音聲，擊磬撞鐘，彈筝鼓瑟，皆得成曲；及爲百戲，跳劍，舞輪，昇竿，擲繩，皆如生無異。其妓航水飾，亦雕裝奇妙。周旋曲池，同以水機使之。又作小舸子長八尺，七艘，木人長二尺許，乘此船以行酒。每一船，一人擎酒杯，立於船頭；一人捧酒鉢，次立；一人掌船在船後；二人蕩槳在中央，繞曲水池，回曲之處，各坐侍賓客。其行酒船隨岸而行，行疾於水飾；水飾行繞池一匝，酒船得三遍，乃得同止。酒船每到坐客之處，即停住；擎酒木人於船頭伸手遇酒，客取酒飲訖還杯，木人受杯，回身向酒鉢之人取杓，斟酒滿杯，船依式自行，每到坐客處，例皆如前法。此并口岸水中安機。如斯之妙，皆出自黃袞之思。寶時奉敕撰《水飾圖經》，及檢校良工，圖畫既成，奏進；敕遣共黃袞相知，於苑內造此水飾，故得委悉見之。袞之巧性，今古罕儔。（原注：并《太平廣記》二百二十六引《大業拾遺記》。）（人民文學出版社，1973年）

案：《隋書》卷三十四《經籍志三》子部小説類著録"《水飾》一卷"，未題撰人。《通志·藝文略》食貨器用類著録與《隋志》同。《隋志》史部地理類有《水飾圖》二十卷，亦未著録撰者。《太平廣記》引《大業拾遺記》

載："煬帝別敕學士杜寶修《水飾圖經》十五卷，新成，以三月上巳日會群臣於曲水以觀水飾。"

所謂"水飾"，乃采古代與水相關的故事與傳說七十二件製成木偶，如神龜負八卦出河授伏羲、玄龜銜符出洛水、武王渡孟津操黃鉞以麾陽侯之波、穆天子奏鈞天樂於元池，以及屈原沉汨羅水、曹瞞浴譙水擊水蛟、吳大帝臨釣臺望葛玄、劉備乘馬渡檀溪等，由隋朝散大夫黃袞以木爲之，木人長二尺，衣以綺羅裝，以金碧作禽獸魚鳥，皆能運動如生，或乘舟，或乘山，或乘平洲，隨水曲而行。間以妓航酒船，鐘磬箏瑟，能成音曲。清馬國翰《玉函山房輯佚書》據此以爲："《水飾》一卷，隋杜寶撰。《隋志·地理類》有《水飾圖》二十卷，又小說家有《水飾》一卷，并不著撰人姓名。考《太平廣記》引《大業拾遺》'水飾圖經'條載煬帝別敕學士杜寶修《水飾圖經》十五卷，新成，以三月上巳日令群臣於曲水一觀水飾，因并記《水飾》七十二勢之目及妓航酒船、水中安機等事，云皆出自黃袞之思。然則水飾創自黃袞，《圖經》修於杜寶，彰彰可據。今二書并佚，即就采摭，以存一家說，并補題隋杜寶撰。"其說大體可從，祇是說《水飾》爲杜寶所撰需要斟酌。今人程毅中以爲《水飾圖》與《水飾圖經》實爲一書。因其既說事，又圖其形，卷帙浩繁；原著有十五卷，《水飾》一書僅存說明文字，故僅一卷。此說也有可商榷處。《隋志》史部地理類著錄有《水飾圖》二十卷，《大業拾遺記》載杜寶修《水飾圖經》祇十五卷，二者顯然有異；而《隋志》子部小說類著錄《水飾》僅一卷，說明《水飾》與《水飾圖經》和《水飾圖》均有不同。简單地說，《水飾》《水飾圖經》《水飾圖》實爲三書，一爲文字，一爲圖畫，一爲圖文合編。《大業拾遺記》云《水飾》"皆出自黃袞之思"，說明《水飾》祇是"水飾"的整體構思和說明性文字，祇一卷，撰者是黃袞；又云學士杜寶奉敕修《水飾圖經》，"檢校良工圖畫"，說明《水飾圖經》是對"水飾"設計和製作的圖繪，爲圖畫良工所繪，由杜寶檢校修訂，有十五卷；而《水飾圖》則是將《水飾》和《水飾圖經》結合起來，重新編排，形成圖畫和文字說明合一的文本，故有二十卷，編者未詳，也許是黃袞，也許是杜寶，也許是其他人。

《水飾圖》和《水飾圖經》已佚。《水飾》一卷現有佚文存《太平廣記》中。輯佚本有馬國翰《玉函山房輯佚》本和魯迅《古小說鈎沉》本。

後　　記

　　本卷資料是在黑金福碩士論文基礎上補充修訂而成。黑金福師從我院湯江浩教授攻讀古代文學碩士學位，在資料收集方面下了一些功夫。他後來又在陝西師範大學師從趙望秦教授攻讀古典文獻學并獲得博士學位，現爲西北師範大學文學院講師。湯江浩教授參加了我主持的國家社科基金重點項目"二十五史藝文志著録小説資料輯録"工作，與孔德明教授一起負責《宋志》卷的資料輯録，《隋志》卷則由我負責。我在黑金福碩士學位論文《隋書經籍志著録小説資料集解》的基礎上，除審定修正其輯録的資料外，又補充了兩倍的資料，形成現在的規模；同時根據本項目成果的整體要求，增添了前言，修訂了凡例，重寫了按語。初稿完成後，由黑金福博士進行了校對，最後由我審查定稿，希望能夠儘量減少失誤。我們真誠希望提供給讀者的這份資料是系統、完整、準確、可靠的，能夠爲需要者提供便利。當然，資料工作是最瑣碎最繁雜的工作，稍有疏忽，就難免出錯。如果本卷資料出現訛誤，主要責任應由我承擔。衷心歡迎讀者諸君不吝賜教。

　　需要說明的是，本卷資料是國家社科基金重點項目"二十五史藝文志著録小説資料輯録"的部分成果。該項目已於2017年以"免於鑒定"結項，表達了國家社科基金委對該項研究成果的信任。同年，該項目成果獲得湖北省學術著作出版專項資金資助，湖北人民出版社承擔該書的出版，文史編輯部責任編輯給予了熱情的支持并付出了辛勤勞動，以保證該成果的出版品質。此外，正在進行國家"雙一流"建設的華中師範大學文學院中國語言文學一流學科也爲本書的出版提供了經費支持。對於支持和幫助我們的所有同仁和朋友，我在此表示誠摯的感謝！没有他們的支持和幫助，這樣的資料集是很難出版的。

王齊洲辛丑立秋日記於武昌兩學軒